刘华 著

一部乡土中国的文化变迁史
绘制民俗事象中的人物形象

长江出版传媒 | 长江文艺出版社

图书在版编目（CIP）数据

大地耳目 / 刘华著. -- 武汉 : 长江文艺出版社,
2019.12（2024.8 重印）
ISBN 978-7-5702-1168-5

Ⅰ. ①大… Ⅱ. ①刘… Ⅲ. ①长篇小说－中国－当代
Ⅳ. ①I247.5

中国版本图书馆 CIP 数据核字（2019）第 141673 号

责任编辑：毛季慧　周　聪　　　责任校对：毛　娟
封面设计：颜森设计　　　责任印制：邱　莉　胡丽平

出版：长江出版传媒 | 长江文艺出版社
地址：武汉市雄楚大街 268 号　　邮编：430070
发行：长江文艺出版社
http://www.cjlap.com
印刷：三河市百盛印装有限公司

开本：730 毫米×1060 毫米　1/16　印张：21.75
版次：2019 年 12 月第 1 版　　2024 年 8 月第 2 次印刷
字数：426 千字

定价：75.00 元

周坊的傩何坊的舞，
谭埠的唢呐邓埠的书，
陶家戏，陈家鼓，
宁湾绣女呀大嫂教小姑，
襟江带湖的锦江镇，
才艺满江歌满湖。
哎呀嘞，出产鱼虾出产薯，
会读书来会养猪……

——锦江民谣

目录

contents

诱我深入锦江的三个人

第一个人

小小望湖县，大大锦江镇。锦江镇究竟有多大？各人各说法。文化站的老站长周勇超说，锦江公社辖下的邓埠村在清代做过府治呢，虽然因战乱而昙花一现，亦足见其地位之重要。曾经红极一时的农民诗人“李打油”笑道，它有山有江有大湖，地形恰如江西省，当年省里的第一把手指出，锦江是整个省的沙盘，一句话道破大领导的军人出身；而锦江中学原校长陶久长言之凿凿地声称，一条锦江横贯全公社，东岸有吴戈坑，西岸有楚山村，所谓吴头楚尾，此地界限分明，一身骑两国也。那个骑字，好不气概。

不过，朱风顺对以上说法均不以为然。他有最痛彻的体会。他觉得锦江镇就是整个地球，当他被龙卷风裹挟着飞往别的星球时，是锦江大地用强大的引力把他夺了回来。

这些言论是在 1982 年春天的座谈会上听得的。当时，农村刚刚实行家庭联产承包责任制，省委组织千名省直机关干部分赴各地，我参加的工作组专跑望湖县，仅在锦江公社就住了半个月，公社此后即改为镇。当时乡村部分干群对包产到户尚有抵触情绪，典型的怪话是：辛辛苦苦三十年，一夜回到解放前。突出的矛盾是，不满分田分牛分生产资料的结果。分配是拈阄决定的，怪哪个，手气。公社女书记本来誉满锦江，因大刀阔斧推行责任制，招来闲言碎语，都是拿人家夫妻关系说事，不过，阴盛阳衰也是个事。

工作组夜晚没有安排，我便去泡那个名叫朱风顺的老教师。日理万机的女书记非要亲自带我登门不可，进门低头见装了喂鸡糠菜的一只钢盔，抬头见一张哭丧脸两道拧巴眉，女书记劈手夺去我的笔记本，啪地摔在桌子上，丢下一句话顾自转身就走，她说的是：哇好哇坏是水平问题，哇不哇是立场问题！

吓得人死，我心里也一哆嗦，不坚持泡下去，同样关涉立场啊。二十世纪六十年代初女书记刚当上副社长，听说小青年暗地里叫自己"社长姆姆"，欣然笑纳道：三十边当上祖母辈，福气砣砣呀！要不是忙着学文化、当干部，我一年一个崽，生他一个生产队！也是，才一米五几的社长姆姆胸大屁股大还带翘，"三结合"当公社革委会主任那时候，赤脚走田埂胸部晃晃荡荡的，像个真正的老表嫂，是那种特别能生养的南方女人，她把自己归类于青蛙身材。蓄齐耳短发，老是亲自对镜修剪，用从前做女红、早已锈迹斑斑的大剪刀，咔嚓咔嚓，弄得扫把一样。还不老相呀。

朱风顺却很瘦，瘦得失去了重量，估计年轻时也这样，要不，很难想象龙卷风怎么能把他举到云天之上，而掉下来没有摔成肉饼子，这应该是扛颈鬼瘦的好处。

每每提起往事，朱风顺如坐针毡，屁股在凳子上不停地搓呀搓，实在憋不住，便隔着棉裤龇牙咧嘴地掐，边掐，边对着我苦笑。他不同意我对他之所以命大的分析，而坚信是来自锦江大地的一种神秘力量解救了自己。

朱风顺是在鄱阳湖上的"百慕大"——老爷庙水域遭遇龙卷风的。那是一条从湖里腾起的乌龙，龙头上了天，龙尾还没出水。两条船，前面一条眨眼没见了影，他的船在后，也被卷上了天，乌龙在湖中盘旋着游荡，绕了大半个圈走到锦江入湖口。他几乎已经见到前来递解自己的天兵天将，说时迟那时快，有喊魂一般凄厉的呼号死死拽住他，硬是撬开龙口抢出他。风把船扔过堤，摔得稀巴烂，摔成柴火棍子，而他却被锦江水接住了，锦江像张开的臂膀，接住了从高空坠落的九江同文中学毕业生，一个悄然离家几个月的儿子。

后来，爹告诉他，遭遇乌龙那天，是个火辣辣的大晴天。昼边，自诩浪里客的船老大驾着运瓷器的大船也在附近，该烧饭时，弯腰打水的船工发现水的流向不对，抬头一望，不禁大声惊叫：看乌龙！乌龙上天啦！在船头望风的浪里客，只见远处的湖面上，一条高高的水柱冲天而起，水柱上接云端，下面却看不清楚，水柱离大船怕有十来里路程，船走下水，正是驶向那水柱。浪里客立即喝令船工赶快掉转船头，拼命划桨，逆水躲远，而靠近水柱的两条船则被席卷而去。

风平浪静之后，浪里客为一探究竟，反转航向，沿着龙卷风的路径驶入锦江，在夜边发现了抱着船板漂浮在惊恐中的朱风顺。

朱风顺的爹叫朱自秀，是邓埠村的大户，自秀鱼行的老板。浪里客把人交给朱老板，就像交付一件用稻草包裹的瓷器，朱风顺被几个船工小心翼翼抬下船，再轻轻放在趸船上。船工扒掉捆在他身上的稻草，只见他已经变成了该报废的瓷器，伤痕累累，一道道的，一团团的，屁股上还有一个深深的血肉窟窿。朱自秀失声惊叫天哪，扑倒在儿子身上。

朱风顺没有死，眼睛瞪得滚圆，一眨不眨，眼里的惊恐之光，令人不寒而栗。当爹的顿时呆傻了，瞠目结舌，浑身打抖。颤抖的大手抚过儿子身体，然后，再把伤口里的木刺沙砾拔出来，屁股上的大窟窿里，竟有几条小鱼死死地咬住人肉，拽都拽不脱。朱自秀狠狠地掐死了它们。可掐断了鱼身子，小鱼头仍留在血肉模糊的窟窿里。

我想象，不晓得痛的朱风顺，当时极度恐惧的眼里一定掠过一丝笑意。他笑什么呢？两条船像两片树叶，船上的人像叶子上的虫。

朱风顺被乌龙摔坏了吓傻了，朱自秀则被儿子的眼神吓呆了。吓着朱自秀的，还有儿子屁股上那不依不饶的小鱼头。他时时去侍候儿子的屁股，带着哭腔抱怨道：崽吔，为何不去帮梅汝璈提包，硬要去搜集证据往梅大法官的包里塞？你搜到了么？塞进去了么？

整个暑期，朱风顺跟着几个同学，从长江边的瑞昌彭泽湖口，再走遍鄱阳湖边的星子德安永修都昌望湖诸县，为的是从各地民间搜集日军罪行的证据，提交中国政府以供其上诉国际法庭。他们记下了太多的血泪控诉，也听到了太多的悲壮故事，包括中国军队毙敌数万的万家岭大捷，以及抗日游击队和湖区百姓奋勇杀敌的传奇。是《申报》《大公报》等报纸的消息鼓舞着这些中学生。报纸说我国派往远东国际军事法庭的审判官梅汝璈飞到东京，去清算日本帝国主义的滔天血债了。梅汝璈是鄱阳湖边的人，他家是望湖的近邻。

朱自秀为风顺伤心得昏头耷脑。吃饭见不得鱼碗，说话听不得鱼字，不然，他会忙不迭地去验看儿子的屁股。虽然，那个血肉窟窿很快就长肉结痂了，可他怀疑小鱼头仍钻在肉里。儿子倒是变得听话了，再也不满世界乱跑，再也不跟爹娘抬杠，叫坐就坐，叫困就困，叫他脱裤子，二话不说，马上晾出晒得黢黑的屁股，任爹拨弄那块痂。

外伤好了，可儿子傻了，眼神里的惊恐似乎永远不得消失。锦河戏的铁杆戏迷朱自秀陷入深深自责：是我的罪过呀！这是定江王恼火啦！我许愿赶走日本鳖崽子后，要请它看三天三夜大戏。它有求必应，我言而无信，莫说定江王，德行最好的女人也要发气！定江王吔，其实也怪不得我！我重建了戏台，做得蛮气派，四角起翘的顶，磨盘样粗的柱，梁是白果树的梁，不会生虫。哪晓得政府为戡乱要禁戏，要捉戏师，吓跑了戏师，怪不得我啊！

女人倒是更经得事。朱自秀娶了两个老婆，风顺是大儿子，大老婆生的。风顺刚被抬回屋里时，他娘哭天抢地号了一夜。从第二天起，娘就冷静下来，找郎中呀，抓药呀，打听偏方呀，里里外外地奔走。她坚信崽会好，崽是丢了魂呢，于是锲而不舍地喊魂。她不肯在码头上喊，而是沿着锦江堤往下水走，走到江湖相衔处，对着湖上喊。那里没有泊岸的船只，喊声能传得更远，能传到儿子丢魂的老爷庙去。

风顺吔，风吓雨吓浪吓你快来归困觉哟！风顺吔，东南西北到处吓了，你莫着吓嘞！你的魂快转来屋里哟，娘盼到你魂转来，娶李家女啊！风顺，听到不？

夜夜，凄厉的呼号穿透拍岸涛声，回荡在茫茫无边的黑暗中。偶尔，朱自秀会陪着大老婆一起去喊魂。这时候，他忍不住要在黑暗中抱怨定江王几句：没见我望湖朱家的族谱呀？我朱家祖上是哪个晓得吧？封你为王，你不保佑朱家保佑哪个？风顺娘连忙捂住他嘴：崽的魂还在老爷庙呢。

定江王就是老爷庙里的老爷，一只经千年修炼的甲鱼精，又叫鼋将军。朱元璋在鄱阳湖上大战陈友谅，其帅船被大浪打脱了舵，眼看就要翻覆，危难之际，是大甲鱼使他化险为夷。正是此役，彻底击败陈友谅，结束了旷日持久的鄱阳湖战争。朱元璋称帝后，封大甲鱼为定江王，百姓建老爷庙祀之，过往船队必以三牲祭拜，祈祷平安。

朱家在喊魂的同时，还想了蛮多办法。比如，赶紧让风顺成亲，吹吹打打迎娶锦江镇上南货店李老板的女儿。接着，为才十五岁的小儿子张罗格外隆重的订婚喜宴，意在以喜上加喜来冲冲煞气；请风顺的九江同学来邓埠小住，试图通过同窗之谊打开风顺的心结。看到他们，朱风顺应该会想起结伴下乡调查而被乌龙吞噬的那几个同学。可是，朱风顺非但不认识同学，也不晓得新娘为何物，直勾勾地盯住他们，惊魂未定的样子，连话也不会说了。九江同学住了两夜走了，新娘走不了，只能天天以泪洗面。

大儿媳的哭声更是令朱自秀心烦意乱。这时候，邓埠村好多后生都做爹了，有户陈姓人家一胎两个！乐得陈家人挎着个篮子站在河上街边，见人就送红鸡蛋。朱自秀出门一趟，去时得了两个，回来时又被强塞一双。朱自秀讥嘲道：再有钱也比不得你屋里蛋多哟！

就是那红鸡蛋，刺激得朱自秀要去找庙里的老爷了。他要向定江王讨个说法！风顺这样有学问、懂道理、热情而正直的后生，哪里去寻哟？怎么偏偏在你定江王眼皮下，遭此劫难呢？你打瞌困了是吧？你叫风顺今生怎么过，叫朱家怎么做人？别人把你定江王发怒叫报应，你凭什么报应朱家？没得戏看吗，就算那是我的错，你凭什么报应到我的崽头上？你忠奸不辨枉为神！

当然，朱自秀这么嘟嘟哝哝，只为排遣胸中郁垒，并不敢兴师问罪。不过，他下决心前往老爷庙时，却是兴师动众，雄赳赳气昂昂的。他纠集了望湖全县朱姓的代表，共三十多户三十多条船，大多是那种高大的渔船，每户人家都是举家出动，条条船上小的闹老的叫，好不热闹。大船整齐地集合在邓埠港里，一声号令，起锚出发。高高的桅杆上，叶叶白帆升了起来。正是秋水长天，秋风送爽，帆也精神，人也抖擞。

船工提醒朱老板，去老爷庙敬神，应带上三牲。朱自秀宣称，此行只是去逻湖，难得聚族作乐一场，朱家好多后生子没见过老爷庙，抗战胜利这么久，戏又演不得，自家屋里到湖上嬉，总不犯法吧？

其实，他带上风顺，并让小儿子戴上捡来的日军钢盔，陪着哥哥扯闲天，扯鬼子、扯梅汝璈、扯同文中学，扯江猪、白鳍和鳡鱼精，置身出事所在环境，说不定能唤醒记忆，东拉西扯的某一句话，也许便搭起了迷走的神经。

在朱自秀头船的率领下，望湖朱氏船队浩浩荡荡，陆续抵达老爷庙水域。水上风平浪静，头上秋阳高照。可是，头船并没有率众驶向老爷庙码头，也没有停下来鸣放鞭炮，而是远望着老爷庙所在的龙头山，在湖面上转着圈。

见两个崽已出舱看风景，朱自秀在心里昭告定江王：鼋将军吔，多有得罪莫怪哦。我的崽没作恶没不敬是吧，我不敢怪你，就想请你醒醒眼，看看我们望湖朱氏子孙，认清他们来，记住他们的脸！这不为过吧？

不断转舵的船，举着高悬的白帆，在广阔的湖面上绕场一周又一周，仿佛游行一般，示威一般。成群的江鸥追逐着帆影。转着转着，有些帆不耐烦了，它们领着一些江鸥擅自离开船队，犹犹豫豫地朝老爷庙码头驶去。

这时，从上水下来了更加庞大的船队，它们满载瓷器、稻米及其他物品，有的则是长龙般的竹排木排。它们好像是为了庄严的朝拜，才集合在这片水域。顿时，朱氏船队都震惊了，不由自主地，都纷纷转舵朝着那个神圣的方向。他们为排山倒海的鞭炮声而震惊！

当真是排山倒海呢。噼噼啪啪的爆炸，震得波浪起跳，薄云纷纷飘落，紧接着，腾腾烟雾遮蔽了岸与船，秋阳与秋水。烟雾随风在湖面上奔走，就像传说中出水的乌龙一般。烟雾淹没了朱自秀的船。一声惨叫之后，朱风顺号啕大哭起来。他对着那团渐行渐远的浓烟，哭喊着一些名字，那几个同学的名字。

儿子醒了神呢，朱自秀该庆幸的。可是，朱自秀忽略了身边的人和事。他愕然紧盯着前方。前方是一个盛大的典仪。所有的船，包括擅自离队的七八条朱家船，包括竹排木排，都在焚香叩拜。许多的人跪了下去，许多的头低垂下去。那个现场铺满爆竹屑，红色的浪一波波远去，船边的湖水仍是红的。

朱自秀忽然像个挨骂的孩子，掩面呜呜哭起来。猛然间，他记起该吆喝家人赶快准备鞭炮，谁知自家只带了一盘小小的爆竹，线香也只有一把，轻慢了定江王呢！而船队靠近码头时，别的船上搬出来的，全都是箩口大的鞭炮，虽没带三牲，却都带着别的供品，比如酒肉米饭和糕点。

又是震耳欲聋，又是烟云腾空，又是湖水飞红。朱自秀羞愧难当，更是惶惶不安。最好的补救办法是捐款，被日本人炸毁的老爷庙该重建了。他在掏空家人的腰包后，借着船队安泊的机会，向各家借了蛮多钱。他把懊恼、忏悔和重新飘浮起来的虔敬，全都塞进了功德箱。

朱自秀念念有词，对没在庙里的老爷说了好多话。他说：定江王老爷吔，我有点子怄气，你大人不记小人过啊。我其实也不是怄你的气，我气禁戏的鳖崽子！要是演了还愿戏，哪里还有这多事哟！你该去惩罚他们。我会发动过往客商来捐钱，尽快把庙做起来，让你住回庙里去！当真，这次我说到做到！

返程时，朱自秀的船不肯打头了，它瑟缩在船队中间。尽管别的船一再让着它，可朱自秀频频吆喝船工扯帆，兜起风来。水使劲挡着船，风用力拖住船，弄得船很是为难。

朱自秀这时才想起醒了神的儿子，却见风顺跪在舱里，抖开卷起的铺盖，寻找什么东西。找着找着，又敲敲舱底板，拿锅铲来撬，似乎要掀开舱底板。风顺娘说：怕是魂没来归，魄又走失哟！而朱自秀明白得很，找记录本呢，上面记录着该提供给梅大法官的材料。朱自秀乐得也撅起屁股一道找，同时，安慰说：风顺，本子没在船上，本子被打湿了，在屋里晒日头呢。

朱风顺眼睛一亮。他猛然记起，遭遇龙卷风那天是六月六鄱官节，是杨泗晒袍日，是民间晒谱日。他问爹那日晒谱没有，朱自秀哈哈一笑，岂止要晒，还得很虔诚地晒。今年的晒谱日之前，冥冥中，朱自秀似得神示，连续两天，时时去码头逻一圈。他的翘望没有方向，既牵挂上水，也惦念下水，还关怀着对岸。只要是朝向邓埠驶来的船，都在他凝视的目光里。

六月六早饭后，他把珍藏《望湖朱氏族谱》的谱箱搬到晏公庙前的戏台边，取出十册黄黄的族谱，再小心翼翼翻开，排列在阳光下。他令下人杀了一只鸭子，赶紧接过，将鸭血滴在每册族谱旁边，接着，供上一只盛有红烧肉的小碗，肉上插一双筷子。朱元璋隐匿在族谱深处，为了裔孙的平安，他出来晒太阳了，哪怕烈日炎炎的。

朱自秀的大小老婆都看护在族谱边。小的，躲在戏台的阴处扇扇子，富态白净的脸蛋还是被烤红了。大的，则站在烈日下，尽管满头大汗，仍在一页页翻着晒。晒族谱的确是要用心侍候的活。仿佛，宗族的骄傲和痛苦只有经过阳光的处理，才能鲜活地保存下去。

朱自秀轻声对儿子说：晓得吧？我求鼋将军发威呢，我朱家告诫它不要忘记是哪个敕封的定江王！我把远祖始祖开基祖都请了出来，把望湖朱氏的高贵血统、赫赫荣耀，统统展示在定江王面前！

朱风顺当时只说了一声“难怪”。1982 年春天，我用半个月的夜晚来追问他的“难怪”一词该作何解，他在云天之上感觉到的神秘力量究竟是什么，还有，他怎么就能确定那种力量是来自锦江大地呢。龙卷风让他落下了时而清醒时而糊涂的怪病，后来总算找到症结所在，摇不得脑壳，一晃就晕。他在锦江小学当老师，成立中学后去教中学语文，都是优秀教师。优秀是因为他上课能保证脑壳不晃，怎么稳住呢？鬼捉的土郎中叫他背上横一根活血的万金藤，再来一根竖的，从脊椎伸至脑后勺。十字架样。能治头晕吗，未必，可有强烈警示作用。上课像出警样，只是他武装在内部。

我的追问也让人头晕。他夜夜掐着屁股，颠三倒四，把上述故事复述了无数遍。最后那个夜晚，他边掐屁股边钻床底，他猛然想起，当年把日军罪证寄走，留下意外收集到的《支那省别全志》第十一卷江西省卷，里面有望湖县城的老照片，城楼那么巍峨城墙那么厚实。细加翻阅更是大吃一惊，书是日本东亚同文会编纂发行的，出版时间是 1917 年，彼同文跟母校私立同文中学有关系吗，母校分明是美国基督教会创办的啊。哎呀，鳖崽子该不会早就虎视眈眈吧？床底下没有，他急急慌慌地翻箱倒柜，脑子又被翻倒一回。痴痴傻傻的他，用一首湖区儿歌给故事作了结——

白鱼翘嘴鲤鱼驼，
银鱼如针鳡如梭；
乌鱼乌，黄鲇黄，
鳙鱼鲢鱼大脑壳。

嗓音倒是好听。

第二个人

再来锦江转转吧，过去的所谓封建迷信在死灰复燃呢，也许你会被游神的队伍裹挟了去，或者被请进人神同宴乐的祠堂，你将和老成、斯文、傩师、贼匠、名角、打鼓佬和丹青先生他们同桌吃肉大碗喝酒，他们都是有故事的人，只要酒到了，故事注定要从所有的嘴巴里争先恐后往外跳。这句话是陶静二十世纪八几年的时候在信里对我说的。

陶静，男，五柳先生的第多少代裔孙，所以年轻时疯狂地写诗。当年省里诗会的组织者凭着姓名，毫不犹豫就把他同女诗人分在了一个四人间里，此事成为诗会最可乐的花絮。我也曾写诗，他被愤怒的女诗人驱逐之后，我俩同房三夜。花絮也能结果的。结果是，有人会后较真，一查，陶静，乃笔名也，他在省内外公开发表的诗作，凡附有作者简介的，性别一律注明：女。

名声臭了，其诗自然臭不可闻，据说，爱才的社长姆姆大会小会表扬他的诗歌，正为调他去“以工代干”做舆论准备，丑闻一出，气得社长姆姆提着锈迹斑斑的大剪刀就要给他去势，同时通知派出所修改他户籍上的性别。臭不可闻的陶静便一心一意在乡村开诊所。冲着同房三夜的交情，陶静频频写信邀我去锦江岸边春游或秋游。那就去吧。我选择春游，万木葳蕤的时节。因为我想见识一下他经常夸耀的神山，一座名叫药包的小山包，顾名思义，山上长有各种药草，比如解表药薄荷柴胡地黄黄芪牛蒡子蔓荆子，清热药知母栀子夏枯草鸭跖草天麻子决明子，温里药沙姜附子川乌丁香高良姜吴茱萸，理气药金橘艾草枳实楝实绿萼梅娑罗子，消食药柚子皮隔山消鸡屎藤莱菔子，止血药三七檵木紫珠白及还魂草仙鹤草，活血化瘀药夏天无益母草黑老虎鸡血藤凌霄花王不留行，等等，应有尽有，无奇不有。更叫人景仰的是，一代医圣喻嘉言经常光顾呢，那山好比他的药箱。喻嘉言本姓朱，明宁藩王后裔，早年曾有志改革政治，清军入关后，他隐居山林寺庙，专攻医术，著有多部传世之作。

见我不相信新建县西山人喻嘉言会跑到望湖县这边毫不起眼的山上来采药，陶静急得直捻下巴上的那一小撮细毛。是的，我不认为那是胡子。当诗人时他脸上光溜溜的，这会儿开始有些稍长一点的绒毛了。我忽然想起喻嘉言的著述《寓意草》，对了，那是陶静蓄意培育的寓意草吧，让自己变得老成一些可信一些。

陶静说，事实胜于雄辩，药包上现在还有不少历史遗存呢。他接着神秘地告诉我，要往上追，喻嘉言也是他老祖宗，因为他外婆的庙前陈家跟喻家沾亲带故。我问：这就是你不把诊所开在镇街上、开在老家陶家村，而偏偏开在庙前的理由？

陶静反应蛮快，说：这里有药包，背靠药包，我走方郎中要当坐诊大夫啦！等我把山上的历史遗迹、遗址一点点挖掘出来，这里将来是医者的圣地、病人的乐园呢。不，可以成为历史文化景区。

我冷笑了一声。因为在锦江镇换乘班车一路过来，眼里尽是陶静诊所的小广告，镇街两边的墙上、门上，沿途的树干和电杆上，甚至班车里外也被油印广告装点得花里胡哨，我从满目污迹斑斑的膏药驶向另一堆令人作呕的膏药。我知道诗人出身的土郎中在干什么了，他专治各种皮肤病，尤擅当年流行的各种性病，兼及不孕不育。

所以下车后我直奔药包而去，而谢绝了小诊所里泡好的明前茶。那是长在药包上的百年野茶。朱元璋为什么要在鄱阳湖上大战陈友谅呢？传说就是为了争夺这里的野茶，当然那该是几株百年茶树的祖辈了。还有曾国藩领着清军与太平军在湖区反复厮杀，李烈钧在湖口发起二次首义，乃至侵华日军进犯此地，都与野茶有关。好东西都想独吞呗。特别是朱陈之争，庙前人言之凿凿的，人家本来就是陈友谅后裔嘛。天下姓朱后，鄱阳湖地区的陈姓纷纷逃亡，要么改姓，守卫药包的庙前村当时只有五十户人家，全村在陈友谅留下的血衣上再写下血书：与陈共存，死不改姓！至今每年谷雨时节，庙前人都会采来新茶供奉在葬有陈友谅爱妃娄妃的王婆墩前，原来是药包上的野茶把娄妃滋养得天姿国色绝世聪明！原来发生在望湖县及周边地区的历次战争，其最初动机只是争夺野茶以取宠和滋养自己的女人！

我紧盯住陶静的嘴，他不好意思了，连忙捂住并嘟哝道：又不是我瞎编，世代口口相传的，民间文学嘛。看着他的嘴，我突然想起一副戏台联，叫“不大地方河山千里，须臾时日历史千年”。

历史就在眼前。它就是药包前小溪边的王婆墩，长满苎麻的土堆而已。相传娄妃是误以为陈友谅战死而殉情投水追寻夫君去的，几日后人们才找到尸体，但见她依然桃红水色，且微微含笑。也许是出于疼惜，不肯让人惊扰娄妃的好梦吧，人们在鄱阳湖区为其筑了四十八座真假莫辨的王婆墩。

陶静认为这座肯定是真的。理由是，从庙前村过来，一路上有娄妃祠、娘娘宫、贞女庙的遗址，这座王婆墩前还曾立有牌坊，倒塌之后方正的梁柱枋匾等石料被拖去筑水库了，草丛里仍可见边角残碎，最有力的证据是围绕王婆墩的水田里，常有一些陶器钱币被农民犁耙出来，以至于庙前人家家或多或少都拿得出驴年马月的古董。

我觉得陶静哪怕去倒卖古钱币也比治尖锐湿疣出息。诗人嘛，总是很敏感的，何况人家热衷于假冒女诗人。他忽然停下脚步，一把扯住我：你是不是觉得我很脏？下车不肯跟我握手，不肯去诊所喝茶，连走路也保持距离。不用解释啦，你眼神里有答案。

我当然得回敬他。我冷笑道：你请我来跟梅毒疱疹淋病艾滋病它们聚会呀，你们锦江镇被你铺天盖地的文字宣传成了什么地方？你想当白娘子医治天下吧，不怕法海和尚来砸场子？

他不作声，顾自沿着石径往山上去。山上长满了各种草木，有的很稀罕，据说还有来自南洋的植物。从前庙前人在外做官经商，不约而同的，返乡必为后龙山带来种子或苗木，于是便有这座植物园般的药山。林中偶见一座座祖墓，也有零星的野坟，野坟是外迁异姓的祖茔。陶静从草丛里拨出一块残碑叫我看。青石碑上尽是斑斑驳驳的疤瘢，那是枯死的苔藓。一旦下雨，苔藓就会复活。而上面仅存的字迹，大约永远死去了，如何也辨认不全。陶静便掏裤裆，猛然觉得不妥，赶紧摁住往外蹿的家伙想塞回去，却是憋不住了，哗地一泡尿喷洒在墓碑上，字迹渐渐清晰——明□□□□夫人墓。完了，他拍打那家伙一下，骂道：听到夫人你就起势呀，也是，而今往后，就怕冰清玉洁的夫人难寻呢！

残缺的四个字无从辨认，因为后人把字凿成了四个窟。据陶静分析，这位夫人应是面对元军不甘受辱而跳崖身亡的烈女，其时年仅十六，庙前村中建有纪念她的烈女坊，明代的建筑，可惜近年被人拆除。小小药包，走进去竟有深涧飞瀑、原始森林、竹山花海。深涧正是烈女殒命之所。我忽然记起，陶静的诗歌处女作好像就是写烈女的散文诗，有一句我还记得：你纵身跃下。比瀑更果敢，比鹰更刚烈，比云更飘逸。

不知不觉到了正午，我迷恋的不是风景，而是药草。做知青的时候，我最美好的理想就是当赤脚医生，可以借故逃避累脱几层皮的“双抢”，所以凭着一本草药图谱，我认识了不少能入药的植物。在药包上，我和它们亲切重逢。陶静行医也是从草药图谱开始的，不过，他是为了医治累脱皮的、晒昏头的，尤其跌断手脚的。他是回乡青年，不甘一辈子面朝黄土背朝天，不得不为自己找个饭碗。据他自己介绍，而今整个望湖县，治跌打损伤他是第一把手，治蛇伤则是第二把手。我忍不住讥嘲道：皮肤病还不入流，所以要大肆做广告是吧？我说要攻皮肤病也该先攻湿疹牛皮癣什么的，参加工作组的日子里，我发现社长姆姆老是身上不自在，开会时不时在椅背上蹭呀蹭。陶静说，我问过公社卫生院，她后背上有很顽固也很奇怪的牛皮癣，人一上火发燥就奇痒难耐，恨不能有人帮她使劲挠，哪怕抓得鲜血淋淋。有个叫曾欣的秧子，就是她的痒痒挠，后来当了官。我当然想拍马屁，辛辛苦苦配制药膏送去，是讨来的祖传秘方呢，啪！她贴在了我脸上。哼！痒死她才好！水牛皮才好！

陶静把午饭安排在他的学生陈静家，那时村庄里非但没有“农家乐”，连个小餐馆也没有。那时也没有广告法，所以陶静肆意妄为地乱贴小广告，到了庙前村里，他的广告更加嚣张，村中长街两边都悬挂着红布横幅，一条连着一条，“陶静诊所专治××、××、××……”，好像这里人欲横流，也好像这里有人要拯救世界。那么不堪入目的文字已经为村人习以为常，有的横幅松垮下来，耷拉在人家门上，居然都不在乎，往上一撩，头一低，人们就从指向某种性病的文字下面钻进了屋。

我俩也是这样钻进陈静家的。这位学生，不过是曾经跟着陶老师写写诗、采采药而已。一个很清纯的女孩子，扎一对翘翘的有点任性的小辫子，穿一条已经不时兴的喇叭裤，十八九岁的样子，秧子呢，花秧子，瓜秧子，嫩嫩的意思。简单介绍之后，陶静的学生陈静并不热情，并不在乎我也算诗人的身份和也认识一些草药的缘分，一副心不在焉的样子。其间，陈静把陶静叫到外面说话，回来时两人都是要出事的表情。

果然，菜还没上齐，陈静家斜对面的陶静诊所被一大伙人包围了，有穿制服的，也有着便装的，他们乘坐各种车辆而来，皮卡，吉普，手扶拖拉机，摩托，自行车。那是一支综合执法队，像来会剿似的。那支队伍的出现，令我心头不由得涌起一阵恶意的欢喜。看看，一群法海和尚啊。是的，我厌恶跟这家诊所有关的铺天盖地的广告。

那些人冲着前后两座门哇哇狂吼，陶静在街对面也就是他们背后高声应着。可是，不等他赶过去，执法队已经踹开了诊所大门，那两扇门理所当然地也是两块广告牌。人们蜂拥而入。这时，陶静反而从容不迫了，也不作声，缓缓挪到门边停下，像一个旁观者，像我，比我更镇定。

我有一种憋忍不住的义愤，执法怎么可以这么野蛮啊！他们打开所有的柜门，拉出所有的抽箱，掀起所有的帘子，撬坏所有的锁，撕碎所有的纸张。然后，他们悻悻地出门，团团围住陶静，勒令他出示行医必须持有的证明。不像后来要营业执照、执业医师资格证、税务登记证还有健康证明，那时镇政府一个章子就管用。陶静随身带着盖有章子的证明呢。

于是，执法队厉声讯问：你这诊所广告声势吓人，可是，房间里空空荡荡，药柜里空空荡荡，没有诊察床档案柜清洁柜，没有无菌柜处置台污物桶，连好多基本医疗器械都没有，你搞什么搞，是开皮包公司诈骗，还是守着药包挖草卖人？说，坑蒙拐骗了多少病人，非法牟取了多少钱财！

刚从“文革”过来不久，可能是受李玉和杨子荣他们的影响吧，陶静一脸的大义凛然。他说，一无病人二无药品三无器械，证明诊所没有开张嘛，没有开张怎么违法，你们跑来执什么法？只几个回合，执法队就觉得理屈要收工了，临走时告诉陶静，是那些小广告污了上面领导的眼睛。确切地说，是社长姆姆忍受着牛皮癣的煎熬，充满世界的牛皮癣发了大火。

我要是社长姆姆，肯定也会下令查他。陶静苦笑着，叫我往街中央站一站，朝东头看，最高的那一栋楼房豪华吧，五层呢，父母、两个儿子和一对女儿各一层。那家人批地基，居然敢把烈女坊圈进去，不顾村人抗议，硬是把牌坊拆除了。可悲的是，村人骂过气过，终是羡慕人家，传说那栋豪宅是两个女儿赚来的，庙前村凡建新屋的，差不多都是养女户。陶静不无轻蔑地笑了笑。

进诊所坐下来，陶静问：懂我意思了吧？我瞪着他，似乎茫然得很。其实依稀仿佛，我有所悟了。果然如我想象。陶静的广告，是针对一个人或者说一群人的宣传攻势。他的学生陈静从去年毕业后，一直想随全班女同学去南方更南的地方打工，当时有家国际酒店来招工，陈静已经报了名，硬是被陶老师给唬住了。陶静说他专程去那儿考察，住了一晚，被骚扰电话吵得彻夜不眠，其中有个女声正是锦江口音，确切地说像庙前口音，像五层楼主人的口音。他说那边到处都是这种诊所，小广告铺天盖地，言下之意，他虚心好学。

他说：我开始是故意到处张贴广告，留下我的电话号码。后来，索性在庙前村开个诊所，背靠药包，面朝陈静她家。一不做二不休，接着，我给临街人家一点钱，满街挂横幅。一家五块钱，挂一年，都蛮高兴的。置身这样的氛围，那些想让女孩子外出打工的人家当然有所顾忌，就像有人惊呼狼来啦。

我想陶静是爱上陈静了。从他写诗的经历算过来，他应该在人家小学毕业时就偷偷为其写情诗了。他是把一个未成年人当石斛花连翘花独占春以及治蛇伤的七叶一枝花来爱的。我记得他为许多花朵写过诗，因为那些花朵只为他开放。

陶静说，是的，陈静小学毕业那年就曾以身相许，因为凭着银针和草药，他硬是让瘫痪在床三年的陈父站了起来，陈父是为采药卖钱，在药包里摔伤的。三年没有工分，且为求医欠下一屁股债，陈家穷得响丁当，陈静下面还有三个弟弟呢。陈静每每见面都会重申：陶老师，我一满十八岁，马上嫁给你。我问陶静，你的笔名是翘盼她的十八岁吗？他忽然眼睛红了。

她早已过了十八岁，那些小广告、那些横幅唬人一时，终究拴不住向往南方更南的心，村里越来越多的新屋是最大的诱惑。就在综合执法队光顾的这天中午，全村人恍然大悟，人们识破了陶静的弥天大谎，而陈静和她的一拨同学当即就悄然离去，甚至顾不得叫我俩去用备好的午饭。

陶静潸然泪下。临别时，我好像听他喃喃道：我该去钻研人家的难言之隐啦。老天爷，这里可是锦江啊，古风何在，人心何往？

后来，我又曾两次应邀春游秋游。时隔三年的那次春游，重点看的是新建的烈女坊和陈氏宗祠，祠堂里专门陈列了娄妃和烈女的展览。哦，还在陶静诊所里待了好一阵子，他成了全县治性病的三把手，也不知谁给排的名。他说自己是为了一个人刻苦钻研医术的，他相信这个人万一有事，一定会来找他。我觉得热衷于假冒女诗人的乡下郎中一定是走火入魔了，民间说，是被阴箭射中了。那会是一支怎样的毒箭呢？

秋游拖得比较久，拖得陶静头发已白，蓄了一辈子的胡子终于长成一撮山羊胡，几经打击的陶静诊所不敢招摇，门外没有任何广告，进门就见张挂在墙上的各种证明。陶静说，此生最大的幸运是，陈静从没到诊所来找他，只是约在县城的望湖宾馆见过几面，她过得还算好，平平静静，平静是最大的好。屡次欲言又止后，他终于憋忍不住，用很轻的声音，像复述小说细节。我怀疑它的真实性。他说陈静第一次回来，要兑现诺言，却被他拒绝了，于是陈静坚决地把自己撕开，以展示白璧无瑕。陶静当时泪如雨下。陈静深深地吻过他后，平静地问：那么，我嫁别人啦？

陶静连声对我感慨道，我真是杞人忧天啊。这时，他忽然瞄见斜对过有个女孩子正朝诊所走来，红色纱巾捂住了半边脸，神情惊慌。陶静叫我赶紧回避一下，又说你自个去秋游吧，药包的山路已修好，新建的娄妃祠值得一看。我问，那是陈静吗？陶静推我一把：我老了，她还有十八岁吗？看来，那棵秧子该是陈静的女儿了。从南方更南的地方来到乡下诊所，意味着什么？

秋游个鬼！诊所里面和陶静脸上已是秋风萧瑟秋叶凋零。

第三个人

锦江人形容女子漂亮，比喻很尖锐，说她眼睛像埋人的窟。言下之意，男人一旦掉进去，那就葬身其中了。1982 年春天的那些夜晚，是公社干部曾欣陪我去走访朱风顺，我为什么抓住人家死缠烂打呢，他似醉似醒的口述史给了我巨大的想象空间。

假如不是最后的夜晚，假如不是彼此有一些留恋，我跟曾欣就不会在镇外古樟旁的井台上坐下来，也就不会发现自己被跟踪。及时出场通报十点半将要停电的人是工作组副组长，我单位的人事处长，后来提拔去省委。我们工作组住在公社大楼三层的客房里。

曾欣道声谢，连忙就走，副组长一把拽住我问，是不是谈恋爱？我回答说，并排坐在井圈上只能聊天，要是谈恋爱，那样非常危险。副组长倒是直言不讳，说据自己多日观察你俩的确还没发展到那一步。我有些恼火，质问道：你跟踪我？老处长点燃香烟吸两口，这才语重心长：小伙子，我是为你好啊，她眼睛是埋人的窟，晓得里面埋了几多人吗？

我心里咯噔一下，几多？有一支队伍吧。他说。老处长心里藏不住事，几句话就把那个窟的深浅交代得一清二楚。原来，当年在公社文宣队里，担任白毛女的这位乡下高三学生，颠倒了大春、杨白劳、黄世仁以及导演、伴奏他们几个插队知青，不光黄世仁想霸占喜儿，连杨白劳也心存歹念，以至于后来排练一不小心就是一场恶仗。演黄世仁的，正是老处长儿子，上调进城多年至今还非白毛女不娶呢，伴奏把祖传的二胡给砸断了，而导演被砸成轻微脑震荡。

看看，工作组任务完成，我的活儿来了。这是好奇心派给我的活儿。我才不相信喜儿会捏着红头绳到处点火呢。缘此，我跟曾欣建立了比较热络的联系，通信或者摇总机转分机。但是，她忌讳文宣队的往事，我的探寻毫无结果，一来二去，相互间倒是成了比较投机的朋友。后来，我知道她调县文化局工作了几年，又被派到多个乡镇任职，其间返回锦江镇当分管文教及计划生育的副镇长，扑通，栽了一个大跟头。摔得有点疼。

我怎么觉得那是一个非常优雅的跟头呀？一九九几年的时候，她邀我去看鸦鹊岭夏家祠堂的上匾仪式。鸦鹊岭村有黄、夏两姓，各占半边村盘，从后龙山上俯瞰，孰盛孰衰，自是分明。头几年，黄姓子弟辉煌的高考成果为锦江镇争得荣誉，全省“文科状元”的牌匾赫赫然悬挂在黄氏宗祠里。夏家虽在近代家道中落人口锐减，然而，昔日风光仍在祠堂里族谱里闪耀，夏家人骨子里的骄傲与生俱来，这种骄傲也会爆发的。这不，文运终于到了，锦中学生夏冰冰一举夺得全省的“理科状元”！

那天曾欣眼睛才真像埋人的窟呢。我在村口跳下班车的那一瞬间，感觉就是扑通一声跳进碧波荡漾的湖水里，比如，从锦江镇到鸦鹊岭会看到的五七水库，那是当年全县知青挑出来的水库。她的声音就是暑天里清凉的湖水，或者穿过梨园八月飘出来的风。

小巧玲珑的曾欣在前面引着我，挤进夏氏宗祠后，还要我跟她一道，与族长等人站在享堂上方。她拿我当大领导了，其实我是吃瓜群众。上匾仪式有这么些内容：宣读大学录取通知书；鸣炮；镇领导代表致辞；村委会书记宣布奖励措施；状元致辞；族长为状元戴花并宣布上匾；鸣炮；接下去是全村老少出席的状元宴。荣耀吧，全村老少都得喜洋洋地给状元敬酒。

我多嘴了。我向曾欣建议，要是让学生父母简单介绍一下状元的成长经历，定能激励更多的后来者。曾欣随手拍了我一下，赞许的意思，似乎也有一点放电的意思。她马上叫村书记安排。代表家长讲话的是母亲，看上去像棵秧子，年轻，看不出实际年龄，蛮俊秀的，皮肤稍微有点黑，是那种健康的美。状元娘咯咯笑着说，自己十八岁结婚生子，生得几顺哟，像拔个萝卜一样，后来又生了个女，更顺，好比拔红萝卜，可惜老公筑水库受伤，要不然，崽女该有一大群啦。而今老公修好了木槌，可使用舂臼有规矩了，要打条子盖章，要不然，她保证能再生几个状元。人们哄堂大笑。

致辞的镇领导代表曾欣非但没有笑，反而脸色严峻，那对动人的眼睛，神色混沌起来。我用余光注意到，她的视线时时在扫描状元娘的身体。状元娘穿一件的确良长袖白衬衣，细看上面沾了一些洗不净的污渍，衬衣也小了，奶子鼓鼓的，下摆吊吊的，中间露出一圈白肉。因为上前讲话，好多眼睛都注意到那圈得意而激动的白肉，会说话的白肉。

上匾的鞭炮，长得无休无止，炸得心惊肉跳，喜爆给我这种感受，真是很奇怪。我得承认，是曾欣紧锁的眉头影响了我。在人群中我故意撞她一下，提示她该热烈鼓掌的，她却冲着状元娘后背朝我努努嘴，我不懂，那时我还是处男呢。曾欣说：她身子发达起来了，万一将来真是另一个状元呢？

就是说，曾欣敏锐地意识到自己面临的难题了，照理要坚决让状元娘终止妊娠，并且结扎。那阵子，计划生育管得特别严，全体镇领导分头带队逐村排查，对超生的惩罚，对违规怀上的强制终止，对该结扎的，一车拉了去，具体怎么做，各地有各自的创造。负责鸦鹊岭的队伍，由曾欣带队，队伍里有公社卫生院的副院长，他从小学五年级开始往曾欣书包里塞纸条，直到高中，要是把纸条统统留下来整理出版，那会是很厚的一本求爱信大全。一毕业，副院长赶紧从那埋人的窟里爬出来，随便找了个对象成家。呛水的感受，他是忘不掉的。所以，他拿状元娘的肚皮做文章，不停地告曾欣的状。

工作队进驻鸦鹊岭的头天，已经明显怀孕的状元娘下落不明，不用问，当了超生游击队。那还了得，分头去抓呀，跑得了和尚跑不了庙呀，她能有多少庙，无非娘家姐妹家舅舅家，没有出望湖县境的。可是，带队领导无动于衷，或者说是放任自流姑息养奸，导致鸦鹊岭响应计生号召的群众意见很大，他们说共产党做事应该大公无私，不能搞宗派主义自由主义，老百姓帽子乱扣的，那么多帽子一起被副院长打包送到了县里。

县纪委来调查，果然。问曾欣跟状元娘是否沾亲带故，曾欣回答说她是这样想的，还有半个月，状元就要入学，让他高高兴兴怀揣着理想去清华多好，既然他娘要躲，采取强制措施必定引起对抗，那样全家心情不好，状元带走的是心理阴影。县纪委问，你想送状元一片阳光，不怕鸦鹊岭落暴雨吗？

不承想，一语成谶。一周后县里来了免职决定，把曾欣的官职撸掉了，杀鸡给猴看的意思。不幸的是，免职通知还在路上骑自行车走着，锦江这边真的落了暴雨，那是暑天经常光顾的雷阵雨，雷雨来时伴有六级以上大风，不巧状元邀了一伙高中同学正在五七水库里游泳，一时间电闪雷鸣雨打风吹，可能连日聚会累的吧，或者天妒英才，十多个后生里，偏偏水性最好的状元溺水身亡。

不用去抓，状元娘自然现身了，她两口子趴在儿子身上哭得死去活来。状元娘哭号道：崽吔，怪娘啊，晓得你没当状元的命，情愿你一辈子作田也不去考学啊。

曾欣闻讯赶去，怎么安慰也不能缓解人家的悲痛，后来她轻轻地抚摸了一下状元娘的肚皮，状元娘终于止住号啕，只是哗哗流泪，两人相视无语，泪水才是心灵的语言。是的，曾欣也哭红了眼。那个痛心呀，后来我听人说，一连几天曾欣眼皮都是浮肿的。那样的眼睛还能不是埋人的窟？

她在乡村长大。曾欣说，自己是社长姆姆培养的干部，懂得珍惜老百姓的感情。“文革”中社长姆姆被打倒，先是靠边站监督劳动，没多久去谭坊大队当分片干部，上面要求过革命化春节，提出不准放爆竹等“十不准”，开个忆苦思甜会就行。社长姆姆正是这么说的，没有响动没有欢笑还叫过年呀。上面脸色就不好看了。幸好推广矮秆密植她相当积极，将功补过，这才“三结合”。

曾欣也是罢官后不久重新起用，却挪了位子，到别的镇去，还是当副镇长。状元娘生下二崽后的那个元宵节，鸦鹊岭夏家要恢复中断好多年的上灯仪式，曾欣邀我去采风，同时一道去给状元家道贺，我俩各买了一盘鞭炮扛着去，比箩口还大，社长姆姆委托曾欣代送一盘，三盘我扛不动。对不起，没法子照顾女士，你自己扛。嘿嘿，到底村姑出身，人家力气比我大，能扛两盘。

听曾欣说，鸦鹊岭庆贺头年添丁的这个仪式，送添丁户最好的礼品就是鞭炮，鞭炮是沟通天地的语言，是祈求神灵的祷告。祭拜家祖，祭拜分祠，最后到总祠里上灯，各个环节都要燃放鞭炮，夜幕降临后就该游灯了，那时所有的鞭炮要全部放掉。

果不其然，状元家收到的鞭炮码成一堵墙，齐胸高。元宵节那一整天，我们看着这堆鞭炮是怎样化作一阵阵青烟一层层纸屑的。曾欣钻进女人堆里，陪怀抱二崽的状元娘看热闹。而我紧跟状元爹，一步不落的，我要了解这项民俗活动的流程，用傻瓜机拍下不少照片。比方说，状元爹在分祠里举鸡祭拜祖先的镜头，他端着烛台进入总祠，并与亲戚抬起喜字担灯汇入游灯队伍的镜头。我记得，鸦鹊岭的灯笼是圆柱形的，剪贴金色双喜灯花，丁与灯同音，所以在锦江乡俗中，灯是人们最心仪的一种道具。

游灯开始时，鞭炮炸得震耳欲聋，村庄里硝烟弥久不散。游灯队伍出村后，沿着本村地界巡游一圈回来，差不多已是半夜，状元爹娘一定要留我俩喝水酒吃宵夜。曾欣真是开心，喝吧，庆贺小状元健康成长，你看，多结实多聪明呀，这酒必须喝。各自喝了两大碗后，曾欣告诉我两件事：第一，那次罢官值得，给这个家庭留下了新的希望，相当值；第二，她决定嫁黄世仁，请不要追问理由，没有理由。我说，没有理由那就要继续喝，喝醉，醉得不省人事才好！

后来我搞懂理由了。不到两年吧，乡镇换届，曾欣差点当上镇长，虽然最后被后台更硬的挤掉，可也没太亏她，重用了，回锦江当副书记，大大锦江镇嘛。当锦江的领导真要有水平有文化，这里文化底蕴深厚，尤其是民间文化资源丰富，就像那首民谣唱的。

二〇〇几年的端午节前夕，望湖县根据上级政法委的要求，发起一场声势浩大的砸龙舟运动。为什么？早先的理由与封建迷信、宗族械斗有关，那次的理由比较与时俱进，称：主要是因为端午节期间划龙舟人员较为集中，容易诱发安全事故和治安事件。呜呼哀哉！这样一来，端午节真的要沦落为名副其实的“粽子节”了。

也是巧，节前的好些天，我应诗友邀去锦江春游，被突如其来的念头驱使着，走进曾欣办公室。她很是惊喜，或者可以说是惊慌，不知怎么招待我呀，跑了几个办公室，要来一撮好茶和几根好烟，见我真的不吸烟，她从包里掏出一把糖果。她低血糖，那是常备的，而我血糖高。于是，她不好意思地笑了笑。她微笑的样子谁见过都难忘，埋人的窟应该是一对笑涡。

可是我俩没聊几句，电话响了，是县领导给她发布收购龙舟的指令。砸龙舟的决策，也考虑到老百姓的利益，是以收购的形式进行的，根据龙舟新旧程度，每条由县政府赔付给村民一千至三千元人民币，县里为此不惜拿出两百万。曾欣毫不犹豫地拒绝执行，对着电话斩钉截铁地回答：“这是伤害老百姓感情的事，做不得！”接下去的一句话是：“反正我锦江镇不干！”

放下电话，她没事人一样，问我近况如何。而我关心的是，她如此强硬抵制，挡得住吗，会遭遇什么麻烦，我言下之意是说会不会再被撸一次，要是会，那将很难看。见她无所谓的态度，我干脆戳痛她，便不无讥嘲地说：曾欣你只是副职副书记呀，锦江镇好像不能由你说了算吧？

她很自信地回答一声老大听我的。当时她的语气耐人寻味，轻飘飘，又很有分量，感觉似乎充满江湖气，显得她跟正职关系不错。当然，这种语气也容易被人误解，当时我心里就咯噔了一下。

大概曾欣瞄见我神色不对，马上意识到那句话有些轻佻吧，她告诉我，处理状元娘一事对锦江干部震动相当大，碰上灾祸，我当时的做法确实显得很人性，要是状元没出事呢？没人敢问，她也不敢想。于是，民间风传她懂风水会算命，传得邪乎了，便敬她几分呢。班子开民主生活会，她推心置腹，敞开思想，谈了自己对农村农民的理解，特别是对锦江这片土地的深情，两位正职都感动了，都管她叫欣姐呢，都表态说只要涉及民俗的工作，先听欣姐意见。曾欣补充道，他俩真跟我小弟弟同年生，不过，一个硕士，一个双学士，厉害吧？

上级部门更厉害。望湖砸龙舟运动兴起高潮时，国内几家大媒体提出尖锐批评，弄得各级领导灰头土脸的。还是由发布指令的那位领导出面，希望曾欣好好组织锦江龙舟竞渡，五月初一初二就要搞，这样可以往上报新闻，赶上端午节那天央视的《新闻联播》，给望湖县挽回影响，更重要的是挽回面子。

《新闻联播》果然给了望湖县面子。可是，锦江龙舟竞渡的电视画面，在望湖县上下引起非同一般的争议，其批评意见大致有，粉饰太平的膏药说，欺上瞒下的造假说，蒙混过关的帮闲说，捞取资本的阴谋说，等等。其中阴谋说直指曾欣，称此事从头到尾就是一个完美的设计，一场精致的快乐游戏。

几个月后，曾欣工作又变动了，还好，没有撸，只是挪，树挪死人挪活嘛，挪去了望湖风景区管委会当主任，副科级，平调，那个风景区以水面为主，大大小小几座湖串联在一起，就是说，水上运动多，游艇快艇多。你不是善于竞渡吗？

到任没多久，曾欣电话邀我去划船，我当然得去，我和她悠悠地划一条小木船。那是用来捞垃圾的工作用船，而不是游艇。我感慨良多，不知如何开口，便哼起“让我们荡起双桨”来。

曾欣微笑道，别发酸啦，我在这里挺好的，接着咯咯地笑话我跑调跑去了锦江和鄱阳湖。为了把我拖回到小船上，她讲小时候。从前的端午节，前几天可以听到四乡传来的隐约鼓声，不知道是为龙舟下水举行仪式呢，还是热身。鼓声好像来自遥远，是一种召唤，细伢崽迅速做出反应，戴红线编织的小网兜，网兜里装的是粽子和蛋，女崽子喜欢红的青的李子，像好看的饰物。锦江街上，两边店铺门头上挂两束植物，一束是剑一样的菖蒲，一束是野艾。大人还以粽子为诱饵，让细伢崽乖乖在眉心处抹上雄黄。

端午水如约而至，节前节后，哗哗地下，可过节日那天几乎都是太阳拉尿。

太阳尿让龙舟很开心，穿蓑衣的汉子干脆打赤膊，咚咚的鼓声湿了又干。竞渡的龙舟不多，每年五六条吧，可他们是永远不服输的一群，年年相约，赢了，当然是龙头老大，奖品是粽子。有时候眼红了，难免争抢起来，以至于拳脚相向。细伢崽总是幸灾乐祸，希望隔岸观火，龙舟上鼓手得意忘形，身体失衡轰然落水，两岸观众一起欢呼，那落水姿态成了细伢崽热衷模仿的经典动作。

当然，曾欣不是约我来回忆童年的，她希望我千万不要看轻锦江，要对锦江有信心，少了她，自有能做向导的后来人。那时，我刚刚出版几部研究民俗的书，都被她那埋人的窟给藏了进去，瞄她眼睛，我几乎可以看清书名。

曾欣告诉我，景区马上会有一条游艇，社长姆姆捐赠的，她一九九几年退下去后常住深圳，崽是大老板。姆姆希望游艇叫“乘风号”，这个风，是民风。曾欣忽然眼里有泪，说，当年社长姆姆还送状元一个红包，十块钱，一帆风顺的意思，钱包在红纸里，外面写着社长姆姆的姓名和心愿。发现状元娘怀孕，曾欣赶紧揭掉了红纸。超生的事闹起来后，社长姆姆庆幸没以镇里的名义大加奖励，同时后悔不该在个人打的礼包上写名字，曾欣嘿嘿一笑。社长姆姆懂了，也笑，笑得很温柔：我看人没走眼，乖乖个女啊。

曾欣说，社长姆姆年轻了，卷发，戴耳坠，人变白变苗条了，感觉还长高了，不像青蛙像蝌蚪，逆生长啊！我问曾欣你当过她的痒痒挠？曾欣脸红了：她是周期性皮肤作痒，一发燥，后背的痒来得急又没地方蹭，偶尔帮她抓几下，后来干脆配一根竹抓挠。不雅观是吧？我弱弱问：牛皮癣？曾欣眼一瞪：给你号码问她自己去！不过我俩分手时她没头没脑嘟哝一句：早先好像没有七年之痒一说哦。

此后的端午节，锦江的龙舟们未能逃脱被砸毁的命运。仿佛鬼使神差一般，我去考察一座百柱祠堂，抬头之间，意外地发现了架在头顶上的龙舟。受了伤的龙舟在呻吟。有好几条，其中一条还是新的，年轻得就像血气方刚的小伙子。也许是人们心有不忍，或者是苦肉计吧，只在它翘起的船头部分砸了两个不难修补的洞。

就像两只眼睛似的。就像一对埋人的窟似的。我会让自己栽进去的，果然。

第一部　化吉

化　吉

口述人：

陶久长，男，出生于1951年6月，锦江镇陶家村人，曾任锦江中学校长，职称为中学高级教师，对此，他的自我介绍一般表达为“中华人民共和国高级教师”。退休后返原籍养老，任陶家村元宵龙灯会会长、锦江元宵龙灯会会长。妻黄街花，顾名思义，是锦江街上的女子，育有三子二女，分别在北上广深厦等地工作并已成家。

陈庆元，男，出生于1952年3月，锦江镇庙前村人。年轻时曾在锦江人民公社当过通讯员、粮管所长、农机站长、水管站长，长期“以工代干”，盼着转为国家干部，吃上商品粮，终因忍耐有限，一怒之下，回村作田，现为锦江一带有名的种粮大户。感念其捐资十万元重修土谷祠，众信士一致推举他出任土谷祠庙会理事会理事长。

李友声，男，出生于1979年10月，锦江镇李湾村人，初中毕业后去广东打工，现在梅州给自己当老板，经营花店。生意不好做，闲着的时候拉二胡解闷，不料有私立音乐幼儿园识才，聘其做兼职教师，每周为儿童兴趣班上两节二胡课。

采录环境：

正月二十六日午夜。喧闹的锦江两岸忽然万籁俱寂，无边黑暗中，只见远远近近有一团团或明或暗的火光，那是狂舞了半个多月的龙灯在燃烧，龙灯来自锦江十八村，有各具特色的草龙、节龙、矮脚龙等，都是市级“非遗”。此地习惯，元宵节舞龙结束，各支队伍要将龙灯送至本村地界内的水塘边，点燃后，所有人迅速散去，不得回头，任由龙灯在旷野上化为灰烬，谓之“化吉”，能逐疫辟邪、纳吉接福。今年自正月初八起，锦江十八村轮流闹灯，十八条龙每夜聚首一个村庄，把元宵节拉长了，长到了二十六。排到最后一日闹灯的陶家村做东，在新修的陶氏宗祠里设下“圆功酒”，于龙灯化吉之时，邀十八村代表举杯同庆。硝烟味弥久不散的祠堂里，此时竟是杯盏觥觚、酒肉飘香。这座宗祠是有身份的，祠堂上方挂有陶氏远祖的大幅画像，此乃请本县名家依据古籍插图所绘，画像两侧有联云：“情通万里外，人为三才中。”联集陶渊明诗句，字里行间但见瓜瓞缠绵。

陶久长：

过去生产队双抢、秋收结束，还有交公粮之后，要喝“圆工酒”，我把那个“工”改成功德的“功”，舞龙结束当真是功德圆满，所以请大家喝杯圆功酒。大家蛮尽兴。去年此时，一直喝到天光，好几个后生子是带着醉，从酒桌直接赶往火车站的。

日间没空跟你聊。你也看到了，锦江龙灯会场面几大，有几万人呢。小小望湖县，大大锦江镇常住人口近五万，十八村占大头，十八村里的庙前、谭埠、周坊和我们陶家都是千烟之村，平日里村村“空心”，一到过年每颗心都充满了血，踏实，强旺，跌落在地会弹到屋顶上去！崽女回来啦，是整车整车装回来的！十八村的舞龙名声在外，今年来看热闹的外乡人、城里人大大多过往年，李湾后生李友声的小学、中学同学就有十多桌，难怪他在台上锯二胡锯得那么攒劲。报幕员扯着嗓子叫：“下一个节目，二胡独奏《万马奔腾》。”哪里有万马呀？就看到十八条龙在戏台四周翻滚跳跃。哪里有奔腾呀？就听到鼓声如雷爆竹震天。有些人家放焰火，用运货的皮卡拉货来。明早天光你们再到现场去看看，河堤下那一片禾田肯定被炼成了能打砖坯的泥浆，土谷祠四周肯定像余烬未灭的战场。

今日是舞龙的圆功之夜，今年我陶家村沿河堤搭了三座戏台，在禾田里摆播台，像超市，要看什么随便拣，过瘾吧？陶家村本来就是戏窝子。一座，古装戏，望湖县里的采茶戏班，演《王婆骂鸡》，演员都是科班出身，演王婆那个美女，大学本科呢。一座，现代戏，镇上农民剧团的锦河戏《过年》，镇长说，这台戏得过省里乡村文化旅游节的一等奖。镇长说，这个农民剧团是锦江的骄傲，农民剧团农民办，农民剧团农民演，农民剧团农民爱。镇长还说……不用说，这个面子要给，要爱，演一场不过千把块钱，小意思。这两台戏是今年加的。还有一台歌舞年年搞，可以叫农民春晚，各村出节目，连男女主持人都是本乡本土的帅哥靓女。节目丰富吧，有周坊的傩何坊的舞，谭埠的唢呐邓埠的书，陶家戏，陈家鼓，锦江镇当真才艺满江歌满湖。刚才我挨桌去敬酒，十八支龙灯队的队长都为黄街花叫好，巴掌拍得滚烫，说她嗓子比得什么卓玛赛过那个李娜。哄我呢，馋我的谷烧呢。黄街花攒劲往“青藏高原”飙的时候，陈大户把得胜鼓擂得山崩地裂，鬼听得到歌声！喏，站起来敬酒的那个，锦江的种粮大户。

不过，黄街花唱歌当真好听，当年锦江镇上的三线厂为此特招她进厂。逢年过节，那家机械厂和地方联欢，黄街花是台柱子，不倒嗓子，掌声绝不让她下台。后来，军转民，再后来，厂子搬迁，迁往天堂门口，苏州附近。我们两公婆，上有老下有小，思来想去，只能留下，她调到县农机厂，国营的，哪晓得没上几年班，厂子被卖掉，她成天哭哭啼啼，怪我连累她。我说你这只百灵鸟有金嗓子玉声带，音箱又大，在家里攒劲练歌吧，哪天碰巧有机会上春晚，一鸣惊人，你怕什么？就怕机会到了挡不住！音箱大是她的软肋，我这么一点，她就不好意思了，就觉得任重道远了，天天扇舞剑操太极拳，全是冲减肥去的。哈哈。我娶老婆是拿来逗的，逗得她天堂不去，到头来还把街花移栽到了陶家菜园里。

我退休返乡，其实是义不容辞，无奈长辈把修谱重担交到我肩上。陶家在外当大官当教授当高工的宗亲蛮多，村里把我跟他们并列在一起，惭愧呀，我本人觉得很是心虚。不过，修谱这件事也只有我等留守故土的赋闲人士才有空去做。我跟黄街花说，老家几好啊，三栋大屋前几年翻的新，你我各住一栋，另外一栋给你改歌舞厅，环境是前有照后有靠，里面冬暖夏凉，后院满园绿色蔬菜，门前一河野生鱼虾。每天，我去祠堂忙修谱，你邀美女来跳舞，组个团，你团长、指导一肩挑，有我在，陶家村永远让你当领导，没人敢抢你位子，跟锦江镇不一样。黄街花辛苦驮累拉起个舞蹈团，县里三八比赛得了三等奖。镇领导一重视，派个文化站长来当指导，希望下次拿头等奖，那女指导也胖，闲的，可能想减肥吧，成天想着折磨这支队伍顺带折磨自己，人家本来为健身，她倒好，又是开会又是培训，说要从基本功抓起。黄街花说现在什么事都作兴从娃娃抓起，你好生去抓！一气之下，黄街花跟我回老家，没住几久又后悔。吃过年夜饭看春晚，我逗老婆：想当歌星吗？再跟我回转乡下，给你搞个比央视心连心还壮观的晚会！

挨到正月十二，黄街花经不住晚会的诱惑，从镇上回村来，五个崽女被她带来两双。回家过年的崽女待不住，想返程又买不到火车票，急得火烧屋样。好笑！学校没开学，工厂没开工，待在老家难道比生活在旧社会还煎熬？黄街花平日里没心没肺，关键时刻蛮精明。她说，看你这个龙灯会长有法子拴住崽女的心不，拴过了元宵再解开，放他们走。当真是一张床上不困两样的人！我当会长后整天想的就是这件事，怎样用龙灯、用乡情拢住流散到四面八方的心。

本来我当的是陶家村的龙灯会长，同时负责修谱。这谱可不是重修，我锦江陶氏的老谱居然一本不剩，要从头来过。为了追根溯源，寻遍邻近几县的宗亲，讨来十多部别处的族谱作参考。先祖陶渊明的故里在星子县栗里村，去那里把我震撼到了。第一次去，跨过大树下的石拱桥，走进几栋房屋的村庄，只碰到一个聋聋哑哑的老婆婆，傻等到天黑，也没等到保管族谱的宗亲，再问，才搞清人家已出远门，只好改日来。一晃过去半年，又去栗里，居然找不到村盘了，被老板开发掉了，在附近的成片新楼里，总算追到栗里陶家人，这才看到族谱。可怕吧，如此光耀千古的名人，他的故里也会眨眼间荡然无存！何况普通老百姓。

故乡最可能毁在我们自己手里。人心荒了，村庄就荒了。要让人心有生机有生气，靠什么，靠情靠爱靠信仰。龙灯就凝聚了这些东西。这是社长姆姆在电话里说的，她人在深圳，心在锦江，经常躲在人堆里给我们站台。我不甘心只当村的龙灯会长了，我要当锦江的会长。第一年元宵节有四个村联合舞龙，从十四日排到十八，四支龙灯队先在庙前村舞一天，接着是谭埠、周坊，最后在我陶家。日间龙灯队上门逐户拜年，家家全体出门恭候，并燃香放炮迎接；夜间四条龙的表演，你争我斗，各不示弱，那气势蛮有感染力。我当真搭台让黄街花唱歌跳舞，搭在河堤边，那么阔的禾田比心连心排场得多。头一年，别人不好意思报名，一不小心成了黄街花的专场音乐会，让她过了一把瘾，找到当大明星的感觉。你攒劲想想，茫茫田野，黑暗中有无数萤火样的眼睛在放光，有一个人肆无忌惮地引吭高歌，赢得掌声欢呼声、鼓声爆竹声，那是什么感觉？嘿嘿，她明明蛮得意，一连好多天在家不停地哼哼呀呀，饭也没闲做，碗也不愿洗，问她感觉，她偏偏否认那天是她的专场，说同台还有陶家村的那帮姐妹，说舞龙灯太闹，影响她发挥，她最恼火土谷祠擂得山响的得胜鼓。你见过的那只鼓。长长的鼓身，把这么长这么粗的樟树干挖空，水牛皮蒙鼓，鼓面两头的内里安放大铜锣，鼓声当真比得雷声，到了陈大户手上，那雷声有时是闷雷，有时是滚雷，有时是炸雷，要么震得人心里发慌，要么擂得人精神振奋。陈大户是从小跟他爷爷学的，能敲好多种鼓点。庙前村习俗，每年元宵节舞龙灯时，男丁要轮流去土谷祠擂鼓，哪个擂得最响哪家大发。哈哈，得胜鼓成就了陈大户。说起来也是，发财有时就要发狠。

陈大户擂鼓，才不管哪个在唱歌呢！第二年闹元宵，事先我跟他说，庆元，为了我屋里的和谐社会，为了我村里的修谱大计，为了让你嫂子尽情一展歌喉，你手下留情好不？你也可以在晚会开始前擂鼓嘛，要么等人家唱完。陈庆元说：好笑！土谷祠跟戏台隔一条田畈，我在庙前地界上，又没过境，我影响她？她周围又是鞭炮又是焰火，还有人放铳，偏偏嫌我吵？说老实话，成千上万人凑在这里，哪个是真想看戏听歌哟，是看人！

陈庆元性格拗烈，嘴巴蛮犟，不过，有时他倒是一针见血。人山人海的，当真是为了看人。看老家的人，邻乡的人，远方的人，马上要告别的人和相邀同行的人，亲过、爱过、想过的人和永生难忘的人，当然，有时也想看看被自己恼过、恨过、骂过的人。话说到这个份上，我不怕家丑外扬啊，我这个人喝酒就怕进入微醺状态，一微醺就忍不住话多，要么就才思汹涌，年轻时同事称我具有诗人气质，不输那个陶静。诗倒是写过一些，都是给街花的，喝酒壮胆写的。现在我微醺了。

……盼着看看恨过的人，我们两口子经常喝到微醺。我们的小女，长得人见人爱，从小成绩也好，像娘，还爱好文艺，小学的时候跟娘同台表演，唱了《七子之歌》，又唱《吉祥三宝》，轰动全县。进了省重点读高中，那座学校年年有北大清华。我堂堂中华人民共和国高级教师，镇上中学至今唯一的高级，五个崽女好不容易出了个会读书的，本可聊以自慰。临近高考，她还发誓复旦以下不去，哪晓得，话音未落人失联了。会急死人哟！收容站说收了聋哑女人，急忙跑去看。火葬场有具四五十岁左右的无名女尸，也非要亲眼过目不可。当真疯了傻了！黄街花躺在停尸房地上不肯出来，哭号着要死要进炉子里去找。出了这种事，父母心能不死吗？还寻了十多座寺庙，她是李娜的铁杆粉丝，当时最大可能就是追星去了。哪晓得她没出家而是早早入了世，半个多月后，她回来，说深圳网友帮她找到工作，她翅膀硬了。发生了什么，为什么，乖乖女怎么会突然变成这样？不晓得。人心叵测，呸！口臭，用词不当，不过就是这个意思。骂也骂过，打也打了，生养五个崽女，黄街花第一次发狠打崽女。这个女儿当真鬼迷心窍！任打任骂，完了，转身就走，从此一刀两断。这事逼得黄街花去做了日夜执勤的广场舞大妈，待在家里就会想事，就要闹心。前世作孽，几年都没个电话！直到结婚生子，才跟她哥哥姐姐有点联系。黄街花嘴硬心软，晓得小女生崽后，还是坚决不肯主动打电话，可从那时起，她哼的唱的都是李娜和那个什么卓玛。我不是说联合舞龙的第一年，五个崽女被黄街花带来两双吗？他们四兄妹有心，把她们娘在晚会上唱的、排练时唱的，都录了音，给小女发去。晚会录音哪能听呀，尽是高分贝的噪音，吵死人。不过，只要人心是肉长的，就能听出娘的声嘶力竭，娘的带血呼喊。《青藏高原》能招魂呢，小女认家啦，现在年年带老公崽女回家过年，一定要过圆功夜才走。所以，我坚持晚会年年搞，黄街花每次都唱卓玛和李娜。可是迷人心窍的那只鬼，究竟何等面目，搞不清。认家就好，她不提，我两公婆也懒得问啦。

看看，我一微醺就跑题，难怪要严厉禁止酒驾。年前到镇上拉货，我学生喝了酒开车，半路上他说，校长，古了怪！平时觉得这条路太窄，现在怎么变成了宽广大道！吓死我啦。不扯啦。你要做元宵舞龙的田野调查，我赶紧说说串联十八村一起舞龙的事，等下还要去敬杯酒，明早就人去村空啦，就只有老眼望小眼啦。

栗里村当真把我震撼到了。我就想，其实哪个不恋故乡呀？锯二胡那个李友声，家里蛮穷，十六七岁去广东打工，一心想苦干几年挣到钱，把初中的校花娶到手。先是在做鞋，头次碰到这个学生，问他在做什么，他挺挺胸还蛮自豪，说在广东作协。吓我一跳。他要是说广东音协，我可能信了。再问，原来在鞋厂做皮鞋。过年往返，他舍不得花钱，经常搭车，讨好和央求货车司机搭载一程，十几公里连几十公里，一程接一程，有时也骑自行车。有一年遇上雨雪冰冻，辗转走了五天才到家，得了重感冒，在床上躺了两天，听说，校花一感动就把鲜花送进他怀里。这后生蛮努力，总算自己当老板了，可他老婆却不肯跟他去广东。那么，故乡对他来说，就是老爹老娘、娇妻幼子，就是舞龙的祈福、闹灯的团圆。

第一年，有四个村。第二年，八个村。第三年，十八村，元宵节往两头延伸，整个正月，锦江两岸山在欢呼水在笑，十八村夜夜狗不叫。如何？爆竹放得打仗样，再凶的狗也着吓。平日，在家的眼里空，出外的心里空。空落落过了一年，正月里总算把心装得满满当当！没错，这件事一开始就得到大家支持。我最早跟陈大户打商量，他一听，两眼放光，连声叫好，他叫的好字里面有文章呢，有盘算呢，他能成为种粮大户，在于识得田力，断得天气，懂得人情。我说过，发财有时要发狠。没本事敢发狠？不晓得你们看到年前的省报没有？说有个种粮大户年年给雇工发年终奖金，就是陈庆元陈大户也。他脑子转得快不？一听联村舞龙，马上想到向他转包、出租土地的那些田主，他说他们才是自己的老板，他们回乡过年，他要用浓浓乡情回报大家。此话怎讲？说起来，十八村其实是同畈作田，陈家流转的土地涉及每个村，当时有些易旱易涝的田，承包户因为缺乏劳力等种种原因，差不多撂荒了，转包出手就随意得很。还有人无偿给他种呢。到了陈大户手里，成了高产良田，有人吃后悔药，可是有白纸黑字。陈大户高明就高明在这里，给人尝点甜头，哪个还会去吃苦药？李友声四兄弟的田盘给他，一起下广东，倒霉吧？工厂火灾，他二哥没逃出来，那个家蛮苦，有两个崽，老婆是独女，还要养多病的爹娘。庆元蛮关照这一家，让李友声二嫂到他农场去做事，后来亲自做媒，那女人再嫁陈大户雇用的收割机老板，一家人的日子好起来。不晓得你听到锦江边的新歇后语不？喜看稻菽千重浪——陈大户见不得哪家把田荒。原话出自省报的报道，介绍他接手撂荒田，改造低产田，称他是锦江边的米谷神，大家酒桌上打哈哈，说他同样见不得女人荒田。说得也是，他手里有资源，雇工一大堆呢。不过，这种玩笑开不得，一不小心会闹出人命的，我当校长时在全校范围内绝对禁止涉及男女的笑话，乡下的嘴是塘里的麻鸭，一只比一只叫得欢，管不住，就会越传越邪……扯远啦。

陈大户叫好，仗着自己是土谷祠庙会理事长，他要牵这个头。理由很简单，土谷祠虽在庙前村的地盘上，信民却遍及周边乡镇，包括邻近几个县的。十八村人更加虔诚笃信。他说，作为庙会理事长，借助神威，他更便于组织龙灯会。我说，土谷祠祀酆官老爷，六月六酆官节，庙会日人几漾哟，当得过年，你还不风光呀？我再不才，也是镇里的前校长，发挥点余热，散散热，有益身体健康。话是搞笑，理是真理。何况我村已有龙灯会，在此基础上团结各村，顺理成章的事。蛮多村官是我过去的学生呢。陈大户跟我斗了两天的嘴，最后差不多是求我，说：同畈作田，大家都是屋里人，一起回乡过年，一年就这么几天，我牵头邀拢大家作乐，也是感恩苍天、祈求来年的意思。这个天，包括田主。我不牵头，只怕有人会戳骂，骂起来蛮难听。

这也是真心话，树大招风嘛。不过，还有微妙的深层心理作怪。我们文化人之间点到就可意会。他陈家，世出江州义门。我陶姓，祖德万民崇仰。骨子里都傲气，都想出头呢。那阵子，陶家族谱编委会的几个人激动得很，志在必得。庙前的长老们不甘示弱，怂恿庆元为名誉而战。只好民主啦。第一年协商，三比一，花落陶家。第二年发展到八个村，投票，还是陶家胜出。见舞龙一年胜过一年，后来庙前的长老没了脾气。至于我俩，老兄弟了，吼得骂得，酒杯一端，又是打裸裸游水的玩伴。再说，他蛮尊重知识和知识分子，平日有何困扰，常找我释疑解惑。舞龙的组织工作，总的来说，过去他还是配合的。而今有想法啦，今年圆功之夜搭台唱戏，他坚决反对歌舞和现代戏，要上古装戏，他请的还愿戏，向哪个还愿？他的田主。可歌舞是群众需要，搞了几年变品牌了，《过年》是领导要求，你敢回绝不？有胆，你就去！吵了半天，我拍板，一起上。因为我中午有喜酒喝，没时间吵到夜晚。他觉得歌舞和《过年》抢了他的戏，分了他的观众，擂鼓那么发狠，可能是怄气吧？怄气也没法子。再说，古装戏经典剧目多得很，大过年干吗"骂鸡"？你亲眼看见了，古装戏的观众少得可怜。

提起古装戏，有个耐人寻味的矛盾现象。别看今夜一溜排开的三个场子，《王婆骂鸡》那边稀稀落落，连有几条人影都看得清，可是，在土谷祠戏台上，这个班子的戏单，从正月里一直排到早禾大熟的农历六月底，不可思议吧，节日一天三四场，平日里下午、夜间各一场，剧目还有《二姐朝神》《柳妹吵嫁》《彭祖加寿》《王氏卖布》《藕断丝连》等十多个。那是土谷祠信士为了许愿还愿请的，奉戏一场六百六十一元，还要管戏班的吃住，那一块钱零头，图的是"出头"吉言。整个上半年，戏班就住在土谷祠里，秋收过后，又开始请戏。可以说，土谷祠养起了这个戏班。它的名字叫龙凤剧团。

至于谁是龙孰为凤，这些剧团的事，可以向陈大户了解，你本来也打算找他。听那边，有人哭，有人笑，醉的。我去把庆元叫过来，哦，你歇下，喝两杯再聊吧？

陈庆元：

嘿嘿，中华人民共和国高级教师话蛮多嘛，说了这么久，我猜他的口述可能爬到五柳先生屋边那五株柳树上去了。

肯定给你背了蛮多诗。什么“归去来兮，田园将芜胡不归”，什么“羁鸟恋旧林，池鱼思故渊”，什么“悦亲戚之情话，乐琴书以消忧”。没有背？古了怪。哦，你是大知识分子，小巫见到大巫，算他有自知之明，不敢班门弄斧。

其实，他继承陶家老祖宗衣钵，也会写诗，出口成诗呢。当年县工农兵文艺站宁可可老师下放锦江，把我们几个写过批判稿的捉去上文艺写作辅导班，搞创作，创的作都是“小青蛙，呱呱呱，县委书记到我家”之类。回头想想，宁可可是文化播种机，陶久长受益呢，他那个高级，靠论文，是写来的，老婆也是写来的，他情诗写得肯定比小青蛙好，要不，县委书记怎么从不登他门，老婆倒上了他的床？黄街花年轻时候当真漂亮，打个比吧，她眼睛就像埋人的窟，眼光有倒钩，拉住你往下跳。

今日到处是人头，眼里只有人头，你可能没看到，他陶家村里挂满了陶公语录，哦，是诗。写在木牌上，钉在墙上，到处挂。天长日久，连我这个过路人都记得。明日天光，青壮像麻雀呼啦啦全飞走，村里空了，就剩下风景，你可以慢慢看，有人说那是一道亮丽的风景线。特别要站到村子对面山上看过去，后龙山的林子边树着十来块大木牌，那十多个大字就是我刚才说的“归去来兮”，迎着进村的大路，猛地看得人眼里出水。真心话，我有时服他，有时，也恼火他，关系嘛，你也是男的，直说吧，小时候打裸裸游水，每次都要先比长短。嘿嘿，各有千秋。

我被搞田野调查的调过查。报社的，科学院的，大学的，政府什么研究室的，还有几个来路不明的，都找过我，问土地流转，补贴政策，水利农机，化肥农药，三农的事一年到头也说不完。元宵舞龙的话题，反正有陶会长唱主角，我就敲敲边鼓。这支录音笔好像蛮高级，没见过，不会把我心里想的事录走吧？

酒喝多了易上火，发泄掉，就没事，要不，会醉倒。你录音要把好关哟，出口伤人的话帮我删掉。嗨！敢说敢当，骂了他，又如何？他当会长当上瘾啦！我要轮值，他要民主。十八村好多主事的是他学生，每次到头来都是民主赖在他家不肯出门。我倒不是想这个官当，族中长老憋屈得骂我，晓得不？好像是康熙年间，三百多年前，锦江这一带旱灾连蝗灾，锦江断了流，十八村经常为水械斗，我陈氏先人蛮聪明，说从后龙山上挖到一座神像，叫鄱官菩萨，是虫神呢，族人不惜人力财力，立马在大畈上选址，建起简易的土谷祠供奉。当真神奇，菩萨保佑，被虫吃光叶子的晚禾，一夜之间长起来，真是喜看稻菽千重浪呀。

……你笑？晓得。后面一句话是我见不得别人家荒田。等下再聊荒田的事。建起土谷祠当年，庙前村晚禾前所未有的大丰收，族谱上有记载呢，把那年的晚禾叫“嘉禾”。同一座大畈上的田亩，有千重浪，也有瘌痢头，丰歉鲜明，老百姓还能不赶快敬鄱官？后来，各村的福主，各地的社公，每年游神，都要先到土谷祠朝拜鄱官老爷，为的是得到更大的神力，更多的神能。这样一来，我庙前的地位可想而知。族中长老耿耿于怀的是这个，那龙灯蛮像当年的鄱官，只怕会把人心全部掳走。

陶会长“片”了你没有？龙灯会长像大领导一样专门印了名片，年前我在镇上见他提货，名片印了一大箱，一箱有几多盒几多张能“片”几多人，估都估不到。好笑！还说我想当官，说我没当到会长怄他的气。我要是想当官，在公社里死挨，早晚肯定也会转国家干部，副县长别人当得我当不得？不过，我回村作田，运气更好。没多久就赶上了责任制。分到田我做的第一件事，就是让鄱官归位，土地公上座，土谷祠香火重燃！跟当时老帅归位、小兵回营一样。祠庙被“扫四旧”，大部分神像是找回来的，也有重塑的，虫神鄱官，水神杨泗，送子娘娘观音，福主是我庙前村神医，明代的，还有土地公婆。公公十分公道，婆婆一片婆心。心诚则灵呢，同样碰到旱涝，我的禾田左邻右舍硬是比不得。后来有了钱，我当然要回敬鄱官老爷众菩萨。土谷祠后殿是清末民初重修的老屋，宁可可住在那里办辅导班，贴伟人像，刷语录，糊黄泥，这才留下蛮好看的木雕和砖雕。中殿和前面的过路戏台，是我新建的。气派吧？

说到建庙塑像，要感谢社长姆姆。当时她还在位，别的领导都反对，她力挽狂澜。怎么挽？拿抓挠。有人给庙前扣大帽子，那些帽子都是“文革”遗留的，什么“沉渣泛起”之类，吵到要举手表决时，她率先举的是抓挠，一堆头头们傻了眼。寓意深刻啊。人家说得也在理，老百姓供奉香火是希望保佑自身，怕什么怕？再说这是传统文化呢。她是宁湾媳妇，宁湾绣女嫂教姑，剪纸刺绣之乡，农民画之乡，早先有大画家宁湾石，作为他的女弟子，农家小媳妇当上土改干部，上干训班上大学工农班，当得大学者啦。哪个还敢扣帽子，书记手里有棍子，想要不？我一辈子蛮服社长姆姆，她把我从田里挖出移栽到公社，虽然没在公社生根开花，后来被打回原形，我不怪她，怪命。

元宵夜在土谷祠里擂得胜鼓，是老祖宗留下的风俗，鼓声也能化吉，正月里的响器都是为了避凶化吉，擂了几百年，所有男丁包括伢崽都要上去擂，擂得响是大吉大利大发大顺。神不神？无论何人，一抓起鼓槌，人就全身血热，一听到鼓声，人就腾云驾雾一样轻松，鼓槌舞得起花，鼓声照样是隆隆的，响过雷声。连伢崽擂鼓也那么响。你擂过一阵，有感觉吧？当时你好像说了一句，鼓声来自身上绷紧的肌肉。没错，打鼓的时候，全身从头到脚每个部分始终都保持一种状态，来护住自己身体，鼓槌变成身体的一部分，节奏变成一种语言，来诉说自己的情绪，所有痛苦和快乐都跟着鼓声起落，全部释放出去。我把打鼓的感受告诉宁老师，她写成文章，我再把这段话背下来。嘿嘿，贩卖。

陶久长嫌我发狠，吵到黄街花唱歌，莫名其妙！不过，你是没见到，黄街花年轻时当真长得好，雪白兮兮。

要说怄气，也有点。我们作兴元宵夜舞龙时擂鼓，现在舞龙的日子长了，擂鼓跟着元宵夜晚走，不选舞龙圆功这天也是可以的，我偏要选圆功日，偏要在开演时开槌！双凤说，这叫刷存在感。没错！我要让十八村记住，土谷祠存在，庙前陈家存在，我陈庆元也存在。也可能心里有这个念头，手上真的会发狠，大家都说听我的鼓声如何如何起劲。其实，也有人心慌，有人心惊。

回头来说荒田的事。报纸那篇文章题目叫《喜看稻菽千重浪》，我们这个年代的人都晓得，是毛主席诗词，报纸表扬我接受撂荒田改造低产田。看过报，大家开始在酒桌上扯荤的，扯到留守女人身上。后来传邪了。没错，我家业有点大，要人手，男女都要。来了，有的干柴碰到烈火，怪哪个？怪灶，怪锅，还是怪厨下？古了一个怪！我觉得自己是活雷锋呢。

最让我难过的就是《万马奔腾》。他还拉了《锦江水》，就是李湾村那个友声后生，他把本来叫《江河水》的曲子改了改，变成《锦江水》，琴声像哭丧一样。我没在现场，现场也听不到。我是下午看过他们排练。陶会长请他学校的音乐老师当农民春晚的总导演，总导演把《锦江水》夸得能气死省台羞死央视，说乡愁从琴声里滴滴答答落下来，那个词叫淋漓尽致，“文革”大字报常用的词。说他拉的是乡愁，对他来说乡愁是什么，晓得不？老婆跑啦！他用二胡哭，用二胡骂，用二胡喊！

你大吃了一惊，看样子陶会长没有说。你发现没有，酒桌上的陶会长蛮关心这边呢，他已经瞟我六七次。当官的，心思多。莫忘记我头上也有顶子呢，理事长，土谷祠信士散布在几个县的地界上，论级别，比他高蛮多吧？嘿嘿。

那把二胡在哭自己。在外打工不顺，可以回乡找事做嘛。他偏不，死要面子，死撑。开个小花店，就以为自己是花花世界的大老板啦。那是拿自己当花瓶哄别人，不，自欺欺人，他好像在攒劲逃避现实。哎，说到逃避现实，我一下子想到好多人。我的独崽，出去好多年，老婆不娶房不买，一个地方待半年，还说外面的世界真精彩。头几年，气得我两公婆吃了夜饭就上床，发誓攒劲再造一个崽，这个不要啦。可惜，到头来，驮累无功。我拼死拼活做大家业，还不是想唤浪子回头！嫌我鼓声响？我恨不得给那死崽一个炸雷呢。陶校长的小女也是蒙了头，临近高考，跑掉了。那阵子，锦江街上大家都在猜原因，我老婆差点为这事得神经病，她日日半夜捏我鼻子，我困得死，弄不醒，她就来捏！她搞醒我，要我给陶家打电话，问一问他们是不是给女儿压力大，是不是模拟考考砸了，还有就是，可能不该有的男朋友有了，应该来的那个没来。气得我怀疑她谋财害命，憋死我想篡场夺权，当晚就要扭送镇派出所，要么省里精神病院，我打114，精神病院地址都问到了手。

还是说二胡。他卖别人的花，自家院里的花被人采走啦！这事，友声后生怨恨我，我听得出来，《锦江水》里有浪打船舷的声音，像好多手在指指戳戳。确实也怪我多事。双凤，也就是他老婆，过去的校花呢，漂亮，有点像过去的黄街花，也能干，闲在家里带崽蛮可惜。友声二嫂改嫁那年吧，友声问我还要雇工不，女的。我开玩笑说，校花级的欢迎。双凤能独当一面，过来帮我管点杂事，只干了大半年，我毅然决然辞掉了她。为何？人家是荒田，禾田不高兴。我老人家的屋里都能为她生事，想想看。我打过电话给友声后生，提醒他，荒田的田土肥沃，田里野草长得旺盛，荒田盼着春江水暖呢。其实，老祖宗早就预见到今天，用山歌警告后生呢。那首歌叫《恩爱好比一丘田》，田要精耕细作，哥哥扶犁妹插秧，作了一年望百年。说我见不得荒田，没错，我叫友声赶紧回乡，把张水龙正打算转手的戏班子接过去，保准比在外营生强。再说，友声喜欢文艺，又擅长。他从小就自己吹吹拉拉的，家里穷，毛竹管烫几个眼就是笛子，蛇皮蒙住竹筒就是二胡，我还见过他用梧桐板自制小提琴。可惜落在地上的草窠里，他长成鹧鸪，要是落在高树上的凤巢里呢？哎，这就是命！像我，作田的命，挑谷去机米吃的命。

可悲吧？友声自己不听老人言也就算了，反倒把老婆往张水龙怀里推。友声叫双凤去找张水龙，说因为资金不足，问他能否合作一把？张水龙当然愿意啦，他又不缺钱，他要的是闲，你肯管事他乐得，坐收财色的好事天下少有。那个双凤你是没见到，我刚才好像说到埋人的窟，我老婆说双凤眼睛就是。我老婆当真火眼金睛，说句醉话哦，年轻个三五岁我真敢跳下去，哪怕埋掉，哪怕粉身碎骨！盘戏班，要是缺钱，友声开口，我一句话！我都给他暗示了，我说我支持你们两口子盘下它，前景蛮好，戏班依托寺庙生存不难，香火旺了戏班也兴旺，一年到头，人有几多心愿呀，人该还几多愿呀！老百姓越传越神，说土谷祠里的菩萨灵验，求子求财求好运，求禄求福求平安，有求必应，每位老爷都是无所不能的灵神，这就是好戏在后头的预兆呀。硬是听不懂，不，这后生子硬气！没法子。女人荒田，有时是因为男人心里荒了，天晓得他心里长的是什么扯不清斩不断的东西。让龙跟凤搞到一起去，结果就有了龙凤剧团。二胡能不哭？

今夜的《王婆骂鸡》，是我掏钱请的，想刷存在感。可三座戏台并排搭好后，看过去像唱对台戏一样，像打群架一样，我心里有种怪怪的感觉。明明自己被一个女崽子算计了，我怎么恼陶久长的火？证明我存在的是得胜鼓，《王婆骂鸡》是龙凤剧团和那条龙那只凤的存在！当真是埋人的窟！难怪那条神龙首尾不现，就看见凤在人前噗啦啦飞，晃得人眼花心发慌。要是友声当真怨恨我，也不冤枉，毕竟是我全力帮助这个剧团，开始还免戏台租金、贴水电费，那双眼睛会说话嘛，说的是甜言蜜语嘛。土谷祠的香火养壮了龙凤剧团，而今老百姓欢迎，你看不顺眼也没法子。不说啦。说到那把二胡我有点心痛，也可能是连续多日舞龙闹的累的，心脏受不了。

今夜鼓声特别响？你问为什么？陶久长认为我在怄气，我刚才说过刷存在感，听到二胡和龙凤剧团的事，你以为鼓声里还有对他们的不满和谴责，对二胡的同情？没错，我说过听到鼓声有人心慌，有人心惊，二胡跟得胜鼓合奏，那只凤能不心慌吗，那条龙能不心惊吗？话说回来，其实这都是旁人的胡思乱想。碰到这多烦心事，平时我肯定会有好多想法，不过作为鼓手，一提起鼓槌，一切是是非非马上烟消云散，一切琐琐碎碎也会荡然无存。眼前，只有得胜鼓是真实的，其他一切都是虚幻的，天空辽阔似有似无，大地苍茫若隐若现，风云变幻神秘莫测。真实的鼓唤醒了真实的鼓声，醒来的鼓声在舒展自己，激扬自己，鼓声开始在天地之间迅疾奔跑，风云作色，也跟着鼓声奔跑，鼓声鼓荡满天云朵释放能量，于是，就有了电闪雷鸣，那是无比酣畅的春雷春雨，是铺天盖地的欢乐激情。不过，雨声雷声里也有一种凶，看不见，摸不着，唯有鼓手的身体可以感觉到，所以，他每块肌肉马上紧绷起来，以保护自己的身体。嘿嘿，话好像又绕回了老家，就是宁可可宁老师总结的那段话，我又拿来贩卖。

你调查传统节日，不能只管元宵节，鄱官节也重要哦，那是土谷祠和庙前村的节日，更是方圆百里老百姓的节日！下午看排练时我就给宁老师打过电话，请她老人家找一伙专家帮忙，龙抬头那天就开工策划，争取把晒红节做大，记住，农历六月六，要来哦。

李友声：

很火树银花，很良辰美景，很人声鼎沸，是吧？

喝高了，那边十八个队长说，明天不走啦，继续闹元宵，吉安作兴过二月初一的下元宵节，我们从今年开始也过，闹过龙抬头再各奔东西！喝得太高，吼了半天才想起，龙灯已经化吉。闹个鬼哟。

都巴不得天天过年，我也巴不得。我说，没有龙灯那就开焰火晚会呀，不要拆除舞台继续表演呀。陶校长为这提议敬了我一杯，他喝得很伤感，居然泪眼汪汪地吟《归去来辞》，拿它当标语插在山上的那句，喃喃地，念了好多遍。他说至今不敢问小女当年发生了什么，生怕她受惊再也不飞回来，天地大了，人心如鸟，可怜黄街花年年声嘶力竭。过完年，该带她找家大医院检查检查，看嗓子出血是什么原因。从没见过校长醉得这么失态。

往来十八村的大路走陶家过，我是廿八日傍晚到的，一看到标语，鼻子酸了眼睛湿了双腿软了。那个“芜”字特别刺眼。陶校长的学生没有几个不懂芜的意思。锦江出了个种粮大户，两岸大畈基本上没有荒田。可是，人心呢，感情呢？大家都觉得好笑，排山倒海的爆炸声中，有人二胡独奏，哪个听得到琴声呀？我听得到。我是拉给自己听的。我坐在台上，只见四夜一片黢黑，深沉的黑，万籁俱寂的静，天地间只有我的琴和我的心对话。不，一定还有一个人，我相信。

我的琴告诉我，今年暖冬，反常地暖，去年伏旱连秋旱，秋旱接着又冬旱，油菜花开的时候，只怕畈上那棵大槐树也会同时开花。如果它们相约花开，那么，今年就是发大水的年份。那棵树是消息树。

人心里也长着消息树。去年，母亲先后在清明、七月半和冬至托梦给我，我们兄弟轮流做代表回来挂青、烧纸，母亲不乐意了，她已经失去一个崽，她要看到每个儿孙才放心。梦中，母亲反复叮嘱我，最重要的三件事：第一件，每次回家一定要去看二嫂，她改嫁了但还是我们的二嫂，要一辈子感恩于她。第二件，后龙山最深处，最大的那棵泡桐树往东走十大步，有一座坟，山竹长得最旺的那一座，葬的是哪个不晓得，祖上交代下来，年年要给人家挂青，我屋里两百年没断过纤，你们兄弟清明节没去，冬至也没去！你们老早不是答应过我吗？第三件，也是最让我心惊的事，母亲说要记住祖坟位置。后龙山越来越挤，荒掉的坟也越来越多，坟山眼看就要被草木淹没，日久天长，怕你们上山找不到路，千万要记牢啊！爹娘的坟在后龙山西头，走枫树下那条小路上山，走一百二十步，往左手分岔，前面有一排岗柏、紧紧相挨的两座坟就是。还有爷爷奶奶的坟，还有伯伯婶婶的坟。母亲的话像导航仪，把位置标得清清楚楚。可能真有托梦一说吧，我们兄弟三个见面，各自都要传达梦中母亲的告诫，言辞竟是一模一样。面面相觑后，我们抱头痛哭。

如果说，琴声如泣如诉，泣诉的正是这件事。要是别人对你说，我为《王婆骂鸡》泣诉，为龙凤剧团泣诉，那是瞎嚼。不过，我是希望双凤能听到我的琴声的。《万马奔腾》是我们的媒人，那首曲子喝令我们牵手奔跑，我们在锦江大堤上狂奔。那时，我们什么也不想，因为天地太大，大到能容得下奔腾的万马，我们当然也要奔腾，再说裹挟在万马的激流中，也分身无术呀。我不晓得双凤听不听得懂《锦江水》。里面有锦江的传说，有童年的记忆，有母亲的托梦，还有我的反思和忏悔。真的，说到忏悔这个词，我会心疼，真的疼，在这儿，是那种牵牵拽拽的疼。晓得我在外面很难，双凤并不怨我，而是给我出主意想点子，我尽量去试，可是都行不通。她为什么不跟我一起出外打工？怕影响我们的儿子呀，她有亲戚在望湖一小当副校长，那是县里最好的学校。

为了帮衬我，双凤想去给陈大户做雇工，非要我去求他不可，我只好硬着头皮去，人家蛮爽快，分配她做的事也轻松。哪晓得，他老婆看双凤不顺眼，一个吃斋念佛的人，见到双凤却总是凶巴巴的。有一天，她派双凤去打药。双凤虽是乡下人，可在屋里娇娇女一个，哪里会做这种事？双凤性格犟，好像斗气一样，不问别人，也不看说明书，天晓得怎么兑的药，兑的是什么药。下田没几久，她就倒在了禾田里，幸好被附近的打药工发现，及时送医抢救。问题出在哪里？一是兑药比例高了，二是喷雾器的喷头到她手里，拗烈得很，药水老是往她脸上喷，连吸带吃，还有好？我赶回来时，她还躺在镇医院吊水，一脸的麻麻点点，说是皮肤过敏。为了这件事，陈大户两公婆吓得死，生怕我们打官司索赔，他手上有个因为喷药惹上的官司闹了两年，还没有了结。大户也难，种粮的大户更难。

晓得我在闻讯赶回家的路上想什么吗？报信的电话用的是死人火烧屋的言辞和语气，我自然往坏处想。我想，万一有个三长两短，我就让双凤住在自家园子里，园子里不种菜了，种花，各种花，就像我开的花店，不过，所有的花只属于她一个人。我再也不出门，就在村里办音乐辅导班，让她跟崽，跟全村的崽女一起听我的琴声。要是身体没有大碍，只要她哼一声，皱一下眉，摸一下肚，我也坚决不走啦，再苦再难也陪着她，相依为命。

她没有皱眉也没哼哼。我到家的第二天，双凤就要去上工。我死活不肯，拖住她，给她拉了一天的二胡。我承认，那天我心不在焉，曲子拉得很涩，有太多的牵牵绊绊挂在弦上，我挣不脱。拉着拉着，我流泪了。

双凤说：你哭啦？你怎么能哭呢？我不是好好的吗？我们会好起来的。出了这事，才好呢，陈家恶婆子不敢刁难我啦。

我瞠目结舌。双凤该不是玩苦肉计吧？但我不能这么问。事实上，她的想象太天真。陈大户老婆让双凤稳定了一段时间，结果还是逼迫老公辞掉了她。

因为双凤从不叫苦叫难，我疏忽了她的苦和难。我坐在台上演奏，她应该能看到我，一旦看到，她就应该听得到我的琴音，感受得到我的心声。

喝醉酒真好，喝醉酒就可以颠覆原先的计划。把元宵节拉得更长更长，长得占满一年三百六十五天才好呢。后面几天，我当然要上台，先拉《万马奔腾》，再拉《锦江水》。总有一个晚上，双凤会扒着戏台的边沿，托起脑袋用心听，就像学生时代那样。陈大户说得当真好，正月里的一切响器都能化吉，何况注入乡愁的二胡？

身子紧贴戏台在下面站着，她把一对胳膊肘撑在戏台边沿，两只巴掌托起满脸沉醉的表情，那副样子真是迷人啊！请老师你想象一下。

咬 鸟

口述人：

邱火林，男，六十岁，初中文化程度，锦江镇宁湾村渔民，因获全国“水上民歌大赛”一等奖而出名，多次参与录制电视节目，并为多位著名摄影家当模特，其中《咬鸟》获国际金奖。

口述环境：

宁湾村两里外的江湖交接处，有一小小自然村，名报恩，属宁湾村的一个村组，仅十余户人家，是鸬鸟捕鱼专业村，入村但闻浓烈的腥臭味。近年常有“鸟人”“鸟记者”来访，村口便有了店号甚是响亮的“农家乐”，曰“渔家傲”。

“鸟人”，拍摄鸟的人也。

邹火林：

当真羞得人死，喝你客人的酒呀。唉，忙昏了头，不是吃饭的点还真抽不出身，而今找上门的越来越多，有一帮央视的在那边等呢，要我给电视片配渔歌，搞了几遍，说味道没出来。我是酒嗓子，没酒喝哪来的味呀？连劲也没有！老师你这个朋友可交，上桌就把杯子全斟满，硬气，骁勇！来，干个深的！痛快！

我好酒，可今日喝酒有点伤感。为何？一大早我把潘金莲送走了。它三十来岁，早就吃不动鱼了，喂它鱼肉泥也吐，今早它呆呆地望着我，眼神哀伤得蛮可怜，脖颈在我腿上蹭啊蹭，连话也说不出了，我懂它的心思，它晓得自己大限已到，求我了断它的痛苦呢。

没法子，人不分贵贱都有命数，何况鸟乎？心一横，我开了一瓶酒，自己先喝一口，再扳开它嘴，倒下去半斤，还有一串泪，酒也是这种不上头、清香淳纯的锦江春。没几分钟，潘金莲晃晃地倒下去，啪嗒啪嗒，又扇了几下翅膀，呜呼哀哉，醉死了，不，它飘飘欲仙到奈何桥去跟武松相会了。

这对鸟夫妻葬在后龙山上，将来我也是要到那里寻地方困觉的，我愿意跟它两口子做邻居。当真！我喜欢听它俩寻欢作乐，叫床吧，搞得人心里痒痒的。心里发痒，说明身上还有荷尔蒙。

可惜潘金莲老公武松死得早，应该有七八年了，武松是被一条才几斤重的护子乌鱼咬死的，不可思议吧？水族里，乌鱼算得最称职的爹娘，它们在自家圈定的地盘上产卵、孵化，那时是坚决不准别人靠近的，到了该带小鱼去寻找食物时，爹娘一前一后护卫，要是遇到危险，两公婆凶猛得很。鸬鸟看上去威风凛凛的，其实它也有不堪一击的命脉，命脉在哪里，那是天机不可泄露，行业禁忌。对，鸬鸟都有名字，主人随意取的，阿猫阿狗老狐狸，别克猎豹桑塔纳，普京泰森林妹妹，叫什么的都有。

我觉得，婚姻是命，要是潘金莲嫁给武松，说不定就是美满婚姻。我的武松潘金莲就是如胶似漆的一对。鸬鸟三年性成熟，要做夫妻行房事，春天发情，那时脸上鲜红，母鸟头上长出艳毛，有红色也有蓝色的，潘金莲长的是蓝色艳毛，蓝得发亮，几漂亮哟，好几只公的都流涎，包括别人家的佐罗也打它主意。哦，还有野鸬鹚也来勾引它。它看不上别的帅哥，在别人面前冷若冰霜，一副神圣不可侵犯的样子，可一见到武松就腿骨子发软。那武松也是，我原先是想让它跟梁山女汉子配对的，母夜叉孙二娘前世不是跟武松交了拜把子兄弟吗，今世就让它俩做夫妻好啦，哪晓得人家相互对不上眼。鸬鸟像人，拉郎配要不得，当然，有时候也可以由组织上安排，让它们慢慢培养感情，哈哈。

武松潘金莲新婚之时，正是我爹归西之日。那多鸬鸟几日没见我爹，哀号不停，寝食不安。只有新婚的鸟夫妻一点也不顾忌当时的气氛和别人的感受，只顾贪欢。哦，鸬鸟图好嬉，不懂得节制的，没完没了，几天下来，脸色苍白，毫无食欲，有的会活活累死，有个词叫精尽而亡，我觉得是说鸬鸟。其实，人也一样，像我喝酒，没个够。来，再来个深的！

鸬鸟新婚，渔民要控制，让发情的公母过把瘾，就要果断让它俩分开。我爹撒手人寰，哪个顾得到它俩呀？这对没心没肺的，照样做好事，还比任何新人都更疯，也可能有借性浇愁的意思吧。可那多鸬鸟恼火啦，冲过去，团团围住它俩群殴起来，你钳一口它踹一脚我扇一翅膀，河滩上一地的黑羽毛，一地的鲜红血。要不是我发现，它俩会被活活咬死的，我察看伤口，大吃一惊，有一种咬在脖颈，像勒一样，那是能致命的咬。有一种咬在母鸟的颈上身上，那可能是寻欢作乐的咬吧？

那几日，我也被鸟咬了。我是被鸬鸟囚在报恩村的，九岁上船，后来没读几年书又回到船上。爹死后我打定心要把鸟把船转卖掉，船不作声，鸟叫得几凄惨哟，没日没夜，像人痛哭样。我去喂鸟，有一对刚做爹娘的鸬鸟双双咬住我裤脚，一边一只，咬到我的肉，它们的嘴像利刃还有倒刺，痛得我作鬼叫。我拼命挣开，瞪起眼睛骂，猛地发现它俩眼里有泪水呢。当真，鸬鸟会笑，也会哭。它们的笑和哭，是一种眼神，外人是看不出的。我晓得那对鸟爹娘为何哭，不光为我爹，还为它们的崽女，那些幼鸟要靠主人精心喂食呢。

野鸬鸟自己会孵育，家养的不会孵，也不会喂食。主人喂给幼鸟的鱼，要除鳞剔刺去内脏，还要剁成鱼泥，整个过程蛮艰难蛮小心，所以啊，小鸟出壳、开眼、齐毛这几个环节，要放爆竹，初一、十五还要敬水神菩萨。这样才能保佑幼鸟长大，虔诚吧？我被鸟爹娘咬痛了感动了，接过爹做的活，喂到幼鸟满月，我舍不得走啦。

决定一辈子继承父业，我一是被鸟感动了，二是被鱼迷惑了。当真，鱼天天诱惑我。大大的鱼窝就在你鸬鸟船的下面，你馋不馋？肥肥的大鳜鱼在鸬鸟嘴上逃脱了，你火不火？还有，偶尔一现的江猪，像鼋将军一样视察水面的甲鱼，轰然跃起的大鳡鱼，我还见过一种飞鱼梭在波浪里。穿蓑衣在水上征战的时候，我老是忍不住把自家想象成身披铠甲的元帅，像朱元璋带着将士跟陈友谅大战。所以啊，我们鸬鸟帮也把鸟叫作鬼子。

老师你想听故事，莫嫌我啰唆哟，我醉酒话多，管不住口条。那好，我这个人呀，老婆不多才半个，崽女不多才一个，渔船不多才一条，鸬鸟不多八九双，多的就是渔歌和故事。对，半个老婆。人家身在曹营心在汉，身是我的，心不是，只能算半个。有故事吧？对不起，我暂时按下不表。

先说两百多年前，应该是乾隆朝，我祖上从高安划着鸬鸟船沿这条锦江去鄱阳湖，浩浩荡荡，有几十条吧。“船头一对黑，去到天边也不怕鬼”，说的是有条鸬鸟船就衣食无忧啦，哈哈，就怕屙痢。有两兄弟到了宁湾界，屙痢屙得出血，没法子，只好上岸寻郎中，医好病后意外得到一匹龙驹，兄弟俩毫不犹豫把它献给正在游江南的皇帝，于是乎，皇帝钦点离群登岸处让邱氏兄弟开基，村名报恩报的是皇恩浩荡。这一路有好几个鱼窝子呢。

二十世纪五六十年代我鸬鸟帮几光荣哟。全县送到抗美援朝前线的干鱼有五分之一是鸬鸟捕的，政府奖励我们高级社好多东西，除了粮油白糖、煤油肥皂这些食品日用品还有钟表什么的。公社渔业队时年年超额完成任务，也有丰厚奖励，缝纫机收音机自行车，社长姆姆比较热衷给我爹奖老婆，县劳模嘛。我爹十个指头上戴了九个金戒指，用而今的话说叫炫富，鸬鸟帮一年到头在水上讨生活，别人看不起呢，我爹炫富是为了挺直腰杆子。这么一炫，不吹牛，连县城里的妹子也想嫁鸬鸟帮呢。

从前鱼多，一条船一天最多的捕得千把斤。从前鱼也大，我十来岁时见过好多鸬鸟围歼一条三十多斤的大鲤鱼，啄瞎鱼眼，扳断鱼鳍，勾出鱼鳃，咬住鱼尾，难怪鸬鸟也叫咬鸟，它做任何事都靠咬，那多咬鸟把水面搞得像个屠宰现场，硬是让凶悍的大鲤鱼乖乖做了俘虏。

给别人讲故事，这一段我能讲半个小时，鱼如何作威作福，鸟如何各怀鬼胎，鱼如何恃强凌弱，鸟如何同仇敌忾，鱼如何兴风作浪，鸟如何集思广益，鱼如何走为上计，鸟如何围追堵截，一出鸟鱼大战，就是仁贵征西罗通扫北，就是二破洪州三气周瑜。没错，我喜欢听书，也喜欢看书，听的鼓书多是历史演义，看的书杂七杂八，抓到什么看什么，《康熙字典》我都通读了好几遍。还借过一部《支那省别全志》，是江西省的那部，这么厚，里面有鄱阳湖地图，我照样子画了一张，当作我捕鱼的作战地图。古了怪，我还人家没有，还给了何人，失忆了。日本鳖崽子当真鬼，像鸬鸟样，难怪都叫鬼子。人要是没书看，一辈子守着这些鸟，靠它们养自己，还不憋屈死呀。

说起来蛮古怪哦，那种围捕的情况只发生在人民公社的时候。一般来说，是不可能的，鸬鸟都是个人英雄主义，都想抢功邀赏呢，再大的鱼也要独自捕，不肯让别人相帮。武松就是血的教训。它仗着自己是常胜将军，二三十斤的大鱼都不在话下，还怕它区区一条小乌鱼呀，连潘金莲想靠近乌鱼偷袭一下，也被武松啄了几口，蛮横地赶开了。唉，逞强的下场啊，丢下了如花似玉的娇妻，苦了潘金莲。

潘金莲算得是贞女烈女，虽然是中年丧偶，人家洁身自好，矢志守节，寡妇门前是非多，它却不然，没有哪个敢打它的主意，到了春天该发情的时候，它也像别的母鸟那样叫，可它的叫声特别，有浓浓的思念味道，也有冷冷的警告腔调，学几声给你听听，嘎嘎——嘎嘎——嘎，听出什么没有？我觉得更重要的是，它眼神里有一种东西能压邪驱恶，那种东西应该叫尊严。

而今世道变了，水情鱼情也变了。一九八几年的时候还算好，我最多一天得过六七百斤鱼，才二十多年过去，锦江和鄱阳湖里的鱼只够鸬鸟填肚子啦，我报恩捕鱼专业村多数人家不得不改行，只剩几家还蓄着鸬鸟，可主要不是捕鱼，是表演，鸬鸟捕鱼让别人摄影呀。为节约成本，两天才喂一次鱼，鸬鸟也可怜啊。这就是鸬鸟捕鱼的现实，要问未来，恐怕没有未来。这样表演下去，也蛮烦。当模特的人，变成了鸟，还不如鸟呢，鸟表演完了，可以去寻欢作乐，人寻什么，寻酒喝也找不到伴啦！见你这样跟我老人家喝，我开心。喝！

对。我也当模特，还给游客唱渔歌。而今人人都是摄影家，拿手机拍的，叫鸟人；拿长枪短炮的，叫鸟记者。省里的鸟记者都认识我，老是叫我去摆拍，我嫌烦，就说，你们去拍鸟的喜怒哀乐嘛，鸟有自家的生活，我说到鸟发情交欢的事，有个姓黄的鸟记者当真厉害，他穿着连体水衣潜在水里，近距离拍到鸬鸟交欢，取个题目叫《咬鸟》。他几得意哟，捧着机子让我看。我一看，傻了眼。我的莱温竟敢跟野鸬鸟偷欢，肥水流进了外人田！难怪一群野鸬鸟那几日老是落在我报恩村边的苇丛里过夜，它们是来成人之美的。

莱温是头年买来的，我本来想让它跟花关索配对，传说花关索是关公的崽，名门之后呢。哪晓得莱温心高气傲，花关索越是讨好卖乖，莱温越嫌，嫌它俗气呗没素质没文化呗。我就不相信野鸬鸟会更有文化！野鸬鸟能上的充其量是野鸡大学！不过，莱温是我见过的最漂亮的母鸟，赛过年轻时的潘金莲，一身的羽毛黑里透出宝石蓝，宝石一样闪闪亮，其实，在不同的光线不同的角度下，体羽颜色也不同，万花筒样丰富。它艳毛红彤彤的，风一吹，抖抖动，撩得人心痒。我觉得一定是那簇艳毛吸引了走过路过的野鸬鸟，要么就是莱温在捕鱼时发现岸边有眼睛偷看自己，结果四目相对，一见钟情。我见过几多咬呀，没见过莱温和野鸬鸟那样的咬，那种咬好像不要命一样，一个要把命献给对方，一个要吸干对方的生命，我看得灵魂出窍，忽然间泪如雨下。我手机里有，等下翻给你看。

唉……不好意思，眼睛痒痒的，可能上火啦，哈哈。这锦江春蛮好，三十年的那种是扯淡。二十年的最过硬，微醺，不上头，打歌歌有味，讲古古多情。先来一段助兴吧——

水伴云来云如火，
船底压着浪花过哟。
下篙来就像乌云飞，
起点来好比白雪落。
一只鸬鸟一张网呀，
鱼儿碰着莫想脱。

有味道？那好，连搞三下，我就再来一首。爽！我唱——

风吹麻石来滚上坡，
鄱阳湖里鸟架窝哟。
枫树尖上鱼撇子呀，
鸬鹚上树把鱼捉。

这首歌的意思不懂吧？河底湖底水情复杂，比方说，水下有大树，那树丛往往是鱼窝，鸬鸟发现了，会钻上来告诉你，那时它会发笑，笑得咯咯的，当然，它们的笑声只有渔民才听得到。要是发现树桩，鸬鸟就着急着慌地叫你撑船赶快绕开。

看莱温的表现，鸬鸟当真比人更懂得爱情，它们爱得一心一意，爱得轰轰烈烈，爱得死去活来。唉，人呀，要么做不到，要么经不起……懒得说了，我不好意思说，喝酒喝酒。

喝了你的好酒，不说对你不起，不怕献丑，说吧。先说我爹的三个老婆，再说我那半个老婆。没错，我爹讨过三个老婆，死掉一个再讨一个，三个都死了。乡下本来就愚昧，从前医疗条件一塌糊涂，报恩去县城只有水路，摇船要走一整天呢。讨第一个，刚搞完土改，是地主的女，生得雪白兮兮，那时候我鸬鸟帮蛮作俏，找什么样女子都要得，可我爹偏要拣漂亮的，可惜过门没半年就死掉了。第二个，是逃荒来的安徽人，生得人高马大，就是不会划水，春天碰到打风暴翻了船，为报救命恩赖在我家不肯走，我爹吓得去报告社长姆姆，没户口的叫“黑人”，鬼晓得她哪里黑有几黑，万一是地富反坏右呢。社长姆姆笑眯了眼。两个月后亲自上门来颁奖，奖状是结婚证和外调证明。这件奖品不经用，也是半年就翘了辫子。第三个就是我娘，我娘是邓埠的女，要不是屋里穷哪里肯嫁他哟，都说报恩这地方邪我爹屋里更邪呢。关于报恩的邪，传说乾隆游江南到这里后一心想拼死吃河豚，太监百般阻挠，乾隆迁怒于宫女而大开杀戒，那些冤魂要借尸还魂呢。我长到三岁，娘也走了。三个女人都是妇科病死的，死前都大出血。

宁湾这一带传遍了，直到我该讨老婆时还在传，说我爹是凶手，凶器是裆里的家伙，那家伙特别长，有多长呢，蹲下可以拖到地上，站立可以缠腰一圈，可以把人的五脏六腑搅成一锅粥，那还有命呀！明明是无稽之谈，乡下就有人信。我胡思乱想哦，这可能间接反映了乡下人的生殖崇拜，像有些外国一样，要不，怎么好多村庄都有这类奇人的传说？我娘嫁过来也是社长姆姆做的媒，她要激励县劳模鼓足干劲再立新功，带了一大拨男男女女寻到河边，见面就叫我爹下去游水，我爹蒙蒙地脱得赤膊短裤，社长姆姆喝道：平日游水你这么斯文啊？脱光！我爹以为要阉人呢，拔腿就跑。社长姆姆一把扯住他，喝道：家什蛮金贵是吧？验验！我爹接住她眼神，哗啦，一览无遗。现场没有惊叫也没有赞叹，社长姆姆开口火气蛮大：妇女想想老公的，男人摸摸自家的，眼见为实，回去狠狠刹住这股妖风邪气，都想借笑话窝工晓得不！他们是各大队的头和妇女主任，其中夹着我外公。我外公验明正身后同意了这门亲事，不过，还是约法三章叫我爹摁了手模，内容就是要像控制鸬鸟一样，保证做好自我节制，不能随心所欲。

早先男人滥贱得很，热天日落前后，女人洗衣，男人就在她们身边脱光下水。来了下放知青，社长姆姆为此发过火，她把宁湾男人脱下的衣裤拢作一堆放火烧掉，骂道：不怕耻的！吓死女知青要偿命晓得不？你们莫上岸做下凡的毛衣男吧！搞笑吧？

从前公社渔业队大呼隆干活，在船上喜欢说荤的。我对娘一点印象也没有，也没留照片。听人说，我娘个子不高，像社长姆姆奶大屁股大，对了，她们沾亲。说她背着我，把奶往肩头一搭，就能给我喂奶。他们这样说的意思是，我娘那身体应该不会死于非命的。我为什么爱读书呢？最早的动机是想弄清这个要命的问题，开始看的都是赤脚医生的书，因为这个问题迟早要影响我讨老婆。其实已经影响了，我皮肤黑得炭一样，连屁股也是，说明我喜欢打裸裸，喜欢让人看个清清楚楚。

到了该讨老婆的年龄，我一心想把我爹摁了手模的纸条搞到来，看看上面到底写的是什么。爹发现我偷偷地翻箱倒柜，坦然告诉我，九个金戒指被看病花光了，当年先后带着三个老婆去过好几个大城市，连上海医生都认识他，医生问，你是县妇女保健院专门负责转院的医务人员吧？我爹苦笑，这就是命。后来他坚决不娶，也没有人敢嫁，连我都受到影响，你想想。

挖地三尺，哈哈，当真被我从墙缝里抠出用油伞纸包起的纸条子，上面当真有约法三章，不过，绝不像民间传的那么淫邪和荒唐，可也蛮古怪，那三条是：一、任何时候任何情况下不得让吾女下河上船；二、任何菜肴粉面汤水不得放生姜，买来的包子等食物须试吃后确定没有生姜，才可让吾女吃；三、睡觉千万不得打呼噜说梦话。

第一条好解释，怕湿嘛。后面两条我百思不得其解，又不敢问爹，只好揣着这两道题慢慢琢磨。第二题在邓埠老郎中那里得到破解，说到过敏体质，他说有人生姜过敏，包子馅里的姜丝都能叫人扑通倒地昏死过去，我恍然大悟，估计第二条就是因此而立的规矩。那么第三条呢？直到我结婚，也没有找到答案。

我老婆也叫金莲，此金莲非彼金莲也。邓金莲，也是邓埠的女，在大队毛泽东思想文宣队里演过小常宝，演李勇奇的知青明明是一只走过路过的野鸬鸟，人家上调县剧团，拍屁股走人好几年，她居然还被他的谎话哄得痴痴傻傻，每到礼拜天就去村口等人。她爹托媒婆上门说亲，我是铁骨铮铮，放言道，爷老子宁愿一辈子打单身，也不会寻个花痴做老婆！

那媒婆是个神婆，你说她神头神脑吧，把我的话原封不动告诉女方，传到邓金莲耳朵里，金莲也蛮泼，自家一个人骂将上门。那次其实是我俩头次见面，金莲细细瘦瘦，不过，屁股蛮大，奶盘也还丰满，就是脸色有点黄，眼角有点翘。金莲劈头就骂：你嘴贱呀你才花痴呢！没见过这么胆大皮厚的秧子，我回敬道：你还不花痴？人家李勇奇有灯火辉煌的望湖广场逛，还会来钻你黑灯瞎火的夹皮沟吗？邓金莲骂我流氓，还骂我爹不光是花痴还是花贼花煞。我顿时火冒三丈，抄起指挥鸬鸟的长竹篙。邓金莲冷笑道：打呀，不打你就是我屙的崽！

真是不打不相识。两村隔水相望，前半生从不曾谋面，打那以后呢，冤家路窄，想躲开都不容易。见得多了，我想这就叫缘分吧，瞌困碰到了枕头。其实，邓金莲最后是为了保证让她爹经常能吃上野生甲鱼才嫁给我的。金莲爹是乡下的民办老师，五十来岁得了癌症，是那种比较凶的癌，胰腺癌，被省肿瘤医院判了死刑的，时间只有三个月。我不是喜欢看书吗？书上有例子，甲鱼是癌细胞的克星。第一次我送了她家一网兜，叫她爹每天吃一只，放胆吃，保证他吃到一百岁。她爹泪流满面，说不用不用，能撑过六十岁，见到女儿出嫁、抱上胖外孙就心满意足谢天谢地啦。

我家武松是捕甲鱼的高手。你可能不相信，鸬鸟有感情也有性格，有刁的，有懒的，鲁莽的像武将，聪明的像军师，忠厚的像伙夫。我家武松才不会挥老拳去打虎呢，甲鱼钻在水底的泥里，露出个背壳，鸬鸟要扒开泥再咬住甲鱼头上岸。武松滑头得很，它懒得扒泥，就在旁边等着，等别的鸬鸟扒开泥，甲鱼伸头要逃时，它抢先咬住甲鱼。我怎么晓得的？武松捕的甲鱼，自家嘴上的钩子干干净净！

野生甲鱼让医院的预言破了产，她爹活过三个月，又活过一年，越活越起劲，乐呵呵地喝上了女儿的喜酒。人啊，就怕没文化。本来我发誓说整个鄱阳湖的甲鱼都是她爹的，哄得她眉开眼笑，还亲了我一下。亲得我骨头酥了心醉了，也就得意忘形了，抱着她傻乎乎叫了声小常宝。当真傻到了家！人家武松跟潘金莲亲热时几专心呀，要是念叨母夜叉那不是讨打吗？金莲一听，唰地就变脸，推得我一连打了几个跌，害得我几日近不得她身。要读书啊，我向丈人公借了心理学，还有弗洛伊德，可惜看不懂。后来改善关系，还是靠甲鱼，一只十来斤的甲鱼王，厉害吧？

甲鱼王当然是武松捕的。武松叼住它出水时得意极了，不是先上船来邀功讨赏，而是奔潘金莲而去，好像那甲鱼王是献给妻子的礼物。自古美人爱英雄，潘金莲更加，潘金莲哗啦哗啦扑扇翅膀在水面上跳起舞来，围着我的船跳了一圈，那多鸬鸟受感染一样，也跟着跳开了，那场面比芭蕾舞《天鹅湖》精彩得多，因为那是湖的舞台天的幕布，鸟是真正的主角。英雄凯旋了，我收下英雄的战利品，让它立在长竹篙上，接受所有鸬鸟的致意。我看见潘金莲眼里闪动着幸福的泪花，崇拜的泪花。你觉得这段话很文学是吧？没错，我写成了一篇文章，投到县报社，半年也没音信，后来请老师看过，人家说一来文章没头没尾，二来不真实。

好笑！我还不晓得什么最真实呀？甲鱼王是真实的，鸬鸟的爱情也是真实的，连邓金莲都相信了。见到甲鱼王，金莲惊喜得不行，非要去认识武松两公婆不可，我带她到河滩上，鸬鸟们站在一排排木桩上歇息，别的公婆偶尔亲个嘴调个情要么你瞪我一眼我抡你一拳，只有武松和潘金莲勾头拢颈，卿卿我我，悄悄话总也说不够，在你们眼里所有鸬鸟一个长相，我识得每只鸟，它们跟人一样，有老少胖瘦，有壮弱美丑，有喜怒哀愁，我教金莲如何识别那对恩爱夫妻，顺便讲它俩的故事，包括人家两公婆做爱的故事。金莲满脸绯红，骂我牙黄口臭，不过，总算给了我一个迟到的洞房之夜。

干！我当真搞不懂，估计那个弗洛伊德也搞不懂，李勇奇当年只是说要把她救出夹皮沟，金莲却始终深信不疑，李勇奇还日日叫唤要解放全人类呢，他解放得了吗？是的，她的心被人勾走了。在床上，我讲什么笑话也逗不乐她，那个李勇奇是县领导的崽，调县剧团不久去从政，一九八几年已当到公社书记，早就成了家。什么样的鸬鸟能把她的心从深深的湖底叼出来呀？我不惜拿我爹的约法三章来没话找话，叫她猜第三问。哪晓得，她没好气问：你二呀？我也听不得呼噜！我当真傻，竟回口道：我总不能熬夜看你困觉吧？邓金莲一针见血道：这话的意思是分床。

你看我外公有文化吧，不叫我爹娘分床，而是说听不得呼噜！我还傻傻地拿它当谜来猜呢。兜头一盆冷水浇醒了我，也浇蒙了我。我不甘心，我等着鸬鸟发情的季节。从头年十二月起，我就告诉金莲，你看潘金莲和武松的脸有点发红，会越来越红，过了年，潘金莲就长艳毛啦。鸬鸟船两侧船舷的木桩，有为它夫妻准备的窠巢，交欢一周后，母鸟开始下蛋，一年只有一次下蛋期。我的意思是让鸬鸟给她上一课，人再怎么卑贱，也该有鸬鸟的生命欢乐。这要求过分吗？

那年天暖得早，过年时油菜就开花了，过完年，李花桃花一起盛开。鸬鸟们脸上红得发亮，眼睛里春情荡漾，新婚的再也忍不住了。武松潘金莲年年春天都是新婚，武松为这一周蓄足了精力和爱情，潘金莲也是，它为迎接这一周激动得全身发抖。那天，我懒得捕鱼了，虽然带着金莲出了湖，我让鸬鸟船在水上随风漂荡，让金莲沉浸在鸬鸟的欢乐中好给她一点刺激。最吸引眼球的当然是武松和潘金莲，它俩一次次地交合，默契，娴熟，投入，还有就是持久。这几个词，我查字典琢磨了蛮久，自以为是贴切的。那次我更关心的是邓金莲的反应。她嘴里唠唠叨叨地抱怨我，眼睛倒是紧盯住人家夫妻，武松的嘴像铁钳一样紧紧夹住潘金莲的脖颈，把她惊得时不时地啊啊叫，脸涨得通红通红。跟你说句悄悄话，四十五岁以前，不要说看到那场面，就是听到它们欲醉欲死的叫声我也会跑马。

我的阴谋得逞了，我俩也做了，像发情的鸬鸟那样，跟它们在同一条船上，同一片蓝天下面。哦，看不到天，我们是在篾做的船篷里，鸬鸟船蛮宽，我们做了一个宽阔的好梦。那几天，我们两公婆打算置办一条新船，做几身新衣服，多捕鱼多卖钱争取用五年时间做起新屋来，当然，还有生几个崽女，哪怕罚款也要多生。哪晓得，好景不长，李勇奇解放全人类来了。他当上了新成立的湖管局局长，沿岸游游荡荡，跑到报恩指手画脚来了。金莲瞄见他的那副样子呀，唰，眼睛放电，那道电光蛮古怪，跟潘金莲崇拜武松的眼神一模一样。我晓得，那是灵魂出了窍。

我不晓得当年在文宣队他俩到底发生了什么事。我也不相信一个拖着鼻涕、满头虱子的村姑跟知青能有何事，何况人家还是革命领导干部的崽。那个湖管局长后面一堆跟屁虫，他只顾抽烟打官腔，根本没正眼看看迎上去的邓金莲，事后金莲硬说人家对她笑了好几下。反正打那以后，她再也不关心武松潘金莲的发情期了。我不能对她打呼噜说梦话，算了，那就不交公粮呗。哈哈！没什么了不起，忍不住就嫖五姑娘好啦！

不知不觉二十多年过去，我去到湖管局门口多次，当真想闯进去揍局长一顿，可是理由呢？再说人家新成立的单位，可能为预防挨揍吧，招进去的全是退伍的彪形大汉，好像还有几个武艺高强的侦察兵，我揍得赢哪个哟？也是气不过，我就告状，当然不能告人家勾了金莲的魂，我告他湖管局把江湖管得乱七八糟，河段被各村花钱霸占了，千百年来约定俗成的渔业生产组织习俗被破坏了，直接导致我鸬鸟帮难以为继！不停地告，告得县政府不得不管管湖管局。

哪晓得，我搬起石头砸了自己的脚，李勇奇一趟趟上门来做我的工作，无非就是征求意见宣讲政策解释说服，把小常宝乐得过年一样，每次都端上几碗白糖煮蛋，一只碗里放六个蛋，一个他再加上三四个虎背熊腰的随从，再告下去我非被湖管吃穷不可！

李勇奇能装，装得一点也不认识我老婆样。金莲的欢喜却是不加掩饰，每次见他前后几天，曲不离口，连困觉都咯咯地笑。她老爹倒好，癌细胞被野生甲鱼全部消灭干净，活得蛮新鲜，奇迹吧？只是金莲的心在夹皮沟，怎么也哄不到报恩村来。

一辈子快过去了，不来就不来吧。遗憾的是人不如鸬鸟，鸟能为爱销魂，为爱献出自己，哪怕为爱死去，几幸福的事哟！可惜我等享受不到，我等只有受苦驮累，劳碌命啊！

看到黄记者的《咬鸟》，我当真感动。一是为莱温与野鸬鸟的深爱感动，二是为莱温的有情有义感动。天断黑后，不晓得莱温是怎么收敛自己说服情人的，居然回到了我的鸬鸟船边，翘立在河滩的木桩上，紧盯住黑黢黢的对岸。那只野鸬鸟一定藏在对岸的苇丛里，野鸬鸟一定也会紧盯这边，在暗夜里寻找自己的莱温。天很黑，它们的眼睛很亮，它们的眼睛为彼此放光。

我抱住莱温，它在我手掌上啄了两下，好像歉疚的意思。不过，我还是能感受到它身上经久不息的幸福颤抖，还有压抑不住的渴望。我晓得莱温是为了这个大家庭而回来的，是为了主人的牵挂而回来的，它的心一定在对岸苇丛里继续缠绵，继续交欢。我轻声对莱温说：走吧，要是你真心爱它……

我说过，它是我买来的，准备给花关索配对的，当时花了两千块。其中一千块是临时东拼西凑借来的，是的，一千块不过是一只大甲鱼而已。莱温听得懂我的话，可能内心矛盾，怕对我不起吧，也可能是它跟野鸬鸟都没有做好私奔的准备吧，莱温显得很是不安，不晓得何去何从的样子。

于是，我安慰道：我是说，要是你们离不开，要是你觉得做一只野鸬鸟更自由更幸福，那么，我衷心祝福你们，当真！莱温，你要相信我。

我感觉手掌上落有泪滴。所以，那个夜晚我懒得回屋困觉，就困在春夜的鸬鸟船上，陪着莱温，陪着将要老死的潘金莲。我第一次惊奇地发现，潘金莲半夜会哭，哭得蛮伤心，它轻轻的哭声旋转在喉咙和喉囊里。它一直在想念武松吧？

那个夜晚特别长。烦躁的莱温好不容易安静下来，不多时，天也大亮了。远远近近的，到处都是鸟啼，鸬鸟当然也叫得挺欢。对岸苇丛里的野鸬鸟呼啦啦飞起来，飞过我的鸬鸟船，绕了一个大圈，又落进苇丛里。这样起起落落好几次，显然，它们是召唤莱温加入。

我在船头上冲着莱温挥动长竹篙。这是我的指令。莱温从河滩上腾起，落在竹篙的梢头。我大喊一声：莱温，再见！

莱温飞离了我的竹篙。不过，它没有马上跟着重新起飞的那群野鸬鸟走，而是独自围着我的鸬鸟船盘旋，转了一圈又一圈，其实我看见它在盘旋时还做了一个俯冲，叼起一条红红的鱼，把鱼送到了潘金莲面前，然后，莱温扬长而去。

我还记得莱温盘旋的样子，一圈圈，不断飞高飞高，最后，它是被那群野鸬鸟簇拥着，消失在水天尽头的。不过，第二年春天，黄记者在老地方还是拍到莱温夫妻交欢的镜头，还是那样叫人脸热心跳的咬，不，更甚。

唉，埋好潘金莲，我忘了上炷香。我俩蛮厉害，这一瓶我起码喝了七两，干掉这一口，我上炷香去。让它两公婆保佑我下辈子做只鸬鸟，我要是鸬鸟，绝不会放走莱温的，当真！

贼　匠

口述人：

谭火灵，男，出生于1970年6月，锦江谭埠村人，金银首饰行名师谭茂卿之长孙，南昌、长沙及望湖等地都有他的金号，其名片正反两面罗列着自上而下的多种头衔，字体加粗的三行为“全国金银珠宝首饰协会理事”“江西天宝金行董事长、总经理兼艺术总监”“望湖县政协委员”，另有用签字笔临时写上的“市级非遗传承人（待定）”字样。

采录环境：

谭埠人善吹，吹唢呐，吹火筒以加工金银器。这两样也是谭埠村落文化的特色，为县里文化人所蛊惑，新建的村史馆索性别号“吹之馆”，两个主题馆正是唢呐馆和金银器馆。金银器馆的陈展由出身于金银世家的谭火灵负责，大部分馆藏来自他家，包括爷爷用过的吹火管等工具，祖孙三代打制的多件金银饰品，祖传及族中女眷戴过的金银饰物。

谭火灵：

我谭埠自古以来，出木匠篾匠石匠补锅匠，出摆渡佬撑排佬杀猪佬箍桶佬，出剃头师纸扎师镶牙师瓦窑师，还有吹拉弹唱的乐师。这么多行当里面，第一吃价的当然是金银匠，不湿脚，不淋雨，不脏衣，工价高，身份也高，结交的人，都是穿金戴银的。

橱窗里的这个是吹火管。望湖地方把金银匠叫作管匠，也叫贼匠。什么贼？做贼的贼！不好听是吧？管匠的管，就是指做金银器要用的这个吹管，是匠人吃饭的碗。贼匠的贼呢，算是碗里的饭吧。

早先的金号银楼，主要经营方式是来料加工，把人家要的饰件打制得让人眼亮眼花，哪里顾得上跟你较真哟，经过淬、烫、切、割、吹那么多道工序，刮地皮样刮些边边角角细细碎碎，比工钱更值呢。所以说，贼匠不算贬义词，雁过拔毛嘛，大家心知肚明，相沿成习，也就顺理成章了，就像裁缝落点布头线脑。不折不扣才傻才怪呢，我爷爷当年就被老板看作傻子怪人。

才十五六岁，扛颈鬼瘦，一只鹅都能扑倒他，他也敢跑到长沙老天宝银楼去做事。谭埠人多田少，逼得子弟要去学手艺糊口，可我屋里祖上自家当老板，置了田地开了金号，就算真心想当个管匠，也不用离乡背井呀。这个不解之谜直到建金银器馆，才被我破解。为何？嘻嘻。刚开蒙的伢崽被美女电到了。跟我一样，一九八几年的时候，我日日跑到五金厂去做义工。那时，我爷爷他们几个老匠人打伙在镇上办厂，叫五金工艺厂，其实好比金号银楼，先是做顶针铭牌和镀金镀银的金属件，后来金银管制放开，镇上蛮支持，女书记社长姆姆鼓励五金厂加工项链项圈耳环戒指凤钗金锁长命锁，她说自己也算艺术家，湾石大师的弟子嘛，主动无偿奉献了好多花样，我爷爷跟她打哈哈，聘她做艺术总顾问，那些纹饰图案一件没用，不搭界嘛。好在社长姆姆不计较。那时，五金厂效益好得给个县长都不当。老人家心大，决定趁势而上扩大规模，除了招收一批工匠外，每家一个进厂指标，各家得照顾的都是长子长孙，可我爷爷不，他硬是要拿指标去讨好外人。

讨好哪个？被他休掉的老婆捡来的大崽所生的小女。糊涂了吧？我口条上打死结，你能不糊涂？还是先把我自己交代清楚再说。得我家指标进厂的那个秧子叫细花，秧子就是嫩嫩的小美女的意思。当时我这个长子长孙几恼火啊，我懒得给谭家当龟孙子啦，一怒之下跑到厂里去贴斩断关系的声明。声明是用毛笔写的，上面说："本人谭火灵庄严宣布，从今而后，与谭茂卿脱离祖孙关系，他做得初一我就做十五，谭姓一并奉还，改姓为金。特此声明。"哪晓得，刚到厂门口，还没掏出声明，有人在背后亲亲地喊我火灵弟郎，嗓音就勾魂，我一回头，魄也失落了。她就是细花，大我三岁。当真女大十八变，变得我不认识啦，圆圆脸，眼睛会哇事。后来怎样，你晓得的，失魂落魄了能怎样？害得我那几年以寻魂为生。

我爷爷也是因为一个秧子留在长沙当小伙计的。本来他是随做生意的家人去玩，住在同乡老天宝银楼老板家，日日见的都是珠光宝气金枝玉叶，你想想乡下后生能不眼红心动？自家长得不客气，不过他心气高，情商也高，脑子又灵，嘴巴还甜，老板娘喜欢他的伶俐，做老板的主，留他临时帮工打杂，干的都是洗尿布倒马子桶烧洗澡水的活，有时候老板娘会盯住他看，看得人家后生子脸皮子发臊，就像而今的大妈喜欢小鲜肉。见到常跟娘来银楼的那个秧子，我爷爷也把她盯得脸上绯红，要是那样，客人一离店，他就得驮老板娘一顿臭骂。

几年过去，长沙秧子差不多瓜熟蒂落了，为陪嫁吧，她娘送了金砖银锭来，要打制项链耳环戒指胸针裙链和麒麟帽花，还有手镯臂镯脚圈腰带，东西五花八门，要求稀奇古怪，时间催命一样。比方说，腰带上是龙凤呈祥，钗子上是双凤朝阳，连胸针上也要来个凤求凰，她家像开珍禽馆的。对老天宝来说，这是一笔发大财的生意，老板当然痛快接下，不料，没几日，银楼雇请的两位老师傅被气跑了，老板太音嘛。老板自家上阵也赶不赢呀，再说老板虽是长沙城里的名师，可因眼疾已多年不再操刀。说到眼疾，我忍不住要窃笑。告诉你，老板娘本来是青楼女子，老板买她的芳心赎她的身子，花了不少金银，那么啬的人还不要攒劲用足老婆捞回本钱来呀，老古话说得好，女人裆里一把刀，伤脑伤眼又伤腰。嘻嘻。

不过，我理解。乡下后生见到城里的细皮嫩肉，不流涎才怪呢。我爷爷也一样。所以，他才会挺身而出。当时他是癞蛤蟆打呵欠，口气蛮大，说这家主顾的活计他能做但要由他全包，别人不得插手。老板讥嘲道，你能接活？你是阎王做把戏，骗鬼吧？老板娘笑眯眯地瞟他，嘴上反倒嘟哝说，狗生角出羊相呢。我爷爷把话丢在那里，信不信随便，反正他又不急。

历史惊人地相似。不过，青出于蓝而胜于蓝，我才三年，就把老前辈吓呆了。那时，经过考察审检，省人民银行决定委托锦江五金工艺厂加工内外销的金银首饰，有项链耳环戒指手链吊坠五大件，四十多个品种，全是手工打制的，做工精良，花色品种齐全，引得北京公司也跋山涉水跑到我乡下来订货。直到五金厂倒闭，我爷爷才晓得人行行长曾经下放锦江，选中锦江五金厂是还社长姆姆的人情债，行长喜欢宁湾剪纸，当年搬走不少去送人。真是萝卜青菜各有所爱啊。北京那批货时间紧任务重，见那几个建厂元老火烧屁股样，我就自告奋勇了，哪晓得，惹得一身骚，那些老人家也嘲笑我是阎王做把戏。

其实，我已经把他们手上的把戏偷到了手。我日日去厂里，开始是粘细花，泡妞，不愿读书也不肯作田，甘愿守着这棵秧子看花闻香，热天还有电扇吹呢。顺带着，我也帮忙做点活，哪怕挣不到工钱，连中饭也不管。我爷爷这个啬厂长！晓得我最喜欢做何事吗？拿老师傅刚做好的金项链，让细花试戴。每次她笑着近距离面对我，脸都会唰地血红，我呢，心扑扑乱跳，当真想故意碰碰那雪白兮兮的脖颈，又怕吓到她，从此失去这样美妙的机会。憋得忍不住，有一次，我站在背后帮她扣链子，许下豪言壮语，我说细花我一定要亲自打一条世界上最好看的链子送给你！你猜细花的反应。笑了？哭了？抱住我了？没有。当时她瞪起个牛眼，只哼了一声，害得我那天夜晚抽了三包欢腾烟。第二天她在厂门口拦住我说：我要爷爷送给我奶奶的那种式样！尽管我懵懵懂懂，还是很豪爽地拍了胸。打那以后，我成了真正的贼匠，我偷的是技艺，那时候真是走火入魔呀，要不，我怎敢出头？那单订货，我做了好几件，都说我无师自通，其实我是吃百家饭成长的，贼匠嘛。

青出于蓝，已知青这般，再说蓝怎样。老天宝精得很，冷静一想，这个谭茂卿用心呢，平时老是呆呆地看着师傅做活，还经常捏泥巴，攥把菜刀雕琢小木件，要是手艺拿得出手，能省下几多工钱啊。老板就让我爷爷试做一只工艺简单的银插针。没想到，那根插针做得弯直有度、精细灵巧，老板喜出望外，就按我爷爷的要求把活计全部交给了他，此后餐餐有鱼有肉，老板娘日日甜言蜜语，时不时地摸他一把，蹭他一下，害得后生子夜夜跑马。哎呀，臭嘴！那是老辈人笑话我爷爷说的，当不得真！反正老板娘对我爷爷蛮好，打算把如花似玉的表妹许他呢。爷爷问：有她好看吗？她，指的是长沙秧子。秧子母女隔三差五地来转转，是催工呢。她们一来，我爷爷就叫秧子试戴项链。至今爷爷跟老辈人回忆往事还吞涎，说没见过那么嫩的皮肤，像熟透的水蜜桃，掀得掉皮，摁得出汁。嘻嘻，哪个都年轻过哈。

为赶工，鼓气吹合，制模錾花，敲打成型，每道工序他既认真又严谨。秧子母女来得勤，正好也说明她们对做工的喜欢。其实，老板的鱼肉，老板娘的表妹，都是暗示爷爷莫忘记筒匠也叫贼匠。见爷爷他老是装憨，老板干脆挑明，还表示克扣下来的金银料三七分，哪怕得三成，娶人家表妹的见面礼也足够气派了。我爷爷幸福地微笑着。赶在中秋前，秧子母女来取货了，一件件再次一一试过，喜欢得不得了，母女俩只夸爷爷的手艺，扯着扯着，扯到了望湖县的锦江边，随手丢下一本书，好像叫《支那省别全志》，里面有地图，秧子笋嫩的玉指点来点去，原来既是老表还是老乡，秧子激动地写下住址诚邀爷爷去喝喜酒呢。验过货，老板正想把饰品归拢，却被我爷爷抢先一步，爷爷把首饰一一放在戥子上，称一件，马上用洪亮的声音一本正经地报出重量。加起来，进出等量呢。我爷爷的硬气，恼得老板当天摔坏屋里几扇门。一辈子，凡经爷爷手的活计，都是等量进出，这是他做人的原则。

老板断了他几天鱼肉。老板娘刁，真的想拿表妹来收买我爷爷，那个表妹倒是好人家的女，可惜一张葱油饼的脸，我爷爷看了一眼，就叫肚子发胀发痛，跑去蹲茅坑了。也是，他暗暗苦学手艺，为的就是出人头地，将来娶个跟长沙秧子一样好看的老婆，带回谭埠老家，脸面才有光呢。

我也是。我迷细花，也要学精手艺。练吹筒是银匠的必修课。吹筒要对着火，火头要对准金银块，找到熔点，吹气时要确保气量适中，不能停歇，换气更见功夫，练习吸气换气，腮帮子鼓得像癞蛤蟆。久而久之，就能掌握吹气的诀窍。我经常吹上十多小时，喉咙哑了，有时还吐血。把细花心疼得不行，买来一堆罗汉果，时时逼我泡水喝，差点把膀胱撑爆，我说喝琼浆才管用，你闭上眼。我强蛮地亲了她一口，当真没想到，细花推开我，抓起茶杯狠狠摔在地上，像扔摔炮，吓我一跳。更难忘是她的眼神，轻轻的一瞥，比刀子更尖利，现在想起来心里还火辣辣地痛。你经历过那样的眼神吗？

我要叫她后悔！我用了七日七夜，先做了一只凤凰发饰，那是呕心沥血之作，没等我拿去向细花示威，就被爷爷发现了。老人家反应蛮古怪呢，先是一惊，接下去发呆，然后喝酒，喝着喝着，酒杯里滴落了泪水。二三十年过去，这事一直是个谜，等到张罗办金银馆的时候，我讹他说，每件展品背后的故事都要讲出来，这才是历史。原来，我爷爷也做过一件相似的凤凰发饰，想在喝喜酒时送给新娘子，他对长沙秧子的邀请信以为真，哪晓得，找到住址却进不了门，还被门丁当叫花子呵斥了一顿，挨了一枪托。唉，可怜了十多块银元和一肚子说不出口的心事。日日用来翻看地图遥想家乡的那本书，被他当了枕头，不高不矮，不软不硬，脑壳喜欢。

我做的凤凰发饰被爷爷无理没收了。不，唯一的理由就是拿它当招工登记表，凭着它，我也正式进了五金厂。意思很清楚，老人家不许我俩发展下去。两件凤凰发饰现在都存放在那个橱窗里，一对比，就看出高下啦，爷爷錾的凤凰在翩飞在和鸣，而孙子的，就像是孙子，被关在笼子里，病恹恹的。

回头再说老天宝，老板对爷爷心有不满，可对他的技艺看得蛮重，长沙秧子出嫁没多久，老板自说自话给爷爷办了出师酒。来银楼的时间倒是够了，可一直是个帮工，老板从未收他学徒。显然，这是笼络人心的勾当。这对我爷爷倒是师出名门的大好事，脸面上有光呢，他当然乐得。酒喝到微醺时，老板娘告诉他，秧子她爹是国民党省党部的什么大员，你想干粉吃呀？就是癞蛤蟆想吃天鹅肉的意思，从前炒干米粉也是稀罕物，过年才吃得到的。女人眼尖心细，看破了我爷爷的花花肠子，她劝慰道，长沙秧子年纪轻轻，涂了几厚的脂粉哟！老板接着放言道，我锦江边的女子不用拣，等到来，托屋里人给你寻个天生丽质的！

一出师，爷爷就在老天宝当掌墨师傅，负责柜上柜下一应技术事务。老板赏识他，称他是猫眼，鼠目，獐脑。猫眼好比吃着碗里的望着锅里的，自己忙着做活，眼睛还瞄住师傅手上，跟到学，记得住，仿得像；鼠耳指耳朵灵敏，师傅教别人他也竖起耳朵偷听；獐脑指反应快，头脑好用，懂得钻研花色、做工和器型。没几年，沾老天宝的光，我爷爷也成了名师，老天宝懂得怎么捧红名师呢，老板老谋深算，对我爷爷实行“三不”主义，不是名人订制的不让他动手，不是有分量的饰品不让他动手，不能戳上嵌上谭茂卿“茂”字名号的饰品也不用他上手。看看人家，境界就是不一样！

爷爷那帮土包子，虽然一时间把五金厂搞得风生水起，搞成了锦江镇甚至望湖县的利税大户，搞成了乡镇企业的明星，最后还是逃不脱树倒猢狲散的命运。当然，这跟九十年代市场经济的大环境有关，还有个重要原因就是没有品牌意识、名匠意识，谭茂卿几响亮的名字呀，还有，长沙老天宝早就灰飞烟灭了，那是我谭埠人开的，接过名号来用也好呀，我爷爷这个厂长胆小如鼠，用自己的名号怕老搭档有意见；社长姆姆也思想保守，用老天宝怕长沙人民不答应，万一长沙人民找上门算账，岂不严重影响社会稳定。还封杀我呢，上面每次搞行业培训，点名叫我去，他厂长不肯，硬要开常委会研究投票。好笑吧，五金厂有个常委会，这是社长姆姆强硬要求的，说是要加强集体领导，绝不能在市场经济大潮里迷失方向。那帮老人都是常委。搞得像另立中央一样！凡是好事，一投票就犯难，都是长子长孙呀，给谁呢？到头来，占便宜的总是细花，秧子嘛，花朵嘛，爱美之心人皆有之。有一次，我跟细花为一个指标争得怄气，半个月互不搭理。我倒不是非要出外学艺不可，我担心这种美差害得细花心野了心大了。

哦，我爷爷笼络人心还有个好办法，就是每周聚餐一次，不喝得全厂男女老少勾头搋颈不罢休，小朋友过家家样。

老天宝更要拢住人心，爷爷名气大了嘛。好消息很快就来，是老板姐姐做的媒，陶家村的大家闺秀呢，谭家这边上下老小都喜欢，就派人专程送画像到长沙，据说画像出自何坊丹青先生手笔，不过，那幅画像害得我金银匠和丹青先生屋里结了三世的仇。

如何？陶家女子叫织娘，丹青先生把她美化成了天仙。我爷爷一见画像，咚咚咚，连忙谢老板三个响头，给来人回了话，议定了归亲的日子。他选在三个月后，年边上，为的是有足够的时间，打一条配得上织娘的金项链。老板两口子这时倒是慷慨得很，换给我爷爷一根足金的金条，并允许他利用银楼的场所、工具和时间，来完成自己的创作。没错，那是一次倾尽心血的创作。

爷爷老是教导我说，手艺手艺，艺生在心里，才会长到手上。艺像瓜秧子样，在心里发芽出土，慢慢爬藤，再在手指上开出漂亮的花朵。你看，他又扯到秧子那里去了。他一点也不瞒我，说打那条链子前，用了三天时间面对织娘发呆。我给细花打链子时，也拿细花相片看了三天三夜，最后看得我泪眼汪汪，古了怪，相片上细花也哭了。你要是不信，喜欢哪个美女就盯到人家傻看三天试试。

我爷爷打的那条金链子充满了对一个漂亮秧子的想象。我策划的这个金银器馆，本来应该收藏它，有了它才算有了镇馆之宝，可惜我搞不到手。细花想要那种款式的链子，偷出来给我看过，我一看，眼睛放光。而今有精密仪器，做工算不得稀奇，想当年手工打制得那么华丽细巧，真是神呀。

简单给你介绍一下打制项链的繁复过程。首先要化料，整块料化斩时，要藕断丝连，再把它送进炉中熔融，化解成一根长条，拉得粗细像缝纫针，接着用丝板拉丝，在铁筒上卷丝，按照工艺要求的长短剪断，焊接成一个个小环，随后嵌花、缀花，最后焊接挂钩，要求无缝无痕，光滑锃亮，既能扣得紧又不露形迹。我爷爷几儒善的人，在老天宝，有次让徒弟上手焊接挂钩，徒弟也许有心理压力，颤抖着吹气、烧丝铸焊，因火候没掌握好，化丝时焊火太强，融化了挂钩。气得当师傅的一巴掌过去，把人家左边耳朵打聋了。到而今，我爷爷自己也常常装聋作哑，不好用的也是左耳。

爷爷准备送给新娘子的金链子，关键在式样，方丝链巧妙结合马鞭链，链身大方结实，点缀变化多端的小花，新颖别致又耐人寻味。我觉得，链身非常般配乡间美女的曼妙体形和健美身材，那些金丝掐成的花形看上去都有内涵，好比是多情后生梦想里的脸形、眼睛和诱人的双唇，吊坠更加，吊坠像蝴蝶又像双眼。要是蝴蝶，有辟邪的意义，要是眼睛呢？我不敢问爷爷。别的事都能问，就是这件事万万问不得，会惹着火。

为何？伤心呗。几精心的一件杰作，连见多识广的老板看了都爱不释手，恶向胆边生，要夺人所爱呢。老板打开藏有珍品的保险柜，又抱出老婆的首饰盒，表示可由我爷爷任取一件，换下那条金项链。另外，搭上丰厚的贺礼，一只进口皮箱和一箱子绸缎，爷爷犯难了，说：拣好的换，我对你不仁义；拣差的呢，我对新娘子不真诚。当真也是，等着入洞房的，可是锦江一枝花呀，是下凡一天仙呀！

老板一听，对我爷爷啧啧称赞。人家都夸你人品好了，怎么办？老板娘灵机一动，提议照原样再打一条，反正还有时间，来得赢。也只能这样。照葫芦，画出来的就是瓢，就算是葫芦，也不会比最初的葫芦更水灵更生气。这个道理谁都懂。老板娘也懂。所以老板娘说，给织娘打链子，你盯到人家画像看了三天，给我打，你就看我这个大活人好啦，想看几久都要得。老板娘的自信是从镜子里得来的。我爷爷是厚道人，怕伤人自尊，连续三天，任由老板娘搔首弄姿或坐或站或在面前晃悠，自己只顾埋头在錾、抢出来的花纹里遥想锦江。熟能生巧嘛，打第二条链子，虽说只用了半个月，可他这个新郎官耽误了三媒三茶六礼这些繁琐婚娶程序，程序是屋里人替他走的，他只管赶回去入洞房。

我爷爷说，给老板打链子那阵子，耳朵里尽是归亲的"公婆吹"，一"公"一"婆"两支唢呐在迎亲路上不停吹奏，那是夫妻恩爱、天长地久的象征，拜堂、闹洞房的时候，"公婆吹"的搭配形式寓意百年好合、白头偕老，吹奏的曲子有《工调》《笛子调》《尺工调》《拖随调》，全是喜庆的。尽管我爷爷梦游老家，知足的老板还是把那条链子当作了镇号之宝。

归亲的盛大场面和程序，跟我爷爷想象的一模一样。超出想象的是，不晓得哪个出的主意，雇请了两个吹打班子，吹师说"婚丧嫁娶没有我，无声无息蛮难过"，仗着后人成了长沙名师，屋里人可能想在村坊上充大户，存心想闹个惊天动地吧。过去我谭埠是拜堂后入洞房喝交杯合卺酒时，才由新郎揭去新娘的红盖头布的。我爷爷肯定为戴金项链的时机和细节，动过蛮多心思，因为整个过程像行云流水一样。他美滋滋地笑得流涎，眼见伴郎伴娘斟好交杯酒，一左一右站定，他这才打开精致的项链盒，把金光闪闪的链子挂在手臂上，缓缓走到新娘面前，两只手捏起个指头，把盖头布朝后掀去，新娘含笑垂头，新郎一定迷醉在她雪白的后颈上，芳香的云鬓间，呆呆的，是伴郎示意，他才醒过神来，为新娘子戴上金项链，织娘激动得流泪，也许是她泪水惹的，我爷爷很绅士地亲了一下她额头。交杯酒递上去，新娘子才抬起头。这下子，我爷爷傻了眼。什么花秧子瓜秧子，明明是满山坡上爬了去的葛藤秧子马鞭草秧子！乡野上所谓的大家闺秀，没准真是山荆蒲柳呀！

山荆蒲柳的意思我搞不清，可能就是比较普通比较滥贱。反正那个洞房花烛夜扫兴得很，我爷爷把交杯酒往地上一泼，就去何坊村找丹青先生算账了。那是一笔糊涂账，丹青先生振振有词说，口鼻脸，耳目眉，你说哪里不像真人？后生子，你自家心里住进了邪魔吧？

真有邪魔呢。那几天，他夜夜把新娘子晾在洞房里歇闲，自己通宵达旦地打链子，打的是一条万字链。有幸戴上万字链的，是他在返回长沙路上偶遇的南昌秧子。她成了我的亲奶奶。平心而论，我奶奶年轻时长相不见得赛过织娘，人嘛，讲的是眼缘，要不怎么说情人眼里出西施？

织娘把第二年月份牌上的除夕日那张纸，当作了丈夫的休书。那个年我爷爷不肯回谭埠过，大年初一织娘给全族长老拜过年，就走了。当然不能回娘家，她去的是金牛山中一个叫道院的地方，原先真是道院，抗战时遭鬼子飞机轰炸，道人走了，有难民住进残破的屋子里，那里慢慢变成收容流浪者的村庄，村名仍叫道院。织娘在那里领养了两个崽，细花就是大崽的女。我爷爷为何看重细花呢？觉得歉疚，有点补偿的意思。更主要的是他后来被织娘感动了。要是说丹青先生妙笔生花把凡俗的村姑美化成七仙女的话，那么，织娘口吐莲花把无情的贼匠塑造成了伟丈夫。

此话怎讲？茂卿的名字一辈子吊在织娘的嘴上。道院人人皆知，谭茂卿学艺是如何认真刻苦，技艺是怎样出类拔萃，做人多么硬气多么仗义。至于自己为何离开丈夫独守青灯，也很好解释，信道嘛，八字里没有南去长沙的命嘛。织娘怎么说，别人都信，因为那条金链子是最有力的证明，也是身份高贵的证明，乡下有几人见过那么漂亮的链子？道院人为她编了一段顺口溜：吃着烂叶子，穿着破衫子，戴到金链子，是个叫花子。亏得有这段顺口溜广泛流传，土改时才没把金项链当地主的浮财没收，工作队还拿她当逃出地主魔掌的祥林嫂呢，都说那链子是假的，是剥削阶级欺诈劳动人民的证据。没错，我谭家成分蛮高。

我爷爷真是个贼匠，辜负了别人，竟然还能偷走她的心。听细花说，织娘一辈子最自豪的，就是那条链子的精美，打制它所花费的功夫。对了，吊坠是一双深情的眼睛，眼睛后面有代表谭茂卿的“茂”字。别人那条万字链算什么，毛糙，粗劣，草率，才几天时间能出什么好货，说不定还是K金的呢！筹办五金厂的时候，我奶奶过世。老伙计们都劝爷爷把织娘接回来。听说逢年过节、有病有灾的日子织娘困觉也戴着链子，我爷爷默默垂泪，憋忍不住了，吼一声：打坏了吊坠呀，那是有眼无珠啊！

心心念念地逢人就说丈夫的好，大半辈子过去，当自己的男人来到面前时，织娘反倒披上借来的白大褂，还在衣扣上缠一绺苎麻。一问，说是戴孝。还用再问吗？织娘心中的丈夫死了。我爷爷真的像死人样一声不吭，瘫坐在竹椅上。他忽然发现厅堂墙上两只相框里，全是织娘的大头照，相纸新旧各异，发型各式各样，表情静若止水。所有相片都戴着项链，没有一张穿冬装的，她好像为了项链才去照相的。爷爷盯牢几张老相片看，人家本来生得蛮好看嘛，当真有眼无珠，那个长沙秧子是个狐仙吧？

我发誓送细花世上最好的链子，其实说说而已，我学不到爷爷的手艺，也没有那个耐心。对着相片酝酿感情，热度持续了十来天，细花再次被轻工厅办班选去了，培训结束，人家摇身一变，成了省进出口公司的公关经理。偏偏这时候，五金厂稀里哗啦散了。没本事的，回家吃干饭，手艺好的，吹筒油灯小柜子，铁砧铁饼铁锤子，外加一些小工具，走遍天下摆摊子。我在长沙街头赚到一点钱，马上租个十来平方米的小店面，大号“老天宝”，嘻嘻。我也想艳遇长沙秧子呢。

不是我不专一，后来跟细花说到链子，她就是那样一瞥，那一瞥我学不来，讲不清，似笑非笑，似怒非怒，似哭非哭，眼白一翻，嘴角一翘。让我心疼的一瞥。她庄严宣布，拿链子拴女人一辈子的时代一去不复返啦！我心里冰冰冷，哪里熔得金块拉得金丝？见多了鬼，返工好多道，链子还是拿不出手。爷爷说得对，艺是从心里长出来的秧子，心里干净才会技艺高超，手艺和感情是天生的一对。

再说，细花也不会要我的链子，人家摇身又一变，成了香港珠宝商，我谭埠金银匠散在五湖四海，都要找她批链子呢。什么国际品牌都有，周大福蒂芙尼施华洛世奇，她要我的拴狗链？老早她嗓音几好听啊，害得我失魂落魄，而今满口鸟语！每次听得我长风包，不是鸡皮疙瘩，真的是过敏引起的疹子，声音怎么也会成为过敏原？古了怪！弄得我自家都不敢上门提货啦，叫副总去。

首饰行当竞争激烈，不过，我谭埠人在外面做得还可以，身家上亿的大老板出了好几个。现在问题来了，传统工艺怎么守护和传承？我是谭茂卿的长孙，政府，还有同行，都叫我挑头。挑头就要想事，我想最该重视的事，就是造势，就是争取话语权。包括建这个馆，政府倡导，老板掏钱。金银器这边我负责。这些事要花时间花精力的，各级领导来作指示，得恭恭敬敬地听吧，听完就得去做，做到了人家当然不会亏待你。所以，我兼了这么多职务。看到“市级非遗传承人（待定）”，你肯定窃笑是吧？爷爷他们只晓得傻做，连“申遗”都没听说过，可悲呀。

为这个，我祖孙俩三天吵口两天斗气，观念不一样嘛，他嫌我玩虚的、花的，甚至骂我这个贼匠在欺世盗名，说手艺才是手艺人的命。我跟他辩口说，眼光也是命，没有发展眼光也会要命呢，五金厂手艺好吧，还不是玩完了。

你来我往，不知怎么就扯到了看人的眼光，扯到了织娘那幅画像。我晓得，画像还在，它被用刷上桐油的土布卷着，里面还裹有烟叶，为的是防虫。没错，织娘的画像和链子一起展出，那就有意思了，吹之馆就有灵魂了。

爷爷见我确信画像存在，猛然一惊，上楼去了蛮久，才把它取来，小心翼翼地打开。也不知把它藏在储物间的哪个旮旯里。画像虽然颜色旧了，人的脸形在那儿呢，丹青先生画得蛮逼真。爷爷狠狠瞪我一眼：逼真，年轻样子你见过？爷爷接着指出，她右边嘴角上有颗痣，苍蝇屎样，蛮刺眼，丹青先生瞒我，故意不画上去。我笑起来：那颗红痣是美人痣呢。爷爷说，痣长在那里的女人嘴大，贪吃。我哈哈大笑，怕吃穷你贼匠呀！爷爷愣了一下，又说，织娘的下巴被画圆了，真实的下巴有点尖，还带点上翘，翘起来的一坨，肉肉的。我差不多是失声惊叫了：我个老祖宗吔，那是正宗的美人下巴哟！

斯　文

口述人：

李锦平，男，1968 年生人，1989 年毕业于江西省教育学院，分配在锦江镇中心小学任教，历任李湾小学教务主任、副校长、校长，病退后定居故里，喜好研究方言。李湾村袭旧俗称高中以上学历者为“斯文”，大本学历的他，可谓斯文中的佼佼者也。

采录环境：

李湾村东头有一处民居，面锦江而靠后山，竹篱院墙，满庭花草，厅堂上方有联道："万里风云三尺剑，一庭花草半床书。"半床书可从满墙贴去的字纸窥见一斑，看似习练书法抄录的草字诀，其实不然，那是屋主人搜集的方言字词，如"筑""渡""卤""杵"等，字好认，意义却想不到，比如"筑"，筑盐菜，腌咸菜也；比如"渡"，渡滚水，灌开水也。许多方言为古汉语的遗存，追究下去，学问就大了。还有，李湾人管上班叫"上殿"，嘴一张，身份陡然高贵起来。

李锦平：

见笑啦，这一墙的鬼画符，嘿嘿，业余爱好而已。我觉得，方言一头系着历史，一头连通民间，凡俗中有高雅，平易时却生动。从上殿说起吧。我父亲原先有一阵子对"牵猪牯"蛮投入，乐此不疲的，一有活干，他就美滋滋吆喝一声：上殿喽！上殿当然是庄严的事，他蛮讲究，热天白衬衣藏青长裤子，再热，袖口领口都扣得紧紧的，其他季节穿四个口袋的中山装，上衣口袋插管钢笔，很粗硕的那种，露出黑黑的半个大头，特别显眼。哦，他最重视梳头，一旦有头发翘起，就叫我奶奶帮他抹把菜油。

他的大殿够恢弘，方圆十里，包括李湾和周边几个小村庄，在养有母猪需要它下崽的人家。偶尔的，也会跋山涉水，去往更远的地方。民间尊崇有技术的人叫博士，木匠就是博士，做媒的叫花博士。"牵猪牯"的意思不懂吧？就是赶着公猪去给社员家养的母猪配种，所以我父亲被人戏称花博士。公猪是村小养的，村小养猪牯是为了增加收入，那时候气候有规律，夏天的午后到傍晚常有雷阵雨，雷雨来时伴有六级以上大风，气象预报总是很准确，雷雨大风如约而至，遭殃的是校舍的屋瓦和玻璃。公猪挣的钱能帮学校修修补补。

主意是大队革委会主任出的，老是给村小批条子报账，烦了，主任撇脱，像挥毫一撇那么洒脱，方言高雅吧？毅然从大队猪场划拨一头猪牯过来，滚滚财源呢。我管主任叫二伯。哪晓得，猪牯进校之日，不巧正是我父亲出事之时，他一再给上面写信，反映农村中小学的教务主任现已沦为生产队长，进而大发议论，反对关于要和劳动生产相结合的教育方针。上面决定抓典型斗一斗，二伯为了保他，撤掉他教务主任职务，也不安排带班，专职当花博士。

上面一听就乐了，非常满意，认为它比批斗更能触及灵魂。农民诗人李锦文听说吗？发表过很多打油诗，当年在省里影响蛮大，自嘲“李打油”，他得知此事蛮恼火，仗着认识几个上面的人，就要为我父亲去伸张正义。何止斯文扫地呀，斯文竟然去猪圈爬骚打花啦！我父亲在村口堵住他说：我李家自古崇文重教，把六十岁以上老者叫作老成，高中以上学历叫斯文，在祠堂里敬祖、喝酒，老成、斯文站前排、坐上席，这是秩序，也是风尚。叫我牵猪牯当花博士，好啊，你二伯妙招呀，你想想受辱的到底是哪个。

其实，我父亲还算不得斯文，他才高小呢，当年办学实在缺师资，拿他大队会计赶鸭子上了架。祭祖要讲礼制的，平日里大家再怎么尊重他，学历不够，对不起，祭祖日他就得缩在后面。也只有在“牵猪牯”时，他的身份才突显出来，像个真正的斯文真正的博士。你不妨想象一下，腋下大夹子，手上竹鞭子，迈着方步子，戴着草帽子，率领猪公子，去见猪娘子。那副模样，是不是有点滑稽？其实，父亲还有一样道具，斜挎的军用挎包，里面一管毛笔一瓶墨汁，以备不时之需。哦，顺口溜是李打油编的。

我那时才十来岁，因此老被同学嘲笑。可对父亲上殿做的事，依稀仿佛，并不清楚，我一考上大学，当上村支书的李打油就唠唠叨叨的，跟我回忆往事，透露了好多细节。李打油说，别以为猪牯很幸福，后宫佳丽三千人，三千宠爱在一身，日日做新郎，累啊，有时一天几个娘子排队等着宠幸，到最后，爬不上去了，瘫倒在屎尿里，呼哧呼哧，性急的东家拿棍子相逼，把花博士心疼得不行，他会怒斥东家：你地主恶霸呀！你草菅人命呀！

猪牯真是财源呢。一次，三块钱，还不包下崽。当时这个价格在锦江两岸算是相当贵的，六七毛钱一斤的肉，能买好几斤。别处都是一元。我父亲出的是一口价，嫌贵那就另请高明去。其实，公社也有配种站，不过，站里的猪牯一不上门服务，二不疲劳服务，三不无证服务，母猪须由生产队证明实属某户社员唯一种猪、配种只为自家年年有肉吃才行。再说，村庄的斯文所在唯有学校，它养的猪牯也是德智体全面发展的，看看它的体格，它的气质，谁能比？不过，话说回来，李湾一带老百姓接受这个价格，是给我父亲面子，曾经、现在、将来都是自家子弟学校嘛，再说人家李老师真是花博士，猪牯干活的时候，他忙着提供配套服务，给东家上课，讲的是母猪受孕、产崽的科普知识。产崽多，猪崽长得快、长得壮，一切都有了。

我以为父亲随身所带的讲义夹是贩卖养猪知识用的。李打油笑得憋岔了气。好不容易缓过来，告诉我，上殿嘛，不得持笏？原来讲义夹是身份的象征，尽管里面夹的不过是一张记账的纸。前几年我父亲过世，李打油逼着我翻箱倒柜把讲义夹找出来，塞在父亲手里，让他像个真正的斯文那样上殿去了。那是绿色的塑料壳子，上面粘有一块写着“农业基础知识”字样的白胶布。

村小猪牯挣钱最多的一天，收了十八元。那时差不多是巨款了，村小教师月工资才几个钱呀？当年它后生子一个，身体强健，又是新来的，见谁都有激情，蓄足了精气血呢。两年后，它雄风不再，甚至有些厌倦。李打油说，我父亲会一路上给它做思想工作，告诉它，今天迎候它的有洋妞呢，一个叫约克夏，一个叫杜洛克，还有叫皮特兰的，都是窈窕淑女，即便土猪望湖黑，也是社花村花，你不去，只怕别的猪牯晓得会打跳脚跑去。当然，他更在乎的是为猪牯谋福利。

为此，我父亲不顾斯文，经常跟东家争得拍桌子。什么福利？猪牯付出那么多，理当加强营养。额外的，东家得给它喂生鸡蛋。每天头一次配种前，喂两个蛋。接下去，谁还要配，那就得喂四个蛋。另外，路途远的，一律事先喂四个以补充体力。跟老百姓，有时必须较真，不盯紧东家，人家说不定会拿鹌鹑蛋糊弄你，最常见的是喂那种孵不出鸡的寡蛋、毛蛋。

对猪牯吝啬，对花博士家家客气得很。当然，客气里肯定还夹杂着别的东西，像同情，也不完全是。一般东家会煮蛋敬客人，磕两个或四个蛋加上一勺白糖，煮一煮，端上来，再把他请入上席首座。要是东家把碗里的蛋戳破，客人理应领情吃掉，反之，那只是客套做做样子。无论如何，我父亲是坚决不沾的，逼急了，他说，我又不累，端去喂干活的吧，它吃我更高兴。要是发现东家糊弄猪牯喂寡蛋毛蛋，他把讲义夹往八仙桌上一摔，端走白糖煮蛋就去犒劳猪牯。

日积月累的，学校得利，老百姓获益，培育了当地农民养种猪卖猪崽的习惯，李湾后来形成全县最大的猪崽市场。当时，全县乡村中小学听说李湾猪牯的事迹，一时竞相效仿，可没有学成的例子。李湾猪牯几厉害呀，说是不包生崽，人家硬是没让一头发情母猪空肚！而且，一窝窝，都是活蹦乱跳的。关键就在这里，要懂得怎样掌握和引导母猪发情，要懂得怎样为配种营造安全安静的环境，要懂得怎么让猪牯吃好喝好睡好，使它能够爬得过去射得进去怀得上去，学问大吧？一句话，真心把猪牯当村小的印钞机来伺候。看看，他费了多少心思！对此，李打油尖锐地评价道：花博士是在夜壶里挖锡啊。

猪牯辛苦的创收，居然为村小建了一座厕所。首先投资建设新厕，理由是土砖的老茅坑既拥挤、危险又不堪入目，男女间的隔墙千疮百孔，实在有辱斯文。新厕正式使用那天，也是通知我父亲恢复职务那天，还是猪牯一反常态妄图罢工的那天，不幸降临了。老百姓说那猪牯通神呢，好多人亲眼看见，那天侵早，侵略的侵，就是清早，可方言里的侵早更生动更古老，侵，渐进也，《诗经》和很多典籍都用过，有诗云："五更侵早起，更有夜行人。"我说的那个侵早，两人一路别别扭扭，猪牯一会儿赖着不走，鞭抽脚踹都不管用，一会儿狂奔起来，累得我父亲会吐血。不祥之兆啊。可他念着东家指望养一窝猪崽给四十多岁的老大娶老婆呢。有人听见花博士这样教训道：你饱汉子不知饿汉子饥呀！约克夏你又不是没上过，怕什么怕！昨晚用温水给你冲澡，喂了四个蛋，你英俊又雄健，保准迷倒姓约的，走，上殿喽。

坐在东家厅堂那张八仙桌的首席，真有上殿的感觉。我父亲落座前，总要抚平头发，面对上方祖龛，拜拜先人。那天，落座后等待时间蛮长，我父亲出奇地向东家要了碗水酒，顾自喝起来。他说这对公母落入温柔乡不肯出来，好事，这样怀上的崽，个个健康活泼还聪明。东家婆乐得瞟他一眼说，那就求你把它们一个个培养成状元郎啦。

我父亲自嘲道：驮不起驮不起。也是，他连斯文都不算。李打油说，当时我父亲是冲着一摞裁好的红纸喝酒的，他书法不错，在大队抄大字报练的，擅行书，尤其进入微醺状态更加。喝了酒，心里也没顾忌了，虽然晓得东家正等着哪个斯文上门来写春联，我父亲这回却要当仁不让，他就着喝空的酒碗，把墨汁倒上，提笔写起来。也是，从前当会计老是帮人写对联，进了村小反倒没人找了，三年多，他挎包里的笔墨居然没有开张，可笑吧？人们表面上客客气气，骨子里还是看他不起。那天挥毫泼墨时他心里肯定痛快，可一出村，迎头撞上了东家伢崽领来的邻村斯文，县中的退休老师。

返回的路上，经过一条很深的过山渠，猪牯见鬼一样跑到渠边，前腿使劲往下滑，我父亲眼疾手快拽住猪尾巴，再慢慢去够它的后腿，结果是猪蹬上来了，我父亲却失去重心掉了下去。摔得很惨，抢救一天一夜，命总算保住了，可人全身瘫痪，话也说不清楚。当初抢救时，迷迷糊糊的，他倒是说过几段经典的胡话，一是说猪牯够浪漫想采花呢，二是说新厕够气派那么多蹲位象征生源充足呀，三是问那个东家会叫县中老师重新写过春联吗，还叮嘱我，讲义夹里记下的人家将来记得要一一拜访。这句不算胡话，应是遗嘱，管了猪生崽还不够呀，还要管它们瓜瓞绵绵吗？

直到我从省教育学院毕业，才慢慢摸清父亲的心思。教育学院嘛，就是为基层培养中小学师资，其实，毕业去向并不尽然。我专攻语言，省里的教育期刊社想要个语文编辑，经主编推荐，把我叫去让社长面试，也许对不上眼吧，社长只问我抽不抽烟喝不喝酒抠不抠鼻屎，我告诉社长锦江方言管“抠鼻屎”叫“镂鼻屎”，这个镂字比你抠艺术吧。我拂袖而去，我还嫌他人模狗样呢！认命回到县里，哪晓得，联系一二中，都说我见人不敢抬头，是缺乏自信甚至猥琐的表现。

也是斗气，三中四中五中上门来要人，连县教育局领导也来了，对不起，我严词谢绝。我宁肯选择锦江镇小下面的李湾村小。镇教育办想把我留在锦江中学，我也不干，这事反映到社长姆姆那里，她老人家却对我的选择大加赞赏，夸我身上的湾石精神大放光芒。她以为我想当什么先进典型，三天两头派人来挖我的材料。其实，原因有三，首先是求职不顺，太伤自尊。第二是父亲躺在床上，姐姐嫁在外省，只有我管他。这第三嘛，是欠有人情债，李打油当上村支书，相当重视教育，老拿我父亲当花博士说事，最搞笑的是在厕所外墙上画了一头猪，弄得像座猪牯纪念堂似的。子弟高考得中，录取通知书内容抄在红纸上，题《登堂大吉》，与祠堂上方祖先画像挂在一起，全村摆酒庆贺，都有奖金，分层次奖额不等，荣耀吧？对我更加，他常找各种理由到省城看我，一去就带几罐酒糟鱼盐菜烧肉，每个学期还发给我二十块钱补贴，我每次假期回来他都要为我摆酒接风，补贴由村里开支，酒钱他自家掏腰包。心思我懂，瞄准我是教育学院的。

还有一个决定性的因素，跟讲义夹里面的内容有关。三年多，我父亲留下的账页有三四十张，每行记着日期、村名、巷名和东家姓名。正反两面都是，密密麻麻的。李锦文翻着账页，眼睛红了，带着哭腔问我：晓得叫你将来一一去拜访人家是什么意思吗？我摇头。李打油把他那段打油诗再背一遍，就是“腋下大夹子”那首。再问，我还是摇头。他急了，他说你设身处地想想，每天跟在猪牯后面处处去、为了三块钱家家候，那是什么感觉？

我恍然顿悟。当即决定回李湾，哪怕当个村小教师。李打油高兴极了，抱来一大堆西装尽我挑，其实都是在地摊上买的，说是出口转内销。他说人要衣装马要鞍，当年他差点成了国家干部，吃亏就在穿着太土。缺乏自信，根源往往在于衣着，西装革履、冠冕堂皇的，在人眼里就叫自信就叫斯文。所以，李支书把自己整得天天去村委会真像上殿似的。

村小在李打油眼里，是李湾唯一的最高学府。带我去报到那天，他当着全校师生郑重宣布，学校“借钱做衫裤——一身是债”的日子一去不复返啦！而且，当场给每位师生发一套服装。我记得很清楚，当时有二百五十三个学生，十九位老师，无论男女、师生，一律的白衬衣蓝长裤。是的确良的，大家都美滋滋地叫真凉快。

李打油嘴都笑歪了。真的歪，跟我父亲一样，平时看不出，浅笑也看不出，只有笑得特别开心时，笑过后要把笑容收回去的那一瞬间，才会发现，他俩嘴都有点歪。共祖宗嘛，也许家族遗传。估计我也是。可我好像没遇到什么特别开心的事。

置装的钱哪来的？村支部决定举债开个砖瓦厂专门用于支持办学，一片瓦五分钱，一窑能烧出几千片吧，砖瓦窑好比猪肚呢，也是一窝一窝的。又扯到猪牯身上去了，没错，李打油就是拿“牵猪牯”的往事感动支委的。办厂就得打窑，几拨打窑师傅上门揽活，李打油趁机提出捐赠服装的条件，谁认谁接活。

我从小崇拜李锦文，全省有名的农民诗人嘛。不知不觉受他影响，连西装领带皮鞋，都选他喜欢的式样和颜色。参加工作第一次期末家访，我穿着他送的西装，顺带着，一一拜访了父亲记下的那些人家。临出门，我抽出讲义夹里的账页，向父亲示意。他哼哼呀呀，眼里却是笑盈盈的，我晓得，他眼巴巴地等着这一天呢。他也在示意我，带着在墙上挂了十多年的挎包。我当然懂得他的意思，从读小学一年级开始，我屁股上就被他用竹鞭抽得像草书字帖，所以，我一研墨挥毫，耳边总会有竹鞭嗖嗖作响。

家家都很热情，听到动静，村中闲人会跑来看热闹，他们都管我父亲叫花博士。当然，对我，他们一般都显得表情夸张，也是，村小的本科生可以算怪物了。我问他们，快过年了，你们想请哪个写春联。回答说，只有村里的斯文，邻村的县中老师已过世。这时我特别想知道，父亲“牵猪牯”时写下的那些春联，东家到底贴没贴。通过账页，很容易找到那户人家，东家婆毫不顾忌地告诉我，她家崽女一大堆，将来孙辈成群，当然想沾斯文的光，写春联本来就是图吉利。一个花博士，哪怕他天天带着笔墨，别说写不上春联喜联丧联，连给猪圈画个符，老百姓还要挑人呢。

很意外的，在账页不曾记录的宁湾，我竟寻到了父亲的行书。一些门前至今留有褪色的“四海翻腾”“五洲震荡”之类，千真万确，是他的手迹，当年大队会计留存在民间的墨宝。宁湾是社长姆姆的家，她家里有好几副，每道门都有，厢房门边的还新鲜着，当然也是毛主席诗词，比如“暮色苍茫看劲松”呀，再如“飞雪迎春到”呀，一问，原来是某年腊月社长姆姆专门请他来的，声称会计是财神，带头向财神讨要吉祥。大家这才记起父亲早先的身份，呼啦啦，蜂拥而至。红纸是社长姆姆早就准备好的。我只是不理解父亲为何写“把酒酹滔滔，心潮逐浪高”，是一时词穷，还是他当时的心境？

见我对春联感兴趣，有人醒过神来，哎呀，这位才是大斯文呀！于是乎，呼啦啦都跑去买红纸。墨汁是我带去的，几大瓶呢，管够，我要把父亲的骄傲糊满过去东家的大门。忙了三四天，何止账页上的东家，李湾和周边几个小村子，家家都贴上了我写的对联。连猪圈门也贴，写的是“旧岁饲养未用米，今年喂猪岂需糠”，还有“肉猪壮如牛，仔猪猛似狗”，或者叫“种猪壮如牛”。

写着写着会写疯呢。父亲见我带回那么多空墨汁瓶，心里那个高兴，嘴歪得找不到了，他居然要坐起来。像是为了鼓励他坐起来站起来一样，我在家里奋笔挥毫，对联铺了一地，到后来，村里找不到闲着的门了，找门找到学校教室，找到了砖瓦厂。烧窑的大师傅求我说，最近发邪啦，连续两窑的瓦筒都烧成了歪瓜裂枣，你这么大的斯文拟副对联镇镇邪呗。在乡下长大，晓得老百姓作兴用文字来镇邪，我傻傻的，真答应了。

想出两行文字，心里蛮得意，叫作“砖瓦有神佑，风火正当时”。没问题吧？可刚铺好纸，李打油冲过来，一把夺去我的毛笔摔在地上，弄得我一手墨黑。他冲我吼道：你是道士你敢画符呀，下一窑再出问题你当替死鬼呀！

这是当头棒喝，我懂。村委会正为砖瓦厂头疼呢。本来，要是顺顺当当，办厂当年就能挣点活钱支持办学，可惜近来连续两窑烧出来的大多是废品，这让所有村委心里都不踏实了，向银行和镇属企业五金工艺厂各借了十万块钱呢。李打油让烧窑师傅分析原因，看看是泥是火还是窑的原因，或者装窑技术问题，三个师傅都说自己是望湖县的第一好佬。问题只可能出在点火时、开窑时村委没有全体到场，对窑神不敬，人家当然不高兴。

李打油骂道：牙黄口臭！他是在我父亲床边骂的。烧窑师傅是他恨不能烧香叩拜的财神呢，对他们，哪敢这样说话？受了气，李打油就跑来看我父亲，资深的大队会计嘛，而且，年轻时跟过打窑师傅学徒，遗憾的是，我父亲成天昏头奄脑，有时候被刺激一下，会有所反应，就像接触不良的收音机，时不时要拍打几下。

能刺激父亲的语言就是说说“牵猪牯”。李打油说：老叔吔，你成天不愁，困在床上怀念猪牯是吧，猪牯是李湾村小的有功之臣，死后葬在学校后山松林里，学生说那是八戒之墓呢。我一直搞不懂，猪牯在你的坚强领导下，发扬连续作战精神，从来不脱靶。我烧个窑，为何这么艰难！窑不就像母猪的肚皮吗，装进好好的砖坯瓦筒，前几次蛮顺，后来连着出废品，这要怪母猪地不好还是怪猪牯种不好呀？

我父亲开始激动了，眼睛放光，从一阵哼哼呀呀中，我捕捉到一个词，“窑”，他是问窑打在哪里。对了，窑的方位、倾斜度和周围环境都很重要。李打油见他忽然变得这么清醒，兴奋得大叫一声天，天哪原来得罪了你这位神啊！接着，李打油告诉说砖窑打在脚麻岭茶树[illegible]的东坡上。父亲用点头肯定了砖窑。

李打油说：那么就是种喽，难道土质有问题？可为何前几窑蛮好？我父亲又昏昏欲睡了，急得李打油连忙再夸猪牯的神勇，三六一十八，最惨烈的一天是六场战斗啊！其实，老人家是在帮他想对策。当李打油一再追问猪牯为何这般神勇时，我父亲终于清晰地吐出另一个字：蛋。都知道要喂蛋呀。父亲急得要坐起来，我们使劲托起他，见他手指门口，才明白他要蛋。拿来两个蛋，问他够吗？摇头。四个，又摇头。我家里正好只有十个蛋。在父亲的示意下，鸡蛋被分成两份，篮子里留下六个，取出四个放在床上。李打油好像明白意思啦，惊得咧开了嘴。

是的，我父亲的意思是把砖窑交给师傅承包，六四开，别再让他们按时拿工资，烧好烧坏一个样。李打油掏出一张名片给我看，他兼着砖厂书记，管方向，村委会主任兼厂长，管生产和经营。李打油说职务我不在乎，我只想壮大村里的经济，有了钱赶紧把村小危房拆掉重建，给师傅的工资我还嫌高呢，承包让他们拿走那么多，割我的肉呀，是可忍孰不可忍！

于是，我父亲干脆继续昏昏睡去，还打起了呼噜。第二年烧的第一窑砖瓦更惨，连次品都没有，全是废品。李打油又跑到我家来回忆猪牯了。这次他透露了好多细节。比方说，每次赶猪牯到达目的地，我父亲要先考察猪圈干净与否，尤其是否有障碍物，以防止它们在剧烈活动时不慎摔伤，万一出了事故就得不偿失啦。还有，不能用凉水冲洗种猪，事前事后要允许人家充分休息，不能急功近利，等等。

也许是觉得李打油开了窍，我父亲自己侧身一撑，差不多能坐起了。依然是拿鸡蛋来表达，李打油在篮子里留七个，床上放三个。老人家摇头，嘴角有讥嘲的笑意。我说，这事不该你俩谈砣吧？谈砣，过去批零兼营的商家有重量不同的各种秤砣，买卖双方见面先商谈使用秤砣的事，后来引申为聊天的意思，方言里真的有学问。李书记回答：他们是神是我的爷，我得罪不起，气跑他们我会吊颈，晓得吧，出废品那天我还请酒安慰人家呢。你爹是我老师，当会计出身几精明呀，问过他我心里才踏实。

可我爹就是不同意只给人家三个蛋，虽说村委会借了债，可你打了窑置下固定资产呀。我父亲一直努嘴，要求在床上加个蛋。两人僵持着，实在拗不过老人家，眼看他又像水碓舂米样舂瞌，马上就会昏昏沉睡，李打油这才从篮子里抓出一个蛋，犹豫了好一会儿，终于痛下决心，发狠样在桌边一磕，手一扒，让蛋白蛋黄一分为二分别流进了两只茶杯。那一刻，我突然有流泪的感觉。

六点五对三点五。这是不错的结果，双方都能接受。李打油说，你拟的对联现在可以派用场了。从此，果然砖瓦得神佑呢，砖窑通风稍作改进，后来窑窑成功。那两三年成了李湾村小的黄金时期。原先为何一打风暴就摔窗掀瓦呀，校舍质量本身就差，选址也不对，迎在风头上，几危险啊。新校舍是偷偷请过风水先生选址的，坐北朝南，近处有水库尾巴，像个泮池，远处有案山有笔架山，象征人文蔚起呢，而且避开了大山挡过来的横风。新校舍被命名为李湾村小教学大楼，其实算不得大楼，只两层，可在整个望湖县都能排第一。李打油在大会上高声宣布，只有这么气派的大楼才能配得上那般轩敞的厕所！全校师生哄堂大笑。

可能还是从猪牯那里得到的启发吧，李打油既要关心承包砖厂的烧窑师傅，又要关心那座窑。因为平时师傅住工棚，他便在村委会腾出一间房专门用以接待探亲，而且一旦有家属来探亲，每次村里赠送正宗土鸡一只聊表慰问之情；对那座趴在山坡上的龙式砖窑呢，安全防范最要紧，李打油叫人把窑两侧十米内的大树都砍了，电杆也移开，防止大雨大风对窑的意外伤害。可谓心思缜密呀，跟我父亲有得一比。的确，砖窑是村小的命，也是他的命。

现在我是第一代身份证——没用啦，每天写写字，钻钻牛角尖，把自己整得像教授一样。那些年可忙坏啦，县里镇里是把我当典型来培养的，三四年工夫当到校长。嘿嘿，不过呢，当教务主任时，没有副校长和校长；当副校长时，既没有校长也没有教务主任；当校长后，副校长和教务主任都没了。村小嘛。

这给我父亲长了脸，歪嘴的次数一多，人居然可以坐起来，虽口齿不清，也能表达出个大概。春节祭祖，族亲婚娶，他硬要去呢。用轮椅推到祠堂，我站前排、坐上席，他挤在人堆里。我心里蛮别扭，他倒是开心得很。我当校长那年，几次喝喜酒都被请入上席首座，真是受宠若惊呀，面对族长和那些老成，忐忑不安，一餐饭要掉好几次筷子，李打油干脆抓一把筷子放在我背后的供案上。我父亲每每看到这个细节，嘴就跑到耳朵家去了。

有了轮椅，父亲想听书声琅琅，想去蹲蹲村小厕所了。这都是李打油惹的，他说厕所当初蛮超前，男生这边屁股对屁股四十个蹲位，可他最近一次进去居然客满，不过，齐刷刷两排小屁股，真叫人看得心花怒放。我父亲坚决要去，不由他，又瘫在床上不能动怎么办？去了自然也要看教学大楼。哪晓得，他参观学校回来，情绪并不好，闷闷的，不知是否为不能自主如厕而懊恼。

吃晚饭时，他又敲碗又揉肚子，加上含混的语言，我才明白，他怀疑李打油遇上客满那次，是集体闹肚子。事实上，学生不如原先多了，完全小学眼看就要不怎么完全了，几位好老师已调去县里镇里。旺相背后是深深的隐忧啊。

李打油却依然成天乐呵呵的，一进村小就像个财大气粗的大老板，告诉我该置办的教具器材校长说了算，他只管掏钱。说是再穷不能穷孩子，对了，这句口号刷得到处都是，村委会门前那条，字大得太夸张，显得别有用心似的。见村小好久没找他报账，李打油指示我重新成立学校鼓号队，鼓号服装全换新的，而且要抓紧排练，他想在六一那天，把有关单位领导请来和祖国的花朵联欢，最大限度地调动他们支持农村办学的积极性。

我一听到“最大限度”就发冷笑。无限不是更好吗？干吗给个限度？鼓号队马上就有模有样地投入了排练，下午放学后练一小时，李支书差不多每天都来检阅，只是表情一天比一天严峻。六一那天的议程首先是升旗，接着李支书致欢迎词，宣读老书记社长姆姆从深圳发来的贺信，来宾讲话，学生队列操，最后是类似现在叫亲子游戏的活动。我以为他对村小准备的欢迎词不满意，亲自修改了几稿，把村委会的重视、学校近年的成绩全堆上去了。我以为他对主席台正好面向厕所不开心，而且厕所墙上的猪牯图案隐约可见，这好办，树起巨幅喷绘公益广告牌挡住它，“再穷不能穷孩子”，打上三个感叹号，衬托大字的是欢呼着迎面扑来的烂漫笑脸。彩排后，李支书嘴总算歪了一下，我还以为他会情不自禁打打油呢。

六一前夜，李打油捏着个纸袋上门来，里面是红领巾和请柬。他邀请我父亲做六一嘉宾。老人家那个激动呀。我也是，又惊奇又感动。李打油写字不好看，他就在请柬上一笔一画地描，内容蛮别致，抬头下，赋诗一首——

新禾吐穗涌绿浪，
同庆六一好时光，
有功之臣臣育人，
崇文重教教兴旺。

这样的打油诗，他写了四十多首，每份请柬一首个性化的诗，至于请的嘉宾呢？主要是有关领导、有关老板和有关债主，以及影响兴教的有关人士，包括三位烧窑师傅，以及为砖厂供柴供泥供电的闲杂人等。别小看人家，柴不好泥不好，都能致命。

所以，节日前夜的李打油有些恍惚，甚至，有点像交代后事。先是鼓励我父亲好好养伤，接着奉劝我快快解决个人问题，问我扎根村小是否心坚，我朝他瞥瞥康复中的父亲。他说那就好，我来当花博士吧。他介绍的是锦江中心小学的校长，李打油说他统计过，每次镇教育办开会我至少偷窥人家三十次以上。其实不止。我因为她而热爱开会。我俩后来在李打油的撮合下终于走进婚姻殿堂。这是后话，不说了。说说六一那天。

六一那天请了的、该来的，都来了，气氛可热烈啦。四十多个嘉宾分作三排往台上一站，阵势够壮观吧。坐在轮椅上的父亲是被砖瓦厂那些师傅抬上去的，师傅们何曾披花戴朵这般风光呀，所以他们一个个向我表示要采买最好的松柴最好的泥保证窑窑都是精品，保证瓦能当锣，敲起来当当响，砖像货郎担用来兑换废铜烂铁的冰糖，坚硬得只能小块小块地錾。嘉宾们春风满面，唯有银行行长满脸欠债还钱杀人偿命的愠怒。我知道，虽然砖瓦厂像棵摇钱树，可到头来一算账，村小开支再加上村里垫付的农业税水费，债务缠身的李打油日子很不好过呢。

孩子们升起的国旗呼呼啦飘，村书记该致辞啦。哪晓得，未请的、不该来的人也来了。谁？法院送传票的。主持人是我，我宣布书记致欢迎词。有人冲上台挡住李打油，就把传票递给他。李打油晃晃手里的稿子，那人不理会，硬要他签字。我听见李打油嘟哝了一句传票是什么鬼东西啊？接着，他撕开信封，瞄了一眼，失声惊叫起来，传票应声飘落在地，而他呢，居然慌不择路地跳下台，一溜烟逃跑了。他是朝厕所方向跑的。

我抢在别人之前拾起传票，心里明白是怎么回事了。我得镇住混乱的现场。我说，李书记闹肚子，这两天一直带病坚守岗位呢。接着，我即兴发挥把欢迎词致了把贺信读了，又请嘉宾讲话，我应变能力还强吧，临时决定将行长一军，请他作重要指示。行长满脸尴尬，对着麦说，谢谢同学们，我没有重要指示，我只有美好的祝愿，祝愿同学们好好学习天天向上！我用喊声压住掌声说，这个指示还不重要啊这曾经是毛主席的伟大指示啊！

队列操的时候，我趁机脱身去找人，急得到处乱窜，总算把李打油给拎了出来。你猜他藏到哪里去了？女厕所。从里面闩上门，还用木柄很粗的粪勺顶得紧紧的。我大呼小叫好一阵子，他确定没人跟着我才打开，身上瑟瑟发抖，抖出扑鼻的屎尿臭。他脸色煞白，问我：借公家的钱也要捉我进班房呀？钱又没落进我腰包……我说，农民诗人原来也是纸老虎嘛，好笑，传票又不是手铐！接着，我告诉他该怎样去应对银行的起诉和法院的传唤。李打油满脸羞红嘟哝道，我哪里见过传票呀，心想这下巴了锅，坐班房几跌鼓哟！要不是粪池太浅怕淹不死，我就跳下去啦。

巴锅，跌鼓，都是土话，前者指饭粘在锅上烧糊了，后者是狼狈、难堪的意思。二十万能打倒英雄汉呢，银行作为国字号的大老板不依不饶，硬是逼着李湾村卖了砖瓦厂还债，幸好借镇属五金工艺厂的，有镇里出面，算是捐赠助学了。要不然，李打油真的要跳粪池。

厕所是一个时期的象征，那时虽然艰难，却是人头攒动书声琅琅；为拆危建造的教学大楼，反而成了迎接命运风雨的象征。此后没几年，呼啦啦，学生四散而去，跟打工父母走的，送去县里镇里的，再加上这些年出生率锐减，低年级开不了班啦。真正跌鼓的是我这个光杆校长。家长见面就说：李校长吔，你眼睛落了凼哟！指的是我眼眍下去了。凼，怎么写？这是个字谜，谜面是岳飞诗句“好山好水看不足”。那一竖给了山，水就不足了；给了水，山就不足了。凼者，小水坑也，形象吧？这个字令我整个人都落了凼，一下子迷上了方言，我想把这些字词牢牢圈到来，其实我晓得，它们总有一天也会像学生一样流失的。

村小剩下的学生并入中心小学以后，教学大楼成了村民的杂物仓库，不过，李打油特意要了几间当农民诗词学会的活动室，他铁骨铮铮地表示，斯文的阵地坚决不能丢。回忆往事，一见到传票就吓得当逃犯的李打油居然还敢冲我夸耀：我干鱼子划水也掀过浪呢。

惭愧啊，我反而落了凼。我父亲临终那年好像是回光返照，居然能自己蹲茅坑了，当然得有人伺候着。他每天都非要到村小去出恭不可，来回怕有两里路呢。厕所至今没有任何人占用，只是里面长草了。天长日久的，害得我也养成了蹲坑的习惯，不过，家人问起来，我还是管它叫上殿。嘿嘿。

清明节社长姆姆回乡扫墓，执意弯到李湾坟山上，敬上鲜花，她差点跪下，硬是被我拦腰抱住了。她哽咽着说：老弟呀，看你“牵猪牯”，我脸火烧样，又痛又羞还恼火，痛是因为帮不到你，羞是因为你好歹也算知识分子，火呢，恨不能把你剪掉，用锦江人民笑话的那把剪刀！它剪发不利索，割卵保证出血！

丹 青

口述人：

宁永珍，女，锦江镇何坊村何金魁之妻。何家祖上为明代宫廷里的雕銮匠，裔孙流落民间后专事寺庙造像，至祖父辈被政府收编，于二十世纪五十年代初入锦江镇木器社。何金魁自幼跟祖父习练绘画、泥塑和木雕，尤擅画《元宵图》等神像，人称“丹青先生”。

口述环境：

霜降已过。规整的青砖民居聚落里，突兀地留存着一幢土砖大屋，屋前晒场上，半是稻谷半是油茶子，门口则摞着两筐晒干的油茶子。进得厅堂，却见两侧墙上一边贴有多幅女性头像速写，仿佛展示一位少女成长为老妇的人生旅程，另一边悬挂草书作品，连估带蒙凑出一首词，云：“天赋巧，刻出都非草草，浪迹江湖今欲老。尽传生活好。万物无非我造。异质殊形皆妙。游刃不因心眼到，一时能事了。”此乃元代高僧善住的《题金门·赠雕銮匠》也。

宁永珍：

当真不好意思。嘻嘻，又让老师你扑空，第三次了，我记得。昨日永红打手机先联系我，就是镇文化站的站长宁永红，我妹妹，堂的，糖的，很甜啊，你见过多次，跟她很熟？对对，你评价这么高呀，永红会开心死的，我也不紧张啦。

我告诉永红，叫老师自家来，莫叫领导陪，金魁就不会着吓。没出息呢，羞得人死，年过半百啦，反倒怕见生人了！我说来的是老师，又不是老虎，就算是老虎，它又没豺狼相伴怕什么怕！有我撑腰，他胆大了，答应下来。哪晓得，天麻麻光，诈尸样跳下床，说是道院的织娘婆婆怕是撑不过这两日，他打跳脚跑去了。

金魁要我替他向你赔罪，临走他钻到床底下摸出两瓶好酒，三十多年的锦江春，铁盖子上全是锈。他再三交代要请你吃过昼饭走。这酒有故事呢。一九八几年的时候，锦江春跑火哟，二十瓶以上要厂长批条子，一张条最多三十瓶，嘻嘻，嫁的娶的两头加起来，还不烦死厂长呀？三十瓶以上要找镇长镇委书记，好办，社长姆姆是我屋里人，真叫姆姆，平时不敢烦她，人生大事喜事她肯定乐得帮忙！可金魁死活不肯。金魁当然是跟我结婚，别人哪个看得上他菩萨脑壳蛤蟆嘴！嘴大吃四方，本来倒是福气砣砣，可恨口条不争气，硬是捋不顺，越急越打结。我要是不嫁他，保准他一辈子打单身，哼，现成关系不用，那你自家攒劲买酒去！

二十啷当岁，又没别的本事，如何挨得厂长边？金魁也蛮鬼呢，见酒厂墙报介绍仪狄造酒，他回来查资料打草稿，画了又撕，描了再涂，用了三天时间画成一张仪狄像，跑去问厂长画得像不像。厂长正在开会，一屋子科长主任，厂长当然要指指点点，说仪狄是夏禹时代管酿酒的官员晓得不，人家是女的晓得不。金魁一拍脑壳叫起来，厂长这么有文化啊，好，我改成女相来！

他才懒得改呢，本来画的就是女相。金魁说，那次跟厂长打交道，一个结巴也没有。顺。厂长蛮骁勇，一次批给几大箱，还邀请我们新娘新郎到酒厂去洗澡呢。乡下女人的澡堂就是大脚盆，想起来笑落了牙，酒厂澡堂是一口口大酒缸，又阔又深，溜进缸里爬上来蛮艰难。一排五六口，打肥皂的，过头遍二遍三遍的，蒸酒的热水，冒出来的香味也醉人。得女工姐妹相帮，我泡得飘飘欲仙，当七仙女的感觉，就是缸壁太滑蹭了一下。刚穿好衣服，隔壁鬼哭狼嚎，是倒霉鬼金魁，吓得我死，不管三七二十一冲进男的那边。那多男人吓得到处躲，他们是命好，要是落在乡下，还不是青光白日打裸裸在村口塘里洗澡呀？金魁是在连接酒缸的跳板上滑倒的，鬼捉吧，那一跤害得他骑在缸壁上，裆里像气球一样鼓起来，弹一弹，嘭嘭响，怕是会弹爆。

金魁抱住我哭了半天，他说人没用了酒莫请了婚也莫结了。我说胀成气球那就放气呗。我驮起他，就去找叫陶静的土郎中，人家一针见功，还担保头胎是龙子。当真！第二年我屋里送去一面锦旗。

哎呀，快请落座。金魁晓得又要骂我拿掉嘴就没见了人。公不离婆秤不离砣，公婆是搭配好的，他的性格正好相反。别人找他问事，三棍子打不出一个屁，最后都要我圆场。所以说，他在不在一样。老师想了解他的经历，告诉你，那张仪狄是他画的第一幅神像呢。

要说人像嘛，他最先画的活人是我，初中同班又同桌，被他偷偷画了三年。那时候男女之间蛮封建，我算胆大的，我问他，你画见不得人的鬼呀？金魁满脸通红，吓得几天不敢动笔。后来忍不住手痒，又用课本挡住来画画。一直到快毕业，我才发现秘密。他文具盒盖子上嵌一块小镜子，打开来，要是角度对，镜子里就有我，难怪他画画脑壳老是晃来晃去，是找偷看的角度。我气坏了，真想大骂一声臭流氓。可一接触到他做贼样的眼神，我心软了，写了四个字给他看："你是流氓！"我说他蛮鬼，当真鬼，他从书包里掏出几张画像给我看，你猜画的是哪些人？柯湘、李铁梅，还有演春苗的李秀明，都是大美人呢。还没读书就会画画，读小学开始画美女。我一看到明星，羞得想往桌子底下钻。假话！其实当时是傻了眼，不晓得说什么。心里偷偷作乐呢。扯远啦。

回酒厂吧。厂长为何对金魁好？晓得金魁是丹青世家，那时爷爷还在世，厂长想雕一座仪狄神像供在厂部大厅里。爷爷说我是做不动了，老人家存心要锻炼孙子呢。哪晓得，金魁跟厂长为了到底雕哪个的像，磨脱好几层嘴皮子，气得厂长差点把送上门的虎骨酒拎转去。金魁表面嘻嘻笑，哈哈罗汉的样子，骨子里犟得死，他觉得传说里的仪狄就算有真人也生活在远古，杜康已被抢走，仪狄难免被抢，再说，她跟望湖县十八竿子也打不到，人间真正的酒神是陶渊明，他一辈子喝了几多酒写了几多酒诗呀，何况人家还是我望湖县不到两百里的邻舍，共饮鄱阳湖的水呢，望湖到处都有他的裔孙。厂长说仪狄有造酒传说就配得上雕像，而且要用樟木雕，后来一句"做事依东"，把金魁惹火了。

金魁反问他：依东？我答应接活了吗？厂长一咬牙：雕仪狄，雕得好，我给一万！你说接不接吧？那时的万元户锦江镇没有，望湖县没几个。金魁问：陶渊明呢？厂长没作声。金魁发狠了，说：只要你肯把陶渊明敬在酒厂里，材料算你的，工钱我分文不取！厂长眼睛瞪得滚圆，干脆装聋作哑。不过，第二天叫人拉了一截樟木来。

我两公婆也是木，就没把女书记当姆姆，问一声也好呀。社长姆姆有时蛮泼有时玩深沉，雕仪狄是她开的口，她自家也是女神嘛。好在见金魁死不开窍，社长姆姆懒得插手了。

那时的万元户几风光哟。提起这件事我就恼火。老师你进村看到吧，全村数我家的屋最烂，老古董样的土砖屋。倒不是我家最穷，这栋老屋就像金魁这个人，懒得张扬，缩头乌龟样，最好缩得别个寻不到。一跟金魁怄气，他就死皮赖脸硬要给我画像，你仔细看看墙上的像，后画的那些是不是都瞪圆了眼噘起个嘴？金魁结结巴巴说，画也好，雕也罢，为神灵造像一定要虔诚笃信，万万不可有什么功利企图，这就是谋一张条子去为仪狄画像给他的教训，要不怎会在新婚将近的时候，把自家跌成一个大气球啊？想想也是搞怪，厂长为何请我两公婆去酒缸里洗澡？泡人参样。

我懒得管他啦，要不，又要逼我当模特画像。生了崽，不比早先，早先被他画觉得蛮幸福，自知比不上明星，心里偏偏还不服气，心想，要是也有高级化妆品，也有电影镜头照，明星不见得比自己好看到哪里去。我乡下人也有虚荣心。我这棵巴茅花就是被虚荣心害得插在牛屎上。初中毕业他跟着爷爷做木，没多久，跑到宁湾我娘家来玩，送我一张又丑又老的画像，画的我，故意丑化我，皮打褶，眉脱毛，头发里面夹稻草，他说画眉子也会变秃老鸦呢。好像再不嫁他，我就会老死。算了，懒得挑三拣四啦，嫁鸡嫁狗都是嫁，嫁个会画像的，至少省下一辈子照相的钱，哦，还有去照相馆的时间。嘻嘻。

我生大崽那年，金魁跑到县文化馆学了一年绘画，接着去省里又学了两个月，后来还想报全国美院。正好省里的画画老师来采风，住在我屋里，速写本也不收好，我随手一翻，里面有好多光屁股人体，我脑壳轰的一声爆炸了。我发金魁的火：难怪你这么热爱学习啊！我坚决不肯让他去继续深造，那次闹得蛮凶，我回娘家躲了半个月。后来金魁告诉我，那种业余培训班哪敢教人体呀，连画画老师也只敢让老婆光屁股。金魁借来速写本，逼到我看仔细，里面当真只有同一个女人。而今想想当真对他不起，年轻时要是去深造，人家何苦一辈子在乡下当丹青先生，说不定也像画画老师到处去采风呢。

又岔了路。雕陶渊明，金魁当真上心，他本来不喝酒的，有天下半夜见他还没上床，我就去工作室看看，吓我一跳，丹青先生跟五柳先生在碰杯！丹青先生说：五柳先生，未曾谋面，久仰久仰。今夜晚愿与你放欢一遇，你天上有灵，盼现真容。我苦在找不到你的画像呀，陶姓村庄寻遍了，都说族谱已在“文革”中被毁，我晓得，有的村庄珍藏下来，只是心有余悸不敢示人。听说省里有两个研究你的专家，他们手头存有好多资料。我找到那个男的，可恨我结结巴巴讲不清，人家不耐烦，还误以为我是神经病院跑出来的，他们社科院和那里两隔壁。又去找女专家，女的警惕性强，硬要我出示证件，我一个农民能有什么证件，进城带本结婚证管用吗？

金魁喝醉的样子蛮可爱，憨憨地笑，口齿也伶俐了，他说陶渊明喝了一辈子酒，结果人生最大遗憾还是没喝够，有句诗我不记得了。金魁相信等到陶渊明喝够尽兴，一定会现真容。金魁逼我坐在那座毛坯旁边，代表五柳先生。我忽然有点心酸，真的。这是二十世纪八十年代的事，不像现在，想寻哪个上网搜去。对一个无名小卒，压力几大哟。当然也是机会，要不金魁不敢舍命拼酒。

是跟五柳先生拼酒呢。嘻嘻。不瞒老师说，要装疯，能喝过我的人还没出生。何况，那天我是五柳先生附体。我每喝一杯，拍一拍那座樟木毛坯，你来我往，大半瓶酒下肚，其实多半被我喝掉了，金魁喝得微醺，兴奋得大叫“五柳先生来啦，真的来啦”。金魁猛地抓住我双手，嘴里叽里咕噜，我说金魁莫喝啦你醉啦，我是这么说的，可金魁紧盯我眼睛，痴痴傻傻的。第二天他告诉我，当时我不是今人了，而是古人，是个美髯公，连声音也好像从遥远又空旷的地方飘来。瘆人吧？说得我汗毛一根根炸起来。

金魁说，他就在那日夜晚捕捉到陶渊明形象。塞满床底的酒被他喝掉十多瓶，木雕《陶渊明》终于完成。别人看过都说像，不光脸形像，最要紧的是眉眼像气质像。后来县里有个纪念活动，做会标还参考了木雕像呢。

圆工后，酒厂派皮卡来拉，五六个工人闯进我屋里，直扑当工作室的前厢房。金魁怒喝一声：跪下磕头赔罪！再到大门外等，神灵也敢冒犯呀！这座雕像是金魁眼里的真正神像，是酒神和诗神，他要给神像开光呢。画神像、雕神像，圆工后，都是要按照祖传规矩举行开光仪式的，何家有两本传了几多代的书，一本就是《开光科仪》，还有一本叫《秘宝》。我觉得金魁越来越怕见人，跟这两本书有关系，有些专家当真顽固，主人遵祖训不肯示人，他们一点也不尊重，硬要看，看不到就叫干部施压，害得金魁也怕干部了，连自家姆姆也怕。不好意思，我说话不过头脑，不是说老师你哦。

莫说外人，自家的女人都看不到，连开光仪式也不准女人在场。天长日久，我才晓得，神像圆工，要用红头巾蒙住头脸，在神像前摆供案，供品有猪头整鸡整鱼，一碗饭，一杯酒，还有果品和香烛。仪式先是叩拜、唱赞、祷告，接下去要装心祠。就是给神像装一颗心脏。毛巾包的心脏里有何物呢，一是金银铜铁锡这五金铸成的“心”字状物品，二是五味中药材叫五药，三是五谷，四是各色丝线叫五色，心祠要装进神像背面的凹槽再密封好。

金魁桌上有一本《神祇腹脏神药名录》可以给你看看，蛮好玩，它把中药名都改成了官名和吉祥称呼，我记得象皮叫右丞相，糜子叫左将军，黄芪叫令旗，赤豆叫称千里眼，开心壳叫称顺风耳，辛夷花叫称判官笔，药名一下子就有了神威。老师觉得我蛮啰唆是吧？生来的嘴，没法子。哦，我要声明一下，金魁不是道士，他家祖传的开光规矩跟道士开光不搭界，给寺庙道观雕像，他开他的光，观庙还得另行搞仪式，那不关他的事。

开过光，金魁是亲自护送陶渊明去酒厂的，出门的时候，我看见他眼里闪闪的，有泪呢，我也有。我两公婆夜夜跟五柳先生把酒话桑麻，还能没有感情？

厂长还算热情，搞了个欢迎和揭幕的仪式。社长姆姆原先打算来，临时有事赶去县委。她是怄气呢。总的来说，姆姆蛮亲民，有时也小气，有时还霸道。比方说，外面都议论阴盛阳衰了，对农民伯伯态度好点嘛。伯伯也是心眼小，没法子，差距大了。两公婆闹过两次，先是在姆姆五十年代当官那时候，后来是为包产到户姆姆得罪了一些人，听到风言风语，伯伯起火，两人又来事。姆姆蛮聪明，能装，周期性的后背作痒，那根痒痒挠就是故意做给人看，她口口声声从老公身上传染了皮肤病，分床分居关系紧张的谣言就不攻自破了。装一辈子几辛苦哟！而今住在深圳崽的别墅里，屋多得是，让他俩一人一间，姆姆不依，说老早没条件习惯了挤，而今在球场大的床上打滚，没个靠背心里不踏实。可伯伯变成了花痴，硬要困花房，说自家本来就是一棵靠风授粉的公树。永红悄悄告诉我的，哎呀掌嘴！老师你当作没听到哦。

说正题。

对雕工技艺、对雕像意义，厂长一直没表态。大概过了两年吧，他忽然送来五千块钱，原来有大领导去视察，表扬酒厂抓酒文化抓准了地方的文脉，还夸奖雕像刻得是刀笔如花栩栩如生富有传染力。哦，感染力。不过，那时万元户已经滥贱啦。不晓得是不是沾陶渊明光，没几久，酒厂被县里拿去，又没几久，厂长当上副县长。姓徐，徐县长。

有一日夜边，社长姆姆到我屋里讨酒喝，吓我一大跳。我往床底下钻，姆姆大叫不喝锦江春，那酒伤胃伤肝还烧心！我连忙找邻舍讨来一坛谷烧，你一碗我一碗，喝得精打光。姆姆喊晚辈女崽子从来都叫“女”。她用大舌头说：女呀，姆姆再怎么雕琢怎么打光怎么镀金，也是工农干部。落伍啦也老啦，请组织放心，经党培养多年，我想得开。要不是接生婆误把我肚脐当壶把子，一出世就被塞进尿桶沤成了肥。姆姆拿我当组织啦。平心而论，当真委屈她，镇办企业的酒也是她用心血酿的。听说八十年代初，几多有学历的干部坐飞机直升哟，可惜她一抽箱结业证当不得一张毕业证。徐县长不管工业，偏偏去管文化旅游，一上任就让木雕去省里评奖，拿到唯一的一等奖，几风光哟！

县里送参评作品，本来准备的还是皮卡。金魁不同意，一百多公里路，让《陶渊明》站在车斗上，不会吹伤风呀，老人家不该享受考斯特待遇吗，不说名气，就看他来自古代也该客气一点。见县里车子一直没落实，金魁准备自己扛着去，买了火车软卧票，那时软卧要级别。好在徐县长还是蛮尽心的，总算派到了县里唯一那辆考斯特，听说省级领导才能坐。

仪狄是金魁画的第一幅神像，《陶渊明》是他做的第一件木雕神像，有一米高呢，得奖后被省工艺美术馆收藏，证书上盖了六七个章子，过硬吧？说起来，陶渊明当真是灵神啊，他老人家进驻酒厂那两年，酒厂一下子变成望湖县第一利税大户，留在省里后，古了怪，酒厂效益稀里哗啦跌到低谷。

所以，多年来徐县长蛮看得起金魁，全县寺庙道观需要塑像，只要插得上嘴，他都会推荐金魁。可一阵风样，到处都作兴福建佬工匠，锦江周围几个镇，几多代都是尊我何家为丹青先生，金牛山上的宝光寺，“文革”中请金魁爷爷去修复神像，被武装队发现，追查出来，抓他去劳动了几天，还罚款五十元。那是老人家“二进宫”，先前因村里偷偷搞送神的迷信活动，也被捉过。一九九几年的时候，可能见爷爷年事已高，又嫌金魁嫩吧，宝光寺也换作福建佬。金魁当时蛮恼火，发誓要蓄起兜面胡子来，扮老呀。老师你见过他人吗，比他爹老相得多，当得爷爷辈啦，嘻嘻。

金魁跟爷爷学艺，做人也受爷爷影响。爷爷教给他两个字，一个是信，一个是忍。再讲一个信的故事。徐县长老家在临河镇，临河狗肉全省有名，传说很久很久以前，临河大旱，人差不多都饿死了，两条神犬跟仙女经过，发现死人堆里有一对快饿死的细伢崽，母狗连忙给伢崽喂奶，它们为了伢崽留下来，不久母狗奶水断了，急得没法子，就在叮嘱仙女后，邀公狗做伴毅然投水，让仙女用它俩的肉去喂养细伢崽。神犬成为临河的恩人和福主，徐县长觉得临河狗肉要走向全国，一定要打好神犬这张文化品牌。按照徐县长指示，临河镇决定在街中心广场起塑像，仙女和神犬的。

那次徐县长点名叫金魁做，气得福建佬干瞪眼。哪晓得，金魁又跟人家抬杠啦。他说传说太离谱，好像是狗肉贩子编的软广告，经不起推敲。塑像开价倒是蛮高，我听了吓一跳。接下这桩业务，我屋里何至于住老屋哟，我劝他说祖训有一个忍字，你就忍呗，做事依东呗。金魁哇哇乱叫，忍是这个意思呀，忍是“淡淡交情耐久长，富贵荣华难守保”，是“若然无事早关门，虽然有饭休尽饱”。这是《秘宝》里的祖训，我也听过几句，所以我敢驳他：忍也是“放松肚皮紧闭口，不怕撞到无理鸟”！

金魁瞪住我，蛮凶哦：好哇，你敢偷看《秘宝》！好笑，我才没那个闲工夫呢，再说，那两本书放在吊上梁的皮箱里，我也够不到呀。扛梯子往上爬，别人肯定觉得我想当吊颈鬼。

每次临河镇干部来，我屋里就像开辩论会样。最后那次争得来气，人家干脆掏出画稿，叫金魁照画稿塑就是，要不是徐县长有交代，早就被福建佬抢去做了。这时，金魁终于把再三憋住的话倒了出来：这样的故事哪个信？反正我不信！仙女哪有仙气呀，神犬也不神，神犬喂奶又奉肉，像民间割股奉亲的行孝故事，可你们冷静想想，一对狗喂大了临河先人，听起来不对味吧？

金魁有原则，再大好处也不动心。最后福建佬接去，做的是泥塑。在塑像前来去过往的临江人民，总觉得别别扭扭，醒过神来，起火啦，这是戳骂我们狗娘养的呀，几十个人冲到镇政府抗议，差点搞成群体事件，幸好领导当机立断，亲自带他们去摧毁塑像，一点也不含糊。哪晓得，记者苍蝇样飞去，到处钻，把临河镇鸡飞狗跳满地狗血的照片一登，连狗肉市场也不得不关掉了。

事后金魁说，不是什么钱都能赚的，我屋里是工部管的雕銮匠呢。他说的信，是信则有的信。大半辈子他最好最多的作品就是《元宵图》，乡下元宵节送神用的画像，有两三米高，挂起来半面墙，画的上部好多天神腾云驾雾，中间水上二十四条半神船，船有帅船龙船和凤船，船上仙人两百多，底下是人间恭送的场面，为何这么隆重呀，让神把一切邪恶押上船，远远送到洛阳桥。那么多的船那么多的人，难画吧？

难在信字上。把船上那么多小人真的当神，这样，就不敢浮皮潦草，不敢急急慌慌，有仪式，有规矩。比方讲，打墨稿、上色每个主要环节，都要敬神。啊，哪个神？要死，问倒我啦！福主康王？二郎神？哦，不对，有福主康王，还有画圣吴道子。老古话说，画匠不给神作揖，鬼话，金魁跪拜得可勤呢。康王是我何坊的保护神，要敬，吴道子是行业神，借他十个胆子也不敢怠慢。吴道子像是金魁前几年用紫檀雕的，供在工作室里。你想想，神在看，他敢马虎吗？他还给自己定了几条规矩，画《元宵图》时不见客，不请客，也不出门做客，一张画要两个月，像坐班房像当原始人一样。哦，有些规矩是老规矩，他还给自己定了新规矩，成心想藏起自家来。

受刺激？嘻嘻。还是离不开徐县长。哪个也想不到，临河镇的狗那么儒善，最后把徐县长咬了。狗肉市场被批，上面发脾气，总要找个受气包吧，听说徐县长做了检查，后来转到政协上班了。他不带记性，没过几久搞了个提案，发展古村旅游，开发民间手工艺，先拼命宣传民间艺术家，再举办全县的博览会。

要宣传的人物金魁排第一，得过省级大奖嘛。听到有电视照，全家全村过年样，金魁是女崽子坐轿——头一次，又高兴又稀奇。可人家扛的机器吓得他一声不吭，结巴子嘛，当然要记者解说，灯光晃得他脸上肉结坨，兜面胡子又长又枯。后来村坊到我家凑热闹看电视，老以为按到《新闻联播》去了，调来调去，金魁倒好，他不敢看自家，一直躲进工作室不肯出来。半夜上床我说：看过电视，我怎么觉得神要向你作揖呀。长得凶，又威严，当得钟馗呢。

好笑吧，神没来，好多大领导来给金魁作揖了，送了一个六百块钱的红包，还有枕套床单踏花被，估计两千来块钱吧，弄得好像是来喝喜酒的。当真。金魁握过手就往床底下钻，拖出几瓶锦江春，要请领导在家吃饭。徐县长也在场，他对这酒有感情，眼睛放光呢。当时有几个书记几个什么长，他们说金魁啊你家还住土砖屋呀，清贫，清高，好，可是发展到如今，才艺不光是社会效益，也能创造经济效益，县里正在为乡土人才提供平台创造机会。其实呀，他们上门就是动员金魁参加博览会。

那天，别的领导都走了，徐县长，哦，改口蛮难，是徐主席了，他馋酒。金魁也死活拖牢他，拿什么去参展，自家没主意。平时为训练刀笔，金魁雕过生肖呀吉兽呀，更多是菩萨和神仙，还有傩面具。他想听听徐主席的。

徐主席上桌就夸酒好，还自我表扬那次批条子够骁勇，要不然哪里寻得到七八十年代的锦江春哟！东拉西扯，扯到电视里有句解说词，说何家是明代宫廷里的雕銮匠，珍藏了两本祖传秘籍。徐主席说，领导树金魁当典型，看中的是他的家族渊源和文化底蕴，电视一播，已经有省里专家关注锦江了。

跟他一辈子，我还不清楚呀，这顿酒让他结巴加重了。咨询展品的事忘记问，送走客人连忙去查电视重播时间，自家瞪大牛眼竖起狗耳，一听，蛮后悔。吧嗒，关掉电视反倒怪我接待记者太热情，怪我不该上那几碗白糖煮蛋，不该让村坊堵在门前看热闹。好笑吧？自家一看有电视照，激动得打抖，关不拢嘴，何事都不过脑子，透露祖上的秘密，怪得我热情呀？怪我太热情传染你，热情会传染呀？那多狗怎么不传染，还不是冲人汪汪吠个不停？

气死我啦！男人呀，有时候作精作怪。哎呀，老师，一看你就是好男人，我说死鬼金魁。好多事还没告诉你，他的名堂当真搞笑。每次开光仪式前三天起，他要沐浴吃斋，还不能同房。一年到头，他要为四带村庄画几多《元宵图》，开几多次光啊，夜晚不来吵我巴不得，我一个人困得呼呼叫，你痒你自家找石头磨去。人家大老远扛机器到我乡下来，我不上白糖煮蛋，给人家灌辣椒水呀？

那次民间艺术博览会搞得蛮大，放在县城广场上。给金魁最好的展位，领导一出场就能看到。可他只带了几纸箱大大小小的木雕生肖去。徐主席蛮失望，博览会是他倡导的，县里委派他主抓，他要求金魁和几个骨干要拿出看家宝贝，不在乎能卖多少钱，而是让博览会活色生香，吸引眼球，成为品牌。哪晓得，一再动员，金魁他们还是这么保守。金魁说，拿《元宵图》出来，肯定惹神灵恼火，拿那些菩萨出来，又怕招领导批评，我屋里有祖训又有教训，心有余悸呢。

那么寄希望下届吧，都到二〇〇几年了，金魁摊位上还是十二生肖，不过，材料、造型、色彩比第一次丰富得多。抓完第二届，徐主席就要退休，他又到我屋里来喝锦江春。他说：金魁，我身退休心不会退，我做梦都盼你做大事业，你不肯把神像木雕当工艺品当旅游纪念品，没关系，我尊重你丹青先生的信仰，可技艺要传承光大呀，崽女都不肯学，还不赶快招徒传艺啊？

徐主席也不想想，从仪狄起，这多年金魁何时听过他的？好多次，徐主席拍胸打包票带专家上门，想看那两本老古书，金魁一次也不买账，拒绝全是硬邦邦的。连我都看不过去，我说：人家徐主席是大领导，也有恩我屋里，你说书箱钥匙找不到楼梯坏了不行吗，一句“看不得”叫徐主席脸往哪里放？金魁结巴子蛮拗烈，说：钥钥钥……找不到不会撬撬撬锁呀，梯梯梯坏了不会搭搭搭人梯呀！再说他怎么有恩于我？我两公婆吵起来。人家有好事常想到你，你不领情算了，还敢不记好呀？得奖得人家的好，哦，后来评省“非遗”，也得徐主席打招呼。

最可气的是，省里一个白头发老教授，徐主席崽的研究生导师，几大的面子呀，聊了半天，最后金魁还是不肯拿书下来。气得我要见义勇为了。趁金魁去拉屎撒尿，我告诉教授，祖传的老古书也没什么了不起的，那本《开光科仪》跟道士开光用的差不多，何坊村元宵节搞唱船送神活动我见过，那本《秘宝》不过就是唱船歌词里的一段“好字歌”，叫人忍些好宽些好静些好什么的，末尾有教防身的武术图。我一说完，金魁回来，吓得我心怦怦跳。哎呀老师，没拿你当外人，口无遮拦，记得帮我保密啊。

这几年，我两公婆才晓得徐主席心不退休的意思。他的崽继承老爷子遗志来了，当锦江镇书记。小徐书记要抓特色发展，一抓又抓到我屋里的丹青先生。他头次上门，可能是要给个下马威吧，伸手就要古书。人过半世，好像一下子成熟了，这次金魁像泥鳅样，说丹青先生仪式多，就说画神像吧，开笔、上色要仪式，圆工、开光要仪式，连画到帅船也要搞仪式。动书箱会惊动祖灵，当然也要搞仪式，要准备好供品，一块红烧肉，一条红鲤鱼，一碗酿豆腐，先敬祖，再请神，接着判筶，最后是唱赞，唱赞就是《秘宝》的内容，仪式搞下来两三小时是要的，关键在于判筶，就怕祖灵不同意。小徐书记直翻眼白，说，那好吧，等到某一天，你家祖灵乐意，仪式将要完成，电话告我一声，我总要亲自帮导师看一眼吧。

看看，把人得罪了吧？从那以后，有客来他第一个念头就是躲，惹不起躲得起。有些事，躲不过呢。镇里定了把木雕当特色来发展，又算文化又算产业，几好的抓手呀！镇里定的规划，经过县里批准，那就是铁板钉钉，重视是重视，镇上在园区划给一块地，让金魁建木雕园，资金上面会给一点，可大头呢？还有，培训人才也有经费补贴，好几条渠道可以要钱，这方面钱不是问题，问题是找不到人学。雕什么，销给谁，好多好多矛盾，这么传统的丹青先生头大吧？

他躲，我就挡挡呗。哪晓得，小徐书记盯上我啦，他说，你是省“非遗”，锦江镇虽说才艺满江歌满湖，“申遗”上没醒眼，好多项目也不能形成产业，木雕可以，因为它能走进生活美化生活，与人的精神生活息息相关。他觉得我这个初中生当年肯定是高才生，可以当金魁的老板，当个董事长抓全面，金魁专抓创作和开发。

上半年，镇里组织去浙江什么镇考察，人家就是做佛像，做得几大哟，漫山遍野都是。我替金魁报了名，估计他不肯去，准备我自己顶的，古了怪，他要去，还打算在临行前做个仪式，仪式上要唱《好字歌》的，叫我去请小徐书记、徐主席他们来听。我晓得他想搞怪，何家根本没有传下来的出行仪式。半夜，我把他被子一卷扔到厅堂里，出行更不得同房吧？

第二天上午等镇里领导赶到，金魁当真搞了所谓出行仪式，简单，在祖龛前点香烛，我全家跪拜祖灵，上香，退到一边，由金魁跪着面对祖龛唱《好字歌》，小徐书记不是想了解《秘宝》内容吗，秘宝在金魁嘴上吟唱起来，有些句子加重了语气，有些呢，错唱重复了。不过，我觉得金魁好像是故意的，像这段，“第五着兮省些好，费用渐多来路少，或费精神休逞强，或用心机休弄巧，省些福兮与子孙，免得自身都使了”；像这两句，“第六着兮平些好，做得蹊跷成懊恼”“或与骡马望前骑，思量一定骑个倒”。小徐书记那么聪明，研究生呢，还听不出弦外之音？他抬头看看梁上的书箱，瞄我一眼，就一直打量土砖的墙。老早我常说土砖屋冬暖夏凉，而今我不敢说这个话了，空调屋里才冬暖夏凉呢。

从浙江转来，镇里抓得更紧更实了，会送一台带电脑设计的雕刻机，还把我屋里的土砖屋也规划成了丹青馆，用于收藏金魁祖孙两代的画稿、作品。金魁苦笑跟我说，晓得我为何不愿造新屋了吧，看看自家缩在里面躲得几久。我何金魁不过一个乡里乡气的丹青先生，雕雕画画安慰一下人心可以，叫我带领锦江镇特色发展我驮不起呀，干脆叫醒五柳先生来试试吧。

老师，莫笑我乡下人哦，请问工部相当而今哪个部呀？

朝 向

口述人：

徐诺，女，1979 年 12 月 31 日 23 时出生，差一点 80 后，省文化厅群文处干部，现下派锦江镇鸦鹊岭村，任党支部第一书记。

采录环境：

鸦鹊岭黄家，属江夏黄。世祖峭山公有遗词云："吾曾经福建、江西、广东、广西等处，山川毓秀，风俗清醇，真可为万世鸿图也。吾将钱八千万贯、金银八百称，各份均分。三妻所生二十一子，各留长男侍奉，余汝兄弟，当深怀远虑，适彼乐郊。"并赠诗八句，叮嘱散居各地后代将来以诗分辨血缘，联络宗亲，于是，兄弟们分头前往南疆寻找新家园。

为宗族发脉分支计，黄氏兄弟的后代也乐于披荆斩棘开辟家园，不过，或有寄人篱下，靠忍辱负重去赢得家业的，鸦鹊岭就是。从前这里是夏姓村庄，黄姓入赘夏家，招郎时议定，子女随母姓无疑，男方亦须改姓夏，但"生夏死黄"，即死后可还黄姓予其。既然生夏死黄，黄姓当然也该建祠堂，明嘉靖年间建有黄氏家庙，比邻夏氏宗祠，很简陋的一间屋子，上方立黄氏世祖峭山公牌位。焉知若干代之后，到了明末清初，招郎的二房丁财两旺，此长彼消，三房正宗夏姓反呈衰落之相，二房索性回归黄姓，并新建黄氏宗祠。

访谈在黄氏宗祠里进行。整个宗祠由门楼、前院和三进祠堂组成，简陋的门楼和前院高高的土坯院墙是后来建的，与富丽堂皇的主体建筑形成强烈反差，就像一个富豪把自己打扮得衣衫褴褛。祠堂分为门厅、享堂和寝堂，五开间的坊式大门朝南偏东，门楼的坐向却是正东，就是说门楼的朝向和祠堂大门是不一致的。据说，祠堂大门朝向的远方有万山来朝，而门楼朝向的远方是山谷。这样，它们所对之物，一凸一凹，一阳一阴，以阴阳平衡化煞除害。

享堂上方祖龛两侧有联云："早晚不忘亲命语，晨昏须荐祖宗香。"此联雄辩证明，他们真是江夏黄世祖峭山公三七二十一子某一支的裔孙无疑。

徐诺：

老师真的来了，我好高兴。厅里建村史馆的那几次座谈，我都在场，你发言很精彩很深刻，受益匪浅。所以，来鸦鹊岭工作，见到保存这么完整的古村落，我第一个念头，请老师来考察指导。

邀你几次，总算盼到了。我早就告知村里几位老成——哦，六十岁以上男性长者叫老成——届时请他们作介绍，老成激动啊，早早复印好一大摞谱序和有关资料准备送你，周到吧？可是，最近鸦鹊岭人有点烦有点蔫有点恍惚，那些老成更是痛心疾首，有的整天独坐古樟树下默默垂泪。那个伤心！吓得我不敢惊扰他们。

对，那人出事了。谁都想不到。我们厅领导带队来村扶贫，听说他是鸦鹊岭子弟，客人主人都唏嘘长叹。刚有风闻时，父老乡亲认定搞错了，要么消息有误，叫建国爱国国庆的一撸一大把，要么案子出错，他会贪？打死也不信！全村五保户困难户谁家哪年没得他的好？每到过年都是三五百甚至上千地给。可事实是无情的，哪怕官再大靠山再硬，他还是落入了法网。对，鸦鹊岭是他家乡，他父母甚至爷爷奶奶都健在，老人说金窝银窝不如自家狗窝，硬是不肯跟他进城，四世同堂呢，他是独子。

鸦鹊岭、锦江镇甚至望湖县的骄子，竟然成了阶下囚，家乡的心灵震撼可想而知。还有一件事让老成们很尴尬。因为他带给全族的荣耀，黄氏大张旗鼓重修族谱，有点为他树碑立传的意思，专门成立了谱局，地点放在宗祠里，每天干活前都要按老规矩举行仪式。虔诚吧？那仪式是在寝堂祭台上放一只斗，里面装米，上面放文房四宝和剪刀木尺，插上令牌。谱局人员要洗手、敬斋饭、放爆竹，跪拜祖先，这叫拜斗。接着，请谱匠师傅唱祝赞词。

集中忙活了两三个月，等到抄正谱稿，谱匠师傅带来一箱箱梨木刻的字模，按谱稿拣字、排版，再用油墨刷。开印还要选黄道吉日举行仪式，谱匠师傅拜过先师文昌帝君，再唱祝赞，接着，杀鸡，把鸡血滴在祭台上，请谱匠师傅先刷出一张祖宗源流图，滴上几滴鸡血，再刷出供校对用的几份样谱。若无差错，就该完成刷谱了。

这时，谱匠师傅被告知，撤版，毫不暧昧的，全撤！印刷出来的样谱，由老成们亲自监督着，全部烧掉。谱稿今后的命运，要么束之高阁，要么得删除有关内容、重写谱序，哪怕那谱序是一位离休大领导写的。问题是，仅仅删除行吗？按照老祖宗留下的族规，他应受到终生不得入祠的惩处并记录在谱上！

问：

哦，这座黄氏宗祠保存如此完好，何况，我注意到享堂供案上有厚厚的一层残烛和香梗，还没有收拾，这时候非年非节的，说明平时祠堂里香火也挺旺，属于活态存在，已经非常难得，至今还执行族规？

徐诺：

其实族规早就是历史记忆了，只有老辈人幼时可能看过执行族规的场面。在审定族谱时，他爷爷坚持一定要加上老谱上的《诫训》十二条。老人家联系黄家历史上的大起大落，说到今天的人心不古，动情处涕泪双流。今天看来，老人是个哲人。只是当时老人家怎么也不会料到，一旦执行《诫训》，第一个对象竟是自家三代。

你看祠堂里这么多对联，几乎都是语重心长，这个家族一直以前车之鉴谆谆教导后人，怎么就逃不脱命运怪圈呢？老师，这时候，实在不忍心叫村中老人来陪同你，我自己凑合着介绍吧，好在已有一年多的积累。

我看过《诫训》，我想他犯的应是“禁非为”。这条解释说：“人之为非，以至杀身亡家，皆缘于一念之差。差之毫厘，谬之千里，而至于不可悔。子孙众庶，各宜遵守王法，不可越理，自干刑宪以辱宗先者，终生不得入祠。”

他进去了，即便没有族规，估计此生也难有机会入祠了。苦的是他爷爷和父亲。爷爷八十四岁，父亲六十四岁，一听说他出事，父亲当晚就中风偏瘫了。据说，下半夜麻木像潮水从右边手指、脚趾往上涌，不一会儿，半边身子瘫了，胳膊腿不听使唤了，舌头不灵便了，脸也歪了。天蒙蒙亮，八十多的父母、六十边上的老婆，也不叫人，连紧挨着住在隔壁的叔伯兄弟也不叫，三个老人硬是拖着另一个老人，就像拖着一麻袋萝卜红薯似的，穿过村庄去到村口，再把人连拉带推弄上赶早到县城去卖菜的客运中巴。爷爷很倔呀，在车上谁让座也不要，到了县医院谁劝转省人民医院也不依，只让儿子在县医院治，他说省里是埋人的地方。

每天早饭过后，八十四搀扶着六十四，挪呀挪挪到祠堂，跨进大门，就在门厅这儿面对享堂上的祖龛跪下来。

按照《诫训》里“端教养”的惩戒要求，应该只是由父亲在大门外跪祠堂阶石，爷爷硬要陪着，爷爷说他该跪我这当他爹的不该吗？一老一残的，跪阶石还不得摔死呀？拗不过他爷爷——哦，该叫安生公——老成们只好建议他俩跪门厅，这里地面又平又宽，就是靠天井有点潮，有人找来了两只蒲团。看到他俩跪下和爬起的情景，叫人心里太那个了。可他们执意要这样惩戒自己。安生公倾斜着身体，让儿子倚着自己像滑溜溜板一样滑倒在地，再把儿子双腿摆好上身扶直。安生公自己跪下更是吃力，慢慢弯下腰，老半天才把老胳膊老腿放下去，然后双手撑地不断挪动，调整出跪姿来。跪上一阵子后，还要把自己艰难地撑起来，把儿子拖起来。

并排两个蒲团，两代父亲，两颗一夜愁得雪白的脑袋。隔着天井，垂头低眉，时而喃喃自语，时而悄悄揉眼，父亲歪着嘴，任凭涎水一串串流下来。看到蒲团固定放在这里，连孩子们来此戏耍，都不会去碰它。有一次我陪客人来祠堂参观，碰巧老人刚刚起身离去，父亲跪的那个蒲团精湿精湿的。老人尿了。后来，要是我能想起来，又走得开，就过来看看，一旦湿了，拿出去吹吹晒晒。今天又湿了，刚才在祠堂门前看到，晾在旗杆石上的就是。

老师提到供案上的香烛，头几月，情况不明，全族老成每天刚天亮就来敬祖，又是点烛进香，又是三叩九拜，嘴里念念叨叨，祈求祖灵保佑呢。现在既然尘埃落定，一个个也就不来了。可爷爷和父亲跪到哪天是个头呢？转眼天就凉了。我隐隐约约地感觉他俩等待着什么人的出场，而人家熟视无睹，就是不肯出场……瞎猜瞎猜。

还是看祠堂。老师觉得这座祠堂有什么特别吗？

问：

太特别了！一路上来，一路打量，我感到震撼。最直观的奇特处就是前院和主体建筑的尖锐冲突，潦草的土砖院墙和门楼，怎么能拿来配精美的祠堂呢，那就像一张包裹着金银财宝的包袱皮。哦，我记起来啦，上次开座谈会，好像有谁说过鸦鹊岭有那么一笔飞来横财。

徐诺：

那个故事有点血腥。传说，明末清初的时候，黄氏有两兄弟在外做猪崽、木头生意，经常往来江浙一带。某一次在杭州夜里遇雨，兄弟俩在一幢豪宅的屋檐下躲雨，突然有一个大包裹飞来，正落在弟弟脚下，拾起来一看，里面全是金银珠宝。这时，院墙里传出捉贼的呼喊，弟弟抱着包裹正犹豫，哥哥劈手抢过撒腿就跑。后来他给弟弟的解释是，赃物既已在手，必定有口难辩，你我非偷非抢，不如权当上天恩赐。凭着这笔意外之财，兄弟俩购置田产、建造新屋，并毅然出资新建黄氏宗祠，以惠及宗族来求得心理平衡。其时，黄氏家族正是丁财两旺，夏氏那三房不免眼红，于是，两姓在生产生活中的利益纷争日渐突出，比如田界山界，特别是灾年的排灌。

也是合该无福消受，宗祠建成不久遇上战乱，黄氏兄弟赶紧把置业建祠所剩的财宝埋掉。本来，兵丁怎么着也不会走到偏僻封闭的鸦鹊岭来的，只是听说这里有一座新建的大宗祠，才动心的。享用着好酒好肉，兵丁又索要财宝，黄氏兄弟说财宝倒是还有一些，不巧，前几日埋在棺材垅招魂丘里，你们在此好吃好喝，我等就去挖来献上。兵丁们拔刀就砍。其实真有那么一个地名，两兄弟死得太冤。

建一座煌煌气派的宗祠，本来是为了炫耀乡里凝聚族人，不料，却遭受血光之灾，于是，鸦鹊岭黄家自然要反思祠堂风水，甚至，归罪于它的风水。有很长一段时间，弃之不用，宗族活动回到破旧的黄氏家庙去举行。后来，遇到一位寻龙捉脉路过鸦鹊岭的风水大师，得到盛情款待，大师将宗祠周围细细勘察了一番，给了破解的办法，就是加上门楼和前院，这是为了藏和避，门楼中另有玄机。那玄机是不可道破的天机，大师只是笑而不语。据说那笑是意味深长的笑，自信满满的笑。黄家人被那笑感染得打了鸡血样，没两天就做好了门楼砌起了院墙。

问：

这就是我看到的另一特别处。夏氏宗祠坐落在村庄中心，黄氏家庙借它的墙而建，祖屋祖祠所在地本来是神圣的，新建的黄氏宗祠为什么要另择新址？不愿意挨着夏氏宗祠吗？如果真是那样倒也罢了，为什么要隔着一定距离，建在地势较高的左侧面偏前位置，而门楼居高临下，朝向对着夏氏宗祠，拧着脑袋乜斜着眼似的，像只警觉的下山虎。我不研究风水，可曾经见过类似风水营构，据说既可威震别的房派而又不至于刑伤于人。

徐诺：

下到村里，我吃住也在村里。头两个月，挨家挨户串门，一来为了建立感情了解情况，好开展工作；二来觉得这个传统村落形态比较完整，有古祠古庙古民居，古桥古井古街巷，民间的故事传说也不少，我自己感兴趣，再说我们做文化工作的将来也可以在保护、发展方面做点贡献呀。老百姓很淳朴，跟他们聊家常，都不把我当外人。

一百来户人家，只有安生公家我不敢去，毕竟那是大领导的故居嘛，心存敬畏。不过，好奇心是有的。在古村里，他家太不起眼了，二十世纪七十年代的青砖屋，有个窄窄的前院，进屋就是厅堂，两侧四间厢房。那个年代的建筑全是这样。安生公倒是很热情，有几次在家门口等着我经过，硬要拉我进去看看。那就去吧。结果一探头，吓着我啦，他孙子回来，一屋子的人。见他真人，面善，亲切，还冲我微笑点头，很儒雅的样子。不像电视里竖起个眉毛。那个孙子应该算个孝子贤孙，回家挺频繁的，不过都是蜻蜓点水，看看四位老人就走。也许，安生公是觉得各级领导陪来了，我这第一书记也应在场。

安生公善解人意，后来不再勉强我，而是叫他儿媳妇经常端碗腌菜送我下饭，是萝卜缨子腌的，放上干辣椒，又辣又酸，很开胃。那个娘说，儿子是吃萝卜腌菜长大的，在外读中学的六年，基本上餐餐腌菜。儿子说，他喜欢腌菜，将来考个全省第一，就叫腌菜状元。后来，果然以全省文科第一名当上了腌菜状元，有家缺心眼的报纸真以《腌菜状元》为题发文章，把个安生公看得老泪纵横，他说我孙子真的爱吃、只吃腌菜，那不成了神头吗？神头就是又傻又二的意思。一个农家子弟想要出人头地真不容易，说心里话，我挺感动的。他后来在下面当县委书记，不是还有“方便面书记”的美誉吗？

说到腌菜上去，好像离题是吧，没有，它从一个侧面说明了鸦鹊岭的经济状况。山是红壤岗，没有多少出产，田呢，多是山窝窝里的垅田，产量不高，大畈上的良田有限，农民种粮的耕作习惯又很难改变。从这个角度看，历史上两姓之间的生存竞争在所难免。可是，一问到那边夏家的情况，老成们总是闪烁其词。

去年，我约老成们开个座谈会，商议怎样保护和利用古村落。不知不觉扯到生夏死黄、夏衰黄盛上，我想探究夏姓衰落的真正原因。其实是有原因的，比如夏氏走马西南经商，曾行船遇风暴，一船人葬身鄱阳湖；又如在贵州，鸦鹊岭夏家人挨着开的几爿店被歹人一把火化为灰烬。连遭重创，夏氏一蹶不振，然黄氏宗祠的门楼，令夏氏雪上加霜。这是安生公说的。当时，他显得义愤填膺，说我们祖上怀疑是夏家眼红黄家建起大宗祠而引来兵丁，导致血光之灾，所以为了报复，请风水先生在宗祠风水上做文章，原本只想震慑夏姓，不料用力过猛，害得人家夏家彻底败落下去，到如今，夏氏宗祠没了香火，夏姓那半边村庄住户寥寥，差不多成了废墟。作孽啊！人不能贪不义之财呀，不能忘恩负义呀！

要认真起来，黄家历史好像跟这两条真的有点沾边。安生公这么说，老成们脸色陡变，面面相觑。可是，子贵父荣，在鸦鹊岭，哪个敢不敬、敢顶撞安生公？只有安远公敢。他俩是堂兄弟，安远公小堂哥五岁。安远公的孙子在县里当副县长，比人家官小多了，但县长在地头上。安远公脾气暴躁，开口就骂哥哥牙黄口臭。安远公说门楼朝东，一是迎着紫气东来，二是对着山谷更远处的笏峰，于是，才有后代的人文蔚起，与他夏家何干？

至于能否认定鸦鹊岭黄家人文鼎盛，兄弟俩又有一番争辩，没想到，这安生公竟然是个历史虚无主义者，老成们数出的几位值得一提的人物，到了安生公嘴上都给否定了，并说若学世祖峭山公当年量力而进、量德而退，他们何至于那般下场。

联系那几位的命运遭际细加回味，安生公的话挺有道理。

问：

老成们心里应该也是有数的。黄氏宗祠号称百柱祠堂，这么多柱联表达的大部分是教化内容，除了有几副赞颂远祖、世祖的，好像没有一副提及开基鸦鹊岭以来哪位祖先的功德，这种情况在宗祠里比较少见。如果真拿本族历史人物当回事的话，祠堂里的装饰艺术一定会有所反映。

徐诺：

我第一次进祠堂就有点吃惊，吃惊的是今人写在红纸上蒙住柱联的两副对联，一副咬牙切齿："尊祖敬宗神舒气顺昌顺千秋，吃宗败祖心黑嘴臭遗臭万年。"另一副怒目相向："欺祖害亲当心孽重天留祸，存仁仗义自然心诚鬼助财。"在极尽儒雅的宗祠里，出现这么粗暴的文字实在令人不解。我问老成们，也没问出个究竟，这显然反映了宗族内部的矛盾。

说到矛盾，安生公两兄弟很奇怪，我来后发现，只要这哥俩在一起，没有不抬杠的时候。坊间传那位大领导素以要求严格、作风强硬、不徇私情著称，听说来望湖考察招商引资工作时，当众把堂弟批得钻地缝。从那之后，安远公就开始闲言碎语议论自己的孙侄了，老人最鄙视的是，身为独子的孙侄居然去给人家做崽，他那个上门女婿只是没改姓而已，要不，一个农家子弟哪能爬得这么快？顺风顺水当到高官后，老丈人还没死，只是一年到头住在高干病房里，他就跟老婆闹起来，害得人家抑郁自杀差点过去，一个养尊处优的女子怎么会抑郁呢？听听，爷爷辈的至亲对我这第一书记说这些，不可思议吧？

哎呀，我话太多啦。还是说祠堂。因为那两副对联，我开始关注整个祠堂里的对联内容，确实，像老师说的，柱联除了"江夏垂德源流远，三七遗芳世泽长"那几条，其他都是教诲，什么"福田宗祖种，心地子孙收""仁义礼智信，忠孝节德行""丹桂有根多种诗书门第，黄金无本偏生勤俭人家""古今来许多世家无非积德，天地间第一人品还是读书"，等等。为什么呢？老成们讳莫如深。我自个去钻故纸堆，明白啦，黄家出的名人很少有革命到底的。

比如，最显赫的人物应是明代一位进士，他官至刑部右侍郎，够大吧？黄氏家庙是他主持建造的，传说他返乡后长期居住在家庙里，所以后来族人把家庙视作他的故居。右侍郎真的曾经荣归故里吗？可家庙和宗祠里的祖龛没有他的牌位，楹联没有一副特指他的褒扬之辞，村中尚存的众多古建也难觅他的踪迹，此人就显得十分神秘了。这在讲究衣锦还乡、光耀故里的传统社会，简直是个意外。

有一次跟安远公扯闲天，他说儿时曾听老辈人口口相传，那位右侍郎返乡的当天夜里，村人听闻村外大路上整夜人喧马嘶，好不热闹，那是在过兵，车辚辚，马萧萧，仿佛有千军万马。可是，第二天早上起来一看，大路上毫无过兵的痕迹。这是民间传说的过阴兵吧。我去查县志、查明史，最后上网乱搜了一整天，总算搜到那个名字和他的下落。原来右侍郎是为严嵩之子严世蕃买卖官职、搜刮财宝的帮凶，因严世蕃案发被朝廷处斩，那些阴兵车马大概是来索魂的。

问：

右侍郎的故事因为年代久远，而且是宗族的耻辱，黄氏老祖宗自觉地选择了遗忘。接下来，黄氏有几位后人的故事被建筑记住了，哪怕宗族更愿意选择遗忘。

因为风水讲究，门楼和祠堂大门朝向不一致，这并不奇怪。奇怪的是，富丽堂皇的三进祠堂，五开间的大门为什么加一道如此厚实的栅栏门？栅栏门有点偏，至少偏南五度，从两头痕迹看，栅栏门也曾修改过朝向。另外，你领我从侧门进的祠堂，我留意观察了一下，五开间的大门从里面上了锁，这应该是最近封上的吧？看来，黄家又在质疑宗祠的朝向了。

徐诺：

老师目光犀利呀，黄氏宗祠建起前院和门楼后，确实多次改变大门和门楼朝向，朝向让一代代黄家人费尽了心机。他们相信，建筑方位决定家族的兴衰荣辱，大门朝向决定门庭的福祸安危。

连年科举不利，有风水先生指出，那门楼“局势偏戾，殊不雅观”，那就改吧，让门楼在乜斜着眼盯着夏氏宗祠的同时，正对远处的笏峰。族人仕途不顺，在清道光年间重修时，将祠堂大门在原址上稍作移动。哪晓得，这一改，害得好不容易出来的一位朝廷押粮官丢了顶子，幸好只是革职而没丢脑袋，不过，宗族的处罚不轻，也是终生不得入祠，还把挂在宗祠里的进士牌匾摘了下来扔了出去，他家藏起牌匾，后人拿它锯成了猪圈门。宗祠改坏了大门，怎么补救呢？那道栅栏门就是这么加上的。

哦，对了，腌菜状元也是在宗祠里挂了牌匾的，而且是两块，我刚来时拍了照片，待会到电脑里翻出来给你看。一块刻着“文科状元”，另一块是“硕士”。阳刻的大字，鎏了金的。当年入学和硕士毕业时，由族长主持仪式，郑重其事挂上去的。这是黄家激励子弟的一个好传统。“文科状元”挂匾仪式请来镇里主要领导，当时的女书记是从鸦雀岭黄家嫁出去的女，可老少亲戚也都叫她社长姆姆，她讲话很煽情，也说了这句话：腌菜状元真的爱吃腌菜那不是神头吗，哪个跟鸡鸭鱼肉有仇？她抹着泪宣布奖励状元三百元。状元当官后，族中还想挂“博士”匾，匾都做好了，安生公死活不同意挂出来，他说吃腌菜奋斗得来的牌匾才过硬。

挂匾仪式很隆重，要击鼓鸣炮唱赞，族长致辞，叩拜祖宗，牌匾挂好后，全族在祠堂宴饮，与祖灵同欢共庆。据说，那两次挂匾仪式，安生公父子都醉得人事不省，双双被拖到县医院打点滴。可惜，和押粮官类似，那两块牌匾最终也被摘了下来，很果断地，在他被判的第二天。不过，摘得静悄悄，族长领着几个人取下牌匾送到安生公家里，说你家自己藏好留作纪念吧。安生公打开孙子从前住的那间厢房，叫人帮他挂在里面墙上，族长他们探头一看，不由得面面相觑。三个老人把它布置成了书房，贴墙两排书架，窗下一张旧的书桌，上面摆有算盘、文房四宝，还有油灯和装腌菜的竹筒。叫人怦然心动的是，椅子的高靠背上撑着带毛领的棉大衣，冷不丁看过去，像是有个伏案的中学生。牌匾被随意插空钉上墙后，安生公猛然抱住族长号啕起来，说这是那短命鬼的纪念堂啊！

鸦鹊岭黄家在民国初年，出过一位风云人物，他毕业于李烈钧在南昌办的讲武堂，并深得李烈钧赏识，袁世凯称帝时，李烈钧在湖口成立讨袁军总司令部并亲任总司令，让他当调练团团长，也曾英雄一时，黄家还派出族人代表前往劳军慰问呢。岂料，战场上形势迅速恶化，进攻江西的袁军一路收买讨袁军指挥官，各路守军兵败如山倒，防守在湖口对岸地区的调练团也是望风披靡，团长逃回了家乡，只道是因病离职。为了证明自己确实有病，他养成了时时干咳的习惯，并赋诗一首以证清白：“一年容易又春风，西北东南各不通；天意怜才先抑郁，慢将成败论英雄。”哪晓得，老成们先是嗤之以鼻，冷嘲热讽，后来都像躲大麻风一样躲着他，懒得搭理他，没过几年，那团长果然郁郁而终。

本来，族人以为团长只是贪生怕死临阵脱逃，这才返回家乡，他死后几年，两个儿子居然建起了三进的花屋。什么叫花屋？处处精雕细刻，满目吉祥图案，太考究奢华了。问题是，这两兄弟一不当官二不经商，游手好闲的，恐怕连糊口的钱也挣不到。于是，族人认定那团长曾被袁军重金收买，什么抑郁，他是做贼心虚！

团长被黜族了，民国修的老谱上有记载的。靠不义之财建的花屋，则被愤怒的族人付之一炬。人们还是要归咎于朝向，倒也没有大动，只是把栅栏门挪了挪。

现在宗祠大门被关上，是前几天的事。我一直以为两位老人只是来请罪，接受祖灵训斥。不知不觉，忽然发现门楼东侧被他俩垒起一堵墙，不宽，一米左右，朝南拧着，像给门楼的朝向加了一撇，已经砌到齐胸高，还想往上长，下面两层是红石，中间是大块的土砖，再往上准备用青砖，青砖轻些，往上砌他俩举得动。

什么意思？要改变门楼的朝向。等到那堵墙树得比人高，站在那里就看不到笏峰了，看来，安生公认为那笏峰如刃，直立的刀刃寒光逼人，是为大凶呢。听说，早两年安生公就建议族长要修改宗祠门楼朝向，他一开口，谁还敢不照办呀？可是盼着儿子发达的安远公急了，以为堂兄要心眼想封住别人的路好独尊独大，一怒之下展开强势反对，兄弟俩为此争辩起来，各不示弱。闹到族长那里，族长只好召集老成，并请来风水先生到场，共同商议后对安生公说，你孙子刚刚又高升，我鸦鹊岭黄家的骄傲啊，旺势又旺向，这时万万动不得风水，否则，恐有阻滞旺势之虞。安生公年纪虽大辈分却小，加上又是老成集体意见，他只好作罢。

如今终于出了事，看来，他对门楼朝向一直耿耿于怀。安生公父子每天来祠堂请罪，出门后就砌几块砖石，开始谁也不会注意，以为是旁边菜园的主人垒的。发现安生公的意图，族长决定先把宗祠大门锁上，走侧门进出，这回一定要专程跑一趟赣南，请个最高明的仙师来看看，哪怕把门厅、门楼拆掉重建，也要选好方位和朝向。

问：

即使孙子的命运已无可挽回，安生公也执意要改变门楼朝向，希望改变后黄家子孙能避开锋利如刃的笏峰，同时，更重要的是收敛威慑夏氏宗祠的逼视。你刚才提到，安生公像个哲人。我也感觉到了。也许，他在孙子飞黄腾达之际，就一头钻进族谱里，思考选址和朝向的问题了。

徐诺：

历史有些惊人相似，他孙子也做了上门女婿……老师说得对，安生公真的在反思黄家历史上的沉沉浮浮。孙子被判之后，他进过夏氏宗祠，抱着一只谷箩去的，里面装着线香红烛黄表纸，还有几块抹布，他先把祖龛、牌位和供案擦干净，当然，祖龛和牌位只擦了够得到的地方。接着，点燃香烛，慢慢跪下来，给夏氏祖灵磕头。

我怎么晓得呢？他从夏氏宗祠出来，我正好碰到。我好奇怪。我问安生公你拎谷箩干吗？哦，忘了交代，他耳背，人说聋子长寿。他愣愣地盯住我，过了片刻，答非所问喃喃道：我聋子也听到，昨日放了一挂鞭炮，那挂鞭炮怕有一万响……说着，两颗这么大的老泪掉下来，真有这么大，像我小指头。

他说的昨日，就是他孙子被判的日子。我说，不可能，我怎么没听到？他扭头看侧面的巷口，果然一地的爆竹屑。我说大概是别人屋里娶亲嫁女吧。

安生公说，瞎子忽见目明时，聋子自有耳聪日，昨日我弟郎屋里也蛮作乐呢，放了一夜的歌，歌里拍了一夜的巴掌。这时老人泪如雨下了，居然还像孩子似的撇了撇嘴。我想，安远公家放的可能某个歌星演唱会的碟子吧。我觉得，人家未必故意，但绝对粗心，确有幸灾乐祸之嫌。

咦，他来干吗，找我有事？老师，说曹操，曹操就到。安生公进了祠堂。哎呀，等下见面，你充当我领导路过此地顺便慰问我，别让老人发现你是专家，他对风水话题很敏感，更不能让他感觉我俩议论过什么。文化厅领导嘛，你就问他享堂雀替的人物雕刻取材什么故事，安生公年轻时是山歌大王，现在中气不足，韵味还在，还可以聊聊山歌，请他唱几句，有一首我喜欢，走了一山又一窝，看见撼公捉鸡婆……撼公就是老鹰。错错错！不能唱。你就说徐诺满世界夸你家的萝卜腌菜吧……还是我迎上去。老师你在享堂这边再转转。

问：

行，去吧，懂你的意思。

徐诺：

老师，他走了。老人家专门来告诉我一件事，我不是第一书记吗？你猜是什么事？我刚才瞎猜过的事，你再想想。

确定想不起来吗？那好，我来揭晓。我说，不知他俩跪到哪天是个头，感觉是在等待什么人出场，他们终于出场了，全村的五保户困难户。好些天过去，他们好像对安生公家的事不闻不问，有的还避嫌似的躲着，世道炎凉让老人格外寒心。今天有七八家吧，邀伴一起去安生公家，要把这十来年得的钱还给他家，原来他们是为凑钱愁得不敢见安生公面。大多数人家注定是凑不齐全部所得的，还钱只是表示一个意思而已。

安生公需要的，恰恰就是这个意思。安生公对他们说，你们怕我屋里的钱脏，想到还我，我高兴。你们见我屋里出事，过来问一声，我心里也好过。社长姆姆远在深圳还给我打过几个电话呢，叫我不要砸匾，叫安远要出头哇事，谱可以修改，版千万不要撤，让后人长长心。不信，去问安远。你们把钱拿回去吧，钱干净呢，靠我屋里饲猪卖来的，是我以崽的名义送的，我老人家为他补田缺呢，这个鳖崽子心里的缺我补不了，他自家心里有你们，何至于啊！

安生公原话真是这么说的。

中　堂

口述人：

宁中堂，男，现年六十五岁。因家中人口多，生活困难，小学四年级即辍学，为生产队放牛挣工分，十五岁能犁田耙田，十七岁成为拿十分的全劳力。自幼爱好绘画，种田养殖之余，热衷于为人画中堂，索性改名宁才发为宁中堂，五十岁后改作瓷板中堂画，历十年而成名，连瓷都景德镇的几位“国大师”“省大师”也尊称其为“宁大师”。

采录环境：

宁湾村是著名画家宁湾石的故里，挨着其故居的院墙往村后走，可见一个甚是吸引眼球的院子，打手机叫开门，只见院里有四栋新建的三层小洋楼，院内有别致的园林，一片片茵茵芳草、灼灼红花环绕回廊亭台、奇石盆景。宁大师的工作室里，倚墙立有多块大瓷板，准备绘画的，一二已沾染笔墨，可见其瓷板画颇受欢迎。

院里楼里，唯有宁大师亲自招呼来客，人呢？

宁中堂：

湾石纪念馆看到吧？湾石老师才是大师，我这个大师是被人别有用心抬起来的，这点自知之明没有，如何做人哟。

上面大领导有时会来看湾石故居，一来，我就赶紧大门紧闭，我没闲，怕来客，懒得烧水泡茶。可可为你打了好几次电话，惹得她生了气，看样子你跟她关系蛮好，算了，来就来吧。声明一下，我不是怕采访，矿泉水喝得就行。

镇上有时打招呼叫我备茶待客，哼，我备把大铁锁走人！我家院子大门是有暗锁的，我在外面再焊一把铁闩，加上铁将军，免得镇干部把我门砸得坑坑洼洼，砸得四邻恼火。

你晓得，宁可可是湾石老师的独女，跟我同辈，我该叫姐姐，可老早跟她没有联系，跟湾石老师来往也少，我十岁边上，他倒是想叫我跟一帮细伢崽一起学画画，我年少轻狂，说他的画好不到哪里去，懒得学。其实，我是要养家，我老大，下面有五个，我爹身体不好，年轻时下矿得了烧锅痨，经常咳得吐血，人蔫蔫的，才拿八分多，跟女劳力差不多。当矿工的时候，生崽他倒是蛮好佬，一个接一个，想要女要不到，都是崽。

我帮队里放牛，帮供销社拉货，帮机米厂卖糠，有得赚的事就做，不管赚来的是什么，经常饿得偷米糠吃，一把把干吃，呛得人死。放牛最轻松，那时我在地上画画，用钙镁磷肥包装袋画画，画的都是村里墙上的宣传画。也叫农民画，我宁湾是农民画之乡，湾石老师培育的。还有社长姆姆的剪纸，我蛮喜欢。我觉得姆姆当官可惜了，她艺术感觉好，要是一心从艺，而今也该是大家啦。我画画肯定跟从小耳濡目染有关，不过，我一直嫌它土气，翅膀没硬我就想飞。

有个叫才旺的，十七八岁，在锦江中学读高中时，足球比赛，脑壳被人当球踢了一脚，差点踢进球门，得了脑震荡，人变得有点傻，送回老家来疗养，日日跟我放牛玩。那时，才旺老是盯住一头黄牸阴阴地笑，说黄牸还没开苞，黄牯近不得它身，连后生子也近不得。鸡打花狗爬骚，乡下伢崽见得多，这方面启蒙早，我发现只要才旺试图接近，黄牸就焦躁不安。黄牸识得好人歹人呢。

那头黄牸可以算黄牛中的美女。脸盘标致，容貌端庄，秀美的睫毛下，大大的眼睛，灵醒，狡黠。犄角像一对抓髻，翘翘的，又矜持又俏皮。它的美，叫人过目不忘的地方，我觉得是匀称的身材，纯净的毛色。那是地道的栗色，像刚从果球里剥出来的板栗，新鲜得一尘不染，油光发亮。

平时，黄牸跟几头水牛一道被拴在村边油桐树林里，它警惕性蛮强，一发现才旺靠近，先是很不自在地扭动身体，后来就羞恼了，围着树不停打转。拴黄牸的油桐树下，比别处更泥泞，常年像砖瓦厂炼泥的坑，可见黄牸终日生活在警觉和紧张中。

其实，那里蛮安全，只有水牛没有别的黄牛，邻村牛群倒是经常出没在周围山上，可绝对不敢近到村边。不晓得黄牸究竟怎么了，守身如玉，又总是紧张不安，对没穿鼻的小水牯，也从来不给好脸色。不长记性的小牛牯偏偏老爱冲它撒欢儿，它非但不会逗逗水牛的崽，反而怒目圆瞪，狠狠跺蹄子，反应激烈，令人不可思议，来自异性的骚扰会遭到怎样的抵抗，那就可想而知了。黄牸在宁湾一带声名蛮大，几乎所有黄牯都望而生畏，不敢造次。

才旺心怀叵测，自己又心虚害怕，就来鼓动我设法让黄牸破处。他当时说是破瓜。我不懂，他解释说就是让公牛搞一下。才旺说，他当公社干部的爹留了一箱子画画的书，只要能让黄牸为生产队六畜兴旺做出贡献，他就把书全部送给我，连书箱一起搬，反正他爹当官当得蛮有味道，老早就不画画了。

为了那箱书，我耗费了蛮多脑水，才想出一个好办法。你看聪明吧？我把黄牸单独拴在一个山坳里，那个山坳在邻近几座村庄牛群的必经之路上，拴牛的马尾松有碗口粗，而且，缰绳留得短短的。这样，如有来犯，黄牸不能跟来犯者周旋，连反抗也难。

接着，我跟才旺躺在山坡上晒太阳。哪晓得，后来山坳里发生的故事惊心动魄。那天也怪，几个村庄的水牛黄牛都来了，像联欢一样。牛群中好多黄牯发现天仙样的黄牸，悲剧拉开了序幕，它们雄赳赳地向它靠拢，一个个趾高气扬的。我俩唰地坐起来，心想黄牸这回比较麻烦。那些黄牯靠近它后，并没有剑拔弩张，反而，显得举止高雅，彬彬有礼，一个接一个轻吼一声，算是问好，接下去，要么顾自吃草，要么深情凝视它。奇怪吧，黄牸一反常态，没有做出任何警示，只是安静地观察。我想，可能黄牸从来没有一次面对这么多英俊的公牛，那一刻怦然心动有些走神吧，要么，有一对目光摄它魂魄，它的坚守就是为了等待这样的目光。

突然，有一头黄牯悄悄迂回到黄牸身后，粗重的喘气声把它从恍惚中惊醒了。黄牸猛地往前一蹿，却被缰绳扯住了鼻子，只好转身一头撞向黄牯。黄牯像个阴谋败露的奸险小人，顿时恼羞成怒，索性一不做二不休，想来个霸王强上弓，剽悍勇武的黄牯好几次已经把前蹄搭在黄牸背上，都被甩了下来。黄牸越是不可征服，黄牯就越加欲火中烧，两对犄角纠缠在一起，撞得咔咔直响，撞出了电光火花。想想黄牸的反抗多激烈，那么粗的树差不多被拔了起来，树下被牛蹄蹬刨出来一圈新土。最后，黄牸是因为挣脱了鼻头的竹闩，才得以逃跑的。

你晓得的，为了拴缰绳，牛鼻子里横插一个工字形竹闩，牵牛要牵牛鼻子，牛鼻子是牛的要害，牛的软肋。可见，它的挣扎几暴烈几刚强，鼻子的疼痛是钻心地疼。那天，黄牸是天断黑后自己回来的，它一直在舔鼻子，用尾巴拍打身上的伤口。

扯远了是吧？没有，这件事对学画画蛮要紧，给黄牸破处没成功，我以为才旺会赖账，哪晓得，事后才旺变成了哲学家，很深沉的样子，告诉我，原来黄牸是有意志有尊严的，是独身主义者，从此他将对黄牸满怀敬意。投桃报李，黄牸也对他好了，乖乖接受才旺来为自己重新穿鼻。才旺最终还是把那箱书送给了我，天哪，有教绘画的书，更多的是古今中外名作画册，只有一本杂书，是日本出的志书，那时他们叫中国“支那”，画画没留神拿它垫调色板，沾到一点油彩，赶快敬惜字纸放到橱柜里。哦，搬新屋时好像没寻到。我没上过一天专业课，就靠这箱书自学成才。

可以说，黄牸的事影响我一辈子。我指的不光是书，还有我自己画的一幅中堂画。我画中堂是十五六岁开始的，最早是给大队文宣队画舞台布景，别人觉得蛮好，就叫我画《毛主席去安源》《大海航行靠舵手》，还有《冻死苍蝇未足奇》，挂在厅堂上方。画一幅画，可得几个鸡蛋，要么一包滥贱的香烟，我不要别的，只要两升米拿回去喂那么多肚子。

《冻死苍蝇未足奇》其实是梅花图，白雪憩在梅枝的背面，衬出朵朵梅花和点点花苞，蛮有意境。当年我想，自己讨老婆成亲时，也要画这幅中堂挂，不过，红色要更多更热烈，讨个喜气嘛。

到了真的该结婚时，鬼使神差，我画的是山水，当然是象征生气的春天，有山林春花古树，有小桥流水人家，桥是石拱桥，桥边的田畈上有一群水牛和一头黄牛，问题出在黄牛身上。我画的黄牛，就是那头黄牸，匀称的体形，纯净的毛色，出神又机警的眼睛，抓髻样的一对犄角冲着初生的两头小水牯，正亲热呢，那是大黄牛对小水牛的母爱。

没文化要不得呀！后来我兄弟反目、父子翻脸，都跟这幅中堂有关，根子就在那对黄牛角上。要是牛角朝外，能够辟邪，我是朝里，还对着小牛，那就会刑伤自家人。中堂画关乎风水，我是晓得的，所以我画的都是吉祥图案，比如传统的松鹤延年、莲花锦鲤、流云百福等等，还有观音寿星的人物画，山是依靠水为财，山水风景也适宜挂中堂，可乡下人能欣赏的少。

几个弟郎为何跟我斗气？嫉妒我结婚做了新屋！好笑吧？做屋结婚那还不是天经地义呀？我为这个家牺牲得还不够呀？再说，做新屋的钱是我画出来的。没错，光靠画中堂挣不到几个钱，我拿着自己画的观音像敲开鄱阳湖边的好多庙门，那时和尚和我都像做贼一样，怕呀，只敢偷偷地画佛像。对了，关键是我老婆学裁缝，攒下蛮多私房钱，全都塞进了砖墙里，要不，我根本做不起屋。可这是老婆的秘密，说了老婆要生气，不说弟郎起疑心。

他们疑心我爹把祖传的金砖给了做老大的我。哦，忘了告诉你，我家成分是破落地主，笑得人死，破落还叫地主，这不是存心叫我屋里闹阶级斗争呀！老二最会来事，因为他也急着想做屋归亲，先是鼓动那四个弟郎把老屋搜了好多遍，后来怀疑我画的中堂是藏宝图，找到一棵跟画中古树相似的樟树，把树下挖得千疮百孔，后来鬼晓得怎么听到了黄牸故事，硬是把当年那棵拴牛的马尾松连根刨了起来，还把油桐树林祸害得不成样子。

我老婆几儒善的女人啊，挺着大肚子走村串户，上门去给人家做衣服，有时爬山，有时坐船，冬天江上湖上风大雪大，冷得人死，她偏要去挣钱支援老二。我呢，也没偷懒，画了一大堆中堂拿到锦江街上摆地摊，那时“文革”结束没几久，人蛮左，我卖的还是《冻死苍蝇未足奇》之类。社长姆姆路过踢我一脚，骂道你不长肉也不长心呀，大过年冻苍蝇作乐是吧，叫《梅花欢喜满天雪》几好，要有文化就叫《喜鹊登梅》。果然，我加上喜鹊，改个题目，卖得蛮好。

要说金砖，我真的得到一块金砖。我爹临死前神秘兮兮传我一块澄泥砚，是绛州产的鳝鱼黄，长方形的，像一块墙砖。老人家糊里糊涂的，可能对每个崽都做过许诺，弄得大家都充满期待，都好生伺候他老人家。到头来，他们都没有得到，自然猜想是被长子独霸。我说爹是见我爱好字画，送我一方砚台，他们死活不相信，一口咬定是蛮大一块金砖。

澄泥也叫金砖，我宁湾宁家老祠堂号称金砖铺地，那金砖其实就是澄泥，古铜色的，真像金砖。我家那块澄泥砚是清代的，估计要卖也值几个钱，见弟郎闹得不可开交，我想卖砚分钱，哪晓得大家不干，非要我掏出金砖来不可，连住进新屋娶了新娘子的老二也昧着良心起哄，我老婆气得吐血。当真吐了血，生下三崽没两年，她得肺结核过世。我觉得她是伤心气死的。

那多年我也气得日日喝药。我用自己讨来的草药，治好了肺气肿胆囊炎胃溃疡肠梗阻肝火旺和三高，看看我身上还有好地方没有！带着这么多病，为了挣钱给老婆治病，我养黄鳝螃蟹和甲鱼，种芦笋秋葵和百合，放下工具转身忙着抓文具，哦，我到望湖县城开过画店呢。生意还可以，有一日夜边，可可到我店里，把挂出来的中堂画看了个遍，又问我还有库存吗，当然有。她像个大老板样，一挥手，全部打包！卖了几多钱？一万二！那时的一万二呢。我眼泪水哗地喷了出来，那是老婆的救命钱啊！

我关掉店，带老婆去大城市找大医院看病。唉，钱买不回命。老婆到底还是走了，我心灰意冷，有一阵子大门不出二门不迈，发疯样画画。才旺受可可委托，送了几千块钱来，原来可可替我卖画，卖得蛮好，那是多出的钱。同时，才旺捎来可可一句话，说我的中堂画在瓷板上可能效果更好。想想有道理，在去景德镇学画瓷板前，我把那笔钱分给弟郎，他们不领情，还惦记着金砖，我冒火啦，当面把砖块大的澄泥砚丢进了屋后面的藕塘里。

会死哟，那可是传家宝！别说澄泥砚，就是祖宗留下的一片瓦也丢不得，举头三尺有祖灵，祖灵有眼呢。事后我吓得腿伸不直头抬不起，丢出去容易捞回来难，当真难。先是找了个杀猪用的腰盆，在塘里划呀划，边划边用捞网捞，砚没捞起来，倒是捞到蛮多鱼，最大的鲤鱼五六斤重，晒的鱼干吃了两年。

只好干塘了。那年七八月台风一个接一个，租来抽水机，好不容易快要抽干水，暴雨又把藕塘灌得满满的。算啦，等冬天干塘挖藕时再找吧。古了怪，边挖藕边寻砚，真是挖地三尺呀，那么大一块澄泥砚没有找到，倒是得到十来块学生用的那种小砚台，是澄泥砚下的崽吗？我为此耽误了半年时间才去景德镇，帮老板打了五年工，专画瓷板，卖到广东去。回来后听说，我刚读小学的大崽晓得澄泥砚值钱，带着鼻屎大的弟弟，在头年干塘时，差不多把塘泥过了筛。

说到崽，心里蛮难过。三栋楼，一人一栋，可楼虽在，人无影。这多年，我埋头画画卖画，为哪个？为他们，为我的那多弟郎。得了祖传的澄泥砚后，我忽然觉得自己真的亏欠他们的，我是这支宁家的长子长孙，澄泥砚就是祖上发的令牌呀，照顾自家子弟是我义不容辞的责任。

他们一个个长大，要做屋要讨老婆，没错，靠作田蛮艰难，本该去打工去经商去学手艺，勤劳就能致富，我宁湾出了好几个亿万富翁。可我那多弟郎一辈子惦记着金砖。也不晓得我爹是怎么对他们说的，我猜想爹一定是真把澄泥砚当作金砖了，那块砚台够大，他也许真想砸开平分吧。

我不在家的时候，三个崽由外婆带，那多叔叔肯定也给他们灌了不少什么汤，一个个，还没成人见我就是一副欠债还钱的表情，大了，差不多变成了杀人偿命的眼神。大崽初中毕业要去汕头合伙投资玩具厂，开口要五十万。我说，崽吔，你只要找到买家，我就舍得把这条命卖掉！大崽也够狠的，回答叫我毛骨悚然，他说，买命的有，心肝肾都值，几十万上百万呢，连眼角膜也俏得很。你说我能不发火吗？我跑到厨房抓来一把菜刀丢到他面前，大骂一声：畜生，心肝肾我都有，想要你尽管来割！

我把衬衣哗地撕开，往地上一躺……唉，帮我打开矿泉水，歇下，我心口有点不舒服。说不得这事，一说，难过得憋气。上次跟才旺说起，害得我差点发心梗。还好，马上含一把硝酸甘油，压住了。

唉，过去了，现在好点。回忆创作经历，这些事绕不过去，是那多伸向我的手，给了我创作动力。什么天赋什么爱好，都是假话，革命者被逼上梁山闹了革命，我是被逼进画坛来画钞票。当真，我就是被钱逼的，就是为了当个画钞票的人，才会那么攒劲地学艺，才会一门心思要创新要别具一格要出人头地。几十年，我把才旺送的那箱书翻得破破烂烂，碎成了渣子，我什么画种都学都练，特别喜欢元明清的国画，也喜欢俄罗斯的油画，画家名字我懒得记，什么斯基什么列夫，老长一大串，念着都烦。不瞒你说，好多字还不识得，小学没毕业嘛。

我这辈子感恩才旺跟可可。原先傻傻的才旺，大器晚成，跟着宁可可研究地方文化，差不多成了大师，正在写一篇评当下山水画创作的文章，他提出画家要有传统文化修养，比如要懂得民间的风水观念，环境呀方位呀朝向呀，等等等等，讲究多了去，一不小心就会闹笑话出问题，闹笑话不要紧，出问题就麻烦了。

这番话是在我家厅堂里说的，他边说边瞟头上的中堂画，有黄牛的那幅。才旺仗着自己一小撮白胡须的样子，好像真的有大才，他深刻指出黄牛角的错误，还慢条斯理做了透彻分析，说得我是背脊一阵阵发凉。从那时起，我对才旺崇拜得五体投地，一把撕掉中堂画，发誓此生再也不画黄牛，我觉得在那头奉行独身主义的黄牸身上一定有煞。煞就是凶，就是邪。

我屋里还不邪呀？付出那么多，两代人都不领情，我发誓攒劲搞钱，真的送他们金砖，看看能换回亲情不？

人呀，命运命运，一切靠命，也靠运。人倒霉，卵生虱，运来了，挡不住。大崽气呼呼要去汕头，临行前我凑了二十多万给他，表态随后再借一笔，深圳订制了几幅瓷板画，明年三月交付时钱就到手了。我当哥当爹当成了印钞机，还要不得呀？你看我大崽脾气臭吧，一伸手就得给足，少一个子也不要，屁股一扭，走了。不是走，是生不见人死不见尸。二崽也不是好东西，他阴，有样学样，不过他懒得跟我吵，也不扭屁股，他是拍屁股走人的，去了浙江温州做上门女婿，跑到温州过了半年，才来电话宣布春节不回。其实呢，是年年不回家过年，上门女婿该不会成了别人家的长工吧？三崽呢，比上面两个老实听话，想不到他惹出大祸，进了班房……天收的崽啊！

我刚刚好像说过，人倒霉卵生虱。三崽就是。他为何被捉？抢劫。抢劫什么？自家的澄泥砚啊！那棺材样的一方砚，明明是我的，是我丢到藕塘里去的，我花了那么大的功夫找不回，它却成了别人家的宝贝。这件事当真蹊跷，我百思不得其解，也不晓得是当初我用力过猛，丢进了相邻的藕塘，还是别人听到动静，在我抽水干塘时把宝贝顺走了。反正澄泥砚成了人家的，三崽得到信息，上门讨要不成，带了两个酒肉朋友打上门，硬是把砚抢了回来。人家报了警，族亲不认人啦，只认警察。

三崽说东西本来就是我家的传家宝，警察说你叫一声看它应不应。它没应，几个叔叔一致声称我家传家宝是金砖。警察叫那家人也叫，人家叫应了。请专家鉴定价值，五十万，这班房有得坐啦。看看黄牛角给我带来几多灾！那头黄牸后来命也不好，也是为了反抗黄牯，掉到过山渠下摔死了。我怎么忘不了它呢。

一个崽回不来，那两个一去多少年，逢年过节也不肯回。电话号码倒是给了一个，听到我声音就挂掉，我想他俩大概专门等着接报丧电话吧。叫才旺来试试，让他打，果然，那边一听别人声音就问：我爹怎么啦？我当真想放下电话一头撞死。你爹死啦！快回来埋人吧！

有一件事更伤我心。年年清明，大崽二崽都回乡挂青，就是扫墓。我宁湾作兴前三后四，这几天都可以。我屋里从来都是清明节这一天，没想到两个崽选择最后一天，好躲着我躲着村人呀。他俩下车直奔坟山，给几座祖坟烧纸磕头，完了就走，带着一脚泥一身灰打半路上拦车。崽多年不归，村里长舌妇免不了家长里短一番，中巴车司机听到议论，跑来告诉我真相。不忘祖宗是好事，有家不回那岂不是跟我有仇，要不，你们回来只为烧纸？我躺到山上去，你们该来拜拜了吧？

我的弟郎和崽一定猜想我卖画赚到好多钱，一定在景德镇养了人，要不这仇从何而来？金砖传下来的只是怨啊。钱不是好东西，要是钱足够多堆成了金山银山呢？

当年我得过那么多的病，靠自己讨草药治好了。为何不去医院？没钱，被穷逼的，毛主席他老人家当真英明，他说穷则思变。我一直在思变。在景德镇那些年，我日间打工，夜晚满街转，看别人的作品，回到住处，想自己的路数。有天半夜里，我忽然想起黄牸，它是有思想的牛有性格的牛，它不肯趋同随大流，为了坚持自己哪怕掉下过山渠。这么一想，我觉得黄牸可能不是人们说的不慎坠亡，而是舍生取义，像烈女那样纵身一跃。

我也要像黄牸那样坚持自己。想掌握瓷板和颜料的性能，我做了好多试验。借别人的电窑烧瓷板画，失败多次，终于摸到门路。我还是立足画中堂，重点是山水画，反正我得突出自己的个性，喜欢什么画什么，喜欢怎么画就怎么画。

才旺老哥说，中国人的风水观念其实只有三句话，象形吉祥，谐音吉祥，给自己找个美妙说法。我是脑洞大开呀。而今好多山水，巉岩怪石、老树昏鸦，给人丑陋凶险危机的心理暗示，那样的画挂在中堂，天长日久的，人没得好。我的山水风景里充满吉祥意象，你看门边那幅，已经画了两个月，还没圆工，是一个大人物要的，本来我开价八十万，他砍到六十万，等我开笔后，他上门来听我的构思，马上表态出九十万，豪爽得很，喝杯茶工夫，钱到了账。为何？峰作笔架，山似龙腾，吉祥吧？红叶胜春花，橘柚蕴深意，喜气吧？主人要求反映秋天，这幅秋景秋意浓浓而生机勃勃，捧着热茶，坐在厅堂里欣赏，那是回味不尽啊。

我的瓷板中堂画差不多是一夜间火起来的，搞得我是措手不及，做梦一样。一连好多天，我变成了祥林嫂，嘴上不停地念叨：要是早晓得有今日就好啦！早知今日，何必当初，我该砸锅卖铁凑齐五十万给大崽，或者去借。其实当年我身上还有点积蓄，可舍不得掏出来，一是我有野心想自己开工作室买电窑，二是想留着让一身是病的自己风风光光进电炉。

卖画得了几笔大钱，马上打电话给两个崽，还是不接，那就发短信，说要汇款过去，一家五十万，叫他俩发账号来，气得人死吧，钱也不亲，爹也不要。跟叔叔们倒是有来往，他俩的几个堂兄弟悄悄去过汕头和温州，回来说人家早就结了婚，大崽生的崽读书了，女儿也上了幼儿园，二崽的老大是女，跟她娘姓。唉，我成了孤老。

懒得说崽的事，还是说画画。酒香不怕巷子深，市场上认我的瓷板画，远离市场又何妨。我干脆躲在宁湾乡下画画，从景德镇买来瓷板，画好自己烧，我有两座电窑，明年打算再置一座。现在上门订货的人蛮多，大多是关系户介绍来的，是当真喜欢我画的，要不然，我不接，也接不了。崽都不要我钱，我赚钱当纸钱呀，纸钱也要人来替我烧啊！

老师你学问大，帮我分析分析，这一切原因何在？当真是黄牛角坏了风水之故？

崽不要我钱，那好，我就置地做屋。这个院子建在我屋里老宅基上，把菜园藕塘扩了进来，我是想把它建成一座苏州园林，可是被鬼打蒙了头，轻信了我宁湾的土豪老板，心想乡里乡亲的，人家在上海都能揽到大工程，做你一个乡巴佬的院子玩一样。你看他做的，洋不洋土不土，我自家修修补补才像个样子。

我不差钱，设计要得，拿钱来铺都行。我为何这样？这是脸面，是实力象征，包括经济实力和创作实力！园林能体现主人的境界眼光和追求，也能雄辩证明，那些中堂真是你的创作。这年头，附庸风雅的多如牛毛，有几个人真懂？跟着起哄罢了。我建了四栋小楼，这栋是我的，楼下客厅和工作室，二楼是展厅，等下你上去看看。

没错，那三栋给崽，一人一栋。四栋楼的中堂瓷板画，是春夏秋冬，同一片山水的四时景色，我就住在冬天好了，别人说没见过这样的红梅，似乎花瓣有愁花蕊含泪，然而那愁是怀春之愁，那泪是思亲之泪，无论已经盛开和含苞欲放的梅花，都紧紧地巴住梅枝，用它们短而又粗的花柄，甚至缠绵枝上的花瓣，这是此作的最大特色，像是不肯任由风雪吹了去，表达了生命依存自然并相互依存的关系。

你听出是宁才旺的评论语言？没错，是他说的。我哈哈一笑，我画的不过是梅花欢喜漫天雪嘛，想那么多，我气不死也会愁死！反正我做爹的把楼都给你们做起来了，装修好了，楼门没锁，要，自己搬进去，不要，让楼在这里荒，蛇虫住进去，野草住进去，哪怕走过路过的叫花子住进去，我都不管啦。

才旺老哥也老啦，他住在锦江镇上，礼拜天不用带孙子，就来我这里蹭吃蹭喝，贪杯，二两准醉，一醉就胡说八道。不过，话里也有蛮多真情。比如，当年他为何看黄牸不顺眼呢？他瞄上了同班一个女生，可人家嫌他那颗能当足球且被踢傻的圆脑袋，懒得搭理他。他把黄牸当女生来恨了。人生如戏。黄牸摔下过山渠那年，那女生家托人做媒，丈母娘看女婿，越看越欢喜，原来女生不是黄牸，才旺得来全不费功夫。

才旺在指出我家最初那幅中堂画的风水大忌时，内心有些歉疚。也是，我一个细伢崽懵懵懂懂，山坳里的情景太震撼了，所以对黄牸留下不可磨灭的印象，不知不觉把一切黄牛都画成了奉行独身主义的黄牸。没想到，它的犄角可以成为伤害亲情的凶器。所以，晚年的才旺老兄一定要为我做些什么。

才旺拍下属于我的瓷板画作品，属于儿孙媳妇的小楼，属于大家的小院，拍下了我老婆的牌位和我为她画的像，包括踩缝纫机、为人量体裁衣的画面，那是根据老照片画的。画她的时候我流了几多泪哟，她是快出嫁时才去学裁缝的，她想用自己的双手编织自己的幸福，哪晓得嫁给我，她是替我还亲情债来了，永远还不清的债。因为亲情没有字据。

瞒着我，才旺以旅游的名义，去了汕头和温州，费了好大周折，好像通过当地民俗文化研究机构，托公安派出所朋友帮忙，才找到我大崽和二崽。他俩对才旺还算客气，都请了酒，远房伯伯嘛，应该。据说相谈甚欢，据说把酒畅饮，据说其乐融融。于是，才旺借着酒意，把照片分别给他俩。楼房拍得很细，客厅，每个房间，包括厨卫都拍了，连马桶是什么牌子也一清二楚。大崽说土包子开洋荤啦，厅堂挂那么大的瓷板呀，画的什么呀，我们广东这边作兴敬财神。二崽也对瓷板画不满意，他喜欢欧式贵族油画，要么玛利亚和圣子，要么沐浴的放鹅少女。

横挑鼻子竖挑眼的潜台词是决不回家，谢绝我的小楼。才旺老哥为了安慰我，表达上述意思费了好多心思，绕了好大一个弯。一切都在我的想象之中。再向老师你透露一个秘密吧，而今，钱对我不过是一种印刷品而已，真的，我可以用画笔印。我给每个弟郎都准备了一栋小楼，如果他们需要，愿意开口。我等着。奇怪吧，都不开口，当真硬气，是我宁家的基因。

我忍不住一家家登门，去释疑解惑。老二说得好，雪中送炭和锦上添花不一样。难道我没有雪中送炭吗？老二承认我送了炭，可是他们得到的只是炭，而我得到的是一块大大的金砖，那金砖足以买下一座森林和一个炭厂。我真是哭笑不得。我说那不是什么金砖，是澄泥砚，为了那块澄泥砚我把三崽搭进去了，你们不是亲眼见吗？

那次是大过年，几十年来一大家好不容易在除夕夜大团圆，是为了庆贺我三崽刑满释放。听到我表态要送每家一栋小楼，六弟良心发现，终于说了实话。爹真有一块金砖，传给了当年轮值照顾老人的老六，不过那块金砖很小，跟大拇指差不多。家族传说中肯定把它跟澄泥砚混为一谈了。

那个除夕夜，三崽好像不适应自由空气，很拘谨的样子。我说崽啊，忘记过去朝前看，今后跟爹学画画吧，爹到五十岁才混出个样子，你今年不满三十呢。三崽笑笑，哧溜跑出去。约摸半小时，抱着一团污泥回来，大叫：澄泥砚澄泥砚！

进卫生间冲洗后再出来，果然是澄泥砚，古铜色的，在灯光下灿灿发亮，上面雕了一条龙。而被送去鉴定并决定他刑期的那块砚，上面是双凤朝阳。

这些年，三崽在班房里思前想后，觉得澄泥砚的事蛮古怪，原告有根有据，那么会不会是在驴年马月有一对龙凤砚分别落在宁家叔伯两兄弟手里，传了多少代造成的呢？三崽想起藕塘田缺里，用来堵缺的那块砖。果然如此。

又有金砖又有澄泥砚，我屋里不愧为没落地主啊！

第二部　逍遥

心　灯

口述人：

邓明亮，男，出生于1940年5月，锦江镇邓埠村人，三岁时因天花致盲，1948年师从匡吉周师傅学习鼓书，1954年进入望湖县剧团曲艺队，1966年曲艺队撤销，安排在锦江人民公社砖瓦厂工作，1974年辞职，自谋职业至今。

宁天光，男，出生于1942年8月，锦江镇宁湾村人，八岁时因眼疾致盲，师从匡吉周学习鼓书，满师后自谋职业，1966年进入锦江人民公社砖瓦厂工作，1974年与邓明亮一同辞职。

邓土生，男，大约出生于1945年，系先天性双目失明，于出生后不久被遗弃于邓埠村口的土地庙，故名邓土生，村人分析其父母应为南来北往的船民，其养母乃邓埠村孤老。四五岁时养母亡故，又被匡吉周收养。自幼耳濡目染，且得匡吉周真传，二十世纪七十年代初创作的鼓书《锦江春》曾在《海峡之声》广播电台播出，一时间轰动全省。

吴荷花，女，邓明亮之妻，匡吉周之养女，全盲，1954年进入望湖县剧团曲艺队，1966年曲艺队撤销后自谋职业，以唱小曲最为出色。其年龄不详，可能属羊；籍贯不详，应是北方。与丈夫不曾生育。家住邓埠村河上街86号。

采录环境：

邓埠村与宁湾村隔河相望，在锦江的入湖口上，得舟楫之利，历史上这里有

“乡间小南京”之谓。连接着码头的河上街最是繁华，有客栈酒肆茶楼南北杂货店，还有当铺钱庄烟馆翠花院。如今老街老矣，那些上门板的老房子已经坍塌腐朽、人去屋空，而二十世纪五十年代用青红砖垒砌的简易住房仍夹杂在长街两边，倒是这些砖房里还有住家。邓明亮吴荷花夫妇便居住其中。那套住房，大门当街，后院临河，有前后两间屋，前后过渡处有一小天井，被改造为厨房。前屋为厅堂，正面墙上贴了一墙的明星照，正中设供案，供案上置木雕祖龛，左右摆放梳妆镜和三五座钟，进里屋的门边挂有月份牌；后屋为卧室，内有旧式花板床、大衣橱、五斗橱，五斗橱上放着一台彩电，凡未被家具遮挡的墙，一律贴明星照，并挂有圆形电子钟。临河的院子并不大，却养有多种花草，姹紫嫣红的，外端架有一道竹篱笆，上面爬满了牵牛花，而屋檐下吊着一只鸟笼，守在里面的是一只神情庄严的灰鹦鹉。就着天光水色、花香鸟语，访谈在院子里进行。

邓明亮：

你好像惊了奇：彩电座钟电子钟，花草日历明星照，还有一只会说话的鸟，全都属于明亮的眼睛，这些对你何明亮两公婆，不是摆设吗？告诉你，我等自称“光子”呢。

何为光子？心头有灯，眼里有人，脚下有路！此话怎讲？比如你问对路，要找到我等几容易！你在锦江镇上随便拉住一个光子，一打听，说鼓书的、唱道情的、拉二胡的盲艺人全都出来了，光子像是水下的胡子鲶鱼，一窝一窝的，找到一条就能钓起一窝。在黑咕隆咚的世界里，光子各自高举心灯，让对方辨识，为彼此照明，所以他们相识相亲。

心明眼就亮。看你表情怪怪的，怀疑我腕上的电子表也是作秀吧？我看得蛮清楚，有一丝冷笑从你嘴角边掠过，你目光反而像刀子，直逼我眼睛。是不是作秀，等下要见真功的。我们的访谈十一点结束好不？我到时看表打住。好，那就开始。

望湖鼓书蛮有名。其实，望湖鼓书的艺人差不多都在锦江镇。为何？锦江的历任领导容得下鼓书，看得起艺人，其中不乏鼓书迷。这在过去几难得哟！为何刚才我叫天光、土生先讲，他俩期期艾艾不肯说，非要我先讲不可？哈哈，他们怕你录音。他们担惊受怕一辈子，就因为手里的饭碗叫鼓书叫曲艺，泥捏的碗，别人想砸就砸。砸它的理由简单得很，硬说里面装的是封建迷信，是低俗下流。

他们一辈子被砸碗砸怕啦。

不过，我等光子幸好有鼓书，才有饭碗，这叫天无绝人之路。除了说书，我们还能怎样糊口养家？早年，父母让我学门手艺，没哪个师傅肯招光子学徒。亲戚介绍我拜师学算命，我父母已经答应，后来一转念，算命算得准那是泄露天机，你得折寿；算得不准，你是骗人钱财，还是得折寿。罢罢罢，跟匡吉周师傅去吧。

匡吉周师傅，望湖鼓书第一人。他个头比我高一点，比这个扛颈鬼瘦的宁天光矮一点，听说他吃过老虎肉，寒冬腊月也不穿棉袄，一件卫生衣就过得了冬。他生得一脸福相，大脸盘，天庭饱满，地角方圆，声音中气十足，演唱起来有些沙哑，沙哑得蛮有味。师傅的应变能力、记忆力没人可比，我等光子记书全靠耳朵，师傅听一遍就能记下全本，再长的本子最多再补听一遍。他还能通过声音来认人，哪怕有意变声逗他，他也分得清。我试过。荷花跟我好的时候，师傅把她吊在裤带上，想跟她亲嘴怎么办？荷花假装教我唱小曲，其实一直是荷花在唱，我从背后搂住她，一直亲她脸蛋，荷花装得蛮像，自己唱一句，紧接着叫一声：唱，好像我在学，其实还是她学我的声音唱。我没空，要攒劲亲嘴呢。师傅坐在堂上，我能想象得到他眼皮翻呀翻，脸上的肉抖抖动，接着冷笑一声，啪！拍桌子发火啦。

吴荷花：

牙黄口臭！老不死的，当到记者面你也敢嚼牙膏呀？你不怕被鬼捉去卸掉你的口条，炒来下酒呀？鬼才跟你好呢，鬼才愿意跟你亲嘴呢。晓得喜欢你的是哪只鬼吗？告诉你，你长得蛮客气，又伶牙俐齿，多才多艺，喜欢你的鬼蛮多，有吊颈鬼火烧鬼落水鬼血崩鬼伤寒鬼无头鬼赤眼鬼。她们全都是漂亮的女鬼。她们哭着喊着要把鲜花插在你这坨牛屎上呢，没有你这坨牛屎，花会枯花会落。老棺材，我跟你好？我想要你亲？我假装？我这么滥贱呀，天底下没人要呀。要不是你蚂蟥精样叮到我，拍都拍不落，当年我可能嫁给了区里的秀才黄助理，黄助理几斯文哟，戴副眼镜，夹支钢笔，说话文绉绉，待人笑嘻嘻，他一听到我唱小曲就走魂，他觉得我蛮像祝英台，问我愿不愿意跟他回老家鄱阳县，我嫌鄱阳鱼当饭吃不惯，也怕鱼刺卡喉咙。你个死棺材是马屁精，哄得我爹上了你的当，硬要我嫁你。要不然，我会求到你这个狗拖的来要去呀？没人要，我自己去跳井跳河，要么自己挖窟把自己埋掉！老不死的！咒你几十年，你怎么越活越新鲜？你打算何时下窟呀，告诉我个日子，我好叫人赶紧打棺材！再找个漂亮的女鬼陪葬好不，要哪个？吊颈鬼，还是落水鬼？

灰鹦鹉：

狗拖的哥哥！狗拖的——哥哥！吊颈鬼吊颈鬼吊颈鬼！

邓明亮：

瘟鸟，讨打呀！嘿嘿，一辈子快过到头了，还赖账！没有亲嘴，何来婚姻？亲你的时候，你骨头酥得层层落，像千层饼。你爹我师傅能辨声音识人不假，可你装得也太不像，你声音打抖，晓得不？每次听到你念黄助理的名字我就笑得落牙，看看我一口好牙还剩几颗？人家秀才要你个光子？你做了一辈子的梦！梦见北方佬，梦见梁山伯，幸好没见范杞良，要不长城又倒一回……好，不扯啦，你马上又要激动。回到正题。老早我师傅是锦河戏的名角，吃了几多苦哟，日本佬国民党不准艺人演戏，他改鼓书。中华人民共和国成立前不久跑到县城东门头的会仙楼茶馆卖艺谋生，每天上午、晚上各一场，每场一两个小时，演唱的本子有包公案、施公案、彭公案和杨家将，有封神演义、薛仁贵征东和朱元璋大战陈友谅，还有蛮多。后来在县城卖艺越来越艰难，没法子，只好回到老家锦江镇。

锦江镇那时叫区，区委书记外号北方佬，是个老革命，相传省委书记都敬他三分。北方佬十六岁参加革命，当年是一人一马一杆枪，打过黄河跨长江，一路来到望湖县，锦江区上把官当。他打单身，夜晚没事被区里一个秧子引来听鼓书，越听越入迷，还想拜匡吉周为师呢。真是诚惶诚恐啊！要是我师傅点头，他就是我师弟啦。大领导如此这般喜欢曲艺，当真是我等光子的福音。北方佬对师傅说：匡吉周师傅，穷人再穷，还有姓名，你穷得有姓无名，才叫匡吉周！现在天下穷人翻了身，你们盲艺人也应该全面翻身。在本区，要是有人敢砸你饭碗，告诉我，我去先砸烂他的碗！不幸被北方佬言中呢，当年县里取缔反动会道门，公安局要抓我师傅，说有人反映说书里面有宣传一贯道的内容，多亏北方佬出面，才澄清事实。

这件事过后，有一天夜晚，北方佬把师傅叫到他办公室，作古认真告诉他：匡吉周师傅，你好生记牢，刚刚收到一个十五号文件，上面说要保障艺人的合法权益，提高曲艺的演唱质量，发展人民的曲艺事业，满足和丰富人民群众的文化生活。我给你念念吧。念完，北方佬说，十五号文件是你们盲艺人的尚方宝剑，有了它，以后你们尽管挺直胸膛来生活，放开嗓子来歌颂，再也不要对任何人、为任何事低三下四，你们是光子，是光明事业的赤子！

师傅经常对我说：我是瞎子呀，我眼泪流不出来呀，眼泪在脑壳里转呀转，转到嘴边，最后全部变成了涎水，当时，我张着嘴，涎水哗哗从嘴角流下，淋湿了对襟的衫褂。

十五号文件不光讲道理，还办实事办好事。文件一到，盲艺人都可以填表领补贴，多的五十块，少的三十块，我不多不少领了四十块。记得办事的就是那个秧子，声音蛮像后来的社长姆姆。1954 年，为贯彻文件精神，望湖县剧团成立了曲艺队，把散落城乡的民间艺人集中起来。我是匡吉周师傅的大弟子，跟着他进了曲艺队，原先学鼓书，进队后十八般技艺样样要学，还跟着荷花学小曲，有各种演出任务呀。荷花也是那时进去的，开始团里不同意父女两人在一个单位，北方佬去说的情。害得荷花一辈子都觉得北方佬对自己有情有意。荷花你莫哼哼叫。我又没说你坏话，我是说，年轻时你也是鲜花呢，连见过大世面的北方佬也心动呢。

有了曲艺队，我等光子终于翻了身。开始是多劳多得，有演出任务时听团里安排，平时自己去找事做，有单位的人就是不一样，别人信得过呀。后来，团里安排的演出任务越来越多，我师傅说：我等光子也要养家糊口呢。他想起尚方宝剑十五号文件，就凭着文件精神去找领导反映，那个文件当真灵，县里团里一听上级如此重视曲艺，马上决定曲艺队全体领工资。端上铁饭碗，曲艺队演出、创作热情高涨。我还记得师傅写的决心书是这样说的：这次大会，听了领导报告，斗志昂扬，决心为政治、为生产、为工农兵服务，上山下乡，送曲上门，贯彻文艺方针。明年全年，创作大型节目四个，中型十个，小型六十个，整理传统节目四个。义务宣传六百次，演出四百场，义务劳动四十天，听众人数二十万人。上面指标坚决完成。

牛皮不是吹的，火车不是推的，师傅后来超额完成了任务。我也创作了《人民公社吃得饱》《总路线就是好》等十多个节目。肚子饱了，干劲就大。这是真理。那几年，是曲艺队最红火的时期。后来，北方佬官当大了，要到鄱阳去当县长，他带上黄助理一道去，黄助理是回老家呢。我们曲艺队都来锦江给北方佬送行。北方佬那个高兴，忍不住执云板、敲圆鼓，开口唱了一段鼓板头——

一人一马一杆枪，
两个不和动刀枪，
三气周瑜芦花荡，
四郎失落在藩邦，
伍子胥大骂昭关过，
六郎镇守在山关，
七擒孟获诸葛亮，
八仙跳海老龙王，
九反中原四太子，
十面埋伏楚霸王……

哇，不得了！赛过邓明亮，压倒宁天光，不输匡吉周，荷花泪汪汪。如何？芳心萌动也。

荷花激动得也要唱，那几天感冒嗓子哑了，嘿，深情如水，一动情，声音就滋润了。我学给你听听——

鄱湖吔水涨又水枯哪，
江猪白鳍啊命蛮苦；
涨水湖天没边沿，
就怕水退呀上了树；
枯水湖中一条沟，
爷女见面呀没躲处；
夜夜呀思想怕见面哪，
日日漫游啊没见路……

传说江猪白鳍是一对失散的父女，父亲玩世不恭吃喝嫖赌，嫖到苦命的女儿。这支小曲唱的是这种人间悲情。可能联系到自家身世，荷花最后泣不成声。北方佬把荷花搂进怀里，黄助理也连忙跑过去，紧紧捉住荷花的手。我是光子呢，我看得清清楚楚。我看到北方佬还撩起自己的衣襟替荷花擦眼泪。荷花眼眶抖抖动，哪里有泪哟，是他们自己流泪。就在那时，我扑通跪在师傅腿边，请师傅做主把荷花嫁给我。师傅大叫一声：好！你们明天拜堂！

荷花，你噘起个嘴，又哼哼叫，我好像没讲错吧？

吴荷花：

臭棺材死棺材！没错呢，要不是你那一跪，我会嫁给北方佬。从小别人就说我像北方人，块头、脸盘都像北方人。北方佬也说我像他老家的女人，大气，泼辣，慈祥，宽厚。他表扬我的话，你也听到，你又没死，就算死了，也没埋掉，耳朵在就听得到。北方佬说可惜我的眼，要不然，学好文化，蛮有培养前途。我晓得，他还喜欢我的长相。你莫笑，哪怕让你取笑了一辈子，我至今都能感觉到别人眼里的自己。你个狗拖的哪里看得到？别人的惋惜，是我心头的痛。我心头越痛，就越能认识自己，要不是眼睛，北方佬一定会娶我，还轮不到黄助理呢。其实，黄助理我也蛮喜欢。邓土生我也喜欢。宁天光我也喜欢。前世作多了孽，偏偏嫁你这冤家对头。将来埋到一个窟里，跟你吵到阎王殿去。

你个短命鬼命倒蛮大。归亲那天你发邪，一早跑到山上去捉石鸡，要炖汤给我喝好降火，哪晓得石鸡没捉到，你被鬼捉了。眼镜蛇在你虎口上咬了两个洞，你蛮好佬哟，整天不作声，也不上药，到了夜边办酒时，我才晓得，吓得我死。我找到你，摸到你手上的蛇牙印，就往嘴里送。我要帮你吸毒。我哭着骂你：你当真被蛇咬到了呀！棺材！你怎么没死呀？已经一天，也不作声，我当你都冰冷梆硬啦，就等到挖好窟埋人了呢。没想到你八字蛮硬！你莫不是诈尸活转来的吧？还会说话不？晓得痛不？不痛？你做了鬼是吧？鬼也晓得痛晓得怕！你手上长的不是肉呀？这么深的牙印，还不痛？胳膊肿得这么粗，蛇毒还没散尽呢，你前世作恶今世报哟！骂也骂了，哭也哭了，进了洞房，看你笑得蛮开心，我想这是苦肉计吧？

你有你的苦肉计，我用我的激将法。我就要把北方佬和黄助理挂在嘴上，放在心上。当真，那时我就想好啦，不管是哪个，只要他敢娶，我就敢嫁。做家务事不利索，没关系呀，我就管唱歌，他只要想听我就唱，想听多久就唱多久。我攒劲学呀记呀，我能连唱三天三夜不带重复的。死棺材，气死了吧？我要是你天天驮老婆的骂、受老婆的气，宁可发狠不吃不喝生几天的气，把自己气死去，早死早托生！

招不到徒弟学说书，你蛮浪漫，买来鹦鹉当学徒，天天教呀教，吃了我几多皮虫，哪晓得朽木不可雕。人家命好，才懒得学呢，曲艺是苦命人的饭碗。这只鹦鹉倒是跟我投缘，学会了替我帮腔，巧舌伶俐鸟，刀口辣婆子。棺材，气我你有好？小灰，你怕生人是啵，今天这么文静？帮我骂他个狗血淋头！

灰鹦鹉：

老棺材臭棺材死棺材！狗拖的——哥哥！早死早托生！你前世作多了孽！

邓明亮：

她开口就是骂，骂惯啦，你就当我们两公婆打情骂俏吧。

荷花的话看似疯疯癫癫，其实也在理，这个理就是我刚才讲的光子心头有灯。北方佬就是她心里的灯，也是我等光子大家心头的灯。没有这样的灯，我们眼前黑，心底里更黑。一九六八年的时候，有一阵子疯传，剧团要撤掉曲艺队。理由是曲艺节目里有黄色内容，队员里有人接黑活，就是私下里去卖艺挣钱。这一黄一黑，那还了得！县文化局派人来查了半个月，把那个私自卖艺的道情艺人给开除了，还不肯罢休，提出了撤队安置计划。师傅那个急啊！二十几号人的生计呢，我们饿死也没什么了不起，关键是从此望湖曲艺绝迹！

师傅打定心要去找县长，可是衙门大开，没有光子的通道。我想到第一个办法，全县光子带上二胡到县政府门口去演奏，县长保准出来。师傅冷笑一声。我的第二个办法是举办一次曲艺专场演出，请县长出席，师傅哼了一声。我攒劲一想，县长难请是吧？那就拿出尚方宝剑。专场演出叫“贯彻落实十五号文件精神曲艺专场演出”，看他拿什么理由推脱！果然，县长叫文化局来问，十五号文件是哪里发的，什么时候发的，在何处可以找到原文？具体情况队长不清楚，支部书记没听说，艺术指导匡吉周也不晓得。不过，有一点可以肯定，是上面的文件，字字珠玑呢，有了它，才有了这支曲艺队伍，才有了曲艺事业的繁荣发展。曲艺队的存在就是文件精神的存在，可精神存在，文件在哪里？县里蛮为难。县里好像到省里有关部门去查过，查不到线索，又来曲艺队调查，一个个找谈话。听说是社长姆姆作证，钱是她发的嘛，可文件硬是拿不出，人家说行政变来变去，办公地点挪去挪来，寻得鬼到。这是事实，县长只好来看演出，看完蛮高兴，跟我们一个个握手，还拨了五百块钱做奖励。

宁天光：

说到谈话的事，我想起来了，我没进曲艺队，也找我问话。两个女崽子问我：师傅，你看过十五号文件吗？我说：我是瞎子。女崽子不好意思了，蛮客气：对不起，请问你知道十五号文件吗？我说：晓得。又问：知道具体内容吗？我背了一大段给她们听，她们问十五号文件下发的时候你才十来岁，怎么学得这么好？我说我师傅倒背如流，我听得多，不知不觉记住了，我们光子的本事就是善记。她们接着问：知道文件是哪里发的吗？我回答：上级呀，人说耳听为虚眼见为实，我们光子听到的就是实的。她们恍然大悟，说：就是嘛，奇了怪，怎么叫我们向盲人打听看到什么！

邓明亮：

曲艺队保住了，这事反倒把我师傅整蒙了头。他一直叫我亮子，他说亮子呀县里追查文件的事查得我心惊肉跳哟，我光子是没法子亲眼见，可我们哪个摸到过文件的纸？当年也就是听到北方佬那么一说。不过，他当时跟我说的时候，倒是作古认真，还把内容念给我听。幸亏我记性好，到如今还记得清清楚楚。要不，这次曲艺队在劫难逃。话分两头。要是上面穷追猛打，我当真心虚呢。欺骗党欺骗组织的罪过，哪个敢担待？

师傅的意思是要我拿个主意，去鄱阳县问问北方佬如何。要不得！堂堂一县之长，人家金口玉牙，容得你质疑呀。既然北方佬传达了这个文件，那就肯定有这个文件。我倒觉得，北方佬走了多年，曲艺队躲过一劫，于情于理，我们都应该去看看人家，去感谢他和那个十五号文件。师傅一听，乐得大叫一声好，派土生去打酒，打的是锦江米酒，不，叫店家送了一坛来。那天酒桌上当真热闹，两桌，酒管够，菜可怜，除了萝卜腌菜，就是腌菜萝卜。上座先议好行程，第二天天光就出发，在邓埠码头集合，带上锣鼓家什，再带两个向导引路，坐帆船去。后来我们放开喝酒，庆祝曲艺队安然无恙，庆祝十五号文件再放光芒。

荷花也敢大碗喝酒。我再三警告，锦江米酒是温柔乡，入口甜而不腻，引你放松警惕，酒性慢慢爬上来，再狠狠地报复你，让你醉个几天不醒。她嘿嘿笑。她说醉人胆大。醉了，见到北方佬就不怕啦，我要给他唱个三天三夜，让他拿小曲当床当被当枕头，美美地睡个三天三夜。他当区长就蛮累，当县长还不要累脱几层皮呀？这几年，我蛮牵挂他，身边没个女人，日子怎么过哟！困觉不脱鞋袜，早起不洗脸刷牙，头上虱子结坨，衫褂菜汤印花。荷花说，跟邓埠隔河相望的宁湾村是刺绣之乡，我去讨来十多双鞋垫，一摸就晓得，图案几好看哟，有并蒂莲梧桐树鸳鸯鸟。荷花要给北方佬送鞋垫呢。可惜呀可惜，喝酒误事，鞋垫没送成，人也没见面。如何？荷花醉得人事不省，醉了三天三夜。我们从鄱阳回来，她还没困醒眼呢。

荷花，你没事吧？你哇哇叫，气得人死；你不哇哇叫，吓得死人。那次，幸好你醉倒，要不你会昏倒。我等一行，十八个光子，两个向导，上了船，直驶鄱阳县。正是深秋，一群群候鸟迎着船飞来，一路上，大家开心作乐，你一段，我一曲，想必北方佬猛地看到这么一伙快乐的光子，眼睛会放光呢。已经进了鄱阳界，忽然听到哀伤的唢呐声，我心头一颤。半夜里，我梦见北方佬在说书呢：小小鼓儿圆纠纠，出在苏杭并二州；说书人将钱买到手，供家养眷度春秋。白天把它当战马，晚上把它当枕头；千里不带柴和米，万里不带点灯油；吃饭穿衣找它要，五湖四海凭我游……古怪吧，我从来不做梦，梦见的北方佬闹得欢，他还唱了一段小曲——

对面的大姐漂漂的，
雪白的屁股翘翘的，
一根辫子长长的，
两个奶子抖抖的……

醒来我吓了一跳，大姐象征生命和生机，可梦是反的！一听到送葬的唢呐，我就有不祥的预感。叫向导看看岸上。岸蛮远，白茫茫的一片，那是长满荻花的湖滩。再仔细看，有一支队伍缓缓穿行在起伏的白浪中。我说那是送葬的队伍。向导说队伍前面有八仙抬棺材，棺材上盖着党旗。我哇的一声哭了，大叫道：师傅，北方佬不在啦！师傅当真是光子呢，一个巴掌甩过来，不偏不斜，打得我脑壳轰地一响。

打我的不只是师傅，所有光子你一拳他一脚，真是我牙黄口臭，我乐得认打认罚。我哀求师傅下令停船，靠岸看看再走。师傅说你成精怪啦？我问：何人棺材配得党旗？这一问把众人问倒了。可是我们的船靠不了岸。船老大话音刚落，只见三条打鱼的小划子驶来，好像约定似的。上小划子时，鬼使神差，我叫大家把二胡带上。上了岸，有个机灵的向导赶紧去追那支队伍打探情况，另一个向导则招呼我们，十八个光子呢，在坑坑洼洼、牵牵绊绊的湖滩上蛮难走。向导在前带路，我们用胳肢窝夹着前后的拐杖，把自己和同伴串联起来。一个个脚步摸摸索索的，身子颤颤巍巍的，怀里抱着二胡。没多久，去打探的向导边喊边跑回来。他证实，是鄱阳县长，是北方佬。

众人一愣。我走在师傅前面，他猛地抽掉拐杖，接着挥杖打我，他认为北方佬是我咒死的。他嗷嗷号叫，像野兽一样。众人一起发狂了，都用拐杖打我。我不作声，他们就找不到目标，结果他们自己打成一团。是师傅的二胡让众人冷静下来，他拉的是《寒春风曲》。听着听着，一个个又排起了队伍，拐杖牵着拐杖，朝向湖滩远处的一座高坡。我们边走边拉琴。一只手在弦上游走，一只手随琴弓起落。不管原先吃的是哪碗饭，进了曲艺队都多才多艺。一群盲艺人，拉着哀伤的二胡曲，去为他们的恩人送葬。

这群没有眼睛的人，见证了北方佬入土为安的过程。北方佬得肝病死在任上，临死前他立下遗嘱，希望葬在鄱阳湖边，保佑滨湖地区再也没有大涝大旱，从此风调雨顺。周边渔村闻讯，男男女女，一拨一拨地赶来送葬，现场哭声震天。棺木入穴的那一阵子，当真是风云作色，湖水呜咽。好多老人捧着花生芝麻黄豆鸡蛋硬要他带走。鄱阳人说他得病是累的饿的，湖区哪年没有天灾啊，可他牵挂太多心太重，连自己的钞票粮票每月都要省下好多去送人。师傅长跪不起，他说北方佬书记，托你的福，有十五号文件保佑，我们过得蛮好，你到那边千万要好好保重啊！

新坟立起，鞭炮炸响，送葬的队伍走了。我们没走。每个人都不约而同地想到，该陪陪北方佬。陪伴他的，还是琴声。师傅起势，众人跟上。他拉什么，众人也拉什么。《悲歌》《病中吟》《江河水》，一曲曲，催人泪下。每个人都一门心思投入，沉醉在自己的琴声里。手臂扬起，是深沉的思念，弓弦抖颤，是揪心的呼喊。一曲才罢，一曲又起。拉到夜晚，又拉到天光。我们不晓得日夜，也不觉得冷暖。

吴荷花：

唉，该死的老棺材不死，不该死的倒早早走了。难怪我爹用拐杖揍他，当真牙黄口臭！我也觉得北方佬是这个臭棺材咒死的。人家好好地当县长，他发神经要去看人家，还要带上二胡。结果呢？说走就走了！他们回来告诉我，我死活不信。我托人给北方佬写信，写了好几封。还到锦江邮电所拍了电报，叫他“见信速复”。复了我也不信。后来，求向导带我去到北方佬的坟上。那时已经是春天了，我听到燕子叫。我把鞋垫交给了北方佬，我听到他憨憨地笑，说正合适。当然合适，在锦江，我帮北方佬洗过鞋袜和衣服。他说，从当兵到现在，我是唯一替他洗过东西的女人。我不傻，我晓得他是同情我可怜我才这么说的，不过，没有缘分哪个同情你？一想到他的死，我就心疼，要是他身边有个女人，何至于？到今天，也壮得像牛！我血压上来啦，脸上发烫，吃药去。死鬼，还有半个小时，看到时间来，嘴上小心，不要咬掉舌头。没有舌头，你以后就要当饿死鬼啦。

邓土生：

我这个人没见过世面，也不会说话。刚才亮子师傅讲的，我都同意，没有意见。我就补充一点，我没有机会进曲艺队，觉得十五号文件对我们自家卖艺谋生的最大好处，是让我们吃了一阵子饱饭，在人民公社食堂里吃，那时当真幸福。我的创作就是从那时开始的，我才十多岁，创作的鼓书名字叫《幸福日子万年长》，其实是盼望天天吃饱饭。刚才亮子师傅说锦江镇领导从来重视曲艺，我举双手赞成。我卖艺在别处几艰难哟，不是像狗捉兔子样撵你，就是猫抓老鼠样逮你，我的云板、圆鼓被缴掉好几套，二胡也被拗断了一把，当真前世作多了孽！

到了锦江地盘上就不一样，锦江也管，可睁一只眼闭一只眼，锦江也捉人，前门捉进去，后门放出来，还叫你下次小心点，有生人莫说书，说书时最好关紧门。弄得说书像做贼！当然，人家是好意。我气不过，就跟领导说，鼓书是筐，你们怕黄的黑的，我可以往里面装红的呀！那时“三结合”的革委会主任是刚刚解放的老社长，叫社长姆姆，她一听蛮高兴，好，公社管吃管住，你给我创作个鲜红的！那多天，吃得当真好，几辈子没吃过的好东西都尝到了，有猪肝猪肚猪蹄子，狗肉狗杂狗爪子，山鸡雁鹅野鸭子，鳜鱼鳊鱼沙皮子。肚里有货，脑壳水多。营养上来了，水平也就上去了。吃了一个多月，我创作出《锦江春》，哪个听了都叫好，那是当真好。省里一个大领导跟我握过手呢，他问我，你的创作动力是什么，我虽然听不懂，可是我能猜呀。我说，是社长姆姆给我吃得好！社长姆姆轻声骂我：吃多吃蒙了头啊，瞎嚼！我连忙改口：是十五号文件精神鼓舞得好。大领导愣了一下，接着笑起来，对，这个文件鼓舞人心，很重要。

我再补充一点。去鄱阳那天，蛮古怪，因为要赶到邓埠码头上船，我出门时可能还没天光，我听到前面好像有个人，脚步有点急，听上去像北方佬走路，我心里蛮着吓。我还要补充一点。更古怪的是，北方佬一死，好像十五号文件也死掉了，不管用了……

邓明亮：

好啦，都讲了三点啦。不过，有一点土生说得对，北方佬一走，十五号文件当真不灵了。曲艺队暂时没撤，可管得死。夜晚要演出，日间要学习，学习就是念报纸，从头念到尾。尾巴在哪里，不晓得，颠来倒去反复念。我师傅发了一句牢骚，就被摘掉了艺术指导的帽子，他不服，要求领导该好好学习十五号文件，搞懂曲艺事业的重要性，领导一气之下要开除他的公职。匡吉周几硬气的汉子！他把圆鼓一摔，嘭的一声，那只鼓弹起来，蹦到天花板上而后跌落在地。圆鼓也有脾气呢。师傅果然走了，再次回到锦江老家。

回老家，晓得师傅做何事不？他没有说书。而是口述十五号文件，找人记下来，再刻写蜡纸，油印成文。人家说，文件有文件的规范呢，行文部门、发文单位、主送抄送、文头日期等等。这可把师傅难住了，哪个鼓书本子都没有这样的内容，他冥思苦想了好几天，最后让人加上的发文单位是“锦江区人民政府”，文号是“锦字发〔1954〕15号”。我师傅蛮有头脑呢，晓得大单位冒犯不起，要是伪造成“中共中央文件”，后面就有大麻烦了。他连写“中共望湖县委”的胆量都没有。他叫人油印了一摞，时时捧在手上翻，每一份都翻过。我说师傅你印出来闻香呀？师傅喃喃道：我没伪造，北方佬就是这么念给我听的。

答非所问嘛。这话让我不安，我觉得他来日无多，就跟荷花打商量，最好住到锦江街上去，好好陪陪你爹我师傅。荷花又骂我牙黄口臭，咒死一个又来第二个，她拿块臭烘烘的脏抹布给我擦嘴。她油盐不进，算了，我自己去陪。我相信预感。我在师傅床上陪睡三夜，其实是陪他聊了三夜。他整夜躺在床上想事，想的都是过去的苦，好多事我从来没听说。他说，自己的眼睛是汉奸罗雄用艾条烧瞎的，盼到抗战胜利，当时的政府满街贴告示，禁止老百姓聚众滋事，街头茶楼的卖艺也在被禁之列。要活命，只能偷偷设场子，师傅被抓好几次，有一次被打得皮开肉绽，硬要他承认是游击队探子。中华人民共和国成立后，他再三进公安局，常常有人怀疑他是潜伏的特务，要么是居民举报他鬼鬼祟祟，要么是公安见他戴着墨镜不像好人直接逮走问话。至于打击一贯道那次，吓得他不轻，县里有人被枪毙呢，而师傅的嫌疑，来自鼓书里的一节，排比句连续用了几个“一贯”。师傅说：我等鬼鬼祟祟，是爷娘的过，是老天的过，怎能算我等光子的罪过？亮子，记得要把这些文件发下去，传下去，我等也是劳动人民，是靠辛苦和才艺吃饭的人。只有这个文件让我等堂堂正正。打击我们，拿鼓书内容做文章，骨子里是歧视！我等没眼珠，眼眶眍，别人看不顺眼。哼，鬼鬼祟祟，像坏人就是坏人吗？苍天，下辈子让我做个真正的光子！师傅还说自己对不起一个近在咫尺的人，一个已经入土的人，是地主，他怕再惹事。我追问，他摇头，罢罢罢，年年清明拿鼓书当纸钱化给了好戏的呆子，反正也快在黄泥县见面啦。

第三夜快到头时，天已经麻麻光，师傅睡过去了。嘴里一直咕嘟咕嘟，好像嚼着最后那句话，他要把每个字都嚼嚼烂，咽下肚里，装进心里。师傅前前后后带了八个弟子，丧事是他们七个张罗的，我就想着一件事，加印文件。我觉得师傅印得太少。我找人重新刻蜡纸，重新油印，油印个一千份。我说过，锦江领导开明，别处敢帮你乱印呀？在公社办公室的油印机边，我想，这些文件是撒给师傅的纸钱吧，可是该往哪里撒呢？

师傅还没出七，剧团开会宣布县里的决定，撤销曲艺队，所有人员遣返原籍，自谋职业。好像一切都在预料之中，没有质疑，没有哭闹，只有逆来顺受的平静，万念俱灰的平静，平静得让剧团的书记害怕。她一再问：你们听清没有，是撤销，是遣返！平时你们把十五号文件贴在嘴上，现在呢？我循声将油印的文件扔过去。片刻，女书记笑起来：以前我觉得十五号文件很神圣很神秘，原来很幽默很古怪嘛。幽默在于它来自猴年马月，古怪在于那个锦江区，全中国没听说有这个自治区嘛。那天我懒得发火，发火也没用，不如发文件，反正有上千份，我站在临街的剧团门口发。发出去，总归还是有点用。有的领导觉得遣返不妥，最后给予安置，可到锦江砖瓦厂上班。莫小看砖瓦厂，也只有锦江的社长姆姆肯接受这帮光子。

其实，挂个单位上班，图的是面子。我等光子在砖瓦厂能做什么，不做事，怎么养家糊口？我等拿砖瓦厂职工作护身符，在锦江公社地盘卖艺挣钱，可怜兮兮哟，一场才几毛钱，好的一块钱。三天两头被捉，有时被捉去办学习班，一学三五天。不过，说起来，那是蛮幸福的事，管吃管喝管住，还要开会讨论如何用曲艺的形式开展大批判。学过一次，我发现，这是社长姆姆想听书琢磨出来的诡计，也是善待我等的妙计，可见十五号文件精神在锦江是万古长青的。土生创作的《锦江春》，是对他们坚定贯彻十五号文件的最好回报。受《锦江春》的鼓舞，那几年我跟荷花也在用鼓书、用渔歌来讴歌大好形势，创作了蛮多东西，可惜运气没土生好。

要是完全怪运气，对庙里的运气老爷不公平。有时要怪荷花那张嘴。唱小曲儿好听的一张嘴，骂起人来像杀猪刀，前头尖尖，中间有一道放血的槽，恐怖吧？我创作的鼓书《鄱湖情》后来也被《海峡之声》注意到，电台的老师要看我表演效果，然后决定是否录音播出。试听是在公社会议室里进行的，为了保证效果，人家不让闲杂人等进去，荷花哭闹起来。她嗷嗷叫道：我屋里的死鬼说书，我听不得呀？难怪这只棺材神里神气，一夜不理我，好像升官发财一样。升个判官，发个寿材！荷花要我求电台放她进来，我蛮恼火，吼了她一句，不得了啦！她丧心病狂啦，说我上电台会变心，会翘尾巴，会不晓得天高地厚，说不定，哪天就被女听众拐跑了，《海峡之声》对台湾广播，台湾那些漂亮的女人差不多都是从大陆跑过去的，望湖县从前也去了蛮多人，几十年没听到故乡的鼓书，她们还不会被《鄱湖情》迷死呀。

一席话把我乐得要死。我跟电台说，对不起，我不录啦，我也怕被台湾女同胞拐走呢，要是那样，一是要叛党叛国，二是要叛老婆叛良心。荷花的骂是真心的爱呢。晓得不？荷花为了我的一句话吃了几多苦哟！结婚第二年，她怀了乖乖崽，要不是落在我屋里，保准当个状元郎，可惜一对父母两人盲。生怕崽也是盲的，不忍心让宝宝崽来到世上跟我们一起吃苦，商量了几天哭了几天，最后掷筶作决定：打掉。吃了土郎中开的打药，荷花在马桶上坐了三天三夜，一刻也不得起身，滴滴答答的，到后来总算把崽流掉了，荷花人也变了形，吓得人死。当时看到她的样子，我蛮难过，也后悔。荷花骂我棺材，好，我就是只能装一个人的棺材。骂我死鬼，好，我就是附在她身上的鬼魂。我打开会议室大门，伸开双臂抱过去，抱住的正好是荷花。也只能是荷花。

好啦，马上就到十一点啦。还有几句话。印了那么些十五号文件，七八十年代我没发出去几多，没有哪个作兴，不如擦屁股的草纸。到了九十年代，我攒劲发。我发它是想招几个徒弟，鼓书传到望湖经历了五六代传人，我也想传下去呀。哪晓得，一个想学的都没有，寒心啊！我求到一个崽俚子，打倒贴，让他学了几个月，后来他到电视台参加选秀节目，一夜工夫变成明星，明星当然要挂在天上。罢罢罢，买一只灰鹦鹉当学徒吧，可悲的是，鹦鹉说书不愿学，骂人不用教，耳濡目染，自学成才。去年清明，我们两公婆去给北方佬吊青，把剩下的文件化给了他。我拉琴伴奏，荷花独唱，我们合作了一首《妹妹找哥泪花流》。唱完，荷花说：要是那时就有这首歌几好呀，北方佬听到一定泪流满面。我说，他现在正泪流满面呢，我是光子，我看得到明处，也看得到暗处。

我心里已经泪流满面。不晓得荷花血压降了没有，问她还有话吗，荷花荷花。哦。她心里也泪流满面。到此结束吧。对了，你们记者见多识广，得闲帮我等查查那个十五号文件，光子得过它好处呢，肯定没有假，拜托拜托。

逍　遥

口述人：

林木森，1969 年高中毕业，响应号召，由省城光荣插队落户于望湖县农村，四年后光荣参军，三年后光荣退伍，在省第一建筑安装公司当了若干年工人和部门经理后，光荣退休。

采录环境：

鸦鹊岭村是传统建筑形态保存较为完整的古村落，有古祠古庙古民居，古桥古井古街巷。村庄有两块村盘，分别居住夏氏和黄氏。明清时期，夏氏走马西南，靠经商发家，为光宗耀祖而大兴土木，至今仍留存多座豪华商宅，以建造于清光绪年间的六先生别墅最为典型。二十世纪二三十年代以后，夏氏几经变故，逐渐衰落，而黄氏那边却发达起来，鸦鹊岭故有“夏衰黄盛”之说。近年，六先生别墅里住进了一位对此说耿耿于怀的老先生。

林木森：

从 1969 年到 2019 年，吓人呀，半个世纪了。五十年后第一次到鸦鹊岭，仍然往事历历在目，好像去年发生的故事。真的，一点也不夸张，我用的桌子我睡的床，好好地在那里，更惊人的，黑黢黢的厨下还在，里面的“姐妹灶”还在，锅碗瓢勺一样不少，灶膛里好像有余温，该不会有狐仙听到动静慌忙隐身而去吧？恐怖片一样。

鸦鹊岭夏家是一个生产队，当年名震四方，名气是知青八姐妹创造的，她们虚心接受再教育，团结友爱共甘苦，多年同灶吃饭，成为全地区知青先进集体，提起这口“姐妹灶”，全省当过知青的恐怕都有印象，报纸登过，电台播过。我是后去的，我不肯加入她们，人家叫“姐妹灶”，我加入算什么，洪常青？可惜我民主人士一个。

关键是我这个人呀，懒，吃不得苦，在家里有四个姐姐罩着宠着，连袜子也不用亲自动手洗。这知青八姐妹头上光环闪耀，今天去传经，明天去送宝，还有采访像走马灯样等在那里，我加入岂不是去给地主家当长工吗？就算她们一个个都热爱劳动，挑水机米砍柴还不是我男子汉的差事？

哈哈，懒人有懒福。八姐妹真是好姐妹，见我独自生火做饭呛得一把鼻涕一把泪，索性餐餐端来饭菜慰问我，老是白吃，有点难为情，那么交米交菜搭伙吧。最漂亮的八妹最热情，她有过一句名言，她说：哎呀，搭什么伙，我们饭量小，少剩几口喂猪的，就能把你养得壮壮的！你听听。还有，我衣服也被她们承了包，比我亲姐姐还亲啊，难怪人家先进！

前不久，也就是元旦后吧，当年下放在鸦鹊岭夏家的知青跑来聚会，有意义吧？前前后后在此待过的，三十八个，健在的二十五人全到，包括八姐妹。八妹老样子，不，更美，如今讲究嘛，装点一下，显年轻，又风韵迷人。就像这个六先生别墅，里里外外稍稍整修一下，富丽堂皇，气派全出来了。

我在这里住过三年，喏，老村长住的那间门房。反啦，应该是老村长占了我的故居。当年可没有这位老村长哟！老村长是外号，十年前寻根回来的退休干部，祖辈迁出的，他自己在省里文化部门工作，省群艺馆的老编辑，回乡看到这番凄凉景象，发誓要利用这个还算完整的古村落，搞旅游开发，重振鸦鹊岭夏家雄风。

他一边发掘村里的历史文化资源，一边组织夏氏开枝散叶的人力智力资源，忙得昏头奔脑，也有效果呢，想走的不走的，走了的老人又搭伙回村来了，想等到游客慢慢多起来，开店当老板呢。眼下来得不多，可年年增加，增加说明曙光在前。村民戏称他老村长，游客尊称他老村长，他乐得照单全收。

哦，我们知青大聚会就是他张罗起来的，那么久远的历史，多难点清人头呀。老村长不厌其烦，找过去的知青办老人，找全县各所中学，可是省城的、上海的怎么办？他硬是通过无数次走访，掌握了所有知青的线索，包括故去者的名字。最后，八姐妹的大姐牵头，从前坐拖拉机来的少男少女，租了一部大巴，高唱“知识青年到农村去很有必要”就来了，却是头发白了腿瘸了。

老村长的意思，是希望我们为古村开发做贡献，有点子的出点子，有人缘的拉客源，校友战友狗肉朋友，老伴玩伴铁杆舞伴，还有闺蜜小蜜，不管老大老二，无论小三小四，一视同仁，全都欢迎，而且保密。老村长原话是这么说的，激情澎湃的样子。

老村长当编辑出身，擅长编故事，演讲水平也非常了得，一会儿是单田芳一会儿是田连元一会儿是常贵田，都带田字，命中作田的。那些村落故事呢，倒是编得有情有趣，讲得绘声绘色，招人喜欢，那天给我们这伙知青讲，大家都叫好。临走，都在村口古樟下缠着他合影，八姐妹更疯，大合影完了小合影，小合影完了单个照，还有站姿的蹲姿的坐姿的，众星拱月一样，拿他当大明星了。

鸦鹊岭夏家真要搞旅游，几处商宅是重点，什么大夫第同知第侍郎府等等，为了炫耀门第，商人不惜花钱捐官，全村精华所在是六先生别墅。这个院子里，花木名贵，建筑考究，装饰精美，家具典雅，摆设的器物相当别致，其中有些稀奇古怪的东西。更主要的是有故事。老村长编的村落历史文化故事，最有趣的要算六先生的传说，怎么发的家，怎么勾的美女，为什么建别墅，为什么有了前院的花园还要搞个后花园，蜡梅象征谁，丹桂代表谁，等等，其中还有让人想入非非的故事。

老村长细细长长一个人，两道眉毛一竖，人忽然变得更长。他的本事在于，随时能逗得游客哈哈大笑，而他自己一本正经。他声音抑扬顿挫，角色不断变换，卖卖关子，抖抖包袱，不知不觉地，游客思想跟他跑了，跑到大清王朝去了，跑到扬州苏州的生意场上，要么烟花柳巷里去了。

好笑吧？连我这个六先生别墅里的老住户，一不小心，也被他带跑了。有的故事我听着很新鲜很惊奇，还忍不住追问老村长呢，事后一琢磨，怎么耳熟呀？想呀想，老天爷，我当年胡编滥造的嘛，怎么忘得一干二净？不行，他侵权了，要跟他打官司，索赔，赔他个倾家荡产，我拿赔款买个别墅去！

那么多知青，相对来说，八姐妹扎根时间更长。看得出来，大姐和八妹对老村长崇拜得不得了，自始至终，一左一右，一步不落地紧贴着他，大姐问：老村长吔，我插队八年都没听说六先生有这么多风流韵事，只晓得他是个大资本家是地主恶霸，唉，那时我们只顾接受再教育，只顾往灶里添柴了。我心里嘟哝道：还有，你们只顾团结友爱天天帮我洗衣服。

六先生是谁？排行老六的富家子弟，屡次科考不第，清廷宣布废止科考后，心死了，心里也就踏实了，于是诚惶诚恐地走进夏氏宗祠，扑通一跪，给老祖宗们磕了三个响头，再往梁上挂一块牌匾，上面刻“沧海遗珠”四字，聊表遗珠之恨。接着，坦然又欣然地去了烟花三月的扬州，四个鎏金大字给他带来好运，差不多是一夜暴富。赚了钱，他把生意交给亲戚打理，自己回乡置田买地做屋，安心享清福来了。

享福嘛，少不了女人，他带回一对扬州美女姐妹，一个叫梅红，一个叫桂馨，别墅就是他们三人的销魂窝。别墅的主体建筑，就是这栋两层楼，下层是接官厅，会见达官贵人的地方，高大宽敞，很排场，原先看不到这么多砖雕木雕什么的，被毛主席像和语录糊得严严实实，有的地方糊黄泥和石灰，所以才能完好保存到今天，看得我眼花缭乱，不敢相信这是自己住过三年的地方。我高中毕业才下来，这件事显然是我下放前贫下中农干的，当时这么干怎么不管阶级立场呀？看来农村不乏有识之士。

二楼呢？有意思。空间也蛮高，没有天花藻井，抬头就见屋顶就见屋瓦，居中的地方盖的不是缸瓦，是明瓦，铮亮铮亮的，面积蛮大的一个天窗。多大呢？比放置在二楼中央的大床小不了多少，就是说，他们等于睡在光天化日之下。

再说那张床。不，我等下再说，先听听老村长的。人家有深入的研究，还请教过好多专家，省里的，中央的，全球的，都有，据说有个专家差点得诺奖。我估计让人家把床的奥秘研究出来，那就能得到，差就差在这一点上。当时，老村长听我多嘴，表情不悦，白了我一眼，停顿好久才继续介绍下去。

老村长说，这张床有机关，机关里有学问，学问里是科学，这科学涵盖了多个学科领域，比方说，光学热学力学应用物理学材料物理学等等。反正他挺能吹，吹功大概是在群艺馆练出来，那时群艺馆最有影响的群众文艺活动就是每年一次的全省故事会，自下而上，层层选拔，层层培训辅导，从年头忙到年尾，最后在省里决赛三天，决出一二三等奖，一等奖得雄文四卷，二等奖毛选，三等就是红宝书语录本。故事内容分几大类，革命英烈故事，学毛著积极分子事迹，阶级教育案例。我得过一本语录，参赛作品正是逍遥床的故事，那次比赛得雄文四卷的故事，说有个生产队坚持在田间地头学毛选读社论，结果该队连年亩产一千五百斤，望湖县的常胜冠军。

老村长眉飞色舞地复述我编的故事。我心里窃笑，他讲得唾沫横飞。哦，他有这个毛病，人一激动，唾沫也会激动地从口中飞溅出来，嘴角沾满白沫。大姐和八妹居然浑然不觉，她俩好奇心特别强，不停地问这问那的，我逮住机会靠近大姐，悄悄提醒她和八妹结束时千万记得去洗把脸。

老村长说，大家仔细看看，谁见过这么宽广的大床？宽广得像一块草坪，一座球场，可以随便在上面打滚。可是，它显然不是用来打滚的。干什么的呢？不知道。你们不知道，我也不知道。有同志说，床就是用来睡觉的嘛！当然，睡觉是床的基本功能，是它作为床存在的价值和意义。不过，既然有机关，既然叫逍遥床，我们就要分析分析它的机关，看它究竟是个怎样的逍遥法。

宽广的大床上，床头横放一排雕花矮柜，半边雕梅花，半边雕桂花，梅与桂的雕饰处处可见，据此，当年是我给扬州姐妹取的名。大床中间置有一张小方桌，红木的，有人说是南美黄花梨。床上摆设一目了然，不奇怪，却可证明六先生是抽大烟的，那对姐妹陪着他抽，一边一个。比较费解的是大床上部的木构件。就是说床也有上下层，而且上层还是复式结构，相当复杂，有大大小小若干个方框，更有平放或者竖起的一些圆轴，齿轮一样，当然都是木制的，复杂得像我的姓名，全是木头，纵横交错层层叠叠的木头。哈哈，好玩！

听得出来，老村长为了研究这张床读了不少书，翻阅了大量资料，他说请教过好多专家，更令人敬佩的是，全县比较好的博士，哦，望湖管木匠叫博士，差不多都被他请了来，每天喝谷烧吃土鸡，希望博士们发奋攻关，破解难题。我为什么敬佩他呢？费用是他掏的腰包。谁能让逍遥床真的逍遥起来，他还将从自己的积蓄里拿出钱来重奖。奖多少？三十万！我怀疑当年他是跟老婆孩子闹翻，这才跑到老家当这赔钱的村长，存心想挥霍掉死不带去的财产来了。

我一辈子呀，老是捡芝麻丢西瓜，这不，又把西瓜丢掉了。说说西瓜吧。大床上部复杂的木构件是什么呢？是让床能随着太阳光的移动而慢慢旋转的精密仪器，神吧？木制的，比古代诸葛亮发明的木牛流马更神奇，它能让人睡在温柔乡里，追逐日月星辰，笑看云涌霞飞。

老村长介绍的，跟我当年猜想的一模一样，只是他多了互动环节，他会不断叫游客猜想，并逐步引导大家的思维通过那一方天窗飞往神奇的天空，最后为复原逍遥功能提出悬赏。据说这些年来，老村长已经收到各种设计方案一千多份。他打算找一栋空闲的古屋，专门开辟陈列室来展示那些方案，命名“逍遥馆”，馆名已经找大师题写，大师姓吴，中书协资深会员，一平尺好几吨呢，吴什么记不清。老村长的点子真是个启人心智的好主意啊，我觉得。

我和老村长都把这张奇怪的大床叫作逍遥床，当然有依据，依据是二楼墙上曾有一副用青花瓷片嵌出来的对联，联云：“随日月巡游畅饮日光月光，偕云雾逍遥欢爱云里雾里。”如此逍遥也。

老村长说，那副对联算得古董，可惜前些年失窃，幸好逍遥床太大，窃贼搬不走。他毅然回乡，跟对联失窃有关，他要在有生之年，为逍遥床为古村落站岗执勤。原来他住在门房里有心机呀。

我见过那副对联，搬起来很重，可见板材是名贵木料，上面用瓷片嵌字，当时很稀奇。所谓逍遥床，却是编造的童话，古老的童话。是对联里的“逍遥”二字启发了我，屋顶上的那一大片靠明瓦开的天窗引导了我。我不是懒得出奇吗？懒人不是有懒福吗？这么一座别墅空关在村里可惜呀，秋收遇到阴雨天，生产队才会利用它暂存稻谷。我动了它的脑筋。

我想象六先生一定成天在床上醉生梦死，畅饮嘛，当然有酒，云雾嘛，必须是烟。传说他带回一对姐妹做妾，别墅后院的小桥流水亭台楼阁就是为扬州美女解思乡之愁的。既然日夜巡游，那么这张床应是旋转的，古代没有电，可古代有日月之光，阳光威力还不大呀？

我的目的是懒到家，懒得不用下田流大汗喂蚂蟥，我最怕犁田耙田，总是担心把脚让犁铲了去，要么让耙扎几个洞眼，那还不把四个姐姐心疼死呀。其实，八姐妹里面也有好几个时时惦记我的。虽然作为大清王朝的遗老，那个六先生早就腐烂成泥，可他毕竟是剥削阶级的代表人物，他过的逍遥生活是资产阶级的腐朽生活方式，他留下别墅等于是给鸦鹊岭夏家留下一份阶级教育的生动教材。对了，我就是把逍遥床当教材来设计和建造的。

我命里缺木，姓名中拼命攒木，搞得整个人像座木材场，从小也喜欢玩木头，先是搭积木，接着学木雕，后来拜了鲁班师祖爷。真的，我家客厅祖龛上供的就是鲁班，想不到吧？读中学那几年，又是停课闹革命又是复课闹革命，反正一直闹革命，我干脆自学木工，锯刨凿锛都能干。别墅里这张大床全榫卯结构，我给它加了一层，胡思乱想呗，让它越复杂就越能叫人云里雾里，我把织布机压榨机绞绳机上的构件拆下来，加上大小不一的木碾盘，拼装在床上面，结果弄成现在这个样子。美中不足的是，叫逍遥床，它始终也没能逍遥起来。不要紧，把故事编好，才能达到目的。

我访贫问苦，村里倒是还有几个老人见过听过六先生，他们使劲回忆，依稀仿佛，六先生是被赣北游击队偷袭锦江镇的消息吓死的，吓得掉下床来，活活摔死了。哈哈，有戏！怎么会吓死呢？做贼心虚嘛，怕清算罪恶嘛。一追究下去，果然，他当年买的田地占了半个望湖县，远的远到了鄱阳湖东岸，看看，贪婪剥削劳动人民竟然不分地界，穷凶极恶呀。

老人们还提供了一个重要线索，那就是别墅和逍遥床为扬州姐妹而建不假，不过，红颜薄命，没过几年，一个病死，一个投井自杀，可见六老爷是罪魁。后来，六老爷还纳过几房妾，没有善终的，无非是病死或者自杀，那些妾，几乎都是穷人家的女儿，一个个还是嫩嫩的秧子呢。她们不就是一个个喜儿吗？

在我编的故事里，六老爷是花老爷，逍遥床是他玩弄贫雇农妻女的淫窟，随着日光旋转巡游着纵欲，终于有一天，恶有恶报，它在旋转的时候轰然坍塌，让六老爷遭到了报应，遗憾的是，它关键的机关因此而毁坏，以至于后人怎么也不能复原了。我建议大队革委会利用这座别墅，建一座阶级教育展览馆，“姐妹灶”吸引那么多领导知青记者来视察参观和采访，再有这个馆，内容更丰富，我鸦鹊岭夏家大名更加鼎鼎。

大队革委会主任是“老三届”，人家有文化，他说大名鼎鼎是成语，不能拆开用，就像逍遥床散了架就不逍遥一样。可他对我的建议非常欣赏，便把这个展览馆交给我，由我负责筹展布展以及后面的讲解，希望像“姐妹灶”的饭菜飘香望湖一样，逍遥床的荒淫无耻要让全县人民切齿痛恨，从而把百分之九十五以上的人民群众，最广大吧，紧紧团结在无产阶级革命的宽广大道上。

我不用下田了，那时有个词叫脱产，我不是脱产干部，是脱产知青，蚂蟥再也吸不到我的血，太阳再也晒不脱我的皮，不过，太阳耗尽了我的脑水，成天琢磨逍遥事，我走火入魔了，关于丑化六老爷的故事好编，要让阳光生动展示六先生的荒淫太难。阳光怎样才能晒得一堆木头动起来呢？比科幻更不可思议。听说我夜夜失眠，人瘦了一圈，姐姐们心疼得不行，轮番来看我，最后她们共同商议出来的一个理由让我得到解脱，她们说一旦逍遥床真的复原，广大劳动妇女一定是可忍孰不可忍，因为她们决不答应吃二遍苦遭二茬罪。大队主任鹦鹉学舌，也这么说，哈哈，他后来做了我二姐夫。

布展容易，没有六老爷的更多实物，画呗，知青里人才济济，按我编的故事，用连环画把楼下布满。实物其实也好办，六先生是古人，把村里过去恶霸地主的罪证往他身上堆，黑心秤呀虎口斗呀阎罗殿算盘呀，再加上贫下中农的破衣烂衫，把个别墅上下摆得满满当当。事实胜于雄辩，展览效果好极啦。

六先生地下无知，随我怎么编派他，至于他后代怎样，是个谜，夏氏近代多有灾祸，长期没有搞上谱活动，族谱上根本找不到线索。村民众说纷纭，听说的，猜测的，都不能采信。就算六先生后人健在，谅他也不敢出来认领。所以，我觉得插队落户真有必要，农村确实是大有作为的广阔天地，海阔任鸟飞啊，有位大领导认为我讲解水平不错，当时差点调我飞往省里的万岁馆，另栖高枝真的当讲解员去。可我不感兴趣，大男人当一辈子讲解员多没劲啊。陪大领导来的社长姆姆问我：你是那个拾金不昧的后生子吧？我是。下乡后第一次下田，我跟着八姐妹赤脚走在田埂上，眼见八妹裤腿里掉落一块手帕，我拾起追上去交给她，哇的一声，她号啕大哭。别人却回过头来哈哈大笑。我蒙了。直到这个笑话传遍整个公社，我才幡然顿悟。也是哦，家里有四个姐姐还装傻，流氓使坏吧？八妹好不容易才接受我道歉，因为我诚恳地掏出交给五七大军连长的检讨书草稿。估计社长姆姆看过检讨书，什么反应不晓得，对展览的态度倒是很明确，她说：后生子，没开蒙吧，纵欲只要巴掌大的地方就可以。言下之意，大概叫我不要胡乱发挥。我谦虚好学，问闪电结婚的二姐，那么疼我的二姐，居然毫不犹豫赏我一掌。

我跟八妹关系很清纯。因为我的诚恳，她慢慢对我好起来，帮我洗衣洗被，她是最积极的一个。热天蚊子多，天黑送衣物过来，我俩只好钻进蚊帐里说话。有一天忽然停了电，两双憋忍着的手不安分了，伸向彼此，我捧住她的小脸，还不够一巴掌呢。她一惊，像野猫哧溜消失在暗夜中。

开弓没有回头箭。

回头看，六先生别墅留到现在是个奇迹。因为里面死过好几个人，村民说它是凶宅，土改分不下去，只好做公共建筑，比如给初级社高级社生产大队和村委会用来办公，可是也遭到抵制，无奈之下，只好闲置，偶尔当仓库利用利用。

我不怕鬼，我还想跟那几个漂亮的女鬼好好聊聊六先生呢，可惜人家从不敲我门。爱来敲门的是八姐妹。她们对参观展览不太用心，只是担心我变修，劝我不能高高在上，要扎根沃土，要经风雨见世面，要跟蚂蟥斗更要跟阳光斗。跟蚂蟥斗其乐无穷，跟“双抢”季节暴烈的阳光斗更加，晒黑皮肤能炼红心，听出弦外之音了吧？晓得我懒，一贯怕苦怕累，给我做思想工作呢。

别看这个阶级教育展览馆平时参观者不多，可一来就是领导，领导就得有人伺候，公社的，县里的，还有兄弟公社兄弟县的。要想懒得持久，就要懒得勤快，此话怎讲？表现得很勤快，千万不能让自己闲着。这好办，不断改进展览呗，原先把画直接钉在墙上，我建议改作画板，大队舍不得多花钱，行，拿木料来，我自己动手。另外，再打一些橱子，用来展示比较珍贵的文物，比如地契房契借据地主恶霸的变天账什么的。

这么多木匠活，够我一个人累的。不过，我觉得三年里凶宅没有闹过鬼，可能跟我天天手握工具有关，木匠的作凳和鲁班尺本来就是驱鬼的。哈哈，逃避下田，要不是有当兵机会，估计我会最后一个返城，贫下中农不推荐懒汉呀！

那次知青聚会，我被老村长感动，也被老知青感动，他们真的有资源呢，聚会后没几天，大姐把望湖县十多个老年舞蹈团带了来，浩浩荡荡一支大巴车队，壮观！八妹有两个妹妹做旅行社，她们决定用热门线路串古村游，还有上海知青发动亲戚朋友来旅游，包了一节高铁车厢，这是要发达的景象啊。老村长为他们讲解，该手舞足蹈了吧？我一想到他，感觉有一脸的唾沫星子，总也擦不干净。

万万想不到，人气旺了，凶宅反而真的闹鬼啦！鬼是趁老村长回省城，骗开他培养的两个美女讲解员，大摇大摆从正门进去的。鬼直奔逍遥床而去，把床的上半部分拆掉，鬼带了电锯，工作效率可高啦，居然把那么复杂的木构件锯成了一段一段的劈柴。

还有，鬼识字，把一楼展厅的展板通读了一遍。到了新时代，这个展览不再是当年我搞的阶级教育展览，这是必须的，它展示村落文化并介绍这个别墅，可我原先编的逍遥床故事依然沿用。鬼讨厌逍遥床，把涉及它和六先生的文字，要么撕去，要么抹黑，泼墨汁涂黑，涂得不堪入目。

看来这个鬼仇恨逍遥床。我恍然顿悟。其实这个鬼一直若隐若现地飘荡在我的视野里思想里，他没有青面獠牙，只是衣衫褴褛披头散发，老远也能闻到一股恶臭。从我住进六先生别墅那天起，我就记住了他敌意的目光。

老村长打电话给我，没有唾沫，甚至没有力气。很悲愤，很伤感的口气。他喜欢曙光这个词，他说曙光真的在前，曙光等着我们敞开怀抱去迎接它的时候，怎么还会闹鬼呢？鬼是怕火怕光的呀！

他在电话里描述了鬼的模样，我大吃一惊，不，大惊一奇。当年那么意气风发的少男少女已有三分之一作古，而当年一个疯疯癫癫满大街捡烟屁股的中年男子怎么会有这般顽强的生命力？最不可思议的是，他没有疯，憋忍了半个世纪后，他再也不能容忍任何对他祖上的不敬尤其是侮辱了！

我放下电话就去长途汽车站，乘坐直达锦江的快巴，当夜钻进了老村长的被窝。别墅门房不小，比我当部门经理时的办公室大，墙上贴满古村保护和开发的各种文字和图表，还有讲解员培训班课程表，看看老村长有远见吧，首期二十名讲解员的培训班就要结业了。

一人睡一头，老村长把臭脚顶在我鼻尖上。他说，解铃还须系铃人，明天谈判，你去跟鬼谈吧。我问此话怎讲，何为系铃，怎样解铃，与谁谈判，关我屁事？

老村长唰地从被窝那头坐起来，叫起来："屁事不关你呀？逍遥床的故事是你首创的吧？你糟蹋人家祖先，把癫子气成了政治家哲学家法学家，人家要跟你打官司呢。"

我才不跟他一般见识呢，我嘿嘿冷笑，打呀打呀，反正退休闲着也是闲着，丰富丰富生活有益健康。我要是输了，我就告你侵权，堤内损失堤外补。难怪人说有钱能使鬼推磨，以前我随意编，鬼也不着急，而今眼看有利益，鬼变成了人。

我说对了，第二天在村委会与我俩相见的鬼，真的变成很威严的老人，被理了发被剃了须被换了一套藏青西装，花白的头发是自然卷，微驼的腰背是老来驼，他表情似铁，不怎么说活，帮腔的是他堂兄弟，还有他那一房的男丁，三房，有十多个人。原来这个鬼这个癫子是被本房兄弟推出来当原告的。他们都管六先生叫祖祖，开口就要索赔，否则将以造谣罪诽谤罪侵犯人权罪还有侵吞私人财产罪告我和老村长，他们数了数，我俩至少犯了十来条罪。

老村长本来有点紧张，一听那么多罪名，倒是忍不住乐了。他完全是用调侃口气说的，他说，能私了吗？要是能够，开条件吧。

鬼被变成人，就是图私了。三房的男丁们窃窃私议一番后，派代表申明态度：第一，强加在六先生身上的一切污秽必须立即彻底清除，为其恢复名誉。第二，还历史以本来面目，六先生之所以叫六先生而不叫六老爷六老板，体现他对自己身份的珍重，他本来就是个读书人，发财后毅然回乡为的是耕读传家，才乐于被人尊为先生。第三，别墅二楼开个明瓦的天窗，证明他是天文爱好者，即便躺在床上也不闲着，他热衷观天象明天理顺天命，他的逍遥绝非那种荒诞不经的逍遥，而是精骛八极心游万仞的逍遥，他撰写的对联，还有新近发现他的一册诗集，便是有力证据。《逍遥床故事》的原作者应根据历史真实重新创作，树立六老爷的正面形象，有利于弘扬正能量。第四，因年代久远，体制多变，六老爷别墅房产归属的纠纷一时难以解决，目前情况下，这一景点宜单独卖票，充分照顾三房群众尤其是六老爷后人利益，所得收入按比例分成，比例另行商议。

我噗嗤笑了。抽着大烟啜着小酒拥着美人观着天象，六先生原来如此逍遥呀。我善于胡编，反正我是胡编出身，问题是老村长还能唾沫飞溅吗？

老村长却不作声。一直不言语，这谈判便谈不成判不了。逼急了，老村长大叫一声，你们这么急呀，给我一两年时间再闹鬼不行吗，鬼不在阴曹地府老实待着，出来祸害自家人呀！难怪黄盛夏衰！

这时的老村长一副痛心疾首的样子。不料，三房中有人又扎了他一刀子，这下比较狠，扎到他心尖上去了。原来自打老村长返乡，就有人怀疑他是真夏还是假夏，小小望湖县，要了解一个人还不容易呀，随便一问，竟把他隐私给挖了出来，原来这位编辑才是花编辑呢，花了多少年，直到退休才被老婆发现，并被妻女扫将出门，跑到鸦鹊岭逍遥来了，鸦鹊岭林子再大，也不能什么鸟都留。

说得我背脊一阵发凉，他们一定也翻刨过我的隐私吧？不过，我没有什么大不了的事。要说我鼓捣阶级教育展览馆，图的只是偷懒别下田，也不全面，别墅离八姐妹住处近些，路好走些，八妹她们不是把我袜子承包了吗，晚上来取送方便。我跟八妹的关系只限于亲个嘴捧了巴掌大的小脸，不敢发展，我家姐姐们坚决不答应，她们逼我发过誓的，在乡下不得谈恋爱。

谈判让老村长大受刺激，那天来了几拨领导考察古村，他都托病不愿出场。是美女讲解员去的，我跟着去听听她水平如何。三房的那些孙子们厉害吧，胆子大了，不怕领导了，连陪同的镇长都不怕，堵住别墅门不让进，叫嚷要给他们的祖祖平反昭雪，恢复名誉并落实政策。领导们很扫兴，马上拂袖而去。

后来镇长把老村长请了去。是真的请，连他那帮女弟子一起请，给老村长发了一本又大又厚的聘书，木板的封面能不厚？聘他当全镇古村保护开发的文化顾问兼鸦鹊岭名誉村长。镇长还说了一句温暖人心的话，他说，既然你已经离婚，何不光明正大把那位姐姐带来，在我锦江逍遥晚年呢？锦江欢迎你，那就处处有新房。

老村长约我重新整理六先生故事，我坚辞不受，他是老编辑，等于是我老师，怎敢？话虽这么说，想想有点惭愧，毕竟我是始作俑者，把人家引入了歧途。我没说错，是认识历史人物的歧途。我再三拜读六先生的诗集，终于搞清人家真是回乡逍遥的。他的诗写家乡风物民俗，字里行间充满享受的逍遥，迷恋的真诚，比方有首诗，他与自然景物成了一家子，诗是这样写的："磐石字友坚，甘泉字友洁。清风字友闻，明月字友亮。苍松字友直，绿竹字友节。秋桂字友芳，寒梅字友贞。闲主字友和，旧宾字友邻。"

周围的一切都有名字都有人格，那大大的天窗应是他与日月星辰对话的地方吧？

老村长也反复读过，跟我感受差不多。不过，他没有再提合作整理一事，他自己悄悄干起来，不，他是跟那位绯闻女友携手，人家才是真正的作家呢。现在他俩常住鸦鹊岭，锦江好几个古村都给老村长两口子发了金钥匙。

我打算最近去听听新版的六先生故事，能约吗？要是去，记得多准备几片湿巾哟！

号丧

口述人：

宁可可，女，出生于 1949 年 4 月，锦江镇宁湾村人，乃著名画家宁湾石之女，毕业于省文艺学校，学历中专，"文革"中作为县工农兵文艺站干部下放在锦江人民公社，继承父亲遗愿，她在当地培养了一批农民文艺骨干。拨乱反正后，任县文化馆馆长，后调任省舞蹈家协会任副秘书长，2009 年退休，不曾婚嫁，现与养女陈某某相依为命。出版研究民间艺术和民俗的专著多部，包括《望湖民俗考》《锦江傩事》等，获省部级创作奖项多次，被评为省"文化名家"，享受国务院特殊津贴。

采录环境：

距锦江镇五里远的原五里亭农场旧址。该农场于二十世纪八十年代初被撤，宿舍楼、仓库等建筑早已废弃、坍塌，一地瓦砾间长着高高矮矮的野草，屋基脚仍清晰可辨。农场周围的丘陵山包上杉树成林，已有碗口粗，也许因为四周不见豁口，不见来路，且林木蓊郁，感觉此地阴气甚重。

宁可可：

哦，见到你挺开心的。同住一个大院，本来在家里聊也可以。不过，田野调查嘛，应该到田野上来，紧贴地气。

《望湖民俗考》里，专门有一节介绍号丧。死人的事是经常发生的，号丧是面对死亡的悲情宣泄，表现为多种方式，我大略概括了十种：貌似要劝活死人的启发式，以为能延缓生命的泣诉式，借机来蒙蔽活人的表演式，拿死人当亲人的唠叨式，拿亡友当密友的聊天式，慷慨以美好引诱之的愿景式，耐心用体贴关怀之的抱怨式，不惜拿愤怒来激将的诅咒式，还有极尽嘲讽之能事的讥嘲式，不惜破罐子破摔的威胁式。每种形式需要扮演不同角色，呈现不同语气，因而各有特点和回味。当然，它们往往也会杂糅在一起。可惜死者已矣，哭不醒叫不醒吵不醒劝不醒哄不醒骂也不醒，哪怕你哭天抢地寻死觅活人家就是不醒！

以前我曾接受过你的访谈，今天请你陪我到这里来一趟，很疑惑吧？四面青山，一片废墟，过去这里红壤丘陵没有杉树林，种了些花生豆子，感觉开阔一些，明亮一些，不像现在。农场有一栋砖木结构的两层宿舍楼，包括我住了八户人家。从前这里叫五里亭农场，归锦江人民公社直管，这么说吧，是公社食堂的米缸和菜篮。当时，我作为县工农兵文艺站干部下放锦江公社，先是安排在五里亭农场，农场人太少，领导觉得文化站的该去后生多的生产队种文化，而不是光种水稻，不久后转去庙前大队。你不是想听号丧的故事吗？这两天微信有个视频传疯了，围观跳楼作人生谢幕的那个，害得我夜夜做噩梦，我猛地想起五里亭。

屋基还看得分明，也算身临其境了。你看啊，进大门左手第一间住着菊花姆姆，她隔壁也就是左手第二间住的是农场主任，我住在主任楼上，其他六户壮劳力家庭都是上下各一间，必须一提的是，李菊花儿子一家也在农场，确切地说，她老人家跟儿子过，而儿子的住房在最右边。楼房左右两边另搭有厨房，两边厨房各有各家的灶各烧各家的柴。左边厨房的灶台多于右边，因为宿舍左边住有三户单身，我和另一位，主任，菊花姆姆。瞎眼老人居然自己做饭！

先说李菊花。过了七十三，直奔八十四，七十三八十四，阎王不请自己去。

做饭的时候，我耳边一直充斥这样的喃喃自语。我很震惊，育有两女一子的瞎眼姆姆，居然得自己做饭，而且，她摸摸索索竟能完全自理生活，做饭，烧水，漱洗，缝补。我想她应该有微弱的视力，要不怎么能自理？怎么能觉察别人嫌恶的目光呢？我想她也可能完全看不见，整天生活在无边黑暗中，要不她身上、她屋里怎会臭气熏天？我亲眼看见趁着天没大亮，她扶墙慢慢挪出后门将痰盂倾倒在自家窗下的明沟里。尤其是，她的臭脾气注定跟阴暗的生活和心理有关。

再说主任。他姓谭，高个子，光头，能反光的那种，冷天则日夜扣着一顶蓝布棉帽，他眉毛浓黑，戴上盔甲很像某个门神，人送外号鬼见愁，当然只敢背地叫，原来是谭坊生产一队的队长。谭坊是大窠巢，一个生产队的壮劳力就有上百号人，听说他统治那个生产队时间长达八年之久，上工不用敲钟，就听他吼两声，第三声到的晚上记工扣半分，当场表示不服的加扣一分，背后泄愤的加扣三分。人人怕他也敬他，因为他对老婆儿子更加心狠手辣，女人半劳力，全勤才六分，每年老婆都有几天等于是义务劳动，迟到加当场不服加背后泄愤再加上回家藐视领导，扣个精光。得罪人是免不了的，“四清”运动中他本来清爽，大概被清查之类的事情折腾烦了，怪话连篇，有群众反映上去，他赶紧叫做石匠的儿子刻青石碑立在谭坊山上，阴刻“四清”二字，以纪念伟大的四清运动，见鬼吧，跳河跳井，吊颈喝药，哪里死不得，邻近大队有个“四不清”干部偏偏一头撞死在谭坊碑下，好像存心找个垫背的。那好，死人帽子别浪费，给谭某戴上。我在农场听过他说怪话，思想政治不清还尖刻，当时推广矮秆密植，他说照强行规定的株距行距我这颗脑壳当得一分田啦！谭坊百分之九十五以上最广大的贫下中农社员为他打抱不平，又是上访又是联名信，还写血书，正好农场缺头，公社塞他过来，似乎是委以重任。其实，坑他救他都是那块碑，上面有大领导对碑大加赞赏，因此四清碑至今巍然耸立，成了文物。

给他戴帽的是哪个？社长姆姆，我父母的学生。四清中社长“四不清”，她副社长上了位。关于她，相信你做田野调查处处有她影子，我不评价，必须涉及她时尽量客观陈述。下面涉及了，我绕不去。我跟她同吃同住，靠边站的社长姆姆虎死不倒威，安排不了自己命运居然能安排我。当然，她是好心，照顾我以告慰湾石老师夫妇。母亲走得早，她一直把我当女儿亲的，可不晓得为什么，我心里很排斥。到农场那个环境，她成了依靠，我年轻胆小。

我怕幽灵样的李菊花，也怕门神样的谭主任。对社长姆姆，谭主任恐怕是瘟神吧？造反派正是企图利用瘟神来整治走资派。不过，据我几个月的观察，谭主任懒得搭理她，她呢，也不卑不亢，有时碰面想笑笑，见人板着脸，社长姆姆赶紧收敛笑意，和别的女劳力一样出工就是。倒也相安无事。

谭主任好像不喜欢和女人说话，一共跟我说过三句话。第一句，你来啦，欢迎。第二句，你们年轻人朝气蓬勃，毛主席说的，蓬勃一点嘛。他大概指我跟社长姆姆同屋住同灶住还同劳动，整天没个动静。第三句，好好好，走得好！心思我懂，是为我好，就是一副凶相，让人不敢接近。可对菊花姆姆，他变了个人，好像成了她的崽。谭主任坚决不肯到别人家里搭伙，我猜想，也许是为了顺便照顾照顾老人，或者挤个时间陪她聊聊天。他会帮她添把柴、压压火，帮她把热水端进房间去。他俩边做饭边聊家常的时候，我总是躲，我怕那一把把鼻涕眼泪甩进我锅里碗里，更怕听到她恶狠狠的诅咒，对死鬼，对儿女，尤其是对儿媳，以及所有男人。她的诅咒和切菜刀在一起，和火钳在一起，和呛人的浓烟在一起，是不是很可怕？当然，她诅咒所有男人势必要剔除谭主任，她说谭主任是玉皇大帝见她瞎子可怜才派来的菩萨。

社长姆姆原先就认识李菊花。来到五里亭，她屡屡想抢下谭主任帮李菊花做的活，谭主任只是一个不屑的手势，意思很明白：靠边站。李菊花对社长姆姆的热情也冷漠得很，不让人沾一下，而且，我隐约觉得诅咒对象里似乎有她。

还要说说菊花姆姆的儿子宝生和儿媳银花的。简单点，我就说一个细节。谭主任经常怒骂这对公婆虐待老人，以至于宝生见谭主任就站住低头、满脸堆笑地等待挨骂，一副死猪不怕开水烫的样子，而银花则是赶紧绕着走，像一条被打怕的狗。还有，她家总要挨到半夜吃晚饭，为的是错开大家的饭点。社长姆姆对他两公婆也恼火，可总是遭到反击：你走资派还想走呀，不怕我贫下中农再踏上一只脚呀！

回头想来，人对自己的大限是有预感的。我亲眼见证了李菊花迎接大限的三项准备。一是送谭主任一双鞋垫，我的天，八十多岁的瞎眼婆婆做的鞋垫上，线绣的纹饰很丰富呢，送他脚掌的是鹿回头，送他脚跟的是连环钱。借着灶火，我看见谭主任眼里有泪，我也有。谭主任喃喃道：长者为尊嘛，我又没做什么，我该让你搭伙的，可又怕忙起来饿到你……第二，是请谭主任买两个肉包子，她一辈子没吃过的东西，但她闻过香味，那香味在她鼻尖上飘了十多年，飘到孙女都十多岁了。李菊花说，银花是宝生用十个肉包子勾来的老婆，十多年间两口子打架无数次，最后全靠包子好合。谭主任马上骑车赶到镇上，买下当天仅剩的两个肉包，破了皮的。姆姆说比她闻过的更香。第三件事惊动了全场人。她执意要洗澡，谭主任傻了眼，当场叫了声老天爷。山里本来就冷，又遇上寒潮来袭，北方呼呼叫，那种竹篾糊泥再刷白的墙处处透风，怎么洗，在哪儿洗？过去，女人孩子几乎都是在屋里擦擦，将就着熬过冬天。可李菊花很认真地说，想坐在脚盆里好好洗个澡，她还是在热天洗的呢，现在全身痒得整夜睡不着，连自己都闻到了臭，难怪媳妇、孙女都不喜欢。

为难的谭主任喝住宝生，宝生说洗就洗呗我送两瓶开水过去。谭主任火了：你当是烫你老婆的脚爪呀！宝生嘟嘟哝哝，意思是嫌老人折他的寿。接着又拿冷空气说事，想挨到天暖再说。可寒潮一拨一拨的，还有西伯利亚强冷空气等着呢，开春还有倒春寒呢。

谭主任大吼大叫训他一通后，喝住社长姆姆分配任务，这事只能交给女人。也有点刁难她的意思，一是必须洗，二是不能冻人，三是要让人舒服。落难五里亭的社长姆姆终于开怀一笑。记得二十世纪八十年代流行的塑料膜浴罩吗，要追究起来，社长姆姆可能是它的始作俑者。千万不能冻着老人家，社长姆姆想到仓库里育秧用的塑料薄膜，就是说她拿李菊花当秧苗，要搭一座育秧大棚。

一对冤家为此齐心协力。社长姆姆当时激动得成了婆婆嘴，用回形针木夹子搭大棚时，她说可可呀到了五里亭才晓得天下男人不一样啊，可可呀当领导有时身不由己心不由己哦，可可呀不识人心当走资派不冤呢，可可呀你叔叔要是像他我何至于火大气躁，你将来找对象千万莫走眼哟。我一直随大流称呼她，忘了人家本来是我婶婶。

临时的澡堂子就设在我们那间厨房，六口灶一起烧水，先往大脚盆里倒上热水，让热气充满自制的浴罩，再让姆姆进去脱衣、沐浴。女人全上阵了，搓澡的、烧水的、递水的、递衣服的，我贡献了一块香皂。姆姆说：不得了，这是旧社会地主婆用的鬼子膏，而今托谭主任的福，我贫下中农也有鬼子膏！可那时我感觉她更像皇太后。

浴罩以晒衣服的竹叉竹篙为骨架，薄膜很长，却舍不得剪裁，只能尽薄膜的一头折折拼拼，人多且手忙脚乱，眼看将要芙蓉出水或者太后出浴，哗啦，谁碰倒了竹叉竹篙，浴罩塌了，太后和为其搓澡的两个丫鬟像被网罩住的鱼，在里面胡乱扑腾着，其中一条鱼就是社长姆姆。一直冷眼旁观的银花极夸张地尖叫起来，天塌一样。在厨房外候着的谭主任，闻声冲进去，三两下就把薄膜扯开了，抱起光溜溜的李菊花，就像抱起一个精瘦的伢崽，怕冻着她，他俯身紧贴着她，他宽阔厚实的上身比被褥更暖和，他迅速把她抱进了被窝。社长姆姆紧跟进屋服侍。

谭主任从李菊花屋里出来，正好和宝生撞了个满怀。宝生的目光怪怪的，谭主任反而心虚了，嗫嚅道姆姆当得我的娘，宝生居然冷笑一声。那声冷笑把谭主任激怒了，一把将宝生拽进屋去，大吼道：这还是你的娘啊，轻得瘦得像田里的秧鸡，就剩下几根骨头，你晓得不？你去抱抱！那些帮忙的女人堵在屋门口一起谴责宝生公婆。正是这次洗澡，让她们明白了骨瘦如柴的含义，于是才有后面动人的号丧。

当晚，社长姆姆捧着一双鞋垫流泪，哗哗的。记得我父亲过世那几天她也这样。凭着上面的纹饰，她确定李菊花是专为自己做的。那纹饰，一只有祥云环绕雀鹿蜂猴，一只是绵绵瓜瓞护卫并蒂莲花。她俩的经历有怎样的交集，当时社长姆姆只是摇头。

沐浴后的李菊花真的像太后。第二天早晨她打开屋门，把所有人都吓呆了。平时，长年不洗的头发枯槁结坨并沾有禾衣，此时蓬松黑亮，看来浴后她抹了些什么油，肯定是食用油的一种。八十多岁居然一头黑发真是叫人惊奇。感觉她一年只有两套衣服，夏天的大襟士林蓝衫和冬天的黑色棉袄，此时领口发亮的黑棉袄换成了蓝底碎花的新棉袄，兜棉袄的油渍麻花的蓝色夏布围裙被一条浅灰色洋布围裙取代，引人注目的是围裙上的绣花图案，那是莲生贵子。一双小脚也有大变化，崭新的绣花鞋上盛开的不知是菊花、牡丹还是别的什么花。

谭主任问：姆姆，这多年你是装瞎吧？李菊花居然笑了，她居然会笑，我从未见过的笑。她说：崽呀个崽，你装半日看看。谭主任又问：那你怎么能绣花？她说：绣花不用眼，眼能拿针？拿针的是手，是心。没眼是好事呢，有眼我活不到八十四。

那时我真是年少无知，听到这样的对话背脊一阵阵发凉，我以为谭主任在跟鬼魂对话。是的，此前大家都嫌恶她，就是觉得她太像游荡在黑暗里的幽灵，散发着臭味和冷笑，播撒着仇恨和诅咒。平常总像幽灵一样的老婆婆终于灵魂出窍，沐浴的第三天，菊花谢了，老人走了，她无疾而终。为什么要强调这一点呢？宝生真是个活宝，他怀疑老娘的死跟洗澡有关，不急着张罗后事，而是打电话报案，说走资派迫害贫下中农致死，谭主任夺下电话，狠狠踹了他一脚。他马上跑到县里请医生来鉴定。医生说，老人家有福啊，很安详嘛，这叫寿终正寝，嘴角还有笑意呢。

那抹不掉的笑意把宝生公婆吓得不轻，有深眍的眼窝衬托，看上去带有几分阴冷、讥嘲，两口子扑通跪在床边各拿三张纸钱从李菊花的脸上抚到脚上，接着开始号丧了。宝生道：姆妈，我个亲姆妈，你在生会为人，死后要为神，保佑崽女屋里丁财两盛开基发丫，个个长命百岁荣华富贵。姆妈，我是你个宝宝崽宝生啊，你莫笑好吧，笑得吓人家，睁眼看看你个崽几可怜哟，从小没爹，现在没娘，两个姐姐都自私，我独子变成孤儿。姆妈呀我把你带到农场来，想让你过好日子，让你日日有肉包子吃，你莫笑莫走好不？我现在就去买包子，锦江街上有三家卖包子，工农兵饭店的最好吃，肉多还带汁，咬一口溅油，不小心会烫嘴，五分钱一个。卫东饮食店也可以，它的肉馅好像放了一点糖，有点甜，也是五分钱一个，比工农兵的大。还有向阳店，肉里掺了虾仁，城里叫开洋，我还以为是羊肉，也好吃。各有各味。我一家店买一个，你说哪家好吃以后就日日买他家。姆妈千万走不得呢，你喜欢洗澡，往后想洗你就作声，我跟银花带你进城洗，拿塑料薄膜搭棚子叫育秧那不能算洗澡！

听听，这就叫愿景式。他老婆银花则是表演式。今天叫我学，我都会起鸡皮疙瘩。在此之前，我一直拿银花当弱智看，比如她对肉包子的痴迷，她躲避谭主任的样子，听了号丧，我才算认识了这个做媳妇的女人。她历数了十多年来给老人做的每件衣服每碗菜，最后唇枪一转，从寡妇门前抛出一个篾匠师傅，母子、婆媳的矛盾好像因此而生。不过，她的号丧也透露了一个重要信息，自年轻时守寡的菊花姆姆多亏有篾匠师傅的长期接济，才拉扯大三个孩子，而她的眼睛是在年近花甲想再嫁篾匠，遭到儿女强烈反对不能如愿哭瞎的。

就在这对公婆上演号丧闹剧的时候，谭主任紧急召集全场社员，当然也包括我，开了个会，叫李菊花同志治丧委员会第一次会议，他自封主任，大家都是委员。这个做法是从有线广播里听来的，中央大领导过世都有委员会治丧，李菊花同志是贫农出身，中华人民共和国成立初期是土改积极分子，合作社时期当过妇女干部，人家也见过大世面，跟专员、省长握过手呢。刚解放时，锦江是区，区委书记是南下干部北方佬，单身汉，他爹也是单身汉，他想找个后娘，李菊花要是点头就能当书记娘，太后样，可人家拗烈，偏不。谭主任说根据李菊花家的严峻现实，治丧委员会要本着丧事从简、死者为大的原则，尽弃前嫌，分工负责，迅速投入各项准备工作，让死者入土为安。是否让社长姆姆进入治丧委员会，把谭主任纠结死了。丧属死活不同意，扬言要告，哪怕告到北京中央“文革”领导小组去，监督劳动的走资派有政治权力那还得了。这威胁让鬼见愁发了愁。怪吧，社长姆姆居然充满期待，投向谭主任的目光有委屈的泪光，当官上了瘾。谭主任的决策是：列席。

后事的头绪还真不少。当务之急是棺木，这也是最棘手的问题，原则是场里出力、丧属选定并掏钱，县城倒是有棺材铺，宝生一口拒绝买现的，理由是他一辈子也挣不到棺材钱，谅两个姐姐绝不会掏钱，她们是泼出去的水，何况跟老娘几乎断了来往。那就买木材请师傅上门打吧，买的是杉木床板，谭主任用手指比了比，还算厚，虽心有不满，也只能作罢。马人叫人刷黑漆。

银花报丧去了。洗身换衣交给场里的女人办，李菊花早已把寿衣准备齐全，此时便整齐地码放在床头边，看来，她是盘算好了归西的日子。很讲究呢，有三条裤、五件衫和黑布软鞋，外加褶裙一条，还有白布袜和用来扎头的黑布皱帕，本该由女儿准备的褶裙显然是她自己做的，藕绿色的裙子上绣着鸳鸯戏水。一个浪漫的怀想。对了，我还看到一个银项圈。更加不可思议的是，披麻戴孝，她连儿孙辈该披的麻都准备好了，苎麻批成一绺绺的，儿辈披的麻上佩一块黑布，孙辈还要加上一小团红布。麻的支数和能够参加葬礼的人数完全一致，惊人吧？

谭主任执意还要请地仙，就是风水先生，他说李菊花这辈子儿孙绕膝却孤苦伶仃，有情有爱却咫尺天涯，心如明镜却眼前黢黑，必须为她的来世择一处风水宝地，不求荣华富贵、瓜瓞绵绵，但愿健康平安、和美如意。这几乎是精彩的悼词了，我惊奇他貌似知根知底的概括。宝生不肯，他说这是封建迷信，其实是舍不得掏钱。谭主任有些恼火，吼道：我做她的崽，我出钱请！请地仙倒是花不了几多钱，问题是谭主任和地仙共同看中的那块风水宝地属于邻村，人家开出的条件是每户五个肉包子，总共二百个。城里和镇街上的肉包子，的确是那时贫下中农的共同向往。

墓地从那边过去翻两座山包就是，谭主任给大家介绍过那块地的好处。半山腰上，面东，前有水库，远处有平缓无峰的案山，更远处朝山重叠，还有左青龙右白虎，地仙说葬在此处后人将平步青云。谭主任说，平步青云就算了，走在田埂上莫打跌就好。谭主任看好的是前方左边地形犹如母鸡鼓翼，右边有片樟树林，一眼就看见了连理樟、母子樟。他说左边在讲述李菊花的今生，孵大的崽子不见了；右边象征她的来世，能连理并蒂，能母子同根。

真没想到，对待这个可怜的瞎眼婆婆，鬼见愁的谭主任成了心细如发的大孝子。择定墓地后，他回谭坊一趟，让拖拉机拉来一车红石，并捎来一位瘸腿的精瘦老人，老人是被谭主任从拖拉机上扛下来，一直扛到宿舍楼前的坪地上，扛到已经刷黑的棺材边。躺在门板上的李菊花正准备入棺，跪在她身边的儿女看见这个不速之客，一起站起来，怒目而视。显然是篾匠。而篾匠眼里只有棺材旁边的门板，门板上的菊花，他的女人，比他更瘦的女人。

篾匠是从谭主任放下他的地方爬过去的，他揭掉蒙脸的白布，捧住那张蜡黄的瘦脸，喃喃道：菊花，为何装死哟？装鬼又装得不像。你是瞎子，睁眼闭眼一个样，鬼有鼓暴的眼睛，血红的，吓得人死，你没有。你在困觉，做了好梦是吧？你还会笑。老早我说你生得好看，像电影里的哪个人，可惜落在乡下，落在城里你至少当得百货公司的售货员，你就笑，笑起来更好看，像望湖戏院的演员。那时你才三十多岁，我大你三岁，你说崽女小，不肯再嫁。好，我就等。等得不甘心啊，我经常给你唱山歌：男人三十一枝花，女人三十老妈妈，牙齿一脱皮又老，画眉变成老乌鸦。你是老乌鸦呢，囚在你自家的笼里跌光了毛。你动心了，你叫我打听打听锦江一带有几个女人再嫁的，有十个你就敢做第十一个。我做篾的吃四方，这还不容易呀。我问到了，有十三个，名字都数得出，你要赖啦。没事，我死心塌地等。萝卜青菜各有所爱，每个人都有自家的心头肉，每个人也是别人家的心头肉。你做事闪到腰，隔几十路远我也腰痛。有次我得痢疾，你倒打了几天摆子，记得吧？明明晓得你我分不开，你还是下决心一刀两断。你难，我懂。我就躲远点，躲到黑暗中盯牢你。哪晓得，到后来你看不到我了，双眼瞎了。我晓得你是哭瞎的，没法子，等了二十多年，也对得起你，我老了，总要有个伴吧，陪我两年她就走了，后来你我还是有缘无分。

篾匠如痴傻一般，捧着他的菊花念念叨叨的，劝又劝不住，拽也拽不动。李菊花的两个女儿也成了婆婆，瞪着篾匠，满脸的愠怒，宝生哼哼叫着想上前制止，瞟见谭主任的脸色便缩了回去。篾匠顾自述说着，表情却是平静，没有眼泪，没有哀伤：菊花啊，从你哭瞎眼起，我就晓得你在恨我咒我，我都不好意思来见你。当真！你没再嫁，我还是娶了别人，怎么说都对你不起。是谭主任来报丧的，要不是亲眼见，我不敢相信，他是我谭坊人，几拗烈的人哟，年轻时跟爹娘为娶老婆的事闹翻，二十多年不来往，后来他爹出车祸死了，他从山脚下跪着挪到山上墓地，他的号丧害得全村人号啕大哭，反复就是一句话：爹啊到今天我才晓得人是会死的啊，死就是永远没有了，人不如草木呀，草木死掉还有干草木头，人死掉就变成一坨泥一把灰，水冲得走，风刮得掉啊！

一团浓痰憋得篾匠透不过气来，眼睛翻白，脸色发紫。谭主任扑过去，轻拍他的后背，等他吐掉那口痰，想把他扶起来，篾匠不依。篾匠继续说：菊花，你是有福之人啊，大家看得你重啊，谭主任亲自为你料理后事，不得了，社长姆姆也来捧场，你成大人物啦，光宗耀祖啊，一辈子能这么风光不枉来人世走一趟，哇不到你马上会笑醒来。谭主任把鞋垫带给我，你瞎子还能绣花呀，老早年轻你送的我都压在樟木箱底下，又是莲生贵子，又是麒麟送子，当时我说要攒劲赚钱才养得起这一大窝崽女。没想到瞎眼的你给我送钱来了，又是连环钱，又是鹿回头。鹿回头是当官的意思，对了，来世你我一定要生几个当主任的崽，像谭主任，再生一个女当社长……

篾匠再次剧烈地咳起来，谭主任趁机叫人把他架开了。李菊花的两个女一边一个，开始号起来，她俩特色鲜明，所以我能记个依稀仿佛。大女呼天抢地哭诉道：我个亲亲个娘吔，你走不得哟，你个大外孙媳妇怀了崽呢，看肚皮千真万确是个崽，我屋里马上四世同堂啦，老二是你外孙女，最亲婆婆，她在镇上食品站上班，刚分到屋，有厨房卫生间，她说等简单装修好就把婆婆接去住。老三后生子也蛮懂事，去年推荐他去师范学院他不去，今年去了医学院，他做梦都想当医生，理想就是治好你的眼睛。我没来送你，砖瓦厂今天开窑，我两公婆还想攒点钱明年开春带你去上海南昌看眼睛呢，医生都问到了，一个叫马主任一个叫陈大夫。

锦江方言称，望到天打乱哇，指的就是这样的大言不惭。小女泼辣，她虽带着哭腔，号出来的语言却是辛辣：娘哎，姆妈哎，你蹬腿闭眼我还是要说，爹死得早，你带大我们当真不易，我们做崽女的也确实感谢篾匠的相帮，不过，有好几年，图做活方便，他住我屋里，吃我屋里，穿我屋里，你付出还不多呀，连村坊都指指戳戳。这是精神损失，照理他就该精神赔偿，赔几多都不过分！娘，你一时糊涂崽女理解，再三跟你讲道理你就是不听，那我们就忍无可忍啦。莫怪我两姐妹都不愿来看你，怕你！屋里臭，身上臭，嘴里更臭！你骂我不是你生的是婊子屙的，我一辈子记得！你再骂呀，今天我是来挨骂的，想骂趁土没埋住嘴赶紧骂，莫到地下骂，被阎王听到拿我问罪那倒没什么，我转眼也六十啦，离死不远啦，就是莫害我的崽女孙辈。娘你骂呀，篾匠来了，人家来世要跟你生当主任的崽当社长的女呢，裙子布是他买的吧，银项圈是他送的吧？这辈子你不敢戴，来世你给那些当主任当社长的崽女做娘，你就放胆鸳鸯戏水。

这么一数落，人们听出了弦外之音，她对谭主任带来篾匠师傅不满呢。连宝生也不自在了，瞄瞄远处的谭主任，赶紧扯开姐姐，吆喝入棺。这时所有人眼睛发直了，社长姆姆猛然扑倒在黑乎乎的棺材边，拍打着棺材号起来：菊花大姐吔菊花姆姆吔我个亲娘吔，你走不得哟，老早你我做妇女工作，一个在区里一个在高级社，你当得我娘呢，晓得接生婆拿肚脐当带把的，我才捡到一条命，你边揉眼边感叹，哇得几好哟，你哇女人命苦女人更要自强，我怎么没听懂呀，当真傻。老早北方佬几敬重你呀，每次上门饼干桃酥白砂糖，他不好开口，我充好佬。我蛮傻，傻在只看到你身边的苦，没见你心里的硬！傻在见你不肯点头，问你心里有人是吧。受到奇耻大辱样，你恼火啦你骂我想拍马屁找别个去！我嫌你不识好人心，从此懒得搭你。得你鞋垫，我蛮高兴，想找机会跟你哇事，你走不得呢。见篾匠师傅，我更有话哇了，你当真心里有人！怕我一根筋你躲我是不？其实这多年我蛮牵挂你，听生产队反映，见你屋里牛栏样，我把宝生搞到农场来，是让你有个住处，让宝生有个去处，生产队人多容得下懒汉赖子，挨到而今怕是会被当坏分子斗死。

哪个懒汉赖子！宝生吼叫着上来踢人，我挡住他挨了一脚，气得我张嘴就咬，可惜有棉袄，咬人不如挠痒。关键时刻还得门神出场。谭主任拦腰抱起来的社长姆姆，满脸是泪，双手是黑。黑漆没干透嘛。

如果在村上，丧礼程序相当繁复，这里是几家杂姓混居的农场，何况有丧事从简的共识，因此免除了中间的诸多环节和细节，老人家在一阵鞭炮声中入棺，被揭去蒙面的白巾后，木匠师傅招呼着，由宝生作为长子钉子孙钉，就是棺材钉，本来该由本族长者钉的，无奈老人家的婆家娘家都没有来人。棺材上贴着白纸写的“寿比彭祖”，那时我不知道彭祖何许人也，问每个贫下中农，都摇头，这幅字是谭主任叫谭坊村的土秀才写的。环视一周，尽是那个未露面的土秀才的墨迹，花圈、挽幛上的挽联，供案上的“奠”字和灵牌，还有宿舍楼大门两侧的挽联，门扇上的“奠”字。

有多少花圈？农场每家一个，儿女家的，社长姆姆那个最大，还有谭坊村送来的十多个，谭坊村好像成了治丧委员会的一个办事机构，连八仙都是谭主任从村里叫的。姆姆地下有知，不知该对这风风光光的场面作何感想。确定八仙的时候，宝生担心索要的包子太多，人家才不要呢。见到谭坊人送的挽幛不是毯子就是被面，宝生吓得要死，不厌其烦地问谭主任该怎么回礼，谭主任讥嘲道一桌酒一人一块手捏子出得起吗，出不起给场里打借条！谭坊村真拿素昧平生的瞎眼婆婆当谭主任的娘了，都以为谭主任出门在外亏得这位老人照顾呢，以至于把谭主任夸成了知恩图报的典范。

该出殡了。前有铁铳、鞭炮引灵，孝子宝生端着灵牌，八仙抬棺居中，儿媳、女儿及其子女拥棺而行，后面是花圈、挽幛的队伍，因为人手不足，场里十来岁的孩子也用上了，开始大人们并不乐意，谭主任说如此高寿乡下少有，有寿星高照，寒潮马上就走了，哪年得过这样的大晴天？这是沾福气的喜事！于是乎，李菊花有了一支长长的送葬队伍。平时常被她呵斥、怕见她的孩子，一个个都成了衣扣上挂有苎麻丝的孝孙。

我也是。对母亲去世，一点记忆也没有，那时我还是婴儿。父亲走时，我是蒙的，作为独女，只能随人摆弄。李菊花死了，开始我是旁观者、办事员，随着丧礼逐步形成氛围，尤其是走进这支奇特的送葬队伍，虽胆小却不太流泪的我，泪腺忽然发育起来，泪眼蒙蒙，反而是社长姆姆一路扶着我。因为庄重的仪式，让我强烈地感觉到安眠在漆黑棺木里的长者，她眼瞎了，却阅尽世事沧桑。她骨瘦如柴，却饱尝人间百味。她性格古怪，独立自理，只为不屈不挠地爱着。这样的人，本来就应该是生活的尊者啊！难怪谭主任如此厚待这个看似卑贱的生命。

高一脚低一脚翻着山，情不自禁地，我在心里为她号丧。

姆姆，对不起，我怕你又嫌你，你嘴里总是恨恨地诅咒别人，叽里咕噜听不清，让每个人听了都不自在。我也是。下楼走你门前去厨房，你经常猛地开门，每次都吓死我啦，我觉得你是幽灵。我猜，你是嫌厨房多了一口人呢，还是讨厌你与谭主任之间多了耳朵多了嘴。你的嫉妒心真奇怪！不过，这几日为你治丧，我好感动。感动在于我忽然体悟到，生命并没有滥贱与高贵之别！你用在黑暗中为自己做的寿衣、为他人做的鞋垫、为来世织的绣品，证明了你的尊严和高贵。洗澡的时候，我负责从外往里递衣服，虽然朦朦胧胧，我还是看清了骨瘦如柴的你。小学语文课本有句话形容旧社会的穷人叫“三根筋挑起一个头”，恐怕你没有三根吧？我觉得你颇像破壳而出的雏鸟，不如谭主任说的秧鸡。宝生把你抱到门板上以便抬出来，再把你抱进棺材，表情很夸张，好像很吃力，那是装的。你看，八仙抬着你爬山健步如飞呢，杉木棺材本来就轻，八仙故意问宝生里面真的有人吗？姆姆，我记得上个月谭主任骂宝生两公婆不孝，你为他俩说情，说他俩刚刚为你买来了寿材，你乐得眉开眼笑。你想去摸摸寿材，宝生说搬到楼上他卧室里了，怕楼下潮湿。告诉你，这副寿材是在谭主任监督下打的，比买的要好得多，你就安息吧。

那天李菊花安息在樟树坳。在面东的半山坡上，地仙环视周围，久久地瞄着前方，不断调整位置，最后在地上插了根树枝，请谭主任也瞄了瞄，得到地仙许可后，谭主任把树枝稍稍作了挪动。就是说，她老人家从此背靠青山，面对着最吉祥的方向，脚下有波光粼粼，远处有来龙悠悠，那个方向把一切美好尽收眼底，包括锦江镇的肉包子。

李菊花掐算到一个暖洋洋的冬日，有一群看不见的鸟在高空欢叫不停。随着鞭炮炸响，孝子动土了。接着，由八仙挖穴。这时，篾匠师傅居然也赶来了，瘸腿而年迈的他是让一个壮实的后生背来的。谭主任连忙迎上去，篾匠说不送她心里过意不去，我爬也要爬来，这个知青后生从五里亭路过，见我可怜相，把我背来啦。那知青挺懂礼数，放下篾匠后，冲着棺材拜了三拜，敬了三支香才走。

宝生发现墓地不远处马尾松林里有一堆红石，哇哇地叫起来。他的意思是嫌别人自作主张买石头，这种未经他许可的开支，他不管，再说，葬的是他母亲，是否圈坟该由他决定。这些话当然都是冲谭主任去的，谭主任板起个脸，眼一瞪，就把宝生吓得缩起来。谭主任并不急于解释，我依稀听到他不时地嘟哝，说要是请来吹打班子就好啦，可惜没有唢呐和小锣。虽说那年头扫除了封建迷信，但禁而不绝，乡间丧事偶有唢呐相伴。

谭主任却视之为重大疏忽，竟手攥三支香在棺材边跪下了：姆姆，当真对你不起！怎么会忘记唢呐？这两日事情头绪多，现在等着八仙挖窟安静下来，静得人心慌，一想，没有唢呐！你也心慌吧？莫怕哦，那边有你好多熟人，有你老公呢，等你几十年了，你恐怕不认识他了吧，你跟我说过，他是得肺病走的，而今肺病小毛病，我谭坊大队的赤脚医生用中草药就看得好，我叫人把那个秘方放在你手边了。你叫他要好好保佑篾匠师傅，把银颈圈的故事讲给他听。还有，我爹娘也在下面，马上到冬至，冬至那天我上山会叫爹娘照顾你，你是新去的，多有几个伴就不孤独了，你孤独了大半辈子。听说下面很黑，这倒好，你早就适应了黑，到了下面数你眼睛最光。嘿嘿。

这里要打括号，注明是谭主任的笑声，说到这里，他真的笑了。当时我挺惊讶的。可能真怕李菊花等得心慌，谭主任话长着呢，几乎说到了平日里他俩拉家常提及的每个人。最让我难忘的是关于红石用处的那段话，他说：姆姆，看到那边的红石吗，给你做栋不透风的屋，我两个崽都是石匠，他们马上赶到。你嫌农场宿舍冷，当真冷，竹篱笆的墙，糊墙的泥灰脱落，到处灌风。你被褥常年不晒，铁一样梆硬，还不冷呀。我叫她们帮你洗晒，你硬是不肯，你怕别人笑话你脏。你过的什么日子？你困在跳蚤身上，虱子困在你身上。而今好啦，你一身新一身干净，再给你砌一栋新屋。你的崽蛮孝顺，打了杉木寿材，你寿比彭祖呢，晓得你怕冷，我还是担心打得匆忙来不及油灰压缝，天长日久会透风，我见过有些讲究的墓，棺外面砌石板，我谭坊出红石，我屋里出石匠，墓穴挖大点，给你砌栋屋，顶砌成拱形，新屋又牢固又好看，我治丧委员会第二次开会做了决定。还有，清明给你立碑，碑要气派，碑文要讲究，立碑的是孝子孝孙、儿媳女儿和女婿，他们要懂得治丧委员会的意图，是要让你到下面别像在人世这样，再说，这座墓立在这里，儿女也有面子呀！

我觉得，后面这番话是说给崽女听的，为的是堵住他们的嘴。谭主任还是嫌床板打的棺材太小太薄，执意要在棺之外砌以石椁。墓穴挖成时，谭主任的两个儿子带着徒弟带着水泥和托架赶到，一座卷拱的石椁迅速完成，它其实没怎么用水泥，一块块咬合的红石揳点石片就成。

接着该进金了，就是落葬。灵柩需从石椁靠山壁的那头移进去的，死者脚在墓碑那头。进金时，地仙先杀鸡，将鸡血淋在墓穴周围，并点燃一沓纸钱掷入椁内，听说是祭山神土地，叫暖土。进金是伴随鞭炮声进行的，灵柩移入石椁后，将入口那头砌上几块红石，姆姆好比住进了宫殿。篾匠师傅就是这么说的。眼见石椁即将完全封闭，他号啕起来：菊花啊今生再也见不到你啦！这多年我攒了蛮多东西想送你呢，今早赶得急，没想起。那些都是你平日说到的东西，地主屋里的鬼子膏，城里妇女用的围巾手捏子，还有一双翻毛皮鞋，买到屋里才想起你是小脚，那双鞋样子尖尖的，我搞错啦。没事，等我带到阴间送你，你来世穿得！菊花，到下面你人生地不熟，千万莫乱走，下面比得中秋节灯会，走失了，就怕我去找不到你，晓得不？记到来，千万莫走失啊！

全场一片号啕。青光白日的，那样的号啕显得有点奇怪，有点突兀。号啕声里，当然也融入了姆姆儿女孙辈的哭喊呼叫，两个女儿甚至哭天抢地趴在石椁上。

地仙用铁锹铲起泥土，一一倒在孝子孝孙兜起的上衣左襟上，他嘴里念着吉语：一兜长命百岁，两兜丁财千万，三兜发富发贵。这是掩土圆坟。待姆姆子孙掩土之后，在场所有人或手抓或用工具，象征性地参与掩土，接下去，还是八仙的工作。身临其境的八仙一定受到感染，他们不断地往坟上堆土，把这座坟堆得又高又大，在樟树坳的坟山上，它是显赫门第。下山时，谭主任说，墓碑要足够大才能配得上这座坟。

于是乎，墓碑一事紧接着摆上了治丧委员会的议程。我后来在单位上当过好几次这类委员，并不开会，形式而已。说一不二的谭主任偏偏要过会。我刚才说他与我的交流只有三句话，错啦，说到墓碑我想起来了，执行第三次会议决议的任务差点落在我身上，我不是文化站干部吗？要我找个老师拟段碑文。列席会议的社长姆姆自告奋勇，她一个电话，第二天来的是省博物馆馆长，老天爷，省博呀！下放劳动的馆长听完简要介绍，笑得很谦虚，说得挺感人：碑文并不容易写呢，社长姆姆会有较高的要求，为什么？锦江有好几处古墓群，人家见得多！这样吧，搞坛谷烧来，看中午能不能唤醒灵感。

门神样的谭主任居然酒精过敏！社长姆姆豪爽得很，坐在坪地上跟他对饮起来，几大碗谷烧下去，灵感顿时涌了出来。那段碑文写的是——

夫人李氏，讳菊花。吾县锦江旧族也，考文道，妣何氏，生夫人于1893年，夫人自幼性聪慧，精女红，为父母所钟爱。既笄，闻周公广昌贤，乃以归之。育有一子：宝生；二女：宝蓝、宝红。其夫忽遘疾，瞑目而逝，夫人时年二十有八，哀毁殊甚，誓不再天。

铭曰：

相夫成家，教子克立，节义自持，盟坚金石。其实既成，以有辉光；我为铭诗，以永其藏。1968年12月20日孤哀子宝生泣血立石。

谭主任端碗意思意思，只舔了几下，过敏了，他的过敏反应是兴奋得夸张，一把甩掉冬天不离脑壳的棉帽，露出这个季节不易欣赏的光头，真的会反光呢。他像在生产队喊工那样嗷嗷叫喊宝生。宝生端着饭碗慌慌跑到他面前，疑疑惑惑的。谭主任说：这段碑文念给你听听，没意见，就这么定。我下午叫人去选碑石，买下来找师傅刻，原先我还想清明立碑，不，能赶冬至就冬至。入土为安嘛，要让老人家没有一点牵挂。可惜忘记了唢呐。

馆长亲自念的。听完，宝生不知是该摇头呢还是该点头，只是盯着谭主任看眼色。谭主任有点冒火：宝生你当真是活宝！你是崽！碑文要得要不得，你作声！把饭碗丢掉，你饿死鬼呀，这么严肃的事还端个碗！

宝生听不懂。宝生嗫嗫嚅嚅：凡是开过会的事，我都同意。我全家对你谭主任对委员会感恩不尽，当真，我这个不孝崽愧对老娘，你看我眼泡都哭出来了，我和银花哭了一夜。银花到现在还困在床上起不来呢。

谭主任沉默了，却审视着他的眼泡。好一阵子才说：当真认识到自己的不孝啦？那好，把你屋里哄老人家的东西拖出来吧！

宝生一愣，装聋作哑道：哄老娘的东西？我哪里敢哄老娘呀！

谭主任嘿嘿冷笑：想让我这么大的干部亲自去拖？

宝生的饭碗落在地上，滚了几个圈才打住，那是粗瓷大碗，要砸碎并不容易。宝生愣过后眼一瞄，又要欺负走资派，叫道：列席人员会上开不得口的，第三次会议决议不作数！满面鲜红的社长姆姆挠挠后背站起，吼一声：好，不开口！啪，一个大巴掌。那是油渍麻花的一巴掌。把我和谭主任也打蒙了，唯有馆长哈哈大笑。宝生狗一样溜进宿舍楼，不一会儿，拖来一捆东西。卖个关子，你猜什么东西？使劲猜！

被褥，不对！老人遗物，不对！提示一下，应属丧葬用品。再猜。猜不出？谅你也猜不出！篾席！而且是从那位篾匠师傅手里买下的篾席！可悲可恨呀！晓得用来干什么吧？困觉？你太缺乏想象力，你太不懂历史！中小学生的课本里都有，旧社会穷人草席裹尸。新社会不同，到了宝生这号人手上，有进步，篾席裹尸。对了！李菊花的儿女为她准备的寿材竟是篾席，而且是从养育过他们姐弟的男人手上买来的篾席！现在明白谭主任如此厚待菊花姆姆的用意了吧？

谭主任用一把禾秆把篾席引着了，再浇上坛子里的谷烧，忽的一声，火苗一蹿多高，大家吓了一跳。从前的酒好，能助力火苗，让它燃成熊熊大火。我听见火堆边的声音。谭老哥当年我想让你哇事影响面小一点才这样对不起哦！唉，到什么山上唱什么歌，你是社长姆姆嘛！他说。我听得眼睛发潮。

记住，不要轻率地否定仪式。仪式就是文化，仪式有时就是内容，甚至就是精神！好啦，我不敢再说下去，我懂得太晚，虽然那时我正值豆蔻年华，可我父母已经远离我而去……我没有机会好好孝敬他们……

没想到，一个老婆婆也有这么多故事。要是当初她对北方佬点头呢？

种　子

口述人：

陈之初，男，出生于1945年10月，锦江镇庙前村人，1963年参加工作，历任望湖县锦河戏剧团保管员、办事员，办公室副主任、主任，剧团副团长、团长，县文化局副局长、局长，第三至第五届县政协委员、常委。2006年退休后，牵头成立望湖锦河戏研究会，亲任会长，并兼内刊《锦河戏研究》主编。

采录环境：

望湖县城滨江花园八栋二单元一楼陈之初家。院门边挂有“望湖锦河戏研究会”金色招牌，推门进去，是个小花园，主人喜爱兰花，尽是各种的兰，开花和不开花的。屋门口的小阳台堆满了刚运到的书，牛皮纸包装，摞成了墙。客厅里也有一捆捆的新书垒砌如墙，茶几和沙发上则散乱地摆放着拆去包装的新书，书名《望湖锦河戏》，为大十六开精装本，厚达七百多页，编著者陶又新。

陈之初：

人生最可悲的事，大概莫过于此了——倾尽毕生心血写的一本书，好不容易得以出版，新书未及到手，作者却驾鹤西去，时差仅三分钟！哪里赶不回这三分钟啊！换一家物流公司就不是这个结果！别寄他家和我家，直接寄医院给他就不是这个结果！物流小哥换条路线走就不是这个结果！也怪我啊，收到书连忙往医院送，让我儿子开车闯一次红灯又算什么？抄小路走后门又算什么？血压虽高点，跑上楼就会死呀，干吗等电梯？还有，为拆封我找剪刀浪费几分钟，包装是牛皮纸又不是牛皮，完全可以撕开的啊，要不，咬开！悔死我啦！当真对不起陶兄！

我抱着书冲进病房，里面正是手忙脚乱，抢救了两三分钟后，医生宣布死亡时间为十五点零三分，三分钟前他还跟老婆说笑呢，黑色的三分钟，可恨的三分钟！一把推开医生，我大声叫喊：又新兄，大著到啦！你看看，大气，漂亮，经典，有厚度！像一块砖呢。他居然无动于衷，视而不见，听而不闻，那副冷漠表情，好像这本书跟他毫无关系，好像正在发生和将要发生的事情跟他毫无关系。他嘴角边竟泛起一丝笑意，耐人寻味的笑意。当时我心里一惊。他怀疑这本书的真实性吗，就像他屡次怀疑出版经费的真实性一样，就像他在住院期间再三怀疑我向他展示的校样那样？我捉住他手，手还是软的热的，让他抚摸鼓突的书名，抚摸他的姓名。

然而，陶又新已经没有知觉。油墨的香味，封面的别致，前言的热情，后记的恳切，内中文字所穿越的凄风苦雨和所记载的二百多年的管弦丝竹，都唤不醒他。他的确死了。我坐在他身旁边抹泪边感慨：这是锦河戏的种子啊，播撒开来就是万紫千红，你怎能撒手不管？二百多年前，锦河戏传入望湖，深得老百姓喜欢，一时间手抄戏本家藏户有，老百姓称它为“种子”，道德教化的种子，识字开蒙的种子，辟邪纳吉的种子，当然，也是传艺学戏的种子。这部书里就收录了几个民间当作种子的经典剧目呢。其实，我更想骂他：陶又新，你搞什么鬼！这十多年你抢救几多次，一次次不是有惊无险，就是化险为夷，明明再三告诉你新书今天会到，怎么也要耐心等等啊！三分钟都扛不住拖不了，你蛮娇气！要不，你跟哪个抢棺材？

我俩抢过棺材，二十岁边上。剧团为下乡演出划了五条路线，建立了三百六十多个固定演出点，沿线顺点一周就是上千里路，要翻上百个山头。我打杂，他在乐队。有次他约我一道去走访民间老艺人，说白了，想把人家的种子谋到手。天断黑时我俩迷路又碰上打风暴，只好躲到山中古庙过夜，手电筒一照，破烂的戏台上存有一口红漆棺材，几高级的床哟，我俩都往里面扑，一口棺材哪里困得两个大男人？那就看谁强势啦。扛颈鬼瘦的他无勇有谋，被我拎出来后，他一本正经地说：晓得古庙供奉何方神圣么？忠臣庙，祀朱元璋鄱阳湖大战死难的忠义之士，你陈友谅裔孙敢在此放肆呀？一句话吓得我背脊发凉，还敢困棺材？我连庙里都不敢待，蜷在门房过了一夜。

嘿，从此陶又新恋上棺材啦。老早乡下作兴提前为老人准备寿材，漆上红漆或白茬的，一般存放在祠堂里。我们演出也常在祠堂台上，晚上便在台上打地铺，男男女女的，把稻草一摊，就是通铺。后台墙边总有一溜寿材，被柴草遮盖着。陶又新老是悄悄地去揭人家的寿材，有时索性就困在里面。团里称他“陶癫子”，老古话说演戏的癫子、看戏的呆子，叫癫子几乎是褒扬，于是又改口叫他“陶神经”。陶神经神经兮兮，索性编了一段顺口溜：能隔音来不着凉，棺材赛过花板床，躺在其中跑不掉，官运财运没法挡，一夜好梦到天光。

什么一夜好梦到天光！他睡眠相当糟糕，怕吵怕呼噜，年纪轻轻的，就得了神经衰弱。那是想事太多！想为望湖锦河戏正名并立传！锦河戏是以望湖县为中心、流行在锦江流域的地方戏，原先各地都叫大戏，演大戏，陶又新和当年剧团几位骨干经过广泛调查，提出应作为独立的地方剧种冠名为望湖锦河戏，其特点是唱皮黄腔，唱腔质朴又高亢，旦腔跟小生腔结合本音和仄音演唱，尾音在本韵基础上用仄韵上翻八度，这样子，噫——

我在乡下抄得一副戏台联说得好：“戏中有戏戏外有戏观戏者曾经演戏，台上登台台下登台搭台者也会拆台。”为锦河戏正名的搭台者谁？孙胖子。孙胖子两公婆都是南下工作团的文艺战士，老婆那时就是省歌的副团长，厉害吧，官比孙胖子大，孙胖子本来官也蛮大，是省京副团长，听说是抢一台新编历史剧的风头，把领导得罪了，找茬给了他一个处分，下放望湖剧团当书记。孙胖子毕竟懂行，再加上与省文艺界的关系，为锦河戏正名事虽几经波折，最后还是胜券在握。拆台者谁？还是孙胖子。为何拆台？几次研讨会上，省里专家对陶又新等人的调查研究充分肯定，甚至有人极言道陶又新历尽艰辛收藏种子研究种子，自己成了传承锦河戏的优良种子，有他才有今天和明天的锦河戏，气得孙胖子当场拍桌子，宣布停止调研工作，尊重历史仍叫望湖大戏，决不能让居心叵测的人随便下种就把它窃为己有。

锦河戏研究会成立前后，我几次去省里拜见孙胖子，一是请他当研究会顾问，二是希望他出面搞点钱用于办刊和出书，他虽离休，但为地方戏研究筹集经费却有渠道和关系。孙胖子哈哈大笑，说想让锦河戏开枝散叶，可种子愿意吗？这意思还不明白呀！其实，当年也就是差一句客气话，说声感谢领导重视会死人呀？不说，才会死人呢！陶又新当时非但没有表扬领导，哪怕敷衍一下，反而连篇累牍在各级报纸上发表关于锦河戏的调研文章，俨然成了锦河戏的代言人。也是合该有事，他不是热爱棺材吗？他居然在棺材里把地主女儿困了！说有神经衰弱，抱着人家姑娘倒是睡得香，十多只明晃晃的手电筒也射不醒他。孙胖子说：难怪一夜好梦到天光啊！

陶又新说：你们抓我现行不假，可棺材那么窄，两人又棉袄棉裤的，英雄无用武之地呀！那女孩子说：我都想困棺材了还有心做坏事啊？地主说：我个女才十六，还没做大人呢，她懂什么？她是挨了同学的骂想寻死，人家陶老师叫她进棺材去体验死亡。狡辩归狡辩，陶又新跟庙前村地主陈世元打得火热却是真的。为何？陈世元祖父长期养着一个大戏班，直到在父亲手上家道中落，迫于无奈才解散。自幼耳濡目染，陈世元不仅好戏，还与艺人们交往甚密，尤其祖父养的那个戏班当年荟萃锦河戏的多位名角，他们的后人有的也成了名师，有的则保存着大量历史资料，包括年代久远的种子。陈世元是陶又新调查锦河戏的近水楼台呢。

批判的结果最终要落实为组织处理，出乎意料的是剧团党支部的意见没往阶级斗争上扯，而是通报批评他的作风问题，并决定给予留团察看两年的处分。

这个决定在剧团并在好戏的广大群众中炸开了锅，人们为他给上级部门写信求情，出现了不同的版本，“全团干部群众”的联名信说：“陶又新同志忠于党的文艺路线，坚持二为方向，为了更好地为人民服务，他由单纯的演奏员成长为演员、编剧、导演和戏曲史研究者，他每年登台演出近两百场，还要利用一切业余时间搜集遗存在乡下的锦河戏资料，至于他和当地女同志在棺材里睡觉一事，我团十二位同志是见证人，陶又新与陈水美既不是搂在一起，也不是叠在一起，而是各睡一头，凭此完全可以排除乱搞男女关系之说，据男女双方解释，他们只是为了体验，一个要体验生活，一个想体验死亡。经过深入生活的下乡体验，近来陶又新同志创作颇丰。”庙前生产一队出具的材料写道：“尊敬的文化局领导，因县火葬场扩建并移址到我锦江镇境内，民间传说殡葬改革势在必行，棺葬将于近年取消，一律实行火葬，于是，各村老年社员惶恐不安竞相为自己准备寿材并存放于祠堂庙宇等处，客观上，这为有钻棺材怪癖的某些人创造了有利条件。兹有我队社员陈世元（地主成分）之独女陈水美，因年满十六虚岁十八却尚未发育，不堪忍受女同学歧视，轻信别人要拿男人当酵母的谎言，试图近距离接触自己心仪的男演员陶又新同志，多次遭到陶的严词拒绝，该女竟以死相逼，陶又新这才出于吓唬目的领她睡进棺材。”还有一封署名“全县广大戏迷”的申诉信居然联络了全县各地几百人签名，读来令人忍俊不禁：“有联云：戏未必真，戏何必真。太认真，不会看戏。孤男寡女的，人家喜欢拿棺材当花前月下，又何妨？碍着路线教育、文艺繁荣没有？答案是否定的。恰恰相反，县剧团驻扎庙前村才半月，爱情就像春天萌动的种子，迅速绽放出文艺的花朵，由陶又新执笔集体创作了大型现代戏《桃欢李笑》。再者，陶又新奔走四乡，采访艺人，采集种子，历时多年，乡人皆知，有多位群众亲眼看见他凭着老人提供的线索，从寿材里找出珍藏的古旧戏本。有鉴于此，据广大戏迷分析，当时庙前陈家祠堂存有寿材二十余口，很可能，那位姑娘领着陶又新在寻找种子，两人又累又乏，一不小心睡着了。听说在棺材里发现他俩时，同时也发现了几部古旧戏本，如《打登州》《包公误》等。他俩发现这么古老的种子又惊又喜，就在棺材里研读起来，终于困乏睡着也未可知。”

本来，有个留团察看到顶了，企图为陶又新正名的联名信反而火上添油给他惹了大麻烦。上面领导火了：想象力都丰富可笑可乐啊，全县戏迷一夜之间都成了大编剧，将来望湖县该上演怎样笑掉大牙的荒诞剧？再说，哪怕真是寻找种子也绝不允许任何人随地下种！

陶又新得知这三封联名信的内容暗暗叫苦，连忙去找孙胖子，表示：我没娶，她没嫁，我跟她谈恋爱，我做上门女婿，马上就嫁给她应该不算作风问题吧？孙胖子做事还是有分寸的，他说人家未满十八且是女学生，给你个作风问题该知足啦，要是深究你就惨了。尽管孙胖子暗示即便洞房花烛却为时已晚，陶又新仍然轰轰烈烈地办了一场喜酒。为什么说轰轰烈烈呢？买来半边猪几坛谷烧，那年头，够豪华！喜宴放在祠堂里，陈世元故意在祠堂大门前支起大锅炖肉，为何？演员住在里面，孙胖子下令所有人必须划清界限不得出席，党团员要身先士卒，哪怕酒好肉香。陈世元捧着请帖去请孙胖子不成，挨到天断黑，陶又新便领着新娘子去请，孙胖子说：肉怎么可以炖得这么香，可能是三月不知肉味吧，陈世元这个地主虎死不倒威，居然可以唆使大队食堂今晚不开伙，我要是再不准大家赴宴，大家该吃我啦。不过，得把话说个明白，喜酒喝的是情分，跟立场无关，只怕你赔了夫人又折兵啊。话里有话呢。喜宴共摆了八桌，剧团的人占了三桌，喝得起兴，有几个演员登台演了《桃欢李笑》的折子戏。孙胖子怀揣着上级批示，死活不肯出席，不过，他对我特意端去的酒肉还是相当热情的。

拖了几天，孙胖子不得不向陶又新宣布上级批示，面对新郎官，他很是尴尬，他说，这个结果并不是我愿意看到的，事已至此，希望你正确对待，安心做上门女婿，争取让人家尽快发酵，早生贵子吧。联名信里不是有“拿男人当酵母”之说吗？竟也奇怪，婚后，一开春，陈水美身体就像桃枝柳枝迅速发起来，不多时，连肚皮也鼓突了，下的是良种呢，一对双胞胎，不是龙凤胎，是龙虎胎，两个崽，随父母姓，姓陈的叫陈出新，姓陶的叫陶更乐。

去喝添丁酒的时候，我夸赞陶又新蛮攒劲，他回答说，我是为自己正名敢不攒劲吗？除了拿老婆肚皮为自己正名外，丢了公职的上门女婿凭着在县剧团攒下的名气，得到庙前大队的特别照顾，成了庙前中学的代课老师，他索性在陈家祠堂戏台前的木柱上贴了一溜红纸，上书“望湖县锦河戏剧团”。癞蛤蟆打哈欠——口气蛮大，却是个野鸡剧团，男男女女，有十多号人，用今天的话说那都是“陶粉”，主要是自娱自乐。“文革”起来时，马上改为“毛泽东思想文艺宣传队”，接受大队革委会领导，停演传统剧目，配合形势自创自演，唱腔板式、曲牌甚至角色行当都尽量沿袭传统，有点旧瓶装新酒的意思，水平在那里，名声自然响，历任县领导都重视。县革委会一度想把这支文宣队并入县文工团，陶又新不依，他的理由冠冕堂皇，说要建设一支“江南乌兰牧骑”。

其实，陶又新的毕生心血都花在这部书上，成立剧团既有点赌气的意思，也是为了采风采访的方便。这部书看上去蛮厚，可跟他搜集整理的素材相比，简直是九牛一毛。我爬到他的彩凤阁上去看过，原始资料盛满了一口棺材，而且棺材刷的是黑漆，瘆人吧？哦，我要先交代清楚。陈世元过世，立遗嘱火葬，把早早准备的寿材省下了。陶又新在庙前中学退休后，将陶家村的祖宅修缮一新，携妻回老家居住，图的是楼上可以做工作室，这就是所谓的彩凤阁，身无彩凤双飞翼，心有灵犀一点通吧？跟谁心有灵犀？我琢磨了好久，有一天，终于恍然大悟，好戏的陈世元！你想想，女儿和别人闹出丑闻，欢天喜地办酒竟是女方，为何？陶又新的嘴硬是撬不开，我怀疑，他俩困棺材说不定是一个诡计呢，你搞田野调查，不妨查个明白，或许里面有戏。

至于红漆棺材为何刷黑，陶又新说是防贼。二十世纪九十年代初，望湖大戏正名为望湖锦河戏，剧团也因此改名，那时我当团长，我们聘陶又新当艺术顾问。省报给他一个整版，图文并茂介绍锦河戏，报纸刊出那天，陶又新带着几个“陶粉”，气昂昂地扛着两盘箩口大的鞭炮和一条热烈庆祝锦河戏正名的横幅去了省歌大院，问到孙胖子住的那栋楼，本来准备在楼下放鞭炮示威，想想看，一旦点燃还不得炸得人心惊肉跳呀，听门卫说呼哧呼哧的孙胖子搀扶着刚出院的孙夫人，前脚进院，这会儿该爬上三楼到家了。陶又新一个愣怔，问什么病，门卫说两口子都有心脏病。陶又新连忙转身，一行人夹着鞭炮溜之大吉，跑到人民公园里扯起横幅，没头没脑地把鞭炮放掉。这一炸，吓着的反而是陶又新。有个卖假古董的过来问：我手上有嘉庆年间的大戏种子你要不要？你猜什么价？五百？少啦！一千？少啦！三千！那时的三千到现在抵多少？当时，陶又新双手合十叫了声“孙胖子保佑孙胖子万福”，回家连忙把棺材涂黑，好像里面装着死人似的。其实，里面藏有各个时期的种子上百部，他两个儿子都在动心思呢。锦江一带丧俗，老人健在时备下的寿材，一旦过世，入殓前要刷上黑漆。那个彩凤阁被陶又新弄得阴森可怖，龙虎们轻易不敢上楼。

《望湖锦河戏》的前言是我写的，我对他的工作没做评价，只列举数字，数字是最动人的介绍，最光荣的褒扬。为了这本书，他历时半个世纪，走遍望湖及周边县市一千八百多个自然村，采访艺人及其他群众不计其数，至少上万人吧，积累原始素材一棺材，采录笔记达一千余万字，在报刊发表各类文章几十万字，这部皇皇巨著更是近百万字，写了二十多年，积劳成疾，得了高血压、糖尿病、视网膜脱落、前列腺癌、膀胱癌、心肌梗死等，今年至少已抢救三次，所以，他把棺材漆黑也算防患于未然，要是没有禁止棺葬的话。

书稿完成后，怎么出版？我们研究会大声呼吁多方奔走，始终得不到回应。陶老夫子倒好，没事人样，成天捧着书稿孤芳自赏或者鸡蛋里挑骨头，后来责编说她干了一辈子没见过这么干净的书稿，干了十多年的专业校对也为此啧啧称奇。之前，为搞经费我劝他：人家孙胖子的省地方戏研究会每年都支持一二个出版项目，你欠人家一句好话，只要你肯上门作个姿态，说不定出书经费就能解决。这话激怒了五柳先生的裔孙，火柴梗子样的人居然敢跟我摔书，摔在地上却是不带响的，他言辞倒是铿锵：我求他的短裤来做背褡？出不了，记得放在棺材里让我带走！你看看，无语吧？

经费是研究会求爹爹告奶奶筹集来的。头几年找政府，把有关领导都求遍了，才给三千元，打印费都不够。我们只好寻求社会支持，好在喜欢锦河戏的有识之士还不少，锦江中学陶校长让本家小老板赞助了十万元，陶校长提示我找社长姆姆，她的崽是大老板，社长姆姆在电话里说，为锦河戏没得说，对他这个人我不敢恭维，要是花骨朵都蓄不住，世上哪有鲜花怒放的春天啊！不过，犹豫了两天，人家还是打了三万八。三八，要尊重妇女的意思吧？深刻！一共筹得二十万，有钱就赶紧出书，抢时间呢。三校后，书稿该下厂了，各级政府忽然搞起繁荣文艺的工程，省市县都能报项目，立项后经费蛮可观，有五六十万吧，这下英雄所见略同了，各级都指望这一项目能为工程撑台面，可是从申报到评审经公示直至拨款到账，是个漫长过程，只怕来日无多的陶又新拖不到出书那天。各级纷纷派人来做老陶工作，把他整得神经错乱，昨天答应省里，今天许给市里，明天允诺县里，书稿在研究会手上，那就由不得他朝秦暮楚了，我只能按既定方针办，用多方筹措的经费赶快把书印出来。

陶又新不仅多病，身体情况越来越糟，而且，他脑子好像也有问题，时而清醒，时而糊涂。清醒时，怀疑筹措的经费来路不正，尤其不相信十万那笔，硬说它是孙胖子的，人家不吃嗟来之食，逼着我退回去，钱已经转出版社，书稿也下了厂，真是折腾人！气得我大骂：人家赞助的老板像你一样喜欢往棺材里跳不行吗？糊涂时，一到夜晚就逼陈水美到彩凤阁去守着，他相信一定有贼来偷种子。住院也不肯让老婆陪护，非逼老婆看家去不可，弄得陈水美哭笑不得，天天捉迷藏对付他。他还不时闹着要看书稿，我说书稿在出版社，把校样给他看，他硬说我骗他。好几次半夜醒来，光着身子就往病床下钻，干什么？他说书稿和种子都藏在床底下。想象一下老婆抓住他双脚往外拖而他拼命往里挣的情景吧，可笑之余，当然更多的是可敬。

他的灵魂就是这样钻进这部书稿的。所以，下葬时，骨灰盒周围堆砌了一圈《望湖锦河戏》。青石墓碑上刻的是“《望湖锦河戏》作者、父亲大人陶又新之墓”，前面那个身份他生前反复叮嘱过，立碑人当然是他的两个儿子。唉，一辈子他也只混到这两个正式身份！

告别仪式是研究会张罗的。让大家吃惊的是，孙胖子竟然让人搀扶着赶来为他送行，八十多岁了，腿脚不便，耳朵有些背，思维倒是很清楚，他喃喃道：一辈子搜集种子研究种子，现在你比我先入土，人要是种子就好啦，还能长出来，遗憾啊遗憾！孙胖子突然失声痛哭，把我吓得不轻。平静下来后，他说看到大部头的《望湖锦河戏》很激动，激动得浮想联翩，觉得应该整理寿材里的资料，再出两部书，以嘉奖老陶的付出，告慰其英灵。一部整理种子、荟萃代表性传统剧作，一部收入陶又新的采风笔记，里面的历史信息很有价值。原来，孙胖子读过老陶不少文章。具体工作由研究会做，孙胖子出面解决经费。

没几天，孙胖子就来电说经费已有着落，催促我们赶快申报。研究会一行人兴冲冲跑到陶家村，哭肿了眼泡的陈水美得知来意却一声不吭，把我们领上彩凤阁，人去楼空，什么都没有啦！当时我傻了眼。

我刚才好像说过棺材里有戏，要不，你去访访陈水美？

口述人：

陈水美，女，出生于1949年1月，锦江镇庙前村人，《望湖锦河戏》作者陶又新之妻。中专学历。高中肄业后，曾在庙前小学当赤脚教师；1977年恢复高考后，考入望湖师范学校就读，毕业分配在锦江一小任教，后病退。

口述环境：

陶家村为千烟之村，近年为宣传其引以为豪的宗族文化，村庄的长街窄巷均以陶渊明诗题命名，如“归去来街”“桃花源街”“饮酒巷”“田居巷”“四时巷”等，还有一条“拟古巷”。《拟古》诗云：“少时壮且厉，抚剑独行游。谁言行游近？张掖至幽州。饥食首阳薇，渴饮易水流。不见相知人，惟见古时丘。路边两高坟，伯牙与庄周。此士难再得，吾行欲何求！”陶又新祖宅就在这条巷子里，确切地说，是巷子东头第一家。陶渊明的诗文被做成诗牌，钉在显要处的建筑墙上，陶又新宅侧面外墙钉的正是《拟古》。村中出了中华人民共和国高级教师硬是不一样。

陶宅进门为厅堂，两边厢房共四间，厅堂后面有木梯可登楼，楼上前后以板壁分割，后半边低矮且光线昏暗，为储物间，前半边开敞并置有晒竿，便是书房彩凤阁。那口寿材存放在储物间，并藏在杂物之中。由房屋格局和墙上砖石可见，此屋经过多次很随便的修缮。

陶家的丧事已经出七。厅堂上方祖龛之下、供案之上立着陶又新遗像，香火、供果已撤去，他的呕心沥血之作铺满供案，仍敬奉在他微微含笑的视线之内。那是志得意满的笑容吗？

陈水美：

你喝茶喝茶。传说这是陶渊明喜欢喝的茶。这个死鬼就是拿鬼话把我骗到手的。那时我真是无知少女啊，还被骗着喝了好多酒，是水酒，他说陶渊明成天喝的就是这种酒，陶渊明做彭泽县令，想把县里拨给的公田全部种上糯稻用来酿酒，口粮都不要啦，惹得老婆发火，这才种了些晚稻。还有，陶渊明把老朋友送的一笔钱，全部存到酒家去作酒钱慢慢消费，这样老婆就管不到啦。酒这么好喝呀，我要尝尝。一尝，我服了。当时，我爹已经七八分醉，巴不得半路杀出个程咬金帮他放倒自己的对手呢。

老陶跟我爹因戏结缘。两人一个德行，平时面对面坐着，一问一答，闷闷的，酒碗一端，成了勾头拢颈的兄弟，一个滔滔不绝，一个口若悬河，好像跳回水里的鱼，两人都活了。老陶常来我家调查锦河戏，也是为了喝酒。那时我好崇拜他，也想当演员，演那个《桃欢李笑》中的女主人公。可我屋里成分高，我的理想纯粹是一枕黄粱。不过，全班女同学没哪个有我幸运，能跟那么厉害的人一起喝酒。那时没有追星一说，可全校女生上“一号”时议论的都是他，吹拉弹唱演都行，还不厉害呀？后来我告诉他，你名字里有一股屎尿味晓得吧？

我发育晚，高中时代过得很压抑，她们叫我假小子，再加上驮着地主的家庭成分，大家都嫌我躲我歧视我。高二开学时，体育老师夫妻发邪，有天下午领着全班去庙前水库游泳，老公领着男生在坝头游，老婆带女生去水库尾巴下水，衬衫长裤一脱，里面是短褂短裤，那时还没有胸罩，见到她们胸部挺挺的抖抖的，一个个很骄傲的样子，我不敢脱。女同学起哄，骂我是搓衣板，要赶我去坝头。我当真走到大坝上，想一头栽下去算了。是我爹和老陶拽住了我，他们聊天真会找地方。那是我第一次贴身紧挨着陶又新。

后来，他用陶渊明喝过的水酒灌醒了我。这个死鬼喝醉的样子真可爱，他说：你是花木兰，你爹倒下，该你替父从军啦，来，干半碗！我暗中使坏，给他倒了满满一碗。我晓得，再醉一分，他会讲故事的。果然，他讲出埋在心底的故事。他说：水美呀，你认识李开心吗？我说：当然认识，你们团的台柱子，《桃欢李笑》的女主角。他问：她漂亮吗？我答：比李双双漂亮多啦。他又问：你觉得她身上有什么缺点？我的回答是她年纪不大架子太大。晓得这个死鬼怎么说吗？他说：架子不算大就是狐臭味太大！我说：人家身上的狐臭味你怎么嗅得到？这时老陶正色道：请你别用嗅字，狗鼻子才嗅呢。我反唇相讥：不嗅，怎么晓得人家有狐臭呢？人说酒后吐真言，真理啊！概括起来说吧。他说，在团里自己跟李开心最对路，李开心也粘他，剧团下乡住祠堂戏台上，男女各半边，打的是地铺，这次到庙前参加社教运动，住得比较久，《桃欢李笑》就是这时创作并排演的。女主人公叫李笑，不就等于叫李开心吗，开心的表现不就是笑吗？乐得李开心睡觉非要占据三八线不可，紧挨住敌方。哪晓得，敌人安静得很。安静得让人很不开心，她索性主动进攻，趁夜深人静钻进敌人的被窝。吓得老陶——哦，那时叫小陶，李开心更小——小陶向她告饶。小陶说，小分队全在这里，你不怕死呀。李开心很聪明的一个人，马上就想到那首“一夜好梦到天光”的诗。戏台最里面靠墙存放着一溜寿材，寿材上面堆放着杂物，从台口这边看过去则有幕布遮挡。李说，那我们就去可以一夜好梦的地方。这个死鬼还真的跟去了，后来是被浓烈的狐臭味熏得兴味索然落荒而逃的。

我为什么说水酒灌醒了我呢？酒能壮胆。我说李开心敢睡棺材我也敢。前年我娘过世，是我亲自为她擦身，胆大吧？喝醉的老陶满脸轻蔑的讥笑。当时我喝得太兴奋，我说走啊你不是赞美棺材吗我俩去各占一张床。演员困在戏台上，我俩是从侧门直接溜到后台去的。摸到他跟李开心睡过的那口寿材，他一头栽了进去。本来跟他较劲，我说的是各占一张床，鬼使神差，我却爬上他的床，睡在另一头。你们不理解吧？到现在我自己也觉得不可思议。当时我却得意得很，我要馋死女同学，气死李开心！别看陶又新这死鬼其貌不扬，人家有才，连我们班上最漂亮的水蛇腰都给他写信。老陶进去睡得真香，他不打呼噜，那么我来打，我故意呼呼叫，最早惊动的一定是李开心，因为是她领人冲过来捉我们的。

老陶经常拿联名信内容跟我说笑。这是我们两公婆此生的一大乐事。这么多好心人为了保陶又新，设计了各种有趣的故事，笑死我啦。其实，老陶被揪出来时全身瘫软像一团稀泥，还醉着，什么都不晓得。我呢，心里美滋滋的。第二天，全班女同学三三两两地在我家前后转悠，鬼鬼祟祟又满脸醋意，水蛇腰气得三天没上学。我可扬眉吐气啦，哪怕学校要斗我，说我家是阶级敌人人还在心不死，施美人计破坏社教运动。哈哈，学校公开宣布我是美人！每次开我的会，会上我要戴大红花，会后我更是翻身农奴把歌唱。

也是奇怪，在棺材里那么一躺，盼了多久的客人突然来了，来得气势汹汹又喜气洋洋，哗啦，裤子全湿了。当时那么多手电筒照着我的脸，其实我希望他们照照我下身，我希望用红彤彤的事实告诉所有人：我做大人啦！

我的大胆和任性，害得老陶把工作丢掉了。这死鬼嘴巴可甜啦，他说我丢了工作得到你啊。得到你就是得到了整个世界。我心里说，才不呢，锦河戏才是你的世界。所以，他自己成立了一个自欺欺人的“望湖县锦河戏剧团”，好在他人缘不错，上面睁只眼闭只眼，曾经一度还利用这支演出队伍宣传毛泽东思想和党的政策。我呢？那些年一直惶恐不安，生怕这支演出队伍会惹祸。

老陶真是个怪人！婚后，他承认，从进剧团起就心仪小演员出身的李开心，于是，这才有了《桃欢李笑》中的李笑，狐臭真是不可救药，要不他俩早就做成了夫妻。弄得我很好奇，多次故意接近李开心，连夏天穿着无袖短褂的时候，我使劲嗅也没嗅出什么异味。

最吓人的怪毛病就是睡寿材。其实呀，他是打肿脸充胖子，人家胆小着呢。跟陈之初在古庙里那次——哦，陈之初是我们庙前陈家人，论辈分，他该叫我姑姑——他俩进庙躲雨，到处漏雨，唯有那口寿材是干的，老陶略施小计谋到那个床位，可睡进去跟争抢的感觉就不一样了，他吓得一夜瑟瑟发抖，天亮后英雄主义和革命乐观主义这才涌上心头，编了那段顺口溜。回去一吹牛，被当作典型，剧团领导大会小会表扬，省报发表通讯介绍望湖县剧团配合社教下乡巡演的事迹，把古庙故事和那首诗添油加醋写得非常生动，用来反映剧团以苦为乐、甘于为民的革命情怀。这下老陶骑虎难下啦，见到棺材只能在心里掉泪。演员们会说，这座祠堂为你备了铺位，祝你又是一夜好梦。他非得时不时困困棺材不可。还有一点我心知肚明，就是那个李开心常陪他去揭别人的棺材盖，人家嫌她狐臭她还不死心，坚守在三八线上，企图伺机偷袭敌人以解心头之恨，哪怕我俩同时在挨批斗。

虚假的一夜好梦，带给他的是真实的一生噩梦。以前他经历的苦和难，你大概都听说了。我就说说后来吧。你想想，成天守着黑乎乎的棺材，多凶！我们迁来陶家村，老陶把寿材刷黑，都是两个不争气的崽逼得。一九八几年的时候两人一道去广东打工，在电子厂干了几年，先后跑回来，一个在县城开小超市，一个在镇上卖服装，混日子吧，好歹都成了家。媳妇一个比一个鬼，不晓得谁挑唆的，硬要分掉我家收藏的文物。我问，哪是文物呀？她俩说就是那一堆堆值钱的纸。听听，这文化！我说值钱的纸是钞票，该去银行搬。她俩说文物贩子说了纸的种子也值钱，手指头厚的一摞值几千块。我真是好气又好笑，拿了几本手抄本分给她俩。傻吧？她俩屁颠屁颠真去找文物贩子。

那是我帮老陶抄的。有些老戏本纸页发黄破碎，字迹模糊不清，他眼睛不好，看得多累呀。我喜欢语文，可惜因为结婚高中没毕业，后来我去考中专，动机还是为了好好帮他，他的一生除了锦河戏只有我啦！他为锦河戏而活，为锦河戏而死，我是为他而活，但不能为他而死，我还得替他守着那一棺材种子。

我犯傻啦！没想到手抄本招来一群白眼狼，媳妇带着儿子讨债来啦。她们说，贩子见到手抄本眼睛放光呢，可原件才值钱，原件才是种子，乾隆时的一本可卖三千，嘉庆的两千，道光的一千五。两个儿子说，店面是租的，交掉租金，根本赚不到钱。家里困难他们理解，所以他们从闯荡世界到成家立业没向家里伸过手，现在有财源，支持他们买个小店面也应该呀。说得我直抹泪。可那些种子是老陶的命！儿子们也晓得，不敢跟爹说，天天来磨我。最可气的是，居然密谋要偷去卖钱，好在资料码成山，他俩不知从哪里下手。我不敢告诉老陶，他后来还是发觉了，那年他打算在孙胖子楼下放鞭炮庆祝锦河戏正名，晓得人家老两口身体情况又不忍心，回来跟我说，我们家可能被贼惦记上了。我爹也发现蛛丝马迹，他的遗嘱意味深长，叫我们迁去陶家村，他选择火葬，那口寿材别浪费，给又新留着，爹痛得龇牙咧嘴还开玩笑：让又新躺进去再好好体验生活，不，体验人生吧。

真是心有灵犀。迁过来后，老陶把楼上命名为彩凤阁，有纪念我爹的意思。寿材存放在上面储物间里，并被他刷黑，有年头的种子藏在里面。黑乎乎的，敢来的恐怕只有盗墓贼。其实，老陶也怕，他胆子不如我，尽管上面有书房，晚上他从不上楼，忽然想起要找什么，都是我上去。他推说自己眼睛不好，呸，他肚里的虫我认识。还有，进储物间找资料，也要我做伴。我干脆办病退，给他当秘书算了。

这些年，被两个崽烦死啦。这对龙虎胎，背后有女人唆使，成天龙争虎斗的。老陶最后这次住院，医生连续下了两回病危通知，叫我们早做准备。龙虎俩准备得很积极啊，准备的是分家，确切地说，是想分掉他爹一辈子的心血。我在医院陪护，他们倒好，偷偷带人上了彩凤阁。幸好那人虽是老板，却不是卖假古董的贩子。那人是我们陶家村人，叫陶卫东，他置戏箱、办剧团，还建了锦河戏博物馆，出这本书的钱里有十万是他掏的。陶卫东考察了我家的收藏，到医院来找我商量，说我两个崽根本不是做生意的料，不如一起进他的企业，而我家所有锦河戏资料由他收藏、展览，版权、所有权还是陶又新的。这等好事，我当然答应，不然，值钱的种子迟早会被糟蹋掉。我把陶卫东领到老陶床前，老犯糊涂的死鬼拿他当孙胖子呢，放豪言说不吃嗟来之食，害得我哭笑不得。人家是真正的戏迷，并不在乎，而且说到做到，等我们一办完丧事，陶卫东说的话全落到了实处。可有件事蛮古怪，一部1917年日本人出的江西省志找不到，老陶叮嘱我里面有大文章，1917年人家怎么做成这件事的，那个同文会跟九江同文有无关系，他说等搞完锦河戏，一定接着搞它。我追问崽，两人都发了毒咒。见多了鬼！兄弟俩盘掉店面，进了企业，一个管生产，一个坐公司。锦河戏资料交给陶卫东，等于存入保险柜，那口寿材终于寿终正寝。

告诉你，拿到这部新书，我最关心的是后记里的一句话会不会被编辑删改，十年前老陶就把初稿写好了，包括后记，他给我看。无非是衷心感谢谁谁谁，还要感谢某某某，并说“我所感谢的这些姓名，希望能被锦河戏记住”。我在谁谁谁之列，李开心在某某某之中。老陶作古认真指给我看，说，看清楚哦，将来出书万一有差错，那是编辑的问题。我问他凭什么感谢李开心，让你嗅过狐臭吗?他说，当然，嗅狐臭也是体验生活的一个角度。不过，最主要的是，好几次我去寻找藏在寿材的种子，她主动陪着为我壮胆呢。看到新书，我忍不住泪流满面，也不知何时他为我加了一句话，喏，就是这句：“丢了公职后，我得到她，这才得到了我的锦河戏世界。”

老陶入土那天，我带了几大捆书上山，有的让他带到下面去送人，就当自我介绍的名片吧，有的化给了他在后记中提到而已经作古的那些朋友，包括李开心。李开心是二〇〇〇年走的，下乡演出遇到山洪暴发，十多天后，才在江边一片果园里发现她的尸体。那时，地上尽是淤泥，树上却是桃欢李笑。我陪老陶去凭吊那片果园，我们给她献上的正是盛开的桃李花香。她五十多岁，好不容易刚当上团长，踌躇满志要抓紧振兴锦河戏呢，真是可惜。

跟这死鬼过了一辈子，我一直有个谜团耿耿于怀：天底下真有能熏跑爱情的狐臭吗？你说说。

教　戏

口述人：

陶卫东，男，出生于1969年2月的一天，现在那天叫情人节，初中毕业，十六岁即在上海鸿星路市场摆摊卖水果，一边为几毛钱跟上海大妈讨价还价，一边哼着锦河戏唱段“上街坊，下街坊，谁人赏我半升粮，有人赏我银和米，保佑他五男并二女”，也不管人家是否养得活。后购置挖掘机，承揽土建工程。学戏出师后返乡开公司，生产经营铝合金门窗，同时，置戏箱，办农民剧团，并在锦江镇上建有“锦河戏博物馆”。与望湖县锦河戏剧团演员李笑有短暂婚史。

采录环境：

锦江镇文化中心东侧，是新建的锦河戏博物馆。该馆已装修完毕，但尚未布展。二楼大厅里堆满了馆长陶卫东收集的锦河戏历史资料、道具、服装和面具，以及演戏用得着的各个时期的生产、生活用品，比如灯具、量具、器皿、通信用具等等。博物馆设计为多功能，二三层以展览为主，四楼有报告厅，五楼主要是库房。一楼有个排演大厅，里面油漆气味呛人，虽尚未使用，正面墙上却挂上了一条横幅，上书“二百年琵琶记，一辈子蝴蝶梦”。猛地看上去，难免一头雾水。已知锦河戏的历史可追溯二百余年，而琵琶记是金本传奇戏的剧目，此处应是隐喻历史和传统。那么，下句“一辈子蝴蝶梦”呢？

陶卫东：

对，我置了戏箱。对，我办了剧团。对，博物馆是我投资的。对，一楼是教学场所，演员、学员大部分是陶家村的，聚在这里教戏，路远了，条件好了，值！再说有高速呀。你问蝴蝶梦？嘿嘿。有蝴就有蝶，有蝶就有戏，有戏就有梦。一句话说不清，听完我学戏教戏的故事，就清楚啦。

我为什么喜欢锦河戏？哎呀，问倒了我。就像问一个人，你为什么爱那个她？怎么回答呢？说她很美？也许她长得不如人意。说她善良？也许只是表面现象。说性情相投？没准娶到家就跟你摔盆子砸锅啦。爱好像没有理由，爱服从内心的命令，这个命令往往是冲动的结果。就像我跟李笑的婚姻，来是从天而降，走是飘然而去。

人生就是一场大戏。平凡的细微，说不定就是戏引子。我在上海摆水果摊时，就着魔样喜欢锦河戏。有一阵子作兴收录机，还不好买呢，我抢购到一台“燕舞”，燕舞燕舞，一段歌来一段情，夜晚闲得无聊就放戏碟听。望湖人都这样，别处满大街流行歌曲，望湖城乡则是大戏唱段铺天盖地。傻傻的，戏碟也上了我的水果摊。想不到，戏碟里演唱的那位，突然落到我面前，像神话传说样。后来回家我告诉父母，他俩说老实砣子到上海滩也会坑蒙拐骗的。真的，望湖剧团演员李笑，阴差阳错，回宾馆走岔了，见到市场进来想买香蕉填肚子，她第一眼看到的不是香蕉而是她的碟子。这一眼决定了她将当我老婆并前妻的命运。

我不过是卖水果的二道贩子，想得到她，不仅要改变身份，还要跟她志趣相投，是吧？我发狠买工程机械，承揽下业务雇工干活就是，自己跑去学戏。学戏当然要找最好的师傅。又是机缘巧合，县里利用上海望湖商会开年会的时机，派了一批美女干部来招商。那时我事业才起步，根本没有底气抛头露面，缩在角落里戴着耳机顾自听戏呢。有个叫谭笑的耳朵真是尖——望湖人好戏也表现在取名字上，重视表情和脸面，喜呀乐呀欢呀怡呀陶呀舒展无愁呀，眉呀耳呀睛呀容呀颜呀清丽俊朗呀，这类名字多得很——谭笑从我身边过居然听出是锦河戏。当时我听的是传统剧目《织锦记》，众仙女在唱呢："一更一点正好眠正好眠，一更寒虫叫了一更天，它在那里叫奴在这里听，叫得奴家伤心，叫得奴家痛心，越叫越思越伤心，娘问女儿什么事叫什么事叫，一更寒虫叫到一更天。"谭笑紧挨我坐下，哼起来："同欢又同乐，同乐又同欢，怎不叫人泪涟涟。"

哇，不输李笑。一扯，人家是谭庆师傅的小女儿！真是上苍眷顾呀，我怎能错过？当晚请她宵夜，达成一个协议。跟她父亲学戏三年，出师之时，我在上海的事业也该发达起来了，那时羽翼丰满，一定投资望湖工业园，哪怕撤离大上海！我见她满脸将信将疑，唰地画了一张保证书，要不，人家怎会尽心尽力呀？她年逾古稀的老爹早就宣布关门闭户啦。接过保证书，她还是怀疑人生的表情。

告诉你，我拜师可是正儿八经的，写过拜师帖，出过教钱，摆过拜师酒。拜师帖这样写："立投师习艺人陶卫东，今凭亲说合，自愿投到谭庆师傅名下学锦河戏行技艺，当日三面言定，任师教诲训礼，指明为徒，永不负义忘恩。其艺精通出手，遍艺十方。置酒谢师。现付上教钱。自后凭师训教，如有懒惰，任凭责治。今恐无凭，立拜投师帖为照。"落款有引见说合人，就是他女儿，谭笑。在见手艺人，就是见证人，找的是谭师傅的女高徒，李笑，谭师傅喜欢带笑的名字，后来还收了有笑的徒弟。落款接下去就是锦河戏戏师谭庆，和我这个立投师帖人，代笔人也是谭笑。

对，见证人是李笑。她和谭笑是阴阳两极，爱笑，她一出场，笑得不行，她说陶老板你真逗，从水果到挖掘机再到唱大戏，这么跌宕起伏你不晕啊？我说小时候我还放过牛种过田钻过石灰窑呢。李笑叫我唱几句，我随便哼哼，李笑严肃打断说，你们陶家村是锦河戏的戏窝子，早早晚晚的，满村噫噫噫，听老辈人讲，清末民初鼎盛时，全村有十多只戏箱，一只戏箱就是一个戏班子，如今想都不敢想。我告诉李笑，原先我家也有祖传的戏箱，传到爷爷辈断了纤，尽管如此，好戏的基因还在血脉里流淌。那时我还不晓得，《望湖锦河戏》一书中有记载，我家老祖宗原来是当时响当当的瑞庆班班主呢。

缘分得来全不费功夫，李笑成了我的投师见证人，而我投师最初的动机正是企图有朝一日投在她的石榴裙下。虽然后来她离我而去，我得承认，她是好女人，生活在她的笑声里真是开心，连拜拜也带着笑。她说我妈是县剧团团长，大名鼎鼎的李开心，当不得你师傅呀？我灵机一动，要不我拜两位师傅？李笑摇头。想来也是，哪个行当都有规矩，任何规矩绝不允许脚踏两条船。包括婚姻的规矩。照理说，剧团应有培养年轻演员的机制和计划，李笑却去拜民间艺人为师，令人不解。李笑回答，妈妈那些年烦着呢，要不是她满世界呼吁，剧团早就玩完啦。我投过拜师帖后，接着得做拜师礼请拜师酒，这些都是李笑张罗的，连请柬都是她设计并印好的。我至今还记得请柬上这样写："谨詹公历1999年2月14日本人投师习艺，是日午刻洁樽恭候台教。席设望湖饭店。愚陶卫东鞠躬。"她交给我一千份，问我够不够，不够她马上加印。我说开拜师大会呀？

结果满打满算摆了十二桌。我公司的，县剧团的，园区管委会的，最显赫的是谭师傅及其邀来的锦河戏研究会一大拨名师高徒，不少名字如雷贯耳呢，不过他们都老了。拜师宴前，先行拜师礼。大厅上方正中会标是喷绘的，用谭庆师傅早年剧照作图案，上压醒目的"拜师仪式"四个大字，会标之下，安放一张大桌，照理，桌上应置神龛，请出乐王菩萨端坐其上。李笑用乐王牌位取代，牌位也是乐王的象征。牌上，中书"敕封云山会上朝天乐王帝主位"，右书"金花小姐，青音童子"，左书"梅花小娘，鼓班郎君"。

待到饭店门外爆竹炸响，我站在乐王牌位前，行三跪九叩礼。之后，谭庆师傅坐在牌位桌左侧，接受弟子的拜师帖。递上拜师帖时，还有另一番语言，也是李笑教的。跪拜在师傅面前，情不自禁地，我忽然觉得此时很神圣，眼里一热，我哽咽着说：师傅在上，徒弟拜谭庆师傅为师，一日为师，终身为父，徒弟恭听师傅教诲，铭记师傅传艺之道，苦学三年，出师敬师傅……

谭笑有点俗。她在一旁打断我说：应该是出师后返乡敬奉师傅左右。谭笑提拔当管委会副主任了，惦记我的投资呢。我一抬头，瞥见李笑不屑地白了谭笑一眼，李笑站在我另一边，摁下我脑壳，轻声命令道：重说，苦学三年，出师敬师傅，从业有道，业精于勤，愿青出于蓝而胜于蓝。我当然得鹦鹉学舌。别人拜师也一样，写的帖子说的话，有格式有规范，一辈辈传下来的，行家不教，新人不懂。连师傅的回话也是一成不变的。谭庆师傅躬身扶起我，道：谢礼。徒弟苦学，为师全授业行规技艺于你。

我站起转身，却被李笑喝住，她在我腿上捏了一把，哦，该敬奉教钱。李笑事先教的这句我还记得，我说：少少拜礼，请师傅笑纳。师傅赠言道：学精手艺，富贵齐身！

随后拜师宴开席。酒菜上桌，喜气上脸，谭庆师傅好有派呢，捏着高脚杯从容地从上席走到大堂中央，转身一个优雅的亮相，哈哈一笑，全场顿时安静下来。谭庆师傅说：各位师傅，各位朋友，今日三星高照五福临门，望湖饭店济济一堂，我等欢聚于乐王菩萨神位前。借拜师礼之仪，我先要为锦河戏鼓呼。我望湖人民自古好戏，为何？看场戏忙里偷闲能知千古事，听段曲乐中寓教胜读十年书。现如今，改革开放形势大好，经济繁荣文化昌盛，可惜可叹，堂堂望湖县，居然养不活小小县剧团，团长李开心累得都改形换相啦，我看得心疼。她是忙得来不了呀，要不，我号召大家敬她第一杯酒。不过，今日我还是高兴，我又有了新弟子，难得他是个有想法的弟子。高兴就丢掉烦心事吧，讲个报本人的笑话乐乐。大家晓得，先前徒弟戏演员都不识字，全靠报本人提词。中华人民共和国成立那年我在庙前村看戏，演员唱完还不退场，报本人着急了，骂道，死进去！演员以为是一句台词，念白道，死进去也！这才进了后台。那次还有更好笑的事。唱完大本，要演折子戏。折子戏是师傅唱的，不要报本。出四将，净旦生丑，哪晓得头里的净角忘了词，呆呆朝台下看，不晓得他脑子里想何事，乱编一句词说：一个卵子八十斤。旦角一愣，只好顺着净角编下去，念白道：讲得吓死人。正生接下去说：我却不相信。丑角正色道：架起秤来称。哈哈哈……多事不讲，喝酒！连喝三杯，第一杯敬乐王菩萨，第二杯敬锦河戏的所有功臣，第三杯嘛，大家互敬！

我差不多就是那净角吧，蒙的，我在想，如此庄重盛大的场合，师傅故意调侃艺人为哪般？好在有李笑陪伴身边。她扯着我迎向师傅，我向师傅敬酒的那一刻，全场喝彩。后来还是李笑带着我，给前辈们一个个敬酒。不好意思，我上的是茅台，现场气氛跟茅台也有点关系。一位师叔喝得兴起，唱起《反昭关》里的哔筒调：老夫闷坐在大营，探马不住报军情。卧虎山前贼骁勇，二将落马把尸分。抖抖精神卸袍带，老夫亲自呀呃交呀呃锋……那天的酒喝得也骁勇。谭庆师傅贪杯，女儿怎么也拦不住，醉酒话多，他反复告诉我乐王是哪个。是唐朝魏征的崽，他看到爹在台上演戏笑死了，李世民叹他为乐中之王。又说李世民演丑角，在换服装时，把龙帽扣在魏征儿子头上，伢崽福薄，当即殒命，李世民只好封他为乐王。所以，大戏班子里，丑角为大，谁都坐不得盔头箱，丑角坐得。

后来去敬各桌，李笑还陪着。谭笑悄声对我说，今天整得像你跟她的喜宴嘛！被谭副主任言中了，李笑婚房早已准备好，只等着往里面装人呢，我闯了进去，在情人节这天，我拜师这天。我刚才说过，有的细微就是戏引子，我俩关系突飞猛进是因为散席后我说了句醉话，说自己是为情人节而生的，李笑一怔，咯咯笑着说我也是啊！难怪她帮我择日子拜师时，我俩不约而同选中这一天。

谭庆师傅教戏相当认真。他一再放言关门，门总是关不拢，收下我后，索性又收了三个女的给我做师妹，她们都说老公在外打工，学戏能解闷。教戏地点放在师傅家，每周三天，无故缺席本来要罚跪的，改成向乐王菩萨进香叩拜并忏悔。我从没受罚，虔诚吧？时不时飞上海打理业务，速去速回。老婆下乡演出是连轴转，我住在村里陪父母的时间更多。转眼该兑现诺言啦，我正准备跟老婆商量，她苦笑着先开了口。而且出口惊人，你我分手吧？为什么？她说需要理由吗？是的，走到一起也没理由。当时我能想的原因只有她遭受的刺激。婚后第二年，剧团下乡遭遇山洪暴发，李笑落水被救，而她妈妈失踪多日才找到遗体。那阵子，她傻了痴了，幸好省里有个临时演出任务把她救活了，她是女主角，且是在省里新落成的大剧院为大首长们演大戏。她从此走出阴影，我俩关系一直很正常，我梦里都是她的笑！于是，我火着，她笑着，讨论了一天又一夜，逼急了，她扭头道一声：我出轨啦，你该放行了吧？我大骂起来。她嘿嘿笑着，款款而去。

我也是血性汉子，马上打电话给谭笑，告诉她喝谢师酒那天签投资，我完全撤离上海，连三套住宅也卖掉，把身家性命整个交给望湖。千金终于买来一笑，谭笑那天好不容易笑了一下，我却闷闷不乐，为我张罗拜师礼的人不在场，我拼命借酒浇愁。好在谢师的还有一位师姐三位师妹，靠她们撑着，场面上还过得去，不过，师姐看出了问题。师姐这样劝慰我：想开点，戏里自有梦佳人，戏里自有温柔乡，对于我们四个来说，是戏里自有如意郎君。原来，那四个老公也跑了，像我跑了老婆一样。我出师之日，正是李笑出走远离之时，后来她在电话里死活不透露行踪，一查是云南手机，我恍然大悟，她是决意要出锦河戏的轨呀！看我，没文化真可怕。

也许，李笑“出轨”的念头由来已久。她妈妈那个团长当得真是叫人寒心，有一阵子连可怜的工资也发不出，好演员全跑了，有的投奔民间剧团，一年到头睡在庙里演还愿戏。李开心那个伤心呀！好不容易争取到县里的政策，下乡演出给补贴，于是县剧团成天泡在乡下，一场接一场。我有句话可能刺痛了她母女俩。我说，你们好好歇着吧，全团这点补贴我来掏！为娘的悻悻瞟我一眼，当女儿的狠狠剜我一眼，老半天团长大人才说：钱不重要，重要的是演出不能停，戏荒了，人心就荒啦！这话把我震撼到了。置戏箱的主意猛地蹦出来。为什么乡村剧团如雨后春笋呢，就是人心不肯荒去。我的想法令李笑笑得有点反常，笑过后把个光光的脊背给我，怎么都扳不转身。一摸她脸，湿的，她说想念下海并被扫地出门的爸爸了。

十六岁敢独自去上海做小贩的人，谁挡得住？不过，我办剧团动手有点晚。把我招引过来后，望湖政府就像谭笑，名字好听脸上冰冷，后面的事进展很慢，直到生产营销走上正轨并有了靠得住的市场，我才有闲心去唱大戏呀。告诉你，那几年我跟谭笑拍过好多次桌子，怒火中烧的时候我还恶狠狠地对着她唱“卧虎山前贼骁勇”。她铁青着脸呵斥道，谁骁勇哪个骁勇还是你想骁勇？

我来骁勇吧，绝不含糊！我置戏箱办剧团，可不是玩的，我要养个有名角撑台的戏班，要凑齐乐师、打鼓佬和主要角色，很快就能开台，我要到县城里去唱他个几天几夜大戏，演李笑的成名作《桃花帕》，要么演她想演而始终不能如愿的《蝴蝶梦》，由李笑定。顺便介绍一下，传统剧目《蝴蝶梦》写庄周故事，李笑父亲本是剧团的笔杆子，那个戏经他改编很新鲜哦，开研讨会专家齐声叫好，可县剧团叫它年复一年做白日梦。李开心夫妇好像是为改这个本子闹起来的，本子写成，婚姻却不可收拾了。不过，编剧后来给李笑打电话说，望湖让他惦记的只有女儿和《蝴蝶梦》，他盼女儿有朝一日能为父亲圆梦。

剧团取名为笑锦河戏剧团。对，有盼游子回归的意思。给她打手机，李笑一听《蝴蝶梦》，在四川号码里哭起来。她说没想到你水果贩子这么有情义。这也是她不断更换手机而不忘跟我联络的原因所在。问她干什么过得怎样，她从来不回答，通话只聊好看的和好吃的，比如丽江和米线。我猜想她可能在给手机商亲爹去当地区总代表。那天哄她到天光，泪水把手机信号都淋湿了，最后她一句话差点把我噎死。她问：你究竟是好戏呢还是好斗？

别说，我二者都有，好戏是兴趣，好斗是性格。她不来拉倒，我排《蝴蝶梦》，到时请她当观众，看她来不来。可是，理想很丰满，现实很骨感。哪个名角信得过陶家村里的小老板哟？到头来，好演员一个也没请到，这倒没什么，激怒我的是人家的眼光，像看耍猴的。

师姐说，实在没法子，那就教徒排戏，徒弟要选好，现学现演，排好就开台。这叫教徒弟戏。从前锦江一带，深夜三更半，村村有戏看，鸡叫天明亮，还有锣鼓响。而今不如以往，可戏迷还是不少，寻些伶俐的来学戏，也快。就这么办。立足本村，面向全镇，到处贴告示，二道贩子也只有这境界。可事与愿违，响应者寥寥。而且，满街贴告示，就是有人不识字。告示是有口头表达能力要求的，来的几个全是女的不说，还南腔北调，河南安徽的，四川贵州的，无语。我骑虎难下，只好照单全收，暂不排戏，且待慢慢调教徒弟吧。面无表情的谭笑，这时笑得可灿烂啦。她希望我集中精力做大产业，做成园区的龙头老大，让铝合金门窗成为望湖县的凯旋之门朝阳之窗。有空该带你去公司看看，办公楼车间还有仓库，贴满谭主任的这些指示，哦，人家升了副县长兼主任。社会才是大舞台，演的才叫大戏。

不过，我们各自演的折子戏凑拢来，也是一出大戏。刚才我为何吃饱了撑的，又是拜师帖又是拜师礼，说得那么细？这是必须尊重的传统，它神圣而庄严。那几个女弟子也得这么拜师。我不敢当戏师，我不过是打酱油的，怕误人子弟，这点自知之明还有，小摊小贩也有胸怀。我给她们请的是我师姐师妹，她们四个一出师就在各地当台柱子啦，人家教得相当上紧，姐妹嘛，还不得爱护着兄弟？要不是懒得看谭笑脸色，我会把谭庆师傅请来，真的！后来，我只好时不时地请师伯师叔过来，给她们指点指点。

说到这里，我想念师姐了。真想躲到哪个旮旯里痛哭一场。嗯，她病了。当时病得很重，医生说再晚一个月，恐怕就得走人。我真的心疼她。这几天她又去上海复查了，半年一次的例行检查。她二十四五岁时就离了婚，不满周岁的女儿被前夫带走，还不准见面。难怪她说戏里才有如意郎君。她把任何角色都当作如意郎君，演什么像什么。长得白白净净，气质高贵，根本不像农村妇女，中学毕业要不是被那个贫困之家逼着嫁人，她可能被县剧团招去。我总觉得，是我害了师姐，让人家平静地生活在戏里多好！我偏偏打破她的平静，请她当戏师，把她拉进了烦恼尘世。

此话怎讲？记得拜师礼上的表态吧？苦学三年，出师敬师傅，从业有道，业精于勤，愿青出于蓝而胜于蓝。要是此说空口无凭，拜师帖上有白纸黑字：“其艺精通出手，遍艺十方。”这年头，诺言不怕食言，誓言不敌谎言。第一批收的五个女弟子，一年后便陆续有人退出，到了喝满师酒的时候，只剩一根独苗。这独苗还是我师姐再三做工作留下来的，独苗后来也成了为笑剧团的最大慰藉，嫁给南方的河南打工妹凭着才艺，居然被县剧团当宝贝特招进去！多励志呀！有一阵子，师姐没日没夜守住独苗，因为她老公不要她了，她想自杀，经常玩失踪，锦江镇的所有水面上都曾回荡师姐的凄厉呼喊。有一天，师姐突然失声，喊出来的是血，把人吓坏了，去医院一检查，喉癌。师姐不作声，也不许独苗声张，只答应独苗，待她满师马上就去上海住院做手术。也许，正是这个允诺激励独苗长成了大树。

女弟子坚持不下去的原因是离婚。统统被打回了原籍！现出打工妹的原形！婚姻基础原本不牢固，都是打工时好上的，结婚生子后来婆家生活，老公仍在外打拼，一个寡着一个鳏着，还不出事呀。女的出墙，男的出轨。有两个出墙的，学戏前就扒过了墙头，可她俩老公五次三番到我这里闹，好像那墙是我拆的。看我单着，还怀疑我采花呢。你说师姐心累吧，她还得为我烦恼为我忧。

还有烦人事。有段民谣唱陶家戏陈家鼓如何如何，听说你采访过锦江龙灯会的陶会长，那个退休返乡养老的中华人民共和国高级教师、锦江中学老校长陶久长呀，他年年元宵夜搭三座戏台，歌舞锦河戏采茶戏一锅烩，搞得别人以为陶家戏就是大杂烩，对外那叫以讹传讹，对内那叫误人子弟。陶家闹元宵活动吸引远近村庄都来围观，影响越来越大，龙灯会也越来越膨胀，什么都要插一杠子。听说剧团有闹离婚的，陶会长忧心忡忡，说有老师告诉他一个统计数字吓得人死，一个班的学生中单亲家庭占到百分之四十，还在继续上涨，可怕吧，洪水猛兽吧？他忽然发邪，我屋里一排戏，蚂蟥精听不得水响，他赶紧凑过来，盯牢来。

要是好戏，甘当观众倒也罢了，我为此在教戏的厅堂里贴下一副对联，叫“学演生旦净丑破绽很多，尚祈指教；扮唱喜怒哀乐缺陷不少，还望包涵”。他倒是热衷于指教，打麻打岔，指教的是如何树立正确的婚恋观家庭观，说多了，相当招人嫌。他看出脸色，就观棋不语，但从不缺席。

我说，久长祖祖，你这么好戏，干脆当报本人吧。论辈分，是我老祖宗呢，得罪不起。到底是大知识分子啊，他一怔，接着语重心长：莫嫌我，是为你好为这个戏班好，这里孤男一个寡女多多，万一有事，你跳进黄河？我当观众，可助兴，亦可警示，最要紧的，一旦有万一，有人作证护着你不好吗？真心说，我感动，老祖宗当得乐王菩萨，在为我保驾护航呢。我诚心诚意邀他当报本人，就是躲在演员屁股后面提词的那位，他疑疑惑惑，盯住我脸看了好久，审视出诚意来才点头。不过，他捧个戏本蹲了一回就不干了，可能觉得有辱斯文吧，毕竟人家有身份的。

我恼他的火，是后来他擅自邀了几个老人做伴来看排戏。要是教学热火，那是为我喝彩。我这边焦头烂额，你们围观是给我添堵。到锦江镇上建一座有排演厅的博物馆，就是那时动的念头。这个念头刺激得我发狠，非要把剧团办得红红火火不可。念头属于未来，眼下怎么对付陶会长这几个观众？你以为他们真是戏迷呀，才不呢。人家怕干柴碰到烈火，保佑我平平安安！哪怕天一黑就舂米样舂瞌困，他们也要相邀来排练现场听戏，我一时恶向胆边生，故意排到半夜，几颗脑袋把板凳舂得坑坑洼洼，一个个满头的包，还要强打精神熬。心坚吧？

这么多折子拼贴起来还不是大戏呀！我要认认真真直接排大戏，从拜师帖开始。拜师老传统啦，帖子当然照老样子，不过，有前车之鉴，我得未雨绸缪，防患于未然。防什么呢？学戏的弟子几乎都是女的，好像都跟“出”字有关，自己出墙的，老公出轨的，生气出走的，扬言出家的，被逼出户的，灵魂出窍的，戏班不是客店，岂能随便进出？要在进出口上把关设卡！可我别说墨水，连钢笔都没用过，停留在用铅笔的水平上。请教我的在见手艺人吧，就是李笑啊。这回人家用海南号码，传说那里要建国际旅游岛。

李笑笑得，好像把整个岛都买到手，等着无限升值似的。李笑说，谢谢你高看我满足我的虚荣心，其实大专文凭是买的，我从小学戏倒是演过状元进士和书童，写帖子的事去找你师姐把关吧，人家嫁人还不妨碍电大毕业。我说师姐在上海化疗。李笑说，小菜一碟累不着她，再说她目前状况很不错，人家只比你大几天，你成天师姐师姐的，蒙谁呢？我水果贩子的脑子一转，心想跟李笑可能还有戏，要不，她身在天涯海角干吗八我的卦？后来，李笑给我一个忠告，所有的“出”字是离婚的原因和结果，你在拜师帖上要防你防得住吗，你开婚姻保监会啊？我一听，也是，我开得了犯得着吗我？

不过，拜师帖终究要与时俱进。陶校长陶会长可是大知识分子，人家那么热心待我，我本该主动虚心求教。陶老反复斟酌，对拜师帖上的文字做了一些改动。一是把“今凭亲说合”，改为“立志振兴锦河戏，且矢志不渝”，明确目的，体现态度；二是在“自愿”投在某某名下前面，强调“经家人同意”，加这句话，这里的“家人”指老公，直接写“老公”有大男子主义之嫌，家人可以接受，告知家人也应该；三是“当日三面言定”，改为“五面”，增加的两面是家人和家人委托的见证人，照陶老的意思，那见证人一般由结婚的证婚人担任；四是改“永不负义忘恩”中的“义”字改为“艺”，为学艺而拜师，艺当然至高无上；五是“遍艺十方”乃过去演戏糊口的需要，如今学戏教戏为传承光大，宜改为“传承光大，荣耀家乡”；六是仅仅“现付上教钱”不行，现在公家单位招个人还要写保证书交押金呢，教钱宁可象征性地收几个，保证金要足够，要让人打退堂鼓时心疼；七是“如有懒惰，任凭责治”远远落后现实，应加强针对性，改为“如有退出、离去、私自走穴、串台及演习懈怠等状况，任凭责治”；第八就是落款处了，相应地必须有“家人”和家人委托的“见证人”签名。哇！厉害吧？不愧为中华人民共和国高级教师！八条全在点子上，这几年观众没白当呀，他真是端坐在现场的乐王菩萨呀！

除了“家人委托的见证人”有待商议外，别的我全部同意。为什么对那条有异议呢？一是它指结婚的证婚人，感觉怪怪的；二是本来就有“在见手艺人”，就是见证人嘛。陶会长说，此见证人非彼见证人，彼见证人为程序作证，此见证人见证人际关系，比如师徒关系、家人关系，等等。把我绕晕后，只得同意，改个名称叫“在场公证人”，怪就怪吧，搞怪也是要有文化内涵的，不像倒卖水果。

放风出去后，我手机被打爆了，来咨询的，问这问那，还有文艺学校毕业的，学戏热好像在望湖大地上蓬勃兴起。为了方便人家登门，我选择放在我的厂区里报名面试。我看过一副戏联，写的是："家传耕读乘闲时扮作生旦净丑，戏演君相结局后仍是士农工商。"真是听段曲胜读十年书啊，我来改改，贴到大楼门边，上联是"家传耕读乘闲时扮作太后皇妃美姬女驸马"，下联是"戏演君相结局后仍是贤妻良母巧妇好媳妇"。有才吧？

县电视台记者把这副对联扫了又扫，后来反复出现在新闻里。这是个宣传点，所以这条新闻上了江西卫视。李笑看到，马上电我，还是海南号码。她说，广场舞大妈改行演戏呀。我分辩说那是对联惹的祸，记者照着对联在面试现场配画面，其实报名的有年轻人，还有戏校毕业的少男少女，看到现场景象，我准备增加招徒人数呢。李笑真诚地笑着说，但愿吧。我说等把《蝴蝶梦》排得有个样子，你过来指导指导。她还是笑嘻嘻，但愿吧。接着她说，她在三亚有套精装别墅等着往里面装人，拿一年时间通风。听听，分明是给我留的时间。

别墅已装不下当年的水果贩子啦。因为我出轨了。真正的出轨。招徒的预选名单出来，我有喜有忧，喜的是里面真有戏校毕业生，还有男孩子，忧的是他们靠得住吗，而且名单里真如李笑看到的，广场舞大妈大叔不少。我需要师姐定夺。师姐吃的靶向化疗药出现耐药性，改用别的药后，又去上海复查，几天就能回来，我等不得，飞过去。她用眼睛告诉我复查结果正常。是的，她嗓子嘶哑得说不出话。我一激动，紧紧抱住她，紧得谁也夺不走……

最后的名单是她圈定的。我说，看来拜师帖还得修改。她摇摇头，接着在纸上写下一句话：人间有戏，人心不荒。她居然信心满满。也是。我说，可惜你不能教戏了。她又摇头，并写道：我有录音和视频。我说太好啦，等有条件我们排《蝴蝶梦》好不好，那是一位编剧和一位演员一辈子的梦想。师姐写道：帮李笑父女圆梦，我高兴，以后不管他们到不到场，人都在戏里。看看师姐这境界！

谭笑可比不上。新闻一播，她就来电训我：望湖县政府以这么优厚的条件，招你来日日笙歌当夜官夜乌纱夜皇帝呀？仗着有钱，你想把正规剧团整垮，把演员统统撵去跳鄱阳湖呀？我家老爷子怎么教出个演闹剧的！

我真是没文化的马大哈呀，挨了训还不赶快叫人打扫现场，半个月后那副对联还跨在大门两边，红纸还鲜艳着。赶上谭副县长陪上级领导来视察，领导见了很感兴趣，追问一通，我说得眉飞色舞，得意便忘形，把建博物馆的想法也兜了出去，上级领导到底在上面，水平就是高，不光表扬还指示各级政府大力扶持。

哈哈，谭笑一脸苦笑，当然，其中苦味神鬼不晓，只有她知我知。

陶家村真是戏窝子，这班弟子还是本村为主。谭笑的话其实也提醒了我，锦河戏是望湖农民创造的，农民喜欢，我置戏箱出于一个农民的业余爱好，我办的是农民剧团，那么，拜师礼理该放在陶家村，我一个小贩子，干吗逼人跳湖玩呀？

行拜师礼时，弟子叩拜过乐王菩萨，师傅要坐在牌位桌左侧接受拜师帖。上回是我师姐师妹三人一起上坐，共同接受五个女弟子的拜师帖，这次招的弟子多，请的戏师也多，而我只请师姐坐上，这也是各位戏师一致的意见。师姐满脸通红，怎么也请不动拉不动，我一急，把她抱上了太师椅。没想到，她那么轻，轻得就像当年流行的一张戏碟。祠堂里掌声雷动。哦，拜师礼放在陶氏宗祠里。

落座后，师姐呀呀地指着自己的嘴，意思是说她得回弟子的话，她开口谁懂呢？我说你接过拜师帖点头笑笑就行，你明澈的眼里有千言万语。结果呢？接受第一个弟子的帖子，她轻轻一笑便是热泪滚滚，后面轻笑彻底消失，只剩下两行热泪，像风吹瀑布，一阵阵飘洒……这样的回话谁听不懂？

这是两年前的事。我录了视频，还把师姐写的那段话拍下来，发给李笑，后来还发去徒弟戏《桃花帕》和《桃欢李笑》的视频，是在县锦河剧院演的。奇了怪，她一直不回话，海南手机不是忙音就是不接。哦，这届弟子很行，有的基础不错，坚持到现在都没走。不过，有几个恐怕憋不住了，天要下雨……臭嘴！走的真是想嫁人，比上届有进步。我得赶快搬过来排演《蝴蝶梦》，这两年放在祠堂里排戏，围观的太多，嫁人的就是围观者勾走的！好笑吧？

请老师上楼帮我指导指导，本来想陈列锦河戏的资料道具服装和老物件，前几天电话咨询社长姆姆，听到艺人罢演故事，我相当感动，这也是锦河戏历史啊，一转念，三楼干脆搞鄱阳湖地区抗战博物馆。昨日追到邓埠朱风顺屋里，天助我也，寄给中国大法官的那些罪证根本没寄出，钢盔变成了饲料盆。社长姆姆转云船岭微信图片给我，居然是水雷，要是把老爷庙沉掉的鬼子艇打捞起来，更震撼。哦，百慕大魔鬼三角，打捞难，搬来也放不下。有部神秘的日本志书，1917 年的，日本鬼子入侵鄱阳湖好像是 1938 年，看看，文化是先头部队吧。好多人见过留过，都没当一回事，古怪吧，它得而复失失而再得，鬼魂样游来荡去，我发誓捉住它，必须的！

见 赞

口述人：

方家兴，男，1963 年 2 月出生，锦江镇人，小学文化，从小喜欢即兴作诗唱山歌，近年创办锦江民间艺术团，活跃在本地及邻近各县农村。

采录环境：

锦江镇上的家兴超市对门有一爿店面，原为人民公社配种站，该站早已不配种，管配种的人也早就不知去向，店门长年紧闭，招牌竟忘了摘掉，直到民间艺术团成立。就是说，被锦江镇民间艺术团的招牌取而代之了。

显然，艺术团挂牌时气氛隆重热烈。红纸写的对联、仪式程序和节目单，还留在临街的大门两侧墙上，红纸依然鲜艳，只是那副对联被撕得惨不忍睹，残留着部分字迹，要靠想象去填空才能凑齐上下联，似为：从前配种曾经六畜兴旺，而今放歌祈愿万民富康。镇长参加仪式后丢下一句话，你拿放歌对配种呀？艺术团顿时羞红了脸，无奈贴对联时功夫用得太深，把它撕成了纸艺。

方家兴：

我这个人脸皮厚，不怕现丑，进门看到对联，就晓得我水平啦，文盲，没法子。有次我即兴打山歌，还编了句"纵欲歌唱人人欢"，来考察的大领导乐得叫我去陪饭，那天喝了蛮多酒。

其实呀，唱"纵欲"是故意的，吸引眼球的小狡猾，把大领导吸引了。酒桌上他要考察我即兴赋诗即兴编歌的本事，出了好几个题目，新农村呀，大果业呀，有机菜呀，指向哪里打到哪，当场创作，搞了五六段。见他开心，我放肆啦，现编现唱《领导面相真是善》。为了这首歌，他一口干掉一碗水酒，跟书记县长他们一下一下咪，跟我是满满一碗，哈哈。

啊，唱唱？不敢不敢，你是大专家。哦，你这样讲，我就不好意思啦，唱就唱，反正我皮厚不怕耻。听到来——

领导面相真是善，
地角方圆天庭满；
天有祥云眉宇飞，
地有春水笑涡旋；
胸怀苍穹境界高，
心贴热土万民欢。

对，是望湖山歌的调子。那时没有微信，发不了视频，要是有，大领导肯定不准我唱他个人，我把他姓名嵌在词里，三个字的，你猜。那次临散席，他还特别强调这首歌这件事到此为止。以前我守口如瓶的，上个月镇里叫我重唱，录了视频发给他，说他退下来在写回忆录，那我也可以解密啦。成立民间艺术团，就是他那天提出的，并叫县里镇里大力支持，亲自点将叫我当团长。托两片嘴的福，这辈子总算混到个官当。

这张嘴是逼出来的。三四十岁以上的人可能还记得，二十世纪八九十年代，经常有一位身材中等总是喜欢穿皮鞋挽裤脚的人，推着一辆插满小彩旗的自行车走村串户，一边念着顺口溜一边卖糕点，眼睛小小的，鼻子塌塌的，胡子翘翘的，那个人就是我，锦江镇独一无二，望湖县绝无仅有。我不挽裤脚不行啊，走乡下机耕道，车链子车挡板尽是泥呀牛屎呀，蹭得裤脚邋里邋遢。

我卖的糕点主要有油果子兰花片，饼干泡饼蛋黄酥，大雪枣大麻枣，硬糖软糖寸金糖，县食品厂生产的，镇上供销社和食品店都买得到，不过，那时不像现在连小村庄也有超市，我才想到送货上门。不愿作田，又不愿出远门，只好去倒卖食品挣碗饭吃，关键是要不了几个本钱。

最好卖的是寸金糖。好卖是因为广告做得好。广告是因为跟牙齿联得好。念几段你听听——

寸金糖，糯米糖，
裹上芝麻甜又香，

粘菜屑，除黄垢，
雪白的牙齿真漂亮。

还有——

寸金糖，粘粘糖，
牙虫粘个精精光，
粘掉乳齿不觉得，
换出恒牙白又亮。

还有——

寸金糖，很营养，
秧子吃了花朵样，
大嫂吃了秧子样；
伢崽吃了牛牯样，
老汉吃了伢崽样。

少年儿童最大的烦恼应该算牙痛，换牙痛，虫牙更痛。寸金糖你吃过吧，细细的米糖，熬得燥，脆脆的，有一寸长，裹上黑芝麻。我怎么会由寸金糖联想到牙齿呢？读小学时换牙，牙晃晃动，痛得要死，钱丽丽从铅笔盒里摸出一根米糖塞进我口里，叫我拿坏牙用劲嚼，当真，粘掉了牙！她那是自家做的米糖。为什么要拿铅笔盒装呢？米糖要冻米花养的，要不会烊成糖稀。

跟我家一样，钱丽丽家也是移民，真正的老乡。老家在大水库底下变成了龙宫，四年级开始，我俩同桌，我跟她讲，要是不迁来锦江几好哟，你做龙王爷的公主，我当太子，我俩命令虾兵蟹将天天去跟哪吒演打仗的戏。偶尔说几句话还好，要是话多，钱丽丽就紧张得发抖，怕老师批评，更怕万兵的眼睛，万兵老爹不过是个生产队长，可在老锦江人眼里，我们移民像叫花子，像强盗，大人受歧视，小孩上学受欺负。

万兵嫉妒米糖，勒令钱丽丽每天装一铅笔盒米糖去孝敬他。我不是被米糖粘掉了牙吗？我就嘲笑自己：缺牙齿缺，上学会打跌，跌得头出血，跌得缺牙齿缺。我像念咒语，万兵头天吃人家一铅笔盒糖，第二天当真打跌，跌得惨啊，跌落到劈山开的渠道里，好在上面水库没放水，要不去给龙王做太子的是他。

他跌落两颗门牙，竟然怪我。他老爹带着万家全队社员扛着锄头铁耙闯到野鸡岭。那里离镇上两三里，是划给移民的山窝窝，听地名就晓得那里只蓄得住野鸡，不过，我们穷则思变，人更勤劳，日子比他们过得好，眼红呢。我老爹见他们气势汹汹，反而笑脸相迎，他说：前几日我俩吵口，我劝你乌龟莫笑鳖，都在泥里歇，今日你客气，来相帮挖山塘呀。我算到了会有今日呢，特意打来野猪杀了鸡，等着酬谢万家好兄弟。

果然，鸡和半边野猪肉挂在厨房门口，一眼望过去，还能看到立在门边的几杆铳。你想想，铳都搬出来了，那还不是忍无可忍啊，可从小大人教育我们要忍要让要笑脸相迎好话相送。哪晓得，万家人将计就计，真的去帮野鸡岭挖山塘，真的逼我们炖肉炆鸡。头日夜间打的野猪全部喂了他们。

万兵一直想报复我，正好升初中，他出了更毒的一招，叫亲戚出面找校长，安排钱丽丽跟他坐。你说我恼火吧，钱丽丽见他是全身打抖的！我扛杆铳去找他，我说哪个敢欺负钱丽丽，我就敢把他打成米筛，你牙不关风，也不怕全身不关风是吧？我手里引火用的黄麻秆子把他吓傻了，他不懂，铳没填火药没装铁砂呢。哪晓得，这件事后果很严重，我被开除学籍，而且锦江人都晓得，锦江中学出了个成长中的杀人犯。可怕吧？

派出所关我十多天。日日威胁要枪毙我，经常吓得我尿裤子，不过裤子一干腰杆子就直了，于是乎我开始琢磨上刑场该喊哪句口号，还有，他们会不会堵住我嘴。没想到，突然宣布要释放我，前提是写保证书。我写的是——

人民公安真英俊，
个个都像杨子荣，
威虎山上逞英豪，
革命胜利有保证。

如此保证书把干警逗乐了，我以为放人是夸人夸得好，回家才晓得，幸好我扛的是李勇奇的道具铳，要不然我就是杀人未遂的少年犯。钱丽丽哭着告诉我，为了救我，野鸡岭的野物被打光了，全村能送的礼只有野物。那天钱丽丽非要我脱掉上衣看看不可，我说我蹲的又不是国民党大狱，她一把抓住我就扒我衣服，唰地我眼睛湿了，还有一股热流让我突然变成了男人。

扯远啦。还是回到牙齿上。中小学正是换牙期，寸金糖广告词可以切中人家痛感，抚摸人家神经。别的点心做不到，你硬往身体棒、长得高什么的上面去靠，太空洞。到后来我不卖别的糕点，专买寸金糖，而且走遍全县乡村中小学，甚至走进县城里，到了礼拜天节假日就走村串户。

乡下学生，口袋里掏得出现钱的少，我灵活经营呀，一两两卖，一根根也卖，付款卖，拿破烂来换也行。其实换糖更赚钱，我差不多成收破烂的啦，鸡毛鸭毛，破铜烂铁。有一年冬天，在宁湾小学门口，有个女老师拿了把铳要跟我换糖，围巾裹头口罩遮面，只剩忽闪忽闪的眼睛。我又是热流汹涌，脱口念道——

忽闪忽闪大眼睛，
寒冬腊月暖人心，
瞳仁里的顽童十多岁，
面前却是大男人。

没错，钱丽丽。她喜欢吃米糖更喜欢吃寸金糖，米糖寸金糖是一家。我晓得她在宁湾当老师，晓得她老叫学生出来买糖。人生真是一个谜，她居然嫁给了缺门牙的万兵，不打抖了呀？哦，我忘了说，我被开除的那年，钱丽丽老爹被毒蛇咬死了，也怪镇上土郎中，在别处喝喜酒，听说蛇咬伤的是移民佬，期期艾艾，不肯放下酒杯，等他醉醺醺地回来，晚啦。后来钱丽丽娘拖油瓶改嫁别的乡镇，我晓得丽丽家在哪里，可我是文盲又是作田佬，好意思去见人家高中生？她高中毕业后，当了小学老师，万兵先在这个配种站，后来听说去给哪里的老板拎包了。

钱丽丽用捡来的废铁铳换了我一铁皮箱寸金糖，至少有二十斤吧，见到她我好激动，别说糖，要命都给。她把我带进寝室烤火喝茶，一眼瞟见桌上的结婚照，特别是那两颗亮得刺眼的大门牙，我心猛地掉进冰窟里，只好拼命吃糖，那糖火气大，不住嘴地吃了好几斤，吃得我当晚屙血，吓得要死。哦，社长姆姆也拿糖当饭，开始叫我定期送，一送一桶，吃了两桶吧，骂我啦，发火发得火烧屋样。转身我窃笑，肯定屙了血。古怪吧，日日到夜边她在办公室里期期艾艾，唉，当官比卖糖辛苦。

吃了丽丽那么多糖，待了那么久，她肯定说了蛮多事，我都没听进。我就想着一件事，要混得人模狗样，要让人看得起。想来想去，没别的本事，只有嘴皮子功夫，卖寸金糖，更要卖梨膏糖！从前望湖县城里卖梨膏糖的会唱——

老年人吃了梨膏糖，
延年益寿保安康；
中年人吃了梨膏糖，
化痰止咳身体壮；
年轻人吃了梨膏糖，
强身健体脸放光；
细伢子吃了梨膏糖，
憨头搭脑日日长。

望湖人把说唱艺人也叫卖梨膏糖的，因为他能随时编词见人唱人，嘴巴甜呀！

卖梨膏糖还要看卖给哪个。我从野鸡岭搬到镇上，在镇政府门口租了个小店面。我懒得推车去卖寸金糖了，就在领导眼皮子底下卖梨膏糖。镇里办公室主任肯定是根笔杆子，他来买打火机，我唱他的年轻有为，小卖部的烟酒就不愁销路了。管教育的副镇长来买烟，我唱他的风度翩翩，笔墨纸张需求量大涨。反正镇里的大小干部，都蛮照顾我的生意。妇联主任来买卫生巾，我唱她的桃红水色，她不需要我进货，而是帮我进了个老婆。妇联主任说我手上有资源你尽管挑，领导这么说我就放心啦，挑了好多挑花了眼，最后挑了个憨憨的邓埠人，姓陈，不比钱丽丽差十万八千里，几百里肯定有，不过憨人有憨福，帮我生了三个崽。哈哈。

计生办肯定有意见。生过老二就勒令我老婆主动去结扎，不然将采取强硬措施。计生办主任也生得面善，我早就唱过的，我又到主任办公室去唱了一遍，主任说明天县里来检查计生工作，还想听听群众反映，座谈会上你唱一首吧。我问，那我老婆呢？主任说，抓还是要抓的，争取叫他们割阑尾应付一下。后来，我现编的词，唱得大家攒劲鼓掌，还叫人把词抄走了。老婆逃过了那一刀，连阑尾也继续幸福成长。生下老三倒是被罚了款，不罚不足以平民怨，领导难处要理解，理解领导天地宽，再说，值得。

卖梨膏糖也要当心。我开店以后经历的第一任书记，接社长姆姆脚的那个是移民的后代，野鸡岭上飞出的金凤凰，他能脱颖而出该多优秀！有一阵子，走我门前过，见他老是咳嗽，我跑到县里的中药店没买到梨膏糖，灵机一动去中医院开，看病的老中医跟我蛮投缘，也是没有病人闲的，他扯住我说了半天中医院自制梨膏糖的好处，那首歌谣我还记得——

一包冰糖熬梨膏，
二加香料中草药，
山楂麦芽助消化（山楂的山跟三同音），
四君可以除肺痨，
五味肉桂作配料，
六配人参三七草，
七星灶内燃炭火，
八卦炉中炼梨膏，
九增杏仁制成品，
十全大补有功效。
吃我一块梨膏糖，
化痰止咳乐陶陶。

我为何记得这么清楚？刻骨铭心啊。那个书记姓钱，钱丽丽的钱，很严肃的样子，平常从不到小卖部来，而且奇怪，路过我门前进院子，他拐的是大弯，离我店面远远的，躲大麻风呀？为了梨膏糖我得硬着头皮往上凑，钱书记微笑着听完那段歌谣，哦，这么好呀，那我试试。从前的药，就是灵，还便宜。第二天他告诉我昨晚全家终于睡了个好觉，问这药哪里有卖，他爱咳嗽。我说你没时间进医院，包在我身上吧。就这样，关系像梨膏糖熬熟了，熟了，就有故事。

有一天他告诉我，派出所准备雇个临时工，那时没有协警一说。我晓得，镇里粮管所农机站税务所那些地方都有雇用人员，表现好，有编制，运气好，就能转正式。馋死了我，能去那里真是翻身农奴把歌唱，别说拿铳，扛杆枪去见万兵，也是执行公务。尽管小卖部生意还不错，可钱当不得面子，我宁愿要身份。当时我担心两点，一是小学文化，二是以前在里面待过。不过，书记主动提出的事，那还不是铁板钉钉呀。

得意忘形之际，我也感到羞愧，全镇大小干部我差不多都歌颂过，唯独缺了书记。以前怕他的严肃，人家其实很亲民嘛。于是，我冥思苦想，找他的特点和特长。唱长相，长相不敢恭维。唱业绩，好像镇里干部议论蛮多。回了一趟野鸡岭，灵感来了，他的成长经历可歌可泣，为了求学，小学三年级投亲靠友去县城读书，初中毕业当工人，后来参军去了珍宝岛，转业在商业局当股长，一步步再提拔为乡镇书记。工农兵学商，全部经历过，这还不值得大书特书呀！

锦江有个钱书记，
人生经历真神奇，
工农兵商学根本，
南北东西发新枝，
野鸡岭飞出金凤凰，
锦江畔写下新业绩。

蛮好吧？我想，那么严肃一个领导，肯定不喜欢人当面奉承，干脆唱到群众中去，由下而上，传到他耳朵里。来自群众的心声，就算他不露声色，也肯定心花怒放。可是，万万没料到，事与愿违，去派出所的事没人提了，书记拒绝我的梨膏糖了，他进院子干脆走侧门了，半年之后他人也开路了，去快要倒闭的县电机厂当书记。

我纳闷啊，他那样对我，比打我骂我抓我关我更难受。问镇上的大小领导，都笑而不答，倒是接任书记的镇长点醒了我，他说，野鸡终究是野鸡，凤凰到底是凤凰。我恍然大悟。后来钱丽丽来镇上开会，特意进小卖部骂我一顿，她说什么野鸡岭飞出金凤凰，帮助别人排挤他呀，怕人不晓得他家是移民呀。他从小离开父母投亲靠友，也是为了淡化移民身份，你把他翻了个底朝天，跟他有仇是吗？听听，歧视把人分成黑白，漂白需要多大功夫！

我冤死啦，明明为了歌颂他。钱丽丽说，真要歌颂，把过去那段改改嘛，还节省脑髓，锦江书记真英俊，曾经当过子弟兵，珍宝岛上逞英豪，锦江河畔立新功。钱丽丽还说，你顺口溜比铁铳厉害，伤人不见血的，野鸡岭好不容易出个人物，居然成了你枪下野物。

那阵子，我难受得夜夜闹失眠，不去请罪磕个头，那种煎熬恐怕不肯让我再过一个安生年，我连续三天去电机厂找钱书记，第三天才放我进厂见面。那么严肃的一个人，听说来意，只是苦笑一下，他说卖梨膏糖的，你帮我们厂里推销新开发的鸿运扇吧，走街串巷走村串户都行，还是推自行车，报酬嘛不会亏待你。我当然义不容辞，不，是将功补过，卖身赎罪。

真的，我相当卖劲，不信，去问钱丽丽。钱丽丽进城了，单位是县一小，住在广场边，她教室和办公室临街，家也临街，上班时间看得到我，礼拜天也看得到我，那么小的县城我一天要转多少圈呀，像一头碾谷的牛围着碾盘转。鸿运扇是系列的，我的广告词也是系列的。客厅的功率大一点，卧室的立体风轻柔还定时，学生专用的可以驱蚊，厨房专用的可以排烟，卫生间专用的香风徐徐，还有车上用的，走路用的。我叫我细崽把所有顺口溜整理一下，输进了电脑，准备联系出版，到时敬请老师指教，一定要多多批评哦。

钱丽丽在窗前看到我会挥挥手，我很好认，戴着披着载着鸿运扇广告，一辆自行车，一个电喇叭，到了人多的地方就停下哇哇哇。闲的时候，钱丽丽一天朝我挥无数次手，就是不过来，哪怕我招手示意。有一次，我做了个点铳放铳的姿势，她下楼出了校门，问我那是什么意思。我说那个动作是问你，从小那么怕万兵，怎么能被他击中呢？这是多年压在我心头的谜。钱丽丽说，你老婆不也是靠卖梨膏糖得到的吗？原来如此，人都需要耳顺呀。那天晚上我回锦江，没有回家，去了锦中校园，好没来由地，在操场上大哭了一场。哭完，躺在地上数星星，数着数着，困死啦。醒来甩了自己一巴掌。

很遗憾，天下大势，浩浩荡荡。电视里听来的话。空调都普及了，鸿运扇怎能螳臂当车？跑了半年，电机厂终于无可奈何花落去。临别时钱书记表扬我说，你广告做得很出色，我老婆孩子听你吹牛，给每个房间配了一台各种功能的来吹我，谁告诉你有专吹脑袋、专吹腿裆的鸿运扇呀？

我说我绞尽了脑汁，也跑断了腿，每天推着自行车得转多少圈呀！没想到，钱书记给出了答案，晴天是四十五圈，雨天是三十八圈，上个月的三十号是晴天，可你只转了四十圈！哇！这么精确，钱书记上班只管数数玩呀！我走到他办公室窗台边一伸头，楼下正是我的必经之路，朝东插过去就是县一小，而少转几圈的那个晴天，是和钱丽丽见面耽误的。企业垂死挣扎他不管，说明已经没药可救，他还叫我满大街转悠，他自己临窗观赏，这不是看要猴吗？他就这样报复我呀！比打脸要痛得多。

他说你写个条我批字，到楼下财务科去领钱，还有，配给你的自行车可以骑走。我转身就走，到门边扭头回去，抱走了他办公桌上的鸿运扇。钱留给他买梨膏糖吧，车留给企业走出困境吧，我要鸿运扇让自己好好凉快凉快。我脸皮再厚也怕耻呀，回家面对鸿运扇越想越难过，第二天用一整天时间把电扇拆掉，不光是拆骨头，把它的小心脏那个电机都拆碎了！

让老婆歇闲，还是我来打理小卖部吧。那半年，镇上干部变化大，提的提，走的走，我懒得去粘他们了。不过，我名声在外，有好多人找上门请我去搞推销，我说县里也有了电视台还找我呀，他们觉得我滑稽亲切还文艺，最关键是敬业，一天绕城四十五圈那是碾谷的牛，要么讨笑的猴啊！我嘿嘿冷笑，他们一个个是被吓跑的。后来城里有传说，推销鸿运扇的那人疯了，吓得钱丽丽还专程来看望我。

我以为是专程，其实是顺便，万兵来锦江当书记，她搭车重游故地。游完小卖部，见我确实没疯神经还比较正常，就叫我陪着去小学中学看看，接着再去野鸡岭，到我老爹家吃顿农家菜。我问，拎包的怎么能爬到书记位子上呢？钱丽丽说，提菜篮挑大粪的也可以呀。我故意把她领到派出所门前，我问要是当年我放了一铳，我们三人的命运该会怎样？钱丽丽一阵慌乱后，安慰我说，他那两颗假门牙装得挺结实，不会记恨过去的，再说他跌落牙齿确实跟你无关呀。

钱丽丽居然忘了，我一生跟他很有关。也许没忘，也许她悄悄交代万兵要关照我。万兵第二天到小卖部来看我，当着全镇干部的面搂住我双肩，跟我称兄道弟，说我是他发小，很有诗人天赋。诗人的天赋就是水分多，听到好话就出水，哗地泪眼汪汪了，真是没出息。当然，小卖部生意噌地又上去了。

万兵当书记抓的重头戏是街道整治。那时锦江街真是脏乱差，垃圾是一堆堆的，车辆是一片片的，脏水是一汪汪的，万兵说，你姓方的比我多一招，把那一招贡献出来好不好？他这么说的时候，目光上下左右打量小卖部，看得我心发虚，这是违章建筑呢。我比人多出的那一招不就是耍嘴皮吗？

我为街道整治做出了巨大贡献。这可不是自吹自擂，万兵书记在大会上说的。怎么贡献？不能光喊标语口号，要具体一点，具体到某件事某个人。镇里聘我做整治宣传员，给个红袖箍，配个电喇叭，我在街上见人赞人见事赞事，哪怕并不见得是多好的人和事，也狠狠地赞，赞得人没有退路。比如，秀英服装店一家三辆摩托，整天横七竖八停放在门前大街上，那个辣婆子没人敢惹。我见她把三辆车借人骑走，就当她响应镇里号召吧——

陈秀英，真英明，
自家院里把车停，
街道畅通开财源，
橱窗敞亮客盈门。

美得陈秀英见我笑眯了眼，车也乖乖停进了院子。

那阵子，老婆蛮紧张，日夜担心拆违。我摸摸她肚皮说，你尽管制造违章建筑吧，夜晚攒劲再来一个？老婆捶了我一拳。违章肯定要拆，但借着宣传整治，我打好了眼，就是艺术团对面现在我超市那片店，当时闲着，我叫镇里干部出面找房东，盘下来省了好几千，还送了窗式空调、冰箱和家具。装修又是干部牵的线，估计至少便宜万把块吧？算起来，我这卖梨膏糖的没得大好处，倒是吃了蛮多甜头，面子更大，生意更好做。

整治出成效，万兵书记蛮感谢我，镇里有重要客人来，老是叫我去陪客，一陪陪到那个面善的大领导，平日里卫视台才看得到呢。害得后来我家六点半的电视新闻一天不落，日日跟老婆打赌成了比交公粮更重要的事，赌什么，赌大领导今天会不会出镜，输了的罚酒。老婆经常赌不会，也是，每天出镜的那叫播音员。一年到头，老婆受罚的次数没多少，总是我输，乐得三天两头有酒喝。

不过，最后那次打赌，是老婆受罚，我也陪酒喝到醉。为何？时隔两年多，电视新闻说大领导又来锦江视察，亲切慰问了邓埠的老艺人，镜头一晃，我两公婆傻了眼，是我那扛颈鬼瘦的丈人公，套了件黄绸褂，腰间用红绸带拴一只小鼓，鼓边挂面小铜锣，左手持鼓签，右手持锣槌，一阵“咚咚咚呛，咚咚咚呛，咚呛咚呛咚咚咚呛”，之后唱的，居然是“赞梨膏糖”，好笑吧？八十四了，唱得像牙痛打哼哼，大领导还指示人家要坚守下去，传承下去，说那是“非遗”。

老婆说我喝酒是郁闷。没错，大领导来了我都不晓得，这是一；二呢，丈人公是卖梨膏糖的老艺人我也不晓得。何止郁闷？我窝火呢！老婆对着我吼，难道大领导来要通知你呀你算老几？我晓得爹从前做的事我是神呀？见镇政府大楼灯亮着，我借酒劲闯去找万兵书记，请问他带大领导去慰问老丈人为何不告诉女儿女婿，为何让我丈人冒充老艺人？

万兵两颗假的门牙有点飘，笑起来更加。万兵说领导得知望湖有种说唱艺术叫报春，很惊奇，特意专程去考察的，因为那是他老家特有的民间艺术。一问，果然，那户陈姓人家是祖辈逃难来望湖辗转落户邓埠的，一路上靠报春乞讨糊口，此后凭着报春供家养眷，传到第四代，于二十世纪六十年代初砸了鼓卖掉锣烧光唱本，这位最后的传人最近才被镇文化站挖掘出来。万兵故作惊奇状：是你丈人啊，难怪你无师自通也成了艺术家，遗传遗传！说得好像我是丈人生的。聊了蛮久，万兵就是不提大领导是否问到我，是否问到筹办中的民间艺术团。那一夜，我蛮委屈。盼在电视里见见他，我浪费几多电哟，还喝酒伤了胃。

老婆喝多了酒兴奋得不困觉，拼命回忆往事，也没想起她爹跟报春有关的任何细节。天麻麻亮，我两公婆就去邓埠追问老人家。老人家被逼急了，才说：我怕耻呢，一九五几年的时候，县里把我叫去开会，领导和专家都说报春是乞讨的艺术，没错呢，它当真是我陈家几代人讨饭的饭碗，我不愿再唱了，情愿当社员去作田……丈人公告诉我，像别的说唱艺术一样，报春的特点也是“见赞”，见人赞人，见事赞事，见物赞物，把人夸赞高兴，你肚子就饱了。听到这句话，我脸上有点发烧。其实，好多民间艺术本来是吃饭的家什，如今成了艺术成了“非遗”。我问丈人公，大领导指示要做好传承工作，你怎么说？丈人公说，我没人可传，我女婿从前跑推销如今坐店当老板啦。老糊涂吧？从头到尾，没提起过他女婿是哪个！大领导也把我忘得一干二净。古怪，他后来写回忆录，怎么想起有个“领导面相真是善”？

这多天我想呀想，什么无师自通，我也是生活逼的！我老婆蛮有才呢，听了她爹的故事，有天半夜里猛地坐起来，念了一句诗，她说：见赞是苦难的花朵。把我吓了一跳，我骂她：发邪呀！

真 相

口述人：

陈四斤，男，出生于1945年农历五月发端午水的时候，锦江镇邓埠村人，高小文化程度，渔民，自号“奇石老人”。妻蓼子花，陈家从蓼花洲上拾得的女童，作为童养媳养到十六岁与陈四斤成亲，夫妇俩育有二子一女，子女均已成家。

采录环境：

坐落在锦江入湖口的邓埠村，曾是舟楫穿梭的繁忙码头，商贾云集的繁华街市。整个村庄像匍匐在水边的一只大鸟，比如雁鹅鸬鹚以及其他，鳞次栉比的房屋，仿佛层层叠叠的羽毛。

距村庄三里远，还有一处小小的村盘，忽如依傍大鸟的孤独雏鸟。那是村外村，是邓埠的另一部分，附属的部分，从前是杂姓居住的地方，杂姓乃主姓邓氏宗族的世仆，邓氏族规家法规定：“辞年庆岁、元宵庆灯、春秋二社、小戏大戏、婚嫁丧葬、祠墓祭祀、乡试送考、亲朋庆贺、往来肩舆，皆仆人供役。岁逢元旦，无论男妇老少，世仆每天给以鱼、肉、酒、腐。辞年庆岁、春秋二社、戏曲傩舞，俱有赏赐……”世仆中有会演奏鼓乐、能歌善舞的戏仆、傩仆，因为没有戏神庙和傩神庙，神像、傩面等都由艺人保存，所以，主家为给他们建造的房屋比自己的居所还要讲究。村外村一副落寞的样子，却忠实守护和陪伴着聚族而居的村庄。

从坐落在半坡上的村外村，可眺望湖上船来船往、云驻云飞，故名云船岭。挨挨挤挤的七八幢古屋已于近年坍塌，如今连屋基也淹没在草木之中，依然完好的新旧两幢房屋，并排潜藏在绿荫里，属于唯一的住户陈四斤家，其实陈家只有陈四斤老人独自陪伴着眼前不老的湖，老伴和儿女已在去年迁往锦江镇新居。

进入山坡上的陈家，需经过五道院门。头门，网门。竹木搭的篱笆墙开一大门，以渔网为门扇，网上吊着一些易拉罐，一碰叮当作响，好比门铃。二门，石门。石板为桥，桥的那头，石块垒墙，竖起四根毛竹作门框，依然以悬挂易拉罐的渔网为门扇，简易的门匾上题有“真正人间”四字。三门，树门。不知是一棵什么树，被主人弯成一道拱门，门上开着一朵不肯凋谢的牵牛花。四门，藤门。借生长在崖边的野藤之势，饰以酷如长蛇的绳索，巧构成门形，绳索上装饰有鲜艳的塑料花；最后才是正儿八经的院门。看看，进入老人的世界将经历怎样的曲折，怎样的关锁。

不过，老人是热情慷慨的，质朴率真的。笑容里有几分腼腆，目光里却是一片诚挚。闪烁其中的，应是对湖的迷恋之情。他以收藏湖中奇石而渐为世人所知晓，时有各色人等不辞辛苦登门造访。大约先有媒体为之命名，随后他乐享其成，索性也自号“奇石老人”。

陈四斤：

蓼子花说我是属蚌的，有时候寻不到嘴，有时候一身的嘴，拿掉嘴就没见了人。有何事要问，你就问，你问我答，叫我讲故事？我会讲故事就好喽，我说书去，何苦耕波犁浪、栽鱼种虾？这两个成语是我几十年前想出来的，没想到而今当真能栽鱼种虾，网箱养鱼呀。我读过几个月私塾，当得高小毕业，斗大的字识得一船，就靠识得的这船字，看过一船的老古书。此话怎讲？一条船在我云船岭泊了半个月，不走船也没见人，我好生奇怪，上船一看，全是挨批判的精神毒素，我乐得老鼠进书箱——食老书，拼死吃河豚，我不怕死，有一本书没看全，里面蛮多字不识得，鬼画符样，我找锦江中学陶校长讨教，外国字呢，没里通外国吧？吓得我死。他留下书要研究研究，我三魂走了六魄，再一想，小划子也划不到外国啊，怕他个蛋！倒是老婆怕我中毒，见我看书就发火，日日起灶生火就用老古书引火，我屋里做饭硬是要比别家香。

我老婆蓼子花，不是那个廖，户口本身份证都搞错了，她是从蓼花洲上捡来的，有纪念意义。公不离婆，秤不离砣，问我少不得提到她，你千万不可写错。问吧。

问：

陈师傅……陈大哥……好好好，叫老陈。老陈，我是从报纸上知道你的，有篇文章写你，题目叫《奇石老人陈四斤》，整整一版。很感人，所以前几天电话约你，把来意说了，就是想听听你作为一个渔民，怎么想到去收藏奇石的，鄱阳湖里奇石很多吗，你了解奇石吗，还有你收藏奇石的故事。漫谈吧，随意聊，就像在浩渺的大湖上驾船，信马由缰，跑到哪算哪。你放开聊。

陈四斤：

湖上是有边界的，东岸有进贤县余干县鄱阳县都昌县湖口县，西岸有新建县永修县德安县星子县九江县，县县有地界有山界有水界，打鱼不能越界，连打沤肥的湖草也不能，古往今来，因为越界，打过几多架，死伤几多人！哪里能随你信马由缰？

就算没有边界，也有老爷庙啊。行船快要到老爷庙水域，必须抛锚停船，对到山上的老爷庙敬神，点烛燃香放鞭炮，全船人跪在船头上遥相叩拜。船家敬神——为何（河）？晓得那里沉掉几多船！传说还沉掉了日本鬼子的火艇子。不得了！人称鄱阳湖上“百慕大”，邪呢。我每次敬过神从那里走，照样胆战心惊。我遇过几次险，等下说给你听。听过，看你还敢信马由缰不！

还有，你说报纸那篇文章很感人，我觉得蛮烦人。再三声明，我老婆叫蓼子花，它偏要写成那个廖。老婆是文盲，可我崽女亲友有文化，我屋里出的大学生都可以拿火车装，人家看到还以为我讨过了姓廖的老婆，文章写得我两公婆不共戴天样，说我独自住在一片废墟上，好像众叛亲离、孤家寡人样。再加上弄错老婆名字，我在世上怎么做人，你说！

问：

那好，我们规矩点，不信马由缰。要不，就从这片废墟说起。别人都搬走了，你为什么不走？仅仅是为了出湖方便吗？

陈四斤：

你要说这里是废墟，我就不同意了。有人住，能叫废墟吗？何况我还养了一头牛一只羊，还有鸡鸭鹅各一只。有生命存在的地方就不能算是废墟。

问：

有意思，为什么都是打单的？哈哈，巧啦，今天正好"双十一"。

陈四斤：

我又不是故意一样养一只，买来都是成双成对的，鸡鸭还成群呢。奈不了它们的何。鸡鸭几次发瘟，各剩下一只，好在是母的，能生蛋，才蓄得住。牛羊跟鹅也是母的，公的追到别家骚婆娘打花去啦，被别家勾了魂，让自家没开苞的黄花女歇闲，蓄到了老。当真傻得没治。

我也不是故意打单的。别人搬走，非要住到县城和镇上去不可，各人各活法，我管不到，别人也休想管我。蓼子花也不行。你不长在湖滩上，你开个鬼花！过去常说不能忘本，本是什么？湖滩是蓼子花的本，湖上是我陈四斤的本。我生下来才四斤，瘦得像鲹条子，哭起来没有声气，爹娘见我越长越蔫，肯定带不大，半夜间把我扔到湖滩上，哪晓得，湖不收我。被湖水一灌，我反倒哭得惊天动地，连三里外的邓埠都听到！后来，六兄弟中数我长得人高马大，神吧？我六岁撑船，风里来浪里去，七八岁跟着爹出湖打鱼，一去好多天。

蓼子花也得湖滩救。她屋里是都昌人，那一年昼边行船走老爷庙过，碰到一条乌龙，不得了，船卷到天上，再狠跌到老远的湖面上。她爹娘不晓得是被征召去当了天兵天将呢还是去做了虾兵蟹将。她命大，她不是花朵吗，轻飘飘飞落蓼花滩的草垫上。才五岁。我爹捧起她当作一朵鲜花插在船头上。我屋里没有女，当真是拿她当花养。可惜，人家就是打鱼佬的命。女人上船有好多规矩呢，她说她不是女人，是伢崽，从小就跟到我们出湖，船上功夫、水里本事不让男人。

湖当真是我们两公婆的本。湖不光是我跟她成亲的洞房和花板床，还是为我侍寝的太监和丫鬟。此话怎讲？老古书上写得分明，皇上临幸，皇后娘娘和贵妃娘娘上床、脱衣，都是有人伺候的。太监把娘娘抱到皇上的龙床上，丫鬟再把娘娘衣裳一件件脱光。嘿嘿，我当过两次皇上。第一次，是爹娘准备为我俩成亲那年，打鱼打到鹰嘴岩下，一心想打几条鮰鱼办酒的，鮰鱼几鲜哟，而今我住在湖上都难吃到。哪晓得，碰到打风暴，鹰嘴岩下水情邪，那天风暴也邪，风向打转变化，蓼子花已经是撑船的好手了，可两个人也对付不了风魔水魔。搏斗好久，船到底还是翻了，人掉进漩涡里，水流又急又旋，把我旋昏了头。蓼子花水性当真要得，她一夹，就像捉住一条拼命挣扎的鳡鱼，拖住我就上了岸，再把我倒俯在大石头上，控出喝下去的水。事后她吹牛说，还提起我双脚，就像提起鱼尾巴，抖了抖。这样，我才活转过来。当时，我眼睛一睁，惊叫一声，又昏过去，我是被眼前光溜溜的美人鱼吓的。再看自己，也是光的。古了怪，身上一根纱也没有，都被魔爪样的水流扒得精光，连裤头子也不留。哈哈，湖水把新娘剥光交给我。我盯住她看，被她点着了起火了，全身发烫，心里更是滚水样。蓼子花呢，刚才几好佬啊，这时倒像一枝花，呆呆立在那里，随风摇着，任雨浇着。我冲过去把她扑倒，像凶猛的鳡鱼大口大口吞食鲹条子，我疯她也疯，两人疯疯癫癫做成了好事。后来，她困在雨的帘子里，眼睛紧闭，全身瑟瑟发抖。她紧紧抱住我，勒得我透不过气来，就听到她亲亲地叫皇上皇上。是皇上命令她这样叫的。叫得我心里痒痒的，直到感觉屁股和腰被一地鹅卵石硌得生疼。过了年，我老陈屋里得到了小江猪样圆实的崽。

第二次，因为捡奇石，又遇到风暴，又被水下的急流剥得精光，又在湖滩上做成了好事，那次得的还是崽。细崽比大崽白，要是说大崽像江猪，细崽那就是白鳍豚。跟头次不同，那次风暴来得猛，走得也快。天忽然放晴，西斜的太阳从厚厚的乌云下面钻出来，一道道阳光照在湖上，有一道正好打在她身上。她变成红通通的，像我第一次跟爹出湖打到的红鲤鱼。我扑过去抱她，像抱那条红鲤鱼样，鱼会跳，她也会，她在湖滩上蹦蹦跳跳，鱼用尾巴啪啪地打我，她用双腿死死夹住我在地上翻滚，在几里长的湖滩上从东滚到西，再从坡上滚到水里，鱼不说话，她嘴里不停地嘟哝，不住嘴地说羞死个人羞死个人。我说你没死呢，你活得好新鲜。

从前我们苦是苦点，活得当真新鲜！从小跟到我一起捡石头，蓼子花对石头也有感情呢，见到好看的石头比见到鱼还高兴。可是，想寻到好看、稀奇的石头，胆子要大，舍得搏命。为何？奇石是被狂风喊醒的，被暴雨逼得现形的，打风暴的日子才寻得到稀奇宝贝。我有时抢在风暴之前，赶到想去的地方守候，有时不等风暴消停就赶紧撑船出湖。从前我云船岭村里竖起个高音大喇叭，一听到有风暴，我就像得令出征的将军，把蓑衣当铠甲，把小船当战马，激动得死。蓼子花也是，非要跟到不可，我不肯，她就端两碗水酒过来，一沾酒我就豪爽，那时年轻，图的是好嬉，两个酒碗一碰，带就带呗。有了崽女，我就不肯带她去捡奇石了，我说你是娘呢，娘的分内事就是带崽。她跟我犟嘴，她说早点规定我分内，我双脚就不会长成巴掌鱼，好，我以后只管分内，再也不相帮打鱼补网晒网了。蓼子花说的巴掌鱼，你不懂吧，渔家女子有跟男人一样的宽大脚板，所有脚趾都岔开，紧紧抓住地面，像一对巴掌鱼，不管上船出湖还是留下晒网，她们一年到头少有穿鞋的日子。

捡到螺贝类化石那次，奈蓼子花不何，就怪那只大喇叭把风暴预报得吓死几多人。她不让我出湖，我说昨夜得到梦示，梦见我们两公婆再次跌落漩涡里，漩涡后来变成龙卷风，把你卷到天上做了嫦娥，把我旋到龙宫做了驸马。梦是反的，今日出湖有收获呢。蓼子花脸色煞白，她吓得不轻，她说你我的梦怎么是一样的，这是凶兆吧？我说书上写了，日有所思夜有所梦，说明我们两公婆青光白日都在做美梦。想不到，蓼子花反倒伤心地哭起来，难得见呢。她说她右眼皮在跳。我倒是左眼皮跳个不停。男左女右，一半是福一半是祸，何去何从？我想到的办法是判筶。拿毫子一掷，正面为出湖，反面是困觉。她加上一条，不管反的正的，都要公不离婆。结果，天意顺了我意，出湖。

风暴是下半夜来的，风呜呜叫，湖上涛声过火车样，港湾里的船撞得嘭嘭响，还有桅杆折断的咔嚓声。天光后，风暴势头越来越猛，团团乌云紧贴湖面飞，狂风掀起巨浪，巨浪猛追乌云，紧接到就是瓢泼大雨。湖被狂风暴雨完吞了。我说这是鳌鱼翻身的天气呢，眼望天，我心里急开了锅，好像奇石是等在那里的鱼群，再不去捉就会跑掉样。蓼子花也好笑，老是撸出个奶子喂崽，细崽一岁半，大崽三岁半，她喂过细崽连忙去抓大崽，大崽早就断了奶，后来只好一再强蛮喂细崽，崽可怜，半天呕了好几次，蓼子花分明跌了魂。挨到夜边，风暴的臭脾气发过，脸色缓和了，口气绵软了，我们撑一条小划子去花山，走下水，要一个小时，那是我常去的地方。鄱阳湖沿岸我都去过，所有湖岛也去过。一路上，浪扑过船舷，雨落在舱里，我不停地斛水，我动作有点猛，小划子颠簸得厉害。蓼子花手握双桨喝一声：想侍寝找个地方！她的意思是叫我坐稳莫动，这里水深流急，是行船的险要处。我一听，暗暗心里作乐，不瞒你说，下面真的还有点那个。她撑船当真是一把好手，双桨在她手里，就是对付风浪的武器。她盯牢一波波的浪，调整桨的角度和力度，时快时慢，有时单臂摇桨，有时同时用力。摇桨也有十八般武艺呢。快到花山脚下时，天黢黑黢黑，雨已经停歇，风浪也小得多。蓼子花硬说看到花山脚下有光，一闪一闪的，像女人佩戴的珠宝。可是我为何不见？转头一想，女人和伢崽的火焰没男人高，她们能看到男人看不到的东西，有的伢崽变成啼夜郎，就是看到躲在黑暗里的东西吓的。花山脚下是凶是吉呢？我叫蓼子花描述一下，她说像好多眼睛，也像一条大鱼在起跳，鳞光闪闪的。

上岸一看，是一块大大的奇石，被风暴淘出来的。难怪外国有个大作家写诗说：让暴风雨来得更猛烈些吧！我猜他也想出湖捡奇石。那块奇石有我屋里细崽样大，借忽然从云缝里露出的星光，我看清了它模样，上面镶嵌有麻麻点点的颜色，那多颜色都发光发亮。我斩钉截铁告诉蓼子花：这是鳖鱼的眼泪呢，鳖鱼泪结成坨，就是这样。那个夜晚我讲了好多故事给她听，里面有沉海昏的故事。我说那是古代的一次大地震，一些地方沉下去，一些地方浮起来，人呢变成了鱼，鱼呢变成了人，我们都是鱼变的。要不，怎么一落进水里就有太监丫鬟侍寝，怎么每次遇险反倒能怀上崽？蓼子花硬要我猜她前世是什么鱼，我前世不是鲹条子就是鳡鱼，她嘛，让她到歌子里去寻自己吧，我唱的是：唱个歌子吔我牵头，我是湖边个钓鱼钩；千斤里个鲤鱼能钓起，半斤里个鳑鲏不上钩。蓼子花听完笑傻啦，她说我还没上钩呀，我被你钩子挂得没见了嘴！后来我们两公婆拿船当床，拿奇石当枕头，在花山脚下困到大天光。那次得到的是女。我们两公婆是数着湖里的鱼困着的。那时就像鱼一模一样，我们活得新鲜吧？像一群群的鲹条子，在水面上飙得嗖嗖响，飙得飞起来。

现在，快要被晒成鱼干腌成咸鱼了。自从云船岭有人搬出去开始，蓼子花没见了花，只剩下蓼。老早不顾崽女也要跟到我去寻奇石的人，几浪漫的人，变得俗不可耐。晓得她怎么威胁我吧，她说眼看云船岭搬空了，没有湖匪也有窃贼，守到这个只有鬼做伴的窠巢，你不怕我怕，你是寿星公吊颈——嫌命长吧？我忍不住发冷笑：你屋里有金银财宝怕偷，还是有金枝玉叶怕抢？你觉得会有人把你个黄脸婆抢去做压寨夫人？你是阎王开饭店——鬼才食你！蓼子花想哭的样子，要泼了：你巴不得我被抢走吧？你放心，送人都送不出手，我变成了挖掉肉的蚌壳螺蛳壳，没人要呢。也是吵得心烦，我骂道：怪你自家命苦，生成了河蚌螺蛳，就是喂鸟的。你为何不投生在龙王屋里哟，长成个龙女，几享福啊！攒劲多做点善事，争取来生投胎到好人家。

前几年，崽女在镇上买了新房，都是三室两厅的，要我们跟过去住，忘本的蓼子花乐得像过年，日日催命鬼样催我离开云船岭。我故意逗她说，要我一起离开也可以，先答应一个条件，拣个日子跟我出湖，有风暴的日子，让我此生再做最后一次皇上。我以为她会脸红会捂嘴窃笑，要么骂我老不正经，哪晓得她答应得蛮爽快，不过，她有要求。她榨干脑水一直在谋我的奇石，想拿去卖钱，帮两个崽还房贷。有个老板来看过，愿意出价二十万买我一块石头，就是在花山脚下寻到的那块奇石，专家鉴定说那是螺贝类化石。老板是蓼子花叫来的，蓼子花说发现奇石是她的功劳，她有权做主。好啊，要卖钱我帮你卖个大价钱，当时我开口二百五十万，老板翻翻眼皮跑得比兔子还快，我想他是吓着，怕我穷疯了抢钱。蓼子花一直不死心，就想卖得那二十万，一句话气得我真给个皇上也不当！

问：

就是刚才看的那块最大的奇石吧？上面密密麻麻镶嵌有大大小小的管状、螺帽状物，构成奇异的纹饰，像金属，也像螺贝和什么海洋生物的骨骼。我也觉得它比较有价值。而且，它见证了爱情，见证了浪漫。没想到，老百姓的浪漫也很诗和远方……

陈四斤：

诗个鬼哟！老早我也觉得她浪漫，在花山脚下，我一手抱她一手抱化石，乐得眼泪水哗哗流，我说我们是鱼变的，是敢出入风暴的一对江猪，不，白鳍。晓得她怎么回答？她打我一拳，说：怪人！好看的石头我也喜欢，这不假，可哪个愿意拿命去换冰冰冷的石头？我陪到你，是怕你出事，万一有事好相帮，再说，我命大福大能压邪呢。蓼子花被乌龙卷上天扔落地不死，命还不大呀，我云船岭和邓埠作兴的人家，拿她当神呢，红白喜事都要找她相帮。我听她说这话，心里当真不是滋味，说甜嘛，又泛酸，还有点苦。生死相依，这是甜。说石头冰冰冷，叫我心里发酸，我还以为志同道合呢。叫我怪人，我蛮恼火。当时是人逢喜事，所有不快像一阵风，吹过算了。

那个老板走后，她连叫我三声怪人，我火上梁啦。我俩相骂，从云船岭骂到邓埠街，绕邓埠一圈，再回到云船岭。我故意拿根撑篙威胁着要打她，她撒开一对巴掌鱼，吧嗒吧嗒。为何？我骂她，有心要连带全村长舌头一起骂，把憋了一辈子的气，借机发泄出来。在别人眼里，我从小就是怪人，受够了那些指指戳戳。相骂的时候，蓼子花还说一句特伤人的话，她说别人拿你当怪人该知足啦，要不是娶个命大的老婆，要不是老婆人缘还好，别人会拿你当癫子当傻子。气得我当场吐血。乡下人就是这样，不愿作田不愿打鱼的是怪人，学经商学手艺的是怪人，有志向有想法有业余兴趣的也都是怪人。你看看啊，人说我锦江有周坊傩何坊舞，有谭埠唢呐邓埠书，还有陶家戏陈家鼓宁湾剪纸和刺绣。这里面那些“非遗”传承人，好多人是不能作田、不愿作田的，都被叫作怪人，受到歧视，偏偏正是他们搞出了“非遗”。从前有阶级歧视职业歧视性别歧视，等等，还有兴趣歧视，人不能有自己的爱好，有了，就遭白眼。社长姆姆几好一个领导，她看得民间艺人重，帮过几多人的忙哟，一九八几年发邪样来看我，在我屋里转了一圈，临走语重心长：要勤劳致富哦！看看，连她半个女秀才都拿我当懒汉。这就叫兴趣歧视。就像蓼子花说的，我讲故事，那是阎王讲故事——鬼会听，我去寻奇石，那是阎王做把戏——骗鬼，寻来石头，又是阎王贴布告——给鬼看。气得我往狠里骂：难怪乌龙不收你，你是阎王屋里人呢。在邓埠河上街，我狠狠一篙扫过去，当真想送她拜见阎王去做鬼！

凭良心说，邓埠过去是繁华码头，南来北往的何人都有，相比别处对艺人还算宽容，所以有好多盲人来安家。听到我两公婆在街上相骂，我的骂好像有点指桑骂槐的味道，师傅们一起跑出来，有五六个吧，一人一把二胡，为我两公婆相骂伴奏呢，拉的曲子是“下定决心，不怕牺牲。排除万难，去争取胜利”，老早的语录歌，节奏快，跟我们的骂声正合拍。用今天的话说，是为我点赞。那天我觉得扬眉吐气，被人指戳了一辈子，临到村人陆续往城里搬，村坊邻舍快做到头时，我来以牙还牙跟他们算总账了。怪人？怪在何处？脑子生来就是想事的，我想不得天地的事古今的事，人跟湖、人跟鱼的事？沿湖各个县都流传古代发地震的故事，大同小异，说明鳌鱼当真在鄱阳湖里翻过身，四处的老祖宗想到一起去了，他们编出一个个神神怪怪的故事，里面藏有天机，藏有真相。

问：

真相？方言有些我听不懂，“真相”两个字怎么写？

陈四斤：

真假的“真”，宰相的“相”。说到宰相，告诉你，我最崇拜唐朝魏征，他是敢直言进谏的一代名相，辅佐唐太宗共同创建贞观之治大业。我锦江大戏敬的乐王菩萨，就是魏征的崽，李世民封的。云船岭过去藏有乐王菩萨神像，陶家村原先还有戏神庙。

你想问真相指什么吧？真相还不懂呀？当然指化石。人无法向人追问历史、追问真实，向化石可以，化石不会撒谎，化石里有真相。

我刚才说小时候跟爹出湖一去好多天。夜晚难熬，夜又长，湖上又黑，伸手不见五指的黑，船被浪打得摇摇晃晃，叫人心里发慌，不晓得四下里有什么邪祟。人只好躲进故事里。我爹为娘讲过好多故事，六个崽都是在故事里怀上的，都是在船上、在故事里出生的，故事是接生婆。我爹说喜欢听故事的女人才生得崽出，我爹还说喜欢听故事的崽才做得打鱼佬。他讲故事的时候，鱼会偷听，在下面啄得船舱底板噗噗响。最好听的，是海昏故事。他说，海昏近在眼前，远在天边。崽呀，等你长大，带你去吴城，看到吴城，你就晓得海昏啦。卸不完的汉口，装不完的吴城。吴城有几大？早年日本飞机轰炸，大火烧了三天三夜，烧得红透半边天，爬到云船岭上，呛得眼泪流，烤得衣裳焦。你想想，烧掉几多屋哟！

海昏就是吴城的前生。吴城怎么来的？从湖里冒起来的。古怪吧？海昏一沉到湖底下，吴城就浮起来啦。老古话说，沉海昏起吴城，滂鄡阳浮都昌，就是说，海昏鄡阳眨眼没见了。鳌鱼翻身，把它们压倒啦。鳌鱼没日没夜在湖底困觉，面朝天，困得手脚发麻腰发酸，忍不住要翻身。地上的人就倒灶啦，何止是人哟，天崩地裂，江河改道，吓得人死。

我说那就快逃。我爹说，好笑！它会打锣吆喝你逃命？倒是有个拐拐脚的道人晓得它想翻身，不过天机不可泄露，怎么办？他捡起一块半边瓷盘，招摇过市，边走边喊，卖边盘啊卖边盘，大家快来买边盘。他急得火烧屋样，别人又听不懂，还当他是癫子呢。半夜里，鳌鱼把海昏压在身子下面，海昏沉没到了湖底！海昏土话像我们邓埠话，“搬”字念“盘”音，道人卖边盘，是暗示大家搬东西逃命呢。那日夜边，湖里的乌鱼精正挤在城隍庙前看戏，它身上腥，人人讨嫌，有个老倌心善，拉住它，让它站到自家身边。没看几久，乌鱼精劝老倌说，你屋里住在山里，快赶路回家吧。着急的乌鱼精随手一推，老倌得了神力，飞一样回到了家，恶浪随后追到脚下。那次鳌鱼翻身后，鄱阳湖大了好多好多，没边没沿，就像汪洋大海。几多的命哟，变成了湖里的鱼，变成了江猪、白鳍……

听完故事，我说，那个道人没乌鱼精好，他明说，别人就不会淹死。我爹说，泄露天机，人家一辈子修来的道行就会被废掉。我问，乌鱼精怎么敢叫老倌逃命？爹回答，乌鱼精是乌鱼变的精怪，道人呢，是人。人呀，就要顾头顾尾、想东想西，人有脑水，脑水多，想事也就越多。精怪没脑水，它就什么也不怕。

鳌鱼看到自己一个翻身，害得地上倒了那么多屋，那么多人变成鱼，又羞愧又伤心，哭得眼泪水甩了一湖。撒网打上来的稀奇石头，都是鳌鱼泪变的，还有的，是鳌鱼困觉不知不觉流下的涎水。七八岁吧，那时听到这个故事，我就开始寻找真相，迷上了捡石头。你不是问我怎么想到去收藏奇石的吗？

问：

不错，化石里珍藏着真相，生长着真相，而且，那是无比绚丽的真相，关于宇宙和地球，关于海洋和陆地，关于自然万物和我们自己……比如，那块螺贝类化石，或许就是鄱阳湖生成的见证。不过，坦率地说，你捡来的有不少可能不是奇石，更不是化石，刚才参观时我提出质疑的那些，虽然造型很奇特，其实可能是破碎的陶瓷被水长期冲刷形成的，像茶壶把手或碗底。要知道，水是时间的雕塑家。

你不肯随妻子儿女离开，应该是留恋湖、留恋村庄、留恋传统生活，恐怕跟收藏也有关吧？旧屋里面已经摆满奇石，这栋新屋，几个房间也都拿来存放奇石。镇上新居肯定没法存放这么多石头。我觉得，你可以精选一些好的、比较有价值的带走，其余可酌情处理。

陈四斤：

处理是什么意思？丢掉？你觉得卖不到钱的，就不值得收藏？

原来你跟蓼子花英雄所见略同呀。我屋里是云船岭最后一户居民，凭良心说，老婆崽女还是疼我的懂我的依我的，要不就不可能独门独户在这里住了那么久。要住下去，越来越艰难，电断了没人修，网不通没人管，想看电视那是阎王派工——使鬼去。而今，没有这些怎么活命？崽女倒是忍得住，宁愿把装修好的新屋空在那里上腐发霉。我憋不住，屋是要人养的，再说孙子外孙该读书了，这是头等大事，我要赶他们走，哪晓得，这是蓼子花的阴谋诡计呢，她拿孙辈的前途作赌咒，来逼我一起搬离。是可忍孰不可忍！我索性把自己接通的电掐断，让无边的黑暗赶他们走，让无声的夜晚吓他们走，去年夏天我还从山上寻了两条蛇皮搭在新屋院子里，吓得全家做鬼叫，他们这才打定主意搬家。临分手，长得像江猪的大崽说：爹，我们给你打前站，明天来接你。我懒得搭理。白鳍样的细崽说：爹，你闷了烦了，就来电话。我哼了一声。蓼子花说：老婆崽女不要，你就陪到这些不值钱的石头，百年以后拿它们砌棺材陪你天长地久吧。我眼一瞪，吓得她打了个趔趄。还是女儿真正了解爹，女儿才是盛开的蓼子花呢，十一月的蓼子花，紫色的云霞一样，看到她我就笑眯了眼。她给我的新手机，上了微信，流量管够。她说：爹，我每天都跟你视频，距离就不是问题了。记住哦，不要关机，不要振动，每天充电。最要紧的是，你老啦，打风暴的日子千万不能出湖啦，你答应，我就跟大家一起走，不答应，我一个人留下来陪你！我这宝贝女嘴甜吧？我敢要她陪呀？我赶紧答应。

哪晓得，全家搬走后，蓼子花为逼迫我投降，先是军事围剿。如何围剿？不准崽女打电话来，也不让孙子外孙接我的电话，她自己日日夜晚在电话里炮击我一顿。她骂我心太恶，将来到了下边也记得我凶神恶煞拿撑篙打老婆的样子。我反问她：一辈子我动你一指头没有，那么长的撑篙打不到你还不是装样？她说：我有巴掌鱼跑得快。我说：你跑得过撑篙，明早敢来较劲吗？她说：你个老流氓想勾引我呀？我说：你个文盲用词不当，那叫激将，不叫勾引。她说：你不是文盲你自学成才成了个棺材！我尖起嗓子叫：我这棺材是为你打的。那天我拿撑篙打的是邓埠的长舌头你还不懂呀，撑篙打在石板街上变成了篾片你没见呀？

接下去，她变本加厉，又搞经济制裁。别的，制裁不了。没有钱，我打鱼卖钱花。没有吃的穿的，我拿钱去邓埠去锦江买，去望湖去南昌也要得。不争气的嘴，被她两样东西管住了。一个是她做的酒，一个是红曲米的酒糟鱼。湖边还缺酒糟鱼呀，可吃过她做的，别个根本入不得口。她做的酒更加，其实她只会做糯米甜酒，甜甜酸酸的，我喝得三大碗。也古怪，水酒是买的，经她手，硬是好喝得多，我更喜欢水酒，放开来喝，这么高的坛子半坛不醉。我屋里存了好几坛，搬家时趁我没注意，蓼子花叫人全部搬走。心恶吧？我恨得牙痒，打电话骂她，骂过再问，水酒你买哪家的呀？她坚决不告诉，害得我把锦江镇的水酒尝了个遍也没寻到正宗的那家。我就去吼电话：蓼子花我再喝不到正宗水酒我就喝乐果！蓼子花笑起来，买乐果要办手续你晓得去何处找哪个打证明吗，当真想要喝就跳湖，湖里管够！

问：

老陈，且慢，且慢！我得叫你老哥。老哥，这叫军事围剿、经济制裁呀，我怎么觉得是打情骂俏呢？

陈四斤：

还真想搞死我呀，搞死我她蓼子花不要偿命呀？死到一起，万一后人图省事，挖一个窟埋两个人，到阴间还要再吵死一回。几烦哟，耿不起啦。

不过，离不共戴天还遥远，就是斗气呗。要不，我为何在乎她的姓，姓蓼子花的蓼，千万错不得。毕竟夫妻一场，鲜花插在湖滩上，让我个打鱼佬浪漫了一辈子。凭良心说，哪个老婆肯让老公发邪出湖捡石头？蓼子花年轻时常常陪我去，怕我有事呢。就算石头卖不到钱，也是我们感情的见证！

再说，每一块石头都有价值，有意义。就像一本本老古书，在湖底困了那么多年，经历几多事，见闻几多事，记下几多事。每块石头都有自己的秘密。就说那些陶瓷碎片吧，何时沉的船，为何会沉船，和哪个一道落在湖底，它们坐船想去哪里，它们在水下吃过几多苦，水流像魔爪呢，把我们公婆衫裤剥得精光，对它们可能更狠更恶。它们肯定被水冲得改形换相了。

对了，上次打风暴出湖，我得到一个大水雷呢，比西瓜大，天晓得是日本鬼子还是国民党布的，算得文物吧，船靠岸，想抱回家收藏，猛地醒过神来，万一爆炸，一辈子的辛苦一屋子的宝贝倒了灶。丢掉要么送走又舍不得，砸开它！泡在水里七八十年的东西会爆炸，那是我命数到了，认命！工具是现成的，錾子锯子锤子，还有十八磅的大锤，对付不了它我寻个鬼真相！要在湖滩上动手前，我做好了英勇牺牲的准备，手机铃声震动全打开，我觉得要写个遗书，写在手机上，写的是：收藏真相比埋人重要。三个感叹号。手机当然要放得远远的。哪晓得，砸开它像用巴掌劈熟透的瓜，开瓢样暂齐的两瓣。倒掉药洗干净，一瓣做了米缸，一瓣做了酒坛，盛得二十斤水酒。刚才忘了参观，想看不?

问：

真是水雷？哪里捡到的？我过去在鄱阳的陈山岛听到一个相似的故事。抗战胜利后，有一伙后生在湖上捞到一个水雷，高高兴兴弄回家，也想砸开当米缸，结果爆炸了，五六人被炸死。你晓得不?

答：

我也是在陈山岛发现的。我算鄱阳湖的活字典，何人不识何事不晓？做米缸做酒坛是受它启发。社长姆姆不识得奇石，水雷该认识吧，水雷算文物算真相吧，我要想法子发图给她，让她醒醒眼，硬是咽不下这口气！走，去厨下看看，它也有秘密也有真相也有价值，我觉得。

问：

最后几句话说完就去。陈老哥，我收回刚才劝你酌情处理石头那句话。看到你的藏品，人家不免要问：你评判奇石的标准可能只是自己的直觉和幻想，这种直觉和幻想可靠吗，会不会让你碌碌终身而一无所获？人们也许还会嘲笑你几近偏执的性格，就像邓埠的长舌头那样。

可是，聊到这里，我恍然大悟，所谓真相，其实是你收藏的一种精神。你的执着，是人类面对喜怒无常的大自然所应取的探究态度，这种探究，是一种抗争，也是一种热爱。从这个意义上说，你所有石头都是有价值的，而且是越来越被忽略的价值。

陈四斤：

我没想那么多，我就晓得寻找真相。这些石头，这个家，也是我陈四斤的真相。

你怎么没问我五道门的事？上个月底，到蓼花滩去，想看看花开得旺不旺，见有个老板在滩头搭起了摄影棚，拍婚纱照，人家那些门呀廊呀搭得当真漂亮。我受启发教育呢，回头就在自家门前院里搭，人家玩洋的，我玩土的，因地制宜，因材制宜，写上“真正人间”。这里还不是真正人间呀，四季有花香，日日闻鸟语，冷了偎在火盆边，热了跳进大湖里，鱼汤炖得像牛奶样，米酒酿得像琼浆样，日子过得像皇上样……嘿嘿，一不小心，又扯到皇上那里。我拍了好多照片，发到女儿手机里，要她转给蓼子花。哪晓得，蓼子花做得绝，不加我倒也罢了，为防我搞曲线，崽女转发给她的照片，她一律不看，接到就删。搭那些门，我倒是真有勾引她回来拍照的意思。

这几日，蓼花滩上的蓼子花开得正旺。没见过吧？下午我带你去，也麻烦你帮个忙，多拍点好照片发给蓼子花。我有她的微信号，用你手机加她，直接发照片。你自我介绍就说自己是专家，她一看，以为是鉴定奇石的专家，保准加你。只要让她看到满天满地的紫花，那么新鲜地盛开，那么浪漫地飘香，她一定会回来看看蓼花滩的。我相信。她本来就是一枝蓼子花嘛。

问：

我也相信。陈老哥，回去整理录音，我不会写错“蓼”字的，你尽可放心。好，去看水雷。

登　台

口述人：

周勇超，男，出生于1958年7月，高中毕业，退休干部，曾任锦江镇文化站站长，长期研究地方文化，著有《锦江方言》《锦江民间故事》等。

口述环境：

N多次手机视频。

周勇超：

都说陶家村是戏窝子，邓埠也是。演戏的是癫子，看戏的是呆子。史上最呆最痴的是哪个？朱自秀，人早就作古了，他好戏的故事我是从老辈口里一点一点挖出来的。

他有本钱好戏。朱家世代以航运、经商为业，有过庞大的船队，传说《辛丑条约》后，他爷爷不甘把税银交给姑塘海关的洋鬼子，更是耻于在英国佬的炮台下往来，捡起一把锈迹斑斑的镰刀，连扯带拔割掉自己的辫子，忍痛咬牙卖掉船只，购田置地收买了邓埠一带湖面的所有权，当起地主和湖主来。到朱自秀手上，可能为了积德行善吧，他收购被日本兵放火烧过但还可以修补的渔船，办起了船行，把家从县城迁到邓埠。

我觉得，此举既接济了贫苦渔民，也透露了他躲在乡下看戏的心机。那时，日本鬼子封锁鄱阳湖，岸上炮台林立，湖上炮艇穿梭，又要良民证又要通行证，锦河戏艺人再也不能四处走动去演戏了，有些名角也纷纷改行，没法子，要养家糊口嘛。于是，朱自秀忽发奇想，打算养个戏班子，请戏师搭班，悄悄在乡下招收艺徒学戏。他说，日本鳖崽子不准走动，他娘驮人的，中国人在自家土地上走动有罪呀，他娘又没过海来！好，爷老子不走动，在屋里唱戏总不关他鳖崽子卵事吧？

他为何叫自秀呢？名字是他爷爷取的，爷爷是望湖锦河戏义和班的铁杆戏迷，而义和班首任班头姓周名自秀。爷爷捋着山羊胡告诉孙子，周自秀何等了得！其自幼聪明异常，后习伶人之业，故对古往今来之历史，莫不知其大略，悲欣欢乐之态，尽皆形人。这其实是县志上的一段介绍。

从小耳濡目染，朱自秀对锦河戏的喜好，有过之而无不及。日军入侵前，望湖城里日日管弦夜夜笙歌，戏班子有朱自秀请来的，也有冲他而来的。在他眼里，好艺人就是夜皇帝、夜纱帽、夜官呢，自然被奉为上宾。他还慷慨解囊，建戏台，重修供奉乐王菩萨的乐王庙，每年八月廿八做乐王会，连场大戏没日没夜，一唱就是十天半月。

望湖沦陷后，朱自秀只能偶尔请艺人匡吉周唱唱段子，解解馋。匡吉周胆大，别人还不敢来呢。来到邓埠，他要建的朱家戏班，班头当然非匡吉周莫属。哪晓得，匡吉周忽然从县城的死牢里捎来口信。

说的是，日伪县长罗雄令义和班召集艺人演端午节戏，以示中日亲善、大东亚共荣，艺人们宁死不从。罗雄恼羞成怒，亲自带领保安队满城搜捕义和班艺人，扬言哪个不上戏台就得上断头台，他不惜拿戏台当断头台。幸亏保安队里有人良心未泯，也是唯恐因作恶而上了抗日游击队的捕杀汉奸名单，他们暗中相帮艺人，使之得以闻风而逃，远走他乡。可是，匡吉周拗烈。匡吉周是锦江人，随父辈到县城经商，直到二十岁出头才拜师学艺。也是割舍不下一片南杂店，别人劝他远走高飞，他不肯，撸起衣袖梗着脖颈，只等保安队上门来理论一番。保安队才懒得跟他耍嘴皮呢，见人就捆。五花大绑的匡吉周跳起脚来骂罗雄：望湖沦陷，政府迁离，你身为政府要员故意逗留境内认贼为父，你瞎了眼！罗雄左右开弓扇他耳光，吼道，你才眼瞎，看看这是哪个的天下！匡吉周继续拿罗雄的眼睛开骂，骂他是狗眼屁眼是不认祖宗的贼眉鼠目。罗雄气得浑身打抖，令人取来两根艾条，点燃后狠狠戳在匡吉周眼睛上。他冷笑道：今日是端午节，门上要挂菖蒲艾叶呢！我送驱邪的艾给你。这艾条是黄金艾绒制成的，艾灸能治蛮多病，不晓得能不能治眼瞎，试试吧。

闻知匡吉周眼睛被炙烤蛮久，朱自秀情知不妙，破口大骂罗雄，咒到了人家十八辈子的娘，揣着两根金条一路骂到县城，他要从罗雄手里把匡吉周赎出来。罗雄说：我晓得，鱼离不得水，你离不得戏，可义和班不肯演端午戏，是想抗日，往后哪个敢私下唱戏，也是抗日！你听好来！

朱自秀问：要是我活够了，困到棺材里等八仙来送终，叫八仙来号丧，那算不算抗日？好笑！你爷娘死的时候，你不请吹打班子吗？

罗雄瞪起个牛眼警告道：他们都不肯唱端午戏，那以后就休想再开口！今日我送你个人情，让你带他走，小心，莫被我隔墙听到唱戏哟，抗日的罪，是要杀头的！

朱自秀虽说财大气粗，这个罪名也令他着吓，邓埠算是舟车辐辏之地，人多口杂呢。不过，他还是把匡吉周赎出来，带回邓埠，他掏心掏肺挽留匡吉周，请来最好的郎中疗伤。复明完全不可能，朱自秀还是满怀侥幸，叫人告知村坊，愿以重金收购蛇胆。那一阵子，蛇孙子怕是也被开膛剖肚取掉了胆。用谷烧吞服好多蛇胆后，匡吉周说，朱老板，唱不得锦河戏，我眼也瞎了，见你终日郁郁寡欢，人好像一下子老了蛮多，我就唱渔鼓说鼓书给你听吧。

难怪匡吉周学艺三年，就入得义和班并很快成为台柱子，他绝顶聪明，多才多艺呢。演锦河戏，他主演行当是文正生，兼演文净、大丑等行当，并兼吹笛拉琴。没想到，唱渔鼓，说鼓书，他也是一把好角。他身材高大，脸膛宽阔，嗓音洪亮且别有韵味。盲人说唱的渔鼓鼓书，总不能算抗日吧？

朱自秀也只能退而求其次了。对他，锦河戏就像鄱阳湖的万顷碧波，渔鼓也好，鼓书也好，不过是一缸水。不过，有这缸水养着，吧嗒吧嗒鼓起腮帮子来，鱼能吊着半条命呢。

双目失明的匡吉周，就在骑春楼里执云板、敲圆鼓，敞开洪亮的嗓门唱了一段鼓书，听上去苍凉又自信，悲愤又豪迈，好像一生的爱恨情仇都投注在声音里，自己的身体和心灵也融化在声音里。渔鼓鼓书也是浩渺无垠的湖泊呢。朱自秀动心了，憋着一肚子悲愤无处发泄，挑战一般当即决定，在骑春楼辟书场，令匡吉周广收艺徒，唱他个没日没夜！

坐落在河上街的骑春楼应为憩春楼，打鱼佬喊着喊着，喊成了骑春楼。骑也蛮好，就像邓埠人把宣化桥喊成鲜花桥一样。骑春楼紧挨朱家大屋，是朱家开的茶楼，也是朱自秀与过往友好雅集的地方。上了二楼，春山春水尽收眼底，桅林帆影如在脚下，涛声鸥鸣萦回耳畔，当真有骑春的意境。

可以说，是匡吉周的鼓书把朱自秀救活了，日日听着鼓书，他心又活泛起来。听在九江读书的大儿子风顺说，日本人怕是气数将尽呢。朱自秀打算悄悄准备，一旦时机成熟，把戏班亮出来，到时候唱一台《大审玉堂春》为鬼子送终，就当是替小日本办丧事好啦。

匡吉周蛮激动，慷慨表示愿把盔头箱赠送给戏班，他用多年积蓄置办的两大箱戏服道具，藏在金牛山寺庙里，派人取来就可以唱锦河戏啦。朱自秀说：好！哪天我们喝酒吃鱼，就算戏班成立！你先帮我去请师傅，生旦净末丑，一个不少！这些师傅要亲自登台，将来还要当戏师，教会全村能学戏的弟子。而且，朱自秀还想办学塾教育子弟，说是熟习诗文才能成为大角名角。

乡村聘请戏师教弟子学戏排剧，是在年节之前。鸣炮开台后，锣鼓管弦通宵达旦，数日不绝。这叫徒弟戏。朱自秀眼前的当务之急，并非演过作罢的徒弟戏，而是养一个有名角撑台的戏班，等乐师、打鼓佬和主要角色凑齐，就能很快开台，就能到县城里去唱他个几天几夜。演什么剧目呢？他斩钉截铁地说，《大审玉堂春》。

那台戏说的是，官家子弟王景隆与名妓苏三誓偕白首，王景隆因金尽被逐，潦倒关王庙。苏三得悉，赴庙赠金，使王得以回南京。后鸨儿将苏三卖给山西富商沈燕林为妾。沈妻皮氏与赵监生私通，毒死沈，反诬告苏三。县官受贿，将苏三问成死罪，解至太原三堂会审，主审官恰为巡按王景隆，遂使冤案平反，王、苏团圆。

匡吉周从望湖请来的两位戏师，倒是既演得王景隆和苏三，又当得乐师和打鼓佬，可他俩怎能撑起这出上下两本的大戏呢？

戏师是兄弟俩。一个叫杨金，一个叫杨银。当年逃离望湖后，都改了行。为兄的杨金在码头上当挑夫，弟弟杨银则做了船工。杨氏兄弟一听朱老板的意图，为难了。如今要搭起一个现成的戏班子蛮难，四散逃命的义和班艺人都在哪里呢？即便找到，眼前还是日本人的天下，一个个心有余悸，敢来吗？

杨金说：晓得你朱老板是戏呆子，想看锦河戏，我们可以教徒弟戏。日本人占领望湖以前，深夜三更半，村村有戏看，鸡叫天明亮，还有锣鼓响。从这么多戏迷中，选些伶俐的来学戏，也快。

朱自秀说：你们立马继续帮我去请艺人，能请到最好。我做梦都想让县城戏台重新变成父老开心地国人体面场，这口气憋在心里硬是不得出！我想还眼债呢！实在没法子，再拜托你们教徒排戏。到时候，徒弟要选好，后生跟伢崽各收一个班。后生现学现演，排好就开台，伢崽要从基本功教起，将来就是自秀班的班底。选徒弟，尽量从邓埠大姓中选。

杨金杨银顶着炎炎烈日跑遍望湖乡村，几天后回来，满脸沮丧。同行倒是见到几个，可是，愿来、敢来唱戏的一个没有。朱自秀悻悻道：汉奸县长用枪逼着演戏，他们都敢不从，怎么，胆子变小了，怕啦？当年罢演是抗日，而今我要演大戏，也是抗日。日本鳖崽子气数已尽，我想等到抗日胜利时庆贺一番，晓得吧？

只好赶紧教徒弟戏。挑选出来学戏的后生有十多个，还有几个伢崽。谁不愿学戏哟？不用自己出教钱，朱自秀还许诺，排出《大审玉堂春》给每人一担稻谷，等到圆台，另有赏钱，连拜师酒都是朱自秀解囊相助并亲自张罗的，朱家甚至把请柬、拜师帖都替学徒家准备好了，打鱼佬何时用过帖子？帖子让他们忽然有了尊严。

随后的拜师宴，也是庆贺自秀班成立的喜宴。骑春楼大堂里，排列成行的酒坛全部开封。酒菜上桌，喜气上脸，开席前朱自秀致辞说：我等欢聚于乐王菩萨神位前，举行拜师礼并聊备薄酒庆贺杨金杨银师傅收徒习艺暨自秀班成立。众人皆知，自秀好戏，为何？看场戏忙里偷闲能知千古事，听段曲乐中寓教胜读十年书。不过，今日好戏，别有深意，人人心知肚明。哈哈，有个报本人的笑话，大家都晓得，有次唱大戏，演员唱完还不退场，报本人急得骂道：死进去！演员以为是台词，念白道：死进去也！这才进了后台。往后的报本人要记得高声怒喝：鳖崽子，死转去也！哈哈哈……

酒碗撞出乱纷纷的脆响，众人齐声吆喝：鳖崽子，死转去也！那天，朱自秀喝得蛮骁勇。他再三敬两位杨师傅，要求他俩赶紧教戏，先教后生，尽早把戏排出来。有个笑话说，朱自秀醉得打跌，还扭伤了腰，被杨金杨银架回家后，大老婆找出狗皮膏药，用火烘了烘，就要为他敷上。朱自秀坚称未醉，扒光衣服，劈手夺过狗皮膏药，转身将腰背对着雕花落地镜，啪地把膏药敷在了镜子上。哈哈。

这边忙着教戏排戏，那边，朱自秀决定捐资重修晏公庙戏台。戏台始建于清康熙年间，因多年未用，墙皮剥落，梁柱和藻井有些部件朽坏，台板残缺不全。

自然是有钱出钱有力出力，雷厉风行动手修起来。戏班教戏的场所暂时设在骑春楼上。

开班没多久，有一天断黑后，猛然间全村鞭炮大作，电光闪闪，所有的狗都落荒而逃，所有的人都兴高采烈集聚在河上街和码头上。大家敲着一切响器，比如铜盆砂锅锅铲，舀水的竹勺，量米的木斗，如此等等，自秀戏班师徒则是管弦丝竹琴齐上阵。哈哈，鬼子投降了！死转去也，东洋小矮子要滚回老家啦！

消息很确切，是朱自秀大崽朱风顺从九江带回来的一张号外。朱自秀却疑疑惑惑嘟哝个不停：这么快？说投降就投降啦？是诈降吧？鬼子艇还在湖上梭来梭去，小心阴谋诡计！再说，我的戏班没排好戏，戏台泥匠木匠刚刚圆工，还没油漆，鬼子怎么就投降啦？

那是一个狂欢之夜。爆竹告罄，只好拿呐喊和一切能敲打的器物来抒情。朱自秀提着的，是盛过炖鱼的铜盆，咣咣咣一敲，仍有鱼香飘溢。一阵紧打后，嗓门痒痒了，他面湖迎风，昂首嘶声，唱的是《徐策跑城》里的一段西皮摇板——

湛湛青天不可欺呃，
未曾起意有神知。
他善恶到头终有报呃，
哐七，哐七，哐七，哐哐，
只争来早与来迟。

哒哒哒，咣咣咣……铜盆敲破了，带着裂声，朱自秀的嗓音也带着裂声，连杨金杨银兄弟带来的锣鼓也被抡破了。

宣泄一通后，朱自秀的心也被抡破了。从闻知鬼子投降的喜讯起，他不时念念叨叨的：这么快就投降啊？为何不等到我修好晏公庙戏台，排好《大审玉堂春》？生怕庙里供奉的定江王呀杨泗公呀晏公萧公呀还有许真君，一起赶到邓埠来看戏，听到我等清算你们的罪恶，众神发起威来，没你们的好，是吗？害得我演戏庆贺赶不赢！

朱自秀为此耿耿于怀，甚至抱憾终身。因为，此后的第三天，那些流落他乡的、改操皮影戏以及另谋营生的义和班艺人，就像春韭一般于一夜之间从地里冒了出来，齐刷刷出现在县城旧府堂门前戏台上，一个不少。他们选择的剧目也是《大审玉堂春》，连轴转地演了三天三夜，场场是人山人海，掌声如雷，笑声如潮。这件事在二十世纪八十年代编的县志上有记载，我查过。

那些艺人真是心有灵犀啊。没人邀请，未见相约，仿佛在冥冥之中，他们都听到乐王菩萨的召唤。杨氏兄弟也不例外。邓埠彻夜狂欢的夜晚，他俩眼对眼相视一笑，各自收拾起行头来。没等天大光，一前一后地去跟朱老板告假，说是上县城请义和班艺人去，而今鬼子投降了，兴许有人愿意加入自秀班。

出了镇子，杨氏兄弟乐了。前面不是匡吉周师傅吗？匡吉周拄着一根拐杖，有小女孩用竹竿牵着。杨金紧走几步，上前问：匡师傅，你也去县城呀，做何？匡吉周脸上一阵抖动：县城是你屋里呀，你去得我去不得？杨银说：我老婆要嫁人，我们去打礼喝喜酒！匡吉周回敬道：我要娶你老婆，想去看人家，又不晓得丈母娘住在何处，正好，你们带路。

一路上有说有笑，彼此却不道明此行目的。进了县城，不由自主都去找义和班逃离时的住地，岂料，残破不堪的祠堂里，已有人将铺盖摊在灰烬瓦砾中。久别重逢，艺人们相拥而泣。那三天三夜，是饱含屈辱的锦河戏艺人扬眉吐气的日子，也是戏迷开怀大笑的日子。

朱自秀赶上了最后一夜的演出。他感慨万端：我醒得早，起得迟呀，我想到的也是《大审玉堂春》。要是自秀班的戏赶上庆祝鬼子投降，在这座戏台上登场亮相，定江王脸上有光啊！

定江王是老爷庙里的鼋将军。朱自秀屋里也供有定江王神像，从前每年要去都昌老爷庙朝拜几次。教徒排戏的同时，他开始谋划捐资重修老爷庙的事情。鬼子竟敢炸老爷庙，真是报应啊。

杨金杨银去县城后没有回来，听说是拗不过义和班相邀，把《大审玉堂春》演到都昌德安新建去了。此时，日本虽宣布投降，可鬼子还没受降，湖上还不太平，义和班却是义无反顾。朱自秀起初蛮豁达，说，好呀，这久没得戏看，义和班欠戏迷的眼债呢。

眼看中秋临近，他开始着急上火。自秀班的徒弟戏，没赶上庆贺抗战胜利，中秋节总该开台了吧？可是，师傅没了人影，刚刚凑齐的徒弟也就散了伙。当然，朱自秀并不甘心。他在宣布暂停集中排戏时，声音都哽咽了：戏还是要演的，等到杨师傅转来。我相信他二位会转来，这段日子也没听到哪里有事呀。你们回家莫偷奸躲懒，打鱼时也要练，鱼也喜欢听戏，唱得好，走到哪里鱼都旺。随时练练嗓子，练练身手，晓得吧？唱腔要唱出味，唱词要滚瓜烂熟，扮相也要练。湖里的鱼也是看锦河戏长大的，扮相不好看，连鲹条子也懒得搭理。

杨金杨银二位师傅是和天鹅大雁丹顶鹤一起回邓埠的。初冬的鄱阳湖上，候鸟纷至沓来，它们不约而同，首先齐聚在主湖区，举行一个会师大会，然后一群群地散开，去寻找各自的港汊各自的家。这一天的邓埠，沉浸在万鸟来朝、众声欢鸣的情境之中。

在骑春楼上，朱自秀顾自临窗远眺，冷着脸，不理睬回心转意的杨氏兄弟。杨金解释说：我们没法子，师傅要我们跟着义和班去演几场再转来，哪晓得，一去就身不由己了。我们不辞而别，心里也不安呀，昨日演到后半夜，没卸妆就逃回来，你看妆还没擦净呢。

见朱自秀故意冷落他俩，杨银拉起哥哥就走。却不是远走高飞，而是去了晏公庙。也是，此时他们无处可去。

原来，为庆祝胜利，憋屈多年的义和班在县城连演三天三夜后，锦河戏扬眉吐气，义和班人心大快，戏迷们则是如饥似渴。一时间，沿湖城乡无处不是管弦笙歌。忙于征兵、戡乱、竞选的县政府却是担惊受怕，惊的是锦河戏如此为百姓喜闻乐见，怕的是戏迷麇集难免滋事，小则拳脚相向平添诉讼，大则为人利用陡生祸端。于是，县政府以禁赌为由，剑指锦河戏。其禁戏告示云：近来各乡间游手好闲者，恒多演戏集赌，小则倾家荡产，大则流于匪盗，影响社会……城门失火，殃及池鱼，一有赌情，则拆除戏台、扣押戏师。倘有徇私包庇者，撤职查办。如有反抗各等情况，立即镇压。如此这般。

严禁之下，杨金杨银迫于无奈，只好复又投奔朱自秀来了。心想，邓埠对于县城，可谓天高皇帝远，念县政府必定是鞭长莫及。再则，朱老板养戏班，纯属个人喜好，无非为了娱神娱人，何况朱老板财大气粗，也算望湖地方数得着的乡绅，想必政府即使不肯网开一面，也不至于大动干戈。

杨银说：朱老板有气，赔罪也不能让他消气呀。那我们今夜就开台唱一出，要赔罪，就赔他个问樵骂府、打渔杀家，赔他个贵妃醉酒、倩女离魂！

二位师傅当即就把徒弟们召到晏公庙。十多个后生听说今夜就要开台，竟兴奋不已。经杨氏师傅教戏，他们演戏的兴致蛮高，这段时间里，虽然没有师傅指教，都曲不离口功不离手呢。为了向师傅展示自己的长进，一个个竟迫不及待地吼起来。

朱自秀闻声气呼呼地赶来，见面就是一阵当头棒喝：哪个叫你们演戏啦？嗯？蛮大的胆子！杨师傅，演中秋戏等你们等不到，哈哈，野鹅野鸭子飞转来，你们也露面啦！你们算什么鸟？县里禁了戏，你们倒来给我惹祸！当真是戏子无德啊！

杨银示意众徒弟安静下来，便冲着朱自秀正色道：朱老板，你莫出口伤人！戏子无德？无德，敢跟汉奸县长抗命？你晓得义和班艺人宁死不从逃往外乡，吃了几多苦，有的饿死了崽女，有的被别人霸占了老婆！我们不辞而别，是有错，可你朱老板要是在场，也会跟义和班走，因为我们不光是演戏，更是出闷气扬骨气！

朱自秀一想也是，就说：是哟，义和班当真刚烈。我救匡吉周，就是敬佩他的刚烈……可是，你们两兄弟不道义吧？政府禁戏，你们跑转来，也不等我点头就排戏，这是逼我跟政府作对！

哥哥杨金说：笑得人死的禁令！何朝何代听说演戏影响社会哟！对了，会影响。他盼登台亮相，我观结局修身。论天下事要揆情度理三思，观古人戏须设身处地一想。随尔演来无非扬善除浊，吾听却去都是教愚化贤。修身不得，三思不得，扬善除浊，教愚化贤，都要不得，老百姓哭哭笑笑也要不得吗？

其实，得知县里贴出禁戏告示，朱自秀成天钻在骑春楼里对着匡吉周师傅发牢骚。他曾在晏公庙里的定江王神像前许了愿的，修好戏台后，要连演三天三夜的《大审玉堂春》，岂料，这心愿非但难了，而今反倒被一纸禁令所扼杀。他时时唏嘘长叹，只能借匡吉周的鼓书纾解烦闷。

杨银激将道：你朱老板救匡吉周，何等气概！没想到，也怕这荒唐禁令。也罢，我们走人。多谢这么久你还留着我们的铺盖家什，没扔到湖里！告诉你朱老板，教钱都留在铺盖里，我们无功不受禄！

朱自秀说：我怕？我敢不怕？这是政府的禁令，不是日本鳖崽子！政府哪个龟孙子出此下策呀，戳乱戳到锦河戏头上。好笑！演戏是抗日，演戏也是抗政府吗？汉奸县长罗雄不准演戏，他们也不准？他们是罗雄的崽？

杨金说：朱老板，你不晓得，听说，见鬼子气数将尽，汉奸罗雄就秘密联络国民党军队，抢在鬼子受降之前，他领着保安队打起白旗去投靠。有功啦！鬼子投降后，罗雄被判刑三年，才三个月就获释了，摇身一变，当上了省保安司令部参谋处长。不长眼的政府！这多年他为虎作伥，捕杀抗日分子，有十个脑壳也偿还不了血债！

朱自秀一听，突然怒喝道：演！我怕不了这么多！宁愿得罪政府，也不能不演还愿戏，哪个敢得罪神灵？

于是，师徒匆匆吃过昼饭，紧锣密鼓张罗起来。杨金教戏兼司鼓，杨银拉细筒琴兼哗筒，请来匡吉周师傅拉大筒琴，又找来敲锣打钹的。报本人想借故推辞，又碍于朱自秀情面，期期艾艾的，还是捧着已经熟读的戏本来了。

下午排练的锣鼓一响，夜晚演戏的消息就传开了，连泊在港里的船家渔家都知道，有些路过的货船，干脆不走，等着看一场锦河戏。未等天完全断黑，晏公庙前已是人声鼎沸。

朱自秀对这场演出十分重视。鸣爆竹、响锣鼓、放铳之后，还郑重其事地举行了请神仪式。站在戏台上面对晏公庙念请神祷词的，正是朱自秀。也是，神灵们好久没得戏看，今夜理该神人同欢。然而，既是自秀戏班演戏，朱自秀诚意邀请的，首先是自朱元璋以降的朱氏列祖列宗以及有恩于朱家的定江王。

不晓得为什么，他的声音不似往常，像喉咙发痒似的，不时地咳几声，祷词念得轻声细语，吟诗一般，含混不清。尽管如此，有人还是竖起耳朵，从嘈杂的喧闹声中捕捉到他念出来的名字。都是朱氏先祖的名号，这个公那个公的，念了几十位。

听清的人便不满了，他们冲着台上的朱自秀打唿哨。也是，邓姓是邓埠的主姓，戏班弟子以邓姓为主，理当请到邓家及其他各姓的祖灵。不过，朱自秀也不可能把他们的远祖始祖开基祖一一点到，只能笼而统之。他故意扬起嗓门来：诚心拜请，天地上下，一切大小神圣，各路过往神明，邓埠邓氏岳氏戚氏张氏黄氏各位祖灵……依次排坐，先来先坐，后来后坐，老者上坐，少者两边排坐。敬茶，敬酒，敬请尽情笑纳。江西省望湖县邓埠朱氏自秀戏班今夜开锣，众弟子净身沐浴登台！

邓埠有户陈姓人家叫陈能生，还真的能生，一共生了八个崽，对了，老八就是陈四斤，陈四斤有个哥哥在学戏，陈能生听清了请神祷词，一肚子的火，他认为朱自秀独独不请陈家祖灵，是嫉妒陈家崽多，朱自秀讨了两个老婆，才得两个崽。甚至，陈家怀疑朱自秀办戏班，让别姓子弟来学戏，是阴谋诡计，当场拽走了准备登场的儿子。

警察的吼叫几乎同时响起。捉赌的警察是乘火艇子从水路赶到的，有二十多个人。吆吆喝喝的，吓得全场老少惊叫着挤作一团，人挤人，哗啦倒下一大片，接着，便是哭号震天。朱自秀挤到警察队长面前，分辩道：在晏公庙演戏是敬神，哪个敢在这里赌博？神灵在上，祖宗有眼。岂有此理！

队长冷笑道：演戏敬神？哄鬼哟！你看，这多人，我一眼就认得出，哪个是本地人，哪个是外乡人。哈哈，那位是吴城的船老大吧？他也是来看戏的？弟兄们，搜！

人们身上的钞票都被警察搜了出来，都被当作赌资了。打鱼佬身上没钱，可上岸来寻欢作乐的商贩和船老大却是囊中鼓鼓的，而且，商贩和船老大有十多人。他们一个个怒骂道：你们放抢呀！警匪一家，你们简直是湖匪！

岂料，警察竟从一个船老大身上搜出骰子。赌具就是聚众赌博的证据。警察队长认定朱老板是借演大戏来设赌场，为的是抽头。朱自秀气得浑身发抖，无奈，他只能据理力争，说：队长你老早帮鬼子做事就经常驻守邓埠，应该晓得，过往船只在这里泊岸宿夜，夜晚下船上岸，喝酒品茶寻个女人，都是消磨时间。没有过往客，哪有邓埠街呀。多年没看锦河戏，别人也就为看个热闹。船老大身上有骰子，可他没在我这里赌钱。身上有钱就是赌资？我屋里家财万贯，去搜不？

队长说：朱老板，政府告示很明白，若有反抗，立即镇压！一有赌情，则拆除戏台，扣押戏师！你这个赌场赌资巨大，你莫狡辩。念你德高望重，想必也是被戏师蛊惑，你不知其中详情，姑且暂不追究你。这戏台呢，晏公菩萨也是要敬的，就不予拆除啦。不过，戏师是要带走的。告诉你，不带走，我没法子向上面交代。

警察将戏迷逐一搜身后放掉，剩下的就是戏班师徒。队长走到报本人面前，劈手夺下戏本，笑嘻嘻地将戏本撕得粉碎。他认出杨金杨银，一挥手，警察们扑上去，摔掉了锣鼓家什，再将他俩捆了个五花大绑。队长说：你们一金一银，领着义和班到处演戏聚赌，当我们警察眼瞎呀，就等着跟你们算账！

警察押着杨氏兄弟上了火艇子。一时间，所有的船只都聚集过来，挡住去路，哪怕它把汽笛鸣得呜呜叫。队长火了，掏出枪来，对着夜空就是两枪。火艇子突突的，挤在船只的缝隙中，拼命地挣，警察们拿枪支当竹篙，使劲推开旁边的船。好不容易倒出船只的包围圈，火艇子掉转船头，正要加速驶离邓埠港，忽听得乘风而来的一条渔船上有人喝道：狗警察，留下杨金杨银师傅！应声飞来一只铁锚，不偏不倚，正挂在火艇子的栏杆上。借着朦胧月色，警察队长看见渔船上站着两个彪形大汉，他俩抬着个圆圆的黑乎乎的东西。

火艇子上，警察把枪栓拉得啪啪响，队长骂道：陈山强人，你们瞎了眼，脑壳有多是吧？没错，这正是陈山岛的渔船，陈山岛上住着陈友谅的二十八代世孙。渔船上哈哈大笑，回应道：爷老子脑壳当真多长了一个，想要就来取，不劳驾你们，我们抛过去，你们接好来。这个脑壳蛮大，脑水蛮多，跌破了，怕呛到你们。

队长定睛一看，顿时，毛骨悚然。那两个打鱼佬竟抬着一只水雷，就像抬个大西瓜似的！当年日军在湖上布雷禁止渔民出湖，国民党军为阻止日军长驱直入也曾布雷封锁。借着水雷，陈山打鱼佬抢走了杨氏兄弟不说，还把火艇子洗劫一空，艇上能吃能用的，都被掳掠净尽，包括警察缴获的所谓赌资。第二天，周边村庄听说此事，都啧啧赞叹。

朱自秀却是长吁短叹，愁眉不展，既为锦河戏的厄运感伤，又为陈山人的鲁莽恼火。政府禁戏，拿禁赌作由头，真实用意在戡乱。为了看戏，为了艺人，水雷都用上了，这不是授人以柄吗？政府一旦追究下来，那还了得？

几天后，缉拿杨氏兄弟的悬赏告示贴到了邓埠河上街。他们的罪名是通共，勾结游击队妄图发动武装暴动。可是，警察并没有来找朱自秀的麻烦，陈山岛也安静得很，看来，警察是专找软柿子捏，欺负寄人篱下及势单力薄的艺人。要不，就是为了敲山震虎。

这件事让朱自秀很伤感，连续几天，他把自己和匡吉周关在骑春楼上，不准别人上楼，只让匡吉周师傅为自己说唱，他点的是《薛仁贵征东》《征西》。其时，无以数计的候鸟正想飞回北方，它们好像早已有约，一起在鄱阳湖上空反复盘旋，一圈又一圈，盘旋在自己的啼鸣声中。触景生情。听到漫空噪闹，朱自秀仰天长啸：做人不如做鸟啊。鸟儿自在哟，想唱就唱，想跳就跳，想走就走。来世，我要托生为鸟，做鱼也要得，就是做不得人！唱戏不得，聚众不得，开心不得。哭得吗？要是哭得，我就天天号丧给你听！

匡吉周师傅也随鸟一道走了，不过，他说是找个清静之地打个转再回。他走后，朱家大屋里天天口沫飞，时时涕泪流。朱自秀的两个老婆，大的贱，小的刁，她俩养的几个女儿呢，则有娇的，狠的，阴的，病的。从前有戏看，朱自秀几乎整天泡在戏场书场里，倒也不觉得。而今，闷在家里，他牢骚满腹，时时指鸡骂狗的，一屋子的女人女伢崽，一屋子的心眼，稍不留神，就闹得鸡飞狗跳。因为，他总是把两个老婆当政府来骂。

大内婆贱，贱在她有一个古怪的喜好，做绷钩。尽管做了朱家大屋里的老板娘，她还是把娘家屋里的活计带来了。从前，只是没事闲着时，偶尔做给伢崽看，而今伢崽大了，她干脆一头扎在绷钩上。所谓绷钩，是把实心毛竹的竹丫削成两头尖尖直直的竹针，使用其垂钓时，把竹针弯成弓形，套上苇管，插上饵料。当鱼咬住饵料时，苇管破裂，绷钩弹开，正好卡住鱼鳃。传说姜太公垂钓于渭滨，用的正是绷钩，直钩钓直鱼，愿者上钩。谁让鱼自己贪食呢。

大老婆削呀削，削制了一大箩。朱自秀讥嘲道：你蛮贱呢。戴着个金戒指，箍着个玉镯子，削着个绷钩子，你是手痒，还是心贪？想让做绷钩的人家没饭吃呀？你的正事几多哟！下人偷奸躲懒你不管，崽女不听话你不管，屋里乱糟糟你也不管，你就怕姜太公没绷钩用是吧？姜太公钓没钓到鱼，关你屁事！姜太公哪里是想吃鱼呀，人家是图好嬉，人家是闲得无聊！

骂着骂着，便有了弦外之音。可大老婆生的两个女儿听不懂，十来岁上下的女儿，一个骂爹向着小老婆欺负他娘，一个阴坏，抓一把绷钩悄悄塞到小娘的被褥里、枕头下。

细皮嫩肉的小老婆才三十岁，是县城绸布店老板的女儿，鬼精鬼精。一旦发现床上有绷钩，也不吵闹，只是缠着朱自秀要钱买绸布，说是床上放了绷钩，晦气，铺的盖的都要换，连她身上的衣裤也不知换过多少套。她向着娘家，恨不得把朱家大屋拆掉搬走呢。

朱自秀这样骂小老婆：放抢还要理由吗？想要，我帮你编一个好的！人为何想到做绷钩，为自家开脱，给鱼一个说法，哪个叫你贪嘴呀！你就去报告县政府，说我屋里有人做绷钩，妄想钓起所有贪官来，叫警察来捉走我和大房全家，财产就全归你啦。要不，你就说，我想办戏班贼心不死，想演锦河戏的邓埠后生贼心不死，那个当到省里处长的罗雄正带兵士在金牛山那边清剿游击队呢。你去报告他，说我演戏是听命游击队，煽动百姓造反。你不想屋里安宁，几容易哟，你的鳖嘴蛮像政府的两片嘴！

候鸟告别的日子里，令朱自秀感伤的还有一件事。陈能生的老八去年出生，而老大老二老三从年边起就要接二连三地给陈家添孙子，而且，邓埠妇女确信陈家老二将抱上双胞胎。朱家大老婆傻乎乎地鹦鹉学舌，边削绷钩，边叹气：我个风顺吔，你呆呆傻傻何日是头哟？娘受气也不管，娘就盼到你争气！看人家一怀上，就是两个。

朱自秀好不恼火，踹了盛绷钩的箩筐一脚，骂道：人没成形，你能看穿别人肚皮，你是吊颈鬼眼睛？看你脑壳蛮大，像鳙鱼鲢鱼的脑壳，如何就不长脑水？大老婆噤声了。默默地把晃出的绷钩捡起来，等他离开，又委屈地嘟哝个不停。

匡吉周师傅一走，骑春楼便门庭冷落了，连整个邓埠也凄清了，既然夜晚没个消闲去处，过往船只干脆不在此泊岸。人心生烦的日子里，陈能生的老二倒是喜气洋洋，不晓得何人蛊惑的，有一天他一头扎进朱家大屋，想让朱老板帮双胞胎取名字。朱家两个崽名字几好听哟，风顺，举帆，难怪能去九江、南昌读书。一听来意，朱自秀气不打一处来，当即训斥道：后生子，女人十月怀胎，你等不得？怕我不晓得你老婆有崽生，还是笑我朱家人丁不旺？好在我两个崽也长大成人了。你觉得自家蛮好佬是吧？惹火了我，我给崽每人娶上十个八个老婆，你攒劲生吧，看看哪个好佬！

陈家老二一头雾水，顿时也冒火了：不肯就算，发什么邪？哪个笑你，吃多了枪药呀？好，我就取笑你！当年你看到我屋里崽多，心不甘，又娶了小老婆，后来，如何？我屋里八个崽，你用了两个老婆好不容易才生一对崽！怕你田多呀，要种好！也不怕你船多，打鱼佬要识得水情鱼情！

被人这么一刺激，朱自秀成天巴望着大儿媳怀崽，可脑壳一摇就呆傻的风顺有治吗。他拜托的来往九江、南昌的船老板寻医问药。跟船老大寒暄，不免提及老爷庙。听说重修老爷庙的资金还差得远，此事至今毫无动静。朱自秀寝食难安。动员乡绅富户以及过往客商捐款，忽然成了他最热衷的事，日间走村串户上门游说，夜晚便诚邀过往客商雅集于骑春楼品茗商议，为了能尽快动工，他下决心带头慷慨解囊。

小老婆得知，割肉似的，像挨刀的猪，号得全村听得见。她哭完便骂：老棺材！你棺材心里只有大崽是吧？你积德行善，又是修庙修戏台，又是建桥补路，一座新戏台漆了又漆，你拿它当棺材呀？朱家屋里已经掏空啦！举帆不是你的种呀？你还有女呢！你不想养崽女，我帮你驮去卖！你个老棺材连我一起卖掉！卖掉我们，你好敬老爷，那样，老爷才见你诚心诚意！

朱自秀气得砸掉几只盖杯，也奈何不得那张嘴。那张嘴像涨水时的圩堤，发现堤脚管涌，不赶紧堵上就会溃堤。他只好翻箱倒柜，拿祖上传下的金银细软去堵口。果然，肆虐的洪水不作怪了，小老婆卷了个大包袱，带着两个亲生女，借故回县城娘家去。朱自秀落得个耳根子清净，乘机卖掉两条渔船，与家中积蓄一道，捐给了老爷庙。

大老婆倒是撇脱，顾自削着绷钩。她削的绷钩已有五大箩筐，也不晓得留待何用。也许她效仿姜太公，等着愿者上门收购吧？那么多的绷钩，若装上饵料，可以钓起半湖的贪嘴鱼。好笑吧？

老爷庙落成，择吉日为神像开光那天，朱自秀特意换上平时难得穿的黑绸布大襟衫，戴上呢子礼帽，乘船前往道贺。他亲眼看见，自己的大名堂而皇之镌刻在功德碑最显著的位置，定江王看得分明呢。

接着改朝换代了，一夜之间，朱自秀陡然见老，腰身直不起来，眼睛也不听使唤，眼神飘飘的，警惕而惊慌。三天两头的，他会抄着手驼着背，踉踉跄跄去晏公庙看看。经修缮的晏公庙戏台一直没有开台，尽管如此，每年他都要在晏公庙庙会之前重新油漆一遍。而今倒是可以演锦河戏，当年被陈山岛后生抱水雷救走的二位杨师傅也回到了邓埠，不过，一上岸，接走他俩的是贫协主席，杨氏兄弟甚至不敢来见朱自秀。朱自秀是邓埠最大的地主呢。

面对不久前再次油漆一新的戏台，玩味戏台楹联“极目于天地有形其外，赏心在古今无尽之间”，朱自秀不晓得该感谢定江王呢，还是抱怨它。为了老爷庙，他几乎倾尽家财，幸而如此，区土改工作组发动穷苦渔民闯进朱家大屋抄家，结果令人不可思议。有人怀疑他转移浮财，也是，被小老婆明争暗偷掳掠去了娘家呢。然而，瘦死的骆驼比马大，算算屋产田产及船只，他仍是邓埠首屈一指的地主。

不过，贫协主席坚决不同意斗争他，说：当年日本鬼子入侵，把船全都烧掉了，是朱自秀租船给我们，要不，我们会饿死。他用演戏、办班、捐资重建老爷庙这些办法，来反抗鬼子和国民党政府，证明他是开明的地主。还有，去抄家时大家也看到，他大老婆在做绷钩，这是地主婆做的事吗？

副主任也说斗不得，他的理由是，朱家大老婆蛮可怜，要斗，就捉他小老婆斗，那女人德行不好，蛮讨嫌。

朱自秀的二儿子举帆也在工作组里。朱举帆中学毕业后，留在南昌当中学教员。南昌解放时，随解放军二野部队南下的工作团接管地方政务，并录用和招收了一些旧职员和社会青年，举帆就是其中之一，被安排在望湖县政府当文书。他参加土改工作组且偏偏被派到邓埠，是组长特意点的名，也许是为了考验这个积极上进的知识青年吧。

刚从部队下来的组长是北方佬，传说省领导都敬他几分，后来他当锦江区委书记。至于那条变色龙，就是当到参谋处长的汉奸罗雄，见国民党大势已去，故伎重演，马上跟游击队联系，要组织群众欢迎解放军进城。北方佬火眼金睛呢，将计就计，等到罗雄带队伍举小旗出城迎接上来，北方佬说我代表人民，当头就是啪啪两枪，结果了他。厉害吧？

在讨论开斗争会的时候，北方佬摸着兜面胡子，叫朱举帆同志发表意见。朱举帆语出惊人，道：我很吃惊啊！邓埠的贫下中渔阶级觉悟这么低，这么麻木！居然把地主阶级当作自家恩人！这说明我们工作组还要充分发动群众。必须坚决地斗争朱自秀，斗争地主也是教育群众的最好办法！

于是，斗争会就这么定了。在开会之前，几位工作同志挨家挨户访贫问苦，其重点对象自然是贫协的骨干成员。经过耐心细致的教育启发，果然挖出朱自秀的不少罪恶。

斗争会上，陈能生最先上的台。埋头登上台，一抬头，他双腿不听使唤了，筛糠样打抖。相反，站在侧边的朱自秀倒是从容。百姓高呼口号，逼迫朱自秀坦白交代。勾着头的朱自秀，反倒帮起腔来，他说：没错，从前办戏班当真有这个说法。宗族戏班的艺人叫戏仆，我邓埠的村外村云船岭，杂姓大多住那里，就是说杂姓的祖上差不多都是戏仆。哪个的戏仆？当然是邓家。听我爷爷说，嘉庆朝邓家戏班的名气不输陶家村的几个戏班。虽说我屋里在邓埠买了田买了湖置了船，家产再大，迁到这里我朱家就是小姓，当然要警觉，老辈的说法，让别姓在戏班里做过了夜皇帝、夜乌纱，主办戏班的宗族才心安。

提起宗族之间的历史，话题就多了。尤其主姓邓姓，更是义愤填膺，把朱自秀爷爷的老账都翻了出来。后来陈家老二和别的打鱼佬也纷纷登台揭发。说朱自秀开渔行以压低价格、克扣斤两等手段盘剥渔家，强迫租船的打鱼佬冒死出湖捕鱼，还以修庙建戏台为名，搜刮民脂民膏，如此等等。

斗争会之后，朱举帆激动得哭起来。他感慨道：群众尚未充分发动之前，还觉得我爹并不像很多地方的湖霸渔霸那么坏，他是戏迷，躺在祖业上看大戏，对鱼行漫不经心，也没做过几多恶事。哪晓得，他始终警惕和提防贫苦渔民，企图用宗族势力和民俗信仰为武器，不露声色地维护地主阶级利益，牢牢掌握劳动人民的命运。他是用软刀子杀人！北方佬组长为此抡了举帆一拳，夸他是块好材料。

斗争会之后，安静的朱家大屋里倒是有些喜气飘拂。小老婆带着她的两个女儿常住娘家，干脆不回了。土改工作组在贫苦渔民屋里搭铺搭伙，举帆和朱家大屋更是咫尺天涯。大老婆生的两个女儿则天天躲在闺房里不出门。喜气来自大儿媳的肚皮。在锦江小学当老师的大崽朱风顺，忽然懂得老婆为何物了。每天一大早，厅堂大门内侧的两边，绣花的儿媳面对削绷钩的婆婆。洒进屋的亮光，一半绣进了鲤鱼跃龙门的图案里，一半挂在等待贪鱼的绷钩上。

有一天早上，朱自秀在大老婆身边坐下要帮着削绷钩，可是，篾刀在他手里三心二意的，割他的肉，喝他的血，还啃掉他半个指甲帽。他告诉大老婆：杨金杨银师傅一直住在贫协主席屋里。

大老婆瞟他一眼，马上停下活计，从箩里挑出他削好的绷钩，扔到地上。那都是废品呢。见老婆不搭腔，朱自秀自言自语道：而今可以演大戏不？要是到晏公庙戏台演一场就好。演过，我就对得起定江王啦。当年鬼子投降，义和班在县城演了三天三夜。而今庆祝土改胜利，演一场还不应该呀？贫协主席留下二杨，就是想演戏吧？

真的应了朱自秀的心愿。陈能生上门来通知，夜晚在晏公庙演戏，演的正是《大审玉堂春》，杨金兄弟叫来几个义和班艺人同台演出，连匡吉周也回来了。

朱自秀唰地站起来，满脸得意，说：这么巧！我刚刚还念叨该请定江王看戏啦。不信，你问她……

陈能生满脸的不自在，期期艾艾的，憋了好一阵子，猛然蹦出一句话：朱老板，人家叫你去排戏，风顺也要去！

朱自秀一惊，问：叫我排戏？我年过半百，走路晃晃倒，说话颠颠倒，做得戏？还有，风顺一个书呆子风傻子，叫他上台，你们不怕他吓着，也不怕他吓倒看戏的？我爷崽何时做过戏哟！

陈能生硬邦邦地回答道：贫协开会决定的事，没价可讲！又不要你爷崽唱念做打，扛起刀斧剑戟上台逻一圈就要得，要不等开堂审案，你们站在旁边做皂隶。皂隶做不得？

朱自秀恍然大悟，哈哈笑起来：我晓得，你们是以牙还牙，要我朱家也把官发掉，今生往世出不了乌纱，是吧？好，我去排戏。能生老弟，让我爷崽做皂隶，可皂隶算不得官呢，要戴到乌纱才有用。

排戏时，老实巴交的陈能生跟贫协主席一说，人家随手就从戏箱里抓出两顶乌纱，扣在朱自秀和风顺脑壳上。杨金杨银急得哇哇叫，贫协主席一跺脚：杨师傅，你们是演戏，我们贫下中渔想看的不光是戏，晓得不？

当晚，晏公庙门前的戏台上马灯高悬，一阵紧锣密鼓后，先演的是跳加官《天官赐福》，随后才是《大审玉堂春》。杨金饰演王景隆，杨银饰演苏三，二位师傅一出场，场上是喝彩不断，候在后台的朱自秀陶醉其中，摇头晃脑地哼哼唧唧，猛然睁开眼来，竟是两汪泪水。他动情了，那是感伤之情。他叹道，崽吔，我盼到这一天，盼了这久，没想到，有了戏看，我自家也粉墨登场啦！

朱风顺不理睬爹，抱着镜子，紧盯住里面化了妆的人。懵懵懂懂的，他不认得自己啦。他笑，镜子里也笑。他收敛起笑容，镜子里竟然目露凶光。

担心朱自秀父子砸了台，杨师傅安排他俩到最后三堂会审时再出场。台上，皮氏与赵昂定计，用毒面去害苏三，恰遇方争归来，抢了充饥，因而致死。皮氏和赵昂贿赂洪洞县，将苏三定罪收监，幸遇巡按王景隆审案。一阵急骤鼓点，该由皂隶押着皮氏与赵昂出台了。朱自秀一把夺下镜子，再交给儿子一杆银光闪闪的画戟，说：走，外面要开堂啦！

朱风顺乐颠颠地走在前面。台下都是戏迷呢，别说行头扮相，就是一个动作有误，都会被人看出破绽笑掉大牙。朱家父子注定要叫观众满地找牙。但是，且慢，突然爆发的哄笑戛然而止，坐着的观众忽地站起来，站着的则伸长了颈脖。只见台上的风顺扬起画戟，没头没脸地朝跪在地上的皮氏、赵昂抽去，抽得他们抱头鼠窜，不得不跳下台钻进人群中。

风顺大概是把三堂会审的场景当作东京国际法庭，走火入魔了。上次逻湖后，他人清醒一阵子，连忙把在湖区搜集的日军证据寄给中国大法官梅汝傲，而今日本东京国际法庭的三堂会审已结束，大战犯已被绞死，却也不知那位大老乡收到一帮学生提供的证据否。戏场上又一阵哄笑之后，人们很开心地散去。较之皮氏、赵昂伏法，这也是不错的结局。

风顺收集的材料里，有一部《支那省别全志》的第十一卷江西省卷，1917年日本出版的。记得老婆拿那本书狠狠朝他脑壳砸了一下，两人才做成好事的。当时我一听，汗毛猛地竖起来，想借来看看，朱风顺摇摇头，人又糊涂了。

贫协组织演戏这天，工作组在县委开会。事后，北方佬组长闻知，把贫协主席狠狠批评了一顿。他说，你们为什么不扭秧歌，唱猪呀羊呀送到哪里去呀送给亲人解放军呢？庆祝土改胜利，反倒把帝王将相才子佳人放出来，你们想重吃二遍苦再受二茬罪吗？

朱举帆也在一旁帮腔道：毛主席真是英明伟大，毛主席教导我们，严重的问题在于教育农民！

社长姆姆告诉我，北方佬就是那时发现她的，当年她简直是贫苦农民中的女秀才，有文化有觉悟还能干，另一个得天独厚的语言条件，能给外来干部当翻译，这和湾石夫妇的长期影响有关。北方佬赏识的妇女干部还有李荷花，大孝子想让李荷花跟自己多病的爹配对，都孤寡嘛，哪晓得人家烈女一个。社长姆姆得知贫协主席挨批事，绕了蛮大一个弯，告诉北方佬戏里没有帝王将相才子佳人，北方佬听完剧情，气呼呼叫起来：洪洞县不是才子吗再获提拔不就是将相吗？嘴上硬，心里虚。追问剧情，他感动于艺人罢戏的故事，变成了戏迷书迷，据说他偷偷向贫协主席道了歉。看看过去的领导！当然，领导身边也要有好高参。北方佬在鄱阳县长任上病逝后，年年清明社长姆姆都要悄悄独自去给他挂青，退休去深圳前，她在鄱阳认了干崽，就为了清明！她说自家是北方佬唯一亲人，没齿不忘啊。

再说那天，陈家老二给工作组送去两条剖好的鲤鱼，他乜斜着眼，得意地丢给举帆一句话：这两条鱼都抽掉了筋，不带发，你放心吃！举凡是聪明人，晓得爹和哥哥戴乌纱登台演戏，自然也就听得懂这出戏的潜台词。他淡然一笑。

老辈人都说，从晏公庙回到家，朱自秀把颤抖而冰冷的手，塞进大老婆后颈背，要把她戴的玉佩摘下来。他哽咽着说：你削绷钩，戴这个不像，筋筋吊吊的，也不好做事。勾着脑壳的女人一动不动。所以，朱自秀摘玉佩的动作蛮麻利。玉佩交到工作组朱举帆手上时，还带着体温。

我讲的这些故事，是二十世纪八九十年代陆续从朱风顺、朱举帆嘴里听来的，这兄弟俩也作古了。哦，早先还有匡吉周师傅。一辈子当官不顺的朱举帆告诉我，他此生最后悔的是，应该藏下那只带有母性体温的玉佩。

第三部　和合

晒　红

口述人：

宁可可，女，锦江镇宁湾村人，乃著名画家宁湾石之女，“文革”中作为县工农兵文艺站干部下放锦江人民公社，继承父亲遗愿，在当地培养了一批农民文艺骨干。曾任省舞蹈家协会副秘书长。

采录环境：

六月初六鄱官节的次日上午，庙前村土谷祠里。地上的爆竹屑足有半尺厚，香案上红色的烛泪结成几块千层饼。土谷祠大门里外都贴有第二届“六六晒红节”活动安排表，大门两侧对联云：“晒台放彩鄱官太阳除污秽，红运当头只因诚信入福门。”从祠门口举目村中，但见多条热烈祝贺第二届“六六晒红节”成功举办的标语随气球飘荡在空中，还有一些则披挂在建筑上。

宁可可：

那么，我们准备开始，行吗？在殿堂里，聊我自己，必须约法三章。话题是明确的，口述过程中你若有问题，最好等我说完一块提，我不喜欢被打断，尤其是审问式采访，此为一。省里要给所谓“文化名家”出《名家小传》，领导指定你来写我这本，很荣幸，我研读过你的著述，有功力有思想，今天我会聊得放开一点，或许对你写书有帮助，别嫌我跑题哟。这是二。三嘛，你双手食指和中指都已熏黄，瞧，衬衣领子居然烧了个洞，啧啧，烟瘾够大，浑身是浸透汗味的香烟味，现在电扇吹着，风向正合适，希望你就这样坐好，不要挪动，不要让身上气味乱跑，尽管这土谷祠里硝烟火烛味弥久不散。我对气味很敏感，偏偏喜欢没有掺杂其他怪味的烟火味。因为，鞭炮火烛，是人们沟通天地神灵的语言。

哦，在这里见到你挺开心的。同住一个大院，本来在家里聊，也可以。不过，田野调查嘛，应该到田野上来，紧贴地气。经过闹哄哄的一整天，总算安静了。昨天真是闹，鞭炮响铳放得震耳欲聋，得胜鼓擂得人心惊肉跳，采茶戏走了样，演员只顾装疯卖傻去吸引眼球。我一直纳闷，老百姓尽情享受的节日，怎么会充溢一种戾气？至于祭祀仪式嘛，我更不满意。

不管怎样，你对庙前郡官节已有感性积累，那就不妨慢慢道来。追根溯源，先说郡官。郡官是传说中的农夫，他心地善良，老实巴交，是做农活的行家里手。因为生产力水平低下，人们无奈小虫，我在民居墙上曾读到这样的诗句，叫“一世英雄到白头，无奈蝗虫鼠雀起”。蝗群飞来，铺天盖地的，一旦飞去，禾田恍若过火一般。我们做田野，既要带嘴带耳朵，更要带心，要分析要联想，善良，老实，勤勉能干，敢于抗争，是否可以说，郡官代表了中国农民的典型形象？

闹了蝗灾，郡官忧心如焚。他的武器只有竹梢帚，他在田间地头拼命追赶扑打。蝗群被撵进山里，山林又遭殃，树木全都变成秃头。郡官锲而不舍，追到山上，把最后一群蝗虫逼进了山洞里。这就好办啦，熏死它们！在洞口点燃撒有辣椒粉的柴草，再用风车往里灌浓烟，蝗虫被熏得昏头奔脑，到处乱窜。继续灌烟呀，可是，郡官不，也许是仇人相见分外眼红，郡官杀得性起，忍不住亲手扑杀它们的冲动，便不顾身家性命，发狠闯进洞里，最后呢，自己也被呛死、闷死了。呜呼，除恶务尽的动机，同归于尽的结局。

死是民间造神的完成方式，是英雄成为灵神的必然途径。既是必然，有些死往往令人扼腕长叹。不知你注意没有，一些小人物成为民间崇信的俗神，他们的死往往是用力过猛的结果，像郡官，或者说是非理性的，是故事讲述者、传播者随意编排的。人们认为死是得道成仙，所以无论如何也要置英雄于死地。

于是乎，死掉的郡官因为造福百姓的壮举被封为虫神，农历六月初六为郡官节，每年这一天，郚官都要借助太阳神的威力，镇妖除邪杀虫，民间则有藏水、晒衣、晒宗谱、晒经书、人畜洗浴、祈求晴天的习俗，还有，食新节、妇女回娘家等等。各地各讲究，核心是个晒字，庙前村有谚语：六月六，晒红绿。庙前这座土谷祠历史久远，信士遍布周边多县乡村，邻近村庄正月游神，都要抬着各自信奉的福主前来朝拜，可见此地郚官信仰影响之大。所以，他们要大搞晒红节。说明一下，把传统节日做大，我支持，也亲自参与了策划，可我不同意更名叫什么“晒红节”。他们硬是不听，告诉我说县长提议“晒红”那就得晒红，而且光摄影家报名的就有上千人，那好，我就回避吧，万一挤着磕着碰着那些大师，让人家摄影杰作流产了，多大罪过呀，去年第一届我坚决不来。唉，这次，是拗不过。

拗不过谁？陈庆元，锦江镇的种粮大户，晒红节的组委会副主任，土谷祠庙会的理事长；我曾经的房东少爷，曾经的学员，曾经的偶像，曾经的梦中情人，一辈子拿捏着我心灵秘密的人。听糊涂了吧？最后你会明白的。陈庆元说第一届没有专家到场，县长发了脾气，旅游局长生了怨气，书记镇长拿他撒气，他不是理事长吗？他五次三番地求我，我懒得睬。大前天中午，他把小车开进我住的院子，使劲鸣喇叭，逼得物业保安上楼来把我请下去。上车我就发火：你怎么不擂得胜鼓，那才够响！

需要专家的嘴说好话，起码你得尊重民俗、尊重老百姓的创造和享受。从前的郚官节很朴实，祭祀仪式首先是烧香燃纸放爆擂鼓，道士在锣鼓唢呐的伴奏下做法事，擎香画符，点燃黄表纸。老百姓纷纷叩拜郚官，并从供案上取一小撮茶叶以辟邪。接着，是杀猪祭郚官取血花，待恭请郚官入轿后，开始游神。游神队伍从土谷祠出发，沿着庙前村地界巡游一圈后回殿，最后演戏娱神。取血花干吗？农家喜用竹片夹着洒有猪血的花纸，一路插向田头地角，以祭祀土地神，谓之“郚观烛”。过去的祭祀仪式，是在家家户户抢日头、晒红绿的氛围中进行的，很生活，也很神圣。

现在呢？昨天我几次当着县领导的面严厉批评，晒红节已被镜头绑架啦，舞龙在摆拍，道士也摆拍，辟邪的血花居然集中在一丘田里，还是摆拍！摄影家变成主角，老百姓反倒是旁观者。一整天下来，让我略感欣慰的是几段傩舞表演没有走样，还原汁原味着。几个傩班的老艺人跟我很熟，老朋友啦，可惜，今年日子才过半，人走掉六七位。你现在做的工作很紧迫啊！

记住，我们做口述史，不能只记史、只记事，千万不要丢掉人，人是活着的历史，有性情的历史，也是会死去的历史，有的，甚至是很快将飘逝的历史。土谷祠至少见证了两个人的老去，比如我，很老态龙钟吧？这里却有我的青年时代呢，在那边，后殿。1969年4月，二十岁生日那天我在土谷祠后殿住下来。此前下放五里亭农场，社长姆姆“三结合”后，要我来大窠巢种文化，望湖一带叫村庄为窠巢，呼啦啦一大群，热闹，也温暖。此刻，我们坐在中殿，一抬腿，朝向那边，就穿越了。

当时神像被扫地出门，要不，一个姑娘家哪敢独自住在这里。传说鄱官的神像是陈氏先人从土里挖出来的，得到神示，村人建土谷祠祀奉。祠中还有一只得胜鼓，长长的，造型很奇特，被搬去大队礼堂里。是的，我胆子够大。此地叫未婚女孩子“秧子”，瓜秧子，花秧子，藤秧子，娇柔的样子，水嫩的意思。我本来就是乡下的菜秧子，我父母抗战胜利后从桂林美专辞职回乡定居，可能半辈子颠沛流离怕了吧？我生长的老家宁湾，也归锦江镇管。

我之所以敢住庙，还在于有坚强后盾，他们是统帅和副统帅，杨子荣和李玉和，郭建光和洪常青。我把伟人像和剧照贴满一屋子，还有语录，把四壁上的木雕砖雕都遮盖住。晚上，整夜开收音机，又是社论又是样板戏，听得雄赳赳气昂昂的，东风吹，战鼓擂，世界上究竟到底谁怕谁。

原先的房东家里才可怕呢，虽说房东是大队干部，人也很好，可他家的崽俚子很烦人，奇怪吧，我的客人都是他的敌人，不管是同学、同事、“五七大军”战友，还是公社干部，只要上门来，他都仇视。老是狠狠盯人、盯我，有时是偷偷地。那目光比鬼神可怕得多，鬼神是虚幻的，那目光却是真实的，无所不在而又防不胜防。怎么形容那目光呢？你经常下乡应该见过一种狗吧，并不吼叫，很从容，紧盯住生人，脖子上的毛直立起来，喉咙里咕嘟咕嘟，它的目光在讯问：你是谁，从哪儿来，来干什么，为什么是你？直到确认你无碍它自己与村庄的安全，它才和平地放松下来。对，就是那种狗的目光。

经常上门找我的公社干部，除了社长姆姆走过路过慰问一下，其实只有团委书记，副营职干部转业。当时，我是庙前“五七”连的团支书，工作来往或者人家路过庙前进来看看，很正常啊，何况他自称是我父亲的关门弟子呢，因为崇拜，他当中学生时曾从锦江镇街上走到宁湾村去拜师，买了一斤水果糖塞在裤袋里，一把一把抓出来孝敬老人家，像掏赃物一样。房东家的崽俚子尤其讨厌团委书记，一见他就不是警惕而沉着的狗了，而是野蛮的恶狗。要么，像看贼一样，要么，跑到礼堂拿锣拿鼓一阵乱砸。砸得人心发慌，好像锦江河溃堤、某座水库倒坝一样。

我惹不起躲得起，躲得远远的。我相信十七岁的目光无所畏惧，然而，他应该会为一棵秧子和无边黑暗而心虚，如果他理智尚存的话。所以，我选择土谷祠。理由很堂皇，我要场地辅导农民文艺骨干，像我父母落户在老家宁湾村所做的那样。

六月六，晒红绿。红绿指什么？穿的戴的，铺的盖的，用的看的，屋里的一切。昨天大家都看到五彩缤纷的场面，可那些红绿已经不是民俗的本真，如今村民都懒得搬东西晒了，倒是周边各县的商贩踊跃得很，庙前街上挂出来的大多是衣被布料等商品。过去呢，除了把整个家搬出去晾晒外，还有不少人家索性把老屋的屋顶掀掉，让一年中最毒的阳光，把屋里每个旮旯晒个遍，把毒虫毒菌毒素斩尽杀绝，无法想象吧？现在是水泥预制板屋顶，掀不动。老屋是瓦，揭了瓦，让阴暗暴露在阳光下，同时可捡漏，一举两得。

我住进土谷祠的第一个六月六，发生了一件事，对于涉世不深的秧子来说，差不多是天大的事。一大早，我赶往公社办事，徒步要走近两小时呢，返程已是正午，直接回到住处，那种老的木门锁，靠竹钥匙打开，熟悉它的机关，手指一勾也能开，我打开门，顿时傻了眼，我的床呀衣箱呀桌子呀，还有用来装书的两只炮弹箱，全没了，像是被人抄了家。你知道土谷祠的位置，邻近村口，在禾田中间，门前有口水塘，以前水塘很大，昨天搞仪式的场地是后来填出来的。

我边往村里跑边喊救命，这是窍门，毕业之际班主任老师教的，说遇到险情喊捉小偷捉坏蛋，不如喊救命，人命关天，大家不敢怠慢。跑过村口那片坪地，眼角依稀仿佛有熟悉的颜色掠过，回头定睛一看，晒红绿呢，有人学雷锋呢，把我的一切摊在草地上，铺在一蓬蓬茶树上，晾在晒衣架的竹篙上。一切！想想看都有什么，衣物和铺盖，鞋帽和家具，书籍和相册，喜欢的颜色和图案，讨厌的事情和人物，身体的隐私，心灵的秘密……对，这才叫一切！

顿时，感觉血往脑门涌。在此之前，我写兴奋激动常用“周身血涌”，写愤怒、惭愧则是“血往脑门涌”，其实并没有血涌的体验。那一次体验到了，脑门血管在跳跃，牙齿打战，双手哆嗦，所以，后来我实在忍无可忍，动了手，给了他一巴掌。我在土谷祠门边气呼呼地瞪着他，等他把所有东西搬回来，给我照原样放好，我终于扬起巴掌扇过去。巴掌肯定没有响声，而且，直到现在我都怀疑巴掌是否击中他，也许我只是做出了一种表态。

他一惊，扫我一眼，脑袋垂下去，接着，缓缓后退，退了约摸有十来米远，猛地一转身，跑了。就像最初警惕而凶恶的狗，忽然间心理防线崩溃，落荒而逃。欺软怕硬，可能是狗性之一。没错，是那个十七岁的崽俚子，这时他十八岁了。

后来冷静想想，他真的是好心。天一亮，家家户户都在抢日头，搬东西的，占地盘的，好像电影里鬼子要进村一样，那个紧张，那个急切，尤其那些揭瓦捡漏的，好像为了阳光宁愿拆屋！他也要为我抢日头占地盘，“文革”后我读到一句诗，说“阳光阳光，谁也不能垄断”。当时，他一定怀揣这种心情。

我血往脑门涌，是因为我看见了晾在竹篙上的棉被和褥子，尤其棉被更醒目，白洋布的被里，朝外，朝向阳光，朝向进村大路，被里子上印着一大团褐色的花朵。我把被子弄脏了，自己居然没有发现！南方的天气，脱了棉袄就打赤膊，中间不带过渡的，那两天正赶上气候剧烈变化，忽然燥热起来，我把铺盖一撸一卷扔到一边，换上草席。心想遇到大晴天，该把铺的盖的洗洗晒晒收起来，刮南风的日子里床板往外冒水，也得晒。上半年潮，土谷祠是老屋，四面水田，尤其潮湿。可是，懒人有懒福，每当我早上醒眼把洗晒列入日程，开门必见老天落雨，我忘记洗晒事的那天，准是晴天，而且阳光暴烈。就像六月初六。

咦，你一脸茫然，没听懂？你肯定算不上好丈夫好爸爸，儿女该读高中了吧，居然还不懂事！知道乡下说的不懂事，指什么事吗？两性的事，女人的事！

接着说。我不是高喊救命吗？凄厉的尖叫钻进每一条村巷，人们从各个巷口冲出来，握着菜刀柴刀杀猪刀，举着锄头铁锹四齿耙。人们冲向我，包围我，而我迅速扯下晾晒着的棉被，紧紧抱在怀里。真是狼狈不堪，又羞又恼啊，我不知怎么面对来救命的人。

不待自己反应过来、向大家做出解释，我又猛然扔掉棉被，扑向那堆悠闲地躺在草地上晒太阳的书，那些书都被打了开来，摊开的每本书左右都压着石块，像阳光下尽情舒展身体的猫。我扑向我的笔记本，一只雪白的毛色铮亮的小猫。我精心喂养它，用我整夜整夜的冥思苦想，以及灵光一现的片言只语。笔记本比棉被更加秘不示人。棉被关乎身体，笔记本关乎心灵。

土谷祠被“破四旧”，那时的鄌官节不敢搞祭祀仪式，可晒族谱因为要惊动祖灵，仍然神圣，须敬香烛。一册册族谱按顺序摆放在条凳上，每册都摊开来，三支点燃的红烛插在地上，旁边供着盛有大块红烧肉的碗，肉块上插着线香。保管族谱的夫妻俩，整天守着珍贵的老谱，一刻不停地翻着薄而又脆的书页，小心翼翼，翻烧饼似的，每一页都要晒到阳光。下午看见他们精心侍弄族谱的情景，一刹那间，我坠入噩梦中。我的书呀相册呀还有笔记本，就像晒太阳的族谱，藏匿其中的思想和情感，会因此而丧魂落魄吗？

来救命的村民到达现场，发现虽见血迹并无命案，也就打着哈哈散了。有人嘲笑我说，小宁老师，鄌官显灵啦，帮你晒红，难得你诚心守庙，心诚则灵！听到没有，晒红，而不是晒红绿。现在陈庆元居然鼓捣出个晒红节，真是缺心眼！当时我气极了，我倒要见见这位鄌官老爷，也就是我说的崽俚子，陈庆元。我在村中礼堂附近找到他，叫他跟我去到晒红绿的现场，厉声令他把东西给我搬回去。他很是不解，说你盖被垫被都是湿的，箱子里的衣服潮乎乎，箱底有霉斑，书里一股霉味，不信看看相册，好多照片已经长霉。

我怒斥他。我愿意穿着霉睡着霉吃着霉让自己变成一团霉，你管不到！你少管闲事！嘴上没毛，你就敢翻女人的东西！你是小偷强盗还是流氓？告诉你，我要报案！

当然，世界上不会有偷霉菌的小偷和抢蛀虫的强盗，也不会有为了让人分享阳光的流氓。但是，我必须大声尖叫，太欺负人啦！他只好动手搬东西，嘴里一直嘟嘟哝哝，说没晒燥，一返潮，又要长霉生虫。一趟趟往来，他屡次攻击那两只绿皮的炮弹箱，说那是阶级敌人用来装糖衣炮弹的箱子，说人家转业搬家时拉回一车破箱子，眼下糖衣炮弹满天飞，小心哦。我在庙里把被子和笔记本放好，骂道：说谁呢？在我眼里，你才是最最凶恶的阶级敌人！后来，我给这阶级敌人一巴掌。他走后，我越想越羞恼，越不安，到底有没有人看到被子上的污渍、看到笔记本的内容，不知道。午后，我去村里转了一圈，想观察人们的反应，看有没有人笑话我。不料，竟看到晒族谱的情景，心里又是一惊——陈庆元也是这么一页一页翻着晒的吧？

羞恼顿时在我心里退居其次，抓心的是前路莫测的危险。毕业之际，班主任老师不仅传授为人处世的经验，还不无感伤地哼了一首赣南山歌。她是赣南客家人。那首歌词笼罩着巨大的命运感——

走了一山又一窝，
看见摁公捉鸡婆，
捉走鸡婆不要紧，
就怕鸡公没老婆。

摁公，就是老鹰，摁是它捉鸡的动作。我感觉自己的命运随时会被摁住，因为，我头顶上有一只凶猛的老鹰，它正在滑翔，盘旋，伺机发动突然的俯冲，我惶惶地等着最后的时刻。我能想象它用倒钩的鹰嘴，尖利的鹰爪，叼起我来扑打翅膀腾空而起的场面。我想，在自己被叼走之前，最该做的事就是付之一炬，烧掉一个少女全部的憧憬、怀想、思念和梦幻，因为那些文字其实是孤独的证明，内中不无幻觉、谬误、质疑、反叛，以及神经质的某种情绪。最初，我只是想烧掉笔记本和相册，点火作业是从一本空白笔记本开始的，扉页上写着："赠宁可可同志下放留念。"落款是炮弹箱的真实姓名。借着这个本子的火种，我开始烧已经拆散的几本相册。相册很厚，可能因为潮，火烧得很不酣畅，烟却很大很呛人。

不知别人有没有这种感受，焚烧也是一种游戏，火一旦旺了，人会莫名地兴奋起来，会努力维持那股旺势。火头最旺的时候，我终于下决心，毅然把写满心思的笔记本交给了火舌。看着相册、笔记本化为灰烬，我顺手把炮弹箱拖到腿边，真是杀得性起呀，为了燃烧在炭盆里的这团火，我愿意用书喂养它。当年，书多稀罕呀，那是我父亲留下的，你可能无法想象，一位1949年前后在农村生活了二十多年的画家，喜欢的书籍竟是苏联小说。那可是父亲的遗产，我忽然心疼了，犹豫着，一页页撕给火，小时候我拿菜叶这样喂鹅。我好像在等待什么。我早就听见外面有人叫喊、拍门，然后透过门缝拨弄门闩，既然有办法打开门锁，门闩肯定难不住他。果然，陈庆元冲进土谷祠，像鄱官对付成群的蝗虫那样，朝我扑过来。确切地说，是扑向炭盆，在他进门的瞬间，我把书一起倒进火里。

他哇哇乱叫什么，我听不清，只见那些书带着烟带着灰，一本本落在我脚下。把书从炭盆里抢出来，他继续扒着盆里的灰，下面相片没烧透，一摞摞的，冒着烟。他一扒，腾起一团团火。他用双掌拍灭了一团火，得到一张我的毕业照。他手一挥，吼道：为何烧掉？发神经啊！

我仇恨地瞪着他，眼泪哗哗流下来。他倒好，一副无赖嘴脸，反而抱怨我，说好心不得好报，说你错过晒红绿一年走霉运我不忍心，说炮弹箱是骗子你知道全公社多少女知青有炮弹箱吗，说怕你上当受骗我才防贼样防他撵狗样撵他。陈庆元的怨言喋喋不休，最后归结为一句话，我是文艺站干部，他是作田佬，我看不起他。你说，我是继续哭下去呢，还是打住？

看来，崽俚子还没发蒙，我得给他发蒙，于是骂道：偷看女人的东西，你是流氓！他这才恍然大悟，连忙声明，虽然翻开笔记本来晒，但绝对没看一个字，光顾着翻看相册，而且舍不得放下相册，因为他纳闷，同在乡下长大，为什么我长得比城里人还白还洋气。在他眼里，我是他的小学校友，是乡里乡亲。不同处在于，我有城镇户口，中专毕业分配了工作，是国家干部，吃商品粮；而他初中毕业回乡，只是作田佬。

那天夜晚真的很奇怪，骂着怨着恨着，跟他居然说了好多话，并且共同把幸存的书拍打得干干净净，摞得整整齐齐。甚至，我乖乖地服从他，把炮弹箱扔出门外。临走时，陈庆元口气很大，说：小宁老师你等到来，我肯定要当公社干部！我又问：真没看？你敢发誓吗？他哼了一声扭头就走。第二天，他送来一只大樟木箱，还有一把锁，很夸张的大锁。什么意思？守口如瓶？

二十出头的小女子遭遇了人生的一道大坎，我惶惶不安。我说过，笔记本是孤独的证明，对我来说，孤独与生俱来。我出生不久，母亲就随锦江的桃花水去了，一直北去，去往烟波浩渺的鄱阳湖。生活在乡下，母亲一直病病歪歪，在父亲偕她看病返回的途中，渡船翻了，一船人获救，唯有她蒙难，她太轻，干瘦得就像一瓣落英，一个浪头能推出十里远。父亲寻遍锦江入湖口和沿湖各地，最后只得立一座衣冠冢。其实，我对母亲的印象只是衣冠冢和留作纪念的两套衣裳，虽然父亲藏有许多照片，可上面的明媚秀丽、优雅端庄，让我觉得陌生、虚假，甚至可疑。是的，父母的求学背景、人生道路和艺术才华，与他们最终的命运抉择太不相吻合。孤独的我只能在纸上叩问。叩问之余，我有太多的怨。炮弹箱说带着水果糖拜师的事，我想起来了，那些水果糖扔了一桌子。父亲正在画一幅小油画，桃林中的女子，一连几天我倚着门，眼看着他不时叼起一颗糖，桌上的糖吃光光，画作也完成了。我在笔记本里写下我的誓言：此生绝不吃水果糖！这些，也是我下放锦江却选择庙前而不回老家的原因。少年的我，一点也不快乐。母亲没有爱我的机会，父亲没有爱我的能力。

而我父母在锦江，尤其在宁湾老家，老百姓有口皆碑，他们办学塾，办夜校，为贫苦群众做了很多好事。有段顺口溜概括锦江民间文化，说“宁湾绣女呀大嫂教小姑”，指我母亲当年教会宁湾女子剪纸绣花，宁湾还是有名的农民画之乡，父亲用了二十年时间来培育它。他们的爱情故事更是感天动地，一个放下大家闺秀的身段嫁鸡随鸡落户于穷乡僻壤，一个守着桃林里的衣冠冢痴心陪伴，好像亡灵真能感知，在他的画作里，妻子如天仙一般时时翩然而至。宁湾村认唐代的元诗人为福主，传着传着，近年我才知道，元福主故事变了，变得有些像我父母的故事。看看，民俗的稳定性，不是死，而是更生动地活。

晒红，把我的内心秘密曝晒在阳光下，或一个人的眼睛里。那么，除了笼络他一同把守秘密，别无他法。我生出主意，把陈庆元拉进文艺写作辅导班。这个班的学员，是经常为公社广播站、批判栏写稿的作者，以知青为多，也有社员、教师和公社干部。大大锦江镇，天远地远的，聚在一起活动并不方便，大约每月一次，平时书信来往，我帮着看稿、改稿，再推荐给文艺站油印的文艺刊物发表。

陈庆元很乐意参加，也非常积极，几天时间把我挑出来的一摞诗歌散文集全看完，还模仿别人的作品，把蜡烛、青松、红梅、红花草们美美赞颂了一番。我给他布置一个题目，叫《水果糖》。我依稀记得，六月六的阳光把我“此生绝不吃水果糖”的誓言晒烊了，誓言写在摊开的纸页上。他一愣，说：这好写，水果糖与蜡烛、红花草一样品格高尚，不同的是，它烊掉自己甜蜜别人。它俩呢，一个燃尽自己照亮别人，另一个腐烂自己肥沃别人。我俩相视而笑，接着，他变成冷笑，吼道：我晓得，你在考我。我也此生绝不吃水果糖，因为我一沾糖就牙疼！本子上的字往我眼里蹦，我有什么办法？再说，这句话怎么见不得人！也怪，经他这一吼，我竟然如释重负。

我后来才知道，县里、公社干部下乡来，几乎没有不破胎的。从公社到庙前的半路上，即陶家村路段，有一家属于地区管、县里管不着的玻璃厂，坐落在“天晴一块铜，下雨一包脓”的红壤岗上，厂门前大路每有泥泞，工厂便铺垫煤渣玻璃碴。去庙前是下坡，车胎容易扎破，返程须推车上坡，则好得多。好像快过中秋节了吧，他接到通知，公社革委会招他去当通信员，节后上班。机缘来自补胎、打气，正如他设计的那样。传说，第八号台风来临之际，他为公社主任也就是社长姆姆救了急，她飞车赶到抢险现场，一个英明决策保住一座大坝。

看看，一穿越，我话多了。你也许觉得我扯远了，自我感觉没有，我的叙述中心仍在鄱官身上。接到通知的当晚，祠堂改成的大队礼堂里，得胜鼓响了。那是我第一次真正听到得胜鼓，之前，崽俚子的乱砸乱敲不算。一开始，鼓声隐隐约约，好像在辽远的地平线上，千军万马从四面八方迅速集合，一声号令，排山倒海一般呼啸而来，马蹄疾驰，呐喊震天。那鼓声，空旷，壮阔，席卷大地。全村男女老少都被久违的鼓声所吸引，一起拥进礼堂。我也好奇，拼命往前面挤。

如果说鼓声如风的话，我会放弃自己的立场随风飘去；如果说鼓声如雷的话，我已被雷电击中任由雷火燃烧自己。我从来没有听到这样的鼓声，那才叫人周身血涌呢。鼓声好像能通过人的所有感觉器官，进入人的身体，以激励人调动身体的一切能量，去爱或者去恨，去哭或者去吼。他挥舞鼓槌，就像鄱官挥舞竹梢帚一样，那么发狠，那么穷追猛打。他在扑打什么，蝗虫吗？那时刻，曾经的崽俚子忽然变成彪形大汉，赤裸的上身油光发亮，头上汽灯的灯光把他的每块肌肉雕塑得轮廓分明凹凸有致，他头上的汗珠四处飞溅，甚至飞到我脸上我嘴里。我品尝到汗珠的味道，感觉到鼓声的力度。我想自己被鼓声紧紧拥抱着，我不再孤独。是的，自从那么彻底、坦荡地晾晒出自己后，我就不再孤独，尽管那是被动的。我忽然心生感激。

鼓声越来越振奋，滚雷中不时有炸雷。我耳朵里生疼，心也莫名地慌起来。鼓声是他的宣泄，还是倾诉？我不知道它要表达的具体内容，但我被如此强烈的情绪感动了。我心里居然涌起上前夺下鼓槌试试身手的冲动，我们心有灵犀，他用目光示意我呢。我冲到鼓边，眨眼之间，他把我搂进怀里，借势迅速把鼓槌逐个塞进我手里，抓住我的手带了一阵，然后，他再退出。这样，两双手保持着节奏不变，自然和谐地完成了交接。

从前所有男丁在元宵之夜都要去土谷祠擂鼓。人们说，鼓槌即便到了细伢崽手里也能舞起花，擂得惊天动地。不假呢。我擂动的鼓声令我忘记自己，只看见一片苍茫处，有个挥舞竹梢帚的巨人，他追赶满天乌云，乌云被撕开了，击碎了，阳光倾泻下来，到处是晾晒的红绿，到处有飘扬的血纸。我被鼓声感动得热泪盈眶。就在我抹泪的瞬间，鼓槌被别人夺下，一人一只，乱抡起来，鼓声也乱了。

后来我问陈庆元，为什么会为自己的鼓声感动呢？他说，鼓声向你证明了力量，来自自己的力量，能够保护自己的力量，因为鼓声来自身上绷紧的肌肉，为的是护住身体，所以，当你全身心投入时，鼓槌立即变成身体的一部分，节奏变成倾诉自己的一种语言，所有痛苦和快乐都随着鼓声起落而释放出来。你自己打动了自己。

说得真好。因为这些话，他成了我的梦中情人。我愿意被滚雷般震撼人心的鼓声紧紧拥抱着。陈庆元去公社后，我常去礼堂抚摸着得胜鼓发愣。他经常回村，通信员嘛，配专车呢。头两年，挺神气的，差不多赶上公社主任待遇了。随后的六月六，他仍然帮我晒红绿。明明知道会惹他生气，我还是要问：你真的没有翻开笔记本？他的气话就三个字：神经病！

下放满三年，我回县文艺站上班，仍然常常下乡帮助公社文宣队编排节目，文艺写作辅导班也在坚持，活动地点放在公社大楼。有一次上辅导课，陈庆元把我拉到院子里，兴奋地告诉我，炮弹箱爆炸了，轰，他双手举起做了个爆炸的动作。我很平静地接受这个消息。我的平静让他意外，他问：你不庆幸吗？

我怒斥道：奇怪，我为什么庆幸？被我的脸色吓着了，他嗫嗫嚅嚅，连忙赔不是。过后想想，我当时有点反应过敏，过敏往往是心虚的表现。是的，笔记本里注定会有炮弹箱，因为它装满书，就放在我生活起居的地方。也许，我的确该庆幸有陈庆元的警示。那个团委书记因奸污女知青被判二十年，而锲而不舍让其露出原形的，正是陈庆元。受害人都不肯作证，案子拖了很久，眼看要拖黄，是陈庆元提供了关键证据。我对此大惑不解，难道他早就在盯人家的梢？

没多久，陈庆元当上粮管所的所长。闻讯我很高兴，摇总机转分机，约他回庙前，我想听得胜鼓了。如约见面，可他看上去有点蔫，我说你当上米谷神啦，擂起来呀！刚起势的时候，还行，擂着擂着，声音不对了，点子有些乱，也不雄壮呀。我喊道：喂，收收心！他的心越跑越远。我上前夺下鼓槌。原来，有个转国家干部的编制给别人了，为安慰他，让他去粮管所等将来粮食局系统可能单独下达的编制。呜呼，等吧！两年后，他改任农机站站长，给他的说法是，能更快地转编制。我怀疑，他引爆炮弹箱，惹恼了身边的军火库。我照样打电话约他去擂鼓，这回他不干，而且声明退出辅导班。我知道他心灰意冷，只能鼓励他熬下去，再说“以工代干”和国家干部并无天壤之别。有一阵子，我常去锦江镇，是早春，桃红柳绿的日子里，我还领他去了母亲的桃林，父亲的老屋。那意思很明白了吧？

为陈庆元转身份，我瞒着他找过社长姆姆，亲娘一样呵护我成长的人，正在喜气洋洋庆祝全社亩产超千斤的领导。她轻叹道：这个后生子动机不纯啊！我说过，尽管从小她对我呵护备至，让我时有小感动，却打心底亲不起来。大概见我眼神不对吧，她坦言道，可可我要对你父母负责！一针见血呀，我又羞又恼。我偏要责问她：什么意思明说！不霸道就不像领导哦，她霸道放言：你俩的暧昧关系必须消灭在萌芽状态！我性格很湾石一点也不婉清，偏偏我想到亲娘婉清，我说母亲托梦给我，她在桃林里和我俩一起捉迷藏呢。社长姆姆一脸冷笑，可能也是黔驴技穷吧，拉着我风风火火回宁湾，要让母亲亡灵来为我做决断。在母亲坟前，她拜了拜说：婉清老师，想必你地下有知。可可聪明漂亮，眼看就要鲜花怒放，蜂呀蝶呀多得是，偏偏先来了灰蛾子，鬼晓得成虫是一条什么虫！老师你表态吧，嗯，这样，同意，就让头上乌云赶快落雨！有没有搞错，难道社长姆姆有心成全我？因为正午时分天忽然黑得像夜间，乌云里闪电霍闪霍闪的，拜拜母亲，我差点给社长姆姆磕响头。然而。可是。等了一刻钟，光打雷不下雨，雷电走了乌云散了，它们是来过家家的。事后，我热衷于搜集气象谚语，什么“云行东雨无踪，云行南雨成潭，云行北雨没得”之类。

难怪此后，在宁湾，在我的老家，于我父母在天之灵的俯瞰下，陈庆元开始冷冷地对我，还说过一句很伤人的话。他说，你是蛮好看，不过，望湖县第一好看的，是锦江中学陶校长的老婆，她那个雪白兮兮呀，会醉人，一双水灵灵的眼睛就是埋人的窟，掉进去肯定爬不出来，更巴不得深埋在里面。

气死人啦。既然他掉进窟里爬不出，那就让他折腾去吧。最后在水管站长任上，他跟人民公社、跟国家干部拜拜了。认命，去当作田佬。我知道，分田到户后，他很快恢复了土谷祠的香火，那时，我已调到省里工作。一旦断了联系，也就不想纠缠啦，一辈子哗啦就翻过去了。不过，在省报上不时能看到报道，他成了有名的种粮大户。听说他出资十万重修土谷祠，我以为他会为重修事来咨询我，可是没有，直到2009年12月我生日前一天，也是我即将退休之际，他开车来接我，邀我出席重修土谷祠开光仪式。像这次来一样，很强蛮的，不同的是，司机在下面拼命摁喇叭，他上楼架起我就走。他说，我挑你的生日来开光，晓得吧？

这句话，令我泪流满面。钻进小车后，我擂他一拳，问：你没有在那个窟里淹死呀，还是淹死又还了魂？你是怎么爬上来的？爬绳，爬楼梯，还是徒手攀援？

这里就是重修后的土谷祠，不必描述了。那天，我最享受的，当然是得胜鼓。久违的鼓声。百感交集的鼓声。万般缱绻的鼓声。荡涤灵魂的鼓声，我冲上前去，希望像当年一样，由他搂我入怀，手叮嘱手，手鼓励手，逐步完成鼓槌的自然交接。可是，他收起鼓声，再把鼓槌交给我。毕竟，我们老了。

我说我等着这一天，你知道吗？我的《望湖民俗考》三年前就基本完成，只差庙前这一节。我恨你，宁愿不出这本书，也懒得见你！

他声音哽咽着：不要说啦，我叫你一声姐姐好吧……姐，老姐啊……

好啦，我说不下去。心跳太快。有什么提问，以后再说……哦，去帮我把陈庆元叫来，我还是要批评晒红节。每年元宵节，陶家村组织锦江十八村龙灯会，一年比一年更红火，把元宵过到了二月二，整个正月成了田野狂欢季。为什么能这样？人家顺应百姓的精神诉求，为百姓所乐此不疲地享受着。

而晒红节呢？晒红，缺心眼的晒红！这两天，我悟出来了，庙前要跟陶家争高下，还想搭旅游开发的顺风车来造势，难怪一股戾气！这是老百姓的节日，懂吗？

又激动了。好好好，打住，为了我的小心脏。

和 合

口述人：

陈仲夏，女，锦江镇派出所原所长，现已退休，家住该镇横街锦绣花园，原籍为庙前陈家。

采录环境：

真是“小小望湖县，大大锦江镇”，就连县上镇上退休的锦江籍干部，也乐于定居锦江镇，他们大多住在临锦江而靠绣山的锦绣花园，图的是环境怡人，且充满文化气息。花园门前的文化广场，集中展示当地特色文化，比如，广场入口处左右便置有大大的和合二仙面具。

陈仲夏：

有句行话说，偷雨不偷雪，偷风不偷月。要是那类人也算一个行当的话。做贼一般都有技术也有讲究，他们的讲究是经验之谈，雪会留踪迹，月不掩人影。不过，胆大的贼利令智昏，才不管这些呢。

我正式当警察，破的第一个案子，抓的第一个贼，就是吃了熊心豹子胆的贼。那天半夜，地上有雪，天上有月，村庄里面有恶狗，他也敢行窃，贼胆包天啦。

为何说正式？我十七八岁进派出所做临时工，先是打杂，接着管户籍，表现好，有机会，就能转正。从小姑娘等成了老阿姨。还算幸运，这说明领导和群众认可，转了正更应该好好工作，不辜负组织。

话说我锦江镇哦，民风淳朴，从来都是治安先进，我觉得这跟民间文化氛围浓厚有关，传统的民间观念能约束人心凝聚人心，甚至激励人心。在这样安宁的环境里，一有风吹草动，哪怕再小，上下都不安宁。虱子多了反而不怕痒，嘿嘿。

锦江镇怕痒。我办第一个案子，其实离正式当警察还差一小步，盖章的那一步，表是填好上交了。我更要积极主动一点，对吧，要是上面不盖章呢？

报案电话是公社总机转过来的。哦，叫习惯了，那时公社刚改乡镇。我这个人喜欢收藏，我把人生排在第一的所有东西都留下了，包括那部用转盘拨号的黑色电话机。那天一大早，我老家庙前大队急急慌慌地哇哇叫，不好啦，出事啦，不得了的大事啊，哪个雷打天收的，想灭我庙前陈家呀！

听听，他吼的！恐怖吧？吓得我心扑通乱跳，投毒放火吗？报案人是给村委会看门的宝安叔，他也掌管电话机钥匙。哦，我连保护电话机的木盒子也收藏，樟木的，是何坊丹青先生做的，四面雕缠枝花，盖子上面雕两朵盛开的牡丹。那时候打个电话都要书记主任点头或者批条子呢。

我稳住宝安叔，叫他深吸几口气，再慢慢说。他说昨日庙前落大雪，不晓得锦江落了没有，几多年没见那么厚的积雪，有的地方没脚背呢，半夜里雪停了，天上有月亮。雪光月光照得他困不着，起来一看，大队部门前有一行由东而来的脚印。

凭着这行脚印，他在五点钟时慌忙报警，正好我值班。他给我出了一道难题，仅凭这行脚印我怎么去报告所长？但我知道，大队部以东只有一座建筑，和合寺。寺门钥匙也在宝安叔手上，好像全村所有公共建筑的钥匙都在他屁股上吊着，一大串呢，哗啦哗啦的，所以夜晚他出门总是遭狗嫌，人走到哪狗吠到哪。

一想到和合寺，我情知不好。因为最近局里发了通报，说有个流窜作案的文物盗窃团伙，频频在全县乡村声东击西，甚至南北通吃，作案目标是寺庙祠堂还有古宅子里的老古董，十分猖獗。社长姆姆专门为此把全所从被窝里拽出来，连夜开会制定防范措施，锦江是傩乡舞乡戏窝子嘛。这不，人家来挑战你的路不拾遗夜不闭户了。

和合寺里有什么？当然就是和合二仙的圣像。锦江一带所称的圣像有两种，一是庙堂里用来供奉的塑像，二是跳傩戴的面具。塑像是扛不走的，那么就是傩面具了，而且，其中应有价值不菲的古物，据通报反映，各地古傩面具失窃案件所占比例蛮高。

中秋节我回家看老爸老妈，几个老人聚在我家，毫无赏月雅兴，正发愁呢，说是长兴伯伯被崽接到县城里去养老了。他家不姓陈，姓吴，是小姓，村里的小姓从前是给主姓当雇工的，主人为雇工建造的住所比自家还好，为什么？跳傩用的面具傩具，演戏用的服装道具，都收藏在神箱里，平时得由雇工保管，神箱有神性，怠慢不得，要体体面面地供着。问题来了，长兴伯伯一走，盛面具的神箱怎么办？

庙前村信奉的傩神，叫和合二仙，傩班叫和合班，跳傩在这里也叫跳和合。老人们讨论着，都不肯接管神箱，都说自己迟早也要进城，给儿女打工带孙辈呀！我老爸为此还斗了气。心态我懂，都是主家不是傩仆，事关面子。最后决定将神箱悄悄藏在新建成的和合寺里，寺里的和合塑像还没有开光，虽有香火迫不及待进去祀奉二仙了，可平日里蛮清净，再说守卫村委会的宝安叔，扼守着去往和合寺的唯一通道，等于站岗放哨的。

我得赶快出警。所里有一辆除了铃不响哪儿都响的自行车，那是所里的第一部警车，也是我第一次出警用车，按我的原则，也是该收藏的，事实上后来我花十块钱买下，因为占地方，被我老公请贼上门偷走了。我老公经常跟贼一伙。

我是五点十分出的门，给所长留了言。我写道：所长，庙前来电话，听不清楚，可能是小纠纷吧，你们难得回家休礼拜，不惊动了，我去去就回。放心，我是刚填表的老警察。

我故意轻描淡写，为的是不惊动大家，平常即便休息日所长也要来所里转转的。再者呢，坦率地说，贪功，所长一来，我只能做个小跟班。

那时乡下走的是机耕道，路面一条条深沟，又有积雪，我差不多是一路推车到庙前的。虽然下了雪，天倒是不冷，我走得一身大汗。后来我索性推着车跑，我怕太阳一出，积雪融化。

迎接我的，有宝安叔和几个村干部，还有和合班从前的头首，我的老爸。老爸身份要特别交代清楚。为什么说是从前的头首呢？和合班每年正月里跳傩，召集人是上年拈阄产生的，称头首，当年圆傩日，也就是跳傩程序全部完成之日，同样要拈阄决定下年的头首。我老爸拈到头首后，碰上“文革”不敢跳傩，直到面具失窃，恢复和合班一事还在酝酿中，所以他这个头首任期最长，十七八年。我曾笑话他，你占着茅坑搞终身制呀！

阳光不等人，雪就不等人。最要紧的事情就是赶快勘查现场，那天太阳可能被贼收买，出得早，阳光比平常暴烈，想销毁脚印呢。通往和合寺的路上只有一行脚印，从那里走出来的脚印，就是说，宝安叔看见这行脚印马上联想到和合面具，第一反应就是失窃，立刻摇电话报案。真是老治安啊。

不瞒你说，过去的反特小说真长知识呀。我爱看。我老爸是锦江中学的语文老师，五六十年代，可怜兮兮的工资买书花掉不少，买的都是反特小说，苏联的居多，藏在我爷爷的寿材里，才躲过了“破四旧”，后来我进派出所，成了我的业务书，我是拿它们当公安学校的教材来读的，对破案细节特别用心。这下派上了用场，我很快看出脚印有诈。那是一双至少四十三码的高筒套鞋，鞋底是工字纹，而作案人的脚并没有那么大，应该是四十码，而且他左肩应该扛着什么东西。雪地脚印的吃力程度，可以反映以上情况。

当然，我得不露声色，像个老练的刑警，很严肃很深沉的样子。和合寺建得挺气派，两进三开间，中间大门上的锁还在，窃贼撬开的是东侧的边门。边门没有锁，他是在外面从门缝里用工具拨开里面的木闩，得以进入寺中，并从东侧边门出来的。寺中立有一对巨大的和合塑像，高高的基座后面有机关，那机关被土地神两公婆挡着，移开神像，可以看出那是暗室，暗室两扇门分别贴着赞颂土地神功德的上下联，说是：公公十分公道，婆婆一片婆心。

无疑，神箱藏在暗室里，然而，神箱随着迎春飞雪而不翼而飞。有意思的是，窃贼扛走箱子，却取出一部分面具，放在黑黢黢的地上。我老爸说，神箱里一共留存面具十八枚，有两对和合，有开山、魁星、傩公傩婆、大鬼小鬼等。数一数，贼有恻隐之心呢，给庙前留下一对和合以及其他，只偷走神箱中的八枚。这是一个良心未泯的贼。

而且，是对傩神虔诚笃信的贼。此话怎讲？就在我们准备离开时，我忽然发现，暗室门前好像被打扫过，大家四下寻找证据，找到了墙角处的一只畚斗，里面有纸灰香梗和两根细细的红烛。红烛经短暂燃烧，很快被掐灭。我判断贼在打开神箱时，曾经从容不迫地搞了个简单的仪式。

宝安叔说，没错，神箱神箱，神居住的地方，平日里一般不得开箱，一旦开箱，一定要虔诚敬神，以求得神的许可。要不然，惊动神灵惹恼神灵，后果很严重。

接下去的问题是，贼来自何方？奇怪吧，把和合寺四周勘查了个仔仔细细，也没有发现贼的来时路。难道他在雪停之前已潜入和合寺，大雪覆盖了先前的足迹？既然如此，贼为什么不趁着下雪赶快走呢？

我像个真正的警察，独自又在和合寺里外转了几圈，试图发现蛛丝马迹。老爸时不时凑近我，问我盖章不会有问题吧，工作正式了个人问题也该正式提上议事日程了吧，还有千万莫骄傲，人民警察为人民，对敌人要狠，对人民要亲。我当时脑子里有点乱，听他唠叨挺烦的，一烦就嘴无遮拦，我说把人民当爹行吗？

老爸说人民不光是爹，还有娘，还有兄弟姐妹，说不定还有老公。什么话呀？成心想干扰我破案是吧？唰，一个道貌岸然的嫌疑犯进入了我视野。

所长曾经教导新来的警察说，当你怀疑一个人时，会觉得他无处不可疑。这真是英明论断。我怀疑老爸了。我才不管动机呢，他一再干扰我，分明别有用心。而且，他昨晚喝了酒，可能喝了一个通宵，此刻还酒气熏天的。我问神箱里共有多少面具时，他脱口说剩下十只，还说幸好古傩面具在。那时他缩在后面，根本看不到黑暗处的面具，更不可能分清新老之别。莫非，他事先知情？

这个案子疑点不少。贼怎么去的和合寺？他留下古傩是不识货吗？为什么扛走神箱？每个村庄的狗都是有地方个性的，有的凶恶，有的儒善，庙前村的狗相对儒善，可也不乏凶恶之徒，据在场的各位回忆，上半夜大概十点多吧，有一条狗吠得相当凄厉，好像临死前的哀号，那叫声吓得全村的狗整夜不敢作声。谁家打狗吗？为了吃肉喝酒打狗，还是为了瑞雪兆丰年？

老爸身体是火底子，一吃狗肉马上就喷火气，烧得鼻孔下面两道红印子，嘴角会长泡，第二天就烂。吃过狗肉的证据已经呈现在我面前。我故意撇开他，专攻宝安叔。我选择在大队部开会。

宝安叔搬来一盆炭火，还热情地递给我一个火笼子。外面开始烊雪了，檐下滴滴答答的，下雪不冷烊雪冷。我打了个喷嚏，我说宝安叔你是大脚板啊。宝安叔答道，四十三码嫌紧，我要去县城买特大号，镇上供销社买不到。

我其实在去和合寺的路上就排除了宝安叔，他当年为水库工地排除哑炮，意外负伤，腿瘸了，看上去倒不明显，可脚掌着地跟正常人有所不同。此时，我需要弄清的是，既然雪没脚背，他跑来跑去通知大队干部，为什么不穿上套鞋而穿一双露出两位大拇哥的解放鞋呢？我盯住探头探脑的那对兄弟，他俩吓得往鞋里躲。宝安叔脸红了。他很聪明的一个人，马上封住我嘴：哦，我好鞋有，夜间随便拖的，忙得没顾上换，我外甥前几日来，说买了新套鞋要送我，忘了带，下次再带来。

我认得他外甥，不是亲的，表了好几层呢，锦中老师，老爸的徒弟，陶家村人。他们陶家人老是喜欢标榜自己是陶渊明的多少代裔孙，我最烦啦。裔孙不裔孙的，口说无凭，写诗呀，写“采菊东篱下”呀。有写诗的基因我才认你这陶孙子！嘿嘿。

听出弦外之音了吧？陶继明在这里有师傅又有舅舅，更有理由频繁出入庙前村了。是的，那位陶孙子大名陶继明。他来得真是勤。所以，从中秋节到去破案那天，中间这么久我不愿回庙前，我感觉他跟老爸有密谋，或者在做什么交易。

哦，有一个细节没有交代清楚。就是从和合寺出来的那行脚印，最终去了哪里，这是一个谜。因为经过村委会再往前一百米，就是十字路口，天一亮，村人来来往往的，路面上的积雪已被践踏成脏兮兮的泥水。

关怀过宝安叔的脚指头，接下去，我该关心老爸的鼻孔和嘴角。老爸已经抠了起来，一抠，烂得更快。雪后早晨的空气是清新的，清新的空气中依稀还飘着狗肉香味。这是我非常熟悉的香味，在庙前，只有我老妈才做得出这样的红烧狗肉，她喜欢放各种香料，八角桂皮香叶茴香胡椒不用说，还有橘皮什么的，很多。能香得佛跳墙人流涎，狗呢，屏声敛息。

对了，一定是红烧狗肉的香味吓得全村的狗不敢作声！嘿嘿，第一次破案我脑子可好用啦，反应可敏捷啦，反特小说长知识启心智呀。我把那些小说留到今天，就是想叫我儿子读，他偏不，整天捧着手机，气死我啦。

我干脆给老爸来个尖刀直入，猝不及防。我说，老爸，我馋红烧狗肉啦，回家尝两块去！说真的，我鼻子那么尖，跟饿有关系，跑了两个多小时，又忙了这么久，肚子真的饿。

退休老教师很不好意思的样子，支支吾吾的，他说昨晚家里的确打了狗，是几个学生和弟子动的手，都没经验，让那条狗遭了罪。它被套上绳索吊起来后，用木棒击打脑壳，可是，狗属土性，嗅到泥土气息会活转过来，如果没有完全断气的话。那几个年轻人急急慌慌的，很快放下它，它一沾地就哀号起来，悲凄的叫声在雪夜里显得特别寒凉，叫人浑身起鸡皮疙瘩。所以，老爸和那几个年轻人大碗喝酒，大块吃肉，大规模上火。他们喝酒吃肉，一为梅花欢喜漫天雪，二为陶继明评上了中级职称。

老爸的意思是狗肉没得吃了，回家只能煮碗米粉。米粉就米粉。此刻，我脑子里有涓涓细流汇鄱湖的感觉。你瞧瞧，又是陶继明，可疑的线索都奔他而去。

打狗祛毛怎么祛，用稻草烧。雪烊了，杀狗现场暴露无遗，灰烬和污水都在我家菜园里。老妈真是我亲妈呀，居然给我留了一碗狗肉，其中有我最爱啃的狗爪，俗话说，一爪抵十金呢。我啃着狗爪，吃着煮粉，笑着老爸的鼻孔，快吧，真的破皮出血了。我瞄见八仙桌下有一双高筒套鞋，崭新发亮的，却沾有泥水。

至此，我该给老爸交代政策了。我得先搞清楚，那些面具算不算古董和文物，如果是，后果很严重。多严重呢？上个月，望湖县人民法院有张布告贴满县城大街小巷，宣判的罪犯中有两个盗窃文物的，看过布告应记得。老爸说，留下的和合才是古董，那对和合跟别的面具都是六十年代中期请何坊丹青先生刻的。

我再次单刀直入：何坊丹青师傅现在名气不小，过了这么多年，作起价来不会少，晓得盗窃案的立案标准吗？再说，里面万一有件古傩面具，他就惨啦！

老爸还想侥幸过关呢。他有些不满了，开始嘲讽我：喂，新来的，说什么呀，怎么听不懂？

我当然得让他懂。虽然庙前群众自发集资几十万建起了和合寺，可是，因为跳和合的师傅先后故去，和合班一直恢复不了。作为长期执政的头首，嘿嘿，很无奈的头首，他非得考虑传承的问题不可。村里的长老对此意见不一，年轻人呢，漠不关心。老爸不得已，动脑筋为神箱找出路。

我相信，神箱一定是被陶继明设计偷走的。因为我晓得，陶家村过去也有和合班。现状却跟庙前相反，他们是有师傅，所有面具都在“破四旧”时被收缴并被焚毁。不好意思，我认识他的脚，一双奇怪的脚，一米七五的大个子，怎么穿四十码，不怕被大风吹倒吗？每年夏天广播里的天气预报说有雷雨大风，我就担心他会像瓜架子豇豆架子一样被风刮倒，甚至吹到鄱阳湖里去。

我问：打狗喝酒的，除了陶继明还有谁？打狗是为了威慑全村的狗，堵住它们的嘴吧？我觉得喝酒的目的在于打狗，在于老妈的红烧狗肉。又是哀号，又是肉香，它的同类还不蜷在黑暗里瑟瑟发抖呀？这一招，比用肉包子贿赂狗更灵更狠。

老爸跟我绕弯子。问我知道庙前和合的来历吗？我虽没见过跳和合，倒是依稀仿佛有过耳闻。相传，也不知何朝何代，村里长工小年日在后龙山刨草皮，隐隐听得扑通扑通的响声，像是有人在敲打锣鼓家什，循声探究，发现响声来自地下。于是，他刨开响声，挖出两只金光灿灿的面具。夜里，他梦见带回家的面具变成了小孩，正是和合兄弟，他俩随着鼓钹的伴奏跳起舞来。长工起床后，可能得神助吧，学着梦里的和合兄弟跳起来，后来竟练出三十六套花样。此后，庙前就有了和合神和合舞以及和合班。

老爸说过，和合面具来历的传说有好几个版本，他喜欢这个有梦的故事。因为，和合二仙正是我们老祖宗从儒家天人合一、佛家因缘和合还有道家阴阳和合的哲学思想和文化理念出发，用梦想创造出来的民间崇拜对象。和万象之新，合一元之气，并和气以保福禄财喜，合理而升公侯伯子男，听听，和合二字，贯通宇宙乾坤，涵盖自然万物，气概多大。和合二仙差不多可以算作神灵中的哲学家。

不过，我是个新警察，不是来开学术研讨会的。在几乎可以确定昨晚做贼的是陶继明后，我没有大功即将告成的快慰，只有不安，甚至惧怕。惧怕万一的结果。我不能容忍老爸的嬉皮笑脸了。

我几乎是命令的口吻，我说老爸你带路，叫上喝酒的那几个后生，找根结实的绳子，棕绳麻绳都行，我们立即赶到陶家村捉贼捉赃去。对不起，我忘记带手铐，五花大绑伺候吧！

老爸揉揉脑门，说昨晚酒喝高了，听不明白我说什么，更搞不懂我想干什么，是不是恨陶继明呀，人家彬彬有礼，绝不会胡搅蛮缠，你不同意跟他谈朋友，并不影响我俩做师徒呀，要是挟私报复那就太过分啦。一句话，老爸讨厌我的简单粗暴。

老爸越是嘴硬越说明他心虚，我干脆揭开老底吧。这位久久超期服役的头首，面对现实，迫切想让庙前和合班找到一种可行的方式传承下去，既然陶家村有傩师又有积极性，不妨让他们偷走一套面具，赶紧将和合舞跳起来，两个村庄同畈作田，艺术无国界更没有村界，民间艺术原本就属于广阔民间，都是老祖宗的东西，传承下去就是自己的，是子孙万代的。为什么要偷呢？祖传的圣像，不可轻易处理，这是宗族大事，要族中长老和历任头首决断，各人各想法，思想开放的少，只好出此下策啦。老爸和陶继明是主谋。他俩策划已久，我还以为他俩打我的主意呢，错了，打和合二仙的主意。陶继明是喝酒之后冒雪从我家院子出去，连续翻过几家人的菜园，去的和合寺。目的是避开村委会，因为他所谓的舅舅是坚定的保守派。选择翻菜园，是精心设计的路线，需要穿上高筒套鞋，要不怎么下脚呀。拨开和合寺边门的木闩，一根铁丝就行。

我不是说过，那贼对傩神虔诚笃信吗？那贼心多细呀，准备好了线香红烛纸钱，点香还得有打火机呢。他跪下拜了神箱，也许就在跪拜的那一瞬间，酒劲上来，犯迷糊了，他实在扛不住才打了个瞌睡。不知怎么惊醒后，小心翼翼地从箱中取出部分面具，本来准备用绳子串起要偷走的面具，一个疏忽，要么是醉酒坏事，绳子挂在我家菜园的篱笆上，八只面具得长几只手才拿得走呀，只好连神箱一起扛。宝安叔说到外甥和套鞋，我就联想到一双小脚了。甚至，有可能宝安叔心明眼亮，故意为我提示侦查方向，也难说。

我挺得意。我觉得福尔摩斯就是这么成长的。老爸有些羞恼，他一羞恼，或者心情不顺，受气的是老妈。他在客厅里大呼小叫地要泡茶，都半上午了，老妈居然忘记烧开水，理由是煤气灶没闲着，现在还得再煮一锅米粉，煮完，还要炒一盆。原来家里有客，客人就是昨晚的酒徒。老爸的咋呼把睡在楼上的他们吵醒了，一个个揉着惺忪睡眼跑下楼来，以为有情况呢。

情况是客厅里坐着一个女警察，人家可是反特小说培养出来的，对付小蟊贼分分钟。老爸瞄我一眼说：小陈警官，审问他们吧，他们下半夜抓贼去了，从我庙前村一路追，一直追到陶家村的地界，那贼哧溜滑进水塘里，要不是陶家村来人接应，活捉他没问题。估计陶家人从塘里捞出来的，是一根冰激凌雪糕，估计是草莓味的。

我失声惊叫。不过，我很快就意识到自己的失态，我努力克制情绪，让自己镇静下来。我当然会有情绪，偷几只面具，闹出人命谁也担待不起。何况人家还是优秀教师，刚刚升上中级职称，乡镇的中级多难呀，指标太少，相当出类拔萃才有希望。是的，我有些心疼，是人才我都心疼，人民警察爱人民嘛。那年有个辣婆子家长为一点屁事打骂校长，还想污人清白，自己扯开上身，气得我甩了她一巴掌，到头来我又赔罪又驮处分。

扯远啦。老爸搞什么名堂呀？他把做贼的和捉贼的一起邀到我家打狗，半夜三更，吃饱喝足后，做贼的去行窃，捉贼的去蹲守，然后假装追赶，送贼送到家门口，家里还有人接应。好笑吧？这应该是两座村庄之间的阴谋吧？

老妈脾气好，端来米粉的同时，一杯茶也来了，用电水壶烧的。老爸可能对茶有依赖性，到半上午没喝茶，就会头疼，是真疼，两边太阳穴疼。怪吧？闻到茶香，他精神陡长。

他扯到民国初年。说是有个村庄要搭班起傩，瞄准了邻村和合班的傩面具。姑且以甲村乙村称呼彼此吧。乙村年轻人少，又不愿学，多年未跳和合，好些面具挂在一幢大屋里。甲村人决定把傩面具偷来，他们在行动之前，先用鸦片烟收买在河边摆渡的乙村傩师，得到他的默许。于是乎，甲村二十多人假托从修马路工地回城、天黑没有渡船，借宿在乙村的那幢大屋里。大家打牌挨到三更半夜，待乙村人睡去，他们用竹篙捅下挂在墙上的面具，抱起来就跑。到得河边，竟有吸过鸦片的那只渡船在等候。第二年正月间，起了傩的甲村跳得起兴，索性把和合舞跳到了乙村，有点挑战寻衅的意思是吧？这时，摆渡的乙村傩师再次里应外合，他跟村人这样说：反正我乙村没法子撑持这个和合班，有甲村跳几好啊，这班傩不会失去，又能为我乙村辟邪纳吉，省了养傩班的心思。

我恍然大悟。那么，为什么非要用偷盗手段呢？老爸说，偷盗古傩面具，当然跟文物贩子猖獗有关。何坊完整的一套一百又八枚傩面具，某次被盗后，仅存三十六枚。听说，最近又一次失盗。

不过，偷盗并非只是文物盗贼所为，偷来别村的面具作“起脚傩”，本村再刻一些，这其实是望湖乡间的起傩习俗，人们认为这样起傩才有灵气。在民间的意识里，已经开光、已经受用了太多香火的圣像才是最为灵验的傩神。于是，乡间就有了诸如一旦面具被带出村庄水口并燃放爆竹，就不得追回的规矩，就有了被盗面具落户别村再也请不回来的传说。规矩是约定俗成的，传说是不可置疑的。

那么，老爸该是得人家鸦片的傩师吧？老爸吓得连连摆手，他一是有心让和合班传承下去，二是希望趁早把头首这顶帽子摘下来，不能让和合二仙在自己手里受委屈，要不，哪里敢去见老祖宗呀！

说着，老爸情不自禁地夸起陶继明来。说如此痴迷地方文化的年轻人，少见，难得，不可多得，要特别珍惜。怎么珍惜呢？当宝贝，当价值连城的古傩面具。当特殊的人才。这种人才是大地的眼睛和耳朵，他们能看穿大地的一切秘密，能听懂大地的一切声音。你想想，在老爸心目中，他是不是成了一尊神？

人说丈母娘看女婿，越看越欢喜。他老丈人更加。问题是人家醉酒后在雪夜里掉进水塘，救上来没？冻伤了没？该不会重感冒吧？不行！既然他是犯罪嫌疑人，那就要缉拿归案！

老爸说，偷书不算偷，偷面具更不算偷，因为它是民间习俗。何况，它可以通过调解找到解决办法。比如，鸦鹊岭傩班曾去偷别处的面具，有一人被捉，调解后归还一半；邓埠傩班被盗后，它理直气壮去偷鸦鹊岭的。

我忽然觉得，傩面具如此集中地失窃于最近这个时间段，也许能证明此时是望湖傩重振旗鼓的重要时期。偷面具可能是傩神崇拜的一种传布方式，所以，才有甲村人的兴师动众，才有乙村人的心眼和气度。摆渡师傅的行为值得玩味。虽然乙村不再跳傩，然而，护佑一方的傩神怎能轻易送走？于是，他巧妙利用了甲村人的密谋。也许，鸦片麻醉的只是村庄的自尊，而对傩神的敬畏之心始终是清醒的，那只渡船始终是清醒的。

像老爸和他的徒弟一样。我必须告诉老爸，局里的通报和法院的布告已有先例，有人因偷盗古傩面具被捕被判，也许他们中有人未必是文物盗贼，也许有人偷盗古傩面具只是为了得到所谓的“起脚傩”，不幸阴差阳错。

看样子，当个好警察要有文化呀，最好还要有个响当当的文化顾问，那样能少犯错误，让自己变得聪明一点点。

我的担心一定显露在脸上。通过挂在墙上的寿镜，我看见它了。它是眼神里的慌乱和面颊上的绯红。老爸当然懂得我。他起身去寝室拿来两张纸交给我。

一份是合同。庙前和合班自愿转赠八只傩面具给陶家和合班的合同，包括圣像名称、制作年份、制作者姓名的清单，代为盖章的是两个村委会，还有见证人呢，见证人就是老爸的那些弟子。另一份字纸是何坊丹青先生写的证明，证明赠送的傩面具并非古董。

显然，这是防患于未然，是被法院的布告吓的。看了这些文字，我才如释重负，才突然发现自己那么爱一个人，他像一朵雪花落在我的颈脖里，像一缕青烟被我吸进肺腑里，像一种香味令我迷醉。别误会啊，我说的不是红烧狗肉的味道，是灵魂的味道。我拔腿就跑，朝着他的方向。我要把那只落汤鸡缉拿归案。

傍晚回到所里，所长等着我呢，桌上的烟灰缸塞满了烟屁股。我推开门闯进去，差点没被熏昏过去。所长问：不是去去就回的吗？什么小纠纷劳你辛苦一整天啊？

我当然得如实汇报。从打狗到吃肉，从敬神到偷盗，毫无保留，绝不马虎。最后，我出示了那两张字条，那是非常关键的证据，它们能证明雪夜里发生的故事，不过是一出精心排演的地方小戏，不是案件，不需要结案。

我说得一定很细，究竟怎么说的，我记不清。肯定反复说到他的脚小，一米七五怎么才四十码呢，真是很奇怪，很让人担心，我锦江镇襟江带湖，一年四季都有大风，他不怕被风刮倒吗？

所长突然掐灭烟头，咄咄逼人地一问：你怎么晓得他四十码？把我问傻了，脸上一阵阵发烫。过了一会儿，所长轻声唱起了望湖山歌——

有心吔为哥做双鞋哟，
又没鞋样来剪裁吔；
撒把石灰来大路上，
只等我哥走过来——哟嘿。

真是老土！什么时代了，还撒石灰呀？再说，而今找石灰不容易呢。社长姆姆祝贺我转正时骂道：死丫头！有文化啦，翅膀硬啦，遇事不讨教我啦？她从来都叫“女”的，第一回听她叫丫头，只是我算老阿姨了。

福　主

口述人：

宁永红，女，出生于1968年2月，锦江镇宁湾村人，毕业于省女子服装学院，大专学历，现为锦江镇文化站站长。社长姆姆之女，其夫周高峰，为县政府办副主任兼县方志办主任。

采录环境：

著名画家宁湾石的故里宁湾村。宁湾石，生于1916年，毕业于国立杭州艺专，与杭州城的大家闺秀周婉清互为师兄妹。抗战期间，两人随学校一路南迁，辗转多地。后经人介绍，一同受聘于桂林美专，1944 年在桂林结婚。抗战胜利后，宁湾石辞去西洋画教授一职，携妻返乡定居，其间创办学塾以启蒙贫家子弟，培训女红以教化劳动妇女。夫妇俩育有一女。妻病故于 1950 年。中华人民共和国成立初期，湾石为帮助翻身农民识字学文化，创办夜校，亲自教学，成为当时望湖县的先进典型。后来，他一直在村小任教。二十年间，他为农村扫盲做出了突出贡献，并发挥自己所长，义务培养了大批民间美术人才。省、县有关部门曾多次动员宁湾石出山，他坚辞不受，沉醉于乡野，痴迷于艺术，创作了大批反映故乡山水风光的油画作品，惜英年早逝，卒于 1966 年 7 月。

近年，结合美丽乡村建设，宁湾村建起湾石纪念公园。公园门前新建的廊桥，古色古香，多以梅兰竹菊等花卉纹饰的木雕装饰，两边是相对而坐的美人靠，顶棚绘有各个时期宁湾农民画的代表作，二九一十八根桥柱上，悬挂装框的剪纸和绣品杰作。用来展示宁湾文化的廊桥，其实是公园引桥，桥那边一块圆形绿地，将是湾石夫妇雕像的立足之地，深入大片桃林，则有他俩的墓地。纪念公园的整体设计，寓意人民艺术家扎根在大地深处，美好的爱情落户在时间深处。

宁永红：

我叫宁永红，一听这名字就晓得是时代产物，那时我爹是大队革委会主任，我娘官比他大，早在“文革”前就当了公社社长，老的少的男的女的一律叫她“社长姆姆”，被打成“走资派”靠边站的时候，我爹偏把“社长姆姆”成天吊在嘴上。

我爹娘现在广东跟我哥哥过，他做红木家具生意，这里的公园呀廊桥呀还有雕塑，是他掏的钱，当然，我娘发的话。雕塑马上运到，汉白玉的。湾石爷爷“文革”起来那年热天过世，我还没出生。他死后有几年，我爹多次接待外调的人，他们找湾石是要他证明别人的历史问题，我爹忍不住大发感慨，说湾石福气砣砣啊，跑到乡下来躲掉了几次运动……

这话可不是开玩笑哦。我老公在方志办编书，都是这么厚的书，熬白了头，好歹算有点学问吧。为了报社的约稿，他研究过湾石，认为湾石显然是古人所说的“异人”，异人就是不平常的人，有奇才的人，能掐会算的神人。湾石，当真神，抢在“文革”前夜死，死前三天做的每件事都很蹊跷。第一天，先是去后龙山福主庙，莫名其妙地把元福主两公婆的木雕神像藏起来，换上他自己制作的元福主牌位；当晚，到我家喝茶，其实是找我娘，他也跟着叫社长姆姆，每次都叫得我娘浑身不自在，因为娘是他两公婆的学生呢，比二十世纪五十年代扫盲更早的学生。找她干吗？应我娘所求，他写过一幅字给娘装饰社长办公室，内容是娘选择的，关于共产党员修养的一段话。他反悔了，要收回。我娘舍不得，说字太好看怕沾灰不愿挂出来一直锁在抽屉里，你怎么可以收回呢？湾石平时说话细声细气的，那次也一样，丢下一句明天还给我，呡口茶就走。第二天，他悄悄赶往在省城的文艺学校看女儿，七月初，差几天就放暑假了。他女儿宁可可，长得像娘，蛮漂亮，就是性格有点怪，不愿意回老家，见人冰冰冷，好像宁湾人欠她蛮多。湾石过世后，说起蹊跷事，大家把他那天的行踪一斗，惊出一身冷汗。你看啊，深夜四点敲船老大的门要过渡，走到镇上五点半，坐班车到县城再转去省城的班车，下车坐公交去学校，中间还要去银行取款，去百货大楼买冬装，几紧张啊。最奇怪的是，大热天想到给女儿添新棉袄新毛裤新的毛衣毛毯，还把存在县城银行的积蓄全部取光给了女儿。第三天，他整天没出门，我娘去还那幅字，见他翻箱倒柜，以为要搬家呢，顿时眼泪汪汪的。她说：老师你终于要调走了，晓得你会有这天，你一个人过得太苦啦！湾石拍拍手里的相册，轻轻一笑：调哪里？我倒是想调黄泥县，解决两地分居，可没人开调令。前几天婉清托梦，说女儿大了要多关心，怎么关心？我想，该给的赶快给她，不急着给的也要赶快理个清清爽爽。我娘经过他两公婆的培养，后来上干训班（省里大学招的工农班）上了两年，蛮有文化呢，这时我娘问得机智：要回这幅字也是婉清老师托梦说的？湾石一愣后镇静下来，说赠予和索回自然各有各的道理。就在这天晚上，他安安静静地走了，狗不吠鸡不鸣。第二天是星期天，宁可可不等放假就先回来了，上午十一点到家，推门进屋不一会惊叫起来，凄厉的叫声令全村人毛骨悚然。讲起来，真有心灵感应一说呀，幸亏天意安排，冥冥中不晓得哪个半夜弄醒她，领着她连忙去赶省城直达锦江、一天只有一趟的班车。要不是女儿早发现，村人哪天上门还难说。也很难相信呀，才五十岁的人，平时无病无灾，清心寡欲，每周在村小上几节美术课，农闲时抽几天办农民画辅导班，日常偶有来往，也是他的学员，他若有走动，还是在学员家里。他的死很神秘，于是，我爹我娘为此忙活了好一阵子，叫公安把他家里外查了个遍，叫法医把他身体里外查了个全，排除他杀自杀，最后结论是猝死。

三天的行为举止雄辩地证明他死在自己的预期之中，怎么能叫猝死呢？身体没有外力所致的伤害，居处没有外人到过的痕迹，婚姻、遗产、女儿和自身安全没有来自外部的威胁，又怎能不叫猝死呢？这句话是我老公说，我鹦鹉学舌绕得让舌头闪了腰。意思就是作为异人，他能掐会算，把一切安排妥帖腾云驾雾超脱了。

回想起来，真的神奇——因为晓得神像丢失，后来“破四旧”，人家懒得去福主庙造反。我娘虽是“走资派”，斗了一阵很早就被“三结合”，要是那幅字被抄出，至少罪名前要加“死不悔改”四个字，或者“刘邓路线的急先锋”。那幅字写了什么？当年学《论共产党员的修养》，我娘喜欢刘主席某条语录，悬吧？还有，听说湾石已死，搅得各地鸡犬不宁的公社造反派独独放过了宁湾，湾石故居里的作品、资料得以保存下来。

没有征兆，没有调令，湾石追随婉清去了黄泥县。为他出殡那天，我娘是哭得最伤心的一个，这时她还不晓得索回那幅字是为自己消灾呢。她忘记了社长姆姆的身份，像任何一个悲痛欲绝的农妇，跪在棺材前号丧，我的恩人吔我的亲哥吔我的姐夫吔我的至亲吔，论恩德你两公婆当得我的再生爹娘呢，你没有什么想不开放不下吧，你年富力强正当顶天立地怎么能走呢，你有女儿聪明漂亮就要成家立业你怎么能走呢，你办学塾办夜校让睁眼瞎开了眼，培养了这多作者画报登作品报纸发新闻你怎么能走呢，你的老师同学大名鼎鼎，他们为你遗憾正在为你筹办个人画展、联系出版画册，你怎么能走呢。听我姑姑说，我娘当时一口气号出十八问，句句扎在人心头上。

说到我娘，好长的故事。她出生在灶前，当时又是柴烟又是火光，接生婆眼花，提起血糊糊的小腿，摸到了肚脐眼，叫一声：带把的！她幸运地留了下来，要不然，直接塞进尿桶里。这也决定了她的命运，必须像个带把的才能活下去，刚会走路就要放牛，刚能端碗就得下田。提起万恶的旧社会，我娘至今还流泪。十五岁嫁到宁湾，就是壮劳力，田里厨下忙不停。可是在宁湾，女人还得会剪花刺绣。过去宁湾是有传统的，因为连年兵荒马乱，又是水旱饥馑，过去的巧手只会扒食了。

传统是唐代元诗人的老婆培育的。唐末乱世，元诗人举家从北方逃到湖北、江西交界地区避难，锦江在宁湾入鄱阳湖，可能水路便利吧，他们在宁湾村住下来，住的时间蛮长。元诗人筑桥修庙办学塾，他老婆教妇女养蚕剪花学刺绣，他们还会治病看风水，帮老百姓做了很多好事。可惜，他老婆因水土不服，病死宁湾，葬于后山凤凰形。时局一度稳定，朝廷曾宣元诗人进京当大官，元诗人舍不得让老婆孤苦伶仃困在南方的山上，死活不肯赴任，惹得皇上起火，要派人来提他人头，幸好善良的宰相劝住了皇上。宰相怎么劝的？公不离婆，秤不离砣，一杆秤称的是人心啊。元诗人一直陪老婆到自己老死，死后合葬一穴更贴心地陪。此后，宁湾村尊他两公婆为本村保护神，叫福主，元福主和邹福主，宋代建起福主庙，历朝历代多次重修，庙里供奉两尊木雕神像。因为邹福主喜爱剪纸和刺绣，每隔三年，福主庙从许愿求神者剪的纸样里挑出一百张，再挑选一百名心灵手巧的未婚姑娘，由她们按纸样刺绣出一百块绣片，最后缝缀成百花帐，悬挂在神龛前。

湾石两公婆返乡，好比是元福主还阳。他们济贫救困，兴学重教，治病疗伤，很快赢得全村百姓的爱戴。我娘说，那时连保长遇事都要先去请教湾石，他家变成了村民的议事堂。与此同时，对画画有兴趣的就跟着湾石画起来，女红是女人的天性啊，婉清老师一拿起花绷，她身边就围来一群。很多媳妇早就是巧手，只是多年顾不上，对她们，婉清重在教新技法。像我娘这样的新媳妇也有不少，需要手把手，从基本功练起。我娘说，早生五十年，自己休想嫁宁湾，会剪花是宁湾媳妇的首要条件。她想不到的是，正是学剪花，让她获得巨大的自信，获得创造人生的动力。桥柱上挂的，有她两幅作品呢，一幅叫《鹊桥》，还有一幅叫《小荷》。那鹊桥不是横架在银河上的桥，而是天地之间腾空而起昂扬向上的桥，是无数翅膀连缀起来的登云梯。小荷呢，平实却非凡，卷起的叶尖，像幼鸟嘟起来的口，既像嗷嗷待哺，又像嘤嘤歌唱。湾石两公婆每次看到我娘的剪纸，都要兴奋地讨论一阵，说她有天赋有想象力。有一天，湾石很认真地对我娘说：看你有灵性，跟着伢崽们上学塾吧，来认些字。

我娘倒是很乐意，可我爹经不住家里老人的指指戳戳，提着柴刀闯进湾石屋里，抬腿迈门槛时，他大吼一声湾石你出来！定睛一看，婉清坐在厅堂上方，落落大方，微微笑着。可能我爹从来不敢直视人家吧，这时四目相对，他首先眼花了，接着心慌了。婉清说，你叫湾石去打柴呀？我爹一愣，连忙频频点头，说我去打柴他读书人做不动我来问他打几担，三担够吧？我爹转身上山，果真帮他家打来三担松毛柴。回到家，我爹把屋门上的照妖镜摘下来，当着老人的面，先照自己，再照我娘，说：人家那个好看，前世也没见过，天人娶天仙呢。好生看清自己模样，才晓得怎样做人。

中华人民共和国刚成立的时候，女人能识字断文的，多稀罕呀。何况，耳濡目染，受了艺术、文化的熏陶，思想境界也不同。土改中，我娘崭露头角，经过组织培养，有个北方佬书记特别器重她，后来成了全县有名的社长姆姆。我娘说，此生要是没有遇到湾石婉清，自己在精神上永远是个会生养的带把的。我老公说，因为湾石公婆而改变命运的，绝不是某几个人，可以说，湾石成了村庄的灵魂，深刻影响了村庄的文化风度和精神气质。

这话蛮在理。比方说，湾石和婉清的名字，已经成了宁湾方言里的一个美好词，是形容词。形容一个人讲话慢条斯理、做事从容不迫、举止文质彬彬，“你蛮湾石嘛!”“湾石”也可以用于贬义，嫌人磨蹭，往往这样吆喝道：“你不要这么湾石好不!”“婉清”可以形容女人的一切好，德行好、长相好、知书达礼、善良宽容，都可以说“这个女子好婉清”，这个词词义很宽。

对宁湾影响最大的，还是他俩的道德形象。我这个文化站长，受老公影响，也在研究本土文化。我一调查一研究，发现可大啦。五百多户，三四代人，头两代几乎没有离婚的，年轻人里有了，可比其他村少得多。为什么？见过没见过的都晓得，他两公婆的爱情当真可歌可泣。一个娇小姐、大才女，打定主意跟老公在乡下住一辈子，真是不可思议，千般难不说，就说蚊叮虫咬，她那细皮嫩肉受得了？听说，他们是夏天来宁湾的，第一个夜晚，醒来发现夏布蚊帐里的老婆不见了，宁湾水多蚊子大，八只蚊子一盘菜，一群蚊子把人抬到晒场上去了。湾石见她一身红包，心疼得要死，一问才晓得，老婆嫌蚊帐里热，发狠让蚊子吃个饱吃得起腻，干脆跑到外面去乘凉。她的话很神呢，从此以后蚊虫再也不敢招惹她。

再说湾石对老婆的痴情，让几多女人流了半个世纪的泪！如果说，他当年回乡是祈望结束颠沛流离的话，中华人民共和国成立后，生活安定了，他完全可以离开宁湾，想有作为就去省里，想清静可以进县城，要他的单位多得是。我娘说，对妻子，他有强烈的负罪感，把人带来，却没有照顾好，以致让婉清年纪轻轻就撒手人寰。所以，他要在这里终生陪伴妻子的亡灵。听老辈人瞎嚼，说五六十年代县上省上经常派工作组下乡，凡是女工作同志，见他就走魂，抬不动腿脚。她们都喜欢他的儒雅和博学，喜欢他对艺术、对爱人的一往情深。人家怎么晓得他博学呢，不都是工作组吗，以谈话的名义，找他交代问题，从小学开始。湾石是个老实人，每次都紧张得很，哗啦把自己全交代干净，根本不懂人家的心思和眼色。找别的社员问话，前脚进后脚出，而缠得湾石出门总是哈欠连天。他有早睡的习惯。

三面红旗的时候，宁湾农民画的宣传壁画出了大名，村中每面墙上都绘有大胆的梦想、夸张的形象，连生产进度表都是一幅壮观的美术作品，各生产队根据上次竞赛成绩排名，分别用卫星、火箭、飞机、火车、汽车、轮船、拖拉机、牛拉车、羊角车图形作为队标，本次竞赛结果也用交通运输工具图形表示，你卫星队得了羊角车，难堪吧？都晓得农民美术活动背后的高人是谁。省文化局派人下乡总结经验，一位美女找湾石谈话，是在大队部里。油灯如豆，湾石鼾声如雷，他睡着了，那美女还不够资深吧，叫不醒也不敢大声叫，更不敢碰他，急中生智，找来我娘，公社刚成立，我娘算个小头目吧。我娘蛮心疼湾石，掏出手绢替他擦涎水，他马上醒了，我娘嗔怪道：半夜又起来画画，是吧？该找个人照顾你啦，这样下去你会垮的。我娘瞟了美女一眼。美女非常紧张，说大姐你是见证人，湾石打瞌睡我第一时间去报告你，我连摇醒他的胆量都没有，要是有人捕风捉影，大姐你要为我的清白作证啊，我未婚而且还未处对象呢。那美女为此一辈子感谢我娘，至今还给我家送年送节呢，她后来当到副厅长。

六十年代初，我娘三十岁边上就被人叫成“社长姆姆”，出老呗。那时人当真也显老，头发扫把样，长了，自己照镜子咔嚓的，狗咬样。那时的工作组来了个蛮的，想来就是今天的女汉子，她才不从小学谈起呢，才不管你儒雅博学呢。她派员把湾石请到大队部，叫我爹倒好茶出去，出去后带上门，不，从外面反锁门，里面不叫外面不准开，若有人强行开门，叫民兵营长把武装基干连拉来。我爹那时是大队会计，我爹出门时瞥见湾石双腿哆嗦。我爹暗自嘟哝说唐僧遇到妖精啦！后来，两个人的办公室里发生了什么，不晓得。其实可能什么事也没有，就是你来我往几句话。约摸半小时后，湾石叫开门了，注意，是湾石，说明主动权在湾石手上。我爹根据女汉子红肿的眼泡，说了一句很精辟的话。他说：想拆别人的骨头，没想到，反被别人掏了心。我娘为了佐证爹的判断，对湾石旁敲侧击，最后她描述出这件事的大致轮廓。女汉子仰慕湾石很久，给他写了一百封信，寄出第一百封后逮住下乡机会，她决意摊牌。见面就说，我把你研究透了，让你来了解我吧。背完她自己的履历表，再谈自己的兴趣爱好、求偶标准。她的标准跟别人差不多，思想正品行端身体强脾气好品位高，大多数人套得上。自我介绍完毕，刺刀见红啦，问：寄你的信都看了吗？答：我怕陌生人来信。问：一百封呢，一件没看？比如拆错了，索性溜一眼？湾石怎么说？他说：不会拆错，只会送错。送错了，还你，还邮电所，都不好，得敬惜字纸，我送到水口惜字塔化了，字纸能除邪保平安呢。看看，湾石心坚吧？

宁湾不光离婚的少，出外打工的比率也比别村少得多，早几年多一些，近几年恋家啦，不愿出门了。就像湾石一样，迷恋故土呢。有样学样嘛，影响是润物无声潜移默化的。遗憾我爹娘这方面不尽如人意，可能跟我爹心眼小有关，我娘上工农班开始，他有了危机感，有时会吵口，理由笑得人死，我爹嫌娘口臭，娘怪他后背的癣传染给自己。几简单的事啊，分两头睡呗！还是文化差距。女人一出头，别人就对夫妻关系好奇了，免不了闲言碎语，扯出湾石老师扯出北方佬扯出她所有男性领导，气得我想去扇那些嘴。可嘴在哪里？还是社长姆姆智慧，哦，我娘，我一不小心就随大流称呼她。原先我当真以为她染上牛皮癣什么的，拿到免职通知那天才晓得，她抱怨老公炫耀痒痒挠，都是装的，一张床不困两样人嘛！实在是高！有感于离婚率不断提升，受他俩的启发，最近我在镇上办了个婚姻鼓励咨询学校，为的是交流两性相处技巧，我认真请娘回来上一课，讨了一顿臭骂。

扯远啦。其实湾石的影响也是深刻的，在大家口碑里，他两公婆已经被神化。八十年代初，福主庙开始恢复正月里的游神，那场面可壮观啦。游神队伍前有鸣锣开道的仪仗，接着是两尊福主的神轿，随后还有一些别的菩萨，百姓提灯的、扛旗的，跟在神像后面，几里长的队伍要沿着宁湾地界走一圈。那时我还是中学生，很好奇，问村中长老神像是什么人，长老说：福主，两公婆，大诗人大画家，回到家乡帮老百姓做了蛮多好事，后来得道成仙。看看，那时人们就把元福主夫妇跟湾石公婆混为一谈了。我老公跟我好的第一天，就开始研究宁湾历史。第一次带他回娘家过年，看游神时我也这么介绍，我老公摇头。仔细看过古庙，他又认真端详神像，说这对神像是紫檀木雕的，年代应在明末，和他老家周坊福主庙神像一样，不过，周坊的神像早在二十世纪六十年代被盗，那一时期，锦江一带古傩面、古神像失窃事多有发生。我爹说，“文革”结束，福主庙香火重燃，他才想起有天晚上湾石抱着元邹福主神像交给他，说最近有盗窃团伙，这老古董最好藏起来，我就把它藏在大队仓库里了。

老公问我晓得元福主吗？晓得呀，学剪纸、学绣花，少不了要听福主故事，听百花帐故事。老公说，民间信仰总是张冠李戴、移花接木的，你看，元邹福主的故事还在传承，就被湾石故事混淆了，随着女红的远去，元邹福主一定会被湾石公婆取代。我老公是1999年正月说这话的，当真呢，现在你问福主庙祀奉的是哪个，老的少的都会告诉你，是宁福主和周福主。大家还会煞有介事地说起他们的神迹，有些神迹他们中有人亲眼看见。

比如，湾石能预见松毛虫吃山的年份，能预见发大水的年份，甚至能预见鄱阳湖打风暴的日子。五十年代，湖里鱼当真多，村里成立了渔业社，每次船队出湖都要讨教湾石，湾石点头，保证是一帆风顺满载归来。据说有一次，渔业队为了在全县竞赛中夺魁，不顾湾石再三阻拦，强行出湖，结果呢，遇上龙卷风。那龙卷风可怕吧，把一条渔船从湖上卷到空中，飞了十多里，最后把船狠狠摔在渔业社的门店前！幸好人都掉在水里，保住了命，只是一个个呆呆傻傻，几年后才慢慢恢复。

你听说婉清的死吗？我觉得那个故事像神话，我娘硬说是真事，而且，她还是现场目击者。随丈夫还乡，婉清一直病病歪歪，我估计可能是肺病，从前得肺病也很麻烦的。那年应是他们女儿出生的第二年，正值锦江的桃花汛，湾石陪妻子从县上看病回来，已到渡口，过江就是家了。婉清说她听到女儿在哭，哭得嗓子哑了，哭得憋气憋紫了小脸。湾石宽慰道，是你心理作用呢，憋气你听得到？有一条摆渡的小划子，上面已经有四个过江客，撑船的老大招呼他俩快上，一船六个客人正好。湾石看着江面上的水情，劝老大不要开船，此时正是洪峰扑来，浪涌凶猛，漩涡险恶。可洪峰不是很快就能过去的，婉清等不得，一蹦，上了船。船老大也性急，招呼湾石的同时提起了锚，一个浪头就让小划子远离了岸。说时迟，那时快，湾石纵身一跃，稳稳落在船上。这里有两点很神奇。我娘说当时她就在船上，那一跃真有十几米远。还有，那种小划子像漂在水上的树叶，猛地落下一个百十斤重的大活人，好像飞来一只蜻蜓，丝毫不受影响。

神归神，任何灵神的神能都是有限的，所以，老百姓拜神多多益善。眼看就要到对岸，小划子出事了，一个大浪打来，人们在失声惊叫的同时朝一边躲，船的重心一歪，舀了一船水，船翻了，乘客纷纷落水。湾石水性极好，见人就抓，传说他是左右各夹一个，嘴上还叼一个，两趟就把人救起了，偏偏找不到妻子。我娘在岸上追着浪头边跑边喊，湾石在水里疯了一样，把水面上每团高高的泡沫都打烂了。水面上有些桃花瓣，她会是哪一瓣呢？从此，湾石和好多宁湾人踏上寻找婉清的漫漫长路。鄱阳湖几大哟，他们沿着岸绕湖走了一大圈，这一圈有南昌进贤和新建，上饶地区鄱余万，星子永修加德安，九江湖口都昌县。一个多月后回来，湾石想想还不甘心，租了一条船，把湖上的岛访了一遍。婉清生不见人，死不见尸，可能变成了一尾鱼或一只鸟。果然，在鄱阳湖的湖心岛南矶山，湾石发现芦苇丛中藏有一只孤独的白天鹅。白天鹅见人，便往深处去。湾石跟在后面问：天热了，你怎么不走呢？看着它，陪着它，两天后，湾石终于明白，它病了，再也飞不动了。第三天，湾石再钻进苇丛找它，白天鹅已经倒下，闭上了一直仰望蓝天的眼睛。

湾石在桃林中为妻子立了衣冠冢，其实，入葬的还有那只白天鹅，那只向往蓝天而回不了老家的白天鹅。婉清喜欢桃花，生前常去那儿赏花，以前也就七八棵树吧。后来，年年植桃，成了现在的规模，有几十亩呢。

湾石两公婆身上有好多神奇的故事，而且，越传越神，这些要问老辈人，不过，采访老辈人有点难，有的聋聋哑哑，有的满口方言。接到这个任务，我想还是亲自来介绍吧，就当锻炼自己。当这个站长，真的要锻炼。前两年接手一个舞蹈团，别人不服我这个指导，不服不行，我坚定信心，从基本功抓起，结果呢，不光得到县里的头奖，省里比赛也榜上有名。今天说得不好，别见怪，就当我研究地方文化的实习作业吧。嘻嘻。下次你可以采访我老公，他口才蛮好。

口述人：

陈某某：女，出生于1977年5月，锦江镇庙前村人，高中学历，有过两段失败的婚姻，现成为著名民俗专家宁可可的养女，与其相依为命。

口述环境：

宁湾村东头，有一栋坐北朝南的三进大屋，青砖黛瓦，三阶的马头墙，大门三开间，明间有砖雕门罩，两侧置青石户对，系清末民初民居建筑。此为湾石故居，现已辟为湾石纪念馆。

陈某某：

我名字真的叫某某，别写成叉叉啊。这个名字有点怪，没取好，老被人写成叉叉，两个叉，决定了我两段失败的婚姻。

第一段，两年，想抱孙子的婆婆性急，见我没怀上，天天给我演单口相声，极尽嘲讽之能事，那个姓二的老公居然也帮腔，欺负人呀，对不起，找头老母猪给你下崽去。第二段，还不如第一段，才一年半，就联系了几家医院给我检查。那阵势，吓着我了，气死我了，人家管着医院，万一真有点事，罪过大了。我有我的人权对不对，走！

出门的瞬间，我最想做的事，就是让肚子马上膨胀起来，吓死他们，气死他们。在省城混了多年，回乡绝不可能的，茫无目标地在街上瞎转，遇见一群大肚子的年轻女人在路边乘凉，好生奇怪，便问一个姐姐，晓得了世间还有一种职业叫代孕。真是瞌困碰到枕头。第二天，姐姐就帮我联系好主顾，还租好了房。价钱当然可观，租的住房在宁可可妈妈的院子里，确切地说，是她那栋楼的一楼。因为邻近妇女保健院，那个院子四栋楼房的一楼被代孕妇女高价租光了。

也是缘分吧，那时我管她叫宁老师，宁老师下楼散步看见我，眼睛放光呢，真的，缘分就是乍一见面眼睛会发光，她拉住我的手，好像遇见久别的亲人。我也一样，好像十年前病故的娘活转过来了。宁老师显然晓得一楼都是代孕妇女，她问我是否走投无路。我不是，我就是要大起肚皮让人看看。宁老师说，你傻呀，你能挺着肚皮到两个前夫家示威去？你这么年轻，路长呢，代孕对你身心可能造成的伤害想到没有？我根本没往远处想，宁老师帮我想着呢，想得很细很周到，有一天晚上，哦，是中秋夜，我忍不住泪水叫她妈妈。从此，我们相依为命。我从小就热爱文学，这下好啦，我得到妈妈也得到了老师，我已经发表过几篇散文，怀人的。

好了，说正事。妈妈叫我来跟你说的。她乐见你研究宁湾，可是嫌你身上烟味太大，更重要的是上次庙前晒红节的访谈，穿越到青年时代，太激动，后来住了半个月的院，心脏的问题。这次要是再亲自面对你，恐怕就不是半个月能解决的问题了。她说，接受记者采访是要名，接受学者访谈是要命。这是她的原话。她把她的故事都讲给我了，我来接受访谈吧，其实，共同生活好几年，我所了解的比她告诉我的多得多。为了说话方便，我一律直呼其名好不好？

先说这座大屋。它是在湾石的爷爷手上做的，他有两条船跑运输，下水装的是粮棉油，上水运的是盐糖绸，儿子帮衬着，日子过得蛮殷实，一心要好生培养孙子。哪晓得，湾石读国立杭州艺专的第二年，两条船遇上湖匪，货物被洗劫一空，爷爷及船工悉数被杀。湾石父亲因途经湖口称病上岸而逃过此劫，其实他是贪杯，找酒友醉生梦死去了。此后，他沉在杯中再也爬不出来，家道从此中落。宁可可说，湾石返乡并一直不肯出山，应有那场劫难的心理阴影，更主要的还是受中国传统文化隐逸思想的影响。这可以从他大量的画作里看出来，他画一年四季，画山水田园，他崇拜自然，沉溺于自然，所以，他笔下的自然形象无不圆满、充实、丰富、生动，因为他用生命在讴歌自然。

这座故居辟为纪念馆，是社长姆姆退休后跑来的。她有个毛病，不能发燥。一燥，后背痒得受不了，要是没有东西可以蹭。她就叫年轻人挠一把，人家犹疑，她瞪眼呵斥：做不得你老娘呀，那就莫叫社长姆姆！听说她两公婆差距大，老公要求转身份，被老婆断了他念头，一怄气，分居了背靠背了。瞎嚼哦，因为有传染之说嘛。公平地说，农家女出身的社长姆姆求知欲强，崇拜每个有水平有文化的人，湾石夫妇，北方佬，工农班的老师，下放来的知识分子，几十年来乡下也连着天下。

馆里展出湾石的部分油画、素描和诗词，他与全国一些大家的书信往来，过去读书、任教的照片，他跟夫人婉清的生活照。最遗憾的是，父母没有和女儿的合影，这是宁可可生命中的痛。也难怪，生下孩子后，婉清身体情况更糟了，每天一阵阵的咳嗽，咳起来直不起腰，家里整天响彻揪心的咳嗽声，整天弥漫浓烈的中药味。女儿四个月时，她彻底止了咳。宁可可说，要是搁在当下，我肯定认为父母返乡是逃避雾霾来了，那时有雾霾吗？

纪念馆日常管理由村里负责，我时常会来当讲解员，我是宁可可与家乡的联络员，要是有团体预约，有领导参观，我马上赶过来，现在有高速，快。一般来说，人们更关心湾石与美术大家的关系，和夫人的爱情，夫人的才貌和叫人疼惜的命运。我在讲解时常说，他的每幅油画作品里都有爱情，请看竹林深处的那一角纱巾，桃花丛中的那一袭衫裙，一湾清水下的树的倒影，无不寄托着作者的真情挚爱。可人们想听的是故事。于是，我每次都要讲白天鹅的故事。人们感动得稀里哗啦。

不过，联系湾石寻妻的故事，再看他的画作，我惊奇地发现，他对鄱阳湖沿岸及主要湖岛已烂熟于心，每个地方特有的景色几乎在他的画作里都能找到。那么，问题来了，他是带着怎样的心境在寻妻？或者说，妻子和艺术在他心目中孰重孰轻？也许，这问题有点刻薄。其实，我一直纳闷，明知妻子身体欠佳，为什么执意落户缺医少药的乡下老家？常带妻子去县医院看病，怎么从来不去大医院呢？我实在憋不住，问社长姆姆，她那时还没去广东养老呢，她说，县上医生也是省上名医，人家说了，到哪儿看都是这些药。再说，婉清死活不肯出远门。湾石就这样，遇事经常没主意，随别人的。

我的疑惑其实也是宁可可的心结。自从懂事后，晓得那座衣冠冢就是母亲，她再也不去桃林了，清明扫墓是父亲强行拽去的；晓得许多老照片上那漂亮的年轻女子就是母亲，她再也不去翻看父亲的任何东西了，但开始偷偷地照镜子，看看自己跟母亲到底有没有相像处。宁可可说，小时候她会恨母亲，恨母亲的病、母亲的死，经常躲在被窝里哭。再大一点，所有的怨恨都转移到父亲身上，因为她开始明白，母亲的遭际，家庭的变故，自己的命运，都取决于父亲的一个主意。遇事常没主意的父亲，拿了好大一个主意。

宁可可有不少忌口。鸡肉，豆腐花，凉粉，米粉和面条，还有冻米糖、水果糖和炒花生。

宁湾得到湾石，宁湾村是幸运的。土改时出了好几个干部，五十年代中后期又出了一批，其中有两位后来当到副省级。中华人民共和国成立前几年，湾石办的叫学塾，不收费，自由来去，对象是农家子弟，还有少数年轻男女。中华人民共和国成立后，他为翻身的贫下中农办夜校，政府非常支持鼓励。那些干部的机缘大多数得益于学塾、夜校所学，当年工农干部若有点文化很稀奇的。百姓对湾石的膜拜、感激，可想而知。

宁湾是聚族而居的村庄，说起来，都是宗亲，湾石长期单身着，乡情有时候就是送上门的一碗吃食。东家做了凉粉，端一碗送到湾石手上，看到宁可可，哎呀一声，你没上学去呀，我再去端，多着呢！宁可可扭头就走，当晚在笔记本上写道：此生绝不吃凉粉！西家见湾石没吃晚饭就上了床，回去煮了一碗面条端过来，宁可可又在笔记本上发誓：此生绝不吃面条！鸡肉也把宁可可得罪了。鸡肉是社长姆姆端来的，端来是给他父女二人吃的，可是已经锻炼得能脱稿做两小时报告的社长姆姆，此时几句话竟没有说周全，她说：老师啊，你睡觉不好，看上去又瘦了吔，见你这模样蛮难过，给你补补，一餐吃光！社长姆姆嘴上这样说着的时候，其实已把鸡腿夹进宁可可碗里。社长姆姆话音一落，宁可可一愣之后，毫不犹豫地把鸡腿拨拉出来，并告知：我不吃鸡肉！本子上则是决绝的誓言：此生绝不吃鸡肉！

说起来，湾石也太沉醉艺术了，太不体贴女儿的感受了，何况，那是没有母爱、父爱也不完整的、从孤独中成长起来的女儿，偏偏，她还有一颗特别敏感的心。随便聊哦，有时我很茫然，作为艺术家，他如此与土地与自然亲近，无疑，他是了不起的，而作为普通人，男人，他好像惊天地泣鬼神地爱着，爱应该是生命活力的表达呀，可他同时又表现出对生命的漠视，包括自身生命。

宁可可对零食的忌口，很能反映问题。湾石不抽烟不喝酒，闲着的时候也不吃零食，而画画的时候，他能吃零食，能不知不觉吃一大堆，哪怕双手腾不出来。他可以用嘴叼，像鸬鹚捕鱼那样。冻米糖能叼，带壳的花生、带纸的水果糖也能叼。他灵巧的唇齿和舌尖能精诚合作剥开它。对宁可可刺激最大的是水果糖。一个喜欢画画的中学生慕名从锦江镇跑来，要拜师呢，他的拜师礼是从供销社买来的水果糖。他红着脸，从鼓鼓囊囊的两只裤袋里，把糖一把把掏出来，眼睛观察着老师的表情，小心翼翼地把糖放在满是油彩、画笔的桌子上。湾石正在画一片桃林，他俯身叼起一粒糖，冲中学生笑了笑。中学生认为那就是一种允诺，蹦蹦跳跳地回去了。宁可可注意到了散落在父亲画室桌上的糖果，一连几天倚门盯着糖果，眼看着花花绿绿的糖衣被他咬破吐出来，而糖果在他嘴里咔嘣咔嘣作响。水果糖被他吃光，糖衣被他蹂躏干净的时候，那幅画作完成了。宁可可并不爱吃糖，她眼馋的是各色的糖衣。几天时间，湾石累着心甜着嘴，居然没有瞥见一直倚门眼巴巴看着，后来变成恶狠狠盯着父亲的女儿，难怪她要发誓：此生绝不吃水果糖！

宁可可说，父亲出殡的时候，她任由人摆布，叫跪下就跪下，好像没人叫她该哭，她也就没有哭，但事后人们为此议论纷纷。当时，她倒是很好奇社长姆姆的号丧，以抱怨的形式表达的是哀痛的内容。以后她成了研究民俗的专家，专门就号丧做过一个课题，她发现痛彻的号丧还有通过诅咒来表达的。

前年元宵节期间，我陪宁可可在宁湾住了几天。是村里特别邀请的，说十四日夜里举行开光仪式，为谁开光？两尊新的福主木雕坐像。它们不同于元邹福主的立像。开光仪式当然放在福主庙里，仪式很繁琐，着道袍、扎红巾的道士反复烧纸念咒，接着用两条白毛巾分别包上象征身体器官的五金五药五谷五色和开光捐资者的生辰八字，并外缠红布条，这叫心祠。道士手捧心祠放在烛火上熏一下，再让在场的头人和信士对着心祠呵气后，分别装入神像背面预留的凹槽里。宁可可愣怔片刻，也呵了气。就是说，心祠里也有她的气息和体温。神像装入心祠后，随着门外鞭炮炸响，虔诚的人们念着"宁福主周福主保佑"齐刷刷地跪下了，宁可可呆呆地站立在匍匐的人群中。

当晚，她问我没听错吧？没有。早先人们是把湾石和元诗人混为一谈，现在元诗人被彻底取代了。

十五上午是游神，端坐在两抬神轿里的，正是新的神像，他们将为家家户户祈福，然后，沿着宁湾地界巡游。各家各户都做好了迎神准备，门前桌子上摆放供品，点燃香烛，游神队伍一到，马上鸣铳放炮，全家老少立于门前揖拜。听着鞭炮和响铳，就晓得游神队伍的距离，已经很近了，我提醒宁可可该出门了。她一副神不守舍的样子，无所适从的样子。她问我能不摘帽子吗？我不晓得，点头又摇头。她问我要跪下吗？我也不晓得，摇头又点头。我晓得的事是该攥着三支线香迎接、揖拜。我把线香递给她，她却不接，只顾梳理自己。整帽子整头发照镜子，看似矜持的行为好像在掩饰内心的慌张。

湾石故居是游神途中必须停留以举行敬神仪式的神圣场所，好多人家把箩口大的鞭炮搬了来。不待宁可可出门，门前的鞭炮、响铳炸得排山倒海。矜持着的宁可可赶紧跑出来，正巧两抬神轿刚在门前落地，穿过腾腾烟雾，宁可可看到了父亲的眼睛、母亲的眼睛，而且，母亲的眼里噙着泪。现场所有的人面对神像双膝跪地，合掌叩拜，宁可可双腿发软，一把抓住我，她手上的力量向我传达一个强烈的心灵信息，她不想跪下，她希望我扶住她。尽管我差不多使出了全身力气，从背后抱住她，她沉重的身子还是往下坠。

事后，宁可可说自己是被那虔敬的鞭炮感动了。不过，她真的看见木雕神像在流泪。没错，我也看见木雕的泪光，在四目相对的那一刻。真的，现场好多人都可以作证，不信，你去调查。民间的确有太多的不可思议。

老师，告诉你一个小秘密，不代孕可以，我却偏要证明自己。已经三个月，可可妈妈要做婆婆啦！

灵 神

口述人：

李锦文，男，锦江镇李湾村人，出生于中华人民共和国成立五周年大庆之际，具体哪天老辈说不清，只记得那时锦江街上的庆祝标语，故小名五年，毕生务农，“文革”后期曾在省内报刊发表诗歌，成为名噪一时的农民诗人，如今自嘲为“李打油”。现任新庙筹建工程指挥部顾问。

陈录巾，女，出生于1957年12月，李锦文之妻，因出生时体重六斤，且方言“录巾”与“六斤”同音，大名常有意无意地写混，身份证上便误为“陈六斤”。近年随村中妇女热衷于拜神进香，被丈夫讥为“陈点灯”，并拟联：“打油六斤，点灯五年。”村中斯文由此演绎出多个版本，如，“织绿（录）巾，点灯五年；书锦文，打油六斤”“五年打油心诚则灵何时灵，六斤点灯情真便有总归有”，如此等等。

李友朋，男，出生于1965年12月，锦江镇李湾村农民，高中毕业，村民小组组长，新庙筹建工程领导小组组长。

李友采，男，出生于1962年9月，锦江镇李湾村农民，高中毕业，村民自治理事会理事长，新庙筹建工程指挥部总指挥。

采录环境：

新修的宽阔省道沿锦江岸擦李湾村而过，一座大桥把村庄和省道连接起来，于是村盘成了“一江两岸”。连接省道的“丁”字路口处，有一座煌煌气派的庙宇刚刚落成，新庙门楼两侧墙上悬挂着不少红布条幅，上面的祝贺文字一律称此庙为新庙，庙内大殿上方空空荡荡，既无神像也无牌位，供案上却是红烛林立香烟袅袅。路过此处，见进香村人纷至沓来，不免好奇，打听该庙祀奉何方神圣，村人或微笑不语，或道尚未想好，或称待“老成”“斯文”议定。该村保存旧俗，称六十岁以上老人为老成，称高中毕业以上学历者为斯文。于是，请到老成、斯文代表，坐在新庙大门口厚厚的爆竹屑上访谈。

李锦文：

立春了，花开了，寮到这里晒晒日头蛮好过。我倚老卖老，先讲两句。省里这位专家老师看得我们起，正月里跑来采我们的访，多谢多谢，他大笔一挥，我李湾肯定出名，哈哈。

这多年，我李湾当真憋气。论文教，别村不是北大清华复旦就是中大厦大武大，我李湾惭愧呀。当然，哪怕民营高校，也是要向祖灵报喜的，喜报贴在祠堂祖龛边，跟明清的进士、国共两军的将军相提并论，还发奖金，待遇蛮高吧？再不激励，就怕将来更加惨不忍睹，无颜面对祖灵呀。论工商，总经理出了好几个，名片四处发，跌鼓哟，土话，羞死人的意思，你就写鼓跌落地上吧。开个小卖部也敢招摇！这句话是社长姆姆说的，她蛮关心李湾小学，有请必到，不请也来。有次来指导工作，我递上几张名片，李湾出老板呢，她亲切一笑，我心里发毛。一数，将近半个世纪，还是我老人家当年“打油”给我李湾李家争得那么一点点光。

别的方面也是不如人意。前年全村父老一致强烈要求建这座新庙，实现人文更新。年前新庙总算建成，祀奉哪个菩萨呢？不晓得，没想好。其实是众说纷纭，拿不定主意，不敢草率拍板。专家就是专家，一眼看出了情况。我想啊，这么难得的机会要抓牢，听听大专家高见，争取今日定下庙名好不？先欢迎老师讲几句。

问：

谢谢，劳烦各位啦。我经常下乡，晓得老百姓求神拜佛只为保佑自身，所以见庙就烧香，见菩萨就磕头，第一次遇到不见菩萨也磕头的，看功德碑上捐款还不少，多的上万，少的也有千元，掏这么多钱也不管敬谁吗，为什么，村民怎么想，你们怎么想怎么做。你们是斯文，边晒太阳边聊天好不好，最好是讲故事，放开点。开粉色花的是李树吧，李湾处处桃李成林啊。

陈录巾：

我先哇。我不是老成和斯文，这辈子也当不到，就算满六十岁、考上博士，女人也莫想当老成斯文。老成斯文是祭祖用的，在祠堂里祭祖，老成斯文站在前头，喝酒坐上席，女人只能躲到哪个角落里看看热闹，过去还进不得祠堂呢。

一有记者来，这个李打油就神里神气，问他何事，不作声，只顾赶紧换西装，以为有电视照。照上电视也跌鼓呀，皱巴巴，衣是腌菜叶子，人是腌菜梗子。听到要采访新庙的事，那我要来，我有话说。打油的不准我说，我点灯的偏要说。

而今李湾进进出出，都走国道这边啦，这边好比是水口，当然要建大庙。过去进村走西头，西头水口有古庙古树关住文运财运，庙蛮多，有将军庙、社公庙、关公庙、莲花寺和慈恩阁，老路走不得大车，人少了，桥塌了，古庙屋漏门烂了，香火还在，我们一拨妇女常去点灯上香。修国道时，几个老成打商量，觉得这个三岔口要建新的福主庙，福主就是保佑村坊的菩萨，村里祠堂边有一座，又小又破，都新农村啦菩萨也要搬新居呢！

还没敲定建庙，在外做事的李湾人就抢到来捐款，交到这个李打油手上，他敢接！好笑吧？你是菩萨呀，你何时得道成的仙呀，你能保证把福主庙建起来吗，你能保佑老少平安，保佑学生高中状元，保佑青壮白头到老？莫说青壮，老牛还想吃嫩草呢。

李友朋：

六斤婶婶，莫打麻打岔，说正事。你歇下，喝口矿泉水，反正你不怕凉。我先把新庙筹建情况全面汇报一下……

陈录巾：

想为李打油打掩护？我哇的就是正事，等你把口条捋顺来先，莫害得记者坐到明日天光，日间蛮好过，露夜冻得人死！

我刚才的意思就是说，这么大的事要正儿八经，不是你几个老成搅粥样搅。等我一骂，组织成立，事有人做，钱有人管了。钱当真要管牢，有些人赚到一两块钱稿费，以为别人不晓得，偷偷跑去花天酒地。我哇的花，是真的花，鲜花。用迷魂汤把人家嫩嫩的鲜花灌得也跟到写诗，更好笑打油打成了老师！李打油你莫瞪眼，记者哇要讲故事，这就是故事，放心，我会帮你留到面子。

哇正事。先头商定新建福主庙，全村齐心，家家出钱，我屋里出了好几万，老的一万，三个嫁出去的女儿千几千掏，成家立业的外孙子也出了，还有女婿单独给钱的。也是，我屋里没崽，也不能输给别家！新庙前年龙抬头那天开工，放了蛮多鞭炮，把刚开通的国道堵得死死的。

墙砌到齐胸高，我屋里打油的碰到锦江中学老师来家访，听到哇全村五六个高中生考学有点悬，急得李打油啊，几十年没再打油，到老又打起油来，闲得无聊要打，愁得要死也打。而今有手机方便，打油去浇花呢，一勺一勺发过去。那边发还的，是口水还是米醋就不晓得啦。我想得开，管它呢，你那打油诗又点不得灯，点灯要清油。

两个人半夜里还在发微信。李打油发邪样猛跳下床，把我拖起来，叫我去招呼几个斯文来开会。我骂他，你真把自家当个菩萨呀？他讲这事关系我李湾的文运昌盛，匹夫有责，怠慢不得。找人家讲什么？新庙改文昌宫，祀奉文昌帝君，那是掌管升学高考、进北大清华的灵神！这多年，难怪李湾上不了全国重点，原因在这里。数数看，当真，别村没有文庙文昌宫魁星阁的，也祀奉文昌他们的神像。陶家村更加，满村挂陶渊明语录，文气盛吧？李湾的神尽是耍大刀的。

数到耍大刀的，我才晓得，李湾的保护神，就是福主，你猜何人？张巡。当真不晓得老祖宗为何拜张巡做福主。是唐朝的将军，还是个北方佬。人嘛，倒是英雄好佬，不过，有件事做得叫我们广大妇女夜夜做噩梦，先前糊里糊涂过，晓得了那就是可忍孰不可忍啦！何事？保卫一座城，被叛军围困，城里没有吃的，他叫人把老婆杀掉熬汤给将士喝，恶心吧？我听得作呕。

我同意改敬文昌。话一出口，啪，我屋里电跳闸。当真古怪，又没用冰箱空调。还有怪事，挂在墙上的相框跌下来，一地碎玻璃，还好没砸到人。也是，张巡保佑村坊几百年，劳苦功高，万万不能得罪。我赶紧合掌朝门外拜拜，想到一个好办法，庙还叫福主庙，张巡将军也坐在里面，同时祀奉文昌帝君。

这个李打油朝我发火，他说跳闸和相框跌落是对女人干政的警告，当到大家面把我逼进里屋。气死我啦！后来打油的在外屋哇，文昌宫不光敬文昌，还有魁星，还有孔圣人，孔圣人一拖四，还拖了十二跟七十二，再加上弟子三千，满满当当，把将军大人请来，一是没有空位子，二是不伦不类，何人敢轻易惊动、怠慢他老人家？他哇，李湾人世世代代感恩福主菩萨，新庙建成之日，村里的福主庙也会整修一新，让张巡将军在那里安享烟火。不就是城里离休干部的意思？天一暖，他们一拨拨来农家乐，那好，记得安排老将军去旅旅游哦。

气得我困不着，就在床上思考人生，嘻嘻，微信里的词。微信把文盲教成知识分子啦。我越想心里越不平。家丑不怕外扬，我三个女，一个离了婚，另一个正在闹，都三四十岁啦，还不安生，前世作多了孽！哼，其实心里作痒跟年龄没关系，有些人年过花甲心更花。我想自家一辈子为何被人高兴时当个烧锅的，嫌弃时当个讨饭的，就是没给他生个崽。他肚里的虫我认得。

我李湾年轻的，差不多都在外打工。头年吹吹打打来过年，第二年回来，不是哭哭啼啼的，就是孤孤单单的，如何？离婚啦。先前老是哇妇女地位低，我觉得而今是随时会跌落地位！建新庙，最应该建女神庙建观音庙。不要跟我讲观音男身女相，我就拜她当女神有罪吗，人家大慈大悲，将军做不到，人家送子，将军更做不到。

快高考了，临时抱佛脚，有用啊？还没搞清那多学生伢崽因何事成绩要不得。单亲！晓得不？爹娘没在身边！晓得不？没人管呢。请了一十二又请七十二有用？我觉得要上紧请的是观音，是所有女神，三霄姐妹金花娘娘七仙女。她们保佑家庭幸福人丁兴旺妇女安康，没有这些，请文昌菩萨保佑你考老年大学呀！

莫抻啊抻！说皱你就抻！这么高级的料子不怕抻烊啊？

李锦文：

这叫点灯呀？明明是放火！烧得我屁股坐不住，当真想跳起来。心想大过年的，算了，莫跟女人一般见识。话里几多刺哟。时间宝贵，点好灯你就盯住灯光思考人生去，莫打麻打岔。

她就喜欢打麻打岔。批苎麻是要打掉枝杈的，是一道工序，这里强调打岔，是个贬义词。要是没她打岔，命名没有问题，崇文重教，人心所向。新庙为何体量这么大呀？我们老成斯文当初是根据老辈回忆，按望湖文庙大概样子想出来的，主体建筑是大成殿，大殿上方主祀孔圣人，左右从祀颜渊、曾参、子思和孟轲四配，大殿两侧树十二哲人立像，墙上贴七十二贤人图像。大成殿前有参亭和天井，两侧分别建文昌阁、魁星阁，门厅内立孔子坐像一尊。大门是五开间坊式门楼，有飞檐翘角，有精美雕刻。这两年，我一想起它就激动不已，为此曾赋打油诗若干首。

没错，我半夜里给诗友发过微信，找出来，当众念一首，免得人家过年也不踏实。找找。来啦。听好哦。魁星当头照眼明，文昌在心笔有魂；若闻孔圣轻声唤，弟子恐后作贤人。意思就是把掌管文运的神灵请到一起，共同保佑李湾人才辈出。人家是退休教师，懂教育，她回话：有一定的激励作用，但学校和家庭教育更重要。

打油的能激励后生子，值得！哪晓得，陈录巾搞起了妇女解放运动，全村女人一起发声，新庙要建成全村甚至全镇女人的信仰超市，一旦成为全镇的，正是李湾软实力的体现。什么信仰超市？就是把女神女菩萨集中到这里来，把这里命名为女神宫。说不定将来还是个旅游点呢。有了它，农家乐更快乐，有女神看呀。被全村妇女一搅，事情蛮麻烦。女人意见终归要男人点头的，可老婆拿床脚和锅台相威胁，没几个过得硬的老公。包括这两个，一年到头，夜间没有奶子捧就困不着。

于是乎，我又要打油啦。一十二哲名声扬，七十二贤阵势壮；奈何天仙纷纷至，美是姐妹善为娘。诗友说，我这首诗写得最好，我也觉得，愤怒出诗人嘛。因为我真的无奈，两军对垒，对方不是老婆姐妹就是你的老娘老姆姆。你怎么办？

我懒得管啦。要是落在城里，我也是老同志啦，可惜没那个命。当年一个没读到书的初中生，写诗是觉得好玩，照葫芦画瓢，没想到，投稿投得惊天动地，电报电话信函接连来调查我，县革委会还以为我惹了大祸，叫派出所来人盯住我，不准外出。结果是几首顺口溜发表。过了蛮久，收到一块钱稿费，激动得要死，邀了上几个写诗的，骑车跑到县城去吃肉包子。买了一脸盆，却被人当作下馆子花天酒地，批了一辈子。倒霉吧，省里编辑部要物色工农作者当编辑，派人来外调，社长姆姆乐得叫下面一路绿灯，请上面喝酒，自吹不倒翁，倒是没倒，被别人架走的。来外调的最后约见我，没找到人，有人说我进城花天酒地去了，调查意见上的缺点是：该同志有时喜欢花天酒地。

要是没这个缺点，当到老同志，吃吃农家乐，拜拜众女神，我肯定能出好诗。友朋，友采，该你们啦。

李友采：

还是我先来吧，让组长作总结。我只会做事，群众和领导指向哪我就打到哪，总被指挥棒拨得团团转，取名叫总指挥。专家想听我们怎么想怎么做，正好，我来讲怎么做。

看看门楼和大成殿——叫什么名字再议，我指里面的大殿——看过就晓得，工程蛮艰难。不是评功摆好啊，这两年吃的苦驮的累当得一辈子。建它为何前后近两年？庙名有争议定不下来，这样，做屋就是打铁没样边打边相，做做停停。还有，大殿规模大，买木料把我磨脱几层皮。为两根特大规格的杉木料，我四处寻，附近几个大的木材市场都去转过，一次次扫兴转身。有个老板娘心善，见我着急上火，热情帮我联系山里的竹木贩子，贩子说那么长呀我手上没有，你过来带你进深山老林，自己去砍。我带两个人真去了，贩子叫人真把我们送进了深山老林。那深山真是深，那老林真叫老。哪里？幕阜山区。林改了，山林承包在林农名下，要自家去找，找到帮你办砍伐证帮你出口。会死吧？可能屙尿得罪了山神，那天见一个女子打山歌在前面，追不上也喊不住，追到夜边着慌了，找不到下山路，古怪吧？一路做了记号的，怎么还迷路？山上又没手机信号，结果转了四五天……

陈录巾：

狐仙勾你去做新郎！狐仙奶子蛮大是吧，迷了你们四五天？今日总算不打自招了。难怪买木料一去个把月！难怪老婆平日里把你箍在裤袋上！有的还穿上老成斯文的衣衫。

老的莫瞪我，少的莫瞟我。我骂那个雷打天收的女婿要得吧？人家才叫斯文，博士还不斯文呀，崽女都成家立业了，这时来嫌老婆土气，再土也比小保姆洋！当真作孽！

看你们脸色，好像我来捣乱。放心，我就是再哇一声，要赶紧请观音娘娘。友采，人家哇请神你哇建庙，一哇哇到了幕阜山，那座山跟湖南湖北搭界，你不怕越境呀？表态！老婆不在也要表态，要不发短信给心莲，叫她表态。

问：

不必不必。我不需要你们表什么态。刚才聊得很好很生动，我听得有滋有味，你们的生活、心情和愿望都在话里。而且，我觉得最有意思的是，你们日常语言里也有历史。就这么聊吧。

顺便问友采一句，你也写诗吗？

李友采：

不……哦，你觉得我在搞创作编故事？真的有唱山歌的女子，不过，是个癫婆子。幸好后来又见她，我们才下山，也只有她家才蓄得住那多好料，砍了两棵杉树，还在屋场上选了六十多根好料，这个证那个证办下来，个把月工夫要好大面子呢。这里面的难要讲三天三夜，没那多时间扯，就讲运输吧。装车花了半天，开到木材检查站车坏了，还堵死了路。检查站几恼火！办了证也经不起细查，何况你把自家送到人家鼻子底下去。检查站两个人闲得没事干，既然你不停地敬烟，人家就抽着烟看你修车玩呗。看着看着，发现了问题。车上有块樟木板翘出一个角，樟树也是国家保护树种，采伐加工经营每一关都要手续。交罚款吧，一千块！吓得我死。这是癫婆子硬要送我塞上车的，我不晓得樟树受保护。检查站笑着说，她是花癫，见你新郎官来拉木料，以为给她打家具做嫁妆，还等着你上床呢。我说，这块樟木板只做得骨灰盒，我跑到深山里偷运骨灰盒呀？反正车一时半会修不好，请客吧，搞瓶四特。酒醉饭饱后，检查站拍拍我肩头说，老兄，你此行不光得罪山神可能还得罪过土地爷，从那女人家出来左拐，少走几十公里不说，还能绕过检查站，路上基本没有大车，你怎么右拐往枪口上撞呢？

倒霉吧，我为骨灰盒撞枪口！总算修好车，赶路吧，后面的遭遇我都不好意思讲，刚刚婶婶提到越境，倒是没越湖南湖北的境，走铜鼓宜丰跑到上栗去了，从赣北跑到赣西去了。肯定在哪个岔路口拐错了向，土地爷睁一只眼闭一只眼，懒得作声，由着我们埋头赶夜路，一路上没见几块路牌，有路牌也看不清字。还斯文呢，被鬼打蒙了头！跑到赣西，破车散了架，只能重新租车，跟先前那个司机吵了半天，贴他一千块钱才了结。那趟回来我困了三日三夜，一个礼拜不敢上老婆的床，一年里不敢听到斯文二字，过年和元宵节祭祖我装病躺在床上。当真！

要我表态的话，我倒觉得，这多年土地神在报复我们，买料的经历就是一个小小的例子。放眼看，怎么样，河干了吧？田荒了吧？连青蛙泥鳅都绝种了吧？一干干个一年半年，一落雨滑坡泥石流，土地神不讲情面啦，喜怒无常。本来，人家默默无闻，功劳最大，一口破缸当庙也没怨言，对待老百姓呢，什么事都可以去求，人家有求必应。我们反而轻慢土地，而今连香火也懒得上，土地当然恼火，又没多吃多占你的！要是搞个人投票，我就投土地一票，老婆硬要投给观音那就没办法啦。

没错，我听老婆的，不是怕，是敬，没有她我肯定一辈子打单身。我这个斯文来得蛮辛酸，屋里兄弟姊妹多，穷得叮当响还想争口气，初中毕业那年搞分田到户，我想回来帮屋里做事，全家三代人都不同意，发誓砸锅卖铁也要培养出一个斯文，两个弟弟才十三四岁，就没日没夜到锦江边挖河沙卖钱养家，好让我安心读书，我毕业那年，他俩跟沙霸打起来，一伤一残，老三脑壳被砸得脑浆迸出来，惨啊，想起来我就流泪，养了几年还好，能自理，可做不得重活，我得养他一辈子吧？老婆是在我家最困难的时候上门的，也许人家看上我是图斯文好听，可当时我真是斯文扫地呀，去当乡村教师，那点钱怎么供养弟弟？还不如作田呢。我就种田，勤快点，农闲利用同学关系做点小生意。当真，老婆是前世修来的，她一点也不嫌。敬她还不应该呀？

话说转来，新庙敬哪个菩萨，我都没有意见，哪个都重要。敬文昌孔圣，后人可以光宗耀祖，重要。敬观音女神，今世能人丁安康兴旺，重要。敬福主菩萨，村盘灾邪不侵紫气东来，重要。

有句话不晓得当讲不当讲。我李湾人家，世世代代信佛信道也信傩，李湾自家不蓄养傩班没有傩神庙，不过，自古以来，年年请周坊傩班来村挨家挨户跳傩逐疫，李湾成了周坊傩班外坊跳傩路线上的一个点，时间固定在正月十四昼边。我留意了呢，去年有二十多家没请傩班，今年是三十六家，照这个速度快得很！傩班不用来李湾啦！

问：

慢！我没听懂，请你细说一下，好吗？

李友采：

看样子，他们几个也没懂。不知当讲不当讲，还敢细？我是讲，越来越多人家不信傩不跳傩，信上帝去了。有空你进村看看就晓得，门联上有“哈利路亚”“神爱世人”的就是，一看这门联，傩班就匆匆走过那家，而今傩班要在村里插花跳傩啦。

记得锦江中学从前有个朱风顺老师吧，被龙卷风送上天又丢下来的那个，得了后遗症，上课时后背又是敷草药又是绑藤子，气味冲得人鼻孔作痒，被我无意发现，一见门联就想到他背上的十字架。

懂我的意思了吧？新庙到底祀奉哪个菩萨，要赶紧确定。当年，李湾群众可是为新建福主庙出的资……

李锦文：

老古话说，老婆是别人的好，还当真是别人的好！既然扯到友采屋里心莲身上，那我忍不住要发言啦。心莲生得青瓜雪白笑不离口招人喜欢，德行更好，当年算得锦江一枝花。友采福气砣砣啊。你们妇女拜观世音，更要学到她来，做个观世音。

心莲就是友采屋里的观音菩萨。追求斯文，爱惜人才，恪守妇道，怜悯病弱，她为友采所做的一切，恐怕换哪个都难做到。哪个肯嫁这个穷酸斯文穷苦家庭？更让我感动的是，心莲曾揽下田里屋里的一切活，逼老公去考学，友采拗不过，上了考场，可老弟脑浆流了一脸，他能考好才怪。这就是命，命该面朝黄土背朝天啊！

我跟友采路不同命相似。我一辈子倒在“酒”字上，驮了一辈子花天酒地、酒色之徒的罪名。也怪我讨早了老婆，我不满十八，她未成年，奶盘没鼓起来，心鼓得像个蒙古包，想把我整天装在里面，我一出门她狗一样跟到来，拿棍子也赶不开。这就是作田人的命！我屋里几代一脉单传，读完初中就叫我早早归亲好传宗接代。我发表诗歌是在结婚那年，诗是在洞房花烛夜写的，不甘心，怄气，也闲得没事干。第二年编辑部来要人，冲我是农民诗人，还年轻着，结果被她个搅屎棍搅臭了。算了，真去到那里心里着慌，自家几斤几两还不晓得呀。后来我坐火车到省里，换上专门做的青年装，三个口袋那种，一心想进编辑部瞄一眼，走到大门口，腿骨打抖差点抖脱臼，辜负了那件新衣服。

后来还有机会，县革委会借想个人去写报道，公社几个后生相争，社长姆姆为压住他们软硬兼施，软呢说七一前按惯例要讨论组织发展，这次重点考虑新鲜血液；硬呢，批评有人常把鼻涕甩到天花板上有人拟文抄江报社论一字不改，把公社革委会搞成省革委会，越过县市两级，直接到省里抢班夺权！其实，她想让更多农家子女不再面朝黄土。被她点将，这下前程似锦了吧？这个点灯的点到眉毛上去啦，哭着喊着不让我走，她不相信人还可以借来借去。也怪我开坏了玩笑。我讲，老公反正是你的，就算借给别人用几日，也是要还的。吓得她日日坐班车到县革委会大院去巡逻，那趟班车来回都在望湖饭店上下客，正是中午前后，她就在车上学到了带醉带酒的词，什么酒色之徒、酒能壮胆、醉生梦死这些。倒霉吧，女诗友难得进趟城，忽然想看看我，我当然要客气一下，搞了一瓶香槟酒。点灯的跟踪来到，大闹一场，现炒现卖，骂我俩是酒色之徒。后来被人向领导打小报告，说我老婆来捉奸，在路边小店里捉到一对酒色之徒。我心里有数，有同事看不起我乡下人，见我上稿率高又眼红，把我当假想敌。

那家伙其实也是乡下人。人要衣装马要鞍，我是找不到鞍了。陈点灯不光死缠，也有心眼呢，把我那件崭新的青年装塞到柴火间里，我翻箱倒柜没找到，只好穿着朋友送的铁路制服去县里上班，衣服倒有七八成新，可怜五个扣子三个胶木的两个金光闪闪是铜的。每天一进办公室，那人就笑。我扯掉铜扣子，他又笑我的鞋。我觉得歧视就是从小处开始的。要是我一出场就西装革履，气场就能把人镇住。被宣传组退还回来，到家第一件事，挖地三尺！费了九牛二虎之力，从柴堆里先是翻出一本书，蛮厚，怪怪的，叫什么全志的，哦，是江西省的资料，里面有望湖县，蛮多外国字。再一翻，寻到了青年装，它成了老鼠窝，兜了一窝鼠崽子。

祥瑞之兆啊，我屋里要发人啦！一下子没了脾气。果然，她肚里有崽。冷静下来一想，二里二气的老婆说不定就是我的保护神呢，蛮多村坊的保护神原先都癫癫傻傻，当然人家是大智若愚。此话怎讲？当年要是进了编辑部或县革委，后来变成“黑爪牙”“三种人”也难说。包产到户那年，我翻出过去的样刊样报，一看，火药味十足，惊出一身鸡皮疙瘩，眼皮也不眨，连忙塞进灶里。不记得那本书烧没烧掉。

老婆是陷浆田。不懂吧，山窝里有一种低产田，泉眼多，冒的是冷水，像沼泽地，人畜下田都难，深的没到胸口。我被困在乡下，又跌进陷浆田里，我只能认命。

不，我要攒劲播种，生儿育女，传宗接代。不错，生了三个女，女都嫁到镇上、县里去了。点灯的说我嫌她没生到崽，好笑，我十七八岁就会写诗，这点科学知识不懂？命里注定！生下老三后，她烧香拜佛四处去，全望湖县的观音娘娘都认识她，菩萨给面子呢，让她又怀上两次，可惜都流掉了。后两次她怀孕的反应和胃口，跟前面不一样，完全不一样，男酸女辣，她想吃酸，肯定是崽。哪晓得，两个崽一个也没落下！真该去思考人生，一思考我就忍不住想写打油诗，那是蘸泪挥毫呀！真的！

六斤，莫吃人家醋，人家命更苦。花天酒地时，人家真是花，花蕾蕾子。酒色之徒时，人家真是色，桃红水色。前几年在锦江街上见到，吓我一跳，老了瘦了扣个难看的帽子。一问，病退了离婚了化疗了。好在还乐观，为每天写一首诗活着。我也重操旧业打油，互为读者，彼此安慰吧。

唉，人生在世，几多苦几多难几多债，哪里寻得到有求必应的灵神哟！所以啊，我不敢固执己见了，万一叫文昌官，年年考学还是跌鼓怎么办？

李友朋：

是哟，我屋里老大的崽，我大孙子，不等初中毕业，过完元宵就要跟同学一起去打工。一大伙人。想到上海去学轮滑，当轮滑教练，教细伢崽，又有玩又有钱。要不，当快递小哥，骑着摩托满街跑，潇洒，酷，玩一样，一年也是十几万几十万。好像大地方街上有钱捡。

六斤婶婶嫌我说话没边没沿，那是她没用心听。我喜欢翻古书，肚里有货又藏不住，一不小心当了贩子，幸好有人愿听我讲古。

刚才提到望湖文庙，我来讲讲古，是在县政协文史资料上看来的。民国初年李烈钧在湖口起义，举兵讨伐破坏共和的袁世凯，可惜李烈钧手下先后被收买，袁军势如破竹，防守望湖的李部也作鸟兽散，一个团长慌不择路逃进文庙，袁军追兵正要破门而入，长官喝住，还命令收兵。为何？斯文所在，岂容兵刃之光！保下命来的团长因此羞愧难当，传说他一出文庙就投了鄱阳湖。忽然想起，不记得在何处，哦，锦文叔叔屋里，翻过一部老志书，望湖县地图上文庙清晰可见，那是日文版的。

文庙先为祭孔兼书院学堂，后来变成办公场所，再后来做工厂车间和仓库，拆拆改改，最后废墟一堆。我锦江一带乡下，还尊敬斯文，祭祖时斯文是村庄和宗族的脸面，放到大环境里来看，有点搞怪，我觉得。别人叫斯文，我脸上发烧，赶紧回家多翻翻书，自我安慰一下。就是说，形式有时也管用。

锦文叔叔这多年为此动了蛮多心思。建议村里发奖金，好，多了没有，大专三千，大本五千，全国重点一万。那次讨论奖金标准，争得性起，几个老成一咬牙，清华北大复旦三万！见我翻眼皮，他们异口同声：我们几个凑！当时我这个组长眼睛湿了。我李湾李家要脸面，更盼文脉绵延文运昌盛啊！

等下请你去祠堂看看。享堂上方祖龛两边是板壁，挂了十幅历朝历代进士和共产党将军画像，留有空位置贴喜报，喜报题目写“登堂大吉”，内容照抄录取通知书。后生伢崽的名字跟声名显赫的祖先画像并列一起，荣耀吧？锦文叔叔倡导的。可是近两年那位置一直空着。

老成们心如刀割呀，才会想到求助文昌魁星孔圣。可请神不比搬兵，神是往人心里驻兵的，人心变野了，叫神灵在哪里安座？

友采说话吞吞吐吐说了半句，我懂。信耶稣的人家越来越多，怕人家反悔，找理由把建新庙的捐款抽走。那他们不敢。有人找过我，一要帮忙批地建教堂，二是放言新庙祀奉哪个菩萨要尊重他们的意愿，不然就退钱。口气硬得很。我只问了一句：你们觉得上帝最大，就去皈依耶稣，信仰自由，我这个中国最小的官管不到，不过，这句老古话听到吗？得罪了土地没尿屙。

他们一听，有点吓着。当真，哪个也不敢得罪任何神灵。不晓得你们注意没有，今年跳傩，那些贴了“神爱世人”的人家，都在巷口要么门前供奉傩面具呢。

从锦文叔叔提出新庙应祀奉文昌那天起，我就开始钻族谱，钻县志。你们在思考人生，我没闲。我要搞清老祖宗为何请张将军做福主。族谱、县志也只是提到本地崇信张巡将军，崇信的原因只有专家老师讲得清。福主成了历史，福主保佑我李湾平安走到今天，说明他有力量，为何怀疑呢？病急千万不能乱投医。

嫌我话多，我今日懒得说。也没有必要再说。刚才发言把话讲开了，意见也差不多。新庙还叫福主庙，祀奉福主张将军，村民觉得其他神灵也可以当福主，那好，议定后一起塑像敬奉。

要么呢，叫福主庙，里面暂不立神像，就像现在一样，提供一个宽敞空间，好点烛上香叩拜，不设神像和牌位。看，那几辆车朝这边来了，车上那么多鞭炮，一个大家族来敬神啦。我们散吧，马上会震耳欲聋的。老师，请你去祠堂看看。老百姓才不在乎庙里有谁呢，灵神在他们自己心里。

唱船

口述人：

何金喜，男，出生于1953年2月，锦江镇何坊村人，初中文化程度，篾匠，何坊村金喜超市经理，何坊唱船理事会理事长。

周勇超，男，锦江镇文化站原站长，长期研究地方文化，著有《锦江方言》《锦江民间故事》等。

何志高，男，出生于1972年11月，高中毕业，锦江镇何坊村委会主任，原锦江人民公社革委会副主任何来喜、何坊生产大队妇女主任周雪娇之长子。

采录环境：

建于清末民初的何氏宗祠，为三进两天井，前为门厅，中为享堂，后为寝室。正是脱贫工作的攻坚阶段，祠堂大门两侧墙上分别贴有《贫困户退出工作知识》和《贫困户精准退出工作流程》。门厅左侧，靠墙安放康王菩萨等数尊木雕神像，供案上香炉里满是残烛香梗。元宵节的唱船仪式是在这里举行的，此处屋柱之间还悬吊着当时的剪花挂纸，挂纸上书写“彩绘”“纸船”“保佑”“屈原”“五娘”“船头”“天皇”“洛阳”“游江”“十愿”“根源”“开江”“胞胎”等字样，这些正是唱船歌本里的主题词。悬挂是有讲究的，西北方挂十三张，东南方挂二十三张；门厅右侧，围着一个巨大的、未燃尽的树蔸，摆放着一圈长条板凳，可以想见元宵夜老幼妇孺围坐在篝火边唱船和船赞船的情景。时为正月廿八，据说，待二月二龙抬头举行活动后，神像将“归营”安座，即恭送其回康王庙，同时，打扫祠堂门厅。

唱船，乃送神也。望湖县志称，望湖沿江村庄有元宵节送神习俗，此时人们在祠堂里：“悬所画神舟，日闲祀以牲醴，曰叩神；夜间群执歌本曼声唱之，曰唱船；持挠执旗回旋走，曰划船；每次加吉祥语，曰赞船。金鼓爆竹之声不绝于耳，既乃饮而罢。其神舟则于十六日送之，是夜以静寂为吉兆。”

何金喜：

嘿嘿，不好意思，来晚啦。我住在下坊，何坊村分上中下三坊，祠堂在上坊，我走过来蛮远，主要是腿不好。以前拄过双拐，现在蛮好，单拐。别人说我顽强，把一根拐棍丢进了太平洋里。其实，我是顽固。不顽固，就不会一条腿两次跌断，断成三截。一二三，也分成了三坊，上中下。

说到断腿，我对不起勇超老弟。这多年，他九下何坊，调查唱船的事，我摇头装傻。全村人守口如瓶，比电影里的地下党更坚强，地下党常出叛徒，我何坊没出过。他去年来，变得蛮鬼，不问唱船，只问我断腿的事，我撒谎说，是那年交公粮时从高处跌下来断的。他发冷笑。他问：何坊敢拖到正月里交公粮呀？问得我心里发虚。他又问：你好像是元宵夜间摔断的吧？我结巴了，我说你发邪呀，你是民政局呀，调查我的腿是想给我发救济还是发奖金？他单刀直入，像公安局那样叫一声：说，元宵夜晚去做什么坏事？把我吓倒了。可怕的是他一直在追四十多年前的事。我懒得再跟他拗下去，招供算了。反正唱船早就不是罪过，望湖唱船还是省里的“非遗”呢。

从头说起。我何坊唱船几百年前就有，为何唱船？请神下来过年，人神同宴乐，过完年送神回天界，拜托神灵把地上的一切邪祟全部带走，地上几多邪恶病灾呀，人说请神容易送神难。各处唱船各说法，我何坊是正月十五日早晨请来元宵画，也叫大神画，上面画有二十四条船，船上装的都是神，画是祖传的，挂两天就收起来，由族长公屋里保管。元宵那天，大神画挂在祠堂里，让家家户户来敬神。夜晚唱船，几个人手捧歌本对着大神画唱，众人和船赞船。十六日上午，送船到水口，举行仪式后烧掉，神船押解邪祟去往洛阳桥。从前烧的神船是纸扎的，初二开始扎，到十三日才完工，一丈两尺长，做功几精细哟。后来不扎船了，在白纸上画一条代替。为何？怕人当封建迷信捉呢。刚才你问何坊唱船哪年恢复？问得我发呆。不曾中断，何言恢复！

奇迹吧？奇迹归功于隐蔽工作做得好。船可以简化，形式可以改变，对神的敬意不能忽略也不敢怠慢。“破四旧”那年，何坊人觉得天高皇帝远，又有屋里人在公社当头头，抱着侥幸心理唱船，哪晓得，被公社造反派发现，捉走两个人。不得了，塌天啦，全村男女老少一起跑到公社去，哭的哭，号的号，闹了三日三夜，吃穷了公社食堂。只好放人。老百姓齐心吧？这种事也只有何坊做得出。

我记性好，十岁边上跟着老辈唱船，到十五六岁不看歌本也能唱。因为这个本事，年年元宵，我是主角，不能光明正大地在祠堂里唱船，那么，就跑到山上唱，躲到洞里唱。这个主意是哪个出的？打死你也想不到。是公社革委会副主任何来喜，也就是志高的爹，我的堂兄。来喜蛮狡猾，晓得何坊在别人眼里是封建迷信的窠巢，他明里经常带民兵营正月间来何坊扫荡，暗地里要么通风报信，要么出谋划策。怎么通风？利用公社的有线广播，胆大吧？广播站播音员是个女知青，长得比李铁梅好看得多，外号红包鲜肉你想想看，瞄一眼也流涎呢。作田人半年辛苦半年闲，正月里不能唱船不能舞龙，没事做，就找酒喝，公社干部要是喝多了，喜欢跑到广播站去。那个红包鲜肉是个人精，一有客来，她就开机，吓得别人不敢放肆。醉得凶的，被播音员哄着给全社贫下中农拜年，对着大喇叭哇哇吼一通，邪火泄掉了，也把行踪暴露了。播音员聪明吧？

来喜也经常借酒装疯，在喇叭里拜年。不过，何坊人晓得，他给贫下中农社员同志们拜年，其实是为了通风报信，告诉何坊小心民兵营夜晚出动。天不怕，地不怕，就怕来喜喊喇叭。他喊喇叭，有时是中午，有时是夜边，要是半夜里那就急急慌慌了。有锣鼓家什，有香火鞭炮，还有神像神旗，要收拾，要躲藏，来不及呀。所以，来喜反对扎船反对繁琐哲学，主张大搞精兵简政，就是为了收得清、逃得快、躲得住、接得上。这是何坊唱船“十二字诀”，好比电影里游击队的战略战术。

我第一次跌断腿，二十岁边上。年前，别人做媒，把周坊的一个秧子介绍给我，花秧子，好看，跟红包鲜肉有得一比。我跟周秧子说起红包鲜肉，她硬要我带她去看看，顺便看看广播站。我傻了眼，红包鲜肉哪里是你想看就看得到的？我一辈子吃这张嘴的亏，明明犯难，嘴上还吹牛说公社主任是我屋里人，想看红包鲜肉容易。过了元宵才算过完年，约好过完年去的，哪晓得，她元宵节上门来，来得蹊跷呢。进村一路打听，身后跟着一大群吠个不停的恶狗，她也不怕，大大方方到了我家，说是我同学。给老人拜过年，就要我领着她在村里转转。

我何坊人一向警觉。不警觉，唱船哪能坚持下来？转吧。万一她有目的，不顺着她岂不让人起疑心？我领着她专往牛栏猪圈集中的地方去，她嘻嘻笑着说你想熏死我呀你心里有鬼吧？那好，就去晒场去后龙山去大队部去村口的水井边，村庄不就是这些地方吗？她终于露出狐狸尾巴，她说我周坊今年过年开始敬祖，你何坊也敬吗，带我去看看祠堂。去不得呢！大神画挂起来了，家家在敬神，祠堂当真是迷信的窠巢。怎么办？正好公社广播站当天第二次广播开播，我灵机一动，说：我叫红包鲜肉播支歌给你听好吗？她高兴得尖叫：当真？我要听李铁梅！

我跑到大队部去摇电话的时候，暗暗甩了自己两巴掌，欠打的大嘴！万一来喜不在公社，要么懒得搭理我，怎么办？谢天谢地，他在，他听说何坊来了要刺探唱船的女探子，心里蛮紧张，连忙去找红包鲜肉，接着，红包鲜肉掐断中央台社论，播了《我家的表叔数不清》。周秧子啧啧称奇，站在大队部门前仰头盯着那只大喇叭。喇叭挂在门廊边上的柱子顶端，齐人高处有个简易开关，那是电工自己做的，一个铜钱插入铁丝弯成的凹槽里，就通了。大队开会嫌喇叭吵，拔掉铜钱就是。她注意到那个铜钱，听完李铁梅，伸手拔下又插上，反正社论本来就吵得人死，她最后没插铜钱也不觉得。过后我想，这是一只狐狸精吧？来去都蛮古怪。特别是走，就听到她咯咯咯咯笑得迷死人，一转眼，没见了形影。当时哪个屋里放鞭炮，她好像变成了一团青烟，飘升而去。

何坊人警觉，狗也警觉。夜晚十点来钟，民兵营开过来，动静太大，惹得全村几百条狗同仇敌忾，一起狂吠。我们正在祠堂里唱船，觉得情况不妙，赶紧灭火收摊子，把神像抱在怀里，把其他家什拢进箩里，从祠堂后门往后山跑。后山不能停留，我们翻过后山，再去梦笔山。听山名就晓得，山形像笔，是何坊的文笔峰，我何坊历史上出过好几个进士呢。山不算高，有点陡，难得的是半山腰有个洞，洞里还蛮宽敞，正对洞口的洞壁，人称观音壁，壁上好像有坐莲观音像，神吧？地方是好地方，就是进洞出洞要小心，半山腰有条巴掌宽的小路通到洞口，小路上爬满了松树根，绊脚跌下去就惨了，倒是死不了，因为下面伸出来一张山嘴。碰到有人来捉，我何坊就躲到洞里唱船。我一边跑一边骂来喜，怪他这次没给屋里报信。听到我骂，大家一起开骂。那时，何坊唱船的头首是来喜他爹，他爹也气得要死，真的要死呢，他爹对付儿子的拿手好戏就是以死相威胁，儿子当干部后，老人家至少五次上吊未遂，两三次喝乐果未果。哪怕来喜乃堂堂共产党员、国家干部！

骂人太狠要遭报应呢。骂来喜，我一不小心，被树根绊倒，滚落到那个鼓突的山嘴上，几米高呢，啪，人还活着，右腿断了。我当时抱着腿哈哈大笑，我叫道：我没死我晓得痛我还会屙尿！众人救起我，要送公社卫生院，我不肯。傻啊！那不是把我往虎口送吗？那时，年轻得好，咬咬牙，什么事都扛得住。断了腿，我还坚持进洞唱船，一直唱到把船送到洛阳桥，“洛阳桥上花似锦，洛阳桥下好划船”。我天光后才去县医院，打石膏在床上躺了蛮久，伤筋动骨一百天。拄着拐棍爬起来，我想做的第一件事，就是把绊我的树根挖掉，把那棵马尾松砍了当柴烧。那是初夏了，找人相帮，带了锯子柴刀上梦笔山，山上的情景把我惊呆了。松毛虫吃山呢。树也会遭报应呢。看到绊倒我的树根和树，觉得树变成秃子，也蛮可怜，没有针叶早晚要死，算了，再说，有句名人名言，一个人不可能在同一个地方跌倒两次。

唉，人倒霉卵生虱。我就被同一个树根绊倒两次。四年后，还是在老地方，还是被那个树根绊得我再次跌落山嘴，后面这次我笑不出来，太惨了，我到第二天中午才醒来。醒来发现裤裆里又是屎又是尿，人大小便失禁就没救啦。那时我一点也不想报复那棵树，只想问问周秧子：你到底是人妖还是狐仙？再说，一二不过三，要是还能上山进洞，我绝不相信会跌第三次！

周秧子害得我两次跌断腿不说，还害得来喜爹又喝了一次乐果，半瓶呢。我头次跌断腿的第二天，来喜爹怪儿子不报信，来喜连声喊冤，两人辩口争吵了半天，都没往喇叭上想。来喜气呼呼走掉，他爹越想越来火，就喝乐果解恨。幸好来喜娘发现得早，马桶里的尿，脚盆里的水，拼命往他口里灌，他还不吐。后来把一坨鸡屎塞给他，哇地喷了一脚盆。来喜闻讯赶回是中午，喇叭该第二次播音了，怎么没听到红包鲜肉呢？一查，铜钱被拔掉了。我听说这件事是几天后，那时我腿已经打上石膏，动不得。我更加觉得周秧子像个女探子，不过，我不敢作声。娶得到那么客气的老婆是福气，就算她是女特务，先搞到手再改造嘛。

周秧子到县医院来看我，带了一网兜罐头，有梨子的橘子的桃子的。明明馋得我涎水滴滴落，我反倒板起个脸，问她送糖衣炮弹来有何目的。她忽然哭起来。这时我才晓得她五六岁就做了孤儿，养父养母是大伯大婶，一到过年，在外工作的堂兄堂姐回家来，她心里就慌慌的，没个去处。看到村里男丁偷偷祭祖，好生奇怪，想看看别处是否也不让女人进祠堂，就来到何坊。她见我打岔不让她去祠堂，心里明白了。我当时蛮恼火，我说：你来就是为了搞断我的腿！她盯住我问此话怎讲？我可不能泄露利用广播报信的秘密，只能强蛮地吼一声：反正你一来我就断了腿！周秧子又哭：你傻呀，我到你村上来看看，什么意思还不懂呀！

哦。她是来看人家。我心里好高兴，一摸腿，马上冰冰冷。我硬起心肠说：你是我的扫把星，你来了，一摸喇叭上的铜钱，我腿就断了。周秧子当时目瞪口呆，问你腿接着喇叭线吗？

得大队照顾，养了两年，我能下田了，照样是十分的壮劳力。平心而论，我也吃了周秧子的蛮多好东西，猪腿骨牛腿骨狗腿骨，田三七黄栀子鸡血藤，还有拿钱买不到的桂圆干荔枝干，那是她堂兄从福建带来的。吃得高兴，拿什么还礼呢，唱一段。一不小心唱到洛阳桥下的神船上："新春锣鼓响咚咚，拜送诸神各还宫；嘱咐儿郎齐努力，顺风直到洛阳中。神船不是久留客，儿郎不是久留神；今朝稽首送神驾，顺风划到洛阳江。"她听得用心，听完，告诉我她大伯也会唱，这叫唱船，现在不敢公开唱，到了元宵夜晚，她大伯会自己一个人在屋里哼哼，可是他不记得词，只能哼个调调。

那年我俩开始谈婚论嫁，也是没有缘分吧，她大伯也就是她养父突然提出，聘礼不要金银首饰，不要绫罗绸缎，只要唱船歌本。那时形势放宽了，可我何坊唱船还是一样小心。你晓得我何坊为了唱船跌断几多腿几多臂膀啵？吓得你死，一共十多条！反正跌不死，跌不死就要唱。不光歌本不能送人，连唱船的事都不能承认。我不承认，她就发冷笑。她说她大伯是周坊唱船的头首，“破四旧”时周坊是重灾区，神像歌本大神画都被烧掉了，她大伯坚信何坊留有唱船的火种。火种要养的。就是说，她大伯断定何坊一直在唱船。话说到这个份上，一切都清楚了。我哈哈大笑：我一直觉得你像女探子，原来你是大伯派来的呀！

当真是没缘分，何必拗着呢？嫁过来，歌本自然到手了，到后来，还能亲自参加唱船。不过，那十多年，为了保密，唱船总要等到夜间十来点钟，等到女人伢崽睡下。周秧子偏要拿歌本。我就是不肯。哪怕她都肯让我摸手抱肩了。哼！想摸手，我不会自己左手摸右手呀！

又是元宵节。周秧子又来了。这次我更加坚信她是扫把星。她一反常态，对我百依百顺，我说外人女人去不得祠堂，我说何坊真的没什么唱船和歌本。她任由我安排，在屋里打牌聊天玩到夜边。我急得死，夜晚要唱船呢，得赶快支走她。她却表示要住下。我傻了眼，我说你还没过门呢。她说我又不是你没过门的媳妇，只是客人，借宿不行吗？我摇头。她干脆挑明了：今天我想证明你有没有事情瞒着我，没有，我们继续交往下去。有，我马上走。

门口有人催呢。我急得根本没过脑子，就叫起来：肯定有，有蛮多事！趁天还没夜，你赶快走！她脸色煞白，两行泪下来了，她说：好，我走！我大伯早就说过，你何坊村有鬼，没有鬼怎么会跌伤那么多人，怎么都是在正月里打跌？让鬼再来捉你吧！她大伯是专治跌打损伤的土郎中呢。

当真被鬼捉！她走后，喇叭也没报信，本来完全可以等到半夜在祠堂里举行仪式，我硬说周秧子大伯急于得到歌本，很可能夜晚会来继续打探，很可能已经带人潜入何坊。来喜爹当了多年的头首，唱船悄悄撑到这时，要归功于他的稳重、小心。来喜常说，冬天到了，春天还会远吗？那时是早春已经到了，花期还会远吗？来喜爹认为最可怕最可悲的，就是黎明前的黑暗。所以，那年唱船，我们还是选择了梦笔山。

人啊，说话当真要小心，有时候真的会一语成谶。这是个成语，我从来喜嘴上贩来的。又一个元宵夜。啪的一声，我在同一个地方第二次打跌。

何志高：

叔叔第二次跌断腿，当真惨。头次的断处本来接得好长得也好，又断掉，再加上新的断处，右腿变成三截，筋筋吊吊的。我那时还小，不过，对他的样子有印象。下不得田，做不得重活，他就学篾匠。毕竟读过几年书，学得快，手艺也好，编的篮子特别精致美观，前几年上过县里的电视。

叔叔在励志方面是我的偶像。不过，他说话有一点点夸张。比如他说何坊一共跌断十多条手脚，不符合事实。送船是为了保太平，要是如此敬神还让人这么受伤，别人会虔诚笃信吗？跌跤和跌断是不同的概念。跌断和脱臼、崴脚也是不同的概念。崴脚敷敷膏药就会好，脱臼更简单，好比板凳腿松了脱了，一斗，就好啦。真正跌断，伤筋动骨的，只有叔叔一人。

去梦笔山那条路，根本就不叫路，是贴着崖壁的一道皱褶，日间不难走，夜晚再加上慌张，容易被树根绊倒。我爷爷找了几个地方，数半山腰的那个山洞最安全。梦笔山山顶上有座废弃的古庙，倒是适合敬神唱船，可需要徒手垂直地攀岩上去，玩命一样，对于老胳膊老腿相当危险，万一跌下来，保准一命呜呼；还有一个地方更隐蔽，是1958年挖的煤井，井口被草木遮得严严实实，找到井口，搞根绳子吊下去，下面别有洞天呢，可惜也是上下太艰难，而且洞里尽是野兽的骚味，熏得人死，那里的好处是地宫一样，要是不怕呛，放鞭炮都可以。何坊唱船冒着这样那样的凶险坚持下来，当真不容易，它首先证明我何坊人心坚，其次证明我何坊人心齐。我想，将来有条件，唱船的那个山洞可以搞个纪念馆。

叔叔说了我爷爷上吊、喝乐果的事，没有夸张，累计起来，那确实是一个九死一生的数目。一共九次，拿绳上吊的次数多于喝乐果，因为大家把乐果藏得严实，绳子是没法子藏的，生产生活处处离不开绳子。本来，这次我想重点介绍何坊唱船的基本情况和主要特色的，听叔叔这么一说，我得重点说人啦，我爷爷和我爹。要不然，别人可能误会他俩，好像一个神神道道，一个鬼鬼祟祟。我介绍他俩肯定会客观的，当了几年主任这点水平应该有。

我爷爷为何屡屡以死相逼呀，他肩头使命沉重，可儿子总是非常为难。能不为难吗？那十多年，唱船几乎在全县绝迹，我爹一个革命领导干部不光放纵家乡搞迷信活动，而且推波助澜、大力支持，要是被发现，问题相当严重。我爷爷才不管呢，他说祖上把几百年的唱船传到我手上，我必须传下去不能断纤，要断纤，让我先死，断纤就不关我事啦，见到祖灵我也好交代。本来不过是一句气话，可这话一出口，他忽然觉得这是一条妙计，我奶奶说，他乐得做梦像孩子似的咯咯笑个不停。

那年冒天下之大不韪唱船，不是被捉走两个人吗？当时我爹的处境是风雨飘摇，不便出面，我爷爷虽是唱船的头首，在村人中间却没有好大的威，他就去找九十三岁的族长公，要族长公号召全村男女找公社要人，族长公头脑相当清醒，生怕有更多人被捉，硬是不肯发话。当事者的家属少不了吵我爷爷，气急之下，我爷爷第一次吊颈，他把黄麻绳吊在梁上，人踩在椅子上，威胁族长公再不表态就蹬椅子。族长公傻了眼，这才气急败坏地发话。后来族长公懊悔不迭，觉得应该等到椅子被蹬翻再出手相救，让他尝尝味道肯定不敢动辄吊颈了。族长公是因为我奶奶的跪求而心软。

被捉的两位，一个是唱师，一个是画师，也叫丹青先生。放回来后，他们一起摆酒谢族长公和我爷爷。我爷爷去给族长公敬酒，哪晓得族长公把自己碗里半碗酒兜头泼到我爷爷脸上。他说你为老不尊晓得不？吊颈好嬉呀？你不怕妇孺学样呀？现在礼崩乐坏不讲祠规啦，论祠规，打短命的你该被黜族！

族长公本来就威严，这番话更是相当严厉，可是我爷爷后来还是频频上演这类拙劣的把戏。设身处地想想，我能理解，我爹几硬气的人，我爷爷对他一点办法也没有，无奈之下，只好出此下策。

我爹毕竟是领导干部，见多识广有头脑，他特别担心何坊百姓仗着公社有自家屋里人就乱来，再加上领教过爷爷手段，他只能化被动为主动，贼喊捉贼。词不好听，意思还算准确。被结合进革委会后，我爹表现得相当积极，口号喊得比哪个都响，要彻底扫除封建迷信，要过革命化的春节，落实在行动上就是经常带队搞突袭偷袭和奇袭。这三袭是当年的民兵营长总结出来的，去年十月在周坊一起喝喜酒，喝得高兴他说那些年跟着我爹最幸福，经常做游戏，玩官兵捉强盗。就是说，营长对我爹的行为心知肚明呢。没错，我爹实际上成了何坊唱船的黑高参。他不光通风报信，还让唱船班子做了一系列改革以适应当时形势，便于开展游击战争——呸！嘴快啦——便于转移和隐蔽。让何坊安全地唱船，才是保护自己同时保护何坊唱船的最好办法。这是辩证法。

利用喇叭通风报信，是一大发明，我听到真是开天眼长智慧呀，对老爹佩服得五体投地。现在喇叭没屁用。不过，我还是把村委会门口的大喇叭留了下来，这叫文化记忆。喇叭里面有历史，有人，而且还有个迷死人的红包鲜肉！其实，自从我有了记忆，就记住了红包鲜肉这个名字。因为我娘跟我爹吵口，好像都是因为红包鲜肉，小时候我以为红包鲜肉是陷到牙缝里的精猪肉，后来才晓得那是令全体癞蛤蟆都垂涎的天鹅肉。我爹不算，他是为了通风报信才去广播站的。可是我娘敏感且反感，她是女人，她有责任管住自己的男人。偏偏，她无能为力。于是，参考我爷爷的以死相逼和她多年当大队妇女主任的经验教训，她采取的策略是让字当头。一个硬，一个软，有张有弛。有些话我从小都听腻了：回家来不怕别人抢占广播站呀，快去占住！你饿啦，人家不是有红包鲜肉吗？你不该回家过年的，给贫下中农社员同志们广播拜年最要紧！我爹娘的关系后来发展到形同路人。印象中，当公社干部时，爹几乎从不在家里过夜，不时回家看看老的小的或拿东西，最多待半天就走人。

后来，跟娘回忆往事说到广播站，娘满脸鄙夷：你爹也不撒泡尿照照自己，论长相，矮矬矬，还龅牙，论官位，副主任好几个，上面还有主任，还有县领导，红包鲜肉心几高的女子，会看上他？我给他再多机会他都没这艳福，他这辈子幸好有我可怜他，要不老婆都找不到！我爷爷找我回忆往事，倒是满脸得意：宝贝孙子讲把你听，不许告诉别人哦。我喝的乐果是用乐果瓶装的红糖水，比可口可乐好喝，上吊的麻绳是沤腐的绳，甩到梁上都不敢用力，哪里经得住一个人？别人死得我死不得呢，我答应我爹你祖祖，要把唱船传下去，活到八十四，你祖祖临死交代家人的只有这一件事。我敢不用心办好？

为传承何坊唱船做出最大牺牲就是我爹。当然，叔叔的牺牲也大，一条腿外加一个周秧子。我爹的牺牲看不见，而且说不得。前后二十年，我娘没给他洗过衣服，你想想看，这是一笔怎样的感情债？还有一种牺牲，关系到名誉，你们文化人也许对他大加赞赏，别人呢？注定会有嗤之以鼻的：什么共产党员、领导干部，竟敢长期欺瞒组织，搞阴谋诡计！我后来听说，当年我爹雷声大雨点小，虚张声势，反而惹得别人生疑，反映到主任社长姆姆那里，社长姆姆后背作痒，蹭呀蹭，就叫那人挠一把，那人懂得意思了，要挠到痒处。尽管他抓不到把柄，可他不依不饶，气得我爹干脆在班子会上以党性作担保。所以，后来各地陆续恢复唱船，按照我爹的意见，何坊唱船始终保持低调，不宣传也不让外人观看。退休以后，唱船理事会开会选理事长，接替已故的我爷爷，全体一致推举我爹，他坚拒不干，力荐金喜叔叔来当。有人说我爹清高，有人说他胆小，我娘说那是因为理事会里没有广播站没有红包鲜肉。

都不晓得他为何拒绝，人人心里都清楚他为何拒绝。此话怎讲？全村人对唱船守口如瓶，说明他们懂得我爹的心思，理解他的心思。我爹相当忌讳别人追索何坊唱船的历史，所以，他懒得搭理你采访的邀请，哪怕你托红包鲜肉出面。嘿嘿，我没说错吧，原来你跟红包鲜肉熟呀。

周勇超：

啊，你认识红包鲜肉，我们洪县长？她可是好领导，有眼光，有魄力，可惜退了，望湖唱船是在她手上拿的省“非遗”呢。望湖唱船的几个发生地都在锦江，当初命名，我强烈要求冠以“锦江唱船”，可是人微言轻。过去这一带唱船很普遍，村村都有，后来绝大部分陆续停止，慢慢失传了。多年来，何坊让我耿耿于怀，所以我才有九下之举。“九下”，说明对前面“八下”的质疑。

我跟何坊较劲，是有缘由的。二十世纪八十年代初公社改乡镇的时候，镇妇女主任红包鲜肉交给我好多有关锦江历史文化的资料，让我文化站好好保存，说是当年“破四旧”从四处收缴来的，准备付之一炬时，有一部分被何人藏起藏在广播站角落的箱子里。她难怪外号红包鲜肉，长得富态又白里透红，叫水蜜桃也是当之无愧的。她这个副县长是从公社播音员、妇女主任和县妇联副主席、主席上去的。刚才听到癞蛤蟆一说蛮搞笑，借癞蛤蟆们十个胆也不敢招惹，志高娘应该晓得。不多扯，就说那摞资料吧，里面有手抄的唱船歌本，娟秀的小楷字。当时我从没听说唱船，一直拿歌本当民间的叙事长歌。一九八几年有村庄恢复唱船，拿它的歌词和手抄歌本一对照，歌本要比那些歌词完整得多。可是，没有署名没有落款，歌本出自哪里呢？

那几年我走火入魔，时时捧着没有来路的歌本，仔细端详，反复研究，最初，企图从书法的角度突破，看看全镇谁的小楷跟它最像，普查结果令人吃惊，真是遍地英雄下夕烟呀，每个村庄都能找出一个班的书法家，所以我毅然决定成立锦江镇书法家协会，这是全省第一个乡镇书协，那时省里还没有书协呢，我请来省美协主席和社长姆姆亲临成立大会祝贺，在会场上，我举着手抄歌本问这是谁的，都摇头。社长姆姆劈手夺去歌本说：我不相信有了藤还摸不到瓜！十里不同音，字里行间一定有破解秘密的神器。致辞后，她独自到一边去坐，把整个歌本念了好多遍，等大会选举完，她得意得哈哈笑，你听到来：竞渡三郎飞马过，说道此木好造船；便去扬州请盖匠，两个盖匠便向前。这里的“盖”，指的是把木头裁成木板，应为“解”。还有：借得大板千千万，借得小板万万千；大板将来排船底，小板将来排船舷。这里的“借”，应读作“哥”“也”合起来那个音，也是锯的意思。哪个村庄把“解”叫作“盖”、把“锯”叫作“借”？查清每个村庄方言的区别，歌本出处的谜底自然就出来了。我不禁赞叹：社长姆姆学问大哦！她喜欢这样的表扬，更加得意洋洋：中华人民共和国成立前的学塾当得而今的大专吧？要查清也艰难呢。锦江方言大同小异，各各有异，我是一个村庄一个村庄地调查对比，找小异比找小三艰难得多。当真，整个过程中接触到的美女见我人长得认真，做学问也认真，都颇有好感，也有暗送秋波的。哈哈，好笑吧？还没找出“盖”和“借”的家乡，我灵感勃发，写成一本《锦江方言》，锦江籍的大学者宁可可老师主动帮我写序，推荐出版。不好意思，等下送你一本，请批评。真是有心栽花花不发，无心插柳柳成荫。

不过，花最终也发了。我在后记里提到写作缘起，有热心读者打电话向我表示，如果让其细看歌本，或许能帮我破了这桩血案，付出太多心血的案子。你道那热心读者是何人？周秧子。想不到吧？她把歌本随便翻了翻，毫不暧昧地告诉我：何坊！何坊正是把“解”叫作“盖”、把“锯”叫作“哥也——借”。何坊不会那么爽快地承认，你要像蚂蟥精一样叮住不放！

刚才金喜老哥问，她是人妖还是狐媚，我倒觉得她是女神。她在锦江一小当老师，五十多岁了，看上去还是秧子，气质美女。人生啊，一个念头就能决定它的走向，当真为金喜老哥遗憾，说句黄的，当年正是好年华，一个要补缺，一个缺要补。你们反倒为歌本拗上了，一个要歌本，一个不肯给，另一个人手上有歌本在歇闲！

听周秧子的，我像蚂蟥一样叮住何坊不放。当真累。以组织的名义，组织不买账；以亲友的名义，亲友不买账。一个个，要么聋聋哑哑，要么装疯卖傻，要么一问三不知。最好笑的是，志高他爹这么大的干部也跟我装。对不起啊，志高，你听着心里肯定窃笑。你爹怎么回答我？唱船？没听说过。船是划的，唱能唱走，那就古了怪！再说，我何坊不靠大河，找船要到别处找。宁湾邓埠靠鄱阳湖，那里船多而且有走大江大海的大船。听听。他逼得我撒谎，我说我受委托来找你调查唱船的事，她把珍贵的手抄歌本都给了我呢，有歌本为证。真没想到，捧着歌本，他双手打抖，我瞄见他眼里湿了。他说好多年没见洪县长，连电视里的也没见，因为他屋里没有电视机。头些年，老婆说卖掉黑白换彩电，黑白倒是卖掉了，可彩电总在更新换代，老婆怕落后，说要等着买二十年不落后的，结果一等等了十来年，要看彩电还得等上七八年，要么直接到阴间去看。志高爹跟我抱怨，志高娘听到蛮恼火，老人像孩子，唇枪舌剑地干仗，一个说你看电视是假想看红包鲜肉是真，一个说你心里的老醋把你自己的坛子泡烂啦。吵得很火爆也很火热，志高，我感觉对吧？

明明手打抖，湿了眼，他竟说自己得了一种什么症，不记得歌本甚至不记得红包鲜肉。健忘症呗，老同志也要赖皮。前面几次来何坊，不管找哪个，问得他发急，都会赖。去年路遇周秧子，她问我有收获没有，我说看来得牺牲一个元宵节去抓现行。晓得吗？我元宵节不够用呢，各地唱船都在元宵，一年只能去一个村子全程录像，而近年恢复唱船的越来越多。周秧子听我说抓现行，嘿嘿笑道：千万不可，那会害得人家再断一次腿！话一出口，她猛拍大腿：该死！金喜说是交公粮时在粮库里跌断腿，他两次出事都在正月间，没听说正月交公粮的！他骗我！

那次路遇是在文化站门口，我索性邀她进去坐坐。不晓得是不是因为泡的那杯茶特别香，她有点激动，话有点多，而且说得太碎，像是自说自话，别人摸不到头脑。好像跟唱船有关，好像又没有。好像跟断腿有关，好像又没有。好像跟歌本有关，好像又没有。我听得五里雾中。不过，回味起来，可以感受到她的不顺，因为有一种苦涩弥漫在言语里。

感谢周秧子为我提示了攻克何坊的方向。跟志高、金喜真是不打不相识啊。有一次，陪省里专家一路调查到何坊，哦，就是为我写序的宁老师，专家眼光毒，宁老师见他俩一个劲装憨，皱起眉头问：你们敢说这歌本不是何坊的吗？她接着坚持要去看祠堂、看康王庙。就在那里，门厅边，宁老师仔细察看了蛮久，问了几句什么，都被金喜搪塞过去，不过人家宁老师可能心里有数，尽管出了正月门厅会被整理清清爽爽。现在想来，那次我们让严守秘密的何坊差点崩溃，要不已过中午十二点，村里怎么不备午饭呢，送瘟神样盼着我们快走，当时气得我真想给这个村委会主任一拳，宁老师低血糖呢。

何坊唱船，能在今天不露声色，依然故我，静悄悄生长在老百姓的信仰世界里，是个奇迹。问起来，都说是过去被捉过人，跌断过腿，仍怕出事。我觉得，这是表面现象，想想何坊这些和唱船有关的人和事，其中应该有深层原因。是什么，我能力有限，要靠你们大专家去研究。

金喜老哥，顺便告诉你，昨天我请周秧子又喝了一杯茶，总算把她上次的絮叨理清了。在她认识你之前，她大伯在逼婚呢，对方是干部家庭，男的为逃避上山下乡进了县屠宰厂，换工作还不是早晚的事？可周秧子死活不同意，理由就是接受不了他的工作，怕婚后时时有一种待宰杀的紧张。其实，她是接受不了那张非常适合工作需要的脸。可是，到头来她还是嫁给了他，她坦言是为了当上老师，没过几年就离掉了。她说真希望你再断一次腿，可惜你没有。我听不懂。你晓得这话的意思吗？

好，洛阳桥上花似锦，洛阳桥下好划船。送船送到了洛阳桥，我们合唱结尾那一段。来——

合：

船头点灯船尾光，
照见船上康大王；
村中但有邪妖鬼，
一齐拿他上船装。

头 首

口述人：

周高峰，男，出生于1966年8月，锦江镇周坊村人，现任望湖县政府办公室副主任兼县方志办主任，被周坊村民自治理事会聘为“和事佬”，顾名思义，那是民间调解纠纷的角色。妻宁永红，锦江镇文化站站长。

周高兴，男，出生于1958年4月，锦江镇周坊村人，初中毕业后回乡务农至今，周坊竹马班候任头首。

周高潮，男，出生于1958年4月，锦江镇周坊村人，与周高兴同学，初中毕业后回乡务农至今，周坊竹马班离任头首。

采录环境：

周坊村的傩事活动叫跳竹马，竹马班艺人身佩马头或狮头、头戴面具舞之蹈之以驱疫祈福，舞蹈专演花关索故事，至于花关索是谁，历来众说纷纭。该村以周姓为主姓，跳竹马由主姓组班，杂姓参与。才出正月，位于村中的周氏宗祠依然充溢过年的喜气，大门两侧外墙上贴有正月跳竹马的日程安排、人员分工、注意事项、捐资明细以及其他，这些红纸下面有两条红底标语分外引人注目，内容是“热烈庆祝竹马班新头首诞生”“高兴祝贺周高兴，高兴当头真高兴”。

宗祠经多次重修，外貌看似简陋，内中却保存有清末重修时立的红石柱，享堂上方墙裙嵌有古朴而精美的红石雕，其中一幅图案为双龙戏珠，正中上方雕有神庙，庙里有正襟危坐的神像，神庙的屋脊之上饰有吞口，一枚嵌在建筑上的傩面！它会不会是追溯周坊竹马历史的重要线索呢？红石柱上的阴刻对联，倒是坦坦荡荡地炫耀着宗族的历史和光荣，“功高细柳，泽普爱莲”“科有人甲有人徵贡有人洵称人文蔚起，京亦祀省亦祀郡邑亦祀斯谓祀事孔明”，如此等等。门厅两侧墙上，新近被布置成宗族文化宣传栏，一边挂有喷绘的周敦颐《爱莲说》全文，一边是爱莲专题摄影展。周坊周氏，原来是周敦颐裔孙。

享堂上方右侧，原先为土地神位，现请土地公婆移步到左侧，跟本坊福主康王去做伴，这里则摆放一张八仙桌，侧面墙上贴有“和事佬”字样，就是说，土地公公把位置让给和事佬办公了。

与周氏宗祠毗邻的，有福主庙、关帝庙、社公殿。

周高峰：

听说您多次来周坊考察，难怪眼熟！年年跳竹马起迎、圆迎，也就是开始、结束的时候，我都回来，估计那时见过。好好，不叫“您”叫“你”，南方人听得叫得都不习惯，我们嘴里的“您”字像做捺菜的芥菜梗子，太硬。

你大专家对竹马研究很深，陶家呀庙前呀还有别的村子你都去过。我家宁永红说，你这次考察只有一个课题：竹马班每年要拈阄产生新头首，既是拈阄，那就人人有机会，万一得中人物不能胜任怎么办？问得好，这个问题太尖锐啦。我想，你一定是在拈阄现场看到紧张得令人窒息的情景，不由自主想到这个问题的。

当时，我也在挤得水泄不通的福主庙里，脑海里也猛然间闪过这个问号。正月十七日上午，竹马班到各家跳完，再回福主庙跳最后一次，圆迎。花关索们脱下衣袍，卸下竹马圈，把面具安放在供案上。接着，见供案端上来一个猪头，猪嘴里衔着猪尾巴，上搭一截大肠，双耳间插两支红烛。等到队伍把福主神像护送入殿，每家派出的代表也一起拥进福主庙。

周坊靠拈阄决定来年跳竹马为首做头的竹马会头首。从前，按户数用红纸折叠的纸阄盛在量米的斗里，拈阄工具是一双长竹筷，筷子在人们手中传递，为的是拈出写有“福”字的那一阄。与此同时，旁边的祠堂里，架在享堂正中的案板上，整齐摆放着一刀刀鲜肉，肉上附有编了号码的纸条，其中一刀肉是没有一丁点肥肉的里脊肉，上面纸条写的也是“福”字。它属于同一个有福之人。今年拈阄没用斗，用的是小口双喜瓷罐，更隐秘。做阄的纸片倒不讲究，人们伸手进去用指头拈出白纸团，“福”是唯一的，两百三十多个号码得到的是属于各自的那刀肉。一二三，三只手先后伸进瓷罐时，总是震耳欲聋的一声吼：有！摊开纸团，却是失望的一声“啊”。接下去，场上形势忽然乱了，奋勇向前的第四只手，不断被周围高举的那些手挤得时隐时现，特别是第四只手被挤得就像国足仅剩下理论出线的可能时，观众们顿时不知所措了，不知道该不该像刚才那样吆喝，因为第四只手周围那些手实在做不得头首，问号就是在那一瞬间把我电到的，我呆傻了。那几个死命往前拥的中学生，是代表家里来，拈阄是玩心跳呢，令人心跳的恰恰是他们的爹。还好，姜毕竟是老的辣，中学生毕竟个子矮，第四只手借助身高优势，越过周围的手颤颤地伸进瓷罐，福主庙里掌声雷动。没想到，突如其来的掌声把第四只手吓了一跳，它缩回去，又犹疑着伸出来，伸向瓷罐，终于，钳子样的手指夹出纸团，大家欢呼起来："高兴高兴周高兴！咱老百姓呀今儿真高兴！"纸团交给监票员拆开，那人卖关子，故作苦相，中学生马上抢着去拈第五阄，大家陡然又紧张起来。这时，监票员才将纸团摊开高举过头，亮出用签字笔写下的"福"字。第四只手是令人尊敬的手。大家又是鼓掌，又是欢呼，好像众望所归。周高兴是"福"字的得主。

你的问题确实尖锐，要是周高兴身边任何一个孩子拈得"福"字，明年跳竹马都叫人不踏实。他们的爹，有的重病在床，有的打工在外，有的从来桀骜不驯，有的已经皈依上帝，还有有娘没爹的有爹没娘的没爹没娘的。其实，年年拈阄，在"福"字亮相之前，众人心里都捏着一把汗。"福"字出来，也就放心了，后面拈阄只是决定谁拿哪刀肉。今年气氛尤其叫人紧张，原因在于那些家庭的代表集中于头首产生之前去拈阄，害得众人虚惊一场。所以，见尘埃落定，有人竟刷出了庆祝标语。

问题虽然尖锐，可在现实中却是杞人忧天，从二十世纪八十年代初恢复跳竹马到现在，我亲历了三十五六年，年年拈头首，得中的都是勤劳本分、信仰竹马神的人家，向来无有例外。一次也没有。这不能不说很神奇。老百姓说，神灵有眼呢，人在做天在看呢。今年我们共同见证的这一阄，又为虔诚笃信的周坊人再添了神明显灵的鲜活实例。这是老百姓的话，老百姓的信仰。

第四阄就产生新头首，这也刷新了恢复跳竹马以来的纪录。前一年也快，第十一阄，头首是周高潮。你想想，要是拖到一百阄二百阄后才见分晓，笃信神灵有眼是一回事，身临其境又是另一回事，有的小心脏可能经不得刺激，比如我的，二十五岁那年，等到了九十八阄，"福"字还没现身，就像中国队锋无力老是破不了门一样，现场的吼叫声也乱了，几折磨人啊，我正感觉胸闷心乱跳时，幸好九十九阄来了。今年最是痛快淋漓。新头首周高兴一高兴，第二天晚上就摆了八桌酒。要不是十七日晚上有竹马会传统的圆迎酒，周高兴当晚就会设宴欢庆。

我喝了周高兴的喜酒。请哪些人呢？竹马班全体艺人，村委会、自治理事会干部，周姓族长公，杂姓代表，还有一拨人你想都想不到，他这位候任头首未来的工作班子。一天之间，竟然完成了组阁！我大吃一惊。刚刚离任的头首周高潮也大吃一惊。作为老头首，周高潮理所当然也被请去喝酒，而且，他坐上席，族长公头位，他是二位。第十一阄得中的周高潮跟周高兴是同宗兄弟，又是兄弟冤家。冤家不是指关系恶化的程度，而是命运安排的无奈。

数给你听啊，他俩从父辈那里就这么巧。都当大队干部，一个民兵营长，一个大队会计；都生了四个崽，都没有女儿；两个老三同年同月生，还同窗到初中毕业一同回乡。到了两个老三手上，更邪。找的老婆同村，生的孩子等量，都是两崽一女，彼此的孩子双双对对的，锣对锣鼓对鼓钗对钗，六个人有三对中小学同学。考出去，各有大学本科生一名，大专生两名。毕业后，各有两人在企业，一人在机关。有心要破破太多的“同”，周高潮强逼二崽去报考省政府厅局的公务员，连续两年过不了笔试关，可见，想改变局面并不容易。这对兄弟冤家也是患难兄弟。恢复高考时都踌躇满志，从七七级考到七九级，连续三年政治得高分，其余惨不忍睹。于是相约去应征，来望湖接兵的是南空部队，带兵的连长是锦江籍，连长说政审体检过关我都要，哪晓得最后竟然双双被淘汰，原因也是共同的，两双扁平足四只香港脚。为了跳“农”门，结伴进乡镇企业，先是砖瓦厂再是农机厂后是制药厂，进了哪家哪家倒，周高兴说，为了少祸害人，我们还是认命回家作田吧。于是乎，两人在七八亩责任田上摆开阵势，也是旗鼓相当呢。年年收成差不多，户户家底差不多，崽女境况差不多。同时建新屋，请来不同的师傅，各有不同的设计要求，力图避免在千篇一律的大背景下，趋同建成一样的火柴盒，小心谨慎到最后，哪晓得，订购的外墙砖是一模一样的，退货吧，谁也舍不得赔款。此外，两人在村人心目中的地位也不分伯仲，都是勤快本分的老实人。这种平衡恰恰是最脆弱的。高兴遇到高兴事，高潮心里不免生醋意，高潮心潮逐浪高，高兴忽然就不怎么高兴了。

我不是和事佬吗？逢年过节回来，偶尔有家长里短的，捏合捏合就是。我周坊民风淳朴，再说，我也乐得有这样的渠道贴近人心。至于高潮高兴，从来没听说两家闹过什么纠纷，太多相似，往往给人携手并肩、兄弟手足的感觉，可是，我发现他俩常常打肚皮官司，常常暗中较劲。突出表现在这两年的拈头首上。前年正月十七，是用长筷子在量米斗里夹红纸团，当时，周高潮派二崽作代表，当他二崽筷子拈出第十一阄时，周高兴踩着刚刚炸响的爆竹声跨进庙门，一看大殿里的热烈场面，脸马上拉了下来。我正好站在他身边，他气呼呼地说：作不得数，赛抢呀，我管放爆竹的还没到场呢，高峰你是和事佬，这事要管！现场上千人，快挤成肉饼子了，怎么管？再说，也轮不到我管。该谁管？我也不清楚，新头首出来，老的自然退位，此时是权力过渡阶段呢，又没有过渡政府。再再说，头首就是个管事干活的，牵个头而已，需要奉献精神的角色。头首该做的事情有：跳竹马前，打扫福主庙和祠堂，挑沙铺平祠庙门口的路面，买好爆竹、蜡烛、纸钱等物；起迎时，负责召集竹马班备好面具，每天跟着队伍收赏钱并管账，跳夜迎前负责点燃各坛庙的殿灯，晚饭后为儿童散发蜡烛，跟着竹马到各家并提醒艺人为需要的人家打关；圆迎时，要联系买猪，张罗捉猪、杀猪、分肉，并组织做好竹马会圆迎酒的饭菜；圆迎后，公布当年往来账目，并将锣和旗帜交付次年的头首。看看，包揽的尽是打杂的活儿。有人一马当先，迫不及待把活抢去还不乐意呀？

我就是这么回答他的，新头首产生是好事呢。想不到，快六十岁的人，眼睛说红就红，还有泪，受了好大冤屈似的。他不停地眨巴眼，可能是努力把眼泪劝回去，眼泪倒是劝住了，口舌却不服气。见周高潮二崽乐呵呵出殿回家做迎接竹马神的准备，周高兴把我拉出福主庙，告诉我：晓得不？他屋里势在必得，为拈阄做了好多准备，又是烧香敬佛，又是吃斋沐浴。笑得人死呢，他全家人比手气，看哪个手气最好哪个去拈阄，算来算去，算到二崽头上，因为二崽单位上年年搞春节大联欢都要摸奖，二崽是得奖专业户，得的总是大奖，女儿手气也好，可惜女儿专得末奖。周高兴一旦不怎么高兴，竟也奇怪，后面的爆竹像得传染病一样，放得不太顺畅，叫人一阵阵地担心，他不是负责燃放吗？后面他一共放了三挂爆竹。拈阄完毕放一挂，新头首家的代表前来迎神接福时再放一挂，赢得荣誉的是二崽，前来迎神的却是大崽，一个四十岁左右的高个子。当大崽微笑着端起神龛迈出殿门时，周高兴点燃了第三挂爆竹，团团青烟里，端猪头的、敲锣的，还有手举关公、周仓面具的，一干人鱼贯而出。爆竹好像受了潮，噗噗的，放屁样，可在新头首产生之前用的那么多爆竹炸得几欢哟。所以，到了新头首周高潮任上，周高兴做梦也别想管燃放，派给他的活儿比较繁琐，买猪捉猪杀猪分猪肉，接下去更累，要忙圆迎酒。不能再让他十多年一贯制只管听响了。

真是人算不如天算，管分肉的偏偏拿到了“福”字号那刀肉，圆迎就是圆功的意思，负责操办老头首圆功酒的，竟然成了新头首，酒桌上等于是周高兴的登基大典呀。你想想，这叫周高潮情何以堪？正月十七圆迎酒我也喝了。席间，卸任的周高潮作总结并致答谢词，他说：值此竹马回营、众神归位之际，我周高潮代表全家，感谢福主菩萨和竹马神保佑，感谢竹马班众师傅半个月来的辛苦付出，感谢全村父老乡亲一年来的信任、指点和相帮，正是因为有你们的无私奉献，本届竹马会才克服了换届之际爆竹受潮不响带来的负面效应和心理阴影，成功完成了今年的跳竹马，为我周坊驱逐了灾疫邪祟，迎来了平安吉祥，为圆迎干一碗！干了这碗酒后，等于正式卸任，大家注意力马上转移到周高兴身上，纷纷向他表示祝贺。周高潮敬酒到周高兴身边，眼睛紧盯住桌上的菜，酸溜溜地说：一年河东一年河西，去年你嘲笑我为拈阄做准备，确实好笑，你才是真正的好佬呢，直接准备喝庆功酒！还安排人贴标语啊，高兴当头真高兴是什么意思？难怪桌上的菜，历史上从来没有这么丰盛过！经周高潮这么一点，大家这才发现，果然！不过，周高兴并无反应，只管喝酒。

这是十七日，是由老头首主持的圆迎酒，在为自己画句号，周高潮得顾忌着。到了十八日，是新头首请酒，他就不管不顾了，他成了元老呢。他一一扫过周高兴的那些帮手，未来的竹马会成员，频频点头致意，他夸赞周高兴的识人眼光，像个真正的老领导那样，还走到近前同他们一一亲切握手，并抢在上桌前同他们合影。他说，上届竹马会工作很努力很成功，希望本届更出色，特别要注意一些细节，比如爆竹，买爆竹质量最重要，不能图便宜，不能图一挂才几毛钱的回扣，吃药都不够；再者，爆竹不宜买得太早，存放既要注意安全又要当心受潮，为什么有的爆竹炸得山响有的放屁一样呢，因为没有考虑防潮，直接放在地上了。

上桌后，周高潮又扇风道：今夜有山珍海味尽管上，今夜是吃上任新官自家的。昨日圆迎酒吃得我有点心疼，从来没有的豪华大餐。事先，他们瞒到我这个头首，等上桌看到，想撤掉，可大家吃什么，吃我呀！我又没几斤好肉。我周坊周家是周敦颐后人，有爱莲遗范之誉，不管当主任还是做头首，都要清清白白哟。

为什么说他俩喜好打肚皮官司呢？很少针尖对麦芒，几乎从不当面锣对面鼓，说得不好听，都善于煽阴风点鬼火，背后相互攻击。高潮那些话，正是趁高兴不在场时说的。否则，会不会吵起来？估计也不会，高兴属于拍不响的巴掌。有脑水的巴掌。

周高兴看上去要比高潮儒善，憨憨的，小眼睛有点呆，其实不然，我锦江一带形容人聪明爱说“脑水多”，他就是脑水比较丰沛的一个。不声不响竟把组阁名单拿出来了，蛮有心机。喝酒时，我盯住他的阁员瞧，把他们跟跳竹马时的岗位联系起来，一一对号入座，采买的、管账的、管物的、点灯的、放铳的、扛旗的、杀猪的、办酒的、写阄的、联络的，还有负责孩童培训的，等等，凭着那些脸，我也能给他们分工，而周高兴把他们从二百三十余户上千人口中挑出来并让人信服，确实耗费了不少脑水。

喝到三分醉，周高兴也要说话，人多的场合，他显得口笨一些。他说，亲爱的族长公，亲爱的领导们师傅们亲友们，喝酒话多，我就说两句，第一句感谢大家信任，第二句感谢大家支持。其实他说了五六分钟，都跟反腐形势有关，所以最后解释竹马会新班子成员分工时，他特别强调了财物账、收支用之间的制约、监督关系。说完，大家面面相觑，猛地想起，他有个女儿在县纪委。

说完，他从首席开始逐个敬酒，族长公之后就是周高潮。他拿碗撞撞高潮肩头，高潮才慢慢起身。他说：我想请你当竹马会总督，就是纪检监察的意思，我女儿说这个名词好听，一下子想到了北半球的加拿大。比头首大，可以监督头首。总督。

我只看到周高潮发愣，也许神思真的飞去了加拿大吧，但周高兴扭头高声宣布这一聘任决定，并与高潮撞了一下酒碗，两人一饮而尽。他当众宣布的是：总督，兼管燃放。

厉害吧，爆竹真成了个事。且看来年正月的跳竹马吧。那么，我去把他俩叫来？都在门厅打牌呢，落雨天，闲着。还是一个个聊为好，先叫高兴。

周高兴：

见过见过。抽你这么好的烟呀，当真客气。问我当头首有何感想和打算？没有感想，感想就是拈阄要胆大皮厚，比运气呢，拈不到“福”字还好，要是再拈一刀槽头肉回到屋里，几晦气哟，老婆扬起个眉，崽女翘起个嘴，怪东怪西。我说叫手气好的做代表，一家人都怕得心脏病，年年只好我老人家亲自出马，好像我没长心脏样。

要说打算，那是真有。这多年，头首走马灯样打转，每个我都提过建议，要带上伢崽一起跳竹马呀，再不教后面没人跳啦，周坊竹马班要断档喽。都推说后生子不肯学，不搭理我。气得我想去找社长姆姆反映，崽女窃笑：你不知三国无论魏晋呀？什么意思，他们说老黄历翻篇啦。也怪，我怎么觉得她一直活在大家心里呢。哎呀，臭嘴！我是说好像常见她骑辆自行车逻来逻去，没走远。越是不想学，就越要想法子叫人愿学爱学，现成的法子多得是。物质刺激法，我周坊当老板的不少，动员老板出点钱，给愿学的伢崽奖励，总有心动的。精神鼓励法，每年从伢崽里选几个，选上了，披红挂彩，全家光荣。怎么选，拈阄呗，想搞名堂也无奈。

今年我第四阄就拈到“福”字，有人怪模怪样怪声怪气，说我手刚伸出去，殿里就有人喊咱老百姓今儿真高兴，阄一出来，就有人贴出标语，好像经过周密策划。好笑，我搞得名堂成？你见过那个双喜罐子，口这么大，刚刚伸得手进，就算在纸团上做记号，拈的时候也看不到，除非有特异功能，我要是有，早先就把扁平足变掉当兵去，还作田呀？再说，我管杀猪分肉办酒，又没管拈阄，那个当头首的小心提防着，换掉米斗改用瓷罐，要舞弊也只有他自家舞。

没错，我说到高潮身上去了。拈到“福”字，我当真激动，好像盼了一辈子，赶紧回屋里报信、做准备。哪晓得，老婆通神呢，她把挂面需要的木梯已经从柴火间搬到了厅下，工具也找出来了。我惊得不敢认她，我问你是神婆还是妖孽？老婆嘻嘻笑。她说听到我的脚步声，听到风也在高喊我名字，听到全村都在呼喊高兴，她说这多年你好想当一回头首，总算梦想成真了。没错，别人当得我当不得？当了一辈子观众，台上的戏看也看会了，看多了戏，觉得自家也有了功夫，就忍不住要登台呢。你晓得的，在周坊，每个人，包括伢崽，都当得竹马班老师傅，人人熟悉花关索跟鲍三娘、关公跟周仓对阵的那几个舞蹈，发现年轻艺人动作错了，伢崽会哄堂大笑呢。

早几年开始，高潮为了拈阄有个好手气，从头年腊月到正月，不杀牲，不行房，后来发展到拜佛斋戒。心坚吧，我佩服得五体投地，也刺激得我想当头首的念头更迫切。不杀牲好办，厨下本来就是女人的事。床上那个禁忌就像一日三餐，要是做不得，说明做不动。我当真是好心好意呢，有一年冬天，我屋里打了一条狗，见到狗鞭我就想到高潮，亲自送到他屋里，他老婆蛮高兴，一谢再谢，他倒好，眼一瞪：拿转去！我说上个月我吃过你屋里的猪腰子，要还不？我们两家平日来往不断，杀猪送肉，干塘送鱼，从元宵节到中秋节，汤圆米果粽子凉粉月饼，家家都有的，也要互相送。哪家上山去捡雷响菇子捡到毒蘑菇，作呕拉稀的肯定是两家；哪家捺菜做酸了，倒牙的也是两家。狗鞭在两个人手上推来推去，猛地，两双眼睛都在冒火。跟他一不小心就会斗气。说起来，还是我俩的老婆好，她俩同村的，姐妹样，算闺蜜吧。高潮觉得我是拿狗鞭羞辱他，天地良心，我是真不相信他能憋一两个月。他老婆见我俩斗气，劈手夺下：冤家，我拿去晒干卖钱！嘿嘿，走过路过，我日日得见晾在檐下的狗鞭。过了正月十七，狗鞭没见了。看样子，高潮真的遵守了戒律，而做不得也是真的。他欠我一个谢。

我屋里也是派大崽去福主庙迎神接福，细崽和女儿也跟了去。我跟老婆在门口迎。队伍过来时，我见高潮相陪，有点感动，他老头首不需要来的，来了就是给我面子。这个道理能不懂吗？从来没经历过，跟神像打照面几紧张哟，神龛里的福主菩萨两眼放光，唰唰，盯牢了我，我手脚都不自在。连忙跟高潮打招呼，还掏烟敬他，高潮护在神龛旁边，一本正经的样子，不接烟，只是使了眼色。意思我懂，是告诉我，端坐在神龛里的才是大领导，接驾要搞清对象。我两公婆点燃爆竹后，傻傻地按照高潮的提示，把队伍引到厅堂。后面还是高潮指挥着，细崽登木梯把两枚面具分别挂在祖龛之上的两侧，再将福主坐像安放在祖先灵牌的中间。锣和旗帜，也存放在我屋里。

这时，高潮才接下烟，用黄麻秆子点着。我老婆眨眼工夫从厨下端来一大碗白糖煮蛋，四个蛋，怕是放了半斤糖，她还用调羹把蛋捣得碎碎的，叮嘱客人不能剩下的意思。高潮视而不见，只顾抽烟，丢掉烟屁股后才开口：你前世没当过官当到头首得意忘形了吧？高兴当头真高兴。哪个说的，村民吗？你当，就高兴，别人当，不高兴？神速啊，还贴标语庆祝，老早就准备好的？问得我丈二和尚摸不到头脑。后来才晓得，我出殿回家那十多分钟里，有人在祠堂墙上贴出了两条标语。跟他相好一辈子，斗气一辈子，彼此肚里有几条虫都晓得，我懒得解释，也解释不清呀？那速度当真也太快了。到现在，也没哪个告诉我，是哪个写的贴的，为何要写要贴。当时，我只管催高潮吃蛋，他不搭理，我自己喝了一口，气呼呼把老婆训了一顿：寻死呀，鬼才敢这样吃糖！

我两家是两辈子的兄弟，两辈子的冤家对头。上辈子结了缘，也结下好多怨。时间原因，我长话短说只讲两点。两个爹都在大队当干部，一个管算盘珠子，一个管步枪子弹。我俩同年同月生，一九五八年，到一九七二年才几大？十四岁，嘴上没毛呢。哪晓得，两个爹都看中了一个十八九岁的女知青，都想娶来做媳妇。可惜年龄合适的崽已经成家，两家的老三又比女方小。做不了媳妇，拿她当干女儿也成，两家对她都好，好得让对家吃醋。日子一长，只要心有芥蒂，随时都能找到生事的茬。比方说送去一碗清明果，你说你的干净，她说你的太辣。牙齿经常咬舌头，躲不脱的，都习惯了。不过，两家曾经怄过几天气。见女知青要回城，我爹急了，把她父母请来，在屋里摆酒，借醉酒趁机委婉地提出想她做儿媳的希望，当然前提是等我招工考学要么当兵。高潮爹不请自到。高潮爹说看到你屋里摆酒请客，我就晓得你是阶级敌人心不死，人家要嫁我周坊也轮不到你，她是我从县里接下乡的！两个爹在相争，两个崽倒是傻傻的，经常相邀陪她回城。那个女知青当真生得好，雪白兮兮，娃娃脸，关键是嘴巴鲜甜，讨人喜欢。名字也好听，叫柳飞燕。看到春天的柳树，就能想到在柳树上飞、在柳条里叫个不停的燕子。

啊呀！说到柳树，我恍然大悟。高潮屋边好几棵柳树，今年暖冬，这几日树已暴芽。还有，元宵夜晚为各家各户跳夜迎，全村伢崽跟着竹马班一家家去，高举红烛给驱疫的竹马照明，我见照迎的伢崽队伍里有张脸好像柳飞燕，她抱着一个三四岁的细伢崽，人太多，没看清，后来跟着队伍寻了蛮久。问高潮，他聋聋哑哑，不过，当时他正忙，他不是头首吗？不对，等下我要记得再问问高潮。

你看，打算没说几多，一不小心又到了高潮身上，好像我俩不共戴天。其实不是。你没选好地方，墙上贴着个“和事佬”，好像我们有几多纠纷要调解样，我俩从来不需要和事佬。要气就气，要骂就骂，吵吵闹闹，磕磕碰碰，争争斗斗，这才是过日子，村坊上就怕将来没有这样的伴喽。我们两家的六个崽女，三对同学，相互连个电话号码都没有。过年凑到一起吃个饭，大崽说：你们肚皮官司打不完，还有心情同桌吃饭呀？好不容易凑到一起，加了微信，回家就把人设置权限了。

反正你年年来，我的打算明年正月来看实在的吧，你一定会看到伢崽跳竹马。这是我最大的愿望。日子好过了，还要有愿望。

周高潮：

又见面啦，多谢多谢，谢谢你为宣传周坊竹马做出巨大贡献。现在竹马会聘我做总督，不是总理，要是掌实权的总理，我一定要发你一把周坊村的金钥匙。前几日，报纸上登了你的大作，我屋里细崽把报纸拿回来给我看，“在正月十五的夜晚，在周坊村，半个村庄举着烛火，半个村庄骑着竹马；半个村庄在健壮成长，半个村庄回到了童年……”写得好！

文章里就有伢崽，现实也是这样，从小耳濡目染，每个伢崽都当得师傅，都会跳竹马。可跳迎为了驱疫，是仪式，不是表演，怎么能叫伢崽上场？有些人蛮拗烈，老是拿它来说事，这下好啦，新官上任三把火，看他有何能耐吧。做得好，大家鼓掌，我也跟着拍巴掌，保证拍红拍痛。

你问我当头首的体会。有体会，甜苦酸辣都有。甜肯定是大头，是主要的，欢欢喜喜迎来竹马神，辛辛苦苦为全村、为家家户户驱疫纳福，再快快乐乐送走竹马神，前后二十多天，天地同乐，神人共舞，一片喜庆祥和，这是甜，甜里有苦，就是累，苦是一个人的，甜是大家的。酸嘛，就是总有几个人跟你这里那里，拈来的头首，又不是上级任命的，也不是群众票选的，有职无权，是个求大家相帮的角色。刚刚高兴叫我过来时，顺便问我柳飞燕的事，元宵节夜晚我忙得要死，那多伢崽那多爆竹火烛，还有响铳，万一出点事不得了。我眼睛耳朵都不够用，他还敢打岔问柳飞燕，我蛮恼火，我说飞燕在春天，在柳树上。他耿耿于怀，好像我藏起人家样。我老婆肯？再说句没素质的话，有人送狗鞭吗？这是酸。再说辣。有人不负责，图便宜，没证据我就不说图回扣了，买那种打屁样的爆竹，当真晦气，炸得你一年心情不好，这不是辣吗？辣得你想起来就要滴眼泪。

高兴忽然想到柳飞燕，我晓得，他刚才没少数落我，从狗鞭说到两家的爹再说到柳飞燕，这是他一贯的套路。我一不小心说到高兴，可我不数落他，不按他的套路走，说说两家的好吧。

从柳飞燕说起。今年元宵，她确实来了，天黑后到的，带着全家看了一阵子跳迎，拍了一些照片，当晚赶回县城。我连年邀她，她都找借口推辞，其实，她是怕见高兴。为何？尴尬。年轻啊，可爱也可笑。高兴爹摆酒是鸿门宴呢，柳飞燕父母还以为阶级情深，贫下中农淳朴。后来人家委婉拒绝，高兴才不管呢，竟敢用农中学来的三锄头两铁耙功夫给柳飞燕写情书，连个称呼都错了，什么亲爱的同胞。攻势够猛，差不多每个星期两封。我怎么晓得？两家都认柳飞燕做干女儿，其实她跟我家更亲些，我家屋边的柳树是我爹栽的，从她下放那年起，每年栽一棵。回城的柳飞燕正准备结婚，自己挡不住高兴的进攻，就托我爹去制止。趁高兴来我家玩，我爹连带我，狠狠羞辱我们一番，意思就是一对癞蛤蟆，不争取改变命运，只能去找另一对癞蛤蟆，千万不要恶心死亲爱的同胞。

那次，我爹骂得当真狠。后来考学当兵都走不了，好，我俩就去找一对癞蛤蟆吧。听朋友说，邓埠宁湾那边水多，女子桃红水色，还是会游水的美人鱼，一到热天晚上，女人都泡在湖边河边，哪个偷掉她的衣服，她就跟哪个走。我就想，我俩各去偷个仙女好不？高兴担心偷来的万一是瘌痢头怎么办。为了鼓励他做伴，我就说，反正偷两个，先尽你拣。高兴这才屁颠屁颠跟上我。

正是双抢时节，日间累软了骨头晒脱了皮，夜晚再走十五里路到邓埠，当真会死哟，后生子不怕死。头几天蛮扫兴，人说夜晚河埠上尽是美人鱼，连瘌痢头和女鬼也没有！水边倒是蚊虫打堆。那天也太累，两个人都困着了，被蚊虫咬醒，一摸，一身的包。这时听到水里有歌声，正好两条美人鱼。哈哈，一人一条。高兴当时就叫我重申原先的许诺，我说让你先拣就怕你不识好丑！

人家才没有衣服让你们来偷呢。人家是穿着衣服下河的。不过，就像柳飞燕走夜路打歌一样，她们打歌也是为了壮胆。那么，我们就甘当卫士吧，夜夜跑到邓埠、坐在岸上，为她俩放哨站岗。这样做的目的，是让她们晓得岸上有一对癞蛤蟆，连续几个夜晚过去，每次我们都会有意弄点动静，可是她俩只顾唱歌。那天我俩忍不住跟水里对唱，一才开口，旁边冲出一伙人，三五下就被绑了。邓埠民兵说我俩是臭流氓，要往镇派出所送，也是巧，惊动了驻村的社长姆姆。她肯定对我两家知根知底，上来就要验看两双扁平足。我俩齐声分辩不是流氓，只是癞蛤蟆，不信把两条美人鱼叫来，问问有流氓行为没有。社长姆姆反倒哈哈一笑，说癞蛤蟆有自知之明就好。她一挥手，两条鱼就来了。算不上美人鱼，我看一条像螺蛳鲭，一条像红鲤鱼。当时我就看中了螺蛳鲭，萝卜青菜各有所爱，尽高兴先拣，他拣的正好是红鲤鱼。她俩听我胡编是被歌声吸引，看我俩全身都是红包包，又激动又感动，像那时的港台歌星样嗲嗲地来了句谢谢。

不打不相识。真正相爱，要感谢竹马神。那时恢复跳竹马了，元宵节我跟高兴去邓埠把两条鱼请来看跳迎。夜晚，给她俩一人一支红烛，红烛插在纸板的托子上，就不会被烫到。真是两条鱼啊，好像没见过岸上的世界，问东问西，开心得很。螺蛳鲭问花关索是哪个。我说，好像是关公的崽，他的面具是剑眉俊眼、脸白唇红、头戴战盔，帅哥形象，像我。他老婆鲍三娘，月眉星眼、粉脸朱唇，头戴战盔也俊俏秀美，像你。螺蛳鲭笑着说：你哄死了自家的嘴！后来，我把盛满谷糠的撮箕交给她，让她躲开艺人手里挥舞的刀枪剑戟，冲竹马撒谷糠，这叫"喂饱马仔好上殿"，竹马会增添精神，更加神勇。我拣好听的说，我随口说，谷糠里掺茶叶和豆子，是生活有滋有味、圆圆满满的意思。

婚床上，螺蛳鲭说自己好奇社长姆姆讲的倒霉鬼故事才来看竹马，古怪吧，跟红鲤鱼对高兴说的一样。

这两条鱼可不是一般的鱼。男人在村坊上的威信是女人树起来的，高兴当头真高兴，难道我高潮当头他们没高潮？有没有，我心里清楚。那次看完跳竹马，螺蛳鲭问我，红鲤鱼问高兴，是同一个问题：花关索是关公的崽，鲍三娘是花关索的老婆，周仓投奔关羽帮他执鞭随镫，为何还要两两对打，要么轮流捉对、刀枪往来呀？

把我问倒了。我攒劲想了想，一拍脑袋，说：为了演戏呀！都觉得自己有本事，都想好好展示给别人看，就要编戏排戏，再寻机会来表演。演戏的，自己也是观众，也在欣赏自己。

巧不巧？高兴告诉我，他也是这样回答红鲤鱼的。

道　院

口述人：

曾欣，女，锦江镇道院村人，曾先后任锦江镇副镇长、镇党委副书记，现任望湖风景区管委会主任。

采录环境：

金牛山中原先有煌煌气派的建德观，一道院墙围起一大片建筑，当地老百姓称之为道院。抗战时先是遭日本飞机轰炸，接着被鬼子兵霸占，赶走道人，驻军其中。日军转移后，难民纷至沓来，残破的道院成为收容流浪者的栖身之所，有人长住不走，于是变成村庄，村名仍叫道院。曾欣生于斯长于斯。

曾欣：

既然我是引诱你深入锦江的人，不受你的访，说不过去，讲讲道院的故事吧，是三个女人的故事。

道院现在还住着十多户，都是老人，相依为命不肯进城呢。鼎盛时期其实是难民如潮的走反时期，大多从鄱阳湖上来，据说最多时有上千人。二十世纪五六十年代做过垦殖场，县里发配来一批下放干部和知识青年，我爸是主动放弃园林绿化所工作要求来的，组织上看他积极吧，让他当场长，结果他表现更积极，索性把父母和新婚妻子一起迁了来。后来垦殖场下放给公社，回不了城，全家傻了眼。我爸倒是开心，说这样好，自己种谷酿酒自己喝，像陶渊明一样。我妈给了他一棒槌，你姓曾不姓陶！我爸真的忘了自己姓什么。他该追到曾老夫子那儿去的。

道院人都信道吗？这个村名容易把人跟信仰联系起来。这么说吧，有人群的地方一定有多种信仰，道院也不例外，不过，从小到大，在那里最感动我的是爱情之道。像我妈，尽管洗衣棒槌常在她手上挥舞，可那是演戏给人看呢，进了家门，我爸就是皇上。真的。

看看道院人的爱情之道吧。

李花莲的故事

李花莲年轻时肯定美得不得了，她从美人窝来，修水呀，赣北客家人。自古红颜薄命，她长寿，活到七十多，可命不好。幸好她会剪花会刺绣，她把自己的生活和命运装点得又亮丽又动人。

读中学时，班上女同学都想讨她的花样，求我帮忙，我家邻舍嘛，可我自己还没有呢。只好叫我妈出面，我妈跟花莲婆婆亲。我妈说，人家眼哭瞎啦，你也瞎呀，好意思开口？

花莲婆婆的本事就在这里，视力那么糟，偏偏喜欢坐在黢黑处剪花。我总算见识了，她卧室旁接出去小小一间屋，是佛堂，挂起的神龛里供的不是观音娘娘，是仙娘，还有张将军，属于民间杂神。

那个佛堂门一关，里面黑咕隆咚。婆婆摸黑为我剪花。为这，我家吃了几个月的红锅，清油全部送花莲婆婆去敬神了。多少钱也买不到她的花样，她只对清油动心。

真好，全是生肖图案，那些动物活灵活现，好像打个唿哨，它们就会集合在道院后山的森林里。我把花样摊在床上欣赏，我妈坐在床沿上抹泪，为花莲婆婆的身世。谁能耐心听几天我妈的絮絮叨叨，就能读到一本厚厚的命运之书，我听了多少年，躲也躲不掉。

花莲婆婆原先是铁匠师傅的宝贝女。在修水县哪个小镇的铁匠铺里，晴天她坐在后院，雨天她坐在炉前，一边是大锤飞舞，金星四溅，一边是妙手生花，锦绣遍地。她剪的花样，铺在地上桌上，贴在墙上床上，连风箱上铁毡上也贴，鸳鸯鸟并蹄莲连理枝什么的。烧着了烤焦了，再剪再贴。花样是她的心情，也是她的心意。心情属于她爹和爹的徒弟，心意只属于徒弟钟打铁一个人。好浪漫吧？

这名字好听好记，钟打铁，他学徒三年出师，师傅舍不得他走，要把十五岁的女儿许给他。钟打铁嫌她小。师傅说，莫看年纪小，花莲长开啦，熟透啦。钟打铁的铜鼓老家正在闹红，他执意要回乡给红军和农民暴动队打梭镖大刀。师傅说，闹红也要娶妻生崽，闹红被捉到，会杀头的，更要留后。钟打铁说，牵牵绊绊，闹个鬼哟。

铁匠师傅默默垂泪，隔壁屋里哭声大作。李花莲老早就恋上了打铁哥哥。父女俩的泪水未能留住人，钟打铁回老家开铁匠铺，半年后娶了个铜鼓妹子，领着她跟村里后生一道参加了红军。也许，拒绝的理由只是托词，人家早就相好了。

她爹见女儿天天以泪洗面，这样劝道：一个秤杆一个砣，他有砣，你也会有秤，好生等到来。

李花莲等不来称心的秤。没多久，她爹得了肺痨，抓药欠下一屁股债后，撒手西去。能还债的，唯有给大户做小的命运，铁匠女儿一下子变成了土豪婆子。

那是风起云涌的年代，湘鄂赣边界闹红，那个土豪丢下大小两个老婆和一家子，只身逃往长沙城。小镇赤化后，贫苦农民逮住土豪婆子斗，分掉田地财产，包括他家九井十八厅的大屋。每每开斗争会，男人的眼睛和训斥都冲李花莲去，作恶多端的大婆子反而成了陪斗者。李花莲委屈极了，向群众哭诉自己也是受苦人，身上没有一块好肉，不信，摘掉围裙拢起衫褂让你们大家看看。她喜欢穿一身瘦瘦的普通士林蓝衫裤，也是蓝色却镶边绣花的围裙紧紧裹住腰身。七老八十了，回忆当年那身打扮，花莲婆婆的目光还会飞扬起来。

发誓不当土豪婆，坚决拥护苏维埃政府禁止一夫多妻，李花莲索性跑到乡苏去要求离婚。乡苏挺为难，对土豪婆该怎么办上面没有交代，照理离婚要夫妻双方同意，苏维埃婚姻条例上有规定。可李花莲说得在理，捉到那个该杀的，政府肯定枪毙他，我做了寡妇，也有权再嫁啊！乡苏主席板起脸问：你离婚的目的是摘掉帽子，好混进革命队伍吧？

我妈说，年轻的李花莲，今天很难想象，婆婆自己说的，说她那时声音甜，甜得有些发腻，还爱打翘眼跟男人说话。想必那时李花莲对乡苏主席就是这样，她说：我混进队伍反革命，盼到那畜生回来折磨我呀？我是鲜花插在牛屎上，可种在黑黑的屎泥糊里，我长成的是红豇豆红瓜子红心薯。红军用得到我呀，我愿意脱掉汗褂子，把红通通的心掏出来。

乡苏主席问她怎么掏。她说，离掉后，我要参加革命，当扩红队帮工队洗衣队反逃兵突击队，都要得。政府叫妇女打草鞋支援红军，我是妇女，我已经打了几十双，等打满一百双，一起交给苏维埃。

尽管天天遭人白眼，却忍辱含恨，悄悄帮助红军做事，说明她当真心向共产党。乡苏主席心里一热，表示政府同意离婚。主席算政府吗？当然算。于是，李花莲向他索要白纸黑字的证据，乡苏主席毫不犹豫替她写了离婚证明，好大一张白纸，画上两行字，盖的是用俗称鬼子膏的肥皂刻成的大印，没有印泥，蘸猪血蘸朱漆呗。

乡苏不光判准李花莲离婚，还答应她的要求，任其搬出大屋里那间分给她的下人屋，住进水口处断了香火的仙娘阁，她原本就是仙娘阁的虔诚信士。赤化后，因为苏维埃政府反对封建迷信，庙宇门庭冷落，连守庙人也没有。

仙娘阁里供奉仙娘和张将军两位菩萨。大义凛然的张将军，能保佑修铜赤卫队战无不胜攻无不克呢。从此，那里彻夜烛光，时时添香，用的都是革命的名义。老百姓的心情也是苏维埃政府的心情，尽管有一些党员干部批判封建迷信死灰复燃，乡苏还是睁一只眼闭一只眼，听任仙娘阁里香烟缭绕，连乡苏主席也经常悄悄去上香。

去得多了，好像有心机似的，竟想去后院看看，李花莲挡不住。后院只有一溜简陋的平房，称后栋，有五间屋，供自愿来守庙的信士居住。乡苏主席看过最西头的厨下，又走进隔壁李花莲住房，里面一览无遗，只有以树墩为腿的大床，床上靠墙的半边，堆放着棉被和衣物，床底下塞着一些坛坛罐罐。可是，床头的剪刀和花样引起他的注意，抖搂开那张纸片，图案是一对紧紧相拥的男女，他俩头上有凤凰栖息，脚下是鸳鸯嬉水，身边疯长着并蒂莲连理枝。听说李花莲仙娘般巧手，他忍不住在床上翻寻起来，一掀席子，红纸的白纸的剪花铺了一床，各式花样各种图案都有。花样是用来绣花的，枕头鞋子香包上都用得着，还有孩子的肚兜涎水兜虎头帽。图案多与婚恋有关，什么喜上眉梢、百年好合、佳偶天成、瓜瓞绵绵等等。

他继续寻找，从床底拖出一只盛满布鞋和鞋垫的水缸。每双一样长短，它们的尺度应该属于同一双大脚。那双大脚此生也穿不破那么多布鞋啊！

隔壁屋里更是震撼。门被葛藤缠着，拧开来，一个红彤彤的世界。正面墙上是双喜临门、龙凤呈祥，两侧墙上贴满了祥禽瑞兽、奇花异草，从梁上悬吊下来带金色喜字的两对红灯笼。仔细看，剪花材质并不都是红纸，还有报纸黄表纸剪的花样，不过都用指甲花的花汁染红了。红纸稀罕呀。

像是她幻想中的洞房。一水缸的鞋和鞋垫，配的是钟打铁的脚，那么多剪花追忆的是当年做妹子的痴情。李花莲说：我要等到打铁哥来，等完这辈子，盼下辈子，我日日求张将军跟仙娘保佑他。

乡苏主席正是为那双大脚来的。修铜赤卫队并入了赣北游击队，最近一场恶战，副队长钟打铁负伤，他老婆牺牲，有个满周岁的儿子寄养在山里，钟打铁不放心，得知李花莲近况，便托乡苏主席来探探，很简单，只要在她屋里找到适合自己大脚的鞋，就说明她心是红的，心里有自己的大脚。那么多鞋和鞋垫，证明她的心该有多红呀！

赶紧把钟打铁的意思告诉她吧。李花莲一听，满脸是泪，急着要去寻找打铁哥的崽，她说，崽没娘，好可怜，一出生就寄养在别人屋里，没娘奶食，没娘亲抱。他是娘身上的肉，娘不在，他晓得，我听到他哭。说着说着，嘴里念叨成了“我的崽吔”“我可怜的宝宝崽吔”。

冥冥中，似有神示，李花莲竟然做了前仆后继的准备。水缸里有两双鼓鼓的布鞋，里面塞的是几件小衣衫和几双软底小鞋。李花莲离婚，好像是被自己对钟打铁的痴心所鼓动。几天后，等到乡苏把伢崽送到仙娘阁时，两座神像之间多了一位女红军的牌位。不知道人家名字，牌位上写的是铜鼓钟氏女红军之位。

钟家的崽到了李花莲怀里，成了她的崽，被她养得几好哟！才半年多，小脸鼓起来，长高两指多。为了伢崽，她下河捕鱼捞虾，上山捉蛇捉石鸡。蛇和石鸡是公婆呢，住在一个洞里，她捉石鸡曾被蛇咬到，好在那是无毒的菜花蛇。不过，正是经过那次着吓后，她发狠要捉蛇来炖汤，蛇汤败火，蛇胆明目。伢崽身上的痱子、头上的疖子，没几天就消掉了。剖出的蛇胆，也塞进伢崽口里，为的是眼睛光，进学堂用得到。

她整天口口声声我的崽，好像马上就要嫁给钟打铁似的。那个叫钟鸣远的伢崽，让她沉浸在美丽幻想中，陶醉在剪花图案中，她用剪刀和针线，为自己编织着甜蜜梦境。

乡苏主席当时这样回答歧视李花莲的某些乡苏干部：人家把红军伢崽带得蛮好，这样痴心给别人当娘的女子何处寻哟！不管钟打铁怎样对她，鸣远都是她的崽啦！她心是红的，像个红鸡蛋，历史上有污点，可她要自由相好自由结婚，何人敢拦？再说，苏维埃号召开辟荒田，这么好的肥田蓄到送哪个？我巴不得叫钟打铁把她搞到一间屋里，好生改造改造，晓得吧？

战争形势日渐恶化，赣北游击队从一座大山撤往更深的大山。等着盼着，李花莲终于见到了她的打铁哥。在一支服装不整、武器杂乱而且伤兵满营的队伍里，她一眼认出钟打铁。钟打铁却找不到她。她高喊一声转过身去，将背上伢崽朝向他，绑在身上的红背带特别醒目，钟打铁这才猛地钻进欢迎人群，跌跌撞撞扑过去，他用满脸胡子茬扎得伢崽咯咯笑，伢崽在这时竟叫了一声“姆妈”。李花莲热泪盈眶，连忙教他喊爹。这是你爹呢。从那一刻起，她把教鸣远喊爹作为最紧迫的支前工作，整天念念叨叨的，爹啊爹啊，鸣远乖，快喊呀，想食蛋吧，不喊就不把你食。为此，鸣远屁股上挨了几巴掌。也怪，喊爹学不会，倒是把姆妈当歌唱，成天曲不离口的。

赣北游击队在附近的金鸡岭上构筑工事，忙了几天后，钟打铁来仙娘阁看崽。刚喂过午饭，鸣远困着了，钟打铁用胡子也扎不醒他，只好作罢。曾经在铁匠铺里同灶三年的两个人坐在大殿里，眼对眼，距离很近，李花莲可以看到咧着的大嘴边那不断线的涎水，那一口被黑老虎烟熏出的黄牙，还有，肩头已经结痂的伤口。

李花莲激动得声音打抖，打铁哥你好就好，是张将军保佑你，张将军有求必应。我要好好叩谢它，等到革命彻底胜利，我要请个戏班子，为它和仙娘菩萨唱三天三夜大戏。

花莲婆婆回忆说，她当时从神案上抓起一把线香点燃，拖过放在一边的蒲团，在两座神像前跪下，一一叩拜。钟打铁在她身后肃然默立，等到她站起来，他紧挨着，一同把线香插进香炉里。接着，钟打铁冲动地捉住她手，要谢她。花莲婆婆每次说到这里，泪水就止不住，她说，自己当时只顾高声提醒钟打铁，鸣远也是我的崽！

为了迎接这一天，李花莲准备了一个包裹，里面有十多双布鞋和鞋垫，还有裤衩和衫子。那些鞋垫上，翅膀双飞，枝蔓缠绵。她拣了一双鞋，要钟打铁试试，尽管他嘴上说不用试，身子还是不由自主坐下来，换上新鞋。李花莲抱着他脚说：蛮好。你行军打仗，费鞋，穿两三个月，就丢掉，换新的，莫舍不得，我屋里还有半缸呢。钟打铁不懂，半缸？没错，她对钟打铁的情意是一种液体，像水。

仙娘阁大殿因为这些新鞋充满温馨。钟打铁哈哈一笑，说：新鞋硌脚跑不快，金鸡山马上就是阻击敌军的战场，万一被白狗子捉到，要怪你哟。

李花莲说：我日日替你进香，求到菩萨保佑你刀枪不入。我跟鸣远也有缘，就像神示，老早我就给他做鞋，把他抱到手里一试，正好合脚，古怪吧？鸣远离不开我啦，我来带大他！

钟打铁想等到胜利把崽送回老家，寄养到哪个亲戚屋里。李花莲顿时疯了一样叫起来：鸣远也是我的崽！你莫想送给别人！我晓得，钟鸣远这个名字，是黎明钟声响彻寰宇的意思，他亲娘取的名。

瞟见钟打铁眼里漫起阴云，李花莲连忙端起置于仙娘脚下的灵牌，告诉钟打铁，嫂嫂有我做伴，鸣远的事，我日日困觉前都说给她听，叫她放心。鸣远乖不，鸣远哪里不舒服，鸣远长高几多，出了几颗牙，会说话不，她都晓得。她还会显灵，好多次，大晴天落起雨来，落雨天，天忽然放晴，当真神奇。

花莲婆婆跟我妈说起这段往事，总是很投入，声音发抖，眼里有泪，她说那天下午好像回到了炉火熊熊的铁匠铺，爹从炉膛里钳出红彤彤的铁件放在铁毡上，腰圆膀粗的钟打铁抡起大锤，光光的上身肌肉鼓鼓的，颤颤的，闪闪的，她傻傻地躲在一边看，老是担心火星子溅在他身上会痛，会落下好多疤，听到铁件淬火哧的一声，她心里就一紧，就感觉闻到一股肉的焦味。

那天，钟打铁越不在意她身份，李花莲就越发放纵。她口口声声我的崽，钟打铁非但未加制止，反而乐呵呵的，像是默认了。看样子，钟打铁当真喜欢她。于是，李花莲就像迫不及待要嫁他一样，把他领往后栋，领往那个童话般的空间，领往一个盛大热烈的典仪，一个按照梦境布置出来的温馨世界。她打开被葛藤缠牢的屋门，一把将钟打铁拽了进去，没顾得上让他欣赏屋里满墙的花样，就急着把身子往他怀里送。钟打铁着慌了，推开她，说是部队有事，要赶快回去。

李花莲说，鸣远马上就会醒。等他喊声爹再走！接着，撒娇一般，紧紧拽住他胳膊，把自己灼烫的脸狂跳的心抖颤颤的胸脯，一起贴在他身上。她说我要跟到你。钟打铁说，好笑，敢带女人上战场呀?

李花莲掩上门，放下撑得半开的窗板，然后像蛇一样死死盘在他身上，黑暗中，眼睛泛起柔柔波光，压抑太久的渴盼，饱含屈辱和辛酸。可是钟打铁却推着她，因为马上有一场恶仗，他只希望李花莲带好自己的崽。

他的大手也在说话，抚摸她的大手表达的是疼惜之情，迷恋之意。她懂得手的语言。李花莲轻声告诉他说，我身子干净呢，我心也是红的，不信，你看，我让你看清来。

钟打铁说：等到革命彻底胜利，再说再看……记到来，你要好好做人，晓得吧？说着，毅然挣脱她。李花莲觉得他还是嫌自己，要不，怎么叫自己好好做人？李花莲急了，一咬牙：你不娶我都要得，今天我就要给你！钟打铁苦笑着轻轻拍拍她的脸，不觉间，眼里有泪水发光，他说：我晓得，你在好好做人……

这时鸣远醒了，他在喊姆妈。李花莲慌忙用身体顶住门，她声音变得威严起来，她说：钟打铁，我想你盼你这么多年，我受苦驮累，全都是为你！今朝你不给我，莫想走！你叫我好好做人。我在好好做人嘞。慰问红军，开荒，春耕，只要政府号召，何人也没有我积极。你去问乡苏主席。我对得你起！

钟打铁频频点头，支吾道：我听说了……是我对你不起。不过，今日要是我依到你，就害了你……靖匪几猖狂哟，白军大兵压境，形势非常复杂。你们赶紧要做好躲山准备……当然，那是最坏的打算。到了那一步，赣北游击队就失职了。我们的任务就是保卫红色政权保卫苏区每一寸土地。

他声音越来越虚弱，大殿里却是啼声响亮。任钟打铁使劲扯拽，李花莲就是不肯动桩。她插上门闩，再用后背抵住门，用双手和脸护着门闩。他伸手想拉门闩，竟被她咬住巴掌。她疯了一样。钟打铁说：崽哭得这么凶，你也不管呀！

李花莲反唇相讥：你怕那个土豪是吧？还当我是他小婆子是吧？你不敢，是怕得罪龙王没尿屙，想蓄到我还给他！

每次絮叨到这里，我妈就会停下来，接着，会很慌张，不知所措的样子，为了掩饰慌张，她会给自己泡杯茶，剥个橘子，或者找来扫把在地上随便呼啦几下。我不知道花莲婆婆回忆到此，表情有何异样，这个细节因为我妈的表现而神秘。我想，其中一定有个惊心动魄的细节，随人想象去吧。

反正钟打铁紧接着就宣布了，今日正式把崽交给李花莲，从今往后，李花莲是鸣远亲娘。

于是，李花莲急匆匆跑去大殿，而钟打铁好奇地打量新房，奇丽而耐人寻味的新房。就像为了吸引他注意一样，从溪河里忽然刮来一阵阵南风，风把墙上的花样吹落在地，他捡起一张红双喜。

李花莲抱着止住啼哭的伢崽来到后栋，鸣远还委屈地撇嘴，抽抽搭搭的。她不停地亲他，并催促道：乖乖崽，喊爹呀！不喊，爹会生气。快喊，爹——爹，喊，我蒸蛋糕把你食。怎么啦？嫌爹是吧？我的崽几懂事哟，他是蛮讨嫌！这么久，也不转来看看崽。转来了，也不陪陪崽。怕没他的碗，没他的困处，这么多屋，这么多床，哪间困不得人哟！

李花莲哄着伢崽，踹开另三间关着门的屋。还是风在帮衬她。风从每间屋里都卷出了花样。白色的花样翩翩飘舞，随后，徐徐降落在钟打铁脚下。花样是用报纸撕成的。不知从哪里找来的旧报纸，被李花莲徒手撕成喜鹊登梅、凤凰双栖、莲花并蒂、瓜瓞绵绵，一件件手工虽粗，心意却是精致。

钟打铁挨着进了那三间屋。仙娘阁信士的客舍，都被李花莲连夜布置成了新房。也许是找不到红纸且时间太紧，她用旧报纸撕出的花样，铺在床上桌上，挂在墙上窗上。每间屋里，一些花样被风掳走或吹落，一些花样仍在墙上窗上飘扬。

钟打铁刚从仙娘阁出门，李花莲就在身后欢呼，鸣远喊爹啦！清清楚楚的连声呼喊：爹！爹！也不知钟打铁听到没有，他走得很急。尽管他不曾回头，李花莲还是向他表了态：打铁哥，我会记到来，好好做人！

钟打铁战死在金鸡岭，去支前的好多乡苏干部也一去不回，包括乡苏主席。白军一来，大肆搜捕红属，李花莲带着鸣远东躲西藏，流落到周边好几个县，都住不长久，至于怎么来的道院，她始终讲不清。

因为，那是伤疤，一揭就会出血就会痛，心里血流不止。一九五几年的中秋节，鸣远亲舅舅不知怎么找上门来，好家伙，三个彪形大汉，非要把孩子带走不可。那是李花莲的命啊，她当然死活不肯。当时道院还不是县属垦殖场，归临河区管，撤场后才划给锦江公社。花莲婆婆去找领导，领导不便出面。道院人虽然来自五湖四海，可差不多都是落难此地的苦命人，心齐，扛起锄头铁耙团团围住他们。

鸣远舅舅义正词严地说，鸣远是烈士之子，怎么能寄养在土豪婆子家呢？

李花莲大叫起来，我从来都是受苦人，我跟那个土豪早就离掉啦，后来嫁给鸣远亲爹，钟打铁亲口跟我说，我就是鸣远亲娘！不信，你们去问！

花莲婆婆最痛心的，就是自己说错了这句话。问哪个哟？问地下的死鬼？死鬼会开口就好啦！

鸣远舅舅听她这么说，就要她出示证明。人家在当地革命历史纪念馆工作，还不懂呀？离婚结婚都有证明，苏维埃政府是响当当的政府，法律法规条例都有。何况，人家正是循着线索一路找来的。

李花莲嘶声叫喊道：离婚证明我当真有，乡苏主席写的，还盖了大印，就是时间久了蛮难找。

鸣远舅舅说：这样吧，你慢慢找。先问鸣远，他愿意跟土豪婆子过，不怕政治前途受影响，那我们自己走。要不呢，我们带走他。鸣远已经成人，他有权自己选择人生道路。还有，我们留下地址，一旦找到证明，你可以过来，让鸣远重新选择。这样总算仁至义尽了吧？

花莲婆婆扭头眼巴巴地仰望身边的鸣远，腿抖得站不住了，鸣远比她高过一个头呢，她以为鸣远会一把搂住自己。可鸣远没有伸手，而是迈开腿，朝对面走去，朝铜鼓县走去。

我妈老拿这件事作为男大当婚女大当嫁、千万不能给别人带崽的反面例证，带不亲的。同时，它也是蛇胆不能明目的铁证，鸣远吃了多少蛇胆呀，读书不怎么的，做人更是有眼无珠。

花莲婆婆的眼肯定是哭瞎的。我妈硬说是找离婚证明找瞎的，她一辈子跟纸最亲，留下多少花样呀，有一只棕毛箱专门盛纸样，箱子被倒腾无数次，床铺也被翻覆无数次，就是找不到。

道院划归锦江后，社长姆姆来得勤，一来就往花莲婆婆屋里钻，时不时地住上一两夜，好像把她当娘当湾石妻子周婉清，也就是她老师了。我妈说，第一次来道院，社长姆姆听说李花莲故事，扯上我妈就往铜鼓县跑，骂了一路的鳖崽子，到了铜鼓，又骂了两天，可能为了堵她嘴，人家动脑筋给李花莲开了张红军烈属证明，凭着那张纸李花莲得到望湖县的抚恤金。

七十三八十四，阎王不请自己去。花莲婆婆过了七十三，反正找不到证明了，也就懒得再挨到八十四了。社长姆姆赶来给她送终，一直送到山上，按照遗嘱，把所有花样都让她带走了。还有一堆新鞋和鞋垫，码在她身边，好让她亲手交给九泉下的打铁哥。那些新鞋都是灯芯绒平绒的鞋面呢，那些鞋垫每一双都是艺术品。我妈说，要是留下可以开一家民间艺术馆。

花样都当纸钱化了。那是个大晴天，把每张花样交给火之前，社长姆姆和我妈她们先欣赏一下，烧着烧着，社长姆姆发现一张有年份的红双喜，褪色褪得花花的，对着光一看，天哪，它会不会是花莲婆婆找了半辈子的离婚证明呀？上面有毛笔写的字，因为剪花，字迹都是残缺的，可是它跟离婚有关，“离婚”二字各有半边，“李花莲”三字各有半边。那张双喜纸已发脆，颜色一团团的，红的黑的黄的都有，是指甲花汁染红的吗？是急着剪双喜布置新房，不，洞房，忙中出错吗？社长姆姆扑通跪下，再一次号丧，哭得撕心裂肺。

我妈的心也被撕裂了，所以她后来经常念叨说，花莲婆婆那天下午一定做成了夫妻，她不亏，这一辈子她值了。谁知道呢？我怀疑，我妈这样说是为了安慰花莲婆婆的灵魂。

红双喜，不，离婚证明，当时没有化掉让花莲婆婆带去。社长姆姆让我妈珍藏下来，她说，有些人到老才会懂事，万一人家懂事找过来呢？

也对哦。

陶织娘的故事

小时候，我们会唱不少童谣，有一首是追着人唱的，一个神秘女人，五十来岁的样子。我们这样唱道：吃着烂叶子，穿着破衫子，戴到金链子，是个叫花子。

矛盾吧？人长得也矛盾，脸上细皮嫩肉，双手惨不忍睹。她很爱惜脸，蛤蜊油呀雪花膏呀百雀羚呀，她怀里都有，时不时地掏出来往脸上抹，所以脸不显老，看得出来，年轻时也是美人坯子。可她不搽手，手好像别人家的，她的手只管做事，免得浪费吧。

道院在垦殖场时期，主要是栽杉树种果树，田不多，都是种糯稻的冷浆田，女人下不得田，都在林业队劳动。变成生产队后，不让砍树谁还种树呀，女劳力除了给果树剪枝打药，就是伺候间种的经济作物，反正一直在山上的果林里。收了工，她一个人还在山里转悠。

干吗呢？捡石头。从小就见她一趟趟把沉甸甸的黑石头从山里面往外搬，大块的双手抱，小的一手抓一块。所谓山里面，倒也不算远，关键是没有路，贴着山崖穿过一溜巴茅草丛，再拐几个弯，前面是长有一蓬蓬带刺植物的马尾松林，松林旁边就是黑石头的小山包。

她搬来黑石头，堆放在从前道观最里面的大罗宝殿遗址上。看那片遗址就知道，宝殿很有规模的，留下的柱础小圆桌一样大，还有几口大水缸，一些粗粗的条石。废墟嘛，总是空落落的，荒凉阴森的，小孩子不敢去，大人也难得去。

从小常见她搬石头往宝殿那边去，熟视无睹，好像从来没有问过大人，她干吗呢。也许问过，大人们无从回答，随便把小孩子打发了。哦，我记得大人提到她时表情有些古怪，有时候还会指指自己的太阳穴，意思是她脑子有问题。

不管有没有问题吧，从中华人民共和国成立前直到二十世纪七十年代中期，她捡的石头已经堆积成山，有毅力吧？无论春夏寒暑，不管阴晴雨雪。那时我们进了中学，主要课程是学毛选，学老三篇，学《愚公移山》。哎呀，人家该不是学习毛主席著作积极分子，坚持不懈学愚公吧，每天搬山不止，她要搬的是金牛山。不晓得谁倡议的，我们全班决定去做好事，去帮愚公老婆婆搬山！

我们管她叫毛泽东时代的女愚公。没想到，人家才不领情呢，那是快放暑假的七月初，山上蛇多，树上蜇人的松毛虫多，她见挡不住我们，就在路边哇哇作鬼叫，说有蛇，而且是扁头风眼镜蛇，是竹叶青三步倒，她用竹竿挑起长长的蛇皮吓唬我们，硬是把一群小愚公吓得撒腿就跑。不过，那次我见识了两头的现场，真是不可思议，她只为挪动那座巨大的黑石头山？

哎呀，说了那么多，把人芳名落下了。陶织娘。好听吧？织女呢，该配个牛郎吧？夏天夜晚躺在竹床上，我妈教我认牛郎星织女星的时候，总是唉声叹气的。我妈就是这么一个人，好像别人都水深火热着。她自己呢，哪天不挥舞大棒呀，跟美帝有得一比。

陶织娘的牛郎是个负心汉，明明娶的是锦江一枝花下凡一天仙，新婚之夜忽然看她不顺眼，把新娘子晾到一边。这位可不是逆来顺受的弱女子，她心气大，给老公一年时间，眼见盼不回来，宁愿抛弃锦衣玉食，只身跑到道院放牛来了。她才不会寻死觅活呢，她恰恰要活个风情万种，别误会啊，是死心塌地的风情万种。

这又是矛盾的。没错，她就是矛盾体。道院人家都知根知底的，连孩子也能从家长里短的闲言碎语中听出故事来。可织娘婆婆才不管这些呢，逮住机会，她便要炫耀自己颈脖上的项链，炫耀她老公的才艺。那么高级的项链，给了她炫耀的资本。

她嫁的是谭埠，老公一直在长沙开金号，最有名的金号，生意从来火爆得不得了，为什么，名气太大，手艺太好，南京上海广州武汉的大人物都在长沙大街上排着队订制首饰呢，一等就是一年半载。有个国民党团长的千金小姐，发誓没有“茂”字号金首饰不嫁，结果呢，接二连三，三位求婚少爷最后都无奈拜拜。为什么？陶织娘老公的金号实行“三不主义”，非高官、非名人、非富豪的饰品他这位大师名师一概不亲手制作，凡出自他手的饰品必戳上嵌上谭茂卿的“茂”字名号。可怜了嫁不出去的团长千金。

至于织娘婆婆自己戴的项链，注定是精心设计精工制作，而且有精彩故事的。她说老公是根据她人的长相、高矮、胖瘦和肤色，特别是上身各部位的比例，精心设计项链的粗细、长短和花式变化，所以，看上去相得益彰，恰到好处，跟人融为一体，可以说变成了人身体的一部分，有表情有神采的那一部分。说到这些，她就像一个诗人，很深情，很陶醉的样子。哦，我妈还告诉我，银匠师傅凭着画像定的亲，天天看着画像，经常热泪盈眶，人对人有了感情，项链也就有了血脉，就会活起来，成为身体最敏感的一根神经。嘿嘿，我怎么觉得这些话太文学呀。话多了，你采访人家的孙子。

至于项链究竟有多高级，我妈这样说，把整个道院的房子全部卖掉，再搭上我们家的公主，也抵不上它。我爸说，卖掉那条项链，可以坐十次飞机去北京坐一百次火车去苏杭外加买一千根洗衣棒槌。连我爷爷也开口了，爷爷一辈子喜好收藏奇形怪状的树蔸，原先道观里有的是空间，被他的树蔸塞得满满当当，爷爷说那么多树蔸也换不来一条细细的链子。

吓人吧？撩得我心里痒痒的，真想有机会近距离看看那条项链。读高三时，公社文宣队演喜儿的女知青上调回城，找我去代替白毛女，害得我天天捏红头绳玩，我跟大春和黄世仁说了，要是能亲手摸摸陶织娘的金链子就好啦。他俩下放道院多年，当然跟我很熟，所以我才会随口那么一说，真的，只是想欣赏一下。

你想想啊，织娘婆婆那么夸老公夸那新婚礼物，它一定非常高贵非常迷人，是吧？大春脑子活，太活了，太以为聪明，他竟然扒车去上海买金项链，结果呢，铁路警察给他戴上了银手铐，他扒车不肯认罚被扣，还好身上带着插队落户的光荣证，警察才高抬贵手。大春把他买来的金项链送给我，气得我劈手夺过用力一扔，挂到了树梢上。那时我还是黄毛丫头，觉得自己受了多大侮辱似的，钻进里屋大哭一场，我妈气呼呼提着棒槌去找大春算账，回到家里笑得肚子痛。

黄世仁不同，他憨，做事认死理，可老是用力过猛，为了真能让我摸摸织娘婆婆的金链子，他动了大脑筋，先是跟陶织娘领养的崽称兄道弟，后来不惜做了人家的二崽。这样的代价是，每天天一亮就要帮两家挑满缸里的水，哦，她大崽成了家，有个读中学的女儿。晚上呢，他常去陶家串门，真的成了一家人。果然，如愿以偿，黄世仁终于捧来那条链子放在我手上，我还试着在脖子上套了一下。

捏着红头绳傻乐的穷丫头懂什么呀！反正就觉得高级，觉得眼花，我喜欢它的吊坠，像两只眼睛，里面有神采，会说话一样。

不过，到底是别人的东西，黄世仁马上就慌慌张张把项链给送了回去。他是从梳妆台的小抽屉里摸出来的，像贼一样，趁着陶织娘去柴屋洗澡的空当。是的，那条项链很少有闲着的空当，它得像护身符一样忠实地守卫在脖颈上，像观音菩萨一样忠诚地供奉在她家神龛上，要么像辟邪物一样恭敬地压在她的枕头下面。就是说，戴或不戴，陶织娘是有讲究的，讲究是有规律的，规律是旁人掌握不了的。

黄世仁曾悄悄地跟我说，做了她的崽，他再也没有时间和精力去钻营上调的事了，听天由命吧，他只想沿着这条链子提示的方向，走进一代人的内心，走进爱的隐秘世界。隐秘吗？我怎么觉得织娘婆婆很敞开很明亮呀，项链的故事像散不尽的喜糖一样，她时常吊在嘴上，甜了道院的几代人呢。

黄世仁见证了项链的神圣和神秘。神圣在于，每逢过年过节和初一十五，她是要戴着项链睡觉的，是她自己说的，分开久了，贴着摸着就是一种怀想。至于为何久分，道院人好像都是知情者，绝不会打探的，万一有人不慎提及，惊讶的反而是织娘婆婆，我信教呀，我命里不能面南呀，南方对我来说有煞呀，他命里缺金，我得替他守住金牛山。这么说来，好像搬了几十年的石头，都跟风水跟老公的八字有关，而正是因为有了金牛山里的贤内助，“茂”字号才有那般碧草连天的丰茂。

神秘呢，是说她出奇地热衷于照相。照相必定要戴上项链，还要特别显露出项链，好像是给项链照相，为项链做广告。从前望湖县城有两家照相馆，两家的老师傅都迷上了这么一位有品位的女顾客，对她特别热情特别有耐心，从她年轻时拍到人老珠黄，拍到大家都老了照相馆老得改成了服装店。两家都一样，为她拍张照片起码要叫她笑上一百回，最后选出笑得最迷人的那张，这是黄世仁告诉我的，其实不用他说，进城去那两家照相馆看看门口的橱窗就想象得出来，当街展示的陶织娘拍得真艺术，像个大明星一样。

不过，爱民照相馆的老师傅因为拍她拍出了事。马上就要退休的老人，结果被整出来，在全馆全公司批斗了一番，这才让他很不光荣地退休。为什么？资产阶级思想作祟，硬叫女顾客露肉，把乳沟都露出来了，是可忍孰不可忍的是，他居然不顾党支部书记的反对，擅自把那张黄色照片挂在橱窗里，第二天是望湖县的物资交流大会，全县乡镇和周边各县群众多达数万人，差不多都看到那张照片，影响多么恶劣呀，激起群众的强烈愤慨。还有，就是老师傅让这位女顾客长期霸占爱民照相馆橱窗，是何居心？

县城另一家照相馆叫为群照相馆，这家老师傅就是黄世仁他大伯，应该算首席摄影师，可那时没这个叫法。我责怪黄世仁用力过猛的时候，他分辩说自己去认个娘不仅是为了方便实现我的心愿，他想一箭双雕，自己先认娘，再叫他大伯来认老婆。对了，人家喜欢陶织娘，喜欢得一塌糊涂。陶织娘曾经跟他大伯发过一句感慨，说黄师傅呲来你这拍张照片怎么跟电影里地下党受刑一样，你都快把我骨头折磨得散架啦。黄师傅除了要叫她笑一百次，还要她脑袋和身子左右挪动一百次，这才咔嚓。对技术精益求精嘛。

黄世仁说，他大伯晓得陶织娘拍照不是为项链做广告，人家才不像爱民馆那么傻呢，为了突出项链而让人家露肉。黄师傅强调的是她的美，重视光影效果，重视调动各种摄影技巧来突出她脸形的优美轮廓，突出右边嘴角上的美人痣与项链吊坠的呼应关系，突出微微上翘的美人下巴与精美项链之间那种无与伦比的内在韵律感。说得很悬，那是当时的高中生、过去的白毛女所不理解的。

不过，朦朦胧胧的，我晓得一些男女间的事了，这是排《白毛女》受到的最大教育。发现黄世仁大伯常以送菜送衣看侄的名目来道院，我就懂得，照相师真心是来慰问顾客的。

道院的女人更加心明眼亮，我惊奇的是，她们居然无一例外地希望他俩好，希望织娘婆婆背叛那条金项链，背叛那个从未登门的银匠师傅，哪怕他名冠全球，哪怕他精心编织了一条拴狗链。是的，我妈也说那是一条拴狗链，织娘婆婆口吐莲花把那个银匠师傅塑造成了伟丈夫，可他人呢，几十年没见他上门，把个如花似玉的老婆蓄到山里歇闲，像个劳改犯样，苦了一辈子，一棵嫩嫩的花秧子连叶子都黄了落了眼看要碾成泥了。

道院女人希望照相师和女顾客好，因为她们看到了人家相好的希望。爱民馆师傅挨斗以后，织娘婆婆很懊恼，经常唉声叹气，说自己害了人家，对不起人家，于是开始求师学艺打毛衣，她长期捡石头的手虽然粗，像长了挂毛线的倒刺一样，却是一双巧手，学起来很快，能织好多种花样。口口声声对不起挨斗的师傅，可打出来的一件件毛衣呢，都穿在黄世仁他大伯身上。凭此，我妈在黄世仁上调回城时交代他一件事，他落到一个好单位，县法院，我妈说你好好研究一下婚姻法，陶织娘的婚姻能算数吗，不算的话，你就近水楼台，给她和你大伯发一张结婚证呗。

黄世仁已经不惜给人当了崽，当然要努力当个懂事的崽。我妈也以空前的热情去撮合他俩。特别是，我妈看到黄世仁他大伯从五十年代初期一直保存的照片后，感动得稀里哗啦的，那时他大伯和侄子刚下放来道院的样子差不多，长相幼稚可笑，做事莫名其妙，他居然一直留存一位女顾客的照片，他说没有目的，只是进照相馆工作时猛然冒出来的念头，跟踪拍摄某位顾客的一辈子，恰巧选中了陶织娘。

我妈说这就是缘分呀，我妈乐颠颠地跑去告诉她。织娘婆婆笑着说，还真是有缘，我中彩啦，正好，我的照片夹在镜框里，粘在玻璃上揭不下来，叫他送给我吧，我给我屋里的送去，让他看看当年打的金链子。这次上门，我妈才知道，织娘婆婆乐意让照相馆把自己的照片放大挂在橱窗里，是想让娘家人、让谭埠人只要上街就看得到她，就能看清她到底长得有几好看。

我妈抹着泪对我叹口气，她说女人呀性格太强太要面子累啊，她为难了自己一辈子啊！她希望看到自己照片的人，能把话传到长沙去，可是，长沙既然当了负心汉，他在乎吗？

黄世仁他大伯挺憨厚老实的，听我妈传话，果真把织娘婆婆的照片全部翻出来，夹进豪华的大影集，装了好几本呢。我后来不是嫁他黄家了吗？老天爷，他大伯在老公房水淋淋的一楼住了几十年，那些照片没有霉烂真是一个奇迹。可见他大伯是多么用心伺候那些照片。

我无法想象照片是怎样交接的，交接双方什么态度什么反应，他俩之间又发生了什么意外。为什么说意外呢？因为后面的情节不够合理，时间是八月某一天的下午，天气非常闷热，那年松毛虫吃山，山上的马尾松像过了火一样，要知道上山万一被虫蜇了，那是火辣辣的痛。可是织娘婆婆带着黄师傅去了，去黑石头山包那里，该不是逼他学愚公吧？

不是。是用一个惊人的事实回答那些照片，回答精心保存照片的那颗心。她告诉黄师傅，她作为一个新娘子毅然离开谭埠，心身却是谭家的，她照相，她珍爱项链，炫耀项链，夸耀老公，都是为了证明自己的身份。

早在五十年代初，她在道院放牛，为了寻找一头走散的水牛，她钻进金牛山深处，发现了松林和茅草覆盖着一座黑石头山。当时正好有一支勘探队路过这里，告诉她这里有金银矿，那些黑石头就是银矿的矿渣，里面还含有银子呢。打那以后，她就开始学愚公了，她要把这座金山银山替做银匠的老公藏起来，这样，等到长沙的金银料用光，万一别处也买不到，老公就不得不回来求她。勘探队员还告诉她一个常识，凡是带金字的地名，肯定历史上跟金属矿藏有关，有些就是古矿冶遗址。

黄世仁他大伯很小的时候，立志当踏遍青山的勘探队员，所以下苦功学照相，可惜到头来进了照相馆，委屈了翱翔千里的鸿鹄之志。毕竟爱好，当然也掌握了一些基本知识，他一看那堆积如山的银矿渣，判断附近一定有古矿井古冶炼场，顾自在周围寻找。那天他打死了几条毒蛇，其中包括一条眼镜蛇。蛇没能伤害他，可小小的松毛虫蜇得他惨不忍睹，脑袋的直径比正常的至少大了两厘米。不过，收获是喜人的，在一处天然溶洞里，他发现多个利用自然溶洞形成的古矿井和冶炼遗址。

无疑，这是一个了不起的发现。他兴奋地报告了上级地矿部门和文物部门，人家第三天就派来一支由省市县三级专家组成的考察队，冒着酷暑考察了半个多月，把金牛山的肚子翻了个底朝天。得出的结论是，这是江南最大的银铅矿遗址，历经宋元明三个朝代，堆成山的银矿渣估计多达四十万吨，因为古代冶炼技术较为落后，那些矿渣仍有较高的银铅含量，有一定的再提炼价值，必须采取有力的保护措施，既要坚决防止偷盗，又要切实保护好古矿冶遗址。

我一直嫌黄世仁做事用力过猛，原来他真是黄家的种呀，有遗传基因。一听这个结论，谁都晓得没有织娘婆婆的好。果然，没多久，县公安局派了刑警来，是带铐子来的。那天正逢初一，织娘婆婆沐浴更衣后，随道院几个婆婆一起去莲花寺敬佛，她刚回到家，进门摘下一大串念珠，再套上金链子，咔嚓，警察给她加了一副银铐子。

警察说，你偷盗成性呀，半辈子如一日地偷，真是可怕又可敬，可怕的是千里长堤溃于蚁穴，可敬的是你这种蝼蚁精神，差不多快把金牛山搬到自己家里来啦！

最后是认养的崽管用，黄世仁把织娘婆婆从拘留所里捞了出来，捞得理直气壮。第一，矿渣没有拿去提炼而堆在道观里，客观上保护了古矿渣，不仅无罪而且有功；第二，陶织娘为这个古银矿遗址的发现立下了首功，试想倘若不是她，这个宝矿至今仍躺在深闺人未识；第三，她用半辈子的辛劳践行了伟大的人类精神，即战天斗地的愚公精神，不管社会发展到什么程度，我们绝不能忘记这种精神，更不能背叛这种精神。

我被他的第三条打动了。可是，放回来的织娘婆婆说，我就是怕长沙用光了金银料，除了拿金砖银锭打打焊焊，他会做何事哟，只怕会活活饿死。

社长姆姆来道院也会拎包白糖去看望，对她的行为却不作声。这多年我妈只听到一句：就算黑石头里有金有银，做老婆的帮他冶炼呀？

戴红花的故事

名字很土吧，我妈的名字，土得她自己都不好意思，听人叫，她会唰地脸红一下。她原名戴五娣，我外公雄心勃勃，发誓要生五个男孩，到我妈准备结婚时，老夫妻还生了一个，又是女儿，这才作罢，总共五朵金花，戴五娣的名字变得毫无意义。

我妈机遇不好，总是阴差阳错，要是有个合适的工作岗位，她准能干一番大事业，听听这名字就知道，大跃进的产物，更是人生志向的表达。她差点进县人委，差点进公安局，差点进百货公司，做了两年临时工，连正式进我爸的园林所也差点，我爸当时还是副所长呢。

他俩不愿对儿女提及往事。可我听说二十世纪五六十年代的望湖县城，一条路一种行道树，芭蕉棕榈合欢梧桐，垂柳香樟杨槐丹桂，想象一下那番美景吧，可惜后来全被糟蹋掉了。我爸好像正是为行道树跟所长闹得关系蛮僵，所长是现实主义者，主张栽能成材的杉树，他说，要是全城栽种杉树，二十年后城关镇上万居民的棺材统统都有了。他的宏伟蓝图因为我爸而受阻，可见我爸仗着读过几年书态度够强硬。我爸是浪漫主义者，要么叫小资情调，他更愿意喜看望湖县城四季飘香五彩缤纷赛过苏杭。

现实和浪漫的冲突，正是我妈所担心的。现实总是更为强大的。我怀疑所谓我爸主动要求光荣下放，是我妈的美人计，她先跟他结婚，把他拿下，接着挥舞外婆用过的硬木洗衣棒槌撵他下乡来。那时有高涨的政治热情，下放并不觉得吃亏，况且还当场长呢。我很惊奇自己做出这样的判断，事实证明这判断无误，我妈真是富有远见啊，园林所后来几任专业出身的副所长下场都够惨，而县城到了六十年代末，除了杉松柏，别的行道树几乎被斩尽杀绝。我爸为工作跟人结下仇，我妈能不操心吗？

可山里也不是世外桃源。我爸当场长期间最大的功绩可能就是建起了职工宿舍，原先都是住在道观中的厢房里，每到夜晚和阴雨天，总是瘆得慌。新建的宿舍是平房，进门是厅堂，后面两间住房加厨房，置身乡下理当入乡随俗，厅堂上方墙上是留了壁橱位置的，名曰壁橱，其实是祖龛，当然，在那里放放镜子和热水瓶也挺好，问题是，有人敬祖有人信道有人念佛，于是乎，麻烦来啦，下面告，上面查，气得我爸拍桌子骂人甚至还曾动手打人。我妈说他是吃火药长大的，可能这是真的，我家祖籍就是花炮之乡，往上数几代都是靠做烟花鞭炮谋生，爷爷还是当地的名师呢，年纪大了做不动了才随我爸过的。

要知道，群众也不是好惹的，后来群众逮住时机，给他挂上了“走资派”的牌子，罪名是把社会主义垦殖场办成了封建迷信的道院。

怎么专政呢？隔离劳动。从前金牛山有原始森林，大炼钢铁时被砍成秃头山，留下满山树蔸，我爷爷闲不住，经常上山挖树蔸，晒干当柴烧，发现奇形怪状的，他就留下来，堆在废弃的道观里。爷爷不在了，没想到，我爸继承他的事业扛起他的锄头来了，为了树蔸，我爸每天挖山不止，全场职工轮流监管。场里派他挖树蔸是为了垦覆荒山植树造林，我爸却被挖出来挑回家的根蔸迷住了，到后来，为它们丢了魂，我妈说根蔸其实是狐狸精变的，森林被砍光，狐狸没处躲藏，一只只就钻到了地下。

树的根蔸可以跟各种生命象形，无论动物植物还是人物，何止形似呀，还有惟妙惟肖神似的。最生动的一只树蔸像极了我妈，刚当上主任挥舞着棒槌扬言要实行无产阶级专政的戴红花同志，真的，脸形像，体型像，连胸部的比例也相当，两道眉毛简直传神，我妈眉毛稍微粗一点，一生气，有点上翘，还有，那树蔸也举着棒槌呢。

显然，它不是原生态的，经过我爸的加工打造，先除去烂皮疤痕那些乱七八糟的东西，再用刮刀等工具修，完了打磨上清漆。那时他没有专业工具，随便做的，随手做出来一个戴红花，他美滋滋地把自己的根雕处女作命名为《戴红花》，真是亲切。不承想，我妈一听就大光其火，如果说以往挥舞棒槌是吓唬老百姓的话，那么，为这命名当真给了他一棒槌。

我妈认为那是丑化自己且记录了一段可笑的历史，想收缴并销毁它。而我爸视为珍宝，也是，这是他成为根雕艺术家的处女作，是他人生历程的一座纪念碑。从它开始，他不再关心垦殖场的性质、自己的身份，只关心山上残存的树蔸下面会有怎样奇怪的根。当年大炼钢铁，真的是乱砍乱伐，砍伐者怕腰酸，居然站着砍树，哪怕浪费高高一截粗大的树干。

天长日久的，我爸能根据留在地面上的树干，想象出地下树根的形状。这可是了不起的本事。他首先看中的，是画眉坳里一棵巨大古樟的根蔸，也不知道当年人们砍伐它花了多大的气力，它几乎是被人拦腰锯断的，残留地面的树身有一米高，直径两米多呢。我爸心疼得不行，他说那么高的树身浪费掉了，不然可以做多少只樟木箱呀。而且，那棵不曾空心的古樟要是不拿去烧炭炼铁，能给当年全县新娘每人发一只樟木箱作嫁妆。言下之意，我妈也能得一只，他俩就是那年结婚的，我妈什么嫁妆也没有。

自从发现古樟的半截树身，我爸脾气变得可温顺啦，这不光是我妈的感觉，是所有参与监管群众的一致反映。具体表现是，隔离劳动时屎尿少了，牢骚少了，砸家什摔工具的动作少了，笑脸多了，主动多了，劳动热情多了，三少三多。说到主动，最突出的事例是最近在画眉坳劳动期间，他主动利用休息时间修桥补路，硬是把拐进画眉坳的羊肠小道拓宽得能骑自行车了，有两公里长呢。

我妈是火眼金睛。我妈正在河边洗衣服，见他嬉皮笑脸地蹲下来，放下手里的棒槌问：是不是要我组织全场职工修路打通画眉坳啊？是的话，请把你做的那个树根交出来！要不然，免谈。

我妈已经翻遍了道观里的树蔸，也没有找到《戴红花》，她实在想不出它还能被藏在哪里。她觉得那件根雕好像一张摄影作品，把自己的丑陋形象定格在一个荒诞时代。

我爸坦言道，如果道院垦殖场革委会能打报告向县里报个基建项目，修通进画眉坳的那两公里道路，他可以考虑把《戴红花》送给她。听听他的语气，傲慢吧？他晓得我妈不过是挥舞棒槌的纸老虎呢。

我妈无奈得很，问他修道路的理由，想来想去想不出好的，晚上琢磨出一个，战备。那时不是号召深挖洞广积粮吗，而且，头两年台湾国民党的U2型高空侦察机在望湖附近被击落，何况道院所在的金牛山在抗战时期就是兵家必争之地，而画眉坳是金牛山的核心地带，战备的理由可以说是冠冕堂皇。报告就是按这个调子起草的。

当时垦殖场归县农业局代管，农业局的革委会主任是军人出身，一来懂行二来认真。收到报告，他专程前来考察，看了光秃秃的画眉坳后，他嘿嘿笑着问：你们准备在这里积粮喂老鼠呢还是挖洞养毒蛇？让我爸吃惊的是藏在墨镜后面的一双眼睛居然看破了自己的心机，因为农业局主任也注意到古樟的树蔸，并脚踏裸露在地面上的树根，意味深长地说：我想象地下的树根一定是龙飞凤舞的造型，谁敢跟我打赌吗？

一句话，吓得我爸妈面面相觑。是的，我爸走火入魔了，凭着古樟突出地面的部分，他想象泥土里注定会有极奇特的形象、鬼魅般的灵魂。然而，把它从泥土中请出来，需要隆重的仪式，庄严的程序，那将是一项浩大的工程，需要挖掘机、起重机，需要载重平板车，需要一条适合大型机械进出的道路。

我妈一不小心，落入我爸挖的坑。瞄见墨镜后面的眼睛，她顿时感觉无地自容，回到家，跟我爸大闹一场之后，她宣布辞去主任一职。她担心我爸将来还会怂恿自己以战备的名义要那些大型机械。话说回来，我妈真的不能当官，太好被人糊弄啦。

主任辞职后，有一阵子垦殖场没人管，革命群众当时闹革命只是想给我爸一点颜色看，并没有人愿意出头当官，而我妈人缘好，尤其是我爸挨斗期间，她生怕老公遭大罪，买好几条欢腾牌香烟，整天见人就散烟。特别是，听人说场里的孩子没看过焰火，我妈偕爷爷回老家搬来一大箱，美得人心花怒放，那才叫欢腾呢。

可能思想成痴吧，我爸病倒了，住了半个月的院。犯的是心病，所以抢救过来后，我妈告诉他，自己是在欢腾气氛中当上主任的。垦殖场在无政府状态下被下放给了锦江公社，变成生产队后，因为人少，收入反而更高，只是不能按月拿工资，好处还有不再植树造林，种好田地就行，更加逍遥自在。

反正我爸迷上了根雕。平日里，他照顾着堆放在道观里的那么多枝丫树蔸，也牵挂着漫山遍野的树根，尤其是古樟的根。听说，当时有人盯上了道观里的宝贝，打算全部收购。是我妈带他去看货的，我妈说，当时窗户全被我家的破被单破草席遮住了，她扯下那些东西，阳光斜射进来，光线蠕动了，空气复活了，有一群群的野蜂破窗而入，堆放一地的枝杈根蔸忽然生动起来，就像有好多男男女女正在排练一出气势磅礴的大型歌舞，要么是一台热闹非凡的儿童剧。来人激动不已，很豪爽地叫我妈报价。

我妈马上想到一个数字，那是打报告修建战备公路的预算。如今看来少得可怜，当年算得上巨款，能做很多事呢，六千，钱到交货。来人一愣，反问道：你是说六千？我妈点点头。

来人绕场一周，仔细察看一番后，回到我妈身边，咬着牙同意了：六千就六千。本来交易已经成功，可我妈不经意随口多问了一句话：你买去做根雕吧？来人好像对根雕这个词挺陌生的，他说是做花托做凳子椅子。

我妈当即翻盘，不卖啦。她没给理由。她完全可以找个托词，比如说还要跟老公商量，比如说那些东西有上千件六千块钱等于是柴火价，等等。可她只是面无表情地说不卖。来人白她一眼，嘴里嘟嘟哝哝的，肯定是骂人神经病。

那天我爸并没有走远，在画眉坳面对古樟发呆呢。他跑到县城里，把将来用得着的挖掘机吊机和载重平板车都看好了，并问清了租用价钱，缺的就是从大路岔向画眉坳的那两公里路。凭着暴露在外的那截树身和以它为圆心四下发散出去的虬曲树根，他勾勒出多幅想象中的地下愿景，他不喜欢龙飞凤舞，他钟情龙腾虎跃和万马奔腾，都有个腾字，在画眉坳，他居然躲着我妈偷偷抽起欢腾烟来。

我妈嗅出烟味翻开他的裤兜，真能藏东西啊，《戴红花》找不到，欢腾烟也找不到。我妈用棒槌在桌子上一敲，结果欢腾烟从我爸的裤腿里跑了出来，我妈揉碎香烟后告诉他，刚才差点把道观里的根蔸卖掉，六千呢，交现的，修那两公里路基本上够了。我爸讥嘲道：关键时刻想到找我商量，等我拍板？我妈一句话差点把他梗得再送医院抢救，我妈说这事从头到尾我做主，脑子里根本没有闪过是否找人问问的念头，更别说请人拍板啦。我爸反唇相讥：你还当自己是革委会主任呀？

后来，我爸问她为什么不卖，回答让他感动得流泪，我妈说那是两代人的收藏，它们本来可以成为艺术品，卖给人家做花托什么的，岂不是委屈了那些树根？

十多年后，他俩的儿女大了，可以捐资赞助了，尤其是第五朵金花开的就是根雕艺术公司，我小姨呀，她出的大头，我爸举全家之力，在有生之年实现了自己的宏愿，他果然把古樟的巨大树蔸从土里从画眉坳请了出来。我爸当年想到的难处主要是道路，其实，挖掘才是更为艰巨的环节，得小心翼翼地伺候着，不能伤着它的筋骨，连皮毛也不能，几个月时间他们两口子天天泡在工地上，大呼小叫的，比替儿女带孩子还精心。那是他俩的巨婴，看护了多少年的婴孩。

搬运出来，又清理了几个月，果然是龙腾虎跃啊，跟我爸画的有一幅图非常相似。老人家情不自禁地想起了要打赌的农业局主任，逗戴红花主任道：你们龙飞凤舞了两年，凤舞得蛮开心，怎么把龙丢掉啦？我妈不高兴了，逼着他把《戴红花》交出来。也应该啦。

我爸嘴上答应，但想再拖一拖，拖到从北京参加根雕艺术展回来。我妈陪他去，火车票是我姨买的，三张硬卧车票，两个人怎么买三张票呢？有一张是给随行的根雕《豹》买的。我妈不肯让豹趴在座位底下或蹲在过道上，让人踩着挤着，不肯让豹待在车厢两头的吸烟处，让烟熏着呛着，当然，更不肯拿豹当行李包裹托运，担心万一野蛮装卸把它磕碰恼了。也是哦，论野蛮，它真算一个主。豹的身高不及一米四，却买了全票，它是一位成年旅客。

猜猜看，在去往北京的火车上，豹睡下铺，还是中铺上铺？从北京回来后，我问妈，妈叫我猜，我猜应该让它住负一楼，方便呀。我妈说，下铺免不了有干扰，上铺呢，束之高阁的闷得慌，老两口子让豹睡了中铺。我坐火车也喜欢中铺。我爸妈不肯委屈了自己精心呵护的那只豹。

一路上，他俩小心翼翼地照料它。用抚摸，用语言，安抚它紧张的肌肉和心情，守护它警觉的目光和尾巴。好像它随时会被惊醒，随时会发出令人毛骨悚然的咆哮。这件根雕在获得一张车票、一个铺位的同时，也获得了生命的尊严。

在北京的展览上，我爸接受采访时这样说，他说根雕是以自然为砧木，以思想为精血，孕育生长起来的艺术生命，所以，艺术家珍惜以至疼爱，疼爱以至视为己出。被作者拥以自重的妙品，往往先天遗传了作者的基因，成长为作者自己——有血有肉，却不卑不亢；有欲有求，却超凡脱俗。那些未事雕琢的树根，也是有灵魂有性格的，也是可以恃才傲物的，因为尊严才是根。

难怪我爸会为行道树那么搏命！想来，我爸把根雕艺术喻作嫁接真是形象啊，枯枝因此有了肌腱、脉搏和气韵，柴蔸因此有了眼睛、鼻息和心事，由此可见，残破的道观曾经接纳过大千世界所有的吼叫和啼鸣，呼喊与歌吟。

从北京扛了个二等奖回来，老爷子非要喝两杯不可，还叫我妈赏他一根欢腾，哪里还有两毛几一包的欢腾哟，我妈奖他的是熊猫。他吐着烟圈，仰望烟圈，很享受的样子，连我妈给他一拳也没反应，棒槌恍若隔世，不然，一棒槌准能把他打回原形。

我妈很奇怪，也歪斜着脑袋看那一串飘升的烟圈。看着看着，她惊叫一声：哎呀，害得我找了半辈子，戴红花在这里呀！

我妈说的戴红花不是她自己，是根雕《戴红花》。它被置放在厅堂正面墙上的壁橱里，那精心设计用来安置祖龛或安放热水瓶的地方，可是它被伟人石膏像挡住了，只有此时烟圈的角度才看得到。

《戴红花》早就成了我爸心中的神像。

关于锦江民谣的尾歌

社长姆姆的语音通话：

哎呀，后生子，应该叫老师，好久不见，三四十年啦，1982 年你们下乡来调查，开会你缩在后排，脸色黄黄的，头发长长的，眼睛眍眍的，落满灰的黑呢子黑皮鞋，见你老是被曾欣夹在眼缝里，我交代她带你去剃个头吹吹风，上点油擦擦鞋，弄得精神一点，羞得她满脸通红。往事历历在目呀。

我在锦江大戏群加的你，谢谢你验证通过我。离休多年，哦，我后来像去西天取经样艰难找到 1949 年 8 月参加县干训班的证明，终于把退休改成离休，算锦江镇唯一的离休老同志，托党的福，你晓得的，也托湾石老师的福，到而今虽是“80 后”，眼不瞎耳不聋腿脚蛮利索思维够清晰，还当着区剪纸协会名誉主席，经常去讲课。只要回望岁月，总是心潮澎湃。

而今住在深圳市，一上微信就到锦江镇，我一共加了九十多个群，大多数是锦江的，除了镇机关各个群，各村各单位群，还有各种专业群，红柚群蜜梨群蔬菜群鸬鸟群，剪纸群丹青群大戏群古村群筒匠群木匠群渔歌群和合群，和合群很可喜哟，年年发春节期间挑选初中生学傩跳傩的视频，要得，这是传承的好办法，值得推广。

你深入锦江前后几次想采访我，我都谢绝，而今主动要求语音通话，奇怪吧？谢绝是因为有心理障碍，一退位，我拔腿就跑，风风雨雨几十年，乌纱帽一摘掉，头上轻松了，心里镇不住了，好多人好多事涌上心头，老是让我觉得愧对。后来不断听说评上“非遗”项目和传承人的好事，我心情蛮复杂，高兴必须的，免不了也要自我追问。当年毅然来深圳，就是想撇脱，时代大潮滚滚向前，我小划子一条该进港靠岸了，不小心被口水淹没也难说。老早我能为他们做的太少，即使做了一点点，也是出于朴素感情，而不是文化自觉。不如喜欢困棺材的“种子”啊！

举我两次换岗杀回马枪的例子吧。第一次二十世纪七十年代初，也搞新农村建设，标准是“八字头上一口塘，两边开渠在山旁，中间一条机耕道，新村盖在山坡上”。接我的锦江公社主任很抗拒，也是，临江滨湖的锦江大畈多，一些村庄既无山冈也用不着那口塘。我有时脾气躁，新主任时时躁处处躁，在班子会上指着示意图公然侮辱妇女，不撸他，广大革命妇女也不同意！几个月后我做了胡汉三，革命的胡汉三，建设新村的胡汉三。锦江毕竟还有山区嘛，我选择两个小山村，按模式做得轰轰烈烈，上面要个示范，给呗，反正不会死人火烧屋。

第二次是1988年。清明边陶家和庙前的村民为山界打架，几个人的相斗被新任镇委书记定性为宗族械斗，毅然下令拆毁或关闭全镇宗祠，以打击猖獗的宗族势力。老天爷！那是老百姓的根啊。此举激怒了各村各姓，一旦闹起事来干部倒霉群众吃亏。我刚调任组织部副部长，为换届做准备的组织意图很明显，可我不能袖手旁观，也是，群众早都喊你社长姆姆了！回锦江第一件事，到每座祠堂进香拜拜各姓老祖宗，让人家息怒。宗族意识是最基本的民间观念，尊重它就是尊重民心民情，我觉得。八十年代初期开始民俗活动陆续恢复，我变成有请必到的站台书记，当然，要站得策略，有时昂首台上，有时跻身台下，有时远处观望。没几年，青壮呼啦啦走空，剩下的连相骂都没有声气，还担心宗族械斗，好笑！两次杀回马枪，能不能反映我怕采访的心理？

作为锦江老人，出于好奇心，我还是蛮关心你的田野调查。专家说了，老人想长寿，必须保持好奇心。从群里晓得你采访三教九流，网罗地方文化，访谈能工巧匠。有人私信我汇报访谈内容，打住，我不听！嘴快的那几个，向我道歉说当时没过脑子，有的事怕伤害我得罪我，哎呀，不就是带把之说和痒痒挠吗？痒痒挠成了我的文物呢。

而今忽然有点仅供参考的想法，万一能拾遗补缺就好。你对民谣情有独钟，不过，综合群里信息看，你比较重视上层建筑，轻视经济基础，也就是民谣的尾歌部分，出产鱼虾出产薯呀，还有什么会养猪呀，你基本上没有过问。不好意思，人老话多。

鼓书呀歌舞呀，剪花呀木雕呀，是文化。种养难道不是？也是，是农耕文明的重要组成部分，是大文化，包括种养传统、科技文化、跟它相关的生产生活习俗和生产组织习俗，还有生活方式，信仰和禁忌，等等。班门弄斧了，一把现买现卖的斧子。那么，我讲讲锦江红柚的故事吧，算是我对那首民谣尾歌的思考和实践。

尾歌反映出什么问题呢？因为襟江带湖，历史上这里水产丰富，注意，是历史上，而今渔民不得不上岸了，可岸上能种多少薯，靠什么来养猪？对读书，也要辩证地看，除了受崇文重教传统的影响外，也是穷逼的，读书才有出路嘛，能工巧匠也是逼出来的。

俗话说，为官一任，造福一方。我在锦江工作多年，自始至终想着怎么让老百姓富起来。抓工业，以五金工艺厂为龙头的社办企业曾经辉煌一时；抓养殖，锦江的生猪产业和仔猪市场一度闻名全省。其实呢，早在七十年代初，我就想在山上再造一个锦江，红壤山地要是能变成甘蔗林花果山多好呀。我是在道院山上的梨园里说的，那是早春，一夜之间，千树万树梨花开，是望湖早梨，产量大上市早，可是有些酸涩。有个后生不知从哪里冲出来，模样跟当年的你蛮像。围在我身边的女社员吓得哇哇叫，生产队长反应快，操起一把铁锹对准他。

谁？曾颀。曾欣的哥哥。没听说过吧？曾家跟他断了关系，他在锦中读高三时以流氓罪被判，劳改三年提前释放，回原籍道院生产队劳动。难怪李湾村小养猪牯挣钱后首先要改造厕所。

曾颀是为我建设花果山的心愿挺身而出的。原来，服刑期间，他日日跟着一位爱好园艺的国民党战犯在果园里劳动，获得一技之长，他建议我淘汰望湖早梨，换上新品种，花果山不能只赏花，再说谁来赏花呀。生产队长厉声呵斥之后，悄声告诉我，这个曾颀偷奸躲懒想逃避下田，要求来果林场，可这里全是女劳力，谁不怕引狼入室？

我对曾颀却感兴趣，跟他单独聊了半天，包括他对果林场发展的想法和他个人的历史。可能被他描绘的美景所诱惑吧，我当时觉得他的被判蛮冤，起码是太重，那时该找本《赤脚医生手册》丢给他，不怕眼里生疔你看去，用不着偷窥啦！

为了用上这个人才，我动了大功夫。生产队长死活不让曾颀进果林场，好，把果林场挖出来，直属公社。这件事闹到县里，最后怎么解决？六月底七月初，曾颀原先所在的劳改农场，各种梨子陆续成熟了，我派他去把所有品种都搞来，近三十个品种呢，再加上我们自己那可怜的好看不好吃的早梨，请县革委会召开品尝会，尝完大家投票，参加人员除革委会主任和一堆副主任，还有农林组工交组文教组政治组一堆组长。

曾颀呆吧？每个品种只取一个梨，每人咬一口都不行，只能舔。气得我大骂，你这行为才真流氓该判十年！反倒是道院提供的早梨管够，大家啃得过瘾，说是味道差一点可水分足能解渴。

曾颀搞来的，几乎都是引进的日本品种，小日本做事精致，梨子也可以弄出那么多风味，有祇园皇冠香蕉博多青二宫白今近秋，名字多得我记不住，那香蕉真是香蕉味，吃皇冠好比吃苹果。曾颀办事能力差，口才还不错，他说自己经过三年的专业学习，决心成为望湖的米丘林，如果能把果林场给他当研发基地，只需五六年的努力，望湖的山山岭岭一定能四季瓜果飘香。

你看看，我给他半个道院，他想得到整个望湖，一旦给他望湖，他还不得觊觎半个江西省呀！年轻人有志向，好。果林场终于直属公社，还从别的生产队划了一些山地，为了安抚当地，委托生产大队代管，场长是公社派的，曾颀当管技术的副场长。女同胞不愿去怎么办？曾颀说好办，不出一个月他跟县农林组组长的千金结婚了，那可是个大美女。有大美女监管，世界就是太平洋。

果林场发展很快，早梨树留下部分作母本嫁接，其他统统淘汰，两百五十多亩果园里，栽种了三十个梨的品种，七八种蜜桃包括王母娘娘蟠桃会上用的某种蟠桃，我不知情的是，曾颀还偷偷试种了一片苹果。我给他的目标是，要积极发现和培育值得在全镇推广的优良果树品种，从而实现山上再造。

我知道曾颀很卖劲，除了到各地去学习园艺外，他还走遍锦江探访本地果树，组长千金是鸦鹊岭的知青，他俩的红媒是鸦鹊岭的柚子，曾颀可能发现那棵树枝干特别粗、吊在上面的柚子特别大吧，久久仰望着，啪嗒，落果把他砸昏了，砸出了鼻血。那只柚子好像就是为了撮合他俩而落的，砸昏人家它自己滚进池塘里去了。

曾颀经历了一系列挫折后，回想起那只柚子。哪些挫折呢？大的，首先是苹果风波。我社长姆姆从来说一不二，我说，曾丘林，他不是誓做望湖米丘林吗，我一直管他叫曾丘林，我告诉他，下次去道院我只为吃，梨子桃子都行。四年后，我吃上他的了，也蛮快啊。那年第一次是七月初去，哇，有各种梨和桃，头年挂果，产量极小，不过这是成功的标志，我当然高兴。十月中旬，他再次邀我去品尝一种叫惊奇的果实。他说要给我一个惊奇。我下午赶到，他一直卖关子，说请来公社放映队，等电影开映再品尝。放什么片子，也对我保密。

好家伙，还摆了酒，喝到天断黑，电影开映，先是加映纪录片《新闻简报》，再是科教片《猪囊虫的防治》，最后译制片，朝鲜《摘苹果的时候》。曾颀把他的惊奇果送到我面前，只有一个，这么大，比大拇指头大一点点吧，他用手电筒照着让我看清楚它的惊奇所在，除了小，还是青色的，样子倒是苹果样子。他让我咬一口，看看是不是苹果滋味，如果是，那就是巨大胜利。我没好气地讥嘲道，朝鲜姑娘欢唱起来，那就是伟大胜利！金子般的苹果堆呀堆呀堆成山，个个苹果香又甜。山呢，香呢，甜呢？

事后，听群众反映，几十年来没见过社长姆姆发这么大的火。能不火吗？偷偷种了五亩地的苹果树，就结了这么一个惊奇果，还欢天喜地庆祝，告诉我苹果树到了南方不仅能鲜花盛开，苹果花开得十分娇艳，而且还能结果。

我当即叫停放映，给曾颀两个选择：要么连夜扎彩车，明天一大早敲锣打鼓把苹果给县革委会送去，像早些年庆祝毛主席送芒果一样；要么呢，连夜砍树，不，挖，连根挖掉那片苹果林！

后来我听说曾颀在砍伐现场号啕大哭，是为他的浪漫主义哭丧吧，对不起，苹果花再娇艳，不能当饭吃，要是能，我将就将就，我晓得曾颀为此花费了不少心血，问题是，你的心血证明南方不宜栽种苹果对我有什么意义呢，这是老祖宗都懂得的道理。

接下去，蟠桃风波。冬去春来，桃花开了又落，蟠桃这么大个，碗口大，红彤彤的，看着就招人喜欢。这次曾颀找不到相关的译制片来放映，别出心裁要搞蟠桃盛会，他成了西王母。邀请来的众仙都有谁？劳改农场的难兄难弟，包括已经释放的大战犯，这下不得了，惊动的不光是县里和市里，还有更上面。我准备给他扣个封建迷信的帽子，制止这次聚会，天助我也，连日大暴雨把他的蟠桃毁得惨不忍睹，盛会只怕会开成追悼会，悼念满地的烂桃子。显然，水嫩的蟠桃不宜存放不便搬运，而且成熟期正是锦江多暴雨的端午期间，自家开会尝鲜可以，推广种植难。

多种风味的梨子给我惹来了更多风味的麻烦。平心而论，那时候官场风气还好，不作兴请客送礼，县里领导想吃梨子，也得自己买。不过，所有紧张的东西都得批条子。梨子忽然紧张起来，品种虽多可产量不高，要想知道梨子的滋味就得亲口尝尝，想亲尝梨子滋味的干部特别多，怎么办？打报告批条子。果林场场长挡不住，推到公社来，我这个人遇事不推诿，都怕得罪人，我不怕，推给我来批吧。写报告是有套路的，一般都这样写道：园林场领导，要么叫锦江公社领导，冒号，因工作需要，少数实在人说是因本人治疗咳嗽消火需要，拟购买道院梨子五斤，望批准为感，此致革命敬礼。懂行的会在报告里注明买什么风味的梨子，要么直接点品种。我批条子一般打对折，全场拢共有多少个五斤呀，能给两三斤意思意思就不错。县革委会主任的司机来，我一共也只批了五斤，你跟领导分去，不过，那是最好的品种，二官白，熟透后皮像一张纸，可以揭下来的。

往后，越来越难对付，嘴刁了嘛。今天打报告批博多青，明天又来要祇园皇冠，发现梨园里套种有西瓜、花生和芝麻，糟啦，我得拿出半年时间批条子，直到大年三十。你们没经历可能打死都不信，为了买一斤麻油两斤花生，县里那些领导放下架子，常在周末亲自蹬着车子跑道院。

既然梨子那么受欢迎，推广吧。曾颀不敢作声，我也心知肚明，不敢发话。为什么？多难伺候呀。树娇贵，剪枝打药施肥疏果，一遍又一遍，一年不得闲，还都是技术活，有一年因配药不当烧死一片林子，吓得果林场连日常配药都非得等到曾颀亲自动手不可，曾颀三头六臂也顾不过来呀。果也娇贵，采摘之后，必须尽快卖掉，不然几天就会烂成泥，而当年的价格是一毛八分。

后来曾颀的目标有了文化意义，他认为外来文化一定要与本土文化相结合才能获得新的生命，于是，他通过嫁接来改良品种，提高梨树的抗虫性抗药性，并且大幅提高产量，同时还积极筹建罐头厂。他让各种日本梨都和望湖早梨结亲，他深信总会有一对比较美满的姻缘，的确有，祇园和早梨的后代而今成了望湖梨的当家品种，彻底取代望湖早梨，它被命名为苹果青。看看他的苹果情结！当时我真想奚落他一番，话到嘴边，憋住了。算啦，人啊别太尖刻，曾丘林的小脸熬得更尖了，一年到头把老婆丢在屋里歇闲，人家正闹离婚呢。

罐头厂的宏伟蓝图刺激了农民栽种苹果青的积极性，可是，几年以后苹果青大丰收，从树上摘下来又埋到树下去，罐头厂还在蓝图上。我痛心啊，我从来不推卸责任强调客观，提笔写了一份二十多页的检讨，附上辞职报告。辞职后干什么？我推销苹果青去！

曾颀蛮感动，他说一旦我如愿开公司，他也加入，专门帮助我吆喝。而且，他的难兄难弟有几个做大老板，光是那些企业发福利，一年也能销个十万斤。那天我俩聊得煞有介事，曾颀忽然记起砸昏他的柚子。

他老婆从鸦鹊岭抱来一只黄澄澄的柚子，他俩让柚子做签订离婚协议书的见证。双方签字后，剖开柚子扒掉皮，各执半边，是甜是酸是苦，各自去品味。曾颀说，让这见证离婚的柚子来见证我们合伙吧。我一听这话就来火，离婚你也很可乐吗，顺手把那半个柚子扔进废纸篓。我跟红柚没缘，小时候酸倒牙吃不了饭，害得我怕柚子。

后来，我带着莫大的遗憾离休。近几年，听说望湖全县都种上了红柚，那是脱贫的致富树，十多块钱一斤呢，见鬼吧，曾颀年年给我寄，收到我马上送人，好像跟它有仇。据说，全县红柚的原枝条都来自鸦鹊岭那棵母本树，一百年的树龄呢，如今作为古树保护起来，已不允许剪枝。哦，忘记最关键的一句话，鸦鹊岭是我娘家，古柚树下是我童年的牛栏。所谓山上再造，踏破铁鞋无觅处，得来全不费功夫啊，只可惜被我一再贻误。

我得去拜拜那棵古树。去年回锦江，曾颀领着我去的鸦鹊岭，他当了局长兼望湖红柚研究所所长，他说进入新世纪的第一个秋天，他复婚了，复婚仪式内容是重回鸦鹊岭柚树下，让老婆拿柚子砸昏他，谐音又婚。初婚时柚子滚落水塘，所以婚姻不顺。复婚必须吃掉那只柚子，剖开来，红瓤的，多子的，水分充足，滋味甜香带微酸，全是吉祥寓意。果然，一年后得到龙凤胎，大吉大利呀！

曾颀在当爸爸的日子里，领着县委书记去鸦鹊岭品尝红柚，书记一见那柚子眼里就放光，红瓤喜庆，多子寓意瓜瓞绵绵，滋味更是难得。他当即决定，把树上的十多只挂果全部买下，次日召开全县有关领导参加的现场会，每人发柚子两瓣，品尝之后，发表感想不少于三分钟。听曾颀介绍，我百感交集，那才叫蟠桃盛会呢，那才叫摘苹果的时候呢。现场会之后，经过多次专家鉴评，望湖红柚得到正式命名，县里确定了红柚发展战略。

鸦鹊岭古柚树是我仅存的娘家人。近亲都走了，只见几位远房老人。他们拿我当外人，说古柚树在他们爷爷做孙子时就这么高。树旁有一座用青石垒砌的小庙，办公桌一样大，像土地庙，其实里面供奉的是树神，可是，树神得到的供果却是塑料做的。

曾顾问我，这是古庙吗？我一点也不记得。曾顾又问我，你生长在这里，真的没吃过这棵树的柚子？我很肯定地摇头。一年才结一二十个果，那还不弄去卖钱呀，再说，我实在怕酸，从前听到柚子二字就倒牙。最后，我感慨道：原来好东西生长在自己的土地上啊！

哦，大学者，有件事蛮蹊跷。锦河戏博物馆还没整理好，鄱阳湖地区抗战博物馆抢先展出，非要我去站台不可。好嘛，这后生子能干，按我的线索，展品征集到了手，做酒缸米坛的水雷，钢盔刀枪，茶缸军靴，血衣罪证，还有一把笑得人死的花阳伞。鄱阳湖边到处流传这个神故事，说有个骑白马的鬼子捉住花秧子准备施暴，秧子狐仙一样，叫鬼子把缰绳绑在脚踝上莫让马跑掉，青光白日的，当然要遮挡。秧子猛地撑开花阳伞，大白马受惊，硬是拖着鬼子绕湖跑了一大圈。哈哈，这个故事蛮可乐够喜庆。何事蹊跷？百把年来鬼魂样时隐时现的那本书终于现形了。封面上有茶渍墨渍黄斑黑斑和各色油彩，闻一闻有汗味沤味霉腐味，还有老鼠崽子身上的腥气。老师，那个东亚同文会是个什么鬼啊？

后　记

我更愿意向田野致敬，向二十年来在田野上认识的人物和景物致敬。

于是，不厌其烦整理出塞进电脑的十万张照片，捐赠给省档案馆；又花费一年时间挑两千余张，出了一部摄影画册，题名《村庄》。那是用图片重构村庄的美妙怀想——它儒雅而凡俗，神圣却神秘，宁馨又浪漫，精美且朴素，古老也新奇……

图片上有的人物已经作古，其他每张面孔都将很快老去。这群有故事的人，是大地的耳朵和眼睛，收藏着太多的秘密和心事，然而，像封存有神像和面具的神箱，不得轻易开启。凝视图片，我想起一次次的欲言又止或戛然而止，一次次的闪烁其词或笑而不语。一些不能说不愿说不敢说的故事，一定牵系着内心的疼、眼角的泪和脸上的愁眉及其他。有时候那些故事和心事会像拥在大门外看热闹的怯生生的孩子，一旦接触陌生目光，呼啦啦跑了，钻进警惕的眼睛里。尽管如此，我的追问所得，为想象提供了可靠的路径和足够的空间。那么，让想象来丰沛人物故事吧，正如我用图片重构村庄一样。

我试图用文字重构锦江镇。“我”是村落文化的记录者，是力图恢复和重建乡愁记忆的思考者，他以田野调查的口述形式，展示锦江镇“才艺满江歌满湖”的乡风民情，刻画呈现在民俗事象中的人物形象，书写他们的命运遭际和性格心理，从而反映当下乡村的精神现实，并表达对“田园将芜”、信仰崩塌、人心已荒的担忧和抵御这种现实的呼唤。如他这批文化人的努力，最终究竟能发挥多大作用？我不知道。但我早已义无反顾加入他们，这部长篇小说的素材正是长期田野调查的生活积累。

这是一部用地缘纽带亲缘纽带尤其是地域色彩鲜明的文化血脉，来贯穿乡村日常生活、节日现场和众多心灵的长篇小说，独特的民俗氛围把人物故事汇拢在锦江镇上，就像许多村庄聚集在襟江带湖的现实大地上一样，鸡犬之声相闻，命运情感相通，古韵新声相融。小说中的主人公，那些民间艺术的传承人、手艺人、“老成”“斯文”们以及贯穿全篇却时隐时现的“社长姆姆”等形象，其身上焕发的生活理想和信仰力量，是抵御乡村衰落的最后屏障，也是增强文化自信、充实空虚心灵的精神资源。

我一直觉得：民俗并非点缀乡土的花朵。民俗是老百姓的生活方式、思维方式和精神生活的淳朴形式，是激励人心和乐声，是抚慰人心的絮叨，凝聚人心的拥抱……

感谢长江文艺出版社尹志勇社长热情的鼓励和耐心的等待，这是我终于完成此作的动力；感谢中国作家协会将此作列入 2018 年度定点深入生活项目；感谢锦江镇上所有为我的写作提供过帮助的朋友。